目录

第十六章　全力维护　1

第十七章　幼子受惊　19

第十八章　韩家往事　51

第十九章　宠溺娇妻　82

第二十章　天花瘟疫　114

第二十一章　三爷定亲　148

第二十二章　选太子妃　181

第二十三章　主仆纯爱　211

第二十四章　含饴弄孙　246

第二十五章　喜胎再结　276

第二十六章　幸福美满　310

第十六章 全力维护

东瑗也想起这件事。

过年的时候，陶姨娘的确拿了些胭脂水粉让她赏人，还说她哥哥在南门大街有间铺子，小本买卖，年关进货，挑了好的，她嫂子拿进来给她使。她不敢独用，全部给了东瑗。

东瑗听着既是小本买卖，亦不好白拿她的，叫蔷薇去喊了陶姨娘的嫂子过来，赏了她五两银子，说给孩子们做几件衣裳穿。

陶姨娘的嫂子就千恩万谢接了。

可陶姨娘半句未提是盛家的本钱。

想着，东瑗看陶姨娘的目光，淡了几分。

她不太明白，盛修颐怎么突然说这个。

陶姨娘也不太明白，她心里忐忑不安起来。

她并不是想瞒着大奶奶，只想寻个合适的机会提一提。况且是世子爷的本钱，是盛家外院的事，并不归大奶奶管着，告诉她是情分；不告诉她，也不能算欺瞒。

可从世子爷口里先说出来，不是陶氏先提出来，便不同了。

陶姨娘说完话，就瞟过东瑗。

盛修颐道："……我今日从外头回来时，路过南门大街。看到陶氏胭脂铺子，紧紧挨着的是雍宁伯家的铺子。这里头有咱们家的人情吗？"

雍宁伯是太后娘娘的兄弟，却跟盛昌侯盛文晖关系最好，两家常有往来。雍宁伯不在朝中为官，空拿着爵位做些买卖。

每代的皇帝都怕太后和皇后的母族干涉朝政，雍宁伯愿意谋利而非谋权，皇帝求之不得，所以对雍宁伯的生意睁只眼闭只眼，哪怕是有些不规矩的地方，也暗示下面的人宽以待之。

所以雍宁伯府很富足。整个南门大街半条街都是他们家的铺子，盛修颐是知道的。

他回来的时候看到陶氏胭脂铺子，就想起去年四月初，陶氏求他的那件事。当时他忙着和薛家结亲，陶氏求着他，他就随口应了，让林久福帮着办。而后就忘到了脑后。

林久福后来禀过一次，说铺子选在南门大街，这个盛修颐有点印象。

当时太忙了，他没有仔细问明白。况且林久福办事一向妥帖，他也不担心。

盛修颐看到陶氏，就想了起来，索性留她问问。

陶姨娘失措，忙道："贱妾不知！"然后又道，"大约是没有的……"

盛修颐见她这样，心里忍不住有些烦躁。

从前她不这样！以往的时候，她在他面前虽没有太多的娇憨媚态，却也是温柔小意，偶尔还会俏皮他几句。自从薛氏进门后，陶氏就变成了这样卑躬屈膝的模样，盛修颐瞧着就心里膈应。

她太小心了，总觉得嫡母不好相处，会动不动拿她们姨娘作法来树威，像二爷房里的二奶奶葛氏一样。

陶氏不想成为那个出头被大奶奶骂的，所以说话时特别的卑微。大奶奶还没有踩她，她恨不能先把自己踩到尘埃里去，免得惹了大奶奶不快。

"你不太清楚，就不要妄图猜测。"盛修颐听到她说贱妾不知，又补充说大约没有，提醒她，"我会叫人去问，你下去吧。"

陶姨娘忙道是，给盛修颐和东瑗行了礼，就退了出去。

她的丫鬟荷香搀扶着她，出了静摄院。

见她脸色煞白，荷香担忧问道："姨娘，世子爷说您什么了？"

陶姨娘压在心口的那口气缓缓喘了出来，脸色才有了几分血色："没说什么！"

陶姨娘从静摄院出去后，盛修颐问东瑗是否累，亲手替她抽了身后的大引枕，扶着她躺下。

"你有事就去忙，我睡会儿。"东瑗笑着对盛修颐道。

他方才问陶姨娘，陶姨娘哥哥的铺子是不是占了雍宁伯的情分。听那口气，很不想和雍宁伯沾上关系一般。陶姨娘回答不知道，他自然是要问问林久福的。

盛修颐替她盖了被子，才走了出去。他没有去外院，只是在东次间临窗的大炕上坐了，喊了红莲来到跟前，对她道："我有几句话，要你去外院说给来安听，你可记得整齐？"

红莲惶恐跪下，她道："奴婢……奴婢定会用心记……"一副没有把握的样子。

盛修颐就蹙了蹙眉，正好看到蔷薇和橘红站在那里。

他就喊了蔷薇过来，问她能不能去外院传话。

蔷薇笑道："奴婢记得整齐！"回答很肯定。

盛修颐这才满意，道："你去告诉来安，让他问林大总管，陶姨娘的哥哥那铺子，到底有谁的情分？就说我知晓那条街是雍宁伯的，倘若沾了雍宁伯的情，早早告诉我！"

蔷薇一听并不是什么难话，心想盛家世子爷真当丫鬟是不中用的。她笑着记下，转身就去了。

等她回来的时候，才知道盛家世子爷没有看轻女子。来安跟她说了一大堆的回话。原来问话不难记，得到的回音才是重点，盛修颐是怕丫鬟回复得不整齐。

"那铺子原本是家书局，几个选书的住在里头。而后有人发现，他们书局里选出来的文章，多有暗含对萧太傅不满之意。那时萧太傅朝中势力繁盛，雍宁伯一时拿不定主意。

"倘若不赶他们走，被好事者拿到把柄告到萧太傅那里，萧太傅还以为是雍宁伯默许的，这样就得罪了萧太傅；倘若赶了他们走，不准他们对萧太傅不恭，他日萧太傅倒了霉，皇家会以为雍宁伯投靠萧太傅。

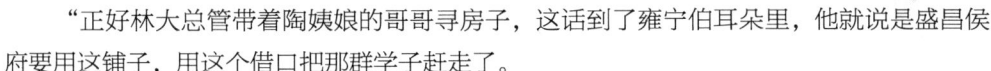

"正好林大总管带着陶姨娘的哥哥寻房子,这话到了雍宁伯耳朵里,他就说是盛昌侯府要用这铺子,用这个借口把那群学子赶走了。

"铺子空了出来,林大总管想租用,雍宁伯说愿意卖,还让了一成的价钱。林大总管问过侯爷的。

"侯爷说雍宁伯有事求他老人家,拿这个铺子做人情,不收雍宁伯反而不放心,叫林大总管安心买下来。

"而后才有陶姨娘的哥哥开了这胭脂铺子。"蔷薇一字字清晰回复盛修颐。

盛修颐忍不住微微颔首。

朝中的人和事,内宅的丫鬟们是不太清楚的。就算让她们鹦鹉学舌,也未必记得齐整,难为蔷薇居然一字不落,说的也无差错。

盛修颐听完蔷薇的话,起身就去了小书房。写了张帖子,依旧叫蔷薇送去外院,给他的小厮来福。

他自己则不踏出内院的门,好似故意避开什么。

来福接过盛修颐写的帖子,跟蔷薇道了谢。

来福跟盛修颐的另一个小厮来安不同。他长得高大结实,面皮黝黑,甚至有些凶煞般,不像来安那样白净好看。

他看完盛修颐写的帖子,目光顺势在蔷薇身上转了一转,而后又忍不住打量了她一眼。

正好蔷薇抬眸,看到他瞧着自己,眼神有些炙热。蔷薇看来,这是轻薄,怒意就从心底升了起来,一双乌溜溜的水灵杏目盯着他,正要发作。

来福猛然被这丫头逼视,居然扛不住,脸上一热,讪讪然撇开了眼,扭头再去看那帖子,耳根却红了。他这样一羞,蔷薇的火气反而发不出来。

回去的路上,她不禁想起那小厮羞红的耳根,自己也觉得面颊火辣起来。

回到静摄院,蔷薇得知盛修颐在内室跟东瑗说话,就进去回禀了盛修颐,依旧去暖阁照看三少爷盛乐诚。

她一出去,东瑗就笑着问盛修颐:"问清楚了吗?陶姨娘哥哥的铺子,可占了雍宁伯的人情?"

"说不曾占。"盛修颐笑道,"爹爹知道此事,就无碍的。雍宁伯和爹爹最要好,倘若瞒着不让爹爹知道,他日被雍宁伯说了出来,只怕又要怪罪我了。"

东瑗这才放下心来。

又过了几日,到了三月十三这天,小丫鬟进来说来安寻世子爷来了。盛修颐表情微滞,忙快步出去了。

来安在小书房跟盛修颐说了半晌的话,盛修颐回屋更衣,对东瑗道:"衙门里有些事,我今夜回来晚了,就歇在外院。"

满屋子服侍的人,东瑗自然不会问什么事,只是恭敬道知晓了。

盛修颐刚刚出了内室，盛夫人就由康妈妈和香橼搀扶着走了进来。

"要出去？"盛夫人问盛修颐。

盛修颐给她请安，笑道："衙门里一点小事，去走一遭。"

盛夫人颔首，就进了内室看东瑗。

"方才你三婶派了身边的管事妈妈来对我说，老六的大姨娘昨夜生了个大胖小子呢！"盛夫人坐在东瑗床畔，手里抱着盛乐诚，跟东瑗说道。

语气里有掩饰不住的高兴。

二房、三房一共四个侄儿，老四为了个姨娘寻死觅活的，身子骨不好；又听说老五房里事上不中用，私下里寻医问药的都不行；老七年纪轻，娶的媳妇虽模样性子好，却是风筝一般单薄的美人儿，生养不易。

如今只有老六房里总算有了个孩子，还是个男丁，就是三房的长孙了。

头胎是男丁，是吉祥之兆，以后还怕不子嗣旺盛？

"三婶定是高兴极了。"东瑗笑道。

"可不是？"盛夫人笑，"说给孩子洗三礼要隆重些，叫我一定要去！倘若老五、老六房里孩儿十个八个的，姨娘生的孩子，你三婶也不会劳烦我过去。"

"可三房熬了这些年，好容易得了这么个宝贝孙儿，别说是正经抬进来的好人家的女儿做了姨娘生的，就是个婢女生的，我也该给你三婶这个脸儿。"

东瑗就笑："是该高兴高兴，娘到时也替我给孩子添盆。"

盛夫人说好："你有这个心，你三婶定是喜欢的，娘替你备下礼。"

东瑗是侄儿媳妇，给三房孩子添盆不过是几个银锞子，她就没有推辞了，任由盛夫人帮她备礼，只说："有劳娘。"

盛修颐去了外院，带着小厮来安、来福出门，径直出了京城，往东郊一个小镇上去了。

回来的时候，带了一辆马车，没有回盛昌侯府，而是去了他好友程永轩的宅子。

在程府吃了晚饭，快到宵禁时才回家。

盛府的内院已经落锁，盛修颐依旧宿在书房。

他伏案写了拜帖，交给来安，道："明日清早，你就拿着这帖子去兴平王府，等着他们府里开门，把这拜帖交给兴平王。"

来安仔细收在怀里，道是，然后想了想，又问："世子爷，您要这样便宜了兴平王？寻到了陛下的遗珠，您怎么不亲自领去讨赏？"

盛修颐笑笑："我自有计较，你们都下去歇了吧。"

来安和来福道是。

出了书房，来安还是不太甘心，又问来福："……哥哥，你说世子爷到底是怎么想的？"

来福道："要是你，前后花了几万两银子得了这么两个人，可愿意把这彩头让给旁人？"

来安很肯定地摇头。

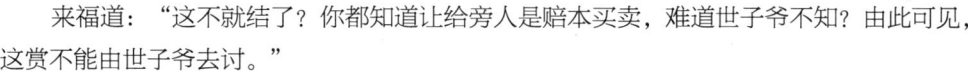

来福道:"这不就结了?你都知道让给旁人是赔本买卖,难道世子爷不知?由此可见,这赏不能由世子爷去讨。"

"为何?"来安不解,"怕得罪兴平王?"

然后撇撇嘴,自己都不太相信。

来福也摇头,然后问来安:"弄明白了,你能多得几个赏钱?"

来安疑惑他何出此言。

来福又道:"又没你好处,你刨根问底做什么?睡去吧,明早送帖子误了时辰,你又该挨打了。"

来安只得回了自己的住处。

次日一大清早,盛昌侯和三爷盛修沐上朝,来安等侯爷和三爷走后,也出了门,直奔兴平王府去了。

兴平王府没人做官,不需上朝,到了卯正才开大门,比盛昌侯府晚了两个时辰。

在兴平王府做奴才,不用那么赶早,来安想着,就上前给门上的作揖行礼,道了身份。

那人听说是盛昌侯府的,对来安就礼遇三分。

来安拿出拜帖,那人就忙请了他进门房里坐,亲手接过拜帖送了进去。

兴平王还没有醒,管事拿着盛修颐的拜帖不敢进,在门口候着,直到巳初,才有动静说兴平王起身了。

巳初二刻,兴平王身边的小厮过来请来安去。

兴平王并不是像来安想象中那般脑满肠肥,相反,他面相清隽,身量颀长,虽上了年纪,依旧是个美男子模样。

只是眼睛阴鸷些,让人不敢直视。

他应该跟盛昌侯差不多的年纪,却因为养尊处优,面皮白皙,看上去不过四十出头,好似比盛昌侯年轻十几岁。

他问来安:"你家世子爷到底何事,让你一大清早就过来?"

拜帖上写了要紧的急事,还要问他,来安想,这个兴平王一点也不昏庸,相反是个极其精明的人。

"小的只是替世子爷跑腿,并不知情。"来安道。

兴平王就看眼身边的小厮,让他给了来安个荷包,道:"这个给你喝茶。回去禀了你家世子爷,本王今日都得空闲,让他随时可以过来坐坐……"

来安捧在掌心,估摸着大约是五两的银块,恭敬给兴平王磕头道谢,揣着明白装糊涂地走了,就是不说盛修颐这样反常求见到底所为何事。

兴平王却以为来安不懂他给银子是打听消息的用意,看着他什么都没说就走了,忍不住心里好笑:人说盛修颐何等庸才,只怕不假。

瞧瞧他的小厮,这点眼力都没有。

来安去兴平王府送了拜帖，得了准信，就忙回盛昌侯府告诉盛修颐。

盛修颐早上起来去了外院的青松园习武，这会子都不曾歇。

来安找过去的时候，盛修颐正和来福两人比剑。半上午的日光明媚，映得剑光四溢，眼花缭乱。看到来安过来，来福手里的剑绕开盛修颐，直直朝来安挥来。

那剑锋劈面而来的寒意，把来安吓了一跳，慌忙后退，不慎后脚跟被石头绊了，四脚朝天砸在地上。

他吃痛，哎哟着要爬起来，却挣扎了半天，翻不过来，模样很是滑稽。

来福就忍不住哈哈大笑。

盛修颐也忍俊不禁，上前一把将来安拉起来，笑着骂道："不中用的蠢材，他吓唬你，你就跌成这模样！"

来安气愤不平，道："世子爷，那是剑！倘若他手里没准，刺破了我的喉咙，我小命就没了！"

来福收了剑，拍了拍他的肩膀："你小命没了，我的命赔给你！"

"你的命赔给我，我的命还是没了啊！"来安思路很清晰。

又惹得盛修颐和来福笑起来。

回屋沐浴，盛修颐换了身干净衣裳，问来安去兴平王府里的事。

"我在兴平王府的门房里等了三个多时辰呢。"来安抱怨道，"王爷看了帖子，问您寻他何事，我没说。他给了我五两银子的赏钱。"

盛修颐道："兴平王挺大方的嘛！你什么都没说，他还给了你五两的赏钱。"

来安促狭一笑："世子爷，您说反了。他先给了我五两银子的赏钱，而后我才什么都没说……"

盛修颐就笑："你是越来越鬼机灵了！"

来安得意不已。

盛修颐重新沐浴更衣，将浓密发丝用白玉冠束起，换了宝蓝色茧绸直裰，粉底皂靴，带着来福直奔兴平王府。

门房的管事请了盛修颐进门，往兴平王府的正厅堂屋带去。

兴平王早已等候多时，见盛修颐来，起身迎了，笑道："国舅爷大喜啊！西北一行，国舅爷功在社稷，乃国之栋才。小王给国舅爷道喜。"

盛修颐笑："王爷这般折煞我！若还记得当年饮酒作诗的情分，还是叫我天和吧！"

没有半分得势后的张狂，依旧这样温润谦虚，兴平王眼底的戒备浅了三分，领盛修颐往正厅坐着喝茶。

丫鬟来问是否摆饭，兴平王道："粗茶淡饭，怠慢天和了。"

盛修颐忙说客气，就跟着兴平王往花厅用膳。

因为盛修颐的拜帖上说有急事求见，兴平王没有叫清客幕僚作陪，只叫了几个家养的

歌姬弹唱,和盛修颐交盏闲话。

"我昨日花了三万两银子做了件事。"盛修颐端着手里的琉璃盏,慢慢品着杯盏里香醇美醪,语气轻缓似倾诉什么一般,"还不敢告诉我父亲。想着王爷亦是长辈,让王爷替我拿个主意。"

兴平王有些摸不清盛修颐的思路,听不着他话里的头绪,只得笑着打趣道:"天和惹了风流债?"

盛修颐失笑:"王爷高看我了!我一向口舌不利,才疏学浅,哪里惹得来风流韵事?倒是见识了一件风流事……"

兴平王的胃口就被他吊了起来。

"本王平生最爱风流雅事,天和说来我听听……"兴平王笑道。

"有个人寻我,让我见一个孩子和一个女人,然后问我要三万两银子的价钱。"盛修颐缓慢道,"我见到了那孩子和女人,就给了那人钱,把孩子和女人收留在朋友府里。"

兴平王眉梢跳了跳。

孩子和女人……

他一下子就想到自己手里也有这么两个人。

只听到盛修颐继续道:"……倘若是退回几个月前,我就算好奇那孩子为何面相如此熟悉,亦不会轻易给人银子的。"

兴平王眼底的神色敛了几分,笑着问:"哦,是个什么样的孩子?"

盛修颐摇头,笑道:"王爷先不必问。您听我说个典故:三月初一我回京,陛下赏了家宴,只是我们父子三人和镇显侯父子二人。陛下大约是心里高兴,不觉开怀多饮了几杯,有些醉态,说起朝中事情来。还提了提王爷您呢。"

兴平王心里突得厉害。他敏锐觉得盛修颐有些不同。

他好似在装疯,东一句西一句,却每句都不说完全。方才还在说那孩子,如今却谈到了披庭的家宴。

兴平王心里急,面上却依旧一副漫不经心的模样,顺着盛修颐的问题,问陛下说了他什么。

"陛下只说了兴平王三字,又说您乃是本朝第一忠臣。"盛修颐笑道,"当年陛下还是太子时,时常到您府上玩乐。除了说您之外,又说了自己当政多年失德之处。"

兴平王笑了笑。

"他最后对我父亲和薛老侯爷说,兴平王……然后又突然说,'明珠遗海,乃是为父不慈!'"盛修颐望着兴平王,轻轻说道。

兴平王手中筷箸差点滑落。他错愕看着盛修颐:"陛下此话何意?"

心里虽然跟明镜一样,却不想让盛修颐看出破绽有所怀疑,所以故作惊慌害怕。不到最后一刻,兴平王是不会被盛修颐试探出什么的。

盛修颐笑着安慰他："王爷别担心，不过是醉后一句话而已。当时我父亲和薛老侯爷也问这话呢：陛下到底何意。圣意难测，谁又知晓呢？"

兴平王看盛修颐，眼底不见了那些轻待与敷衍，变得很认真。

盛修颐只装不知情。

先说了兴平王，又说了明珠遗海，盛修颐还特意说花了银子得到一个孩子和一个女人……如此等等，不就是在告诉兴平王，盛修颐不仅仅得到了那遗珠，还知道那遗珠是从兴平王府里出去的。

不仅仅他知道，陛下也是知道的。

萧太傅已除，现在天下太平，兴平王倘若还藏着陛下的遗珠不肯进献，就是有意欺君了。

兴平王此刻很想知道，那歌姬和孩子怎么到了盛修颐手里。

他执壶斟酒，笑着问盛修颐："我一个闲赋之人，怎么说起朝廷的话来。天和多饮几杯……"

说着，也替盛修颐斟酒。

盛修颐连忙谢了，恭敬接在手里，先敬了兴平王，才饮酒入腹。

"可是呢。朝中事，说来也是事不关己。"盛修颐饮酒毕，才笑道，"只一件，我昨日得的那孩子，今年快六岁，比我家贵妃娘娘的三皇子还小两岁呢，瞧着模样十分有天家之相。我问他们母子，他们自己也说不清楚来历。那做娘的只说从前在王爷府里学艺……"

兴平王掌心的汗就冒了出来。盛修颐说得这样真确，不太像是胡乱试探他的。

"我瞧着他的模样，就想起那日家宴上陛下的话，什么明珠遗海，心里慌了神。那人要三万两，我就去了典当行，把我的印章典了，拿出三万两给了那人。"盛修颐说着，就叹气，"王爷替我拿个主意，我如今如何是好？"

兴平王听在耳里，早已明白盛修颐不是诳他，而是来找他要那三万两银子了。

"不知索钱的，是何人？"兴平王问。

盛修颐看了他一眼，笑道："王爷这话问得外行了。倘若能道出他的身份，他大约会带着孩子和那女人来寻王爷。王爷可是比我有钱，何止三万两，三十万两王爷不给么？"

三百万两也要给的！

兴平王心里恨得紧，到底是谁走漏了风声，让人把孩子和那女人带了出来！

他脸上就再也没有了笑容，沉思片刻才道："天和，你可是拿着自己的印章典当了钱？"

盛昌侯府世子爷的印章，三万两银子还是值得的。这话兴平王没有怀疑。

盛修颐点点头。

"这样，本王手头正好有四万两银子，你先拿去使。"兴平王道，然后喊了管家，当即拿了银票过来。

片刻，管事就拿了个匣子，装了半匣子的银票，一百两一张的，放在案上，又轻轻退了出去。

盛修颐毫不客气打开匣子,把银票数了,只拿了三万两,笑道:"王爷客气了,我那印章只典当了三万两。"

将银票收在怀里,淡淡叹了口气:"王爷莫要怪我多管闲事。我倘若是存心谋利的,不管把这孩子给我父亲,还是我外家镇显侯府,他们给我的好处,远远多于这三万两银子。"

兴平王点头。

他对盛修颐此举心里早有怀疑。

既然得了那么个宝贝,拿进宫去请赏,或者给盛昌侯,亦或者镇显侯,都是大功劳,怎么会还给兴平王,还只要三万两的本钱呢?

"王爷府上,有我一个朋友。"盛修颐笑了笑,"我想着,王爷倘若这次得了功劳,不如给他请个官儿。他在您府上也好多年的。"

盛修颐和兴平王的清客殷言之有来往,兴平王是知道的。

倘若说兴平王一开始对盛修颐的话只有三分相信,现在大约相信了七分。

那对母子,或许真的在他手里。

没有人敢无缘无故来诳兴平王的钱财。

哪怕是当朝权臣人家的世子爷盛修颐。

只是,好好待在清原县、派了几个保护的人,怎么就到了盛修颐手里?

兴平王不由望向盛修颐,眼神不由噙了警告与怀疑。

盛修颐也看着兴平王,等待他对自己提出替殷言之谋求官职这个要求的回答,目光清澈。遇到兴平王这般阴损的眸子,他只是微微蹙眉,丝毫不见慌乱与失措。

不是盛修颐干的,否则他不会如此坦诚、不惧怕!

兴平王心里得到了结论,就收回了视线。

他手下的生意多是见不得光的,要管制这些生意和人,就需比他们更加阴鸷、凶狠。兴平王向来自负御人有术,不管多么油滑的老江湖都逃不过他的逼视,何况是盛修颐这等没见过世面的公子哥?

兴平王心里对盛修颐的评价,并没有因他西北之行胜利而改观。他和很多人一样,怀疑是盛文晖暗地弄鬼,派了得力的门生、幕僚帮衬盛修颐,让他一举成名天下知。而并不是盛修颐的功劳。

众人对他的印象,依旧是那么平庸、平凡甚至有些惧怕父亲、没有年轻人朝气的盛家世子爷,而不是叱咤一时的英雄。

兴平王表情松弛下来,给盛修颐斟酒,道:"天和,你知晓是我府里出去的人,送还给我,是对我的情分,我自会感谢于你!殷言之为人迂腐了些,不擅长官场计算,我有心助他,只怕害他,所以想多留他几年。既你开口,哪怕没有这件事,我亦会给你面子的。"

盛修颐就笑起来,道:"多谢王爷。"然后又道,"前几日我回京,送了方砚台给言之兄,他就回请我吃酒。有些醉意,无意间说起这些年的彷徨。学得文武艺,卖与帝王家,也是他毕生宏愿。踌躇不得志，心里是苦的。王爷有心成全他，还请隐晦几分，给他些体面。"

兴平王笑道："这个天和大可放心。我既满口应承于你，自不会失言。"

一顿饭一直吃到日薄西山，盛修颐才脚步踉跄回府。

坐在马车里，他徐徐醉态顿时不见了，眼睛清晰又明亮，对来福道："事成了！"然后露出一个会心的微笑。

自从开始寻这个女人和孩子，哪怕是亲眼看到了孩子，盛修颐都不曾这样展眉微笑过。直到此刻，他的布局才算完成，接下来的好戏，自然会有人替他唱下去。

来福听到他说事成了，又见他很开心地微笑，笑着问他："世子爷，我亲自去领了他们母子给兴平王送去吧？"

"不用！"盛修颐笑道，"我们吃酒的时候，我告诉了兴平王人在哪里。他中途就叫了管事说话，只怕现在人已经在兴平王府里。"

来福微微颔首。

盛修颐又掏出银票给他，道："依旧存在老地方。"

来福看着银票，数了数，微微瞪目，笑道："世子爷，咱们这趟可是什么都没有赚到啊！咱们花出去的钱，就不止三万两。"

盛修颐哈哈大笑，声音里带着从未有过的快意与放肆："你当爷要钱？"

来福目露狐惑。

"我不要钱！"盛修颐笑道，"但是我也不想赔本赚吆喝，所以捞回这三万两。"

来福虽不解，却没有像来安那样傻傻再问了。

还不是赔本赚吆喝？

来福是不知道主子到底要什么，费了这么大的劲儿。

"倘若咱们把人给了侯爷或者自己送进宫去，自然会得罪兴平王。"盛修颐笑道，"就算给了薛老侯爷，兴平王迟迟早早也会疑惑到咱们头上。既如此，不如给他，让他自己进宫请赏。"

来福点头颔首。

盛修颐的确是有些醉了，不再多言，微微阖眼养神。

与人相处，攻心为上。京都很多权贵做见不得光的生意，兴平王、雍宁伯，大家都心知肚明的。而在暗地里赚得盆满钵满的，就是盛修颐了。

他自己也暗中行事，最不敢得罪兴平王。

盛修颐的思绪转回了那个歌姬的身上。那歌姬曾经是兴平王府上最出色的，歌喉婉转，绕梁三日；容貌浓艳，体态婀娜，总有男人倾倒在她一颦一笑间。

兴平王谁都不给，只是让这歌姬名誉京华，声名渐起，只等最后的大鱼上钩。

那时还是太子爷的元昌帝终于慕名而来，看上了这歌姬，为她逗留。

只是那时候先帝听了萧太傅的话，对太子言行多有苛刻，他府上的太子妃、两位良娣，

皆比他年长。

薛贵妃和盛贵妃进太子府的时候,比太子大两岁。太子妃比他大三岁。

一开始他年纪小,比自己年长的女人情趣很足,他是喜欢的。只是到了后来,渐渐大了,也爱些年轻的、艳丽妩媚的女子。可太子府里娶进什么样的女人,他做不得主。

倘若他敢娶进一个歌姬,太子府萧氏就敢闹得鸡飞狗跳,甚至让萧太傅知晓。而萧太傅知晓了,先皇就会知晓,元昌帝少不得挨骂一顿。

他对那个歌姬是喜欢的,却不敢收回府里,只得养在兴平王府。

那段日子,太子和兴平王很亲近,虽然瞒着满朝文武,盛修颐却是从小道上听说过的。

两个月后,太子每日逛兴平王府,终于传开,也传到了萧太傅耳朵里。萧太傅严厉告诫,说兴平王骄奢淫逸,会带坏储君,禁止太子再去兴平王府。

可能是怕惹恼先皇,也可能是对那个歌姬的新鲜劲过去了,元昌帝就从此不踏入兴平王府邸。

再后来,就是殷言之酒后失言,说那个歌姬有了新帝的骨肉,是个胖嘟嘟的皇子。可是兴平王怕萧太傅不准这等身份低贱的皇子存在,会谋害皇子,甚至会牵连兴平王府,就把孩子藏起来,等着他日新帝真正手握大权,再把孩子交出来,从而用来讨好元昌帝。

兴平王为了这个皇子花了这么多的心思,岂会让旁人抢占了先机?

盛修颐故意上门,告诉兴平王,他一直瞒着元昌帝,其实元昌帝心中早就清楚这个孩子的存在。他不说,只是他做不了主。如今天下大权终于在他手里,他岂会让皇子遗落民间?

兴平王心里岂有不怕的?只会巴巴早些把孩子送进去!

等这个孩子进了宫,盛修颐很想知道他的父亲盛昌侯爷会怎么想,陛下又会怎么想!

而薛老侯爷那么精明的人,自然会推波助澜,把那次元昌帝所说沧海遗珠冠到这个皇子头上。元昌帝不忘子嗣,他为人父之慈爱会被天下称颂的吧?

到时,元昌帝就是骑虎难下,只得认下这孩子了!

这是盛修颐最想要的结果。

当然,倘若孩子由他们府里或者薛府送去,可能更有把握成就此事。可是他不能如此做。不管是盛家送还是薛家送,都会得罪兴平王。

而兴平王一向贪婪阴狠,是个只占便宜不吃亏的。他丢了皇子和那个歌姬,自然要查,而殷言之见过盛修颐的事,就会被查出来。

兴平王是宁可错杀、绝不放过的,殷言之性命堪忧,而盛修颐也会成为兴平王猜忌的对象,肯定会拼了命查他。

要是查出他的生意,对他和盛昌侯府都没好处。

不管是为了朋友还是为了自保,盛修颐不可能自己拿着皇子去请功。

如今他明知这事有大好处,还是让给了兴平王。依着兴平王看事情必须衡量价值的性子,盛修颐把这么好的事让给他,他对盛修颐自导自演的怀疑就会减少。而盛修颐又毫不避讳说起殷言之，兴平王自然就不会怀疑到殷言之身上。

越是放在明显处，越叫人忽视。这叫虚则实之、实则虚之。

盛修颐倘若这点事都不能做好，又何谈满腔壮志？

现在，自己摘清，又不连累朋友，甚至能替朋友谋得一处官职；还把东瑗的危机解除，盛修颐的心情是大好的。

回了盛昌侯府，他径直回了内院。

心情极好，搂着东瑗说了半响的话，又逗弄了孩子一回。

他还没有洗漱，就赖在东瑗床上，抱着她说话儿。

或许是喝了酒，他明明正经说话，身子却不由自主热了起来。

东瑗尴尬极了。

她刚刚生子十来天，虚弱不堪，不可能服侍他的。

他看到了东瑗的为难，自己也觉得不舒服，就道："我今夜去陶氏那里。"

东瑗正在想怎么处理，他突然这样说，她顿了顿，笑着道："让红莲服侍你更衣吧。"

盛修颐起身穿衣，看了墙上的自鸣钟，已经戌正一刻了，就去了陶氏的房里。

床的那边还有他留下的余温，东瑗伸手摸着，心底的某处空得厉害。

她依偎着那余温，久久没有动。

罗妈妈正要安排红莲和绿篱服侍盛修颐盥沐。她以为盛修颐今天会像往日一样歇在东瑗这里。却见盛修颐衣冠整齐走了出去。

罗妈妈就问服侍的红莲："世子爷哪里去？"

红莲看了眼内室的东瑗，低声对罗妈妈道："世子爷说去陶姨娘那里，奶奶让我服侍世子爷更衣。"

罗妈妈会错了意，心里一慌问红莲："大奶奶和世子爷起了争执？"

"没有。"红莲摇头，脸却微红，心想罗妈妈是老人了，居然问她这个做丫鬟的。

世子爷为何去陶姨娘那里，不是很明白的事吗？

罗妈妈见红莲面颊通红，也明白过来，让她出去，进了内室看东瑗。

东瑗面朝床里面躺着，听到脚步声，知晓是罗妈妈进来了，就转过身子。

"今日谁值夜？"她笑着问罗妈妈，"妈妈，夜深了，您安排值夜的丫鬟，下去歇了吧。明日你们都要早起呢。"

罗妈妈却看了看她的脸色。

好似并无异样，心里微微放心，坐在她的床畔，低声道："瑗姐儿，妈妈不是说，倘若挨不过，把世子爷劝往邵姨娘那里吗？怎么世子爷去了陶氏屋子？"

东瑗道："是世子爷自己说去陶姨娘屋里的，我并未让他……"

罗妈妈就握了东瑗的手，心疼着安慰道："瑗姐儿，你莫要担心。世子爷哪怕去了姨娘的院子，心还不是在你身上？男人啊，哪个不是那馋嘴的猫儿？咱世子爷算好的了。世子爷走了九个月，真的不想女人？回来后，你在月子里，他还不是照样在你这里歇了十几夜？可见咱们世子爷处处敬着你呢。"

道理谁不明白？别说盛修颐正值青年体壮，就是她公公盛昌侯不是还有二十五岁的姨娘？

不难过是假的，可大度却也是必须装的。

东瑷反握了罗妈妈的手，笑容在唇边从容绽开："妈妈，今夜世子爷不住这里，你宿在我脚榻上，可好？"

罗妈妈忙说好。

小丫鬟就在脚榻上铺了软和的锦被，罗妈妈安排好人值夜，放了一盏明角灯在踏板外，就轻轻放了幔帐。

床内的光线就暗淡下来。

东瑷白日困了就睡，此刻毫无睡意，跟罗妈妈说着话。

倘若是普通人家，从她怀了身孕开始，就应该安排通房服侍男人。

因为盛修颐外出才归，这件事一直搁置着。如今东瑷在月子里，总不能由着那些姨娘们狐媚着占了世子爷。

罗妈妈对她道："瑷姐儿，在屋里安个通房吧，这样世子爷夜夜就能留在这里。"

东瑷顿时不做声。比起安排通房，她宁愿盛修颐去妾室那里，至少她听不到、看不见。安排了通房，就是让她的丈夫在自己眼皮底下和旁的女人……

"……安排谁呢？"东瑷好半响才道，"蔷薇我是舍不得她做小老婆的，盼着有一日寻个好人，聘出去做正经夫妻。旁人我信不过。"

"红莲呢？"罗妈妈问，"我瞧着红莲是个老实稳重的，从前也是咱们院子里的，知根知底。"

"红莲不行的。"东瑷笑道，"她给了世子爷服侍，怎么还能做通房的？"

罗妈妈就微微叹了口气，不再多言。

两人沉默下来，罗妈妈累了一整日，挨着枕头就不由自主睡了。

而东瑷睡了整天，脑海里走马灯似的转悠着很多事，久久不能入睡。

半夜诚哥儿醒了，哭了起来，东瑷就起身要去看，把罗妈妈也惊醒了。

乳娘给孩子喂奶，诚哥儿就不哭。

罗妈妈披了衣裳起身，去喊乳娘抱诚哥儿进来。

乳娘抱了盛乐诚进来，蔷薇也披着薄袄跟了进来。

她这几日一直和橘红照拂孩子。

"奶奶，三少爷是饿了。"蔷薇笑着安慰东瑷，"咱们三少爷只有饿了才会哭，您别担心。"说着，接过乳娘手里的孩子，递给东瑷。

罗妈妈在一旁打着哈欠。

东瑷抱着孩子,就对罗妈妈道:"妈妈,你先到炕上睡吧。我睡不着,抱抱诚哥儿。"

蔷薇就喊了值夜的小丫鬟,把榻板上的锦被抱到内室临窗的大炕上。罗妈妈到底有了年纪,半夜醒了头脑也醒不过来,她胡乱应了几句,倒头又睡下了。

东瑷抱着孩子,对蔷薇道:"你也去歇了,明日还要当值,乳娘不是在这里?"

"我不碍事。"蔷薇笑道,"乳娘先去睡吧,免得睡不好,奶水也不好,饿了咱们三少爷。"

盛乐诚已经吃饱了,安静躺在东瑷怀里,至少两个时辰不用再喂奶。

东瑷笑道:"乔妈妈先去歇了。"

乳娘道是,先下去睡了。

"你这些日子一直陪着三少爷守夜,累了吧?"东瑷看到蔷薇好似憔悴了些,问她。

"不累,不累!"蔷薇忙道。她已经满了十六岁,出落得越发水灵,在丫鬟里算是头一份的漂亮。明眸皓齿,言辞又痛快,已经有人瞧着想给她说亲。

只是东瑷有了身子,需要蔷薇处处照拂。

再说,在丫鬟里她算年纪小的,大家都揣度东瑷不肯这样早放她。也有人揣度蔷薇迟早要是世子爷的人,都在观望不敢开口。

已经不止一个人暗示东瑷,让她把蔷薇给了盛修颐。

而蔷薇自己是没有这个歪念的,东瑷看得出来;盛修颐自然也不会打东瑷丫鬟的主意,他不是那么不论荤素、没出息的男人,看到有点姿色的就想往房里拖。

想要堵住众人的口,她需要把蔷薇的婚事定下来。

一想到蔷薇也要嫁了,东瑷就舍不得。可是这件事不能再拖了,等她满了月子,第一件事先把这事办了。先定一个人,到了年底或者明年年初再成亲。

盛乐诚跟东瑷一样,没什么睡意,东瑷就抱着他,冲他笑。

他只会看着东瑷,看累了又闭眼睡了。

东瑷问蔷薇:"你可有觉得他长胖了些?"

脸的确是比刚刚生下来的时候圆了些,看着很明显。

蔷薇惊喜道:"是啊。奶奶,咱们三少爷好福气呢。"

东瑷忍不住笑。

盛乐诚睡了,东瑷也不给乳娘,把他放在自己枕边,然后对蔷薇道:"你倘若不放心,跟着妈妈在炕上挤挤睡下,我陪着诚哥儿呢。"

蔷薇道是,让小丫鬟抱了床被子给她,和罗妈妈睡在东瑷内室的炕上。

幔帐放下,屋里虽点了盏小巧明角灯,帐内却看不清什么。

东瑷的手轻轻拂过儿子的面颊,忍不住微笑。

次日早上寅正三刻,盛乐诚又醒了。

醒了就哭,把刚刚阖眼的东瑷一下子惊醒了,忙喊了乳娘来。

他这回是拉了。

乳娘替他换了干净的尿布，又喂了他一回，才不哭。

罗妈妈等人也陆续起身。

东瑗笑着道："诚哥儿真是乖，吃饱了就不哭，不知道像谁。"她不知道这世的自己如何，却记得前世奶奶常说，她小时候很磨人，每时每刻要人抱着。只要离了手，立马哭得肝肠寸断的。

"像世子爷。"罗妈妈肯定道，"你小时候很磨人，时常听到你哭。"

正说着，盛修颐进来了。

他看到满屋子人围着盛乐诚，就道："诚哥儿这么早醒了？"

东瑗笑着道是，又问他："早上用过饭了吗？"

盛修颐摇头。

东瑗也没有吃，蔷薇听到了，亲自去厨下给他们端早膳。

刚刚走到静摄院，就看到盛修颐的小厮来福快步过来。

看到身后跟着两个小丫鬟的蔷薇迎面走来，穿着绯色短褥上衫，宫绿色挑线裙子，婷婷婀娜似朵桃花。

来福心口一跳。

蔷薇撇过脸去，快步从他身边绕过，只当没有瞧见，领着小丫鬟去了厨下。

来福微微吃惊：他这么个大活人站在这里，她怎么装作没瞧见？

难道是那日看她，她心里恼了，当他是个轻浮的？想着，来福心头微凉。

他来不及多想，蔷薇已经走远，他也忙进了静摄院，找盛修颐。

蔷薇端了早膳到静摄院，盛修颐已经随小厮来福出去了。

于是橘红和蔷薇就服侍东瑗用了早膳。

用了早膳，昨夜不曾睡好，东瑗就有些困了。

等她再醒来的时候，橘红、蔷薇、罗妈妈和寻芳、碧秋、夭桃等人在东次间说话，还有低低的笑声。

东瑗就喊了她们进来，问在说什么。

蔷薇道："……听说皇上认了个皇子呢。咱们家贵妃娘娘诞的四皇子改了齿序，现在叫五皇子了。"

东瑗有些吃惊，问那四皇子是个什么来历。

"是枚沧海遗珠，被兴平王收留，直到昨日才送给了陛下。听说四皇子比二皇子和三皇子长得都像陛下，陛下甚至没有多问，就认下了那孩子。今日早朝就正式上了谱，赐了名字呢。"蔷薇笑道，"还说大赦天下三日……"

皇上这么高兴？是因为生了这四皇子的女子，是他喜欢的人吗？

毕竟是朝堂之事，跟内宅关系不大，不过是个趣闻，大家说说而已。

盛修颐早上被来福叫去了外院，一直都没有回来。

吃了午饭，东瑷只留罗妈妈在跟前，跟她说自己对蔷薇的打算："……您知道我的心，定是不会让蔷薇做通房的。不如给她说门亲事吧。就定咱们府里外院的，只要人才好，旁的都不拘。您把这个消息说出去，看看有没有人来提起这门亲事。"

蔷薇是东瑷身边最得力的，娶了她的男人自然有好前程。

大奶奶又说不拘旁的，只求好人才，还怕没人提这门亲事？

罗妈妈见东瑷是真心不想让蔷薇做小老婆，那段心事只得放下，也替蔷薇高兴："我等会儿就说出去……"

黄昏时，东瑷见金黄色夕照透过茜色窗纱，映在内室的什锦槅扇上，将青花瓷的古董花瓶镀上了璀璨的金色。

天气很好，东瑷就想起身去院子走走。罗妈妈几个人死死劝着，不让她下床。

挨不过罗妈妈和蔷薇、橘红等人，东瑷就笑道："开扇窗户行吗？"

今日没风，且外头的气温比内室高些，满院子的桃花、荼蘼花香，很好闻。

罗妈妈就亲自去开了半扇窗子。

橘红抿唇笑："奶奶，您要给蔷薇定亲事吗？"

蔷薇的脸刷的红了，只顾跺脚："奶奶，橘红姐欺负我，您快管管。"

罗妈妈笑："不是欺负你，这个是真事！奶奶托我放出话儿，要给你寻个好婆家呢！"

蔷薇的脸就更红了，艳若晚霞般，越发好看。

"什么人聘了蔷薇去，是几辈子修来的福气！"罗妈妈看着模样精致的蔷薇，感叹道，"这模样、这性情，就是大户人家的小姐，也出落不得这样好！"

蔷薇贝齿咬着樱唇，又羞又怒："你们都不是好人！"就摔帘子出去了。

她走到院里，心却倏然热了起来。

奶奶对她真心，从来没有变过。蔷薇知道私下里有人说过，奶奶可能让她做通房。

她是不愿意的。哪怕是做奴才，她也想找个自己的男人，做正经夫妻。给人家做通房、做妾，有什么好的？再体面也要给正室奶奶磕头，一辈子伏低做小。

蔷薇自恃有些心气，怎么甘心做小老婆？

她很害怕，奶奶会改变主意。只要一日未嫁，心就提着。如今听到罗妈妈和橘红取笑的话，她虽然羞得厉害，心里却放了下来。

内室里，东瑷就问橘红，是不是有人找她说。

"是厨下的程妈妈，听说奶奶要替蔷薇配人，就说他小子现在外院跟爷们出门，生得机灵又白净，脾气好，最是会疼人……"橘红笑着说给东瑷听，"又听说奶奶不拘人才，想套我的口风。我什么都没说，只推不太清楚。"

东瑷笑起来："才第一天，便有人来说话？你明日回程妈妈，等我出了月子，见见她家小子再说，不急一时的。"

橘红道是。

东瑷又道："倘若不管谁问，都记下，等我出了月子慢慢访。"

橘红笑着道好。

又说了几句闲话，夭桃进来道："奶奶，香橼姐姐来了。"

东瑷让请了进来。

香橼给东瑷行礼，笑道："奶奶，南边庄子里送了三十只乌鸡上来，侯爷专门吩咐，让给奶奶送过来，让奶奶这里的小厨房炖了，补补身子。"

东瑷微愣。

自从盛乐诚出世，她的公公好似从未关心过她，怎么今天叫人送了乌鸡来？

"侯爷还问，三少爷醒了没有，让抱去元阳阁给他老人家瞧瞧呢。"香橼笑道。

这回不仅仅是东瑷，就是罗妈妈和橘红等人，也微微吃惊。

这可是盛昌侯第一次说抱了孩子去瞧瞧的。

东瑷不敢托大，忙叫乳娘抱了孩子过来，吩咐道："给诚哥儿披个斗篷，别进了风，抱去给侯爷瞧瞧。也不用着急回来……"

乳娘道是。

东瑷又让蔷薇跟着去服侍。

盛乐诚被抱走，东瑷满脑子总想着他，离了孩子偶然的哭声，她浑身不自在，却又不好叫人去抱回来。

快到戌初一刻，是盛修颐抱了盛乐诚回来。

东瑷的心就松了下来。

乳娘把孩子抱下去喂奶，东瑷问盛修颐："今夜还歇陶姨娘那里吗？"

盛修颐转身去了净房，头也不回道："歇这里吧。"

盛乐诚吃了奶，还没有睡，乳娘乔妈妈就把孩子抱到东瑷跟前。

东瑷接在手里，问一旁的蔷薇和乳娘乔妈妈："三少爷在侯爷面前乖吗？"

"很乖。"蔷薇道，"三少爷冲侯爷笑呢。"

东瑷惊喜："他笑了？"

"是啊。"蔷薇也满面是笑，"三少爷笑了，夫人稀罕得不得了，说孩子还没有在她跟前笑过，果然是喜欢祖父的。我说，三少爷也不曾在大奶奶和世子爷跟前笑过，夫人就更加喜欢了。侯爷也喜欢，把身上的玉佩解下来赏了三少爷。还把孩子接过去抱了一回呢。"

说着，把玉佩给东瑷瞧。

是块汉代白岩玉，通透无瑕，应该是很名贵的。

东瑷看了看，还给蔷薇拿着："你先收了，等三少爷院里选了管事妈妈，再交给她替三少爷管着。"

蔷薇道是。

盛修颐从净房出来，乳娘乔妈妈和满屋子服侍的人退了出去，他亲手抱了孩子，坐在东瑗的床畔，对她道："爹爹说诚哥儿像我……"

说着，他眼底的笑很浓郁。

东瑗不知他为何这般开心，却也看得出他是极其喜欢的，就故意叹气："大家都说诚哥儿像你！难为我生他一场，竟没捞着半点好处。"

盛修颐就哈哈大笑起来。

怀里的盛乐诚见父亲笑，也撇嘴无声笑，露出淡红色的牙床。

东瑗哎哟一声，惊喜望着他，轻轻推盛修颐："你瞧你瞧，他会笑！"

盛修颐看过去的时候，诚哥儿已经不笑了，又阖眼要睡觉。

夫妻俩都放轻了声音。

盛修颐对东瑗道："他在元阳阁也笑了一回，爹爹很喜欢。"

两人逗弄了半晌孩子，才把孩子给了乳娘抱下去歇了。

次日早起，盛修颐出去衙门点卯，东瑗也早早醒了，让乳娘抱孩子过来。

盛夫人由一群丫鬟、婆子们陪着，往静摄院来瞧东瑗，说起昨日抱孩子给盛昌侯看的话，笑道："侯爷一回来，就说想瞧瞧孩子，让我派个人去抱了来。看到诚哥儿笑，侯爷说诚哥儿像颐哥儿小时候的模子呢……"

东瑗听着，忙笑了起来。

盛夫人指了指身后的一个三旬妇人，对东瑗道："这也原是我屋里使唤过的，姓夏，嫁给了外院采办上的卢管事。早些年服侍过郝哥儿。郝哥儿搬到外院去，她就不曾跟着。平日里管着我院子里的浆洗。让她到桢园给诚哥儿做管事妈妈吧。"

盛家和薛家的规矩一样，小姐们屋子只有乳娘，乳娘帮着管事；而少爷们屋里既有乳娘，还有个总管事的妈妈。

东瑗瞧着这个夏妈妈，三十六七岁的年纪，模样周正，举止沉稳谦和，笑容温婉，一看就不是那种刁钻的。她站着，虽垂首，却不耷着肩膀，后背挺得笔直，应该是个有主见的，不会任由少爷胡来不敢管。

"以后诚哥儿就有劳夏妈妈费心。"东瑗客气笑道，喊了蔷薇，让她拿些尺头和首饰给夏妈妈，算是头次见面的赏赐。

蔷薇拿了两匹大红遍地金缎子，两个八分的银锞子，一对织金点翠琥珀蝙蝠簪。

夏妈妈忙跪下给东瑗磕头。

这份礼算是重的。盛夫人想着东瑗出阁时，满箱子的绫罗绸缎，就笑着让夏妈妈接了，没有推辞。

第十七章 幼子受惊

晚上盛修颐回来,先去了盛夫人处,才回了自己的院子。

他刚刚走到门口,就听到孩子哭声。盛修颐一惊,快步奔进了院子。

东瑗已经下床,只穿了单薄的衫袄,在暖阁里抱着哭得凄厉的盛乐诚。

盛乐诚裹在锦被里,一只脚还露在外面。

暖阁里放了水盆,乳娘和几个丫鬟跪了一地,蔷薇和橘红不安立在一旁。见盛修颐和罗妈妈进来,蔷薇和橘红忙给盛修颐行礼。

两人不由面露焦急。

盛修颐看着穿得单薄的东瑗,上前接过盛乐诚,用锦被裹住了孩子,抱在怀里,对东瑗道:"怎么了?你怎么下床了?"

乳娘的身子就吓得发抖。

孩子不停地哭,头发上有水珠,像是刚刚从水盆里抱上来的。

东瑗被孩子哭得心酸,眼泪就不由自主涌了出来,道:"被水呛了。她们给诚哥儿洗澡,手不稳,呛了孩子!"

罗妈妈见这样,又想劝东瑗不能哭,又担心孩子。

盛修颐就把孩子抱回了内室。东瑗忙跟了上去。

他进了内室,依旧抱着孩子,指了跟进来众丫鬟里的蔷薇:"去跟外院的小厮说声,叫了太医快来!"声音异常的严厉,脸上表情严肃凶狠,依稀就是盛昌侯的模样。

东瑗微愣。她印象中的盛修颐很温和,还真是第一次见他这样。这个念头一闪而过,心头很快又被孩子占了。

蔷薇忙道是,带了两个小丫鬟照路,快步跑了出去。

孩子还在哭,盛修颐抱着他摇着,想让他停止哭泣。

东瑗忙上前拉了他的胳膊,焦急道:"你不能晃他!他才这么一点,脑壳都没有长结实,你晃他,他会头昏难受的!"

盛修颐从前没有抱过这么大点的孩子,不太懂。他以前两个儿子,未满周岁身边的人都劝着不让他抱。他听了东瑗这话,手臂连忙不敢动了,把孩子稳稳抱在怀里。

然后才柔声对东瑗道:"到床上去躺着。你还在月子里,不能下地。"

东瑗还想说什么,盛修颐又道:"我不是在这里?你去躺好,我照顾诚哥儿。"

东瑗只得脱了鞋上床。

盛修颐怕她担心,把盛乐诚抱到她床畔。

可能是难受劲儿过去了,也可能是哭累了,孩子渐渐不哭,一双湿漉漉的眸子看着盛修颐。盛修颐只觉得心都要融化了,心房软得不可思议。

孩子的哭声停了，不仅仅是盛修颐，满院子的人都松了口气。

罗妈妈就叫小丫鬟端了水给东瑗和孩子擦脸。

橘红服侍着替盛乐诚拭干小脸，罗妈妈则服侍东瑗。她一边伺候东瑗洗脸，一边低声道："奶奶，您可别再哭了……"

东瑗颔首。她也不想哭的。

可是孩子哭成这样，她的眼泪就怎么都控制不住，心都要碎了般。

闹了一场，最后还把盛夫人惊动了。

她带着一群丫鬟婆子赶过来的时候，盛乐诚已经睡了。盛修颐一直抱着他，坐在东瑗的床畔。

盛夫人见孩子熟睡，好似不碍事了，连声念阿弥陀佛。

"每个孩子出生，都有道坎儿。过了这个坎儿，以后就健康多福呢。"盛夫人见盛修颐和东瑗仍是在担心，就笑着安慰他们。想了想，又道，"以后让满院子的不要喊三少爷，都喊诚哥儿。贱叫些，好养活。"

东瑗道是。

罗妈妈就吩咐下去，让众人都记得，以后切不可喊三少爷，都喊诚哥儿。

到了亥初二刻，小厮来福才请了太医过来。

太医给盛乐诚把脉，说孩子只是遇水受了惊，没有大碍，开些安神定息的方子。倘若世子爷和大奶奶不放心，就给孩子吃两回；若觉得不碍事，也可以不吃的。

盛修颐跟太医道了谢，让来福依旧送出去，给了五两银子的诊资。

拿了药方，盛修颐依旧叫来福到外院去，让管事的去开了药来。

等来福又把药送进来的时候，罗妈妈早让小丫鬟架了风炉，自己去煎药。

东瑗和盛修颐都在内室，哄着孩子。孩子渐渐睡了，盛修颐就把他放在东瑗的枕边，让他今夜同他们睡。

橘红和蔷薇小声在帘外说什么，两人好似拿不定主意。

东瑗听到了，喊了蔷薇进来，问什么事。

蔷薇忙脚步轻缓走了进来，怕吵了盛乐诚，声音低柔对东瑗道："乔妈妈和几个服侍的小丫鬟还跪着呢，奶奶，您要如何处置……"

东瑗方才就听乳娘说，她喂好了诚哥儿，要给他洗澡。已经在盆里放了热水，乔妈妈让一个叫初露的小丫鬟先把诚哥儿放到水里洗，自己则转身去拿锦被来裹孩子。

诚哥儿爱玩水，手上虽没有力气，却挥舞着去打水玩。

水溅到那个扶他洗澡的小丫鬟身上，小丫鬟心疼裙子，只顾拿手去拂裙子上的水。手上一松，诚哥儿身子就栽到了水盆里，正好乔妈妈进来。

她忙丢了锦被，把孩子抱起来。哪怕是大人，被水呛了都是难受极了的，何况是这么小的孩子？所以诚哥儿哭得如此厉害，怎么都哄不好。

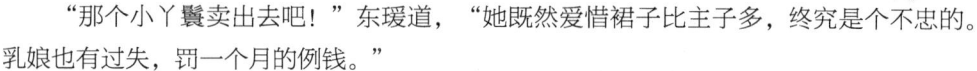

"那个小丫鬟卖出去吧!"东瑷道,"她既然爱惜裙子比主子多,终究是个不忠的。乳娘也有过失,罚一个月的例钱。"

蔷薇道是,转身要去暖阁。

东瑷喊住了她,又道:"乔妈妈心里不好过,奶水也不好,会饿了我的诚哥儿。罚她是她用人不善,也赏她忠心护主吧。"

然后又道:"赏三两银子吧。"

乳娘的月例是二两银子,东瑷说再赏三两,也没有让她亏着。

盛修颐看着她,小小年纪赏罚分明,丝毫不见有妇人任性小姿态。有赏有罚,做事有理有据,俨然有当家主母的手段。他微微笑了笑。

等罗妈妈熬好药端了进来,东瑷和诚哥儿都睡了,盛修颐守在一旁。

想着太医说药可吃可不吃,孩子睡着了,再弄醒来吃药,反而伤元气。盛修颐就对罗妈妈道:"端下去收着,明早再热来吃吧。"

罗妈妈道是。

蔷薇去暖阁,让乔妈妈和几个小丫鬟都起来。

那个失手呛了盛乐诚的小丫鬟初露,也是东瑷的陪嫁。蔷薇领了她,交给盛家垂花门上值夜的婆子看守一夜,给了那婆子一百钱,让明早请外院的管事拉出去卖了。又说:"卖了多少银子,也不用拿进来,赏给外院的小厮们吃酒。"

那婆子连连道是。

初露哭得厉害,紧紧抱着蔷薇的腿:"姐姐,您救救我,我再也不敢了!"

蔷薇烦躁地踢开她,怒道:"哭什么!吵了人,还有你的苦头呢!你也忒不知足,是大奶奶心好。要是旁人,定要先把你打得半死,再卖出去!"

初露微怔,也不敢再去抱蔷薇,哭声也敛了些许。

蔷薇又厉声道:"你年纪还小,又不曾被打残了身子,兴许能卖到好人家做事。倘若再哭,先打你二十板子!"

初露忙不敢再哭了,只是缩着肩膀,低低呜咽。

那守夜的婆子送蔷薇出来,笑着问她初露是怎么回事。

蔷薇把她失手呛了盛乐诚的事告诉了。

那婆子跺脚骂:"这样不知死活的小蹄子,是主子要紧还是衣裳要紧?大奶奶好脾气,这样全胳膊全腿卖了,都不动她一下。她还哭,不知感怀,真真是个没心没肺的贱蹄子。"

蔷薇无奈笑了笑,又道:"您看好她,别叫她寻了死。卖出去的时候也看着,找个品行好些的人牙子,别卖到勾栏、戏院那些不干净的地方去。也算她服侍大奶奶一场。"

那婆子又赞蔷薇心地好,把她送了出去。

蔷薇回了静摄院,内室已经吹了灯。

蔷薇也悄悄回了自己的屋子里躺着。

次日早起，诚哥儿又是饿醒了。醒了就哭，声音依旧洪亮，盛修颐的心才算放下了。他让外间的小丫鬟喊了乳娘来给诚哥儿喂奶。

东瑷也醒了。

孩子肯吃奶，脸色白里透红，吃完了裹着锦被放在床上，眼睛明亮似天际繁星般，见东瑷逗他，他就咿呀着张嘴，虽没有发出半点声音，却好似在回应着东瑷。

东瑷稀罕得不行，只顾逗孩子，衣裳都未披，只穿了中衣。

盛修颐笑着给她披了件湖水色小夹衫，见儿子一副开心模样，心情也好起来。

两人逗弄了一会儿孩子，直到他又睡了，盛修颐吩咐丫鬟喊乳娘来把孩子抱到暖阁去，才下床洗漱。

丫鬟们也服侍东瑷用青盐、温水漱口，又用温热帕子洗了脸，抹了些茉莉花膏脂，屋子里顿时有淡淡清香。

蔷薇和橘红抬了架炕几过来，摆了早膳。

盛修颐洗漱好，和东瑷一起用了早膳，然后就拿着书在内室炕上斜倚着，并不打算出门的样子。

东瑷问他："今日衙门没事？"

盛修颐摇头："衙门里从来都没事，我就是挂个闲职……"他有时出门，只是拿去衙门做借口而已。

东瑷就忍不住笑。

盛修颐见她心情不错，就问她："阿瑷，听说岳母身边的管事妈妈来看你？"

东瑷神色就微微落下去几分，轻轻"嗯"了一声。

"倘若说了什么过分的话，别往心里去！"盛修颐柔声道，然后又拿起书，静静看了起来。

他就是这样安慰她一句而已。

东瑷微讶，反应过来后又觉得心里暖暖的，她笑道："没什么过分的话！我也不曾放在心上。"

盛修颐就微微颔首，眼睛继续在书上盯着瞧。

上午的骄阳筛过院落稀朗树木，将金色光线笼罩在临窗大炕上斜倚着的盛修颐身上。他的面颊被镀上金灿灿的光，面部曲线俊朗，不同于硬汉的坚毅，又不像文弱公子的柔和。

东瑷须臾才收回了视线，转身躺好又睡去了。

到了四月初一，盛乐诚满月的日子，也是东瑷坐完月子的日子。

她好似被囚禁的人终于放了出来般，欣喜不已。

盛夫人前日就同东瑷商议，盛乐诚的满月礼不盛办。怕东瑷多想，盛夫人细细跟她解释："……诚哥儿呛水那次，我总想着，是不是洗三礼办得太隆重，孩子承不住福？每每想着就悔得紧。满月礼只请自家人热闹。"

东瑷自然是同意的。

第十七章　幼子受惊

于是满月礼这日，只请了东瑗娘家镇显侯府、她的大舅母韩大太太、盛家二房、三房的两位婶婶及妯娌。而外院，也摆了一席酒、一出戏，请了亲朋好友。

东瑗坐月子也满了。一大清早，婆婆身边的大丫鬟香橼送了两支猫睛石金蝶錾银簪给东瑗。

这也是徽州的规矩。媳妇出月子，婆婆需送一对头饰，寓意健康多福，以后为夫家多添子嗣。

罗妈妈就把东瑗头上两支银丝嵌粉红宝石花簪取下来，换上盛夫人送来的这对簪子。

蔷薇和橘红替她配衣裳，选了紫罗色云锦绸金线绣芙蓉笑面开的褙子，淡紫色八宝奔兔百褶襕裙。紫罗似烟，衬托东瑗丰盈肌肤赛雪白净，眼波清湛妩媚，笑容雍容柔媚。

紫罗色原本就是多姿娇媚，东瑗从前不敢穿。

如今嫁了人，又是孩子满月的大喜日子，蔷薇替她挑了出来，她就没有推辞。穿在身上，果然宛如天际紫霞旖旎而下，在她周身翩跹。

乳娘把吃饱的盛乐诚抱了进来，盛修颐就抱着孩子，在一旁看她们替东瑗打扮。

蔷薇和橘红服侍她着外衣的时候，东瑗小声嘀咕了数次："这衣裳小了……"

衣裳原本就是她怀孕五个月的时候做的，岂有小的道理？她不过是生完了孩子，居然还穿怀孕五个月一样大的衣裳，让她很不满意而已。

罗妈妈等人便在一旁抿唇笑，惹得盛修颐也忍俊不禁。

穿戴好了之后，东瑗让乳娘抱着已经睡熟的盛乐诚，用锦被裹得严实，带着丫鬟们，跟盛修颐去元阳阁给盛夫人请安。

到了元阳阁，二房和三房的婶婶们已经带了各自的儿媳妇到了。

因为六爷刚刚得了庶长子，三婶笑容特别的甜腻，而二婶笑容就勉强了很多。

最强颜欢笑的，还是六爷的嫡妻六奶奶。

哪个女人想被妾室抢在前头生了儿子的？因为男人和家里的老人都会疼爱长子。将来疼习惯了，立家主的时候，可能立贤不立嫡，以后嫡子和嫡妻都很尴尬。

倘若庶长子很争气，嫡子又不得父亲喜欢，嫡妻的地位都可能不稳。

三婶如此开心，六奶奶忧心忡忡是情理之中的。

东瑗想着，和盛修颐纷纷给众人行礼。

请安后，盛修颐去了外院。

渐渐地，薛家女眷们纷纷来了。

老夫人这次没有来，世子夫人带着三夫人和四夫人来了。

二夫人是寡居，不能出门的。五夫人却是东瑗的嫡母，她没有来，让盛夫人有些吃惊，就问世子夫人："五夫人怎么不赏脸来坐坐？"

世子夫人笑道："亲家夫人放心，五弟妹的礼我带来了，少不了您的！"

惹得众人笑起来。

五夫人没有来，也许并不是上次东瑗对杨妈妈那番说辞让她羞愧反省，而可能是老夫人知晓了她大闹盛府的事，不准她来。

盛家三爷盛修沐不满二十岁，就御赐了沐恩伯，对京都世家而言，他成了香饽饽。

比起同龄尚未取得爵位的高门子弟，盛修沐的身份、地位更有魅力，让世家蜂拥而至。

放眼整个盛京众多簪缨望族，二十岁承爵的有几户。可比起整个家世，没人比得过盛修沐。因为他有个官拜三公之一的父亲盛昌侯！

五夫人不会甘心放弃的。她一开始想让东瑗去跟盛夫人提，不过是想让盛家给足薛东琳面子，让盛家主动上门求娶。当这个要求太高难以实现的时候，她可能会改变策略。

薛家世子夫人说笑着，又跟盛夫人解释："……五弟妹受了风寒，昨日就没有起身。叫人把她的贺礼送到我那里，让我带来。还千万叮嘱我，定要跟亲家夫人告罪。"

"哪里话，身子要紧！"盛夫人忙道，而后又道，"诚哥儿满月，我也走不开，明日我再瞧瞧五夫人去。"

薛家世子夫人笑："不用，不用！您家里这样忙，不用单独瞧她，我回去把您的心意带到，也是一样的。"

盛夫人虽慈善，却不是愚笨的。

半个月前五夫人气势汹汹闯到东瑗院子里的事，她犹记于心。此刻又是这番说辞，大约是被老夫人禁足在家了吧？

既是这样，自然不好去看的，盛夫人顺势喊了康妈妈："备些药材，你派个婆子给五夫人送去，说我的话，我这里走不开，等她康复了我再去瞧她。"

康妈妈道是。

说着话儿，乳娘就把睡熟的盛乐诚抱了进来，给世子夫人和盛家二房、三房等人都瞧了一回。

世子夫人领先拿出贺礼，是一对重八分的金长命锁；又拿出老夫人的贺礼，是一个璎珞项圈，下面坠了个金锁，系了鲜红的穗子，十分好看。又拿出五夫人的贺礼，是一对一两六分重的银镯子。

盛家的妯娌们见薛家世子夫人拿了贺礼出来，亦纷纷奉上。

都是些脚环、手镯、项圈、长命锁等常见的满月贺礼。

只有盛家二房的七奶奶送了一对银手镯外，另外单独给诚哥儿做了两双扎了老虎头的小鞋。

东瑗拿在手里，瞧了又瞧，不过巴掌大小，精致有趣，很是喜欢。她连连称赞："七弟妹手真巧。"

七奶奶就羞赧微笑。她身量娇小，模样甜美，只是太过于单薄，瘦得似弱柳般，一阵风都能吹散了。

"做得不好，大嫂勿见笑。"七奶奶柔声笑道。

盛夫人也接过来瞧，笑道："哪里不好？这花样子扎得好极了。"然后对二婶笑道："老七媳妇一手好针线，比外面的师傅们都强些。过几日让我们芸姐儿和蕙姐儿跟着老七媳妇学做针线吧？"

二婶因为三房生了孙子的事正不痛快，听到盛夫人如此说，打起精神笑道："她也是弄些巧宗儿玩罢了。既然大嫂信得过她，让芸姐儿和蕙姐儿有空去我们那里玩吧。"

盛夫人又看七奶奶。

七奶奶忙笑道："我只会扎些花样子。我怕教不好……"

"没事，学会这手花样子，也是本事啊！"盛夫人笑，"这手花样子，就把针线局的师傅们都比下去了呢。"

七奶奶只得道是。

二奶奶葛氏今日很安静立在盛夫人身后，直到此刻才上前，笑道："我们蕙姐儿就有劳七弟妹了。"

七奶奶又是一阵脸红。

薛家世子夫人也拿过来瞧，跟三夫人和四夫人都赞了一回。

赞得七奶奶羞红了面颊。

正说笑着，外院的小丫鬟进来禀道："夫人，大奶奶，舅姥姥给诚哥儿送满月礼来了……"

舅姥姥，应该是指东瑗的大舅母韩大太太。

盛夫人忙起身，笑道："是想替诚哥儿积福，不敢大肆操办的，就没有给舅母下帖子。不成想，竟来了！"说着，就要亲自迎出去。心里未免不疑惑。

韩大太太去年冬月进京，也时常到盛家走动，为人虽热情，可很懂分寸。这样不请自来，多少有些强势的，不太像韩大太太的作风。盛夫人暗暗揣度，不会是出了事吧？

东瑗心里也疑惑，跟着盛夫人坐了车子，一直迎到了垂花门。

须臾，便有婆子拉着两辆青帷小车。

东瑗微愣，还有谁跟了来不成？

盛夫人也不解，面上却不好表现出来，笑容温和等着。

车子停在垂花门前，先头的车子车帘撩起，下来一个穿着葱绿色衣裙的女子，像身边服侍的。她下了马车，才转身搀扶一个穿宝蓝色妆花褙子的四旬妇人下了马车。

她们身后的青帷小车上，也下来一个穿着银红色缂丝牡丹呈祥纹褙子的妇人。

并不是东瑗的大舅母韩大太太。

穿银红色缂丝牡丹呈祥纹褙子的妇人，东瑗记得，是她嫡母杨氏的二嫂，建衡伯府的二夫人任氏。前面这位，好像是建衡伯府世子夫人方氏。

两位夫人皆是雍容盛装，各自带了身边服侍的人。

盛家跟杨家虽不深交，却也是认识的。

盛夫人没有多想，上前迎了她们妯娌，笑道："您二位降临寒舍，真是蓬荜生辉啊！"

东瑗也含笑着，跟杨家两位夫人行礼。

杨大夫人笑道："亲家夫人，给您请安了！家里瞎忙，才听闻今日是您府上三少爷满月的日子。我们妯娌厚着脸皮不请自来了。"

倘若没有薛家五夫人闹那件事，东瑗还真好奇杨家这两位夫人要做什么。

此刻，她心里隐约明白，不由暗暗冒火，又有些担心。

盛夫人却被杨大夫人说了很尴尬，笑道："……是我疏忽了，该死该死！孩子满月，原就是不打算操办的，所以不曾告知亲戚四邻，两位舅奶奶勿怪。请里头请。"

"是我们冒失了。亲家夫人这话，我们下次可不敢登门了。"杨大夫人呵呵笑道。

盛夫人也笑。杨二夫人就上前携了东瑗的手，对盛夫人道："我们家瑗姐儿到了您府上，比从前还要漂亮。亲家夫人会疼人呢。"

好似东瑗是五夫人杨氏的亲生女儿一样。

东瑗心里一阵恶寒，却不好表现出来，依旧含着笑。

盛夫人则忙谦虚，看了眼热情备至的杨二夫人，也称赞她："您比从前越发精神了。"

一行人又坐车，到了元阳阁。

薛家女眷和盛家二房、三房的女眷都以为是韩大太太过来了。

等进门发现是杨家两位夫人时，有惊讶的，有不认识的，有疑惑的，只是薛家世子夫人脸色微微一沉，片刻后才恢复了先前的温婉可亲。

东瑗想，五夫人想把薛东琳嫁给沐恩伯的事，大伯母是知道的，祖母肯定也是知道的。大伯母倘若不知，不会在杨家两位夫人进门时露出这等神态。

盛家二房、三房的两位婶婶是不认识杨家大夫人和二夫人的，盛夫人介绍了一遍。

又叫乳娘抱了诚哥儿来给两位舅姥姥瞧。

杨大夫人瞧着很是喜欢，让丫鬟拿出一个璎珞项圈，项圈下坠了金锁，锁上镶嵌一块雪色玉牌，雕刻着福寿花纹。这样的一个项圈，比薛家老夫人送的还要讲究。

乳娘替诚哥儿收下，交给一旁的小丫鬟拿着，抱着诚哥儿给杨大夫人磕了头。

然后起身，又抱着诚哥儿给杨二夫人瞧。

杨二夫人拿出一对长命锁，下面坠了蝙蝠闹春络子，十分鲜艳。

乳娘依旧接了，抱着诚哥儿给杨二夫人行礼。

收完了杨家两位夫人的礼，乳娘把孩子抱了下去。

康妈妈安排人给薛家五夫人送了补药过去，此刻回来，轻声禀告盛夫人："夫人，前头宴席摆好了，戏等着开锣呢。"

盛夫人笑呵呵起身，请众人移步临波楼听戏。

东瑗落后一步，让乳娘和众人照顾好盛乐诚，才跟在众人身后，去了临波楼。

盛家处处修建了池子，临波楼就是架在盛昌侯府东南最大一处池子上。

第十七章　幼子受惊

　　四面环水，临波楼对面一桥之隔，搭了高高戏台，做成莲花模样，垂了绿色幔帐。远远瞧着，宛如一朵红莲盛绽，绿幔似荷叶翩跹缭绕。

　　池子里种了菱角、荷叶，此刻正是莲叶才露尖尖角的时节，菱角已经长得铺满了碧油油的水面。

　　一阵微风，清香满怀。

　　世子夫人和薛家、盛家二房、三房的女眷都来过临波楼，虽感叹用心巧妙，却不及杨家二位夫人初次相见时觉得惊奇。

　　杨大夫人和二夫人都称赞："居然这样用心思，建了这么精致的水中楼阁。"其实心里感叹，盛昌侯府真真富足。

　　盛京这样的地段，他们家居然建了如此多的水池。旁人家盖房子都不能够呢！

　　这院子是当年先皇准备开建皇家园林的，无奈御史一次次弹劾，说建皇家园林劳民伤财，乃是朝廷暮气之兆。先皇被那些御史缠得没了法子，就把这初建的院子赏给盛昌侯做府邸。这面积和地段，自然备受众人的羡慕。

　　进了临波楼，众人分了主次坐下。

　　东瑷的大伯母和盛夫人自然居首席，三伯母和四伯母居次，杨家两位夫人坐在薛家女眷下首，才轮到盛家二房、三房两位太太及四奶奶、五奶奶、六奶奶和七奶奶。

　　东瑷和二奶奶葛氏没有座位，她们俩立在一旁服侍。

　　对面戏台上已经开锣，班主用大红托盘托了戏单到这边阁楼，等着夫人们点戏。

　　盛夫人推让薛家众人先点，世子夫人和薛家三夫人、四夫人又推让杨家两位夫人先点。

　　杨家两位夫人自然推盛二太太和三太太先点。

　　最后轮了一圈，还是薛家世子夫人先点了一出《拜月亭》，盛夫人就跟着点了出《谢瑶环》，薛家三夫人和四夫人分别点了《苏六娘》、《荆钗记》，杨家大夫人和二夫人才点了出《琵琶行》和《秋风辞》。

　　下面几位奶奶也点了。

　　盛夫人赏了那班主。

　　班主接了赏，拿着戏单又回了那边莲形戏台。不过片刻，便是锦旗漫卷、彩带飘舞，生旦净末丑粉墨登场。

　　水袖轻抛，声喉婉转，咿咿呀呀唱着悲欢离合。

　　而阁楼这边，东瑷和二奶奶葛氏帮着摆了筷箸，丫鬟们陆陆续续端了琼浆美醪、美食佳肴进来。

　　东瑷站在盛夫人和世子夫人身后，帮着布菜。

　　趁着盛夫人不注意，世子夫人轻轻捏了捏东瑷的手，低声道："瑷姐儿，看到杨家那两位了吗？不请自来，必有不善！"

　　东瑷心头微动，没有说什么，只是淡淡颔首，让世子夫人知道她心里有数，又绕到了盛夫人那边。

盛夫人始终笑盈盈的，给众人劝酒。

酒过三巡，杨家大夫人笑呵呵道："亲家夫人，放眼盛京城，都没有您这么大的福气！我只比您小几岁，至今还有一个女儿未出阁，去年才添了一个孙女。可您的大孙子，都能上场考状元了！"

众人听得耳里，纷纷暗中留心。注意力不由自主集中到杨大夫人那句"至今还有一个女儿未出阁"这句话上。因为盛家的三爷盛修沐是如今京都最有身价的年轻一辈，既有爵位，又是个四品御前行走，为人不纨绔不荒唐，谁家有女不想攀上这门亲事？

只是主动上门说这件事的，稍微有点体面的人家还是做不出来。

毕竟抬头嫁女儿，哪有求着把女儿嫁出去的道理？

杨大夫人一开口，虽没有主动说要把女儿嫁给盛修沐，众人却下意识这样以为。盛夫人也不例外。

于是她对杨大夫人就格外小心，生怕中了对方的言语计谋，答应了不该答应的话。

她心里微微有些不虞。倘若杨大夫人真的这等场合说起儿女亲事来，怎么好拒绝呢？

可沐哥儿的亲事，自有侯爷做主的。她说不上话，也不太想管。

京都各家朝中势力太复杂，她又不是薛家老太君，能做镇显侯爷的小张良。她对朝中各方势力不太清楚，唯一知道曾经萧太傅对他们家不利，薛老侯爷态度不明而已。

其他的，她记不住。

她本就是这样淡薄的性格。

杨大夫人的话，让阁楼里微微静了静。

盛夫人停顿了片刻才接话："什么好福气，只不过是孩子们大些罢了。说起福气，还是您家的老祖母有福气……我婆婆便没有这样的福，走得早，看不到四代同堂……"

说罢，语气有些伤感。

这样的话，杨大夫人就不好再把话题引到盛修沐身上了。

说罢，众人都在想怎么接口安慰她，盛夫人自己已笑道："瞧我，大喜的日子说这等晦气话！"

东瑗笑着给她斟酒："娘，您再吃一杯暖暖身子。"

盛夫人就着她的手喝了。

东瑗放了酒盏，依旧笑道："娘，您的确是好福气。郝哥儿都快十二了，是到了说亲的年纪。过几年大了，娶了孙儿媳妇，您不就是可以抱重孙了吗？"

薛家世子夫人忙接口："是这话呢！亲家夫人，您可有看好的孩子？"

这话绕到了盛乐郝身上。

可终究还是在说儿女亲事，盛夫人很怕杨大夫人一个拐弯，话题又扯到三爷盛修沐身上，心里对东瑗提起这话就有些不满。

第十七章 幼子受惊

可微微一思量,盛夫人顿时明白了东瑗的用意,心中又是暗喜,笑着对薛家世子夫人道:"我们家里,孩子们说亲这等大事,都是爷们拿主意,哪里轮得到我一个妇道人家做主?我看好了不中用的。就像当初几个孩子,都是侯爷定的。"

盛夫人"不想管儿女亲事"这话,终于不着痕迹说了出来。

倘若杨大夫人再提,也太不识趣了。

盛夫人心里赞东瑗机智,也感激薛家世子夫人的问话能凑到点子上。

杨大夫人果然笑了笑:"如今都是这样,儿女亲事,外头爷们看好的,哪能轮到咱们做主?"

正好一出戏唱毕,薛家三夫人不顾大家低声说话,忙起身高声对指了台上的小旦:"那孩子模样真好,唱得也好。快领来我瞧瞧。"

她大大咧咧,把儿女亲事这个话题就彻底打断了。

盛夫人心里明镜也似,心想薛家这三夫人,瞧着是个不管事的性格,实则明白着呢。

她这样一嚷,二奶奶葛氏就忙下去,喊了那班主,让把刚刚扮小旦的孩子领过来。

薛三夫人瞧了一回,问他:"多大年纪?"

"十三。"那孩子恭敬道。

薛三夫人就啧啧称赞:"这么小的年纪,唱得这样好!赏!"

二奶奶葛氏就忙替她拿了银锞子赏这个小旦。

"我家三弟妹爱听戏。"世子夫人笑着解释,"哪里有唱得好的名角,她都要捧捧。如今又瞧上这孩子了。"

"这孩子资质好,将来定要成器的。"薛三夫人呵呵笑,"谁没有点喜好,难道不准我爱听戏?"

说罢,众人都笑。

话题就渐渐偏离了,再也扯不到三爷头上,盛夫人才彻底松了口气。

众人说笑一回,一顿饭渐渐到了尾声。

从杨家两位夫人不请自来开始,盛夫人就提着心,真怕会说什么话来。此刻到了散席处,她就故意装作有些醉态。

东瑗和二奶奶葛氏就帮着送客。

杨二夫人说要去如厕。

一旁的蔷薇忙领了她去。

送走了薛家的人,又送走了盛家二房、三房的众人,东瑗回到元阳阁的花厅时,盛夫人歪在炕上,装作睡熟,一旁的丫鬟陪着杨大夫人坐,在等如厕的杨二夫人。

片刻,杨二夫人才出来。

二奶奶葛氏要和东瑗一起送,杨二夫人笑道:"二奶奶服侍亲家夫人去吧,我们这里大奶奶送送就成。"

二奶奶笑着应是,给她们行礼作辞。

东瑷就送她们出了元阳阁。

婆子们拉了青帏小车过来,杨大夫人笑道:"我也多吃了几杯酒,头晕得很。坐车回去,怕是要吐的,心里馋一口醒酒汤喝。"

东瑷听在耳里,岂有不明白她话中之意,笑道:"您若不嫌弃,到我那里坐坐,让丫鬟们煮了醒酒汤给您喝。"

杨大夫人眉梢就有了笑:"如此,叨扰大奶奶了。"

杨二夫人笑道:"大奶奶大奶奶的,听着怪生疏,我就爱叫你瑷姐儿!"一副很亲热的模样。

东瑷想推辞都不行了,只得道:"二舅母这样怜爱叫我,是我的福气呢。"

杨大夫人就笑着改了口,喊她瑷姐儿。

东瑷想,她继母的这两个嫂子,真不好对付,比她继母难缠多了!

几个人依旧坐着青帏小车,到了静摄院门口。

杨二夫人抬眸就看到静摄院的匾额,笑着对东瑷道:"这院子的名字取得有趣。是个什么意思呢?"

东瑷就把盛修颐名字里带的"修闲静摄,颐养天和"的意思,说给了杨二夫人听。

"我也听人说过盛家世子爷字天和,原是这个意思啊!"杨二夫人呵呵笑道,"瑷姐儿不仅仅是个美人儿,还是个才女呢!"

东瑷笑着说二舅母过誉,请了她们在自己平日起居宴息处的东次间坐了,然后让蔷薇吩咐小丫鬟做了醒酒汤来。

"瑷姐儿,前日我听你母亲说,你们家想给琳姐儿说亲?"杨二夫人坐下,笑着问东瑷。

果然是这件事。"大约是吧。"东瑷笑道,"我坐月子里,母亲给我送了些药材,隐约提到了此事呢!"

"哎,琳姐儿也是个苦命的孩子。"杨大夫人感叹道,"原本想着和陈家结亲,哪里知道,陈家公子和琳姐儿八字相克……"

陈家不顾一开始被薛东蓉拒绝,一再和薛家结亲,看中的是薛家的背景和薛老侯爷在朝中的势力。

所以八字不合这话,绝对不是从陈家传出来的。

再说,八字这种东西,算起来很神奇,你说它是良缘,它就是合的;你说它非良缘,就相克。

东瑷一听八字不合这话,就明白过来,这件事里面,杨家插脚了!

东瑷正要说什么,小丫鬟端了醒酒汤进来。

她只好打住了话头。

蔷薇亲手给杨家两位夫人奉上汤。

杨二夫人没有喝多少酒，也不爱醒酒汤的味道，她抿了一口，就端在掌心不再喝了。

杨大夫人则小口小口啜着。喝了半碗，才继续刚刚的话题："瑷姐儿，大舅母跟你说句实话：陈家公子和琳姐儿八字相冲，其实是我们家老夫人找了高人推算，我们来前才推算出来，并未告知你们家老祖宗呢。"

说着，她自己笑起来："我吃了酒，就管不住自己的嘴了，兜了出来。瑷姐儿，你不会胡乱说去吧？"

东瑷微微笑起来。

"大舅母放心，我不会说出去的。"东瑷保证道。

琳姐儿和陈家公子八字相冲，是杨家给五夫人的最后一道王牌吧？

倘若盛家不去求娶，薛老夫人又执意同陈家说亲，五夫人杨氏就会拿出这最后的王牌，推了这门亲事？

东瑷心里明白，暂时五夫人和建衡伯府都不敢说这话的。因为一旦说出去，陈家就彻底得罪了，也会彻底惹怒了薛老夫人。

陈侍郎再怎么根基浅，也是当朝重臣。杨家并无人做官，虽有爵位，心里还是没底的。

五夫人的如意算盘，还是想让东瑷把五夫人想爱女嫁给盛修沐的事，不着痕迹渗透给盛家，让盛家主动上门求亲。

这件事，只有东瑷办最合适。

东瑷是盛家的长媳，是沐恩伯的大嫂，她替自己的胞妹说这门亲事，并不是薛家和薛东琳主动的。只是东瑷想姊妹过来做伴而已。

就算盛家不答应，也是东瑷在盛家说话没有分量，是她没面子，不涉及到薛东琳的体面。

这样，既圆了五夫人的美梦，也保全了薛东琳的面子。

东瑷想，杨家真的替五夫人和薛东琳打了一手好牌。

只是，她们怎么就能保证劝得动东瑷呢？东瑷倒也好奇接下来杨大夫人和二夫人会说些什么来打动她，让她去做这件吃力不讨好的事。

正思忖间，杨大夫人放了青花小碗，杨二夫人才再喝了一口，也顺势放下。

蔷薇就让一旁的小丫鬟端上早已备好的茶水漱口，又奉了痰盂。

两位夫人漱了口，小丫鬟上了热茶，东瑷就让蔷薇把人都带了下去，东次间不留服侍的人。

等屋里服侍的人都退了出去，杨大夫人笑道："瑷姐儿，从前你母亲时常在我们做嫂子的面前说，当年杜梨、木棉和汤妈妈害你，你母亲并不是知情的。事后她想起了，总是懊悔，她只当汤妈妈和杜梨、木棉稳重，才放心把你交给她们，哪里知道她们却做出那等事，你心里一定怪你母亲吧？"

这件事的始末，东瑷心里最清楚。这么多年，五夫人也从未就这件事跟东瑷解释过一言半语。东瑷觉得，五夫人到底是知道惭愧的，不敢再来粉饰太平，所以对她的恨意，也不曾添加过。

如今听到杨大夫人这番冠冕堂皇的话，东瑷心底那些厌恶与不耐烦顿时涌了上来。

她压抑了半响，才让自己的声音不露出异样，方笑道："当年的事，都过去这么久，大舅母不提，我都不记得了！我心里不曾怪过母亲的，谁家里没有恶仆欺主？谁又是长了三只眼，能事事看到呢？"

杨大夫人就微微颔首。

"母亲是否做过什么，母亲心里最清楚的……"东瑷继续笑道，"我心里也最清楚，所以我不曾怪过她！"

杨大夫人微愣，她不由重新打量着东瑷。

依旧是那平淡的笑意，不见丝毫的异样与憎恶，却让杨大夫人后背莫名一寒，关于当年的话题，亦不好再继续下去了。

杨大夫人原本猜想，东瑷心里对杨氏定是有气的。倘若提起前话，东瑷能把气发泄出来，杨大夫人再加以粉饰、劝导，让东瑷对杨氏的芥蒂少一分，就算成功了第一步。

可东瑷这样不咸不淡的一句话，把杨大夫人满心的盘算堵了回来。

她觉得东瑷并不是那么容易就劝解开的人，再说下去，反而破坏了暂时表面上的尊重。

既这样，只得换个法子劝她。

"你这般体谅，你母亲定是开心极了的。"杨大夫人又是一番修补，感叹道，"瑷姐儿，你总是如此善良，将来倘若妯娌是个刁钻的，岂不是总吃亏？"

东瑷就笑了笑，等待下文。

杨大夫人见她不语，继续道："……瑷姐儿，你现在生了儿子，你婆婆和世子爷都是疼爱你的，你在盛家有了好日子，大舅母也放心了。"

说得好似杨大夫人一直很担心东瑷过得不好一样。

杨大夫人这睁眼说瞎话的本事，五夫人杨氏怎么没有学会？倘若她学得一招半式，当年东瑷想对付她，也不容易的。

她含笑接话道："大舅母不用担心的。"

墙上的自鸣钟响起，已经申正，东瑷顺势道："时辰不早了，晚些怕城里宵禁，我也不虚留两位舅母了。"

她这样请送，不过是想让杨大夫人绕开这些弯弯，直接说主题。

杨大夫人也看了眼自鸣钟，笑起来："说着话儿，就忘了时辰的。瑷姐儿，舅母就先回了，只是有句话儿搁在你心里：你小叔子不仅仅比世子爷官级高一品，地位尊贵，还封了伯爷。倘若将来是个不知根底的妯娌进门，又是个聪明会哄人的，你婆婆信任她，这偌大的庭院，可有你管家的地位？"

在内宅的女人，奋斗了一辈子，不就是想获得内宅最高当权者的地位？

假如她的妯娌样样能干，三爷虽是弟弟，却比世子爷强上百倍；弟媳妇又哄得婆婆喜欢，假如婆婆愿意把家交给东瑗的弟媳妇管着，那么东瑗的处境，可不就是尴尬？

盛昌侯还在壮年，盛家不可能分家，盛修颐亦不可能承爵，东瑗就要有十几年甚至几十年伏低做小的日子，在婆婆面前可能不得喜欢，在弟媳妇面前退让。

这一切，都是未来的忧患。

杨大夫人这一点，简直戳到了女人的心里最痛处。

"……要我说，人无远虑必有近忧，既你现在得势，何不抓住这个机会，把后面的忧患都清除了？"杨大夫人见东瑗不语，还以为正说中了东瑗的心思，心里大喜，又道，"大舅母是把你当亲外甥女，才对你说了这番话，你细想！"

东瑗颔首："大舅母说的是，我记在心上了。"

"大舅母也有个现成的主意……"杨大夫人声音低了低，"琳姐儿不是和陈家公子八字相冲？倘若盛家想替沐恩伯求娶琳姐儿，正是机会。"想了想，又道，"盛家如今何等权势？若娶了门第相当人家的女儿，皇家还以为盛家是要结党营私的。你父亲只是个从六品的翰林院修撰，将来分了家，也无实权在身，陛下对盛家结这样的亲事最放心了……"

这是拿东瑗自己告诉五夫人的话，来回击东瑗。

"我定会细想。"东瑗又保证道。

杨大夫人和二夫人这才动身离开。

东瑗送了她们出门，折身回来，累得身子发软。

罗妈妈和蔷薇、橘红进来，问她要不要换了衣裳躺下。

"我看看诚哥儿去！"东瑗起身道。

今日下午，她们还在临波楼看戏吃饭时，竹桃、沉烟早已收拾好，搬去了桢园。乳娘从临波楼回来，也径直抱着诚哥儿住了进去。

以后他就要跟着乔妈妈、夏妈妈和竹桃、沉烟在桢园了。

东瑗很是不放心。

她方才胡乱答应杨大夫人的话，也是想赶紧让她们走，自己好去桢园瞧瞧诚哥儿。

去的路上，罗妈妈就问东瑗："杨家那两位夫人来做什么？"

东瑗就把她们的来意说了："借着给诚哥儿送满月礼，来说上次杨妈妈说的那件事！"

罗妈妈顿时不快："怎么还没完没了的？瑗姐儿，你不会答应了吧？"

"我答应她们做什么？"东瑗笑道，"今日大伯母回去，自然会把她们来了我这里的话告诉祖母。祖母心里有了防备，琳姐儿的事定是变不了的。再说，杨大夫人只是说替我考虑，又不曾求着我去替琳姐儿做媒。我考虑与否，都是在我……"

罗妈妈这才放下心来。

赶到桢园的时候，小丫鬟们忙去告诉了乳娘和管事的夏妈妈。

夏妈妈和竹桃、沉烟迎了出来。

乳娘正抱着给诚哥儿喂奶。

诚哥儿吃了奶,心情大好,东瑗把他抱在怀里,他就冲东瑗咿呀咿呀的,似乎想说话般。

东瑗看着他,就不忍撒手,一直逗留到戌正。盛修颐回到静摄院,不见东瑗和孩子,就知道盛乐诚搬到了桢园,而东瑗肯定去了桢园。

他信步到桢园,果然见东瑗抱着诚哥儿。

盛修颐也逗弄孩子一回,夫妻俩才回了静摄院。

盥沐后,盛修颐先上了床,拿了本书斜倚着床头看。

东瑗从净房出来,蔷薇和寻芳帮她散发,她眼皮有些睁不开。

好不容易弄好,她也不管今夜是谁值夜,一切都交给蔷薇,径直上了床,把明角灯移到床里面给盛修颐看书,她则放下幔帐躺着。

明明很累,脑海里无端又想起杨大夫人那番话。

东瑗不得不承认,杨大夫人的确有些口才,那番话攻心至上,倘若她真的只是这个时空十五六岁的小姑娘,或许真的就听进去了。人心蛊惑,真的很可怕。

杨大夫人那番陈家公子和薛东琳八字不合的话,东瑗定是不会亲自去告诉老夫人的。

反正今日杨家两位夫人到盛家来,世子夫人定会告诉老夫人,这就足够了。以薛老夫人的聪明,不会不防范杨家的。

姻缘自古就是难以预测。谁也不能预料两个人在一起是否合适。

老夫人要把薛东琳嫁给陈家公子,薛东琳一万个不乐意,可谁是她命中注定的人,东瑗和老夫人都无法预料。

老夫人是老祖宗,在这个时空的主流思潮下,她有权决定孙女们的未来。可东瑗只是姐姐,她没有资格推波助澜。

不管薛家怎么闹腾,她能做的,就是不让盛家被波及,自己不会主动把薛东琳求娶到盛家来。

薛东琳的性格太过于跋扈,而盛夫人又是和软性子,没有薛家老夫人那般杀伐果决。薛家老夫人能降得住薛五夫人杨氏,盛夫人却是绝对降不住薛东琳的。

想着,她就轻叹一口气。

五夫人杨氏做这样的美梦,东瑗可以理解,毕竟她一辈子都是这等短视;可杨家也这样想,让东瑗很不解。

杨家难道觉得盛家愿意再娶一门薛氏女?

杨家难道忘了,太子和皇后都未定,盛家和薛家可能会有场恶仗吗?杨家的老夫人若是真心疼爱薛东琳,应该避开这个风头才是。

灵光一动,东瑗倏然想到:这样险中求胜,不顾薛东琳的死活,只是想着攀上盛家而已吧?

难道杨家也想依靠盛昌侯了?

朝中人和事,简直匪夷所思。

想着，她又微微叹气，居然把睡意给弄没了。

盛修颐听到她两次轻声叹气，就把书阁上，又吹了她搁在床内侧的那盏宫制明角灯，然后侧过身子，轻轻搂住了她的腰。

"遇到了为难的事？"他低声问着东瑗，"你叹气了好几回呢。"

东瑗笑了笑，没有告诉他。

娘家这些事，对她而言够不光彩的，也够烦恼的，又何必说给他听，让他也跟着烦恼？

"没事，不过是舍不得诚哥儿搬走。"东瑗道。

盛修颐低低笑："才桢园嘛，几步路就能走过去的……"

家里的规矩就是这样，孩子不能在父母身边溺爱着长大，东瑗又能如何？她笑笑说是。

盛修颐想起什么，问她："你身边的蔷薇，是不是在配人？"

东瑗微愣，道："是啊，我想着替她寻门好亲事呢，所以这段日子叫罗妈妈她们帮着访访。"

盛修颐"嗯"了一声，顿了顿，半晌才问道："阿瑗，你身边管事的，将来是定了蔷薇的吗？你会不会放她出去？"

东瑗终于明白他为何这样问了，笑道："是不是你身边的小厮想着要蔷薇？"

东瑗将来要管盛家的内宅，而盛修颐管着盛家的外院，他们身边的人都会是盛家仆人里高级管理者。不可能是夫妻俩同时委以重任的。

定是盛修颐身边的小厮看上了蔷薇，盛修颐才会问东瑗会不会放蔷薇出去。

只有放蔷薇出去，这件事才能成。

盛修颐也愣，继而失笑，他感叹东瑗脑子转得快。

"是来福。"盛修颐笑道，"他听说蔷薇要配人了，在我身边打了好几天转，又不肯说什么事。今日来安告诉我，他可能看上了你身边的蔷薇。我找了他来问，他说诚心想娶蔷薇，又怕你这边不肯放……"

东瑗犹豫了半晌，才道："我明日见见来福，再说后面的话，成么？"

盛修颐听她这语气，就知道她心里是不愿意放蔷薇出去的。他也看得出，东瑗身边事事是依赖着蔷薇。她陪嫁的罗妈妈性格和软慈爱，像是东瑗的亲人一样在身边陪着她，橘红又老实有余、精明不足，只有蔷薇干练些，屋里大事小事都是她在打理。

不过是来福求他，他也就顺势一问。

"成啊，我明日反正没事，叫了他进来，你问问他。"盛修颐随口道。

那边，红莲和绿篱两人嘀嘀咕咕的，正好罗妈妈在她们身后，把两人吓了一跳。

罗妈妈问："说什么呢，大半夜鬼鬼祟祟的。"

红莲和绿篱都是曾经在拾翠馆服侍的，跟罗妈妈也是亲近的，见被她撞破，不好再隐瞒，只得低声也告诉她："世子爷背后一条伤疤，这么长，这么深……"

红莲比划着，有些惊心般告诉罗妈妈："看着好吓人。去西北之前还没有呢。"

罗妈妈听着，心里也骇然，仔细问了红莲，红莲一一告诉了她。

她就记在心里。

次日早晨，东瑗依旧是卯初一刻起身，吃早饭，准备卯正去给盛夫人请安。她很久不曾这样早起，所以蔷薇和罗妈妈进来唤她的时候，她睁开眼，觉得手脚无力，又倒头睡了片刻，才起来。

倒是盛修颐先起来了。

东瑗和他吃了早饭，两人去了盛夫人的元阳阁请安。

而后，盛修颐说去衙门点卯。

东瑗想起他说衙门里只是挂了闲职，说去点卯，其实是有自己的事要去办。他每日起得这样早，到底办什么事？

心里的疑惑一闪而过，亦不能深问，给盛修颐行礼，送他出了元阳阁。

盛夫人今天要在花厅见家里的管事婆子们，没有工夫留东瑗，就让她先回去。

东瑗是嫁过来两个月后才知道，家里内宅很多规矩都是公公定的，婆婆只是每个月隔十天象征性问问家里管事婆子们最近的事。

规矩都已经定下了，且众人从不敢私下违逆侯爷的规矩，所以后宅井井有条。那些仆妇对那个随时会打杀下人的盛昌侯很惧怕，从来不敢要花枪，盛夫人管理内宅就变得很轻松。

东瑗回静摄院，路过桢园时，先去看了诚哥儿。

诚哥儿正在睡觉。

乳娘说他夜里只醒了一次，喂了奶又继续睡了。

东瑗站在他的小床前看了半晌，才叮嘱丫鬟、婆子们仔细服侍他，自己回了静摄院。

罗妈妈就把盛修颐后背一条狰狞伤疤的事告诉了东瑗。

东瑗这才想起，盛修颐似乎从西北回来，就一直穿着中衣睡觉，从未在东瑗面前脱过上衣的。

她心里顿了顿，喊了红莲和绿篱来问。

"大约是好了。"红莲道，"刀口很深，肉都翻了出来，不过红肉都结痂了，不碍事。只是瞧着吓人……"

东瑗深深吸了口气，心内的情绪才敛了去。

盛修颐中午回静摄院的时候，东瑗很想看看他背上的伤疤，可来福跟着一起来了，她的心思只能先按捺下。

东瑗让丫鬟给来福端了个脚榻坐，然后把屋里服侍的都遣了下去，和盛修颐坐在临窗大炕上，看了又看来福的模样。

来福比盛修颐矮些，却很壮实，面色黝黑，横眉星目，眉宇间有些煞气，不太像个小厮，倒像是护院。模样不及盛修颐身边的来安好看。可是瞧着老实，也不像来安那般油滑。

倘若是在来安和来福中挑选一个做丈夫，东瑗觉得来福更加踏实。

可年轻的女孩子，哪个不喜欢丈夫容貌俊俏，反而喜欢来福这个大老粗？

她心里对来福有了几分保留。

"你是哪里人？"东瑷问他，"父母现在在哪里？"

来福就看了眼盛修颐。

盛修颐咳了咳，替来福答道："他是临汾人，父母早亡，只身投靠在我这里的……"

东瑷听这语气，不像是说小厮，反而像是说门客。

她觉得这其中有缘故，而盛修颐和来福不肯说明，她是不会把蔷薇给来福的。

东瑷端了茶，轻轻啜了一口，才再问来福："你为何想娶蔷薇？"

这个问题……盛修颐挑了挑眉。

来福想了半晌，道："她长得好看……"

这话虽浅薄了些，却是大实话。他和蔷薇没有接触过，不了解她的为人。现在想娶她，不过是看着她长得漂亮。

东瑷觉得来福在这件事上不花哨，依旧让人踏实。

她又问了他年纪。

"二月里满了二十一岁。"他说。

东瑷微讶，问道："怎么二十一岁还没有成亲啊？"

来福又看盛修颐。

盛修颐笑了笑，对来福道："你先出去吧。"

来福道是，却又看了眼东瑷，很想从她面上读出这件事成功的可能性和东瑷对他是否满意。见东瑷垂首喝茶，不动声色，他很是失望，给东瑷和盛修颐行礼，退了出去。

来福从东次间走了出来，看到外间有个穿着玫瑰色短褥衫的女子冲着他抿唇直笑，而穿着浅红色短褥衫的蔷薇，虽硬撑着，面上却是通红。

来福见她们这样，便知道方才东次间大奶奶的问话，她们在外间服侍的几个人都听到了几句。

估计猜到了来福的目的，正拿蔷薇取笑呢。

而蔷薇羞得满面通红，来福也不敢再说什么，跟她们拱了拱手，快步出去了。

来福出去后，橘红就忍不住低声笑，推蔷薇道："世子爷身边的，居然自己来提这事了……这份胆量真叫人稀罕呢。他说你长得好看呢！"

蔷薇轻轻跺脚，又羞又恼，转身要出去。

罗妈妈拉了她，又要打橘红："还说还说，我们蔷薇的脸都红破了！"

几个人又是压低了声音偷笑。

蔷薇更是恼了，挣脱罗妈妈的手，跑了出去。

"平日里数她精明，遇到这事，也忸怩起来了！"橘红仍在笑。

罗妈妈轻轻打了她一下，低声笑道："哪个大姑娘遇到这种事不羞？你当初配人的时候，不羞吗？"

橘红哎哟一声，脸上也微红，道："妈妈真是的……"就出去寻蔷薇了，只留罗妈妈在外间服侍。

东次间里，盛修颐拉过身后的梭子锦弹墨大引枕斜倚着，对东瑗说来福的事："……他六年前才到我身边。他那时才十五岁，已经是一身的好力气，在临汾道上有了些名气。"

"道上？"东瑗打断盛修颐的话。

盛修颐就笑，半响后才说："他从小混在市井，自然干净不了。不过他是很懂得是非和律令的，这些年在我身边，也从来没有出过岔子，谨守本分的。"

"他以前有过官司吗？"东瑗问。

盛修颐又是犹豫，沉默须臾才道："是替人顶了黑锅。他在我身边这些年，早换了度牒和户籍，当年那些事早已查不出来。你大可放心的。"

东瑗又问："那他怎么二十一岁还没有成亲？你没有替他打算过？"

盛修颐笑道："有啊。从前我院里服侍的，有个小丫鬟，我说赏给他，他不要，说人家不好看。"

东瑗撇撇嘴。

盛修颐却道："其实那丫鬟长得很好看，比蔷薇差不了多少。"

东瑗笑了笑。

难道只觉得蔷薇好看吗？不管怎样，东瑗很不看好来福，他的背景太复杂了些。而且长得不够俊俏，估计蔷薇也不喜欢。

"我瞧着他应该是个得力的，你又在他身上花了心思培养他，自然是委以重任的。"东瑗顿了顿，才总结般对盛修颐说道，"而我这里离了蔷薇事事不行的，我还是不准备放蔷薇出去。要不，我院里还有些长得好的小丫鬟，你挑了送给他？"

这话就是拒绝了这门亲事。

盛修颐似乎是预料之中的，他笑笑道："你院里的小丫鬟都在定制里，送给了他，你不是还要添人？我回头瞧瞧，看到有好的，再买进来给他吧！"

东瑗道好。

东瑗又想起方才罗妈妈告诉自己，盛修颐背上一条狰狞伤疤的事，于是起身绕到他身边坐下，问道："你身上的伤口，让我瞧瞧。"

盛修颐微愣，继而笑起来，猛然将她搂在怀里，用力吻着她，道："夜里再看……大白天解衣给你看吗？"

说得东瑗脸颊绯红。

盛修颐在静摄院吃了午饭，下午又说有事出去，就去了外院。

罗妈妈和橘红进来问，蔷薇的事定了没有。

罗妈妈说："那个叫来福的，瞧着不是那轻浮性子，沉稳得很，比世子爷身边的来安好些。那个来安，油嘴滑舌的……奶奶，定了他吗？"

橘红就反驳罗妈妈："来福长得不好看。"

年轻些的女孩子，都喜欢俊俏的，果然是不假，东瑗就笑了笑，道："世子爷是问我，愿不愿意将来放蔷薇出去，假如愿意，才要把蔷薇说给来福的。我身边得力的，是不能配世子爷身边得力的。我就说先看看人，倘若是个极好的，自然不愿蔷薇错了良缘。如今我反复想着，还是想把蔷薇留在身边。"

就是说，这件事不成。

橘红没什么感觉，罗妈妈挺遗憾的。

她年纪大些，看人比较深，觉得来福很不错。

可嫁给来福就要出去，蔷薇也不一定愿意。她现在在奶奶身边，正是受器重的时候，将来就跟盛夫人身边的康妈妈一样，就是盛家的少爷小姐见了，也要尊一声妈妈的。

罗妈妈觉得蔷薇不愿意为了嫁来福而放弃这样的前程，所以也不再多言了。

这件事也就丢开了，橘红亦不再拿蔷薇取笑。

下午的时候，东瑗又看了三个人，都是以前提过的，只是她都不太满意。

罗妈妈和橘红也在一旁帮衬参谋，可她们俩经常意见相左，不能给东瑗实质性的建议。

东瑗最终想了想，还是想把这些人的情况说给蔷薇听听，让她自己挑挑。

她跟东瑗不同，她的婚姻不需要为了家族而做出牺牲，可以挑一个自己满意的人。

晚上的时候，东瑗喊了蔷薇，往内室说话去了。

"你年纪也大了，模样又好，早些聘了人，你心里也踏实，我也放心。"东瑗拉着蔷薇坐在自己身边，推心置腹跟她说着话儿，"你别害羞，我和你说正经的。"

蔷薇脸刷的通红，却也不再忸怩，喃喃道："奶奶您说……"

"我不知道你心里是如何打算的。"东瑗道，"我和罗妈妈看了四个，若说前程和沉稳踏实，我和罗妈妈都觉得属世子爷身边的来福。将来世子爷成了爵，他大约就是外院总管事，像林久福那样。他虽然长得不俊俏，可人看着不油滑，你嫁了他，自然是头一分的好了。"

蔷薇的头更低了，心却似被什么击中了般，鼓鼓地跳着。

她努力压抑着自己，却依旧羞红了整张脸。

"……可是你要知道，你如果嫁了来福，就要出去的。我身边的总管事妈妈，将来就像康妈妈那样，管着整个内宅。如果来福再管理整个外院，这样是不合规矩的。"东瑗道。

就像后世的企业，高管不可能是夫妻二人。

倘若高管是夫妻，容易架空总裁的权势。

东瑗和盛修颐是主人，他们身边各自最信任的人，就是盛家内、外院的高管。这个年代，也没有让夫妻二人同时做内外院最高管事的。

蔷薇听着这话，微微一愣，那颗心倏然就掉了下去。

东瑗是要她做出选择：愿意嫁一个体面的男人，将来妻凭夫贵，在盛家仆妇里面凭借男人的地位也光彩；还是愿意嫁一个在外院管事里不算出挑的男人，自己做内院的总管事妈妈，做东瑗的助手。"

是愿意做阔太太还是愿意做女强人，东瑗需要她自己选择。

没等蔷薇回答，东瑗继续道："……另外看的三个，一个叫张酉鸿，是账房里的小管事，白净俊朗，说话斯文腼腆；一个黄文荣，是门房里的小管事，机灵会说话，大约是个体贴的；还有一个吴宗楠，是厨房里程妈妈的儿子，也是门房上的，管着爷们出门，模样极其好看，性格也好。我看的这些人，除了世子爷身边的来福不好说，剩下几个都是会体贴人的……"

蔷薇依旧垂首不语。

东瑗握住她的手，笑道："你想两三天，不急着回答我。"然后又道，"你到我身边时间不长，却是干事最得力的，蔷薇，我是把你和橘红、橘香、罗妈妈看成一样的。我真心希望你好。"

蔷薇忙点头，她当然知道。倘若不是真心为她，随便给她指个人，她能说什么？

这样来问她的意思，就是给了她莫大的尊贵。

"奶奶，我明日再告诉您。我先出去做事了。"蔷薇起身，依旧垂着头，跟东瑗行礼，退了出去。

蔷薇出去后，东瑗也出了东次间。把东次间服侍的寻芳、碧秋和夭桃都派了差事遣下去后，只留下罗妈妈和橘红在跟前，东瑗问："蔷薇是不是看上了来福？"

橘红微惊，道："她怎么会看上了来福？我瞧着来福长得不好看，那么黑。"

罗妈妈则问东瑗："她跟你说什么了？"

东瑗摇头，道："我先说了来福，她虽然羞得厉害，却神情还好；而后我说了如果是来福，至少不能留在我身边做管事的，她就不太高兴的样子；我后面又说了三个，我感觉她都心不在焉……"

罗妈妈和橘红都微微沉思不说话。

外院，跟着盛修颐出门的来福，在回来的马车上，也找了机会问盛修颐，奶奶怎么说这件事。

盛修颐就把东瑗想留蔷薇的事告诉了来福："……大奶奶身边，只有蔷薇用得最顺手。她将来要做内院的管事妈妈的，自然不能配我身边的人。"

来福便知道此事不成了。

他沉默了半晌，倏然对盛修颐道："爷，我出去吧！"

盛修颐的脸一下子就落了下来："胡说什么！"

为了个女人，连前程和主子都不要了吗？盛修颐不由怒起来。

"爷，其实这件事我想了很久，并不是单单因为蔷薇。"来福见盛修颐沉了脸，忙解释，"上次您不是说想收手不做了吗？可那些例钱，一年有二十万两白银的进项。您以后不管做什么，哪里少得了钱？我出去，还用我的本名本姓，管着这些生意。就算将来查了，也有人替您挡一挡！"

"我救你，就是要你替我背黑锅的吗？"盛修颐声音异常的清冷，似冬日的寒风，剐刺得人难受。

"我不是这个意思……"来福急忙道。

车厢内就沉寂下去，主仆二人都不开口。

半晌，盛修颐问他："倘若没有蔷薇这件事，你也打算出去吗？"

来福想了很久，肩膀有些垮："……我是舍不得您丢下那些生意。没有蔷薇这件事，我也想过要出去。爷，这个世上没有真金白银，寸步难行。"

盛修颐深深吸了口气。

"蔷薇不是我的丫鬟，是奶奶的陪嫁，你想要她，也要奶奶同意了的。"盛修颐须臾后才道，"奶奶还看了好几个人，假如你出去了，可能就比不过他们，奶奶不一定愿意……"

来福最大的优势，不就是他将来能做外院的大总管吗？

来福错愕看着盛修颐。这么说，同意他出去，同意不丢下那些生意啦？

他不由欣喜，道："您同意我出去？"

盛修颐沉吟半晌，才微微颔首："你说的很对，蔷薇这件事，是个好借口……"

来福就笑了起来。

这么说，蔷薇的事也能成了！他心里两件事，一下子就解决了啊！

怎么能不高兴？

盛修颐晚上回到内院，先去了桢园看诚哥，才回静摄院。

盥沐后躺下，东瑗要看他身上的伤疤。

他又像昨晚一样顾左右而言他，不肯给东瑗瞧。

"阿瑗，来福说他要出去。"他道。

果然，东瑗的注意力成功被转移，诧异问他："因为蔷薇吗？"声音里居然带了些许期盼。

盛修颐就笑起来："并不完全是因为蔷薇。我在外头有些生意……"他顿了顿，才压低了声音跟她耳语，"一些不太好的生意。我原本打算收手的，其实心里也舍不得。来福说他出去，这些生意全部转到他名下去。"

其实盛修颐很清楚，将来万一被查，来福肯定是挡不住的。

到那时，就要看皇家对他的处理法子了。

若是信任，自然会帮着遮掩，让来福承担下来；若是不信任，最后还是要算到盛昌侯府头上。到头来到底是火中取栗还是险中求胜，都要看时机。

盛修颐向来不是那等犹豫寡断、心慈手软的人。

"你做不法的生意？"东瑗错愕问他。

盛修颐淡淡笑了笑，算是承认了。

"小心些，出了事爹爹又要骂你了！"东瑷叮嘱道。

盛修颐微愣，继而失笑："我以为你会劝我罢手，免得出了事累及身家性命！"

东瑷笑："爹爹乃人臣之首，倘若咱们家做了不法生意就要搭上身家性命，那是咱们家气数已尽。就算安分守己，照样性命不保！"

只要所行之事不危及君主统治，不威胁皇位，皇家就会说"法令无外乎人情"，从而保下来。

这个社会，永远没有公平与平等，处处都是士族阶级的特权。

盛修颐没有管家，不能擅自动用公中的银两，他若是用钱，需要向盛昌侯开口。

西北之行大获全胜的盛修颐，东瑷觉得他并不是表面上看上去这样清冷平庸的人。

他背地里行事，自然需要银两。

原来他"做些不好的生意"。

她的话音刚落，盛修颐就哈哈笑起来，然后捏了捏她的鼻子，像奖励小狗那样摸了摸她的头。

东瑷蹙了蹙眉头，对这般对待不满意。

盛修颐继续问她关于来福的事："来福不是花哨之人，他定会对蔷薇好的，这点你宽心。"

"我问问蔷薇。"东瑷听说来福并不是因为蔷薇而出去，就兴致不高了，"明日再告诉你！"

倘若一个男人为了女人就不要前程，东瑷觉得他从某些方面说，是很不靠谱的。生活就是柴米油盐，没有前程，拿什么养活女人？

生活就是这样庸俗、平淡、现实，靠风花雪月活不下去。

然而她居然有那么点期盼。

得知来福并不是纯粹因为蔷薇，也有些失望。

可能是在这等俗世里活久了，也盼望美好热烈的爱情来充盈自己的心吧？

不过这样的来福，并不是个冲动的情窦初开的小伙子，应该更加能给蔷薇未来的保障吧？

东瑷心里已经确定了八九分，只等蔷薇开口回答了。

盛修颐听说她要去问蔷薇，则微讶，笑道："这种事，你帮她拿主意不就好了？"

就像儿女的婚姻，都是父母拿主意，哪有拿着这个去问当事人的？

这个年代的教育，让盛修颐不明东瑷的做法。

东瑷笑笑："明日再告诉你，急什么呢？"

盛修颐也笑，翻身将她压在身下，呢喃着叫她阿瑷，吻落在额头、鼻端、唇瓣、雪颈……

次日是清明节，休朝一日，皇上和文武百官皆要扫墓祭祖。

盛家的祖坟在徽州，早在两个月前，盛昌侯就派了外院得力的管事回乡祭祖。

盛昌侯府的家祠，不过是摆了些灵位。

盛修颐早起跟东瑗去了桢园，抱着诚哥儿去元阳阁请安，随后跟着盛昌侯、二爷盛修海、三爷盛修沐和盛乐郝、盛乐钰去了家祠祭拜。

盛夫人则抱住诚哥儿，留了东瑗妯娌几个在元阳阁玩笑。

诚哥儿困了，就让乳娘乔妈妈抱到盛夫人的暖阁里先歇着，夏妈妈陪在一旁照顾，竹桃和沉烟也跟着服侍。

诚哥儿抱了下去，盛夫人就让东瑗妯娌和表小姐秦奕陪着打牌。

支了牌桌，盛夫人坐正西方向，东瑗坐在她的下首，二奶奶和表小姐也坐了，康妈妈和香橼、香薷在一旁服侍。

"七弟妹前几日一直过来教芸姐儿和蕙姐儿扎花，我们家蕙姐儿已经会扎些简单的样子了！"二奶奶讨好着对盛夫人道，"等再成了样子，叫她给娘做双袜，扎好看的花儿。"

东瑗就笑："蕙姐儿真能干。"

二奶奶顿时一副与有荣焉的样子。

盛夫人也笑："她年纪那么小，哪里会做鞋袜？你别逼狠了蕙姐儿啊。有那份孝心，娘就受用了！"

二奶奶忙道："她都快十岁了，哪里小？我们到了她这个年纪，都开始说亲了呢！"

盛夫人倏然就明白二奶奶这番话的用意，大约是看了好人家，想给蕙姐儿定亲呢。可是比蕙姐儿大一岁的芸姐儿还没有说亲呢！二奶奶不会觉得芸姐儿是庶出，就应该先让着蕙姐儿吧？

盛夫人心里明镜似的，笑着问道："你不说我倒真差点忘了，咱们家芸姐儿今年就满十岁，虚岁十一，应该说亲了啊！"

然后就看了眼东瑗。

东瑗忙道："是啊。从开始说亲，到下定，没个两三年哪里成？定好了人家，芸姐儿也快十四了。现在说亲也不早。"然后又道，"咱们蕙姐儿也该说亲了。"

二奶奶听着婆婆把话题扯到芸姐儿身上，而不谈蕙姐儿，正不自在。听到东瑗这话，她一个激灵，再也不敢打哑谜，笑着道："是应该先紧着芸姐儿的。我们蕙姐儿比芸姐儿还小十个月呢，不急的。"

口里虽然是说应该先让芸姐儿，却又说蕙姐儿只比芸姐儿小十个月。既然芸姐儿该说亲，只小十个月的蕙姐儿也该说亲了！

盛夫人并不是有意为难二奶奶，她只是想长幼有序。

既然话题说开了，盛夫人就顺势道："是啊，她们姊妹都该准备说亲了呢！"顿了顿，对东瑗道，"阿瑗，这件事你来办吧！"

这个家以后都是东瑗管，让她帮着孩子说亲，也是她分内之事。

东瑗没有推辞，很干脆应了下来："我先去访访，看看有没有合适人家的孩子，再来告诉娘。"

盛夫人微笑颔首。

二奶奶听到盛夫人把蕙姐儿的婚事也交给了东瑷，顿时就不安。她讪笑道："娘，大嫂还要照顾诚哥儿，蕙姐儿的事哪里敢劳烦大嫂？不如……"

"不妨事的！"盛夫人打断她的话，"你叫她一声大嫂，是白叫的吗？将来家里的事，都交给她劳碌，咱们娘们乐得自在！"

其实哪里真的是要东瑷给盛乐蕙定亲？这只是在暗示二奶奶，东瑷才会是这个家内院的未来当权者。

就算东瑷定了，只要不是二奶奶葛氏心目中的人，二奶奶也会想方设法推了。难道非逼着她把女儿嫁到不愿意的人家？将来好就好，不好的话，东瑷不是要吃二奶奶一辈子的埋怨？盛夫人才不会把两个儿媳妇的关系弄得那么僵。

二奶奶听得出盛夫人对东瑷管家的暗示，却没有明白蕙姐儿的事，脸色顿时不自在，笑容很勉强。

东瑷就笑道："二弟妹放心，我访到了好人家，自然先跟你商量的！你要是有看好的人家，也说给我和娘听。"

二奶奶这才松了口气，笑容也轻松起来，道："蕙姐儿的事，就辛苦大嫂！"

一席话，就把打牌耽搁了。

盛夫人回神，问："该谁的牌了？"

表小姐一直沉默含笑坐着，此刻才道："姨母，该您了！"

盛夫人呵呵了下，打了一张牌。

这张正好是东瑷要吃和的，她却放了另外一张。

最终，一圈下来，还是盛夫人先和了牌。

直到中午盛昌侯等人祭祖回来，才歇了牌。盛夫人又吩咐去把孩子们都叫来，一家人在元阳阁吃了午饭。

饭后，盛夫人让各人都回去。

二奶奶上前一步，低声笑道："娘，昨日五姑奶奶有句话让我告诉您，我差点忘了说……"

众人都退了出去，只是二爷夫妻和盛乐蕙留在了元阳阁。

出了元阳阁，盛乐芸牵着盛乐钰，给盛修颐和东瑷行礼，先回了自己住处。

盛乐郝要去外院，需要跟盛修颐同行一段路。

盛乐郝就对盛修颐道："爹爹，我下午能不能跟着师傅去东郊踏青？昨日人多，我没去……"

盛修颐想了想，温和道："我下午也没事，爹爹带你去吧！"

盛乐郝脸上就露出了欣喜不已的表情。

然后看了眼东瑷，目光又瞟到了她身后乳娘抱着的盛乐诚，表情微敛。

盛修颐把盛乐郝的表情瞧在眼里，神情微顿。

东瑷就冲盛乐郝笑了笑，目光很真诚。

盛修颐回静摄院换了身衣裳，就去了外院，带盛乐郝去踏青。

东瑷则喊了蔷薇来，把来福愿意出去的话，说给她听。

蔷薇一听来福要出去了，东瑷问她是否愿意跟来福时，她微微愣了愣，继而神色既羞赧又疑惑。

顿了半晌，她问："怎么出去了，世子爷不是很器重他吗？"

蔷薇也担心他是个冲动毛头小子，为了女人就出去的，所以才有此问。

东瑷的心放了下来。

蔷薇也是个很现实的女孩子，看男人少了份少女般的梦幻。

她也觉得男人应该把前程看重。

东瑷道："世子爷说，外头有些生意，是世子爷自己的，侯爷不知道。来福出去，是替世子爷打理这些生意的……"

蔷薇又是一愣，大约是没有想到世子爷在外头还有自己的生意，居然瞒着侯爷。

她也惊讶东瑷就这样不遮不掩地告诉了她。这种信任令蔷薇心里暖融融的，充满了感激。

东瑷就问她："来福是诚心想要你的，你可愿意跟了他？"

"奶奶替我拿主意！"蔷薇羞红了脸，垂首道。

就是愿意了。

东瑷笑了笑："既是我拿主意，我就将你许了来福。回头我告诉世子爷去，择个好日子把你们的事定了。"

蔷薇依旧垂首不语，脸却通红。

傍晚的时候，罗妈妈和橘红就知晓了这件事，两人私底下拿着蔷薇打趣。

天色将晚，盛修颐和盛乐郝回来了，父子俩先去了元阳阁请安，而后盛乐郝也到静摄院给东瑷请安。

正好乳娘乔妈妈把盛乐诚抱了过来，东瑷正抱着睡醒了的盛乐诚逗趣。

盛修颐进来，满屋子人给他行礼，东瑷也把孩子给了乳娘，起身给他行了礼。

盛乐郝又给东瑷行礼。

东瑷让盛乐郝坐在炕沿铺着墨绿色弹墨大引枕的太师椅上，吩咐丫鬟给他上了茶点。

盛修颐顺势把乳娘手里的诚哥儿接过来，抱在怀里。

诚哥儿就睁着亮晶晶湿漉漉的眸子望着父亲。

盛修颐脸上不由自主溢满了笑意。

盛乐郝在一旁看着，表情也带了些许的笑，没有了前段日子见到东瑷和盛乐诚时流露出的那种淡淡的戒备。

东瑗有些吃惊：盛修颐跟孩子说了什么，才一个下午，这孩子的心结就解了？

盛修颐抱着诚哥儿，对盛乐郝道："郝哥儿，你给诚哥儿带的礼物呢？"

盛乐郝忙起身，从袖中掏出一个缀了红色丝绦的桃木小腰坠。

他没有直接给诚哥儿，而是双手奉给了东瑗，恭声道："母亲，孩儿今日和爹爹逛庙会，买了这个坠儿给诚哥儿。听庙里师傅说，桃木避邪消灾。诚哥儿小，眼睛干净，这个保佑诚哥儿健康。"

东瑗笑起来，没有去接，而是道："多谢郝哥儿费心想着。你给诚哥儿戴上啊！"

盛乐郝给东瑗，而不是直接给诚哥儿，无非是怕东瑗不放心，以为盛乐郝想害诚哥儿，想着先把东西给东瑗检查检查。

听到东瑗此语，盛乐郝眼波微动，继而道是，上前挂在诚哥儿的外衣带上。

诚哥儿正睁着眼睛看人，看到突然凑近的盛乐郝，他裂开嘴，无声笑了起来。

盛乐郝看到诚哥儿冲自己笑，脚步就停住没动。

他伸出手，抓住了诚哥儿露在衣裳外的小手。

盛乐诚笑得更欢，虽然没有声音，眼睛却眯成了一条缝。

盛修颐看到这样，心里微动，也笑了起来。

盛乐郝也不由自主笑了。

屋子里顿时就满是温馨。

诚哥儿没过多久又累了，打着哈欠。

乳娘乔妈妈上前，接过盛修颐怀里的孩子，抱着给东瑗和盛修颐行礼，带着孩子回了桢园。

盛乐郝略微坐了坐，也起身告辞。

他的小厮烟雨在静摄院门口等他。

初五没什么月色，繁星满天，盛府四处挂了明亮灯笼。烟雨手里也提着一盏宫制明角灯，跟盛乐郝道："……大少爷，这灯笼有趣吧？是大奶奶院里的蔷薇姐姐给我的，应该是大奶奶从薛家带来的。咱们家我还没有见过这样的呢！"

盛乐郝就顺势朝着那明角灯望去。八角宫灯做成了葫芦形状，画着美人图，坠了紫色穗子，挑柄也装饰了翠绿色，俨然一只精巧的葫芦。

他微微颔首，道："很好看！你明日亲自给蔷薇姐姐送回去，别弄坏了。"

烟雨笑道："蔷薇姐姐说了送给我们的，还特意说留给大少爷玩呢！"

"既是这样，回去交给紫苑收着，弄坏了反而辜负母亲的一番心意。"盛乐郝道。

烟雨道是。

紫苑是盛乐郝院里的大丫鬟，她和紫藤一样是盛夫人赏给盛乐郝的。

回到院子，烟雨把灯吹了，准备拿去给紫苑。

盛乐郝想了想，喊了烟雨："给我吧！"

第十七章　幼子受惊

烟雨微愣，递给了他。

盛乐郝拿着，放在书房的什锦橱子上，和盛修颐送给他的砚台放在了一起。

看着这宫灯和砚台，盛乐郝不由伸手，小心翼翼摸了摸那砚台，又摸了摸那宫灯。

下午父亲带着他去踏青，两人一路而行，说了很多话。

回来的路上，他跟父亲说了好半响念书和功名之事。

父亲学问精深博广，盛乐郝很是佩服，就道："爹爹，我要是有您这样聪明，现在也能中个秀才了。"

语气里有些失落。

父亲就问他："何为聪明？"

盛乐郝一时不解。

父亲继续道："聪明，实则是聪颖与明智。反听之谓聪，内视之谓明。此话是说，能听之于耳、虑之于心，乃是聪颖；能自我反省，乃是明智。二者不足其一，不能称聪明。记性好更加不是聪明了……"

顿了顿，父亲又说："郝哥儿，男儿立志报效社稷，不聪明就是庸才。要想聪明，除了刻苦念书，还要时时想想，听到什么话，都要过滤于心。轻听与刚愎自用的人，记性再好，都不能谓之聪明！"

盛乐郝当时微微愣住。

他觉得父亲话里有话。

父亲是告诉他，不要轻易相信旁人的话。不管听了什么，都要在内心仔细思量。

就像他听到旁人说，大奶奶生了儿子，将来母子皆得世子爷喜欢。倘若世子爷承了爵，只怕家业传不到大少爷手里。

他的心就有些乱。

虽说好男不吃分家饭，好女不穿嫁时衣，可是他盛乐郝不同。

他的外祖家曾经因为谋逆而被诛满族，没有了盛家的庇护，他不知如何行走世间。

旁人看他，总带了几分怀疑。

他需要这份家业。唯有这份家业，才能证明他的身份，证明盛家不曾抛弃他。他不是罪臣之后，而是皇亲贵胄。

他要立足世间，首先需要盛家对他肯定。

"……小时候念书，你三叔总是念不好，你祖父从不骂他。爹爹小时候念书，稍有差错就要挨骂，你可知为何？"父亲又笑着问他。

因为祖父喜欢三叔么？

他没有答，只是看着父亲。

父亲就笑着道："因为爹爹是长子，将来需要继承家业，倘若不聪明，难当大任。所以祖父对爹爹比三叔要严厉。就像你们兄弟，爹爹就希望你聪明，而不会苛责钰哥儿和诚哥儿。将来继承家业的是你,不是钰哥儿和诚哥儿。对他们,爹爹就会多些疼爱……"

盛乐郝当时觉得眼睛有些涩。

他垂首,喃喃低语:"爹爹对孩儿很好……"

"因为你比爹爹小时候用心,不需要爹爹严厉管教。"父亲依旧笑着,"郝哥儿,念书不要求多,要不时停下来,用心想想,反而学得更多。"

父亲虽句句说的是念书的话题,却给盛乐郝吃了颗定心丸。

只要父亲肯这样说,他就会相信父亲。

盛乐郝伸出手,又将蔷薇给的那盏宫灯拿在手里。

精致的明角灯,盖上点缀了琉璃,美人图画得美艳生动。看着这八福美人图,盛乐郝不由想起了他的嫡母薛氏东瑷。

她微笑的样子很美,也很亲切。

虽然不及他娘亲的微笑温暖人心,却比陶姨娘的笑令他舒服。

想着,盛乐郝又把这宫灯放在砚台一处,紧紧挨着。

静摄院里,东瑷把蔷薇愿意跟来福的事,说给了盛修颐听。

盛修颐就微微颔首,又道:"明日我和娘说。"

次日,盛修颐去静摄院请安,等二奶奶和表小姐秦奕、孩子们都退出去后,他和东瑷留了下来。

他把蔷薇的事告诉了盛夫人,又道:"来福跟了我这些年,如今愿意出去,我不想为难他。给了他些本钱,让他在西门大街开间小小的铺子度日。"

盛夫人微讶,道:"我还以为你挺看重来福的,怎么放他出去……"

盛修颐笑道:"他曾经混过市井,脱不了身上的痞气。我虽是器重他,却也不十分放心。如今他既然愿意出去,我省了一桩心事。"

盛夫人忙点头:"也是,我从前就想和你说,来福虽能干,可他无牵无挂的,到底不如来安是家生子妥帖。"

这件事就算说定了。

"这事先定着,年底再选好日子把蔷薇送去。"东瑷笑着补充道。

盛夫人也道好。

顿了顿,盛夫人脸上的笑容淡了几分,对盛修颐和东瑷道:"昨日你二弟妹跟我说,五姑奶奶想保媒,把奕姐儿说给和煦大公主的次子卫清风。"

五姑奶奶想着把表姑娘秦奕说给和煦大公主的次子?

东瑷和盛修颐一时间都有些吃惊。

盛修颐先开口问:"和煦大公主还是想把女儿嫁给三弟?"

盛夫人表情变成有些无奈:"要不然,怎么想着娶奕姐儿?"

盛修颐道:"娘,您可同意将奕姐儿嫁到秦尉侯府?"和煦大公主的驸马叫卫国平,封了秦尉侯。

盛夫人摇头，道："这不找你和阿瑷商议吗？我还没敢和你爹说。他要是不同意，这件事就没有回旋余地。"

盛夫人很了解盛昌侯的脾气。

"奕姐儿是一介平民之女，她爹好不容易考中了举人，哪想到没福气，第二年春闱病死在上京的路上，什么都没有给她们娘俩剩下。姨母没了，我就把奕姐儿接到身边，都快十年了。她性格和顺，心地又好，我是当亲生女儿一般看待的。如今公侯之家愿意娶她做正房，我想着这是好事。"盛夫人徐徐道来，"可和煦大公主那人，我不太喜欢，她规矩多，谁做她的媳妇都要为难死了。况且和煦大公主的女儿和沐哥儿的事，你爹爹没开口，不一定能成。将来成不了，和煦大公主还不把气都撒在奕姐儿身上啊？"

东瑷静静听着，没有说话。

她不喜欢和煦大公主，对秦奕也很陌生。嫁到盛家快一年，东瑷还是不太清楚秦奕到底是个怎样的人。她鲜少到东瑷这里来逛，只是每日请安的时候会遇到。

她从来不惹事，和东瑷没有利益冲突；她也不求人，亦和东瑷没有私交的。

家里下人们说起表小姐，总说她温柔娴静，待人和气。

一个孤女寄人篱下，只要不是很笨，都会是这样的性格吧？

不了解秦奕此人，她嫁给和煦大公主做儿媳妇是好是坏，东瑷无从判断。

盛夫人则是犹豫不决："……将来我们替她说亲，谁家不看她的身世？望族是别想了。嫁到小户人家，我又舍不得！再说了，做儿媳妇的，哪个不受气？"

东瑷就抿唇笑。

盛修颐看了她一眼，又看盛夫人，也笑。

被他们夫妻这样一笑，盛夫人回味过自己的话，也笑起来："俗话说，婆媳婆媳，天生的仇敌。感情好是缘分，总有些相处不好的……"

"娘的心好，我们做媳妇的才不用受气。"东瑷道。

盛夫人拍了拍她的手背，欣慰笑了笑。

"娘，依我看，还是回绝了！"盛修颐半晌后才道，"和煦大公主并非真心想娶奕姐儿，不过是想跟咱们家攀上关系。单单这点，奕姐儿就委屈了。"

盛夫人颔首同意盛修颐这话，可想着失去了嫁入公侯之家的机会，她又犹豫了。

她所想的，不过是奕姐儿的前程。以平民之身嫁入公侯之家，也是荣耀的，奕姐儿未必不喜欢。

"娘，小门小户有何不好？"盛修颐又道，"夫妻敬重，家宅和睦，日子虽不富贵，却舒心快活。"

盛夫人又点头。

可她心里还有犹豫不决，盛修颐这番话，让她更加下不了决心了。

她还是要好好再想想。

说了半天的话，盛夫人有些累了，东瑷才和盛修颐出来。

先去桢园看了诚哥儿，乳娘说他刚刚才睡下，夫妻俩这才回了静摄院。

"毕竟是奕姐儿的事，我不好多言。"东瑷对盛修颐道，"我也觉得和煦大公主不是好相与的，嫁到她府里定是要吃些苦头。可彼之砒霜，吾之蜜糖，奕姐儿怎么想的，我们都不知道啊。"意思是探探秦奕的口风。

盛修颐斜倚着墨绿色梭子锦大引枕，摇头笑道："她不会愿意的。"

东瑷不解看着他。

盛修颐就卖关子不说。

"她和你……"东瑷故意拖长了声音，挑眉问。

盛修颐表情一敛，定定看着她。

东瑷第一次和他开玩笑，看着他的表情沉了下去，不由心里没底。

过火了吗？

她正想把这话遮掩过去，盛修颐就猛然向她扑来，将横在他们中间的炕几推了下去。

炕几上的茶盏砸得粉碎。

东瑷没有预料，被他这样吓了一跳，忍不住惊呼，人已经被他压在身下，唇被他的唇盖住，温热的气息紧紧包裹着她。

外间服侍的蔷薇和罗妈妈听到剧烈响动，随后又有东瑷的惊呼，还以为是出了什么事，忙撩帘而入。

看到炕上的两人，罗妈妈和蔷薇慌忙又退了出去。

蔷薇到底是姑娘家，脸上有了红潮，很是尴尬；罗妈妈则抿唇笑着，把外间服侍的丫鬟众人都遣了出去，只有她和蔷薇留在这里服侍。

橘红问什么事，罗妈妈和蔷薇都不答，只是笑。

橘红就明白了。

东瑷方才脑袋一蒙，没有注意到罗妈妈和蔷薇进来过。只是想着一帘之外还有一屋子服侍的人，顿时又羞又急，使劲推他："天和，别闹，让丫鬟们瞧见怎么办！"

要是让人撞见她这样不庄重，青天白日做这等事，她不用活了。

盛修颐则笑，捏了捏她的鼻子，然后俯身耳语道："当我不知道？这屋子里服侍的对你忠心耿耿，又精明。不会有人瞧见。"

就算瞧见也会装作不知道，所以他那么肯定说不会有人瞧见。

炕几推下去的时候，动静那么大，帘外服侍的人肯定听到了。

现在都没有人进来，盛修颐觉得她们心里是有数的，说不定此刻已经派了人在门口守着。

他就放心大胆地逗弄着东瑷。

东瑷却被他说得哑口无言。

这个人，一点也不像她开始对他的印象。

那时，东瑷觉得盛修颐是个很温和的人，虽然表情有些清冷，可是对孩子们很好，对她也很敬重。

如今，倒越来越把她当成孩子对待了。

居然大白天这样捉弄她，她现在是孩子的母亲啊！

见她真的急了，盛修颐才笑着起身，放开了她。

东瑷慌忙下了炕，把炕几搬了上来。

盛修颐这才起身，伸手接了过来，放在炕中央。

茶盏碎了一地，茶水也溅了一地。

东瑷伸手理了理鬓角和衣襟。

盛修颐瞧着她这样，忍不住笑，一个人坐在炕上，无声笑得欢乐。

东瑷瞪了他一眼。

"你怎会有这等奇怪的念头？"盛修颐笑着问她，"奕姐儿到我们家的时候才六岁，我比她大十来岁，我跟她有什么，倒是奇闻了！"

"我说笑而已嘛。"东瑷一边理着衣襟，一边道，语气很懊恼。

盛修颐又是笑。

东瑷不理会他，喊了蔷薇进来。

"叫人进来，把地扫扫。"东瑷强自镇定对蔷薇道。却见蔷薇脸微红，她就明白过来，自己也一时间无比尴尬。

蔷薇道是，东瑷和盛修颐就进了内室。

第十八章　韩家往事

这样一闹，说话的兴致都没有了。东瑷拿出针线簸箩，替诚哥儿做小衣裳。

盛修颐就上前接了她的针线，拉她到炕上坐下，逗她说话。

"过几日就要开殿试了，你两位表兄不都是今年这科的吗？"盛修颐转移话题。

东瑷的大舅母韩大太太去年就在京都住了下来，陪着两位表兄赶考。

只是二月初九的春闱因为萧太傅的动乱而改期到四月初九。

"你不提，我就忙忘了！"东瑷这才笑，"明日送些贺仪去吧。你倘若没空，让管事们去一趟也不碍事，只是别忘了。"

"我去吧。"盛修颐笑道，"明日没什么事。"

东瑷笑了笑。

提起韩家，方才又说和煦大公主，东瑷就问盛修颐："你可知道为何和煦大公主那么恨韩家？"

然后把去年在文靖长公主府，和煦大公主问韩家是否死绝了的话，告诉了盛修颐。

盛修颐目光微闪，看着东瑗道："你……不知情？"

东瑗摇头，问："你应该知晓些吧？我在家里不好问……"其实她是猜测她的生母可能不太守妇道，所以被五爷薛子明记恨。

要不然，五爷为何这样恨东瑗？可这些话，她是做女儿的，怎能去打听？

所以她从未打听过生母韩氏和五爷的往事，也没有打听过韩家的事。

"太后静养去了，和煦大公主又是那等性子，有些话迟早有人告诉你。"盛修颐缓慢道，"我说给你听吧，至少我不会掺假……"

这话是说，太后不在宫里了，大家没有了忌讳，和煦大公主又是个惹事的，所以迟早会有人说出来。

东瑗忙坐正了身子。

"和煦大公主虽是称太后娘娘的第三女，可她并非太后娘娘亲生。"盛修颐依旧靠着大引枕，跟东瑗道，"她和文雅公主，都是万淑妃所诞。当年万淑妃很受宠，太后娘娘并不喜欢万淑妃。而后万淑妃病逝，陛下悲痛，将和煦和文雅两位公主托付给太后照看，过了一年就过继到太后名下。"

"文雅公主？"东瑗从来没有听说过这位公主，"她嫁给了谁？"

"她死了。"盛修颐道，"宫里传出来说她是为情自尽的！"

"她看上了韩家大爷还是二爷？"东瑗问。

盛修颐看了她一眼，顿了顿，才道："是你父亲，当年的状元郎薛子明。"

当年的琼林宴设在皇家花园，宴请新科进士，而和煦和文雅两位公主因丧母悲痛，被陛下特许安排在皇家花园静养。虽宫里内侍和女官们早吩咐过两位公主不要出了宫殿，今日宴请的都是男子，可禁不住年轻好奇的约束，两位公主还是偷偷跑去看了。

文雅公主正是豆蔻年华，懵懂情开的年纪，一眼就看中了面容清俊、举止斯文的状元郎薛子明。

考取状元尚公主，也是很多读书人的梦想。可薛家是公卿望族，那时的薛子明已经和韩家三小姐定了婚约。

文雅公主把这件事告诉了皇后。而皇后没有指责文雅公主，反而积极地告诉了皇上。

万淑妃去世才一年，文雅公主面容又有几分其母的风姿，众多公主里，陛下是独爱文雅公主的。

又见皇后贤明，把曾经和她有过过节的万淑妃的亲生女儿当成自己女儿般疼爱，还帮着提了此事，陛下不管是疼爱公主还是给皇后体面，都必须答应。

可薛子明已有婚约，是不能公开提的，陛下就把薛老侯爷和薛子明叫到了御书房，私下里说了此事，问薛老侯爷可有商议的余地。

薛子明准备磕头谢恩，薛老侯爷却先跪了下去，称此事绝对不可。又说君子言而有信，幼子先和韩家有了秦晋之约，怎能另尚公主？

　　薛老侯爷在先皇跟前，也是两朝重臣，先皇是很敬重他的。见他无意，况且韩家也是近臣，先皇就更加不好强求，此事只得作罢。

　　却不知从哪里走漏了消息，新科状元郎要尚文雅公主之事，传得满朝皆知。

　　韩尚书很生气，亲自上门询问。

　　薛老侯爷一再保证绝无此事，和韩家的婚约，薛家从未生过反悔之心。

　　薛子明与韩家三小姐的婚期也因此事而提前了三个月。

　　韩家三小姐出嫁那日，文雅公主就成了满朝笑柄。

　　次日，文雅公主自缢身亡。盛修颐静静把这些话告诉东瑷。

　　东瑷沉默听着，终于明白了和煦大公主对韩家仇怨的缘由。

　　只是可笑，女人总是把过错推给女人。

　　当年拒绝文雅公主的是薛家，和煦公主却认为错在韩家，文雅公主是因为韩家三小姐而死的。

　　"难道先皇不觉得文雅公主死得蹊跷吗？"东瑷抬眸问盛修颐，"难道他一点也不怀疑皇后吗？"

　　盛修颐叹了口气："文雅公主一死，皇后娘娘十分自责，神志不清，日日夜夜哭着文雅公主……"

　　"她跟万淑妃不和，文雅公主又长得像万淑妃，得皇上喜欢。她神志不清的时候还念叨文雅公主，难道没人觉得不合情理吗？"东瑷冷笑着问。

　　盛修颐拉过她，搂在怀里，低声道："咱们两人，你可以如此。倘若出去了，别这样说皇家之事！你应该赞一声当年的皇后娘娘慈爱仁善。"

　　东瑷微微阖眼，没有再多言。

　　可薛子明就是因为这个而恨韩氏的吗？也说不通的。

　　她心念未转，盛修颐继续道："还有一个和庆公主……"

　　东瑷蹙眉。

　　盛修颐道："和庆公主是万国公的女儿，当年是封了和庆县主。万国公是万淑妃娘娘的兄弟。那时南止国与我朝交好，南止国的可汗三番五次派了重臣，带了重礼，欲求娶我朝公主，做皇帝的女婿。

　　"朝中尚未婚配的公主里，只有皇后娘娘的亲生女儿。皇后自是不愿把女儿嫁到西南荒蛮之地去，就把和庆县主收为养女，封了和庆公主，出嫁南止国。

　　"皇后又说，南止国诚心归附我朝，为扬国威，将盛京第一美人之称的韩家四小姐封了郡主，做和庆公主的陪媵，一同嫁去南止国。"

　　"韩家四小姐？"东瑷错愕。

她从来没有听人提过韩家还有个四小姐。

盛修颐则点头："这位四小姐，比你母亲的名声更盛！原本韩家大约是要送她进宫的，自小培养她琴棋书画，诗词歌舞，样样堪称一绝。在盛京贵胄小姐中，声名显赫。人人皆知韩氏女才华横溢，容貌倾城……"

东瑷这才明白，原来人人说韩氏美艳，并不是说她的母亲，而是说她的姨母，韩家四小姐。

皇后大约也是听闻了韩家四小姐的艳名，所以在送和庆公主去南止国的时候，还把韩家四小姐也送走。

她可真是厉害。

万淑妃死后，先把她一个女儿弄没了，栽在韩家和薛家头上；这件事没过一年，又开始折腾万淑妃的兄弟！

怪不得东瑷从来没有听说过万国公，大约早几年就被皇后收拾了吧？

看看，得宠又能如何？谁活得长久，谁才能笑到最后！

不仅仅折腾万淑妃，报了前仇；还未雨绸缪，把可能存在的争宠者也弄走！

韩家四小姐从声名鹊起那天开始，估计就被当时的皇后嫉恨上了。

东瑷心里泛出丝丝寒意。

原来太后是这么个人！幸好她现在去了皇家山庄静养，否则以她对东瑷的不喜，只怕东瑷下场也不会好。

"……到了南止国，那可汗没有看中和庆公主，先看上了韩郡主。他不顾送亲大臣的反对，把韩郡主赐了大妃，和庆公主反而只封了个侧妃。"盛修颐继续道。

在南止国，大妃就是皇后的意思。

"和庆公主觉得南止国可汗是侮辱她，自刎身亡。"盛修颐道，"南止国怕我朝发怒，又送了些珍宝美人给陛下，才算了却此事。这件事传到盛京，韩氏的美貌与魅力就被人津津乐道。没过三年，南止国可汗病逝，储君登基后，派了使者来天朝。他新娶的大妃，就是他的继母韩氏……"

东瑷错愕半晌。

不过荒蛮之地的风俗向来怪异，继子娶了继母为后，并不算奇闻。

她只是感叹，她的姨母居然这般手段。

"于是韩氏女美貌的名声就越传越盛，是不是？"东瑷问盛修颐。

盛修颐颔首。

"和庆公主死，皇后娘娘又大病了一场，很自责说当初不该选了韩氏做陪媵……"盛修颐笑了笑，"而后谁也不敢提这件事。其实个中缘由是什么，你应该是清楚的。"

她现在明白了和煦公主为何恨韩家：她的亲妹妹和表妹都是直接或间接因韩氏女而死。

只是薛子明为何恨韩氏，她还是不明白。

难道是因为韩氏挡了他的路，他没能尚到公主？他不至于吧？

那为何恨东瑷？东瑷可是他的亲生女儿。

东瑷觉得薛子明和她的生母韩氏还有隐情。

薛家可能瞒住不对外宣，而盛修颐可以说公主的事，却绝对不会在东瑷面前说她母亲的闲话。

"怪不得和煦大公主那么恨韩家。"东瑷讥笑道。

那个和煦大公主，简直没有脑子。

她对韩家的恨，可能是她根本看不出韩家和她的两位妹妹一样，都是太后弄权下的牺牲品。

两人在内室说了半晌的话，吃了晚饭，歇下不提。

次日，盛修颐和东瑷去跟盛夫人请安，盛夫人习惯性问盛修颐今日有何事，盛修颐就说了等会儿去韩大太太那里送贺仪。

"娘，奕姐儿的事，您和爹爹说了吗？"盛修颐关心问了句。

盛夫人摇摇头。

想着盛修颐是反对态度，也不想和他多说。

她看了眼一旁的东瑷，笑道："从过了年，你就没有出过门。你舅母一个人在京都，也怪孤寂，你和颐哥儿一起去吃顿饭。"

东瑷想去，可不放心诚哥儿，犹豫不决。

盛夫人看得出她的心思，道："等会儿我让康妈妈去把诚哥儿抱过来，今日在我这里玩一日。你们吃了午饭再回来。我看着他，你就放心去吧。"

东瑷这才道是。

管事早已备好了贺仪。

跟着东瑷出门的是蔷薇，所以来安就笑着躲开了，让来福跟着他们去韩家。

蔷薇一张脸通红。

东瑷低头偷笑。

马车上，她问盛修颐："来福什么时候出去？"

"四月月底吧。"盛修颐道，"他手上的事，都交给来顺和来安，三日五日也理不清。"然后又道，"五月的时候选个好日子，再把他们的事定了。"

东瑷说好。

韩家在京都的东北向，是一处静谧的老宅院，临近几家都是老侯府、国公府，当年这里是很繁华的。只是一朝天子一朝臣，这些老贵族渐渐就落寞了。子孙争气的，承了爵还能维持先前的体面；子孙不争气的，则把家业败得精光，还不如普通富户人家。

韩大太太这宅子，是当时韩尚书正风光受宠的时候置下的，虽因年月久远而陈旧了些，可庭院宽阔，依旧看得出当年的气势。

马车停在韩府门口，蔷薇先过来扶东瑷下车，盛修颐也跳下了马车。

东瑷就注意到，韩府门口还停了另外几辆马车，有些像薛家的。

到了门口，门上的小厮听说是盛家的人来了，忙进去通禀。

没过片刻，韩大太太和两位表兄都欢喜迎了出来。

"今日真是巧！"韩大太太笑道，"你三哥和三嫂也来了。"

三哥，是指二房的三少爷薛华轩，五姐的亲兄弟。

东瑷微微疑惑。

他和三嫂怎么来韩家做客？

韩大太太是东瑷生母的嫂子，倘若薛家还愿意同韩大太太走动，也应该是老夫人吩咐世子夫人或者东瑷的大嫂代世子夫人过来问候，怎么是二房的三爷和三奶奶来了？

韩大太太见东瑷微感，估计她也不知道，笑着跟她解释："你三嫂是你二舅母的外甥女，她母亲和你二舅母是亲姊妹。你三嫂过来坐坐，问你二舅母好，顺便老夫人让给你两位表兄送些笔墨纸砚，过几日就是春闱了嘛！"

东瑷明白过来，笑了笑。

她到薛家没过两年，三爷就去了四川。对于这位三堂兄和堂嫂，因为不是一房的，东瑷不太熟悉。

果真是替薛家送贺仪的。

说着话儿，进了韩府的大门。

门楼下，是一排号房，号房不远处，宽阔场地有一座两人高的粉油影壁。

只是年月久了，铺满了藤蔓。如今藤蔓虽然除了，依旧见斑驳影痕。

韩大太太和韩乃宏、韩乃华兄弟带着东瑷和盛修颐，蔷薇跟在身后的两个丫鬟一起，绕过了影壁，又是一处高高的半月形门楼，门楼底下八间矮屋，这才是韩家的门房。

"这院子真是气派！"东瑷挽着韩大太太，感叹道。

韩大太太眼眸则是一黯，叹气道："这是从前老宅的一半，另外一半从西边角门隔开，离京的时候卖了出去！当年这里的街坊四邻，皆是王公贵胄，如今荒落得厉害！"

盛修颐就笑着解释："韩老尚书致仕归隐后，正荣伯和万国公没两年也病故。家业渐渐败了，也出些怪事，所以原先住着的纷纷搬走了，这里就安静了下来。"

韩大太太恍然，微微颔首。

说着话儿，进了韩府的第二重仪门，并无小厮拉着马车等待，韩大太太则是请他们绕过东边的角门，直接进了内院。

她有些尴尬跟东瑷解释道："此次上京，是陪你两个表兄赶考。排场不好多，所以家里的佣人只买了几个，委屈你们走走……"

"这园子好看，走走值什么？"东瑷笑道，又问韩大太太，"表兄中了进士后，就落在盛京吗？"

韩大太太笑道："也要看选在哪里。倘若选了下面的郡县，自然是举家上任，我也不会留在此处的。倘若是选在吏部、户部，我暂时也不回安庆府，陪着住一段日子的。若是不中，那定是要再等三年的。"

语气很委婉，还听得出想落户盛京。

"这科定会高中的！"东瑗道。

韩大太太笑了起来。

说着话儿，走了大约一炷香的工夫，才进了内院。

远远的，东瑗就瞧着一个穿着天青色茧绸直裰的颀长男子，身边跟着一个穿月白色褙子、宫绿色襕裙的窈窕女子，二人翘首以望。

是薛家三爷薛华轩和三奶奶蔡氏。

见他们来，三爷和三奶奶上前迎了几步。

东瑗给他们行礼，喊了三哥三嫂。

盛修颐也跟着行礼。

薛华轩和三奶奶还了礼，三奶奶就笑着对韩大太太道："九妹和九妹夫果真是一对金童玉女。"

韩大太太笑起来。

东瑗微微垂了头。

进了韩大太太院子的正屋，两个小丫鬟给众人上茶。

韩大太太吩咐他们坐，让两位表兄陪着，亲自下去吩咐饭菜。

盛修颐问韩家两位表兄功课温习得如何。

两人都说还好，很谦虚。

他就又问薛华轩薛家众人可好，老侯爷和老夫人身子可好，薛华轩也笑着告诉了。

"三哥什么时候回的盛京？"东瑗笑着问，"我以为你还在四川。"

"回来大半个月。"薛华轩道，"任期还有一年，娘身子不好，我就提前辞了官，回了盛京。"

可能是薛东蓉的事打击太大了，二夫人的原本羸弱的身子就垮了下去。

盛修颐问："如今有何打算？"

薛华轩自嘲道："我这些年在四川，回到盛京两眼一抹黑，也不知道能做什么。等着祖父替我安排。"

"四川乃宰相回翔之地，三哥在四川多年，他日定是国之顶梁。"盛修颐呵呵笑起来。

薛华轩一愣。

四川乃宰相回翔之地，是前朝的说法。那时国都在西北，四川便是京城的后花园，为京师提供粮食和防卫的保障，四川的地位十分重要。那时，倘若有人被派到四川去做官，众人都会猜测，他任期满后，就是宰相人选。所以才有"四川乃宰相回翔之地"一说。

到了本朝，京都早就迁离了西北，所以这种说法慢慢不见了。

倘若不是熟读史书，可能都不知晓。

听到盛修颐这话，不仅仅是薛华轩有些吃惊，就是韩家两位满腹诗书的少爷也很吃惊。

盛修颐在学问上无所不精。

虽然是安慰和鼓励的话，薛华轩却是很高兴，跟盛修颐的话就慢慢多了起来。

韩家两位少爷看他的目光也认真了几分，和他说起往年的应试题目。

盛修颐虽没有参加过春闱，却对往年应试题目一清二楚，几个人就侃侃而谈，一顿饭吃到申初才歇。

东瑷几次想开口问五姐薛东蓉的事，可想着是在韩家，怕薛华轩和三奶奶不好回答，就忍住没问。

她心里记挂着诚哥儿，吃了饭就要告辞。

薛华轩也怕打扰韩乃华和韩乃宏温习，也起身告辞。

韩大太太不虚留他们，亲自又送出来。

"天和，等放榜后，咱们再聚聚！"韩家大少爷韩乃宏临走时对盛修颐道。他虽然是儒家子弟，却喜欢黄老之学，而盛修颐又精通，他听了盛修颐说一席，还意犹未尽，相约再聚。

连妹夫都不叫了，像同窗那样，喊盛修颐的字。

盛修颐就连忙道好。

韩乃宏差点忘了薛华轩，连忙补充："到时华轩兄也来。"

薛华轩也挺喜欢盛修颐和韩乃宏兄弟的，今日说话也很投机，就痛快答应了。

回家的时候，盛修颐坐在马车上阖眼假寐，沉默不语。

东瑷有些惊讶，轻声问他："不舒服吗？"

盛修颐这才睁眼，伸手揉了揉面颊，缓慢道："说了太多的话，脸疼！"

东瑷很无语，扑哧一声笑出来："何苦来？少说一句又不妨事！"

盛修颐就继续阖眼假寐，果真不说了。

东瑷越想越好笑，一个人偷偷笑了半晌。

平日里不怎么说话的人，猛然间说多了，的确脸上不舒服。

她回到盛府，跟着盛修颐去了元阳阁，诚哥儿在盛夫人的暖阁里睡着了。

盛夫人见他们俩从外面回来，也不多留他们，让乳娘抱着诚哥儿，跟着东瑷和盛修颐回了静摄院。

东瑷出门，怕身上衣裳脏，不敢抱诚哥儿。让乳娘乔妈妈一直抱着，到了桢园就对乔妈妈道："抱到静摄院去吧。我今日一整日不见诚哥儿了！"

乔妈妈道是。

回了院子，两人各自洗漱一番，换了干净衣裳，诚哥儿也醒了。东瑷抱着他逗弄了一回，就被盛修颐接了过去。

元阳阁里，东瑷和盛修颐走后，康妈妈笑着对盛夫人道："大奶奶今日定是遇到了好事，我瞧着她满脸是笑。"

盛夫人也觉得，不禁也笑："小两口出了趟门，自然是高兴的。"

正说着，盛昌侯和三爷盛修沐回了内院。

三爷只是过来给盛夫人请安的。

盛昌侯去了内室更衣，然后去了净房。

盛修沐就准备跟盛夫人说几句话，然后回外院去歇息。

"娘，您和康妈妈说什么呢，这样开心？"盛修沐问盛夫人。

盛夫人就把东瑗和盛修颐出门的事告诉了三爷。

说着话儿，盛昌侯从内室出来了。

他对盛修沐道："早些回去歇了吧。"

盛修沐正要道是，盛夫人拉住了他，笑着对盛昌侯道："侯爷，我有件事和您说。沐哥儿一块儿听听。"

盛修沐就又坐了回去。

丫鬟给盛昌侯端了茶，他轻呷了一口，问什么事。

"五姑奶奶想替奕姐儿保媒……"盛夫人小心翼翼看着盛昌侯的脸色，赔着笑容道，"说给和煦大公主的次子，秦尉侯的二少爷卫清风。侯爷，您觉得这门亲事如何？"

盛昌侯微微沉吟，正想说什么，目光却突然越过盛夫人，落在盛修沐脸上。

盛夫人顺着盛昌侯的目光看过去，只见三爷失措地站了起来。

被父亲严厉的目光一扫，他吓了一跳，慌忙坐了回去。

盛昌侯和盛夫人都是过来人，盛修沐如此大的反应，两人岂会不懂？

盛夫人很是吃惊。

盛昌侯则冷了脸，对盛修沐道："奕姐儿要说亲，你做这副样子做什么？"

盛修沐一瞬间焦虑，却又不知如何启齿，嘴唇翕动望着父亲，最终一个字也说不出来。

盛夫人则问："沐哥儿，你是和奕姐儿好上了吗？"

盛昌侯就冷哼一声。

盛修沐忙站起来，坚定道："没有！"他要是和奕姐儿好上了，父亲定会说奕姐儿不规矩。

"我……"盛修沐半晌都不知道应该说什么，见盛昌侯脸色越来越差，慌不择言求助望向盛夫人道，"娘，我要娶奕姐儿！"

盛昌侯手里的茶盏重重磕在炕几上，茶水溅了出来，盛夫人宝蓝色八宝奔兔福裙湿了一角。

"混账东西！"盛昌侯怒斥道，"等你老子和娘都没了，你再自定婚事！还不滚出去！"

盛修沐被盛昌侯吓了一跳，不安看了眼盛夫人，想求盛夫人帮忙。

一向疼爱他的母亲则垂眸不看他。

父亲的盛怒让他不敢多留，起身给盛昌侯和盛夫人行礼，不情不愿退了出去。

盛昌侯气得大骂:"成何体统?婚姻大事自古是父母之命媒妁之言,居然自己说要娶谁,这是哪家的规矩?"

盛夫人赔着笑脸安慰他:"沐哥儿不懂事,侯爷骂他就是了。可别气着了自己。"

然后喊了香橼,让再给盛昌侯沏了杯茶来。

盛昌侯自己气了一会,看了眼自鸣钟,才亥初。

他站起身,对盛夫人道:"我有些折子要看,然后就过去。你先歇了吧。"今日是歇在林二姨娘屋里的日子。

盛夫人道是。

盛昌侯就先去了元阳阁的小书房。

他看折子一直到亥正,才去了林二姨娘的院子。

盛昌侯走后,盛夫人令人关了院门,自己也歇下,让康妈妈陪着睡在螺钿床的脚榻上。

"孩子越大,我就越看不懂了。"躺下后,盛夫人跟康妈妈道,"去年正月,圣上给沐哥儿赐婚的时候,他可是半句都不曾提奕姐儿。如今奕姐儿要说亲了,他才说这话。你说,他心里是怎么想的?"

康妈妈心头一惊。

她明白盛夫人想说什么,可不能由她口中说出来,于是笑道:"当时是圣旨赐婚。沐哥儿一向懂事,又岂会提那些儿女情长的话?现在萧家败了,亲事也迫在眉睫,自然要提提的。"

盛夫人摇头:"不是这样!当时圣旨赐婚,他也没有不高兴。倒是奕姐儿……"盛夫人仔细回想去年正月盛修沐赐婚后的事,"……她是不是病了一回?"

康妈妈回想着,道:"正月里染了风寒,病了几日。"

盛夫人静静想了半晌,才道:"也瘦得厉害,后来才慢慢好了些。她总是不声不语的,我也没细想。"

康妈妈忙道:"夫人,您想多了。谁生病不要清减些?"

"但愿吧。"盛夫人长长叹了口气,便不再言语。

她的心却有些沉。倘若沐哥儿和奕姐儿早就好上了,当初赐婚的时候,沐哥儿是怎么想的?

他是不是觉得,奕姐儿是一介民女,将来给她个贵妾,就足够了?

盛夫人想着,心里就有些凉。孩子们已经长大了,不再是天真单纯的年纪,这世间的好事和坏事,他们都学会了,也有了自己的主张。比起在徽州长大的盛修颐,沐哥儿出生的时候,父亲就封了侯。

他自小是侯门子弟,结交的亦是望族子嗣。

他的心,可能跟徽州乡绅人家出身的盛夫人不同。

如今秦奕要说亲了,又是说给侯门,他却突然冒出这一句来。

第十八章 韩家往事

因为这件事,盛夫人一夜没有睡好。

次日,盛昌侯在林二姨娘屋里吃了早饭,上朝去了,盛修沐亦要当值。

东瑗和盛修颐依旧是最早过来请安。

盛夫人脸色不太好,对东瑗道:"阿瑗,你院子里还有事,就先回去吧。颐哥儿陪娘说说话儿。"

东瑗嫁过来这么久,盛夫人有事从来不瞒她,这次却让她避开。

她微微一愣,忙道是,先退了出去。

东瑗走后,盛夫人让康妈妈和香橼、香薷出去,道:"倘若二奶奶和表小姐来了,就说我不太舒服,还没有起身呢。"

康妈妈道是。

盛修颐看着盛夫人的神色,担忧问道:"娘,出了什么事?"

盛夫人起身,往内室去了,盛修颐忙跟着进去。

母子二人在内室临窗大炕上坐了,盛夫人神色一敛,问盛修颐:"沐哥儿和奕姐儿什么时候好上的?"

盛修颐没想到盛夫人会问这个,笑道:"娘,您这是问什么?"

盛夫人脸色微落:"你不要糊弄娘!你当真不知道?"

盛修颐见盛夫人真的恼了,便敛了笑容,问:"娘,这是怎么了?"

盛夫人不答,只问盛修沐和秦奕是什么时候好上的。

"前年七月,娘带着二弟妹、奕姐儿和孩子们去涌莲寺上香,也是我和沐哥儿陪着去的。"盛修颐只得道,"傍晚的时候,他们俩一处……一处说话。正好被我撞见。我问沐哥儿,他就告诉我了。他那时和奕姐儿刚好上不久。"

盛夫人微微阖眼,有些疲惫地叹了口气,神色有几分伤感。

盛修颐就明白过来,轻声喊了娘,道:"娘,您还好吧?"

盛夫人重重叹了口气,问盛修颐:"去年沐哥儿被赐婚,他想过怎么安排奕姐儿吗?他告诉你没有?"

"我当时就跟沐哥儿说过,奕姐儿虽是姨母表妹,却是没有身份的,将来爹爹不同意。"盛修颐小心翼翼道,"沐哥儿说,他心里有数,奕姐儿心里也有数!"

"什么?"盛夫人猛然睁开眼,"你说,奕姐儿心里也有数?她知道将来不能给沐哥儿做嫡妻,还同沐哥儿好?"

"娘……"盛修颐拉着母亲的手,不知该说什么。

后面的话,不是他这个做哥哥能说的。人家你情我愿,他着实不好去说什么,破坏了别人的好事。沐哥儿大约是从未想过正经娶奕姐儿进门,这件事盛修颐知道。沐哥儿非常了解爹爹的脾气,奕姐儿和盛家门不当户不对的,爹爹不可能愿意。

盛家娶什么样的儿媳妇,关乎着盛昌侯府的名声。

可奕姐儿是怎么想的，盛修颐就不太清楚。

沐哥儿被赐婚，她也是挺伤心的，眼见着憔悴，害得沐哥儿那段日子也是魂不守舍的，好几次在爹爹面前走神，都是盛修颐帮着遮掩。

这件事已经泄露了吗？

"你回去吧！"盛夫人无力摆摆手。

盛修颐还要说什么，盛夫人又道："回去吧。"然后顿了顿，道，"沐哥儿和奕姐儿的事，先不要和阿瑷说。毕竟咱们自家的事情，说出去也不够体面。"

盛修颐道是。

见盛夫人不想多谈，只得出去。

盛夫人一个人斜倚在内室临窗大炕上，想了好半天，才喊了康妈妈进来："你去把表小姐叫来。"

康妈妈道是。

秦奕早上去给盛夫人请安时被拦住，现在突然康妈妈亲自来叫，心生惶惑，跟着康妈妈进了元阳阁。

盛夫人坐在东次间临窗大炕上，见她进来，慈祥地冲她笑笑，表情很温和，不见异样，秦奕的心才定了几分。

"奕姐儿，你在我们家快十年了。"盛夫人招手，让秦奕坐到自己身边，拉着她的手感叹道，"姨母对你如何？"

秦奕心里一咯噔，忙道："姨母待我如亲生女儿！"

盛夫人满意笑了笑，道："姨母的确是待你如亲生女儿，你可有将姨母当亲生母亲？"

秦奕忙道："我一直视姨母为娘亲！"

盛夫人的笑就更加满意。

她顿了顿，才道："奕姐儿，既你把姨母当娘亲，姨母也把你当女儿，姨母就不拐弯抹角。自古姻缘是父母定，奕姐儿都快十六了，姨母想着替你订门亲事。"

秦奕心头跳得厉害，脸刷的红了。

她喃喃道："全凭姨母做主。"

神色却不安。

盛夫人看在眼里，笑道："秦尉侯府，就是和煦大公主的驸马府，奕姐儿可知道？秦尉侯的第二子，叫做卫清风，今年才十六岁，生得一表人才。如今和煦大公主托五姑奶奶做媒，你可情愿？"

和煦大公主，秦奕见过一次。去年在文靖长公主府，进门就骂大表嫂的和煦大公主。

秦奕却好似松了口气，垂首不语。

盛夫人看在眼里，心都凉了，却依旧笑着："你不说话，姨母就当你情愿了。姨母这就叫人应了和煦大公主府的这件事？"

秦奕娇羞不已,嗫嚅道:"我都听姨母的……"

"好孩子!"盛夫人似叹气般道。

坐了一会儿,就让她回去。

盛夫人就长长叹了口气,依偎着大引枕,半晌不说话。

康妈妈担忧地看着她,轻轻替她捶腿。

"虽说我当她是女儿,却也不能给她一个尊贵些的身份。"盛夫人跟康妈妈道,"她心里只怕总担心将来的前程。如今说是嫁到侯府,且是人家愿意求娶的,她倒是松了口气。"

康妈妈一句话也不敢说,静静听着。

"罢了罢了!"盛夫人失望道,"前程重要,前程比什么都重要,我还担心她受委屈,倒是白担心了一回……"

然后对康妈妈道:"你让丫鬟去把老二媳妇叫来吧。"

康妈妈就喊了香橼,让她去请二奶奶。

二奶奶也吃惊,今日是怎么回事。

她进来行了礼,盛夫人就把同意了秦尉侯府的事告诉了她。

"那我回了五姑奶奶去!"二奶奶葛氏很高兴的样子,"五姑奶奶说,和煦大公主等着这件事的回音呢!"

盛夫人微微颔首。

二奶奶葛氏就火急火燎地去了。

盛夫人同意把秦奕嫁到秦尉侯府,并未征求盛昌侯的同意。

晚上告诉盛昌侯,盛昌侯倒没有不快。

一则秦奕乃盛夫人的外甥女,盛昌侯不好伸手去管她的婚事,这件事原本就应该是盛夫人做主;二则盛修沐那句话"要娶奕姐儿",让盛昌侯对秦奕顿时就没了好感。

盛昌侯甚至揣测是不是秦奕暗中挑唆,盛修沐才会对父母说这样大逆不道的话。

这样的儿媳妇,盛昌侯是不可能要的。

况且盛修沐都说了那样的话,盛昌侯也不想再多留秦奕在盛家,早早嫁了出去,他也安心。

"她在咱们家抚养一场,出阁的时候陪嫁丰厚些,免得将来受和煦大公主的气。"盛昌侯对盛夫人道。

盛夫人笑了笑,道:"妾身明白。"

四月初八是个良辰吉日,盛家的五姑奶奶盛文柔穿着银红色缂丝褙子,提着采纳择礼,上门替和煦大公主的次子卫清风向秦奕提亲。

盛夫人让东瑷和二奶奶葛氏作陪,设宴款待了五姑奶奶盛文柔,收下了秦尉侯府的采纳择礼,同意了这门亲事,然后把秦奕生辰八字的庚帖,给了五姑奶奶,拿给秦尉侯府合八字。

一直到了下午未正，五姑奶奶才起身告辞。

秦尉侯府上门提亲，要求娶表姑娘秦奕之事，才一个下午，盛昌侯府就阖府皆知。

五姑奶奶走后，东瑗略微坐了坐，就回了静摄院。

她坐在炕上替诚哥儿做夏衫，罗妈妈和橘红、蔷薇陪坐在一旁帮衬着，夭桃、寻芳和碧秋则在下面服侍。

"表姑娘真是好时运。"罗妈妈替东瑗裁布，笑着感叹，"就是咱们薛家的姑娘们，想要嫁到侯爷府，也要看机遇。不成想，表姑娘修成了这样的姻缘。大约是上辈子积德了。"

橘红也道："表姑娘的爹爹只是个举人。这样就更难得了。"

蔷薇则没有罗妈妈和橘红那么乐观，她道："我听说，和煦大公主从前最得太后娘娘喜欢，性格刁蛮跋扈，驸马爷都怕她。秦尉侯府外院内院都是大公主说了算。有这样的婆婆，表姑娘又是和软性子，将来不一定有好日子过。是不是良媒，还另说呢！"

她总是帮着打听消息，知道的事比罗妈妈和橘红多。

罗妈妈听蔷薇一说，微微一愣，问道："和煦大公主那么不好相与？"还是不忍心，道，"对旁人不好，对自己的儿媳妇未免不好吧？"

东瑗这才开口，打断她们的话："好不好，总是自己选的。夫人说，这门亲事表小姐首肯过的。既是自己选的，好自然是高兴的，不好能怪谁呢？"

罗妈妈和橘红、蔷薇都颔首。

说着话儿，盛修颐就回来了，几个人都起身给他行礼。

他让她们免礼，然后就去了内室更衣，然后去了净房。

东瑗想着诚哥儿可能醒了，就让小丫鬟去看看，倘若醒了就叫乳娘抱过来。

须臾，乳娘就抱着盛乐诚过来。

东瑗让罗妈妈等人把炕上的针线簸箩收了，自己则抱住诚哥儿。

诚哥儿醒来，睁着乌溜溜的眸子看着东瑗。东瑗冲他笑，和他说着话儿："诚哥儿想娘亲没有？"

盛乐诚就咧嘴，无声地笑。

东瑗很是高兴。忍不住在他小脸颊上亲。

盛修颐从净房出来，看到盛乐诚，就上前接过孩子抱着，然后问东瑗："今日在家里做了些什么？"

东瑗就把五姑奶奶来给表小姐下了采纳择礼、拿了表小姐庚帖之事，告诉了盛修颐："娘说，她问过了奕姐儿。奕姐儿还是挺喜欢的，娘就同意了这门亲事。"

盛修颐表情微顿。

东瑗看在眼里，想着那日盛夫人让她先走，留盛修颐说话，而后就改变了主意，同意嫁秦奕，她心里顿时保留了几分。

诚哥儿在盛修颐怀里玩了一会儿，又阖眼睡了。

乔妈妈把他抱回了桢园。

申正一刻，东瑷和盛修颐去给盛夫人请安，而后回静摄院吃了晚饭。

入了夜，静摄院上了灯。东瑷坐在内室临窗大炕上做诚哥儿的小衣，盛修颐则在一旁，屋子里静悄悄的，服侍的人都在东次间或者外间。

徐徐晚风，空气里有淡淡荼蘼的清香，和书页偶然翻过的声音，东瑷心里异常安静祥和，似乎从未没有这样踏实过。

盛修颐看累了，抬眸休息片刻的时候，看着东瑷垂首认真做针线。烛光下，她青丝泛着微微光润，肌肤赛雪般白皙细腻，侧颜精致。

他忍不住想伸手摸摸她的脸庞。

正欲抬手，就听到蔷薇在帘外禀道："世子爷，奶奶，表姑娘身边的如意来找世子爷。"

东瑷微讶，手里的针顿住。

盛修颐也轻轻蹙眉，道："让她进来！"

如意是秦奕的贴身丫鬟，十五六岁的模样，个子不高，小巧玲珑。她神色焦急，耐着性子给东瑷和盛修颐行礼，然后对盛修颐道："世子爷，我们姑娘请您过去一趟……"

语气很急，快要哭了似的。

盛修颐顿时明白了什么，起身下炕。东瑷却快他一步，过来服侍他穿鞋。

等盛修颐穿好了鞋，她却站在他身边不动，一只手伸在他后背，攥住了他腰封的后面。

腰封一紧，盛修颐就错愕看着她。

东瑷好似不觉，脸上有恬柔笑容，问如意："你们姑娘怎么了？可是不舒服？"

如意抬眸快速睃了东瑷一眼，又垂首恭敬道："回大奶奶话，姑娘没有不好。"后面的话却不说了。

盛修颐又看东瑷。

东瑷故意不看他，依旧攥住他的腰封不放手，表情却很关切对如意道："都起了更，你们姑娘找世子爷何事？我陪你走一趟吧，告诉我也是一样的！"

如意大惊，慌张地看着盛修颐。

"我去去就回。"盛修颐想着她那只攥住他腰封的手，心里有什么汩汩流淌，很想在她脸上使劲亲几下。

他刻意压抑着声音里的愉悦，跟东瑷商量。

东瑷就是不放手。却正了脸色："爷这话不对。姑娘大了，爷怎么说都是表兄。虽说从小一处长大的，男女大防不顾忌，可落在旁人眼里，对姑娘不好。还是我走一趟吧。爷放心，我多带几个丫鬟婆子陪着。"说着，就作势要走。

如意吓得脸色微变。忙跪了下去："大奶奶……"却又不知该说什么，复抬头，恳求般望着盛修颐。

盛修颐明白她要做什么，就附耳低语道："只怕是三弟在奕姐儿那里，我去去就回！"

东瑷恍然大悟，她终于明白为何那日盛夫人让她避开了，原来三爷和秦奕……

知道了自己想知道的，而且跟她丈夫无关，她就顺势放了手。笑道："好了好了，我知道天色晚了，表姑娘也是担心我走夜路崴了脚。爷去吧。"

然后喊了蔷薇进来。让她吩咐两个婆子替盛修颐执灯照路。

盛修颐对如意道："你先去，我马上来。"

如意忙道是，退了出去等盛修颐。

等丫鬟退了出去，盛修颐就猛然回身，将东瑷的腰搂住，压在炕上。

"等我回来收拾你！"他吻着她的唇，直到她透不过气来，才放开了她，满眸是笑。

"你快去，表姑娘等得心急了！"东瑷故意道。

盛修颐又要吻她。她将头偏过去，推他快走。盛修颐捏了捏她的脸，笑骂了声小东西，才起身走了。

盛修颐走后，东瑷起身，对镜准备理理高髻。却见散了，干脆喊蔷薇进来服侍，替她散发，然后去了净房盥沐。

梳洗一番后，她穿着中衣半坐在床上，罗妈妈坐在一旁替她压了压被子，低声问东瑷："表姑娘找世子爷做什么？"

东瑷摇头："我不知道啊，爷没说。"

既然盛夫人连她都要避开，大约是不想其他人知道，怕三爷和秦奕脸上不好看，东瑷自不会告诉罗妈妈。

罗妈妈则想偏了，压低了声音抱怨："这半夜的，有什么事不找夫人和大奶奶，只找世子爷？瑷姐儿，你应该跟着去的。你也太大意！"

"世子爷不是那种人。"东瑷笑道，"妈妈，您太操心了！您也去歇了吧。"

见东瑷一副不以为意的表情，罗妈妈就恨铁不成钢，无奈叹气，下去安排好值夜的丫鬟婆子，这才去歇了。

大约到了亥初，盛修颐才回来。内院落锁了，他不仅仅自己回来，还带了三爷。

今日值夜的是蔷薇，看到三爷来了，她吃了一惊。

"把软榻抬一张到小房，让三爷歇了。"盛修颐对蔷薇低声道，"吩咐满院子的人，就说三爷是入了夜就在小房同我说话，一直到内院落锁了，才宿在这里。不要说错了！"

蔷薇向来聪明，忙道是，亲自和小丫鬟抬了软榻放在世子爷的小房，服侍盛修沐歇下。

而三爷盛修沐，一脸的沮丧。

盛修颐看着丫鬟们摆好了软榻，对盛修沐道："好好歇了。"

盛修沐道："多谢大哥。"

盛修颐拍了拍他的肩膀，转身回了内室。

东瑷本想等盛修颐，怎奈他回来太晚，她迷迷糊糊就睡着了。

感觉一双微凉的手在她后背游走，东瑷才猛然惊醒。

放了幔帐，帐内阴晦，什么都看不清，只能感觉到他温热的气息萦绕。

她缩了缩身子，道："你的手好凉。"

盛修颐就忙把手缩了回来，掀开她的被子，钻到被窝里，从她后背拥着她躺下。

"怎么样？"她问盛修颐，"是三弟过去了吗？"

盛修颐颔首，不愿多提盛修沐的事，嗅着她发际清香，低声问她："你方才拉我做什么？"

东瑷只是笑，不回答。

盛修颐的手就轻轻摩挲着她的腰际。

东瑷怕痒，就笑出声来，忸怩着身子要躲。

盛修颐一个翻身，牢牢压住了她。

他吻着她，依旧问她："你为何拉我？"

东瑷就是不说。

两人就闹了半日，盛修颐知道她怕痒，就挠她。东瑷笑得不行，又怕被外面值夜的丫鬟听到，压抑着声音，还是不时有笑声溢出来。

最后盛修颐在她耳边道："你小声些，沐哥儿住在小书房呢。"

内室和盛修颐的小书房，虽然是在院子的两端，可东瑷还是被他唬住了，连连告饶："下次不拉你了！"

盛修颐就咬她的唇瓣。

东瑷臊了起来，不再笑了，任由他压着就是不出声。

盛修颐笑着从她身上下去，将她搂在怀里。

东瑷默不作声，等了片刻，他的呼吸均匀起来，居然睡着了。

东瑷心里就有些异样丝丝洇开，她不由往他怀里靠近了几分。

盛修沐一夜歇在静摄院的小书房，次日早早就醒了，连忙起身，准备要出去了。

盛修颐夫妻俩已经起来了，东瑷派了丫鬟过来服侍他洗漱。

盛修沐不好再偷偷溜走，在静摄院梳洗一番，然后进了东次间。

东瑷笑着起身给他行礼，只当什么都不知道。

盛修颐坐在炕上，对盛修沐道："你下午才当值，在我这里吃了早饭，回头给娘请安，再出去吧。"

因为东瑷在场，盛修沐不好违逆哥哥的话，道是。

丫鬟就给他添了一副碗箸。

三个人默默吃了饭，丫鬟端茶漱了口，盛修颐对东瑷道："你先过去吧，我和三弟随后就来。"

是想避开请安的众人，单独和盛夫人说话。

东瑗道是，在寻芳和两个小丫鬟的陪同下，去了盛夫人的元阳阁。

平常盛修颐在家，总是跟东瑗一块儿来请安，才去衙门点卯的。

见东瑗一个人，盛夫人不由问道："颐哥儿呢？"

"三弟找世子爷说话，两人在小书房呢，让我告诉娘一声，他们稍后才来。"东瑗笑着解释。

盛夫人虽不知发生了何事，可是一听盛修沐去找盛修颐，就下意识想到了秦奕。

她的笑容敛了几分，淡淡笑了笑。

东瑗略微坐了坐，二奶奶葛氏和表小姐秦奕、盛乐芸带着盛乐钰、盛乐蕙也先后来请安。

盛乐钰先给盛夫人行礼，再给东瑗和二奶奶行礼，而后就爬上了炕，跑到了盛夫人的怀里，甜甜喊着祖母，笑盈盈攀着盛夫人的脖子。

看着孩子这般纯真可爱，盛夫人的心情又好了起来。

二奶奶见盛夫人情绪很好，笑着打趣秦奕："咱们奕姐儿马上就要做公主的儿媳妇了！"

语气虽含着打趣，却有些羡慕。

秦奕轻轻垂首，娇羞不已，盛夫人看着，眼眸就静了静。

坐在秦奕下首的盛乐蕙看了好几次秦奕，转身就和姐姐盛乐芸咬耳朵。

盛乐芸听了盛乐蕙的话，也偷偷打量了秦奕几眼。

大人们在说话，孩子在弄小动作，正好被盛夫人怀里的盛乐钰瞧个正着。他攀着盛夫人的脖子，附在她耳边道："祖母，大姐姐和二姐姐偷偷看奕姑姑。"

他虽是耳语，声音却不小，在场的人都听到了。

秦奕不由自主伸手摸了摸脖子，把头压得更加低了。

东瑗和二奶奶葛氏一时间都把目光投向了秦奕，正好看到她偷偷摸了摸自己的脖子，然后垂首。

盛夫人装傻，只当她们没有听到盛乐钰的话，也附耳低声跟盛乐钰说了句话，盛乐钰就连连点头，乖乖坐在盛夫人怀里。

秦奕抬眸也不是，低头也不是，一瞬间如坐针毡。

盛夫人笑道："你们都有事，回去吧。"

众人都起身，行礼告辞。

出去的时候，东瑗闻到秦奕身上有浓浓的茉莉花香气，视线就落在她的脖子上。

肌肤雪白修长如玉的颈项，好似扑了厚厚的粉。

因为时间长了些，铅粉脱落，依稀可以瞧见一点瘀痕，像是被人掐出来的。

东瑗想起了昨晚住在静摄院小书房的盛修沐。原来他们昨夜闹得那么厉害啊！怪不得如意去找盛修颐的时候，那么紧张！盛修沐是打算把秦奕掐死吗？

东瑗什么也没说，和二奶奶说着话儿，笑着就走出了元阳阁前头的抄手回廊。上了小道，几个人纷纷不同路，各自行礼告辞。

第十八章 韩家往事

盛乐钰则上前，拉东瑗的手："母亲母亲，我能去看看诚哥儿吗？"

东瑗看着他纯净的眼睛，忍不住笑："好啊。"然后看着站在盛乐钰身后的盛乐芸，问她，"芸姐儿去吗？"

盛乐芸忙道好。

东瑗左右牵着两个孩子，他们的乳娘和丫鬟跟在寻芳身后，一同去了桢园看诚哥儿。

诚哥儿刚刚睡醒，东瑗抱在怀里。他睁开眼，看到趴在自己跟前的盛乐钰和盛乐芸，裂开嘴就笑，眼睛眯了起来，盛乐钰也跟着笑。

盛乐芸看着诚哥儿笑，比刚刚出生的时候好看多了，而且脸蛋胖了很多。她柔声对东瑗道："母亲，诚哥儿很爱笑。祖母说，钰哥儿刚刚生下来的时候，也总是笑。"

盛乐芸的乳娘戴妈妈听着，心里一咯噔，正想说几句，就听东瑗抬眸，慈爱笑着对盛乐芸道："他们亲兄弟啊，自然爱笑。芸姐儿小时候爱笑不爱笑？"

盛乐芸脸微红，喃喃道："我不记得。"

东瑗就看她的乳娘。戴妈妈忙上前，恭敬道："姐儿小时候爱哭得很。"

东瑗就低声笑起来，对盛乐芸道："女孩子爱哭，男孩子爱笑……"

盛乐芸更加不好意思了。

盛乐钰则很认真陪着盛乐诚傻笑，兄弟俩笑了半晌。

诚哥儿渐渐有些困了，就不耐烦了，打着哈欠。

东瑗把孩子给了乳娘，带着盛乐钰和盛乐芸出了桢园。

孩子们跟着乳娘回去，东瑗就回了静摄院。

盛乐芸回到院子，她的乳娘戴妈妈趁着丫鬟们不在跟前，低声对盛乐芸道："姐儿，你平日里也是个聪明人，今日怎么胡乱说话？妈妈吓得一身汗。"

盛乐芸正准备收拾针线簸箩，等会儿和盛乐蕙一块儿跟七婶婶学扎花，听到戴妈妈这样说，她端着针线簸箩在怀里，不解问："我……我说错了什么？"

"你说诚哥儿和钰哥儿小时候一样啊！"戴妈妈提醒道。

盛乐芸依旧迷惑。

戴妈妈拉了她坐下，低声道："姐儿，你怎么能说诚哥儿和钰哥儿一样？诚哥儿是奶奶生的，钰哥儿是姨娘生的，就算一样，也不能说啊！"

盛乐芸蹙眉，想了片刻才道："……母亲说他们是亲兄弟啊。"

戴妈妈叹气："当着人前，大奶奶自然要这样说啊。可背地里，还不知道怎么不快呢！"

盛乐芸听着，猛然站起身子，把手里的针线簸箩掼在地上，怒道："这也是错，那也是错！自从她进了门，样样都做不得！"说着，就伏在大引枕上哭了起来。

戴妈妈慌了手脚，忙安慰她："姐儿，姐儿，你别哭啊……"要是哭红了眼睛，被夫人知道了，又要责罚乳娘了。

盛乐芸的哭声把她的大丫鬟水仙和睡莲都惊动了，两人一起进来。

"怎么了？"睡莲上前拉盛乐芸，"姑娘，姑娘怎么哭了？"

水仙则看着戴妈妈。

盛乐芸一边哭，一边把戴妈妈的话告诉了睡莲。

睡莲劝着盛乐芸，有些埋怨戴妈妈："您也太小心！大奶奶进门快一年了，从未见她拿谁作法。我瞧着大奶奶是个心地善良的，不会因为这点小事就恼了姑娘。倒是妈妈，无故惹得姑娘哭一场！"

"还是我的不是？"戴妈妈很不高兴，心里窝着火儿。可睡莲和水仙都是夫人赏给盛乐芸的，到底不比院子里其他小丫鬟，可以随意打骂。

睡莲就冷哼了一声，继续哄着盛乐芸。

水仙则笑着把戴妈妈劝出去："您老人家受累，歇着去吧，今日的事都在我们身上。睡莲那蹄子爱说嘴，您别和她一般见识。"

有了个台阶，戴妈妈就顺势下了，回了耳房歇着。

盛乐芸哭了好半天，她的两个大丫鬟睡莲和水仙一直在旁边劝着，怎么都停不下来。

"姑娘，别再哭了。"睡莲安抚着盛乐芸的后背，柔声劝她，"眼睛哭红了，让夫人知道，又该担心姑娘了。"

盛乐芸抽抽噎噎："我心里难受。"

从前她和盛乐钰每日都要去陶姨娘和邵姨娘那里，两位姨娘笑脸相迎，拿出好吃的果子点心给他们。替他们做好看的衣裳鞋袜，扎漂亮的花儿。

自从大奶奶进门，每每他们去了，陶姨娘就立刻把他们劝回去，不准他们再来。

而邵姨娘一脸无奈站在旁边，不敢多言。

盛乐钰年纪小，不懂这些。

而盛乐芸则满心的难受。她很想念从前的光阴，那时邵姨娘总是甜甜地看着她笑，她觉得很幸福。

如今……娶了大奶奶，戴妈妈和陶姨娘就不停告诉她和盛乐钰：她是小姐，钰哥儿是少爷，姨娘只是妾，就是仆妇。倘若跟姨娘亲近，就是往下走，大奶奶要不高兴的。

大奶奶不高兴了，不能处罚她和钰哥儿，却能把姨娘们打一顿，甚至撵出去。

总是和姨娘们亲近，大奶奶也不喜欢她和钰哥儿，将来对她和钰哥儿不好。

陶姨娘还劝她和钰哥儿要好好孝顺大奶奶，对大奶奶好，把大奶奶当成亲娘般。

怎么可能？她和钰哥儿又不是大奶奶生的。

睡莲见盛乐芸越哭越凶，根本停不下来，耐性也没了，冲着水仙叫嚷道："我告诉夫人，把那个老货撵了出去！无故惹得姑娘这样伤心！"

水仙忙捂她的嘴，狠狠打了她一下。

戴妈妈可是这院子里的管事妈妈。虽然睡莲和水仙是夫人赏的，戴妈妈不敢轻待她们。可到底是在一个院子里当差的，得罪戴妈妈，谁也没好处。

睡莲又心疼盛乐芸，又气戴妈妈，心里五味杂陈，自己也跟着落了泪来。

盛乐芸哭累了，才停了下来。

水仙和睡莲忙端了水给她擦脸，重新挽了双髻，抹了些茉莉雪膏，把泪痕遮掩住。

盛乐芸情绪很低落，愣愣坐在炕上，睡莲和水仙在一旁陪着说笑。

"姑娘，要不要去邵姨娘那里坐坐？"睡莲问。

水仙恨得跺脚，这个睡莲简直不长心。姑娘刚刚哭，就是因为那些旧事，才停了，而睡莲巴巴又提邵姨娘。

果然，睡莲话音一落，盛乐芸眼眶又红了。

"不去了。"她声音有些哽咽，"母亲不喜欢。"

水仙微微叹气，瞪了睡莲一眼。睡莲见盛乐芸这样，心里就憋着火儿，满腹怨气都在戴妈妈身上。她正想发作，却见水仙冲她使眼色，她满心的话，只得搁下。

盛乐芸心情不好，也懒得去学扎花，怏怏不乐地去了内室睡下。

水仙和睡莲又替她散发，服侍她躺下，半晌见她睡熟了，两人才出来，把盛乐芸撒了满地的针线簸箩捡起来。

"我告诉夫人去！"睡莲对水仙道，"你不觉得戴妈妈有时候说话虽然在理，实则是在挑拨姑娘和大奶奶的不和吗？"

水仙嘘了一声："你要死了！这样的话你也敢说！"

睡莲撇嘴，拉着水仙在东次间临窗大炕上坐了，压低声音道："你向来比我通透，这回却不如我。我说给你听：咱们世子爷房里，从前没了大奶奶，又说世子爷克妻，门当户对的人家不愿嫁，低门低户侯爷又不愿娶，所以院里都是陶姨娘管着。世子爷只有咱们姑娘这一个女儿，二房也只有蕙姐儿，所以咱们姑娘的吃穿用度，样样是比照蕙姐儿的。单单这一点，你瞧见不曾，夫人不曾轻待我们姑娘。"

水仙微微颔首。

蕙姐儿虽是奶奶生的，可二爷不得侯爷喜欢，身份上比世子爷差了一大截。因为这个，蕙姐儿就输了芸姐儿半截。

虽说芸姐儿是庶出的，却是投身在世子爷房里，将来就是正经的侯门小姐。而二爷不一定能挣到什么官职，蕙姐儿也不知会是什么前程。所以芸姐儿样样不比蕙姐儿差。

夫人爱孩子，家里又只有这么几个姑娘少爷，向来就不分的。

"咱们姑娘是世子爷的女儿，虽然是姨娘生的，却也是尊贵的。"水仙道。

"就是这话！"睡莲道，"咱们姑娘在府里样样过得如意，都过了十年。你细想：咱们姑娘夫人是喜欢的，世子爷也是喜欢的，且十岁了，这样的舒心日子过了十年。你说，咱们姑娘还能在府里留几年？"

"左不过四五年。"水仙道，"十四五岁，还不该出阁吗？"

睡莲点头："你也知道，难道大奶奶不知吗？她才进府，就算再看不惯咱们姑娘，也想着姑娘已经习惯了从前的种种，且过几年就要出阁，她何苦为了这些小事就让姑娘不痛快，让世子爷和夫人不痛快？"

水仙又是一愣，她倏然有种茅塞顿开的感觉。

"忍着咱们姑娘，需要忍几年？大奶奶就算不喜咱们姑娘，早早把姑娘嫁了，不就好了？何必姑娘说一句也恼，看看邵姨娘也恼？恼来恼去，把姑娘得罪了，世子爷和夫人也觉得她不是个仁慈之人，对大奶奶有什么好处？她还没有当家作主呢！"睡莲继续道，"所以我说，戴妈妈不知受了谁的意，当姑娘年纪小，不懂这些，总说些让姑娘不痛快的话，明着是教姑娘敬重大奶奶，实则是让姑娘恨上大奶奶。"

水仙猛然有股子凉水灌顶的寒意。

她错愕看着睡莲，这个脾气暴躁、行事大大咧咧的睡莲，居然把这件事想得这样清楚明白！

水仙自负有些心思，都被戴妈妈绕进去了，何况是那么小又忠厚的盛乐芸？

"我们告诉夫人吗？"水仙攥住了睡莲的手。

"我去说！"睡莲豁然站起身子，恨道，"虽不知大奶奶到底是个怎样的人，瞧着她温柔和善，至少不傻！咱们没见识的人都明白的理儿，难道大奶奶不明白？大奶奶要害咱们姑娘，对她丁点好处都没有！分明就是有人不安好心，好好的日子不过，搅和得家里不安静！"

水仙沉吟片刻，终于在睡莲耳边附耳几句。

睡莲脸色更加不好看。

"我现在就告诉夫人去！"她怒道。

"睡莲……"睡莲走了出去，水仙才想起什么，忙喊了她，附耳道，"我方才说的，你可别也说出来！这话不好当着夫人的面提。"

睡莲点头："我知道。你看好姑娘，我去去就回。"

"等下。"水仙忍不住又拉她，"……要不，还是我去说！你这性格，急了起来就口无遮掩了。"

睡莲道："你去说？夫人要是蹙眉，你就吓得不敢再往下说了，可能最后什么都说不成。"

水仙的性格稳重，甚至有些胆小，说话行事总是思前想后，心里过上十遍八遍的；而睡莲的性格跟她刚好相反，睡莲急躁果决，却是天不怕地不怕的。

水仙只得放了手。

睡莲走后，她心里越想越不安，一个人在东次间来回踱步。

"水仙，睡莲刚刚说的，都是真的吗？"内室帘幕后面，倏然有个声音问道。

水仙吓了一跳。

盛乐芸穿着中衣，赤着足，满脸疑惑望着水仙。她根本没有睡，水仙和睡莲在外面小声嘀咕，她听到她们说姑娘，就偷偷起身，在帘后听着。

而睡莲和水仙只是防备外面有人进来，根本没有留意内室睡着的盛乐芸。

水仙脸色微变，看到盛乐芸赤足，忙道："姑娘，您快些上床躺着，小心着了凉。"

盛乐芸点头，水仙就带着她进了内室。

她坐在床上，拉着水仙的手不放："睡莲说的话，很有道理，你是不是也这样觉得？"

水仙笑容就有些踌躇为难，不知该不该告诉盛乐芸。

"你刚刚偷偷跟睡莲说话，是不是在说戴妈妈吃醉酒误事的儿子，被祖父撵了出去，然后去了陶姨娘哥哥的铺子做事？"盛乐芸水灵清湛的眼睛望着水仙。

戴妈妈第二子很不争气，是个嗜酒如命之徒。

去年五月里，戴妈妈的第二子喝醉撒酒疯，被侯爷知道了，要拿住打死。

夫人念着戴妈妈是盛乐芸的乳娘，死死劝住，侯爷才放过了戴妈妈的第二子。

因他贪酒，又没个手艺功夫，寻不到事做，每日在家好吃懒做，偷钱打酒赌牌。戴妈妈为此忧心忡忡。后来陶姨娘见戴妈妈有心事，就问她到底怎么了。

戴妈妈如实告诉了陶姨娘。陶姨娘的哥哥有间胭脂铺子，刚刚开业不久，正在招伙计，就问戴妈妈可愿意让她儿子去铺子里做事。

一般铺子里招伙计，需要按契约，十年才能出来。头三年没有工钱，铺子里管吃管住，后面的工钱也是少得可怜。

去做伙计的，要么是家里的家奴，要么就是极其下贱人家的。

戴妈妈自是不愿意儿子去做伙计。

而陶姨娘哥哥的铺子，不仅不要契约，头一年就给工钱，一两银子一个月，年底还有些好处。

跟在盛府一样！戴妈妈岂有不喜欢的？

因为这件事，戴妈妈对陶姨娘感恩戴德，也渐渐跟陶姨娘熟络起来。

看着盛乐芸的眼里有了怀疑，水仙吓住了，也不敢承认了，笑道："我何曾说过这话？姑娘多心了。"

其实她对睡莲说的，就是盛乐芸方才提的那件事。

戴妈妈因为她儿子的事，对陶姨娘很好，这也是事实。

从前陶姨娘对她们院子里的人不好不坏，对盛乐芸也算温和可亲。自从大奶奶进门后，陶姨娘好似对戴妈妈一时间就亲热起来。

倘若是从前，陶姨娘大概不会把这么好的事，让给戴妈妈的儿子。

谁都知道戴妈妈那个儿子，就是个二混子。

让他去铺子里做事，还给了那么高的工钱，不是白送的吗？分明就是用来讨好戴妈妈的。

盛乐芸听到水仙否认，也没有追究。她垂了头，默默坐着不说话。

她刚刚看到睡莲去告诉盛夫人，却没有拦着睡莲。在她心里，是不是也像水仙一样，把睡莲的话听了进去？

看着她沮丧又无奈的模样，水仙有些心疼。她们姑娘虽然不够机敏聪慧，却很善良，从未有过害人之念。倏然让盛乐芸觉得身边好人坏人莫辨，甚至自己错把仇人当恩人，她肯定会很难过。

水仙拉了盛乐芸的手，正要安慰她一句，盛乐芸却反握了水仙的手，眼里有泪："水仙，母亲是个好人，是不是？"

水仙连忙点头，笑道："姑娘别哭，大奶奶是个好人。"

"陶姨娘也是好人，对不对？"盛乐芸期盼地望着水仙。

水仙也点头："陶姨娘也是好人，她对姑娘也好。"

盛乐芸的眼泪就落了下来，甩开水仙的手："你们总哄我！睡莲才是真心对我，只有她说实话。你明明怀疑陶姨娘，却不肯说。你出去，我不要你服侍。"

水仙惶恐站起身，给盛乐芸跪下："大小姐，奴婢错了。"

盛乐芸不理她，翻身上床，放下幔帐躺着，被子紧紧裹在身上，把自己包裹住。

好半天，盛乐芸微微侧头，看见水仙依旧跪着。想起她素日来的体贴，盛乐芸心里终究不落忍，掀开幔帐一角，道："你起来。"

水仙跪得脚有些麻，忙道了谢，缓慢站起来。

"你出去做事吧，我睡会儿。"盛乐芸又放下幔帐，侧身躺了。

水仙揉了揉有些酸的膝盖，退了出去。

睡莲去了元阳阁，正好看到香橼和香薷带着几个屋里服侍的大小丫鬟从正屋出来，都站在檐廊里。

正屋的大门虚掩着。

她忙上前，给她们一一行礼，喊了姐姐。她从前也是元阳阁的二等丫鬟，而后盛夫人见她和水仙有些主张，就把她们俩拨去服侍盛乐芸。

"可是有事？"香橼笑着问她。

睡莲忙笑："有些话回禀夫人……"

香橼笑笑，不再多问，请了她去一旁的耳房坐，给她端了杯茶："先坐会儿，世子爷和三爷正在夫人跟前说话呢。"

睡莲道了谢，和香橼坐在耳房闲话。

而正屋东次间里，盛夫人坐在炕上，盛修颐和盛修沐兄弟也是刚刚进门。

康妈妈在外间服侍。

盛夫人冷着脸，任由他们兄弟行礼，就是不言语。

盛修颐和盛修沐心中都有数，两人作了揖，恭敬垂手立在一旁。

盛夫人独坐，倏然就抽噎起来，眼角湿了。

盛修颐和盛修沐愣住，两人忙一左一右簇拥着盛夫人，低声喊着娘，劝盛夫人莫要伤心。

盛夫人则狠狠甩开盛修沐的手。

第十八章 韩家往事

盛修沐明白过来，忙下了炕，跪在盛夫人脚边："娘，孩儿做错了事，您打骂孩儿，孩儿无怨。您别气伤了身子。"

盛修颐也跟着劝："娘，您要打要骂，我帮着您。您别伤心了。您这样难过，我和沐哥儿罪该万死了。"

盛夫人深深叹了口气，掏出帕子抹了泪。

见盛修沐跪在冰凉的地上，心里虽对他恨得紧，却也舍不得。她哭了出来，好受了些，气也减了一半，对盛修沐道："起来吧。"

盛修沐听到盛夫人的声音虽然冷，却不是反话，顺势起身，坐在盛夫人身边，讨好盛夫人。

盛夫人推他，语气有些厉："坐到椅子上去。"

盛修沐无法，只得起身坐到炕沿一排的太师椅上。

盛夫人回头看了眼盛修沐。已经二十岁的幼子，那么小的孩子长成今日玉树临风的翩翩俊公子，仿佛是转眼间。她记忆里，孩子总是那么小，在她膝下环绕，可不经意间，他们都快要为人父、为人夫，是顶起家庭的主心骨。

她又是叹气，想着盛修沐和秦奕的事，心里对这两个孩子都失望透了。

秦奕毕竟是个孤女，寄养在盛府。哪怕吃穿用度跟侯门小姐无异，可出门交际，有些势利的人家就会轻待她。

她终究不是侯门小姐，名不正言不顺。

她为了自己的前程忧心、谋划，甚至利用他人，盛夫人虽然觉得心寒，虽然觉得自己看错了秦奕，可冷静下来，却也是能体谅她。

说到底，她不过是争上游而已。女子不能报效家国，不能封王拜相，不能读书入仕，想要好的前程，想要改了命运，无非就是靠婚姻。

可男人不同。

对盛修沐，盛夫人则是满腔的怒气，始终无法体谅。

"沐哥儿，你告诉娘，你心里是怎么样想奕姐儿的？"盛夫人声音有些怨，定定看着幼子，"你将来要娶妻纳妾，你是打算如何安置奕姐儿的？"

盛修沐错愕看着母亲，只见母亲那慈祥的眸子充满了怀疑与失望，他心头一跳，又看向哥哥，似乎在求哥哥帮着说话。

盛修颐没有理他。

盛夫人厉声道："你不要看你大哥，你自己说！"

盛修沐就忙站起身，却又不知如何启齿。

盛夫人不说话，等着盛修沐。

"娘，孩儿错了。"最终，盛修沐只是说了这句。他知道母亲为何生气，自然不敢说真话的。可更加不敢再在母亲气头上撒谎狡辩。

盛夫人无奈摆手："你出去吧。"

盛修沐站着不动，哀求看向母亲。

盛夫人则不看他。

盛修颐只得道："沐哥儿，你下午不用当值吗？你出去吧，娘这里还有我陪着呢！"

盛修沐只得行了礼，从元阳阁退了出去。

盛夫人心里一阵酸楚。

她对盛修颐道："沐哥儿长大了……"语气里满是怅然。

盛修颐赔着笑，安慰盛夫人："再不长大，娘也该着急了。沐哥儿算是好的，雍宁伯府的二少爷，眠花宿柳，公然在外头养小。他们家夫人说他一句，当面就顶撞他娘亲。咱们沐哥儿至少不荒唐……"

盛夫人不由一笑。

和别人家的孩子相比，盛家几个孩子的确是难得的乖和孝顺，从来不在外头惹是生非，也不敢忤逆父母。比起那些纨绔子弟，盛修颐和盛修沐叫人省心。

盛修颐见她能听得进去，又说了几家和盛修沐年纪相当的公子的丑事给盛夫人听。

有些盛夫人都不知道，渐渐就听住了。有了对比，盛修沐对秦奕的薄情真真算不得什么，盛夫人心里堵着的一口气，也渐渐散了。

"说了半晌的话，喝口茶吧娘？"盛修颐见盛夫人情绪渐渐好转，笑着问她。

盛夫人说好，喊了康妈妈，让小丫鬟煮茶进来。

康妈妈在帘外答应着。

小丫鬟端了茶，盛夫人的心情也好了一半，脸上有了笑。

香橼轻声道："夫人，大小姐身边的睡莲来了半日，说有话回禀夫人。"

盛夫人让喊了进来。

睡莲给盛夫人请安，盛夫人问她什么事。

睡莲就把戴妈妈如何惹得大小姐哭，一五一十告诉了盛夫人。又把戴妈妈经常这样告诉大小姐，惹得大小姐不快，一并说了。她见盛夫人脸色还好，索性把自己猜想的那些话，一同告诉了。

盛夫人听着，就看了眼盛修颐，盛修颐神色如常，不见一丝不快。

盛夫人就对睡莲笑道："好孩子，难为你这样懂事！你先回去服侍大小姐，我心里有数。"

睡莲道是。

"这丫头，嘴快，心思也转得快。"盛夫人对盛修颐说睡莲，"是个难得的明白人。"

盛修颐端起茶盏抿了一口，没有接话，只是笑了笑。

"你也去吧，今日不用去衙门？"盛夫人问。

盛修颐笑道："不用。娘，您歇着，我先回去了。"

盛夫人笑着说好。

第十八章 韩家往事

等盛修颐一走，盛夫人就喊了康妈妈来，蹙眉把睡莲那番话，告诉了康妈妈，又道："……教姐儿严守本分，是做乳娘的职责。可睡莲说得也在理，拿着小事大做文章，的确有挑拨之嫌。这应该如何是好？"

向来后娘与孩子们关系微妙，很容易挑拨。

康妈妈也为难："……睡莲说得在理，可戴妈妈也没有做错。倘若就这事责罚戴妈妈，以后谁还敢管小姐？小姐规矩不用学了吗？"

盛夫人眉头深锁："你说得对。但是要是放任不管，那戴妈妈若真的存了坏心，有意而为，不是把好好的姑娘教坏了吗？"

康妈妈一时间也不能想到好的法子。

两人最后感叹：假如真是像睡莲所言，戴妈妈是故意挑拨，那么背后使计的那个人，真是用心歹毒又巧妙。

盛修颐没有回静摄院，去了外院。

晚上回到内院，依旧先给盛夫人请安，才回去。

路过桢园时，准备进去看看诚哥儿，管事的夏妈妈说诚哥儿被大奶奶抱到静摄院去了。

盛修颐就转身去了静摄院。

快到院门口的时候，想起什么，折身去了姨娘们的院子。

初夏的夜风温柔和煦，邵紫檀和陶姨娘正在院中藤架下坐着说话儿，旁边放了两盏明角灯，光线幽淡，几个丫鬟在一旁服侍。

陶姨娘眼尖，先看到盛修颐进来，连忙起身。邵紫檀看到她惊讶起身，顺着她的目光望过来，这才瞧见盛修颐。

几个人忙给他行礼。

盛修颐让她们免礼，进了陶姨娘的屋子，陶姨娘一愣。

邵紫檀笑了笑，辞了陶姨娘，自己带着丫鬟芝兰回了屋。

陶姨娘也连忙跟着进了屋，吩咐丫鬟忙给盛修颐倒茶、上茶点。

盛修颐坐在临窗大炕上，对陶姨娘道："你过来坐，不用倒茶，我只是过来说几句话。"

陶姨娘欢喜的心微沉。

她笑笑道是，坐在盛修颐身边的炕上，笑着问："世子爷有何吩咐？"

"没有吩咐，上次你不是说偶尔夜里睡不踏实，如今可好了些？"盛修颐表情一贯清冷，淡淡问她。

陶姨娘心头一暖，原来还记挂着她。一直不过来，是因为这个月还没有到她的日子吧？

"已经好多了。"陶姨娘甜甜笑道，"多谢世子爷挂念。"

"这就好！"盛修颐道，"平日里想得太多，夜里容易睡不踏实。如今不比从前。从前咱们房里没有大奶奶，凡事劳你，都是你操心。现在有了大奶奶，你倘若还是忧心这样、忧心那样，岂不是自己难受？好生养着，年纪轻轻睡不踏实，非福禄之相。"

陶姨娘心头猛然一震，她捏住帕子的手紧紧攥了下。

她心里尚未转过弯，尚未想明白盛修颐这番话的用意，盛修颐又道："大奶奶性格和软，为人又忠厚。你倘若哪里不好，想要请医吃药，只管去告诉大奶奶，不用怕。我也是衙门里事忙，忘了和大奶奶说你睡不好，明日让大奶奶替你请个太医瞧瞧？"

陶姨娘心中大惊，忙道："贱妾已经无碍了，不用劳烦大奶奶的。"

盛修颐沉吟须臾。

陶姨娘心里则七上八下，甚至不敢走神去想到底出了何事，世子爷说这番话到底何意。

他沉默片刻，道："既然无碍，以后要好生调养。哪里不舒服，有什么为难事，若院里的丫鬟婆子们都不知道，问问大奶奶也无妨。她出身高门，又是书香门第，自幼见多识广，心胸又宽阔，不会因为小事和你计较。你莫要自己忍着，也莫要多心……"

好似是句句在关心她，可听在陶姨娘耳里，滋味百怪。

陶姨娘忙道是，心胸却有阵阵气闷，仿佛一口气提不上来。

"上次不是和你说过，我不喜欢你总是妄自菲薄？"盛修颐声音柔了一分，"安分守己原是没错，太过头了也不好。对了，芸姐儿的乳娘戴妈妈，你跟她可相熟？"

陶姨娘脑袋嗡了一下，唇色瞬间白了。

她终于明白盛修颐想说什么了，也听得出他的话句句看似关心，实则敲打她。

她的心猛然就乱了。

"她……她儿子被侯爷赶了出去……我哥哥的铺子正好缺了伙计，她想让她儿子去我哥哥铺子里做事……"陶姨娘脑子飞快转着，"她拿着好些东西求到我跟前。因是姐儿的乳娘，我总得看着姐儿几分，就……世子爷，可有不妥？"

盛修颐表情微静。

他好半晌都没有接话。

陶姨娘快速睃了他一眼，却发觉他脸色沉了下去。

"跪下！"盛修颐声音不高不低，却透出蚀骨的寒。

陶姨娘对这一变故很意外，可一句"跪下"，让她魂魄都要飞散了，浑身无力跪了下去。

"世子爷……"她哭了出来，"贱妾无知……贱妾明日就告诉哥哥，让辞了戴妈妈的儿子！"

"你的确无知！"盛修颐冷冷道，"你说，是戴妈妈求你，让她儿子到你哥哥铺子里做伙计的？"

陶姨娘满眼是泪，忙不迭点头，哭道："是……是……"心却怎么都静不下来，身子微颤。

"你可敢当面对质？"盛修颐问她，"我叫人喊了戴妈妈，倘若你有一句不实，你可知后果？"

陶姨娘后背有凉意阵阵袭来，她身子颤抖得厉害。

她似乎隐约明白这次盛修颐发火的缘由是什么了。

"你倘若满口胡言,欺瞒我,你可知道后果?我再问你,可是戴妈妈求你让她儿子到你哥哥的铺子里的?"盛修颐声音清冷里带了凛冽怒意。

陶姨娘心里的防备已经被他的气势击垮,头磕在地上,呜呜哭道:"不是……是贱妾找了戴妈妈……贱妾只是见她闷闷不乐,怕她心情不好,委屈了姐儿,才……"

"有劳你费心!"盛修颐冷冷道,"姐儿的事,也是你能做主的吗?你可有将大奶奶放在眼里!"

陶姨娘不停磕头,说她错了,额前已经青紫,快要磕破了。

帘外服侍的丫鬟们只听到陶姨娘哭,却没有听到盛修颐发火,还以为盛修颐是在哄陶姨娘。

"我一开始问你,你为何撒谎?"盛修颐又问,"你既是为了姐儿着想,难道我还怪你?你为何一开始撒谎,非要我说当面对质,才肯说实话?"

陶姨娘已经被他问得无言以对,心里只是盘算如何才能让他对自己的处罚轻一些。

她哭得梨花带雨,起身抱住盛修颐的腿,呜咽道:"贱妾无知……世子爷,您看在二少爷的分上,原谅贱妾这回,妾再也不敢自作主张,再也不敢僭越!"

盛修颐深吸了一口气,还是存了一份侥幸,到了这个份上,还是不肯说实话。

他对陶姨娘那点心疼,似乎被她这件事给消磨殆尽了。

他静静坐着,任由她抱着自己的腿,哭得哽咽难语。

半晌,他才道:"我并不曾怪你僭越去关心芸姐儿!我只怪你行事龌龊!"

陶姨娘听到耳里,宛如被闷雷打中,放开了盛修颐的腿,抬眸看着他。

泪眼婆娑中,依旧是那个男人,表情清淡,只是眉头微蹙,眼梢上扬,显示他正在生气。

行事龌龊……

陶姨娘好半晌才回神,泪如雨下:"妾冤枉,妾一直安分守己,不曾做过任何出格之事,求世子爷明察……贱妾冤枉……"

她整个人已经匍匐在盛修颐脚边。

"冤枉?"盛修颐声音里带着几分伤感的幽叹,"你难道不是做贼心虚?我只问了你一句芸姐儿的乳娘,你若是心地光明磊落,真心关心芸姐儿才让她乳娘的儿子去你哥哥的铺子做事,我岂有不高兴的?你难道不知,我自会高兴吗?我既然会高兴,你又为何不敢说实话?你一再编谎话。到了被我识破,还要说什么僭越、自作主张来混淆视听!

"我难道是恼你僭越?

"你让戴妈妈做了什么,你心里清楚得很。我一问戴妈妈,你就慌了神,满口前言不搭后语!说什么戴妈妈求你让她儿子去铺子里做伙计。你可知做伙计的,都是低等营生,戴妈妈再不堪,也断乎不会替儿子求这样一桩差事。

"关在内宅,什么都不懂,还妄图欺瞒我!

"你想要什么,陶氏?"

他每一句话，都是轻声道出，没有感情，更加没有愤怒，却似利箭，一根根插在陶姨娘的心口。

陶姨娘已经软在地上，再也不敢狡辩一句。

盛修颐起身，扶起了她，让她坐到炕上，低声道："别哭！你哭成这样，被人听到，可就什么都没有了！"

陶姨娘立马咬住唇瓣，变成了呜呜的低声哭泣。

她看着盛修颐，明明没有怒意的脸，为何让她吓得这般魂飞魄散？

"我跟大奶奶说，你夜里睡不好，只怕是府里湿气重，体寒病弱，送你去庄子上静养些日子……"盛修颐扶着她的胳膊，轻声对她道，语气轻柔得似喃喃情话。

陶姨娘回神，奋力抓住盛修颐的手，想要哭。

盛修颐已道："你若是喊了出来，被院子里其他人听到，你去庄子上的事就会有闲言碎语。以后钰哥儿在府里怎么做人？"

陶姨娘一口气又堵了回去。她泪水磅礴，祈求地望着盛修颐，却不敢开口，不敢求饶，只是拼命咬住唇瓣，不让自己出声，紧紧攥住了他的胳膊不放。

"好好歇着。"盛修颐一用力，她手腕一阵酸麻，不由自主松开了手，"养些日子，病好了就回来。明日去给大奶奶辞行，好好说话，别哭得惊动了大奶奶。若是惊了大奶奶，回得来、回不来就另说了。要是回不来，钰哥儿定是要难受的。可明白我的意思？"

陶姨娘的唇瓣已经咬出了血丝。

她幽怨又妒恨的目光看着盛修颐，一字一句道："你好狠心！"

盛修颐和陶姨娘一番对话，小院里无人知晓。

就是陶姨娘几个服侍的丫鬟，也只听到她们姨娘低低哭声和世子爷一贯如常的清冷说话声音。她们还当陶姨娘在跟世子爷撒娇。

盛修颐走出去的时候，脸色依旧，面容丝毫不改。

他回到静摄院，看到东瑗抱着诚哥儿，一屋子服侍的人脸上都带着淡淡笑意，气氛很是融洽温馨。

看到他回来，大家亦不曾摆起惧怕脸孔。

东瑗和丫鬟们纷纷行礼请安，盛修颐微微颔首，去了净房梳洗、更衣。

东瑗虽然嫁进府里整整一年，盛修颐在家的日子前后却不到三个月。短暂的时间里，他对东瑗和她的丫鬟、婆子们都很满意。

特别是东瑗身边几个大丫鬟，她们既有规矩，做事尽心，却又并不是一副胆怯畏惧姿态，甚至偶尔还能说笑几句。

他每次回到院子，丫鬟们迎接他的时候，虽有恭敬，却无害怕，跟从前静摄院的丫鬟们不同。

从前他院子的丫鬟，看到他跟看到阎罗王似的。

第十八章 韩家往事

他很喜欢现在这种感觉……仿佛是儿时在徽州老家一样，像个家。

更衣出来，屋里服侍的人已经出去了一半，只剩下罗妈妈、蔷薇、橘红和乳娘乔妈妈在跟前。

盛修颐接过诚哥儿，抱着逗他笑，诚哥儿很给面子咧开嘴笑了起来。

盛修颐看着儿子笑得皱在一起的小脸，眯成一条缝的眼睛，心里似有羽睫轻轻扇过。

"诚哥儿的胎发怎么还不剃？"盛修颐看着儿子依旧一头乌发浓密的头发，就问东瑗。

孩子满月是要落胎发的。

乳娘乔妈妈不安看了眼东瑗。

诚哥儿是四月初一满月，可那日忌理发，所以没有给他落胎发。四月初三是个好日子，原本盛夫人是要安排人过来给诚哥儿落发的，东瑗却拒绝了。

"是我不让的。"东瑗笑着对盛修颐道，"我和娘说，我梦见诚哥儿落了胎发，健健康康在我跟前，模样可爱极了。梦都是相反的，娘就说挨到四月二十，再给诚哥儿落发。"

盛修颐深深看了眼东瑗。

诚哥儿有些困了，盛修颐才把孩子给了乳娘抱回桢园。

"怎么不给诚哥儿落胎发，可是有什么讲究？"夜里歇下，盛修颐在东瑗耳边轻声问道。

东瑗也不打算瞒他，笑道："你知道人为何一生下来就有头发？"

盛修颐笑："你有高见？"

东瑗笑起来："并无高见。不过世间万物，总是应时而生。孩子出生就有了胎发，因为孩子肌肤娇嫩，身子柔软，脏东西容易进入身体里，胎发就是最好的帽子，护住他的头……"

盛修颐听着，哈哈大笑。

东瑗很泄气。

"无稽之谈！"他笑着捏她的鼻子，却也并不在意，道，"既然你和娘已经说好，四月二十日定要给他落发。早早落了胎发，才能有一头浓密的头发，可知道？"

语气似长辈包容小孩子无伤大雅的顽皮一样。

东瑗想，是因为诚哥儿出生头发就浓密乌黑，盛修颐才能允许她将孩子落发之事推迟二十天吧？

可东瑗明明记得，后世的时候，有小孩子的同事说过，小孩子脱胎发至少要五十天，一百日最好，否则失去了天然的保护，对孩子头皮不好。

古人却讲究满月落发。

一百日她是不指望的，已经推迟了二十天，她算是比较满意的。

她轻轻"嗯"了一声。

第十九章　宠溺娇妻

盛修颐顿了顿，又道："阿瑷，有件事和你说。上次我去陶氏的院子，她说她身子重，夜里睡不踏实，怕是府里水池太多，她中了些湿气……"

东瑷眉头不禁蹙了蹙。

盛京的四月并不算湿漉，盛昌侯府几处小池塘就说中了湿气，太牵强。

她心念未转，就听到盛修颐继续道："……内湿不好用药，需得慢慢调养。我最近也忙，忘了这件事，心里一直想着抽空去看看。方才去了她的屋子，她说越发重了。我已经吩咐下去，明日安排她去河北那边的庄子上住几个月……"

东瑷微愣。她沉思片刻，推开盛修颐的手，坐了起来。

盛修颐也顿了一下，笑着半支起身子，问她："怎么了？"

东瑷声音静而沉稳，问："天和，陶姨娘是不是做错了什么？"

盛修颐一顿，也缓缓起身。

"你别骗我！家里的姨娘送到庄子上去，旁人定会有不好的猜测。陶姨娘是个谨慎小心的人，她就算真的病重，也不会提这话！她出去了，自有流言蜚语，钰哥儿怎么办？哪怕她不替自己想，也会为了钰哥儿忍着。"东瑷回眸，静静看着盛修颐，"况且府里才几个池塘？因这样就中了湿气，也太滑稽！陶姨娘不是这样恃宠而骄的人。"

盛修颐看着她。

阴晦光线中，她的面容看不清楚，可字字清澈如大珠小珠落玉盘，打在盛修颐的心头。

他遽然觉得自己多事了。

阿瑷不是他的母亲。她比他的母亲聪明、敏锐，并不是个会被人欺负的女子。她对待下人和孩子温柔，平日里文静娴雅，却不是个懦弱的人。

他想着替她挡了不愉快的事，却忘了他的阿瑷是个敢弑君的女子。

她骨子里，并不曾对谁惧怕。她柔婉可亲，却将满院子的人看得清楚，心中早已有数，不会着了谁的道儿。

他的母亲盛夫人是个软弱善良的人，而阿瑷却是个外柔内刚、见识过人的女子。

他想着护她，却只会让她更加担心。

她这样一番话，不仅仅合情合理，甚至把人性看得那么清晰。对陶姨娘，阿瑷了如指掌。

盛修颐的唇瓣有了个浅浅的弧度。

"躺下，别受了凉。"盛修颐抱着东瑷，把她拉到被子里，两人合盖一床被子，他搂住东瑷的腰，轻轻吻了吻她的面颊。

东瑷顺势躺在他怀里，静静等着后文。

盛修颐就把今日睡莲告状的事，一一说给东瑷听。说到陶姨娘收买戴妈妈的时候，盛修颐语气里有了些扼腕。

他也觉得陶姨娘的计谋很巧妙，这样聪明，却不用在正途，叫人不由替她可惜。

所以他方才去陶氏的院子，先说让她不要多想事，把一切交给东瑷，而后句句在暗示陶姨娘他心中有数，对她敲打，先把她心里的防线踩塌了。

让陶姨娘以为他早已掌握了具体的证据，甚至有了戴妈妈的口供。

陶姨娘心里的防备被盛修颐推倒，心先乱了，才会有后面的胡编乱造，漏洞百出。

想要打倒一个人，先摧毁了他的心，而后就是瓮中捉鳖。

"……钰哥儿还在府里。孩子年纪小，倘若把她送去家庙，将来对钰哥儿不好。"盛修颐又道，"让她去庄子里静养半年，反省反省，倘若改过自新，再接回来。你不用替她说情。"

东瑷半晌没有说话，而后才叹气道："其实我心里也纳闷，我进门的时候，芸姐儿对我还好，而后却慢慢和我生疏起来。我想着自己像她那么大的时候，也是情绪多变，就没深想。也不好常去她那里走动。一则我怀着诚哥儿，自己精力也不济；二则人言可畏，好心的，说我这个后娘是关心芸姐儿；若存了坏心，还以为我在打什么坏主意。原来是有这么一遭……"

她顿了顿，又道："听说从前这院子里是她帮衬着做主。如今我来了，她怕是想不通彻。出去散散心也好。"

盛修颐微讶，笑了起来。

她一句话就点出了陶姨娘这般行事的根本，她看待某件事，原来是如此的清楚明白。就这样，陶姨娘出去的事，就算说定了。

次日早晨去请安，盛修颐又把这件事告诉了盛夫人。

盛夫人错愕半晌。她想起昨日睡莲说话时盛修颐那漠不关心的表情，还以为他心里不以为然呢。哪里知道，转身直接就怀疑到陶姨娘身上，还把人给撵了出去。

盛夫人心里也担心真的是有人搞鬼，宁可错杀，也不能姑息。她自己是没有很好的法子妥善处理，正犯愁呢。

盛修颐来这么一招，盛夫人乐得省力气，就念了句阿弥陀佛："陶姨娘生得单薄，咱们府里湿气的确重。既然你们夫妻恩典她，就送出去吧。"

她以为东瑷不知情，所以后面的话也没说。

盛修颐道是。

请安后，东瑷回了内院，盛修颐去了外院，安排今日送陶姨娘走的马车和随从。

巳初，陶姨娘穿着崭新的藕荷色绣双蝶戏花褙子，豆绿色八幅襕裙，头上戴着两支嵌红宝石金簪。她的丫鬟荷香也穿着簇新的衣裳，拎着包袱，跟在陶姨娘身后。

陶姨娘不见了往日的明艳妩媚，脸色煞白，眼底有深深的瘀痕，眼皮浮肿，似哭了一夜。

蔷薇、橘红和罗妈妈，还有一群服侍的丫鬟们都不知道何事。见陶姨娘这样憔悴，又是穿戴一新,还拎着包袱,像是要出门,都莫名其妙。

陶姨娘跪下给东瑗磕头,眼泪不由自主涌了上来:"姐姐……"

陶姨娘这么一跪,哭得伤心,屋里服侍的丫鬟们都很聪颖,不等蔷薇暗示,就退了出去。

蔷薇和橘红年轻,怕陶姨娘在她们跟前抹不开,也退了出去,只留罗妈妈在东瑗跟前服侍。

东瑗这才开口,对陶姨娘的丫鬟荷香道:"快扶你们姨娘起来……"

陶姨娘的头磕在地上,就是不起身。

她重重给东瑗磕了三个响头后,才抬起头看东瑗,泪水磅礴,整个人虚弱得可怜,瞧着让人心生怜惜。

她才二十三四岁吧?

在东瑗曾经生活的年代,她可能是刚刚大学毕业的女孩子,正是人生如花盛绽的美好年华。而在这个年代,她已经是六岁孩子的母亲,算是"老"姨娘了。

她跪在地上,挪动膝盖向前,跪在东瑗脚边,哭道:"姐姐,我身子骨不好。这一去,不知何时才能痊愈回来。二少爷最是听话孝顺,求姐姐替妹妹看待一二,妹妹给姐姐磕头。"

舍不下钰哥儿是真心的,却也不是她哭成这样的原因吧?

她在等东瑗给她一个答案。

她说,此去不知归期……

她很聪明,清楚自己不是被送去家庙,而是庄子,她有被接回来的那天。可遥遥无期的等待,会让她痛苦不堪。她想知道盛修颐是否向东瑗透露过,何时接她回来。

所以她说着钰哥儿,想用钰哥儿来打动东瑗。

"别哭了。"东瑗却温和而笑,"世子爷昨夜告诉了我,你身子骨不好,爷体谅你,送你出去休养。你如今哭得这样厉害,旁人瞧在眼里,会道出是非的……你知道,府里的下人们总是说三道四,要是传到钰哥儿耳里……"

陶姨娘身子一震,她的眼泪再也流不出来。

薛氏知道,她知道陶姨娘为何被送走!因为她说了跟盛修颐一模一样的话:别叫人看出端倪,否则谣言对盛乐钰不好!这话昨晚盛修颐就说过。

陶姨娘拿盛乐钰做借口逼问东瑗归期,东瑗就拿盛乐钰回击她。

"快起身!"东瑗看了眼罗妈妈,让罗妈妈和荷香一起,搀扶起陶姨娘。

这次,陶姨娘没有再挣扎,顺势站起了身子。

"原先你们姊妹都在我跟前,大家一处,每日热热闹闹的。如今你要去庄子上,我心里也是不忍的。"东瑗叹气道,"可留着你在府里,湿气太重,对你也不好。我只能忍着,同意你出去……"

她的语气,好似从前和姨娘们姊妹情深,感情有多么好似的。

可东瑗进府这些日子,对姨娘们虽不打压,却也冷淡得很,还不如对自己身边的丫鬟们亲切。

原来她也会做戏!

陶姨娘心头又是一跳。

为何到了这一步,她才发现府里的人藏龙卧虎,并没有人比她笨。

至少薛氏不比她笨。

她从前真的小看了薛氏,还以为她只是个自恃美貌拉拢盛修颐心的娇滴滴的贵族小姐。

如今看着东瑗这番虚假却声情并茂的做派,陶姨娘对自己从前的大意与轻举妄动悔恨不已。再给她一次机会,她绝对不会如此轻敌。

她垂首,咬了咬唇。

"俗话说,千里搭长棚,天下没有不散之筵席。"东瑗又感叹道,"况且你又不是不回来。世子爷说,湿毒不能用药,要慢慢调养。虽说调养很慢,但只要你身上的病好了,心里明白过来,自然会接你回府。"

陶姨娘猛然抬头,看了眼东瑗,这话是在回答她方才的问句吗?

薛氏的话,是不是在警告她:要等她想明白,等她彻底没有了歪念,才会接她回府?

那是什么时候?是不是永无回府之日?

盛修颐把陶姨娘的计谋都说给了薛氏听,那么薛氏为了自己和孩子,会不会在盛修颐面前说坏话,从此就不肯让陶姨娘再次入府?

想到这些,陶姨娘有种前所未有的清晰与绝望:原来她在世子爷和大奶奶面前,是如此渺小!他们要打杀她,哪怕她有了孩子,哪怕她儿子再受宠,都可以用这等法子处理了她!

她再也不敢强势和试探,又跪下磕头:"姐姐,妹妹定会好好养病,早日健朗,回来尽心尽力服侍您!您在府里保重身体,妹妹祝您和三少爷万事如意,事事顺心。"

放下了一切,在哀求东瑗。同样是孩子的母亲,自然明白骨肉分离的痛苦。倘若让诚哥儿离开东瑗片刻,东瑗心里都跟猫挠一样。

她又如何不能体会到陶氏想早日回府,害怕从此见不得盛乐钰的心情呢?

她既然已经能在求东瑗,而不是用钰哥儿逼她,东瑗也见好就收,道:"你放心去吧,早日回来。"

一句早日回来,终于让陶氏的心微定,她的态度越发恭谦卑微。

她说了早日回来,至少还有一缕微弱的希望。

东瑗喊了蔷薇进来,让她打水来给陶姨娘洗脸。

"抹些脂粉,出去的时候笑着。你是出去养病,是世子爷给你的恩典,对你的怜惜,应该高兴。你又不是犯了错。"东瑗笑着对陶姨娘道。

陶姨娘看着东瑗自欺欺人,也跟着苦笑,颔首道是。

东瑗就让蔷薇和橘红服侍陶姨娘上妆,还赏了她一个赤金蝙蝠闹春的凤钿。

橘红上妆手艺很好,东瑗的脂粉、胭脂又是宫里内造的,片刻就将陶姨娘脸上的憔悴掩住，整个人比平日里还要光艳几分。

陶姨娘看着镜中的自己，明眸若秋水，粉腮赛烟霞，只要不在薛氏跟前比，也是个艳丽夺目的女子。

偏偏她倒霉，她的主母是名冠京华的第一美人，跟东瑗一比，她就变得普通平凡了。

想着，陶姨娘站起身子，给东瑗屈膝行礼。

东瑗微微颔首，吩咐她路上小心。

荷香就搀扶着陶姨娘，出了静摄院。

陶姨娘一走，罗妈妈和橘红、蔷薇都迫不及待问东瑗："是去哪里？怎么我们听着糊里糊涂的？"

东瑗把盛修颐一开始编的那套说辞，说给了罗妈妈等人听。

"这样的天气，哪里染了湿毒？"罗妈妈不信。

蔷薇和橘红也不信。

东瑗笑着不再解释，拿出针线簸箩，给诚哥儿做衣裳，任罗妈妈等人再问，就是咬定陶姨娘是去养病。

下午，陶姨娘去了庄子上的事，盛家阖府上下已经都知晓了。

陶姨娘是二奶奶葛氏的姨母表妹，却是庶出的，她俩人没有血脉亲缘。二奶奶葛氏向来不跟陶姨娘来往，觉得自己一个嫡妻跟妾室走动，是失了身份。

可听闻陶姨娘出府养病，她是不信的。好好的姨娘被送到庄子上去，定是犯了事。

却又听说陶姨娘走的时候，容光满面，倒真像是得了恩典出府去静养。

难道真有这样的好事？

二奶奶葛氏不太甘心，就借故来东瑗的院子探究竟。

东瑗对她看热闹的来意一清二楚，也是一口咬定说陶姨娘是湿毒，怕在府里湿气重，才送了出去。

二奶奶葛氏见她不松口，说了很多隐晦的陶姨娘的坏话，想跟东瑗拉近关系。

东瑗还是不松口，她只得失望地回去了。

陶姨娘出去，二奶奶等人惊讶，在盛修颐其他几个姨娘那里，却似在平静的湖心投下了巨石，引起不小的波澜。

特别是邵紫檀，她一头雾水。

她和陶姨娘关系最好，平日里有什么事，陶姨娘总是和她有商有量的，向来不瞒她。

昨夜世子爷来了陶姨娘那里，坐了一会儿就走了。邵紫檀就住在陶姨娘隔壁，她也没听到什么动静。怎么无缘无故这样不声不响地走了？

"你去打听打听，看看到底怎么回事。"邵紫檀对丫鬟兰芝道。

兰芝忙劝住："姨娘，陶姨娘才出去呢……"

虽然说是去养病，邵紫檀却知道，陶姨娘根本没有得病。分明就是撵出去了嘛。

第十九章 宠溺娇妻

一听兰芝的话，邵紫檀回神，再也不敢提去打听的话，安分守己替东瑗和盛修颐做鞋。

"出去了？"范姨娘听到芸香说陶姨娘去了庄子上养病，也是吃了一惊，"她什么病啊？"

"听说是湿毒。"芸香低声道，"可谁知道到底是怎么回事？咱们府里这么多人，怎偏偏她中了湿气？况且往日瞧见，气色也很好啊……"

"可不是？"范姨娘疑惑道，"奇怪了，到底因为什么？怎么一点风头都不见，就落了这么大的雨？太反常了。"

"姨娘，您不是不喜欢她吗？"芸香笑道，"她出去了，您不高兴？"

范姨娘就笑起来："我自然是高兴的。芸香，侯爷身边的林大姨娘，是不是去年也说送到庄子上去静养？后来就病死了啊……一般出去养病，都只有一个下场，就是病死的。我可从未见病好回来的……"

说着，语气里满是快意。

芸香则提醒她："陶姨娘和林大姨娘不同。林大姨娘没有孩子，陶姨娘可是有二少爷的。"

范姨娘觉得芸香说的也对，那快意就减了一半。

主仆两人猜了半天，还是不明白到底怎么了。最后，范姨娘无聊叹气："没劲，还要回来啊……"那口气，好似很不想陶姨娘回来。

陶姨娘被送出去，在盛家平静湖面上击起不大不小的涟漪。

阖府上下一时间议论纷纷，各种说辞皆有。

除了二奶奶葛氏，倒也没人敢来东瑗的院子打听消息。只是罗妈妈等人不死心，私下里探东瑗的口风，东瑗仍不改当初的说法。

没过几日，五姑奶奶盛文柔亲自来盛府，把和煦大公主次子卫清风的庚帖也送到盛家，让盛夫人请人合秦奕的八字。

五姑奶奶还暗示，秦尉侯府已经找人合过八字，秦奕的八字和卫清风的八字极好，是天赐的姻缘。

又过了几日，春闱放榜，东瑗两位表兄皆榜上有名。她的三表兄韩乃华中了这科的榜眼，而大表兄韩乃宏中了第十九名。

一科中了两进士，韩大太太高兴至极，放榜当日就叫了婆子来给盛家报信。

盛夫人和东瑗也很高兴，当即遣了外院的管家给韩家送去贺礼，并两挂四十八响大鞭炮庆贺。

当天晚夕，盛修颐回来得很晚，说是应了韩乃宏和韩乃华兄弟的邀请，三人又请了薛家三爷，一同吃酒到宵禁时分才各自回府。

"乃华才十六岁，真是少年英才！"盛修颐对东瑗感叹道，"陛下很是喜欢乃华，才钦点了他榜眼。"

他有些醉意，说话声音好似控制不住，莫名的高。

东瑷好笑，叫了红莲和绿篱服侍他去更衣沐浴，他却抓住东瑷的手不放，低声道："你服侍我。"

红莲和绿篱都听到了，尴尬立在一旁。

东瑷脸上也是一阵燥热，强撑若无其事对红莲和绿篱道："你们去歇了，这里不用服侍。"

两个丫鬟就连忙退了出去。

他走路尚且脚步稳重，东瑷托着他的胳膊，扶他去了净房。

浴桶里热水有些烫，东瑷让他坐在一旁的小杌子上，亲手去提旁边的小桶，往浴桶里注凉水。

小桶有些沉手，她拎着很是费劲。盛修颐坐着，看到东瑷费力掺水，差点弄湿了裙裾，才缓慢起身，一只手拎起小桶，亲自往浴桶里添水。

大约浴桶里的热水温和下来，东瑷才接过他手里的小桶，说了句可以了，就要俯身替他解开衣襟。

他站着，展开双臂，任由她服侍。

褪了中衣，露出结实的胸膛时，他倏然双臂一揽，将东瑷搂在怀里。

东瑷被他这般突如其来吓了一跳，头偏开了，忙推他："天和，别闹，仔细冻着！"

盛修颐没有吻到她的唇，就凑在她的颈项间，嗅着她的香气般，闹着她，就这样光着膀子不肯洗澡。

"你若是闹，我喊了丫鬟们进来。"东瑷道。

"又何妨？"盛修颐哈哈大笑，而后耳语道，"现在就喊进来服侍我们？"

她顿时不敢言语了。

盛修颐觉得东瑷因为有值夜的丫鬟在东次间，她都放不开手脚，便知她很怕这些。听到她用此来威胁自己，忍不住笑着逗她。

喝了酒，身子是燥热得厉害的，他并不觉得凉。

闹了半晌，盛修颐才肯洗澡。

东瑷替他擦着后背，就看到了那条狰狞的伤疤。

她的手缓缓覆上去，不禁心里有些抖，这伤口如此恐怖，应该伤得很重吧？

盛修颐感觉到了她的手覆在后背，一个激灵，忙一把将她拽过来，东瑷差点被他拖进了浴桶里。

"别看。"他笑道，"旧伤而已……"

"是不是很疼？"东瑷半蹲着问他，"怎么受的伤？"

盛修颐笑而不答。

东瑷又追问，他就撩起水，扑在她的脸上。东瑷不防，又被唬了一跳，忍不住惊叫，站起身来，气哄哄出去了，身后有盛修颐朗朗的笑声。

最后是他自己洗了澡出来。

东瑗已经躺下,他上了床后,从背后抱住她的腰,低声道:"去追萧宣孝的时候,被他的下属埋伏,马刀砍的……"

东瑗听着,后背就僵硬起来。

"……昏迷了两天,都以为活不成了,哪里知道,竟然好了。"盛修颐抱着她更加紧了,"大难不死必有后福,我已经安全归来,你还怕什么?"

东瑗咬唇不语,转身搂住他的腰抱住。

盛修颐就轻轻地抱着她。

东瑗心头一热,脑海里似走马灯似的绕过很多场景。想着他还活着回到她的身边,她便觉得上苍对她很厚爱,没有让她丧夫,没有让诚哥儿成为遗腹子。

这个年代,风气对女人的局限到了极致。女人不能迈出二门,男人就是天,是家庭的顶梁柱。

没有男人,她和她的孩子再争气,亦有无法想象的艰辛。

东瑗想到这里,眼里就有了泪意:"天和,我是真的怕,真的……"

盛修颐身子猛然一个激灵,胸腔仿佛被什么狠狠击中了般。

这样的震撼令他久久没有动,仿佛怕是自己的幻觉。

他的眼眶有些热:"不怕,不怕!"盛修颐搂紧了她的身子,声音莫名有些湿。

东瑗一听这话,想起他送走陶氏时的果决,想起他对自己的维护,她伸手反抱着他的腰,道:"天和……"

又仿佛是一波激流,冲击在盛修颐的心头。

他并不是个木讷笨拙的人,他能感受到东瑗这只言片语里的情愫,心不由自主跳跃着狂喜。

他将她压在身下,吻着她的唇时,似乎想把她吞噬入腹般,激烈又霸道的气息将她缠绕着。

这一夜,令人既脸红心跳,又尴尬难耐。

最终,他留在她的枕边,一直到天亮。

次日早起,两人去给盛夫人请安时,东瑗不好意思看盛修颐,总觉得怪怪的,自己都说不清。

想起昨晚的事,她清醒后一直觉得难为情。

盛夫人留他们夫妻说话。

正说着,盛昌侯身边的小厮跑来找盛修颐:"世子爷,侯爷请您现在去外书房。"

盛修颐浓眉微锁。

盛夫人则担心地看了眼盛修颐,问那小厮:"侯爷找世子爷做什么?"

那小厮称不知。

盛修颐辞了盛夫人，去了外院。

东瑷和盛夫人都有些不安，怕盛昌侯是有事责怪盛修颐。

东瑷则想起盛修颐曾经告诉她，他在外头有些见不得光的生意，一直瞒着盛昌侯。

不会是这件事被盛昌侯知晓了吧？

盛夫人忍不住，打发香橼去外书房看看，情况如何。

香橼去了半日，回来道："外院的管事说，侯爷和世子爷进宫去了。"

盛夫人不由心中一紧，错愕道："进宫去做什么？可是贵妃娘娘和皇子们的事情？"

香橼摇头道："不知道，奴婢没敢深问。"

东瑷也怕有事，想着盛修颐每次回内院，都是先到盛夫人这里请安，才回静摄院的。她中午回来吃了午饭，看了诚哥儿一回，下午又去了元阳阁。

盛夫人比东瑷还要着急，生怕是盛贵妃娘娘和三皇子、五皇子有事，坐立不安，让香橼和香蕳不时去外院打听消息。

不仅仅盛修颐和盛昌侯一直不归，就是原本该回来的三爷盛修沐，今日也没有回来。

婆媳俩都焦急不已。

到了酉正，天色渐渐暗下来，东瑷心里想着诚哥儿，对盛夫人道："娘，我先回去瞧瞧诚哥儿，吃了饭再来。已经这个时辰了，您还没有用晚膳呢。再怎么着急，也要吃了晚饭啊。"然后对香橼和香蕳道："你们服侍夫人用膳……"

盛夫人觉得东瑷对孩子时刻割舍不得的心，很像她年轻时候对盛修颐兄弟的感情，她很是理解，勉强笑着道："你去吧，这里有她们服侍呢。你也不用再来，倘若颐哥儿回来，我叫人去告诉你。"

东瑷道是，转身就出了元阳阁。

她先去桢园看了一回诚哥儿，而后才回了自己的静摄院吃饭。

不管有何事，都不能耽误正常的吃饭，否则身子不好，什么都扛不住。

东瑷中午回来吃饭，就把盛修颐和盛昌侯进宫的事，说给了罗妈妈和橘红听，此刻她回来，见她吃饭时心不在焉，罗妈妈和橘红便知道世子爷尚未回府。

"瑷姐儿，可能是宫里设宴，才回来晚了。"罗妈妈安慰东瑷。

东瑷把口里的米粒咽尽，才道："倘若不是大事，应该遣人回来告诉一声。世子爷被侯爷叫走的时候，我和夫人都知晓。明知家里人会担心，世子爷不会这样粗心大意……"

宫里定是有事的。

可到底什么事？东瑷的心有些乱。

在元阳阁的时候，盛夫人焦急万分，东瑷就是再担心，亦不敢表现出来，怕惹得盛夫人更加不安。

到了自己的院子，她的眉头就不曾松过。

她对宫廷的了解，主要是她前生看过的书籍和影视作品，还有在薛家听祖父和祖母闲聊时的只言片语。对于这个年代的宫廷，她实在太陌生。

因为陌生，东瑗着实想不出到底会发生什么，才会让盛昌侯父子三人入了夜都不回家。

她草草吃了半碗饭，蔷薇就吩咐小丫鬟们把炕几抬下去，换了新的炕几上来，又端了热茶给东瑗。

"奶奶，要不要我去打听？"蔷薇低声问，"爷一直不回，他身边的人应该也会去打探消息吧？可能外院的人知道些什么，只是瞒着您和夫人……"

东瑗想起处置陶姨娘时，盛修颐原本就想对她撒谎，不让她知晓那事的。对于内宅的女人，盛昌侯父子的态度很相似：自己能多做些，就不让内院的女人们操心。

倘若出了事，不管是盛修颐还是盛昌侯，都会想方设法瞒着东瑗和盛夫人，免得她们为之忧心。

"不用。"东瑗道，"既然不想传到内院，自然是不想我和夫人担心。咱们贸然去打听，不是辜负了世子爷和侯爷的心意？"

就算知道，她们这些大门不出二门不迈，依靠男人生存的女人，又能做什么？

知道了，就不担心吗？

会一样的很担心！

东瑗深吸了一口气，起身带着蔷薇去桢园看诚哥儿，嘱咐罗妈妈和橘红安排好院子里的事，一切都跟从前一样。

"倘若夫人身边的人来寻我，就告诉我在桢园。"东瑗临走的时候，对罗妈妈道。

罗妈妈道知道了。

到了桢园时，诚哥儿又睡了。

东瑗坐在孩子小床之侧，静静想着自己的心事。

一直到了亥初，盛修颐父子都不曾回来。此刻，城里已经宵禁了，他们是不可能今夜出宫的。

东瑗心口似什么堵住了般，很沉重。她起身去了盛夫人那里。

盛夫人斜倚在临窗大炕上，眼角有泪痕，看到东瑗进来，还以为是报信的丫鬟，一个激灵起身。看到是东瑗和蔷薇，又叹了口气。

"阿瑗，我的心都碎了……"盛夫人拉着东瑗的手，声音哽咽，"这到底是何事？侯爷从来不曾这样不声不响彻夜不归的。"

东瑗也不知何事，只是说些场面上的话安慰盛夫人，让她别担心。其实她自己也担心，眉宇间的凝重再也掩饰不住。

片刻，康妈妈进来禀告盛夫人："……都过了一个时辰了，夫人，内院还落锁吗？"

离平常内院落锁都过了一个时辰。

盛夫人蹙眉，半晌拿不定主意，看了眼东瑗，好似在问她的意见。

东瑗道："娘，门上都有值夜的婆子，爹爹和世子爷、三爷回来，自然有人开门。还是落锁吧。深夜不落锁，倘若有事，爹爹既担心外面，还要担心家里，多不好？"

盛夫人点头："你说的是。"

然后让康妈妈吩咐下去，内院落锁，各处都歇了，不用再等。

东瑷也派了个小丫鬟去静摄院，告诉罗妈妈和橘红，安排几个丫鬟值夜，其余人都歇了。

去静摄院报信的小丫鬟回来，盛乐郝居然跟着一起过来了。

他应该是从静摄院来的。

看到他来，东瑷和盛夫人都微讶。

盛乐郝给东瑷和盛夫人行礼，道："祖母、母亲，孩子听说爹爹和祖父、三叔去了宫里没回来，孩子想着来看看，祖母和母亲可有吩咐。"

盛夫人听着这话，很是感动。

她冲盛乐郝招手，让他坐到自己身边的炕上，轻轻搂了他，道："好孩子，你有心了……"

盛乐郝表情有些不自然，显然对盛夫人这般亲昵不习惯。

盛夫人就放开了他，只拉着他的手，问他："外院的管事们可说了什么不曾？你知道你祖父和爹爹怎么还不回来吗？"

盛乐郝摇头，道："祖母放心，祖父和爹爹定是在宫里看贵妃娘娘和皇子们，误了宵禁，才宿在宫里的……"

这么小的孩子专门过来安慰祖母和母亲，盛夫人岂有不感动的？当即隐了担忧，笑着说盛乐郝说得对，又问他外院念书如何、丫鬟们服侍可尽心、生活上是否顺心、可有什么趣事。

盛乐郝一一仔细回答了，没有敷衍。

从前盛夫人问他话，他总是说好，从来不愿跟盛夫人多言。此刻见他这样，好似回到了童年、盗窃之事没有发生之前的日子。

盛夫人眼里不禁有泪，注意力却被分散了。

说了半晌的话，东瑷道："郝哥儿，你明日不用念书吗？"

盛乐郝说要。

"哎唷，那快回去歇了。"盛夫人看了眼墙上的自鸣钟，虽不舍，还是放开了盛乐郝的手。

盛乐郝又安慰盛夫人和东瑷几句，起身告辞。

东瑷笑道："娘，我送送郝哥儿……"

盛夫人含笑点头。

已经快到了子初，夜深静谧，空气里有些寒，东瑷送盛乐郝出了元阳阁，盛乐郝脚步微顿，对东瑷道："母亲，今日不仅仅是父亲和祖父、三叔没有出宫，镇显侯府的老侯爷，还有好几位大臣，都在宫里。太医院的人也都在深宫待命。母亲，怕是宫里有贵人出了事……"

看着孩子一言一句说得齐整，东瑷心里猛然一突。压了压心绪，她低声笑道："我知道了，你回去歇了吧。"

盛乐郝见东瑷没有深问，看了她一眼，这才道是，带着他的小厮烟雨走了出去。

送走了盛乐郝，已经子正，盛夫人虽担心不已，却也困了，和东瑷说着话儿，眼皮就撑不住。

东瑷劝她到床上躺躺。

盛夫人一想，盛昌侯父子今夜定是不会回来了，就听了东瑷的劝，起身进了内室。又对东瑷道："你不要回去了。虽说在府里行走，可园子里种了那么些花树、果树，又正是春夏迭交，要是半夜里撞了花神、树神的就不好。你在我暖阁里歇一夜吧。"

东瑷正要说好，香橼进来禀道："大奶奶，罗妈妈和寻芳、碧秋几个都来了，问您是否回院子歇息。"

在盛夫人的暖阁睡，总是不太方便。

盛夫人听说罗妈妈带着一群服侍的来接东瑷，就笑道："既这样，你回去歇了。"

东瑷道是，帮着康妈妈服侍盛夫人躺下，才起身回了自己的院子。

虽吩咐过让满院子的丫鬟婆子们早早歇下，可盛修颐和东瑷未回来，满院子的谁也不敢去睡。檐下站着的小丫鬟扛不住，眯着眼睛打盹，一个晃悠，跟跄了两步，差点摔倒，倒让她猛然清醒过来。

远处便有脚步声传来，在静谧的午夜特别清晰。

守门的婆子知道是接大奶奶的人回来了，忙开了门。

东瑷进了门，就让寻芳吩咐众人都去歇下，明日还要当差。只留了蔷薇、罗妈妈和橘红服侍她。

盥沐一番后，东瑷反而没有了睡意。

"还是没有消息吗？"罗妈妈问东瑷盛修颐的事，也跟着着急起来。

东瑷就把盛乐郝告诉她的话，说给罗妈妈等人听。

"会不会是贵妃娘娘？"蔷薇问东瑷。

东瑷摇头："镇显侯府的人也进宫去了，还有些近臣，自然不是娘娘们的事。大约是皇上不好了……"

罗妈妈忙捂住东瑷的嘴，吓得不轻："瑷姐儿，你怎能这样口无遮拦说天子不好了？这样会遭天谴的。"

君权神授的年代，天子就是应天命而生的人。他的生死都是上天的旨意，平头百姓议论都不行。

东瑷点头，罗妈妈才松了手。

可到底东瑷的话不错，罗妈妈和橘红、蔷薇一时间也担心起来。倘若是皇帝不好了，朝廷易主，只怕又是一场风波。

有了风波，处于高位的盛家和薛家都不能避免被波及。所以东瑷和罗妈妈等人都忧心。她们依附于盛家，亦同样需要薛家作为后盾和保障。这两家倘若有事，她们也没有好日子。

倾巢之下安有完卵？

说了会儿话，东瑷让罗妈妈几人也去歇了，自己放了幔帐躺下。

倘若盛乐郝的话是真的，东瑷可以肯定是元昌帝出了事。

他到底怎么了？

对于元昌帝，东瑷记忆中一直是一双泼墨般浓郁的眸子，放肆又霸道，纠缠着她，令她心生恐惧。

这种恐惧，连诚哥儿出世都未曾消失过。

当年的杨妃，有夫有子，还不是照样进宫侍君？

若是元昌帝不好了……她深深叹了口气，心底居然有这等盼望。

次日清晨，盛夫人一夜未阖眼，把外院的总管事林久福叫来，让他派人去宫门口打探消息。

二爷盛修海早上才来给盛夫人请安，狡辩道："孩儿不知父亲和大哥、三弟彻夜未归，今早才听说。娘，要不要孩儿去打听？"

他虽是通房生的，却是养在盛夫人名下，所以他喊盛夫人为娘，而不是母亲。

盛夫人对他这般亡羊补牢的示好很不悦，心里想着昨夜的事，觉得自己一再对盛修海宽容，他却并不领情，只当盛夫人好骗、好糊弄。她想着，当即淡淡道："哪敢劳动你？我让林总管打听消息去了。你放心，你哥哥和三弟不在，外院还有郝哥儿，你好生养着身子要紧……"说罢，又把昨夜盛乐郝半夜进来请安的事，说了一遍。

二爷顿时一张脸涨得通红，垂手立着。

盛夫人也不理他。

他自己觉得无趣，只得又厚着脸皮道："娘，孩儿去外院看看情况。"

盛夫人轻轻颔首，二爷忙不迭逃了。

连二奶奶也觉得脸上臊得慌。

到了巳正，盛昌侯父子终于回了盛府。

盛夫人听到消息，连忙和东瑷、二奶奶葛氏、表姑娘秦奕去垂花门口迎接。

父子三人大约是一夜未睡，脸上都有倦色，眼底有浓浓阴影，在大门口迎接的二爷陪着一同进了内院。盛昌侯神情含怒，盛修颐表情如常清冷，三爷盛修沐脸上含着忐忑。

看到盛夫人，盛昌侯敛了怒焰，冲她颔首："回去吧。"

盛夫人看着他们父子三人完整归来，心里一喜，就忍不住眼泪簌簌。

盛修颐和盛修沐兄弟忙上前，给盛夫人行礼，一左一右拥着他，安慰道："娘，您别哭，我们不是好好地回来了吗？"

盛夫人抹了泪，哽咽道："娘这不是高兴吗？"

盛昌侯回头，轻声咳了咳："不过是在宫里过了一夜，你平白操这些心做什么？"

盛夫人忙抹了泪不再哭了。

有盛修颐和盛修沐兄弟在盛夫人跟前，二爷盛修海就完全插不上话。

东瑷妯娌也不用上前服侍。

进了元阳阁，盛昌侯很不客气对众人道："都回去！又不是有什么事，都在跟前做什么！"

二爷、二奶奶葛氏和表小姐秦奕就忙行礼，退了出去。

东瑷不知道公公到底是冲谁发火，见他情绪不善，又说了那样的话，连忙也要出去。

"阿瑷，你略站站。"盛修颐当着盛昌侯的面，公然喊她。

盛昌侯脸色一沉。

盛修颐就给盛夫人和盛昌侯行礼："爹爹昨日一夜未睡，孩儿不打搅爹爹歇息，先回院子了。"

盛修沐也连忙起身告辞。好像很怕盛昌侯怒气的霉头触在自己身上。

盛昌侯冷哼一声，转身去了净房更衣。

盛夫人放下的心，又提了起来。可盛昌侯正在发火，她也不敢留盛修颐和盛修沐兄弟，怕侯爷责罚孩子们。

盛修颐夫妻和三爷盛修沐告辞后，盛夫人吩咐小丫鬟去厨房做了什锦面，等盛昌侯洗漱一番换了家常的衣裳出来，对他笑道："侯爷吃些东西再睡吧。"

母鸡熬化成汤，用来下的什锦面，特别香醇，盛昌侯才觉得胃里隐隐作痛。何止昨夜没有用膳，昨日中午就没吃，还熬了一夜，胃里早已空空。

只不过他心里有事，又被盛修颐气得半死，不觉得饿而已。

此刻闻着香浓的什锦面，食欲就起来了。

他坐在盛夫人对面的炕上，端起什锦面吃了起来。一碗下肚，胃里反而更加空了，问还有没有。

盛夫人忙说有。

香橼就亲自去了小厨房，替盛昌侯再盛了一碗来。

两碗面下肚，盛昌侯才觉得胃里舒服不少，暖融融的。

他紧锁的浓眉这才微微展开。

盛夫人一直欲言又止，想问又不敢问，怕惹恼了盛昌侯。盛昌侯瞧在眼里，放了筷子才道："昨夜很担心吧？"

盛夫人叹了口气，道："我和阿瑷几乎一夜未睡。我真是担惊受怕，心就一直悬着。侯爷，宫里到底何事，怎么您和颐哥儿、沐哥儿，讯儿也不递一个回来？"

盛昌侯顿了顿，看了眼屋里服侍的人，眸光犀利，康妈妈等人连忙全部退了出去。

等满屋子服侍的丫鬟们都退了出去，盛昌侯嗓音微低，道："陛下前日去呈景山狩猎，遇了刺客……"

盛夫人只差惊呼，失措捂住胸口。

"……被射中了一箭,箭上有毒,当即从马上摔了下来。前日夜里连夜回了宫,召集太医诊救。"盛昌侯道,"昨日早朝,娄友德只说陛下染了风寒罢朝,不说陛下有事。昨日早上,陛下倒是醒来了,却吐了一口黑血,又昏迷过去。太医院的人也吓住了。我刚刚从宫里回来,娘娘派人给我递信,我叫上颐哥儿就进宫了。陛下生死未卜,哪里敢递信出来给你们?"

"如今呢?"盛夫人紧张问道,"陛下怎样了?"

盛昌侯咳了咳:"陛下若有事,我们会回来吗?"

盛夫人这才惊觉自己紧张过度了。

"已经清了毒,性命无碍,今早卯正醒了过来。"盛昌侯神色又是一敛,"掌院太医说残毒还是不能全除,但能救回这条命,已是万幸。"

盛夫人就长舒一口气,她魂都吓没了。

"查出是谁行刺了吗?"盛夫人又问。

盛昌侯摇头:"还在查。刺客是单独一个人,身上没有任何表明身份的东西,射中了陛下就自尽了,像是个死士。谁是幕后黑手,只怕要费些时日才能查出来。"然后又道,"你别操心,朝廷之事有我……"然后就想起了盛修颐,冷哼一声。

静摄院里,东瑷同样服侍盛修颐用膳,而后,问他要不要睡会,盛修颐点点头。

东瑷不让丫鬟进内室,亲自替盛修颐铺床,然后就问他宫里到底出了何事。

盛修颐就把元昌帝遇刺遭遇讲了一遍。

"他不是自小习武的吗?"东瑷有些吃惊,回眸问盛修颐,"怎么那么容易就遭了暗算?"

她记得祖母曾经告诉过她,元昌帝会武艺的。

盛修颐解释道:"……一来是皇家林苑,平日里戒备森严,皇帝狩猎前三日,侍卫就仔仔细细检查过,确定无漏洞;二则正好遇上一头野猪,陛下和身边的护卫都在放箭。十几支箭齐发,哪里还能留意到有箭是冲着陛下去的?而且刺客就在侍卫里,当时根本没有防备……"

东瑷顿了顿,问:"已经没事了吗?"

"箭上淬了剧毒。幸而他善武艺,躲了一下,那箭射中的是胳膊,还是九死一生。掌院太医喜好豢养毒蛇,有用蛇毒提炼的剧毒,正好与陛下中的毒相克。因为两位贵妃娘娘一直拦着,怕掌院太医害死陛下,直到薛老侯爷进宫,才同意以毒攻毒,堪堪保住了性命。"盛修颐上了床躺下,语气里有些疲惫。

东瑷就替他压了压被角。

他挨枕就睡熟了,一直睡到掌灯时分才醒。

起来洗漱一番,去看了诚哥儿,然后和东瑷去元阳阁给盛夫人请安。

盛昌侯也回了内院,看到盛修颐夫妻,就冷哼一声。因为东瑷在场,到底没有骂盛修颐。

请安回来,在路上东瑷就问盛修颐:"你怎么惹得爹爹生气了?"

第十九章 宠溺娇妻

盛修颐笑了笑，不回答。

到了晚上，他因为下午睡过一觉，有些睡不着，才和东瑷说起盛昌侯为何生气的事。

"因为立储的事。"盛修颐这回没有顾左右而言他，直接告诉了东瑷。

东瑷心头一跳。

元昌帝年轻，皇子们年纪又小，所以立储之事一拖再拖。如今元昌帝险遭大难，大臣们自然第一件事就是提议立储。早立储君，以固国本。

盛昌侯却因为这件事而生盛修颐的气，难道盛修颐不看好盛贵妃娘娘的三皇子吗？

他难道支持东瑷堂姐薛贵妃娘娘的二皇子？

"陛下昏迷了一整日，今早才醒。醒来后，就把薛老侯爷和爹爹，还有两个近臣招了进去，商议立后立储之事。"盛修颐声音平淡不起涟漪，静静跟东瑷说道。

东瑷接口道："陛下大约也是后怕。倘若醒不来，后位和太子皆未定，禁宫会是怎样的一场风波啊。"

盛修颐轻声笑了笑，他觉得和东瑷说话很轻松，不需要过多的解释。

她似乎超出了盛修颐对女人的理解。在盛修颐心目中的女子，或妩媚动人、或贤惠贞淑，却从来不认为女子可以和男人做知己，能言谈投机。

他以为，男人的世界对于女人，特别是养在深宅内院的女儿而言，是陌生又复杂的，足不出户的女子根本无法了解。

可是东瑷每每总能一语中的。

"就是这话。"盛修颐道，"陛下如今最看重的，除了爹爹，就是兵部尚书秦伯平和观文殿学士柴文瀚。秦尚书是薛老侯爷的门生，柴大学士又最信赖薛老侯爷，二人皆觐见立二皇子为太子。爹爹不服，差点在陛下病榻前同他们三人争吵起来。薛老侯爷便对陛下说，问问我的意思……"

东瑷一愣。

旋即想起清除萧太傅那件事中，盛家封了个一品太傅，一个世袭三代的沐恩伯，薛家可是什么都没有得到。难道祖父早已留着这手？

"你也觐言立二皇子为储？"东瑷问盛修颐。

他点头。

东瑷停顿了片刻，才道："天和，你心里可有怪我祖父？"

盛修颐搂着她腰的手一紧，问道："这话从何而来？"

"因为我祖父算计你和盛家，还有三皇子，你是知道的啊。"东瑷轻声道，"你从西北归来，陛下许诺兵部侍郎，你却推辞，祖父定能看得出，你很怕家族太满则溢的心思。"

"如今爹爹的地位，恰似当年的萧太傅，陛下心里又怎能没有顾忌？你为了爹爹，亦为了三皇子和贵妃娘娘长久，自然不会举荐三皇子，而是会举荐二皇子。这一切，难道不是都在我祖父的算计之中吗？"

盛修颐搂住她的手就再紧了一分，将她圈在自己的怀里，生怕她会消失了一般。

"你说对了一半！"盛修颐笑起来，"我没有举荐三皇子而选二皇子，的确是怕陛下忌惮盛家和三皇子。还有很重要的一点，我觉得二皇子更有为人君者的气度，他更加适合践祚九五。"

东瑗挑眉，问为何。

盛修颐道："前年中秋，陛下赏赐家宴，亲自宴请文武大臣，两位皇子作陪。两位皇子年纪相差不到一岁，二皇子七岁，三皇子六岁半，时常一处读书、习武，教养完全相同。宴席过后，文回宫摆了戏台，请了民间艺人表演。"

"便有个子矮小的侏儒短人舞剑。那数名侏儒短人皆只有两位皇子一般高矮。因两位皇子自幼习武，三皇子便对陛下说，想同侏儒短人比试剑法，为中秋助兴。陛下夸三皇子勇敢，就问二皇子是否愿意也跟着上去比剑。二皇子则说，他不敢……"

东瑗静静听着，听到此处才微微吃惊。

听闻陛下一直喜欢三皇子多过二皇子，是不是觉得二皇子太懦弱？

"为何不敢？"东瑗问。

盛修颐笑："陛下也是这样问。你猜二皇子如何回答？"

东瑗想了想，笑道："猜不着。总不会说，他剑法不精，怕输给侏儒短人吧？"

"你猜对了，二皇子便是这样回答陛下的！"盛修颐哈哈大笑，"当时陛下脸色就不太好看，而三皇子跃跃欲试。"

"因为是皇子，那同他比剑的侏儒短人自然会输给他，这是稳赢不输的事，而二皇子居然说怕输，让陛下很生气。"

东瑗疑惑不解。

"三皇子最后同侏儒短人比剑，赢得满堂喝彩。"盛修颐继续道，"二皇子下来后，就坐在薛老侯爷身边。我的位置正好在其对面。我听到薛老侯爷问二皇子，为何不敢比剑，二皇子说，'赢了侏儒短人，旁人会说我英雄气概'。"

东瑗就笑出来："英雄气概不好吗？"

盛修颐道："所以我也吃了一惊，就认真听着下文。薛老侯爷显然也被二皇子的话愣住，问他为何不愿被人认为有英雄气概。二皇子说，'师傅说，太平盛世，浪遏飞舟，中流击水是英雄男儿，可将兵；温和厚重，容相有度，方可将将'。"

东瑗脸上的笑便微微凝住。

她懂这话之意。将兵者，乃是领兵打仗，阵前英勇；将将者，才是运筹帷幄，统帅将领，成为天下霸主。

二皇子的话是说，爱表现逞英雄，不过是小勇小智；而识大体、谨言行，才是大智谋略，才能为人君者！

才七岁的孩子，能有这般言行，怪不得盛修颐觉得他更加适合储君之位。

就是东瑷听了，也心有臣服。

"域民不以封疆之界，固国不以山溪之险。"盛修颐感叹道，"如今天下太平，皇帝可以不需要阵前勇猛，却必须识大体、懂取舍、明进退。年纪相仿，三皇子似个懵懂顽童，二皇子已在学习帝王之道。他比三皇子更加合适……"

甚至比元昌帝更加适合吧？

东瑷虽然和元昌帝交集不多，可几次相遇，她觉得元昌帝就是三皇子那等性格，没有旷世明君的气度。

怪不得当初大伯母说元昌帝更加喜欢三皇子，他大约觉得三皇子更加像他吧？

"娄公公请我进去，陛下虚弱不堪，问我觉得到底哪位皇子更加合适，我说了二皇子。陛下就微微颔首，他同意了……"盛修颐道，"爹爹当时脸色铁青。出宫的时候，我跟他解释，陛下从未想过让三皇子继承大统……"

"你怎么知道？"

"没有哪个君王不怕外戚干政。陛下擢升爹爹做了三公之首的太傅，就等于在告诉盛家，三皇子不可能被选为东宫。"盛修颐缓慢道。

"而且我回京之时，三弟对我说，皇后崩后，后位引来众多猜测，陛下却时常去盛贵妃娘娘宫里。倘若他想让盛贵妃娘娘掌管六宫，母仪天下，就应该在那个风口浪尖让娘娘避开流言蜚语，应该少踏进娘娘的宫殿。

"他时常去娘娘那里，无非就是转移注意力，祸水东引，引到娘娘身上，从而保护他心中真正的后位人选。

"这些道理当局者迷旁观者清。爹爹身在局里，可能看不清楚。而薛老侯爷自然是清楚的。所以萧太傅被除，薛家没有得到任何的封赏，而薛老侯爷居然一声不吭。因为他明白陛下的用意……

"这些事，陛下早就想好了的，我又何必反对他，让他不快？"

东瑷觉得盛修颐说的很对，她亦暗叹他看问题的透彻。

只是这些事，难道盛昌侯不知道吗？

东瑷觉得自己是无奈居于内宅。倘若她在朝廷行走，亦是能看得出来的，难道盛昌侯看不出来吗？

"既这样，爹爹为何还要生气？"东瑷问盛修颐，"爹爹难道看不出东宫旁落，并不是因为你一句话吗？"

盛修颐沉默片刻，缓缓叹了口气，道："我猜他是知道的，他心里比我更加清楚……"

缓缓停顿，盛修颐才继续道："只是他不甘心而已。"

一句不甘心，终于点出了问题的实质。

盛昌侯何尝不知？他在装傻充愣罢了。

"一朝天子一朝臣。像爹爹这样，两朝为官，先皇是很器重爹爹的，而元昌帝对爹爹从前是惧怕与依赖，现在更多的是戒备，早无先帝当年的信任。等以后储君登基，谁能想到盛家的未来？"盛修颐轻声道，"阿瑷，一样东西，你尝到了它的美好，就不愿失去，甚至为之患得患失。权力便是这样的东西……有几人能像薛老侯爷那般通透豁达？"

他是说，盛昌侯很害怕失去现在的高位重权。只有这样，盛昌侯才能找到自己的成就感。

权力的确很诱人，特别是在这个人治的社会。

盛修颐从前对镇显侯薛老侯爷并不算推崇。他印象中的三朝元老，不过是会打太极，左右逢源罢了。自从和薛家结亲，几次相处下来，盛修颐就开始觉得，镇显侯爷历经三朝不倒，靠的不是运气、不是狡猾，而是识时务、敢取舍！

面对权力，盛昌侯就不及镇显侯爷豁达。

盛修颐是很敬佩薛老侯爷的。

"你不担心吗？"东瑷问盛修颐，"你不担心盛家从此在朝廷里落寞吗？"

盛修颐笑起来："伴君如伴虎。急流勇退谓之知机。不在高位，不谋朝堂，过得自由自在，难道不好吗？"

东瑷笑笑不说话。

元昌帝遇刺之事，不敢对外宣称，只说是偶遇风寒，才卧床不起。

掌院太医嘱咐元昌帝，半个月不要下床，两个月内不要担心朝政，否则身子不能恢复，以后想要弥补就更加难上加难。

三爷盛修沐依旧每日当值，而盛昌侯则不需要上朝。

可他依旧每日繁忙。因为陛下病着，太子之位尚未宣告天下，禁宫两位娘娘也斗得厉害。

这些事，身处内宅不关心朝政的盛夫人也有些耳闻。因为对方是薛家和薛贵妃娘娘，她虽然很想和东瑷说说，却又觉得不合时宜，只得忍住不提。

朝中大事，不管担心不担心，东瑷和盛夫人都插不上手。

而表姑娘秦奕的婚事，终于定了下来。

四月二十，便是东瑷当初出阁的日子，秦尉侯府派盛家五姑奶奶盛文柔下了小定之礼，商议今年八月初一迎娶秦奕过门。

盛夫人同意了。

秦尉侯府送过来的聘礼，价值五千两银子左右。

盛夫人不贪这些东西，得到盛昌侯的允许后，决定替秦奕置办八千两银子的嫁妆。

盛家从来都是娶媳妇，没有嫁过女儿，两位小姐都是直接进宫去了。

盛夫人和康妈妈讨论一番后，决定比照二奶奶葛氏当年的嫁妆置办秦奕的。

因为东瑷是御封的郡主，她的嫁妆虽然只有八十八抬，却远比旁人一百二十抬丰厚，更别提薛老夫人给东瑷私下里添置的，不在礼单上的东西。

秦奕出嫁，自然不好比照郡主的嫁妆，盛家亦不会拿出这么多钱嫁她。

商定之后，康妈妈盼咐外院的管事去采办。

第十九章 宠溺娇妻

到了五月初，秦奕的嫁妆算是办齐整了。

而元昌帝的身体也恢复了些许，已经可以上朝。他上朝第一件事，就是商议立储。

文武百官并不是全部偏向二皇子，因为盛昌侯的缘故，三皇子的呼声也很高。

攻击二皇子的，几乎都是说他怯懦胆小，他的母亲薛贵妃娘娘只有一个皇子，不及盛贵妃娘娘有二子，福禄齐全。

攻击三皇子的，莫过于说他外戚权势过大，将来只怕会大权旁落，朝中又是一番风波。

没过几日，就听说薛贵妃娘娘跟陛下哭诉，说她夜夜有梦，上仙对她说，需广积慈爱，方可天佑我朝。

皇帝听后很感动，就把那个宫外带进来的四皇子过继到薛贵妃娘娘名下。

这样，薛贵妃娘娘亦有二子。

盛昌侯气得吐血。

盛修颐亦明白当初为何元昌帝那么痛快认下了兴平王送给他的四皇子。他估计那一刻就想好了用四皇子来对付盛家。

他好不容易借酒装疯，把自己对薛东瑗的念头告诉盛氏父子。

结果盛氏父子装傻！

最后，那个该死的兴平王还真的弄出那么一个孩子！

他如何不气？

不过转念一想，估计是盛家在背后捣鬼了。既然是这样，盛家送过来的孩子，他就要这孩子成为日后让盛家后悔不已的人。于是他痛快认下了四皇子，却并没有说要接四皇子的母亲进宫。

这个孩子，如今寄养在薛贵妃娘娘名下，成了薛贵妃娘娘的儿子。

他估计是想看看，他日盛家如何自食苦果。

这一切，盛昌侯不知道。他并不知四皇子的来龙去脉，正好撞在陛下说"明珠遗海"这件事上，是因为盛修颐背后推动了。所以他以为是兴平王帮衬薛家，用以对付盛家。

心里对兴平王也存了气。

这件事，大臣们吵了半个月。

五月十六那日早朝，元昌帝气色很差，大臣们对立储一事意见相左令他无法抉择。于是元昌帝说，立储乃皇帝家事，自古长幼有序，且二皇子不曾有天生缺陷，不该避兄而择弟。

这个理由，真不好辩驳。

就这样，二皇子被立为太子，他的生母薛贵妃娘娘被封为皇后。

薛家一时间水涨船高。薛皇后的父亲薛子侑，镇显侯的世子爷，御封了三等奉国将军、世袭三代的延熹侯；其母世子夫人，御赐一品诰命夫人。

三日后，是皇后册封大典，内外命妇皆要进宫朝贺。

盛昌侯却意外病倒了。

这回真的不是装病，而是气得怒火攻心，半夜发烧起来。

盛修颐连忙去请了太医，太医只说是热毒内积于心，涌上了痰气。先开了几副方子，化痰散气，而后再慢慢调养。

出了内室，老太医就跟盛修颐去小书房开方子，才对盛修颐道："太傅积年征战，身子里旧疾隐患一直未曾消退。年纪越大，旧疾就越显露。老夫瞧着太傅的神色，不像是新病，而是旧疾复发。世子爷听老夫一言，劝太傅少操心，多静养，方是延年保寿之法。"

盛修颐愣了愣。

他道了谢，亲自送太医出去。

元昌帝亦听说盛昌侯病倒，特意下了口谕，让盛家女眷不用去封后大典朝贺，在府里尽心服侍盛昌侯。虽是关心，却听着那么像幸灾乐祸。

满京城热闹非凡的封后大典，盛家则大门紧闭。

盛昌侯高烧了一夜，吃了药烧退了不少，却一直低烧，持续了两天。他整个人好像一瞬间就苍老了。

盛修颐兄弟几人、东瑗和二奶奶葛氏也一直在元阳阁侍疾。

盛修颐甚至在内室安了一张软榻，不回静摄院住，日夜在床前服侍盛昌侯。

盛昌侯这一病，好似明白了很多事情，看着长子劳心劳力尽孝，前段日子对他的恨意，也减轻了。

病倒的时候，三个儿子都在床前服侍。

二爷盛修海有些烦躁，心不在焉。

三爷盛修沐从来没有服侍过旁人，他虽然有孝心，却不得其法。

只有盛修颐，服侍盛昌侯起身如厕、替他擦拭身子、亲手喂药，样样做得仔细又妥帖。

盛昌侯就轻轻叹了口气。

养儿防老，这句话他到了今日才明白其深意。

他的父母去世的时候，都是盛夫人在身边。他一直在外征战。当年老父亲病倒了，是不是也想有个儿子这样尽心照拂？

想着，盛昌侯又叹了口气。

"在西北打仗的时候，草原人有句谚语：先长出来的头发不如胡子长久，先长出来的耳朵不如犄角坚硬。"盛昌侯声音有些嘶哑，"这句话咱们中原人也说，就是青出于蓝而胜于蓝。看着你们兄弟，都比爹爹能干，爹爹真的老了……"

二爷和三爷都是一愣，而后才发觉这句话有些凄凉，两人垂了头。

盛修颐眼睛有些涩："爹爹还不足五十，如何言老？"

"五十而知天命，怎能不老啊？"盛昌侯叹气道，神色有些凄婉。

兄弟三人看着平日里强悍的父亲说这样的话，都是心头一酸。

盛昌侯这一病，足足病了半个月。他因为常年征战的缘故，原本黝黑的面颊就显得老成。如今这一病，老态顿现，东瑷看着也觉得心酸。

薛家的热闹一对比，这段日子盛家门可罗雀，清冷异常。

五月二十八日，东瑷的十一妹、进宫封了淑妃的薛东姝薛淑妃娘娘诞下了一名公主。

这是元昌帝的第四女，元昌帝很是喜欢。

他因为身体里有余毒，身子也不好，时常咳血。四公主诞生那日，陛下却意外睡得很踏实。

陛下就说，薛淑妃娘娘的四公主，是他的福音。

转眼六月，盛京的天气逐渐炎热。

盛昌侯病好之后，在家休养了半个月，依旧每日上朝。

盛家针线上的赶着替秦奕做嫁妆，家里人的夏季衣裳反而拖到了六月才做。

六月初十这日，天气晴朗，明晃晃的日光照在雕花窗棂上，轻尘在光束里轻舞。

东瑷早早起床，给盛夫人请安后，抱着诚哥儿回了静摄院，给他挂上一个璎珞盘螭项圈，项圈下坠了长命百岁的小巧金锁。

今日是诚哥儿百日，这是东瑷为他准备的礼物。

这个年代并不过百日，所以盛修颐对东瑷这一举动很奇怪。他见东瑷开心，也没有反对，抱过诚哥儿时，看了看他脖子上的项圈，下面坠着的金锁上系了鲜红的蝙蝠结穗子，就问："这是谁做的？"

东瑷笑道："我做的。"

盛修颐顿时默不作声。

东瑷侧眸问："怎么了？"

盛修颐沉吟片刻，才道："很特别……"

东瑷瞬间明白他想说什么。嫌她做的穗子不好看呢！估计盛修颐心里很想夸一句好看，又实在夸不下口，只得说很特别。

"儿不嫌母丑！"东瑷道，"是娘做的穗子，就很好看。是不是诚哥儿？"

诚哥儿咧开嘴，咯咯笑个不停。

他现在已经能笑出声，而且很爱笑。

东瑷觉得诚哥儿很给面子，心里吃了蜜一般的甜，忍不住睥睨盛修颐，颇有小人得志的挑衅意味，盛修颐就忍不住被他们母子逗乐，跟着笑起来。

说笑了一会儿，东瑷去给盛夫人请安。请安回来，换了家常的褙子，东瑷拿出针线来给盛修颐做中衣。

罗妈妈等人在一旁服侍着，却听到院子里有爽朗的笑声，听着十分耳熟。

东瑷把针线放下，笑着问道："是不是橘香进来了？"

橘红就忙撩起毡帘出去瞧。

片刻，挺着大肚子的橘香就挽着橘红的胳膊走了进来。

罗妈妈忙起身，笑道："你怎么进来了？挺着个大肚子还四处跑。"

东瑷也笑。

橘香先微微屈膝给东瑷行礼，被橘红搀扶住，才道："在家里很是无趣，想着快两个月没有进来瞧奶奶了嘛，今日天气又好，就来了啊。"

她已经有六个月的身孕了。

东瑷让她炕上坐，橘红和蔷薇就忙扶着她，给她垫了两个大引枕靠在背后。

"我怀诚哥儿的时候，六个月还不及你这肚子一半大呢。"东瑷笑道，"你别不是怀了双胞胎吧？"

罗妈妈也笑道："都说她肚子大，像双胞胎。"

橘香就甜甜笑了起来。

罗妈妈则看橘红。橘红被罗妈妈看得不自在，撇过头去。她知道罗妈妈的意思，又催她出去呢。橘红不想像橘香那样出去，整日在家等着二庄回来，她会觉得很难熬。她宁愿在东瑷跟前，这样心里踏实些。

二庄不像大庄那么体贴会疼人，他像个木头人。

橘香虽怀着孩子，还是那么活泼多话，问了东瑷和诚哥儿的好，又问屋子里众人，看到一旁的蔷薇，就笑道："听说蔷薇许了世子爷身边的来福，今年腊月就成亲，是不是？"

蔷薇脸微红，笑而不答。

罗妈妈笑道："现在不能叫来福。他出去了，用了本名本姓，叫孟新平。以后就是孟新平家的……"

因为盛昌侯生病，原本打算四月底出去的来福挨到五月中旬才出去，换了原本的姓名，在西大街开了间米铺，才开张不久。

橘香笑道："哎哟，原来是孟新平家的……"

蔷薇脸通红，转身就要走。

罗妈妈一把拉住她，说再也不拿来福取笑，蔷薇才好了些。

橘香来了，静摄院就前所未有的热闹，东次间几个人时时笑声溢出来。

东瑷留橘香吃了午饭，才亲自让府里可靠的小厮送她回东瑷陪嫁的宅子里。

下午姨娘和孩子们来请安，一向同盛乐钰一起来的盛乐芸却是单独来的。

东瑷问她："钰哥儿呢？"

"钰哥儿发热。"盛乐芸面带愁容，"祖母已经请大夫来了……"

东瑷脸色微敛，起身对几个姨娘道："你们先回去吧。"又对盛乐芸道，"走，我们看看去。"

东瑷到钰哥儿住的院子时，盛夫人正在东次间拜豆娘娘。

东瑷脚步微顿。

盛乐钰是出痘吗？她记得三年前在薛家，杨氏生的儿子、东瑷的六弟薛华逸出痘，东瑷问罗妈妈要不要去看看。罗妈妈就告诉她，她不能去看。

她小时候没有出过痘，容易被染上。年纪越大，染了痘越是危险。

第十九章 宠溺娇妻

东瑗就一直没敢去。为这事,杨氏明着暗着不知念叨了她多少次,说她惜命,连手足亲情都不顾。

看到东瑗和盛乐芸进来,盛夫人笑着起身,道:"没事,钰哥儿就是出痘。他在内室呢,太医来过了,开了药吃了,苏妈妈她们在照拂呢。"

盛乐芸道:"祖母,我看看钰哥儿去。"

说着,就拉东瑗的手。

东瑗脚步没有动,对盛乐芸道:"你先去吧……"

盛乐芸有些疑惑,看了看东瑗,又看盛夫人。盛夫人则颔首,让她进去看看盛乐钰。

盛乐芸就松开东瑗的手,进了内室。

东瑗也给豆娘娘上香,拜了拜才对盛夫人道:"娘,我小时候没有出痘。我……"

盛夫人听着这话,脸色一变,忙道:"你快走!当年在老家的时候,老太爷身边的柳姨娘,三十多岁被孩子染了水痘就没了。大人出痘可不得了。"

东瑗心里一松。

她真怕盛夫人也觉得她惜命,不顾母亲慈爱。这个年代医疗条件落后极了,小时候出痘不打紧,大人出痘容易丧命。东瑗已经快十六岁,她过了应该自己出痘的年纪了。她被染上,抵抗力跟不上,最容易出事。

东瑗看了眼内室,道:"娘,我让罗妈妈过来帮衬着照顾钰哥儿。等钰哥儿好了,我再来看看钰哥儿。"

盛夫人点头,又道:"钰哥儿这里丫鬟婆子一堆,还有娘,不用罗妈妈过来。你快些回去吧。"

东瑗不敢逞强,给盛夫人行礼,就退了出去。

盛乐钰的内室里点了盏明烛,垂了厚厚的防寒帘幕。出痘的时候不能见风,所以他的拔步床上的槅扇也关了,幔帐放下来,苏妈妈和几个丫鬟在一旁服侍。

看到盛乐芸来,几个人给她行礼。

"哥儿吃了药,才躺下。"苏妈妈轻声对盛乐芸道,"大小姐回头再来看哥儿吧。"

"我没睡。"槅扇里面,盛乐钰声音有些喑哑。

苏妈妈只得退到一旁,又道:"大小姐和哥儿隔着槅扇说话吧,太医吩咐哥儿不能见风。"

盛乐芸点头。

她站在槅扇外,问盛乐钰:"你现在好了些吗?"

"姐姐,我头疼……"盛乐钰声音带着哭腔,"身上也疼。姐姐,我什么时候才能出去玩儿?躺着好难受。"

盛乐芸听着就心疼,安慰他道:"钰哥儿别怕。出了痘就好了。等你病好了,夏衫就做出来了,你又有好看的衣裳穿。"

盛乐钰"哦"了一声,总算有些盼望。

而后又问:"要是先做好了漂亮的衣裳,我还没有好,那怎么办?"

这个问题把盛乐芸难住了。

她想了半晌,才道:"我也不穿。等钰哥儿好了,我们一起穿着新衣裳给祖母和母亲请安去。"

盛乐钰这才放心,苏妈妈就在一旁抿唇笑。

盛乐钰又问盛乐芸:"母亲知道我病了吗?"

盛乐芸道:"知道,母亲就在外面,等会儿来看你。"

盛乐钰高兴起来,声音也有了几分轻快:"母亲院子里罗妈妈做的桂花糕好吃,我想吃。"

苏妈妈忙道:"等哥儿好了才能吃。哥儿听话,不能见风,乖乖躺着,就能早早好起来。"

盛乐钰嗯了一声,槅扇那边幔帐后动了动,大约是盛乐钰躺了下去。

盛乐芸就坐在一旁的锦杌上,和盛乐钰说话。

过了一会儿,盛乐钰问:"母亲怎么还不来?"

"和夫人说话呢。"苏妈妈答道。

过了一会儿,他又问母亲怎么还不来。

苏妈妈只得出去看,才知道大奶奶已经走了。

盛夫人跟着苏妈妈进了内室,亦隔着槅扇对盛乐钰道:"钰哥儿,你母亲回去了,等你好了你母亲再来看你。"

幔帐后的盛乐钰愣了愣,顿了片刻才失望带着哭腔问:"母亲不喜欢钰哥儿了吗?"

盛夫人忙道:"没有,没有!你母亲没有出痘,不能见钰哥儿。"然后就把大人没有出痘,容易感染病死的事,说给盛乐钰听。

盛乐钰听住了,这才不伤心,对盛夫人道:"钰哥儿不要把痘传给母亲。祖母,等钰哥儿好了,母亲能来看钰哥儿吗?"

盛夫人自然说能。

晚夕,盛修颐回了内院,去给盛夫人请安时,盛夫人把盛乐钰出痘的事说给他听。又道:"你莫要去看孩子。你小时候也不曾出痘……"

盛修颐眉头微蹙,又轻轻松开,问盛夫人:"不碍事吧?"

盛夫人笑起来:"小孩子出痘而已,什么大事?郝哥儿和芸姐儿也出过。只是他们俩都是一岁多的时候出痘的,钰哥儿晚一点罢了。"

盛修颐虽然没有出痘,却也是懂得这些,道:"孩子越大出痘越不好。娘,您在院子里祭拜豆娘娘就是,也别往钰哥儿那里去了。请了哪位太医?"

"吴太医啊,他祖上就是出了名的会看孩子病。"盛夫人笑道,"瞧你们,出痘不是常事?你回去歇了吧。不是还有娘吗?"

盛修颐道是,就回了静摄院。

东瑗也供了豆娘娘,替盛乐钰祭拜祈福,看到盛修颐回来,又把她没有出痘、不能去看盛乐钰的事说给盛修颐听。

盛修颐笑道："我也没有出痘……大人是不好去看的。娘曾经说，当年我祖父有个姨娘，就是被孩子染了痘，母子俩都病死了。我正想告诉你莫要去……"

东瑷放下心，继续供着豆娘娘。

盛乐钰出痘，一连三天高烧，怎么用药都退不下来。每日太医都守在屋里，用药诊治，却怎么都不好。孩子高烧难受的时候，一个劲哭，口里念着祖母、父亲、母亲，又念着姨娘。

盛夫人和东瑷都说去把陶氏接回来看孩子，盛修颐有些犹豫。

盛乐钰烧了第二天，他也熬不住了，只得同意去接陶姨娘回来。可陶姨娘送得远，来回至少要两天的路程。

盛修颐和东瑷都不敢去盛乐钰的院子，只能在元阳阁等着消息。

到了第三天，盛乐钰依旧高烧不止。吴太医早上诊断后，脸色顿时不太好看。关了拔步床的槅扇门，吩咐苏妈妈等人："都不要在屋里，全部出去。"

盛乐钰醒了，正在难受得哎哟哎哟叫唤。太医又不让靠近，苏妈妈急得眼泪汪汪的。

而吴太医出了内室，去了盛夫人的元阳阁。

东瑷和盛修颐都在元阳阁，陪着盛夫人坐着等太医诊治的结果。

"哥儿一直发烧，怕是引发了天花。"吴太医道。

"什么！"盛夫人眼前一黑，只差栽倒。

得了天花，十个里头就有九个要丧命的。这种可怕的病，就算治好了，亦会留下满脸的疤痕，破相变得很难看。盛夫人听着吴太医的话，脑袋里嗡嗡作响。

况且天花根本没得治。

东瑷忙一把扶住了盛夫人，她心里也吓得凉了半截。

盛修颐面容一瞬间冷下来。

盛夫人眼里就落了下来，厉声问吴太医："你不是说出痘吗？怎么又是天花？你这个老太医，说话怎么颠三倒四的。"

吴太医很无可奈何看了眼盛修颐。

天花就是痘引起来的啊。

东瑷拉着盛夫人，低声喊着娘。

盛修颐明白这个道理，没有怪太医。他起身，送吴太医出去。

盛夫人挣扎着要去看盛乐钰，被东瑷扶住："娘，您不能去！钰哥儿中了天花，容易传染。"

盛修颐折身回来，也安慰盛夫人，劝她不要冲动。盛乐钰中的是天花，更加容易传染给大人。

"我出去一趟！"盛修颐对东瑷和盛夫人道，"娘，民间有些赤脚大夫，可能有偏方，我寻寻去。阿瑷，你陪着娘，千万别去钰哥儿的院子。"

东瑗道好。

盛夫人哭得肝肠寸断。

东瑗见盛夫人只知道哭，也不管事，就看了眼一旁的康妈妈，道："妈妈，您去把钰哥儿院子里的丫鬟婆子们都聚起来，等会儿让管事们送到庄子上去。她们倘若不小心染上了就不得了。倘若没有染上，过了半个月再接回来……"

康妈妈忙道是。

东瑗又道："您用帕子捂住鼻子，也别往内室去。"

康妈妈心里一惊，忙道是。

盛夫人哭了半晌，才慢慢好了些。

"娘，世子爷寻偏方去了，兴许一会儿就回来。您放心。您一生与人为善，时常诵佛，老天爷都看在眼里，不会夺走钰哥儿的。"东瑗看着盛夫人哭，被她带得眼睛也湿了，还是强撑着无事人般安慰她。

盛夫人连连颔首，眼里却有涌上来泪意。

康妈妈回来对东瑗道："苏妈妈留下来照顾哥儿，其他的都居在耳房里。今日就送走吗？"

东瑗看了眼盛夫人，见盛夫人泪眼婆娑，不太想管事，她只得道："越快越好。"

康妈妈办事迅速，把盛乐钰院子里的丫鬟婆子们，除了盛乐钰的乳娘苏妈妈之外，全部送了出去。

盛夫人哭了一场，渐渐缓过来，也有了些主见，对丫鬟香橼道："你快去外院，让小厮们寻了侯爷回来。"

香橼忙道是，急急去了。

盛夫人又对东瑗道："我去看看钰哥儿……"

东瑗拉住她不松手："娘，天花会传染，您不能去！"

盛夫人眼里的泪又涌了上来："孩子定是难受极了。他自幼在我跟前，倘若他有个好歹，我总不能……"后面的话就哽咽住了。

总不能最后一面都没有瞧见。

东瑗想起那可爱活泼，随时会往她怀里钻的盛乐钰，眼泪就打湿了眼眶。她依旧拉着盛夫人："娘，我帮您去看看。好不好，我回来告诉您，我年轻，扛得住！"

盛夫人不同意："你没有出痘，去看就更加危险。阿瑗，你也是做母亲的，你还有诚哥儿。再说，这个家里，唯有你绝对不能有事。倘若你有事，颐哥儿这克妻之名，就再也洗不清了……"东瑗微愣。

她顿了顿，依旧拉着盛夫人，就是不让她去。

盛夫人知道东瑗是为了她好，可心痛如刀绞般，想着盛乐钰，眼里就满是泪，怎么都止不住。

东瑷陪着她哭，拉着盛夫人不让去。

蔷薇和香蕈在一旁服侍，见东瑷和盛夫人哭得厉害，东瑷拉住盛夫人，蔷薇想了想，上前一步跪下道："夫人，奶奶，我去看看二少爷吧。您二位放心，我回来告诉您……"

盛夫人愣住，看着跪在地上的蔷薇，语气是那般诚恳。

钰哥儿得的是天花，众人恨不得躲得远远的，这丫头却说她要去看看。

盛夫人看了眼东瑷。

东瑷满脸泪痕，却是面容一肃："大胆，我和夫人说话，哪有你插嘴的道理！出去！"

蔷薇快速抬眸，看了眼东瑷。

东瑷目光被泪水洗过，眸子乌黑明亮，却异常的坚决："让你出去！"

蔷薇心里仿佛被什么击中，有说不出的酸麻，让她眼里有泪。奶奶是不想她去送死，才这样吼她。她跟在奶奶身边这些年，岂会不知奶奶的脾气？

盛夫人叹了口气，对蔷薇道："好孩子，我和大奶奶都知道你忠心。你回去照看诚哥儿吧，大奶奶都出来一整日，不知诚哥儿如何了。"

蔷薇只得站起身子，慢慢退了出去。

香蕈一时间不知该如何是好。

她要不要也跪下，说去看二少爷？可是她不敢，她还有娘和老子。她总不能爹娘跟前尚未尽孝，就做了枉死鬼。她是下人，可她是元阳阁的下人，不是盛乐钰院子里的下人。

倘若夫人有事，她就算死了也是值得的。

至于二少爷……

香蕈偷偷抬眼去看盛夫人和东瑷，却发现两人并未看自己，她的心才落了下来。

另外几个服侍的一等丫鬟也全部敛声屏气，生怕被夫人喊出去看二少爷。

满屋子里的人都垂了头。

到了酉正，已经黄昏，金灿灿夕照把院子染得金黄璀璨，盛昌侯快步走回来，浑身似批了金黄色的锦衣。

他进了东次间，看到东瑷正拉着盛夫人的胳膊，两人坐在炕上，皆是鬓发微散，泪痕面满。

"怎么回事？"盛昌侯问盛夫人。

盛夫人见盛昌侯回来，好似有了依靠，心里强撑着的防线一松，已经顾不得了，倏然就放声大哭，哪里还说得出话来？

盛昌侯眼里就有了痛色，咳了咳才道："别哭，到底怎么回事？"

东瑷只得开口，把盛乐钰出天花被误诊为出痘的事，告诉了盛昌侯："今日发出来了，吴太医才看得出是天花。从前未发出来，他还说是出痘……"

盛昌侯顿时就双眸赤红："那个混账东西！来人！"

他身后跟来的小厮忙上前。

"去把太医院给我砸了！把姓吴的太医给我揪出来，老子要剐了他！"盛昌侯声音狠戾阴毒，对那小厮说道。

他发怒的样子，似被触怒的猛豹，浑身的毛发皆竖起，东瑗一句话也不敢劝，只是扶住大哭的盛夫人。

那小厮忙道是，急忙跑了出去。

盛昌侯在东次间来回踱步，又问东瑗盛修颐去了哪里。

东瑗道："世子爷说民间赤脚大夫那里可能有偏方，他去寻药去了。"

盛昌侯没有再说话。天花一向无药可医，需得自己慢慢熬着，烧退了下去，才能好起来。他也束手无策。他原本不信民间赤脚大夫的，可此刻有个盼望总比什么都不做强些。

"侯爷，侯爷，我也看看钰哥儿去。"盛夫人哭得厉害，"我真怕……"

盛昌侯这回没有妥协，他回眸盯着盛夫人："糊涂！天花会传染，这个时候妇人之仁，是要害死咱们全家吗？"

在徽州的时候，有个乡绅人家，就是孩子出天花，娘亲和祖母忍不住去看，最后也染上了。身边服侍的人，也跟着全部染上。最后只有几个下人活了下来。那些养尊处优的太太们和身子弱些的丫鬟们全部死了……所以盛夫人一听天花，就觉得是就活不成了。

盛昌侯自己吼完盛夫人，才猛然想起什么，对屋子里服侍的香蕾道："你去把钰哥儿院子里的丫鬟婆子都给我叫在一起，全部关起来，谁都不准踏出院门！你亲自去把院子里上锁。"

东瑗道："爹爹，人已经送到庄子上去了……"

正说着，康妈妈回来了，把盛乐钰院子里的丫鬟婆子们已经出了盛昌侯府侧门的事禀告了盛昌侯。

盛昌侯看了眼东瑗，含混"嗯"了一声。

盛夫人的哭泣慢慢才止住。

东瑗和盛夫人中饭就没有吃，现在已经过了晚饭的时辰，两人都不觉得饿。屋子里被一种无形的气压拢住，谁也不敢说话。

片刻，二爷盛修海和二奶奶葛氏带着二小姐盛乐蕙来了元阳阁，表小姐秦奕也闻讯赶来。

盛昌侯烦躁看了他们，怒道："都来这里做什么，看热闹？"

二爷盛修海吓了一跳，二奶奶也面露惧色，秦奕更是不敢吭声。

"都回去！"盛昌侯丝毫不留情面，"各人管好自己屋里的事，都给我老老实实待在院子里，不准到处走。"

几个人忙道是，出了元阳阁。

回去的路上，二奶奶低声对二爷道："钰哥儿是不是真的不行了？你瞧见娘和大嫂的模样没有？两人那样狼狈，头发散了都不知道叫人收拾收拾……"

二爷只是觉得薛东瑗鬓发斜垂、梨花带雨的模样特有风情，叫人瞧着就软了，心里感叹盛修颐好艳福。听到二奶奶的话，他回神，不快道："别胡说！倘若叫人听去，还以为你咒钰哥儿！"

二奶奶撇撇嘴。

盛乐蕙牵着母亲的手，抬眸问二奶奶："娘，我能去看看大姐吗？我昨日去看她，她说不舒服……"盛乐芸不舒服……

二奶奶猛然想起盛乐芸整日和盛乐钰在一起，前几日她还进去看过盛乐钰，那么她不舒服，不会是……

"不行！"二奶奶神色都变了，忙弯下腰摸着盛乐蕙的胳膊，焦急问，"蕙姐儿，快告诉娘，你有没有哪里不舒服？"

二奶奶这番焦急，二爷也顺势想到了二奶奶所虑问题，仿佛一瓢凉水当头浇下，人猛然一个激灵。他推开二奶奶，一把抱起蕙姐儿："走，快送去太医院瞧瞧！"

盛乐蕙被父亲抱起来，又见父母皆是神色慌张，摸不着头脑，疑惑问道："我没事啊。是大姐姐不舒服！"

二奶奶急得只差哭了。

要是盛乐钰的天花过给了盛乐芸，盛乐芸再过给了蕙姐儿，二奶奶真要把陶姨娘给撕碎了！下作东西，生下来的小下作东西害人！

夫妻俩不顾家里下人怪异的眼色，二爷等不及去请太医，直接抱着盛乐蕙出了内院。

二奶奶也顾不上戴遮帽，紧跟着二爷一块儿出去了。

正好在大门口碰到盛修沐回来。

看到二爷夫妻抱着盛乐蕙，在吩咐管事快快备车，他吃惊问："二哥，二嫂，你们这是怎么了？"

二奶奶等着备车，急得不行，眼里噙着泪，竹筒倒豆子似的把盛乐钰天花传染给盛乐芸、盛乐蕙又去看过盛乐芸等等，一并告诉了盛修沐。

盛修沐知道盛乐钰出痘的事，却不知道原来是天花。他和盛修海夫妻寒暄几句，疾步回了元阳阁。

盛昌侯正在焦急踱步，他自己也不知道在等什么。

看到盛修沐急匆匆进来，心里的火就熊熊燃了起来，忍不住骂他："跑什么！都这么大人，行事没有半分沉稳，哪里像个大家子弟！"

盛修沐从小被父亲骂惯了，也不在意，道："我听说钰哥儿和芸姐儿都染了天花……"

东瑷后背一僵，抢在盛夫人前头开口问："谁说芸姐儿染了天花？"

盛夫人也紧张看着盛修沐。

盛修沐就把在大门口遇到盛修海夫妻的事，告诉了他们。

盛乐芸也染上了？怎么她的乳娘和丫鬟们没有来禀告说大小姐不好了？

东瑷眼前晕眩，倘若盛乐芸真的染上了……那么，天花在盛府扩散吗？

盛夫人再也坐不住了，她起身就要往盛乐芸那里去。

东瑗拉住她，她就推东瑗："要是孩子们都有事，我留着这老命做什么？"

盛修沐上前也搂住盛夫人的肩头："娘，您不能去。"然后回头问东瑗，"大嫂，我大哥呢？"

东瑗就把盛修颐出去寻药的话，告诉了盛修沐。

"娘，您把对牌给我吧，芸姐儿院里的事，我来安排……"东瑗望着盛夫人，目光前所未有的清澈镇定。

因为知晓盛家和薛家在朝中势力不同，东瑗嫁到盛家这些时日，从来未表示过想当家。

她知道盛昌侯一定不会同意。

而盛家内宅很多大事，都是盛昌侯帮着盛夫人拿主意。

因为朝廷和皇后、太子之位的缘故，盛昌侯对东瑗一直不信任，东瑗很清楚。

可如今薛家已经取得了后族地位，盛家倘若还想要三皇子荣登大殿，无疑是把整个家族架在火上。盛家已经无资本同薛家争储君之位了。

现在，盛昌侯应该试着把管家的权力交给东瑗了，试着相信东瑗了。假如他还是不肯相信东瑗，东瑗会觉得盛昌侯仍是不死心，她在盛家也不会有好结果，她也该死心了。

盛夫人听着东瑗的话，微微一愣，而后，她看向盛昌侯，在问盛昌侯的意见。

盛昌侯满腔怒意，此刻却脚步微顿。他回眸看了眼东瑗，只见东瑗也看着他，脸上有种坚毅果敢，甚至有种询问。

她在等盛昌侯点头。

盛昌侯想起她安排盛乐钰院子里人出府的事，又想起盛修颐在他生病期间的孝顺照顾，还想起盛修颐三十而立尚未取得半点成就，为了家族隐没这些年的辛苦，心里的一角倏然就软了。

他冲盛夫人点头，道："你把对牌给颐哥儿媳妇，让她去办。你一把年纪，还操心什么？"

哪怕是为了儿子，也该试着接受这个儿媳妇。况且临危受命，薛氏东瑗有这个胆子在此刻提出让她管事，说明她很诚心替盛家办事，而不是只想要盛家内宅的权力。

这一点让盛昌侯对薛东瑗改观了几分。

每个人都喜欢成就，却也怕麻烦。能在危难时刻挑起重担的，都是中流砥柱者。

盛夫人回神，让康妈妈把管家的对牌给了东瑗，然后道："让康妈妈帮衬着你……"

旁人家娶了长子媳妇进门，都是媳妇帮衬着管理宅院，盛家因为盛昌侯不喜欢东瑗，盛夫人几次提出让东瑗管家，盛昌侯都严词拒绝。

如今盛昌侯居然同意了，盛夫人应该开心才是。可满脑子都是孩子们的事，她没有半点心思去想东瑗这件事。

东瑗颔首道是，接了对牌，和康妈妈去了盛乐芸的院子。

路过盛乐钰院子时，院子里大门紧闭，门口挂着两盏灯笼，光线幽淡。几个管事妈妈站在院门口，不敢进去。她们都是康妈妈安排在这里的，倘若有事，就要进去服侍。

这几个人面上都有惧色。

看到康妈妈和东瑷过来，几个婆子都祈求般望着东瑷。

东瑷咬了咬牙，撇过头去，不看她们。

快步到了盛乐芸的院子，只见檐下坐着两个小丫鬟在纳凉，满屋子点了灯笼，丫鬟们虽静悄悄，却也无异常。

看到东瑷和康妈妈带着一群丫鬟们进来，盛乐芸的丫鬟都愣住。

小丫鬟忙进去通禀了盛乐芸和戴妈妈。

戴妈妈先迎了出来，满面是笑给东瑷和康妈妈请安。看着她的样子，倒不见慌张，唯有些谄媚。

东瑷心头滑过戴妈妈被陶姨娘收买的念头，又快速转到了盛乐芸身上。

盛乐芸也走了出来。她梳了双髻，头上简单插了支迦南香折枝海棠木钗，耳朵上坠了两粒小米珠，穿着粉红色锦云绸夏衫褙子，月白色挑线襕裙。面容白净，脸颊红润。她看到东瑷和康妈妈以及身后跟着的人，目露不解。

特别是东瑷头发微散的模样，更加让盛乐芸惊讶了。

她屈膝给东瑷行礼。

康妈妈看了眼盛乐芸，同样不解。二爷怎么说大小姐染了天花？瞧着这模样，不像是生病了的。

东瑷心里同样疑惑，眉头微蹙。

盛乐芸却急了，她行礼后，不是先请东瑷进去坐，而是上前焦急问："母亲，您这么晚来，是不是钰哥儿……"

"没有，芸姐儿！"东瑷勉强撑起了淡笑，"你没事吧？听说你不舒服……"

盛乐芸脸微红，回头瞪了她的丫鬟睡莲一眼。她还以为是睡莲去告诉了祖母呢。

东瑷和康妈妈就更加不解。

戴妈妈上前，热情地请东瑷和康妈妈进屋去坐。钰哥儿被诊断是天花之事，也是今日，府里其他不敏锐的人，还当盛乐钰是在出痘。

小孩子出痘不算大病，都有那么一遭，戴妈妈不甚在意。

东瑷和康妈妈就进了屋子。

盛乐芸上前，低声对东瑷道："母亲，您头发散了……"

东瑷微微抬手，摸了摸鬓角，真的有几缕青丝松了下来。

戴妈妈、水仙、睡莲请了东瑷和康妈妈往东次间坐。东次间点了几盏高烛，屋子里明亮，炕几上放着针线簸箩，里面放了绣架，是盛乐芸正在学着扎花。

东瑷的心已经放了下来。

是误传，盛乐芸根本没有染上天花。

她心里一松，盛乐芸就拉她的胳膊，把她拉到内室她的梳妆台前，又让睡莲和水仙帮着东瑗抿头发。

东瑗就趁机问她:"芸姐儿,你真的没有不舒服?蕙姐儿说你不太好……"

盛乐芸尴尬摇头,说没有。

睡莲在一旁笑道:"大奶奶,是二小姐误会了。咱们姑娘是来了月信,昨日正说反胃,不太想吃东西,身上不自在,在床上歪着。二小姐来玩,姑娘说不舒服,二小姐就以为生病了呢。"

东瑗微微吃惊。

这么小的孩子就来了月信啊?盛乐芸不是才满十一岁吗?东瑗记得自己两辈子都是十四岁才有了月信的。原来是这样一场误会!

二爷夫妻俩不问清楚了,就把盛乐蕙抱去看太医……东瑗坐着,任由水仙帮她把松了的鬓角重新抿上。

盛乐芸没事,她的心松了一半。

可是盛乐钰……

夜色渐浓,暮野四合,东瑗见盛乐芸根本没事,拉着她的手道:"早些歇了。夜里拿针线,对眼睛不好。"

盛乐芸道是。

第二十章　天花瘟疫

回去的路上,又要路过盛乐钰的院子。她依稀听到了孩子的哭声,不知道为何,心头就是一颤。

盛乐钰出痘,东瑗可以不去看他,因为出痘对于孩子是小病,并无性命之忧;而东瑗是大人,在感冒都可能会死人的医疗条件极低下的年代,大人染了痘会出事。

明知他没有大事,还让自己冒着生命危险去看他,东瑗不会做这样的傻事。她真的很惜命。

可盛乐钰并不是出痘,他是天花。他也有性命危险。

情况就不同了。

东瑗停住了脚步,耳边真的仿佛听到了盛乐钰的哭声。

康妈妈一震,忙拉住了东瑗的胳膊,低声道:"大奶奶,您要做什么?"

东瑗回神,无力看了眼院门,声音有些湿:"不做什么。快回去禀告夫人,说大小姐没事,让夫人放心。"

康妈妈这才松了口气,和东瑗准备回元阳阁。

却见盛修颐和盛修沐兄弟快步走来。

兄弟二人手里各自提了一个小筐，全是药材。

他头发上被汗湿，又沾了灰尘，衣裳也湿了，紧贴着后背，很狼狈。看到东瑷，他问："芸姐儿怎么样了？"

东瑷忙把误会之事，告诉了盛修颐。盛修颐和盛修沐神色都松了几分。

"开门。"盛修颐不再看东瑷，对守门的婆子道。

那婆子忙颤颤巍巍把门开了。盛修颐接过盛修沐手里的药，转身对他道："既然芸姐儿那里是误会，你就不用去了，回去服侍娘。"然后对东瑷道，"你也回去服侍娘……"

他要亲自照顾盛乐钰。可是天花并不分大人还是小孩子，只要染上了就有性命之忧。

盛修沐吃了一惊。

东瑷的眼泪漫了上来。

她咬了咬唇，声音哑了："天和，辛苦你。"

说罢，她转身朝元阳阁走去。

盛修沐看着东瑷转身就走，居然不拦住盛修颐，他更加失色，上前一步对盛修颐道："大哥，你让婆子们替钰哥儿煎药……"

大门哐当一声，就这样关上了。

盛修沐后面的话，全部哽在喉咙里。

没有谁想死。

这些婆子们也不想死，盛修颐更加不想死。可盛乐钰是他的儿子。自从知道了被误诊，他就明白生气、发怒，甚至打死太医，不能弥补任何事，盛乐钰已经到了危险的地步。

他需要把生气、发怒的时间，用来寻找可能救活盛乐钰的机会。

东瑷没有拦他。她并不觉得庶子低贱，不值得父亲为他冒险。

她明白盛修颐的心思。他爱孩子，爱自己的每一个孩子。并不是只有东瑷的孩子。

假如该是她应该承受的灾难，假如盛修颐和盛乐钰都不能活下来，东瑷也会告诉诫哥儿，他的父亲是天下最称职的父亲！

她几乎是奔跑着逃离这院子，回了元阳阁。

东瑷到了元阳阁，先用帕子抹尽眼角的泪，才进了东次间。

盛夫人焦急等东瑷回来。

盛昌侯没有再踱步，而是坐在临窗大炕上，表情有些颓靡。他很少会有这样深沉的表情，看上去很苍老，让人心里发酸。

"芸姐儿如何了？"东瑷顾不得多想，盛夫人就迎上来问。

东瑷就把盛乐芸的情况说了一遍。

盛夫人一听盛乐芸没事，大大舒了口气，眼泪又簌簌落下来。她一整日不曾干泪，眼睛有些红肿了。

东瑷劝她莫要伤心，把对牌拿出来还给盛夫人。

盛夫人看了一眼，又瞟了瞟盛昌侯，才道："你先收着吧。娘最近哪有心思管家里的琐事？有什么事，你和康妈妈商量着办吧。"

东瑷也不由看向盛昌侯，盛昌侯恍若不觉。

盛夫人又暗示她收下，东瑷道是，收了起来。

三爷盛修沐后脚也进了元阳阁的东次间。他把盛修颐进去替盛乐钰熬药的事说给盛昌侯和盛夫人听。

盛夫人愣住，既心疼儿子，又念着孙子，一时间反而不知说什么，呜呜哭了起来。

盛昌侯抬眸看了眼盛修沐，那目光别样的深长。

盛修沐以为父亲又要骂他，垂首不语，等着挨训。从小就被父亲骂惯了，盛昌侯的骂声对盛修颐和盛修沐而言，跟普通的问候没有差别。

盛昌侯这次却没有骂他，而是长长叹了口气，有种莫名的寂寥。

三爷有些吃惊。

盛昌侯半晌才道："古人说，严父出孝子。我对你们兄弟很严厉，也是盼望你们成材。颐哥儿自幼就是闷葫芦脾气，问他什么都不说。我又耐不下心和他慢吞吞说话。每日都有训斥，时常有打骂。多少年过去了，我都不知道自己的儿子心里在想些什么……"

三爷心头一酸。自从上次生病以来，父亲经常间露出这样的老态，叫人瞧着就舍不得。从前那么跋扈的一个人啊，真的认老了吗？

"爹爹，大哥不会做糊涂事。"盛修沐言不由衷安慰盛昌侯，"您放心吧，他不会有事的，钰哥儿也不会有事。"

这样的话，空洞，没有一点说服力，盛修沐自己都不信。

怎奈他没有像大哥那样读很多的书，不会引经据典。

"我总说他溺爱孩子……"盛昌侯仿佛听不进盛修沐的话，只顾自言自语，"如今想来，作为父亲，他远远比我强啊。"

盛修沐一时间不知该接什么话。

东瑷在一旁听着，盛夫人又在哭，眼泪仿佛能传染般，她的眼眶湿润了。

夜越来越深，东瑷一直在元阳阁，没有回静摄院去，亦不曾去看诚哥儿。

她的心很重，眼睛一直发涩。

墙上的自鸣钟一点点挪动，到了亥初，盛修颐依旧没有从盛乐钰的院子里出来。

盛夫人有些困了，打着哈欠。东瑷劝她进去睡会，她摇头，在东次间临窗大炕上歪着假寐。

而东瑷、盛昌侯、盛修沐三人，既不觉得饿，亦没有睡意。

屋子里静悄悄的。

香橼在门口张望，东瑷看到了，就起身出来。

"大奶奶，落锁吗？"香橼问东瑷。

东瑷颔首，让内院先落锁。而后想起什么，问香橼："我身边还有谁在这院子里服侍？"

蔷薇被东瑷骂了出去，她不知道谁来接了蔷薇的班。

"是碧秋。"香橼道，"大奶奶，要喊她过来服侍吗？"

东瑷颔首。

香橼出去喊了碧秋，而后才去吩咐内院各处的婆子们落锁。

东瑷对碧秋道："你去趟外院，就说里面问，陶姨娘大约什么时候能到盛京。"

碧秋道是，转身喊了两个静摄院一起来的小丫鬟提着灯笼陪同，去了外院。

过了一炷香的工夫，碧秋才回来，对东瑷道："林大总管亲自告诉奴婢的话，说陶姨娘的车子，快的话，明天中午就能到，迟些的话明天落日前也能赶到。倘若路上有事，就不好说了……"

东瑷微微蹙眉。

她在元阳阁一直等着。

而后她和盛修沐，盛昌侯都坐在太师椅上打盹，盛夫人斜倚在临窗大炕上睡着了，却好几次被噩梦惊醒。

鸡鸣时分，外头被月色照得明晃晃的。盛夫人迷迷糊糊中，好似听到了钰哥儿铜铃般脆响响亮的笑声。

他天天笑着，奶声奶气喊着祖母，往盛夫人怀里爬，好像只有三四岁的模样。长得好看，一双眼睛比天边星星还要明亮。从小就不爱哭，笑起来让人心里暖暖的。

自从盛乐郝去了外院，盛夫人孙儿绕膝的快乐，都是盛乐钰给她带来的。

祖母，祖母……耳边响着这样清脆的童声。

盛夫人唇角有了笑意。

猛然，一声哭天抢地的凄厉哭声透破苍穹，在黎明的盛府格外清晰。东瑷和盛昌侯、盛修沐都很有警惕，哭声一起，他们就被惊醒了。

盛夫人亦从梦里醒来。

那哭声又隐了下去，渐渐地，有脚步声从盛乐钰的院子那方传来，杂交着高低不齐的哭吼。

东瑷一个激灵，居然比服侍的丫鬟们快一步，冲了出去，打开了院门。服侍的丫鬟婆子们全醒了，跟着出去。

几个婆子们提着灯笼，从盛乐钰的院子那里走来，一边走一边哭。

元昌六年六月十七，盛家二少爷盛乐钰卯初一刻死于天花，终年六岁零五个月。

盛夫人听到婆子们的报丧，眼前一黑，昏死过去。

盛修沐忙扶住了母亲。

盛昌侯快步往盛乐钰的院子去，东瑷紧跟其后。

院子门口停了一辆马车，盛修颐因为起炉子弄得满脸是灰，发簪早已不知去了何处，头发散落下来。他衣裳皱巴巴贴在身上，似逃荒而来的灾民。

他手里，抱着一个断了气的孩子。

东瑷脚发软，眼泪似断了线的珠子，滴滴滚下来。

盛昌侯同样脚步一顿。

"别过来！"盛修颐看到父亲和东瑷带着丫鬟们奔过来，大声喊道，"别过来！"

东瑷停住了脚步，她觉得眼前有什么东西在晃动，有种天旋地转的晕眩。跟过来的香橼忙扶住了她。

盛昌侯胸腔激烈起伏着，嘴唇嚅动，半晌不知该说什么。

借着明亮的月色，东瑷能看清盛修颐满脸是泪。

他的声音也带着哽咽："爹爹，替钰哥儿做个衣冠冢吧。他的尸身，孩儿带到庄子上去焚葬。钰哥儿的院子烧掉，他用过的东西也烧掉吧。我若是没事，半个月后就回来；我若是半个月后没有回来，你们去河北青县的庄子上找我……"

他有可能也染了天花，所以不能待在府里。

染了天花，倘若熬不过，最多只能拖半个月。

东瑷紧紧捂住唇，才没有哭出声来。眼泪却模糊了视线，一颗颗豆大的泪珠滚落下来，打湿了她的脸颊。她看着不远处的那个人，颀长的身子仿佛镀上一层光晕，清晰又朦胧。

她任由磅礴泪水滚滚而落。

盛昌侯半晌才开口："颐哥儿，早日回来，爹爹在门口接你。"

声音里有掩饰不住的哽咽，眼角的老泪就滑过了脸庞。

盛修颐颔首，把盛乐钰放在马车上，又转身把盛乐钰的乳娘苏妈妈扶上了马车。

苏妈妈已经染上了，脸颊上的痘化了脓，身子已经拖得走不动路。

来安赶着马车立在一旁。

盛修颐却用袖子捂住鼻口，才对来安道："你退后，把马鞭放在车上。"

来安大惊，跪下哭道："世子爷，您让我侍候您。您让我替您驾车。"

盛修颐摇头，不再多言，只是定定看着来安。

来安忍不住哭起来，给盛修颐磕了三个头，才起身退到一旁。

"阿瑷，在家里服侍好娘。"盛修颐又高声对东瑷道，顿了顿，又道，"照顾好孩子们。"

东瑷再也忍不住，放声哭了出来，眼泪让视线里的一切变得那么不真实。

马车缓缓驶了出去，听到车轮压过地面的声音，东瑷只觉得全身的力气似被抽干。她再也无力支撑自己，瘫软了下去，几个婆子们忙来扶她。

盛昌侯看着马车在晨曦中渐渐走远，他不由脚步缓慢，一步步跟着上去，一直到马车不见了踪迹，他才颓废般扶住角门，扶住墙壁的手上青筋暴突出来。

背，无力地佝偻了下去。

好半晌，他才起身去了外院。

没过半个时辰，外院的小厮们已经把盛乐钰的院子浇了桐油，各人手里一只水桶，防止火势蔓延。

连着盛乐钰院子的几处小阁楼也被浇上桐油。

盛昌侯一声令下，熊熊大火腾势而起，整个内院滚滚浓烟。

次日，整个京都都知道盛昌侯府清早发了火，大火烧了将近两个时辰，才渐渐熄灭。

盛夫人躺在床上，已经不能说话了，只知道干流着眼泪。

盛昌侯亲自安排盛乐钰的葬礼。

因为还是孩子，不曾有子嗣，盛乐钰的葬礼不宜过于张扬。盛昌侯择准停灵三日。三日后开丧，请二十四名众禅僧在大厅上拜大悲忏，超度前亡后化诸魂，以免亡者之罪。另设一坛，请十八名全真道士，打解冤洗业醮。

定在六月二十七日发丧。

一切安排妥当，到了中午午时，灵堂外传来女子凄厉的哭声："钰哥儿……"

陶姨娘回来了。

陶姨娘下了马车，看到盛府门口悬挂着白幡，她就明白发生了什么。

她是一路飞奔到了灵堂，鬓发跑散了，绣鞋掉了一只，泪水打湿了她的脸颊。才出去不到三个月，她瘦得厉害，整个人清减了一大圈。

奔至灵堂，看着香案后停放的棺椁，她的眼泪抑制不住，一头栽了下去，昏死在灵堂之上。

一旁管事的婆子忙把她扶了起来，抬回了她从前住的院子。

东瑷一直在陪着盛夫人。

自从早上听到盛乐钰的噩耗，盛夫人昏死过去后，醒了就哭，哭得肝肠寸断。昨日一整日未进食，又不曾睡好，哭着哭着又哭昏过去。等她再次醒来，东瑷跪着求她喝些牛乳。

盛夫人本不想喝，可看着儿媳妇一张脸雪白，跪在自己床前，求她喝点东西。她只得微微欠身，端过温热的牛乳缓慢喝了一口。

眼泪掉在碗里，荡起小小涟漪。

盛夫人忍着不适，喝了半碗，再也喝不下去。

她虽然阖眼躺着，可眼泪不停从眼角滑落，打湿了枕巾。

康妈妈陪在一旁，也偷偷抹泪。

片刻，盛夫人又睡了过去。

蔷薇从静摄院来，悄悄禀了东瑷关于陶姨娘的事。

"已经回来了，昏死过去。妈妈们把她抬到了从前住的院子，她醒来就要寻绳子上吊。"蔷薇低声道。想着盛乐钰的事，她眼里也有些涩。

家里的孩子，盛乐郝年纪大了，盛乐芸又有些拘谨，只有盛乐钰活泼可爱，很得众人的喜欢。虽然他很受宠，忌恨他的人却不多。至少盛修颐这房的人，丫鬟婆子、姨娘们没一个不喜欢盛乐钰。

东瑷回头看了眼盛夫人，见她睡熟，就起身走了出去。叮嘱香橼和香薷还有其他几个大丫鬟好好服侍后，东瑷和蔷薇回了姨娘们住的小院。

她们到了院子的时候，陶姨娘屋子门口站了好些人，都是这个院子里的。

屋子里有哭声。

有人留意到东瑷和蔷薇带着丫鬟婆子们过来，忙给她们让了道。

众人纷纷给东瑷请安。

东瑷没有理会，径直进了陶姨娘的屋子。她虽然被送到了庄子上，可这屋子里还留了丫鬟照拂，摆设一如往昔般。

内室门口站着跟陶姨娘去庄子上的丫鬟荷香，还有几个丫鬟，其中一个是邵紫檀的丫鬟兰芝。

荷香眼睛哭得红红的，帮东瑷打起毡帘，请她进屋。

陶姨娘鬓角全散，浓密青丝散开，披在肩头。她一张脸瘦得很厉害，颧骨微凸，此刻更加楚楚可怜。

邵紫檀和两个婆子一起，抱紧了陶姨娘，几个人都跌坐在地上。

屋梁上的白绫微晃。

看到东瑷进来，婆子们起身给她行礼。邵紫檀抱着陶姨娘，就没有起身，只是恭敬喊了声大奶奶。

"地上凉，把陶姨娘扶到床上去吧。"东瑷对邵紫檀道。她的声音因为哭泣和熬夜，变得嘶哑不堪，眼底亦是浓浓的淤积。脸色苍白，嘴唇没有半点颜色。

东瑷承受的酸楚和痛苦虽然比不得陶姨娘，却也是万分辛苦。她昨日一整日没有吃东西，亦没有睡觉，整个人才看着这般单薄虚弱。

婆子们道是，要去扶起陶姨娘。

陶姨娘却甩开她们的手，转头紧紧盯着东瑷。

那眸子似猎豹要将人撕碎了般，狠毒里带着难以遏制的恨意。

"姐姐，你扶我……"她依旧紧紧盯着东瑷，却向她伸出了手。

几个婆子和蔷薇站在东瑷身后，陶姨娘的表情她们看在眼里，各自心头一颤。蔷薇更是拉着了东瑷的胳膊。

东瑷回头，冲蔷薇笑了笑，拍了拍她的手。

蔷薇担心地看着东瑷，东瑷冲她摇头，上前一步，走到了陶姨娘面前。

陶姨娘缓缓伸出手，攀上了东瑷的手。就在她握着东瑷手的瞬间，她猛然爬起来，靠在东瑷身上，拔出她头上的金簪就往东瑷脸上刺。

东瑷早已防备，抽身一躲，用力推试图控制她的陶姨娘。却低估了陶姨娘的力气，那金簪从她面颊滑过，有种莫名的凉。

陶姨娘还是被东瑷推得倒在了地上。

东瑷那绝艳的脸上，一道明显的血痕，血珠沁了出来。

邵紫檀失声尖叫起来。

蔷薇一下就冲上前去拉她："大奶奶……"

东瑷心里很清楚，不过是被划了一下，破了皮而已，并没有弄出深伤口。况且这张脸给她带来的痛苦还少吗？

东瑷甩开蔷薇的手，上前一步，又走到陶姨娘跟前。

陶姨娘看着她脸上冒出血珠的伤痕，心里痛快极了，怒极反笑的笑容，令她面目有些狰狞。

"你心里的痛，缓解了吗？"东瑷的眼眸似一潭平静的湖水，静静落在陶姨娘脸上，却有股子煞气，"你还想寻死吗？划破了我的脸，你可觉得痛快？"

陶姨娘原本紧紧盯着她，却被她反而紧盯、句句逼问弄得心里慌乱。她心里的痛怎么可以缓解？

那是她的儿子，是她十月怀胎生下来的孩子！

就这样没了。她只是被送出去三个月不到，活生生的孩子就没了，再也不会笑着喊姨娘了……陶姨娘眼眶里溢满了泪珠。

东瑷缓缓蹲下身子，静静看着陶姨娘："来，举起你手里的金簪……"她伸出纤柔的十指滑过自己另一边脸颊，"从这里一直划到底，我这张脸就毁了。你恨它吗？"

陶姨娘震惊地望着东瑷，她就这样蹲在自己身前，这样低声诱惑着自己毁了她的脸。

她恨薛氏的脸！

因为她的脸，盛修颐喜欢她，甚至不能容忍自己对她背后有小动作；因为她的脸，自己被送到庄子上去，不能见孩子最后一面，她心头一狠，手里的金簪又举了起来。

蔷薇的心倏然就提起来了。

邵紫檀捂住口。

屋子里的婆子们悄悄靠近陶姨娘的背后，想着抱紧她，把她手里的金簪夺下来。

而东瑷，却微微扬脸，把脸凑近陶姨娘，冷笑道："来啊，毁了它，你就可以回到从前的生活。你就可以得到世子爷的独爱。你就可以换回钰哥儿。你就可以拿到你梦寐以求的东西！"

陶姨娘的手却微抖。

不，不！她差点中了薛氏的诡计。她就算毁了薛氏的脸，她的钰哥儿也不能活过来。她因为行凶主母，可能要被赶出去，从盛家的宗族上除名。她的钰哥儿，可能还要记在薛氏名下。

从前的生活……

从前盛修颐对她，除了每月固定来她这里歇三夜之外，和现在有何不同？从前他也是冷着一张脸，鲜少在她面前说话。

他从来不曾独爱过她。

并不是薛氏来才夺了她陶氏的宠爱。

因为她一直就没有！

陶姨娘的手缩了回去。

东瑷却一把攥住了她的手，厉声问她："为什么不敢？你不是想死吗？既然想死，把我杀了，既出气又可以成全你想死的心？你不是想死吗？你为何不动手！"

她攥住陶姨娘的手，把那金簪往自己脸上送。

陶姨娘却拼了命往回缩。

东瑷猛然一放手，陶姨娘跌了一跤。

"很好，你不想死！"东瑷站起了身子。蹲得久了，她眼前黑了一阵，片刻才缓过来，对陶姨娘道，"既然不想死，就不要弄这套把戏！钰哥儿没了，这个家里没有人不伤心……"她说着，眼里就有了泪。

东瑷不想在陶姨娘面前哭出来。这样显得多么假慈悲，陶姨娘一定会这样认为。

她努力敛去了泪意，才继续道："……夫人哭昏好几回；世子爷连夜替钰哥儿熬药，可能也染上了天花，生死未卜；侯爷既要处理朝中事，还要处理钰哥儿的丧事。这个家里没有人会看你演戏。你若是想钰哥儿安安静静地走，给我老实点！"

她的声音嘶哑着，却一字字说得极其清晰。

陶姨娘狠狠看着东瑷。

在陶姨娘眼里，她一直是个才满十六岁的小姑娘。可是这样的一番话，让陶姨娘倏然对她有种惧怕。

她说世子爷连夜替钰哥儿熬药……

"你说的是真的……"陶姨娘哭了出来，哽咽着问东瑷，"世子爷陪着钰哥儿……他不是一个人走的……世子爷，他……"

"世子爷……"东瑷嗓子嘶哑得更加厉害，"钰哥儿不是一个人走的。你还想闹吗？还要让钰哥儿尚未走远的灵魂不安吗？"

陶姨娘猛然愣住。

好半晌，她才回神，胡乱抹了眼泪，对邵紫檀道："对，对……我不能让钰哥儿看到我这样……我不能哭，让钰哥儿舍不得……"一边抹泪，可眼泪却越抹越盛。

东瑷撇过头，快速将眼角忍不住滑下的眼泪抹掉，才转头对邵紫檀道："邵姨娘，我还要照顾夫人，陶姨娘这里，你多照看。"

邵紫檀道是。

东瑷这才带着蔷薇，回静摄院去。

走到院门口，她倏然觉得脑袋里很重，仿佛有只万花筒在眼前绽开，五颜六色的很诡异。

她想伸手拉住蔷薇，却感觉世界是昏暗的。

等她再次醒来，她躺在静摄院的床上，衣裳都未脱，罗妈妈手里端了热水，正要喂她。

东瑷却一骨碌坐了起来:"我睡了多久?"

东瑷猛然坐起来,起得急了,眼前有短暂的晕眩。

罗妈妈把手里的小碗给了一旁服侍的丫鬟,扶东瑷躺下:"刚把你抬回来……"然后就直掉眼泪,"瑷姐儿,你歇歇吧。整日未进粒米,又整夜未睡,铁打的人也熬不住啊……你快躺下……"

东瑷顿了顿,扫视了满屋子服侍的人一眼。罗妈妈满脸是泪,心疼看着东瑷。一旁的蔷薇和橘红、寻芳、碧秋、夭桃都是眼睛肿肿的,像是一夜未睡,

昨夜不仅仅元阳阁的人没有睡,静摄院的丫鬟婆子们也不敢睡,都打起十二分精神,怕突然要去服侍。

盛夫人已经病倒了,二奶奶又不知在忙什么,并不在盛夫人跟前服侍。倘若东瑷也倒了,就真的无法照顾盛夫人。

她道:"妈妈,您别哭。有粥吗?我有些饿了……"

罗妈妈大喜,忙擦了泪,连声道:"有,有,怎么没有?"

蔷薇就快步出去吩咐丫鬟们去厨下端些精致的米粥来。

东瑷胃里根本没有知觉,都饿过头了。她咬牙把一小碗米粥都吃了,还吃了半只花卷。

吃了饭,蔷薇打水来服侍她洗脸,避开被陶姨娘划出的那条痕迹。

洗过脸,抹了些雪膏,橘红开了箱笼,拿出从薛家带来的药膏,替东瑷轻轻涂抹在伤口处。

她安慰东瑷:"大奶奶,只是划破了皮,不碍事……"

药膏有种淡淡的清香,抹在脸上凉丝丝的。

东瑷微微颔首,说她知道了。

她又让丫鬟们帮着脱了外衣,准备小睡一会儿。东瑷躺下,仍不忘叮嘱服侍的众人道:"酉初定要喊我,我要去服侍夫人。"

罗妈妈替她掖被角,道:"放心,不会误了你的事,安心睡你的。"

说着,就要替她放下幔帐。

东瑷道:"不要放帐子,我怕闷……"一个人在帐子里,她会觉得心里空落落的。

罗妈妈道好,起身关了窗棂,怕风吹进来。

东瑷这一觉睡得并不是安稳,阖上眼,脑海里就有光怪陆离的东西在旋转,梦很多而杂乱。

她梦到了盛乐钰,也梦到了盛修颐。

盛修颐仿佛是新婚时的模样,有些清冷,静静站在那里,不对东瑷笑,只是略带探究地看她,让她心里发凉。

也梦到了盛乐钰,笑着喊她母亲,甜甜的笑容让人心里暖暖的。

等她再次醒来的时候,看到盛乐芸坐在自己床前的锦杌上。

东瑷微愣。见她醒来,盛乐芸上前扶她:"母亲,您醒了?现在还不到酉时……"

"芸姐儿，你过来可是有事？"东瑷半坐起身子，脑袋有些疼。睡着了比没有睡还要辛苦，满脑子都是奇怪的梦，让她醒来后也很疲惫。

盛乐芸眼眶顿时红了，她强忍着悲伤对东瑷道："母亲，我怕您一个人，所以过来服侍您……"

东瑷抬眸看着盛乐芸，心里仿佛有什么滑过般，心湖有些许涟漪。

少女清澈的眼睛看着东瑷，让东瑷心底一软。

平心而论，嫁到盛家这一年多来，东瑷不仅仅和姨娘们不亲近，和孩子们也是不亲热。

她很怕自己做不好，被家里的下人和姨娘们误会她对孩子们是别有用心，所以在取得众人信任之前，她宁愿和孩子们保持距离。

除了每日来请安外，东瑷从未私下里去过盛乐芸的院子。

家里是盛夫人当家，盛乐芸院子里的事，盛夫人从来没有说过让东瑷帮着管理，所以一切都是她未嫁进来之前的一样，盛乐芸和盛乐钰院子里的事都是盛夫人做主。

东瑷一直把除了诚哥儿之外的孩子当成她婚姻里的一部分，她履行做好主母的职责，却从未想过和他们多么亲密来往。

人心难测，社会对后娘的评价不高。

后娘有特定的名词：恶毒、阴狠、假仁假义、口蜜腹剑、面慈心苦……

这是社会对后娘的普遍认知，东瑷从未想过去证明什么，也不曾想做后娘做得多么出色。

她对孩子们越关心，可能孩子们对她就越戒备。既然如此，她宁愿无为而治。

她凭着良心和善意对待孩子们而已。可盛乐芸愿意主动亲近她，让东瑷既意外也感动，那颗因为盛乐钰离去而蜷起来的心舒缓了些许。

她拉过盛乐芸的手，道："芸姐儿，多谢你想着。"

盛乐芸的眼泪倏然不受控制簌簌落下，她想到了盛乐钰。

东瑷眼眶也不由得湿了。

两人静静落泪半晌，东瑷才掏出帕子抹泪，也劝盛乐芸别哭。

"我惹母亲伤心了……"盛乐芸抽噎着说道。

东瑷伸手，用帕子替她抹泪："芸姐儿，你真是个好孩子……"

东次间的自鸣钟响起，已经酉时了。

罗妈妈就带了丫鬟们进来服侍东瑷起身。屋子里有些暗，罗妈妈点了几盏烛火。

盛乐芸看到东瑷脸上一条浅浅的血痕，想问是怎么回事，又怕触及东瑷的心事，忍住不敢问。

东瑷洗漱一番，带着盛乐芸去了盛夫人的元阳阁。

盛夫人下午的时候醒来一次，又哭了一场盛乐钰。现在刚刚入睡，康妈妈和香橼、香蕣还有其他几个大丫鬟都在床前服侍。

看到东瑷和盛乐芸来，众人给她们行礼。

康妈妈的目光就落在东瑷脸上。

东瑷故意装作不知。

盛夫人睡到戌初一刻，才幽幽醒来。看到坐在她床前陪着的东瑷和盛乐芸，盛夫人声音沙哑问东瑷："你的脸怎么了？"

"陶姨娘哭得伤心。我拉她的时候,不慎撞了下……"东瑷低声道，又问，"娘,您饿了么？我叫人端些粥给您吃……"

盛夫人轻轻摇头，目光转到了盛乐芸身上。

看到盛乐芸，就仿佛看到了总是跟着盛乐芸的盛乐钰，盛夫人眼里就噙满了泪珠。

她冲盛乐芸抬手，盛乐芸上前，握住了盛夫人的手，眼泪一滴滴滚落在盛夫人的手背："祖母，芸姐儿好怕。您不吃饭，会生病的。祖母，您不要生病，您不要离开芸姐儿……"

盛夫人眼里的泪就滚了下来。

她伸手替盛乐芸抹泪："不哭，祖母没事……"

又是一场泪。

东瑷自己的眼睛也肿得似桃子。

可眼泪却很容易被招惹，只要看到别人哭，她的眼泪就忍不住涌出来。

盛乐芸不停地哭，盛夫人陪着哭，东瑷劝着盛夫人，又劝盛乐芸，自己的视线也模糊了。

三爷盛修沐和盛乐郝进来请安，众人的哭泣才被劝住。

盛修沐和盛乐郝劝盛夫人用些清粥，盛夫人挨不过，才说好。

她吃了几口，实在吃不下，盛修沐不依不饶地喂着，总算把一碗粥吃了。

到了戌正，盛昌侯回了元阳阁。

他看上去很疲惫，看到众人，他顿了顿，先对三爷和盛乐郝道："快要落锁了，你们出去歇了吧。"

盛修沐和盛乐郝道是，纷纷安慰盛夫人几句，才辞了盛昌侯出去。

盛昌侯又对东瑷道："你娘病了，家里事都要你操劳。这里有丫鬟们服侍，你也回去歇了。你娘知道你孝顺……"盛夫人无力冲东瑷点头。

东瑷起身，道："爹，娘，我先回去了。"

盛昌侯微微颔首。

盛乐芸跟在东瑷身后，也出了元阳阁。

走出元阳阁院前长长的回廊，东瑷和盛乐芸就要从岔道上分开走。盛乐芸却上前道："母亲，我今夜去静摄院服侍您吧。"

倘若是平日，东瑷定要拒绝。而现在，她觉得这样的话很温暖,让她的心有了莫名的力气。

她牵了盛乐芸的手，道："我正好怕一个人睡，你和我作伴最好了……"

路过桢园的时候，东瑷和盛乐芸去看了诚哥儿。

诚哥儿睡得安详，一张小脸红扑扑的，很可爱。

看着自己的孩子,东瑗不由又想到了盛乐钰。从这么小,这么可爱,长到了六岁,却被那场可怕的病夺走了……

她俯身亲吻了诚哥儿的面颊,才和盛乐芸回静摄院。

盛乐钰的离世,给盛家笼上一层阴霾。

盛夫人一直病着,东瑗和盛乐芸陪在她床前,二奶奶葛氏和表姑娘秦奕每日都来请安,客气问是否需要伺候,东瑗让她们回去,她们也没有坚持。

而后东瑗才隐约听家里的下人议论,说二奶奶怕盛夫人也染了天花,不敢靠前。

而表姑娘秦奕大约则是因为怕遇着三爷,毁了她难得一遇的好姻缘。

盛乐钰停灵几日,家里请人念经超度,就葬在城西的坟地里。

家里的长辈都不好去送。

盛乐钰的小厮墨迹做了嗣子,替盛乐钰扶灵出丧。

陶姨娘哭得眼睛肿得睁不开,却也不再胡闹。邵紫檀每日陪着她,东瑗也免了姨娘们的晨昏定省。

到了六月二十八日,盛乐钰丧礼后一天,来安进来把盛修颐的情况告诉东瑗和盛夫人:"世子爷烧两日,却没有发出痘来。而后就慢慢好了。爷听外面的赤脚大夫说,染了天花半个月之内肯定会发出来。爷说大约没事,七月初二就回府。"

盛夫人听着这话,脸上有了几缕神采,东瑗感觉提在心口的那口气就落了下去。

来安又道:"苏妈妈活了下来,只是脸上破了相,不敢再进府来伺候。爷说把她送回老家,给她一笔银子。"

盛夫人微微颔首,并不说话。

东瑗顿了顿,只得越过盛夫人,对来安道:"二少爷病着的时候,只有苏妈妈寸步不离服侍他。苏妈妈是我们府里的忠仆。多给她一笔银子,她家里倘若有人在府里做事,都提拔上来。这事现在谁做主?"

让府里其他下人都看看,盛家绝对不会亏待每个忠心耿耿的人。

来安道:"从前是世子爷管着,如今爷不在府里,小的请示侯爷,再禀林大总管一声,就能去办。"

东瑗道好。

盛夫人看了眼东瑗,目光柔了一分,而后又慢慢阖眼休息。

来安出去后,晚夕把这件事请示了盛昌侯。

盛修颐出去整整十天,盛昌侯也想派人去打听,却又怕是不好的消息,所以宁愿给自己留点盼望。直到今日来安说,他才知道盛修颐没事。

"你去账上提二百两银子给苏妈妈。告诉林久福,让他派两个得力的管事亲自送苏妈妈回乡,把她安顿好再回来。以后她有什么难处,只管来府里告诉,盛家不会亏待她。"盛昌侯道。

来安道是。

来安走后，盛昌侯坐在太师椅上，陷入了深深的沉思。

盛修颐弄来的偏方很管用，可盛乐钰还是死了。

他的病是被吴太医耽误了。

而吴太医听说盛昌侯府的二少爷病逝，当夜就举家逃走了，只留了几个老仆在盛京看宅子。

吴太医祖上就是行医的，他在太医院任四品御医，在京城还有两处老字号的药铺。他逃走之前，把那两家药铺的现银也提走了。

一日之间，哪里能办这么多事？分明就是早有准备。

盛昌侯派人去看了吴家宅子，的确是搬走了，没留下什么值钱的东西；而药铺的事，是盛乐钰死后第三日下朝时，镇显侯薛老侯爷告诉他的。

薛老侯爷说："太傅，人莫要与天争，节哀！"

莫要与天争，这话好似是在告诉盛昌侯，盛乐钰的死是天灾，劝他莫要难过。可往深处想……盛乐钰的死，是不是一个警示？

天家想要盛家家破人亡，只需一个小小手段，盛家就无力回天。盛昌侯再劳苦功高，在新帝面前也有功高盖主、老臣欺幼主的嫌疑。当年的萧太傅，是元昌帝的噩梦。

元昌帝自从中箭毒后，身子一日日垮了下去。

他到底能熬多久？

盛昌侯前几日还隐约听说陛下半夜吐了一回血。年轻吐血，必无久命。他难道不怕自己突然离去，才八岁的太子被盛昌侯欺负？

他很怕的。

当年他的父皇就是那样突然离去，给他留下了位高权重的大臣萧衍飞，让他饱受苦难。

元昌帝倘若身子好，年轻有为，他可能不会这么早打盛家的主意。

可是他身子越来越差，体内的余毒折磨得他日渐憔悴。身为三皇子的外祖父，有个手握兵权的盛太傅，他怎么能放心？

盛昌侯静静坐着，脑海里回荡着薛老侯爷的那几句话，居然能听进去。倘若时间退回几个月前，他可能觉得薛老侯爷是在诈哄他，让他主动退出。

而现在，他觉得那个历经三朝的老人，给了他一句金玉良言：莫要与天争！

一个庶孙的离世，让盛家内外院的人都感到窒息。

可这只是个小小的灾难啊。

倘若继续下去，盛家还会遭受怎样的灾难？

经历过这场小小灾难，盛昌侯觉得自己对待家人的生离死别，没有从前那般豁达。

特别是盛修颐出去这几日，让他夜夜难以入眠。他甚至觉得只要老天爷把他的儿子留给他，他愿意付出任何代价。

如今，真的到了他要付出代价的时候了。

他缓缓起身，走到书案前，摊开锦帛书写奏折："……臣以老悖之年，忝在文武之列，悉数来往政绩，未曾匡君臻于太平，臣有愧……臣之年迈，无力竭忠报效圣主，祈圣主恩宠，准臣退隐田园，含饴弄孙，此臣余志！"

长长的一篇奏折，言辞恳切，没有半句抱怨，字字真诚。

写完后，他缓缓坐下，心里的某一处，空落落的。

望着那满是字迹的奏折，壮志未酬的辛酸就涌了上来。

最终，还是将奏折封好，叫人递了上去，而他自己则称病不朝。

奏折送上去后，第二日早朝，陛下驳了回来，让人传了口谕，请盛太傅安心养病，朝中社稷还要仰望太傅扶持。

这是试探，看看盛昌侯是否真心要归隐，哪里是要挽留他的意思？

盛昌侯又上了一道奏折，言辞更加恳切。可第二天又被驳回。

盛昌侯便知道，陛下真的很忌讳他。甚至比盛昌侯自己想象的还要忌讳，他若是不退，只怕盛家迟早会赴萧家的后尘。

于是辞官之心越发盛了。

第三道奏折上去之后，陛下准了，赏赐他良田四千亩，黄金八百两。

圣旨下来后，东瑷正在服侍盛夫人喝药，吃了一惊。

盛夫人也吃惊，问东瑷："可是出了事？"

东瑷摇头说不知。

晚夕东瑷回了静摄院，盛昌侯才跟盛夫人道："如今我算是看透了，什么都比不上孩子们健康，一家人和睦。吃喝不愁，何必非要站在风口浪尖？当年咱们在徽州的时候，过得比现在舒心！"

盛夫人原本就不懂这些，可她听盛昌侯的语气，好似辞了官是好事，她就放下心来。

七月初二那日，天气酷热难耐。

早晨就没有风，毒辣的日头照得人心里发慌。东瑷带着几个姨娘和盛乐芸在垂花门前等盛修颐回府，蔷薇立在一旁替东瑷撑伞。

直到巳正，盛修颐才进内院，三爷和盛乐郝陪着他。

才半个月，他消瘦得厉害，眼窝都陷进去了般，脸上瘦得没有肉。从前的衣裳穿着，显得宽大。

东瑷的眼睛就湿了，陶姨娘已经抽噎着哭起来。

盛修颐看到她们，表情清淡，东瑷几人就纷纷给他行礼。

陶姨娘看到盛修颐，泪珠簌簌落下来，打湿了整张脸。而盛修颐的目光并没有落在她身上，而是看了眼东瑷。

"日头毒得很，你们回去吧。"盛修颐轻声道，"我还要去给娘请安。"

说罢，就进了垂花门。

东瑷转身吩咐几个姨娘回院子，而她自己则和盛乐芸，跟着盛修颐去了元阳阁。

盛昌侯坐在东次间的炕上喝茶，好似漠不关心，手里的茶却半晌都未动；盛夫人坐在盛昌侯身边，不时朝门口望去。

二爷和二奶奶坐在一旁的太师椅上，大气都不敢出。二爷很怕盛昌侯。

丫鬟禀告说世子爷回来了，盛夫人由康妈妈和香橼搀扶着，起身去迎接他。看到儿子消瘦得脱了形，盛夫人大哭起来："颐哥儿，我可怜的儿啊……"

盛修颐就给母亲跪下磕头："娘。"

"快起来。"盛夫人哭着道。

盛修沐就忙扶起盛修颐。

进了东次间，盛修颐给盛昌侯行礼，盛昌侯只是不咸不淡说了句"回来了"，就不再多言。

二爷和二奶奶就起身给盛修颐行礼，盛修颐还了礼，一家人才坐下。

而后，就留在了元阳阁用午饭，一家人都不怎么说话。

盛夫人打起精神，不停叫丫鬟给盛修颐夹菜："颐哥儿，你多吃些。"

盛修颐没什么胃口，看着碗里的菜就有些为难。

盛昌侯道："多吃些，瘦得像什么样子！"语气很强硬，像平日里教训人一样，可谁都听得出他的关切之心。

盛修颐心头一酸，就端起碗吃了起来。

吃了饭，陪着坐到半下午，日头偏西才回静摄院。

地上的尘土都烫人。

到了桢园，盛修颐道："诚哥儿还好吗？"不等东瑷回答，就举步进了桢园。

一路上他都不跟东瑷说话，只顾埋头走路，这是他问的第一句。东瑷没有回答，他已经进去了，自己只得也跟着进了桢园。

诚哥儿很好，四个月大的孩子，胖墩墩的，胖得都看不见脖子。

盛修颐和东瑷进来，两人额头都有汗。

诚哥儿院子里的管事妈妈夏妈妈给他们行礼后，就让小丫鬟给盛修颐和东瑷递了干净的湿帕子擦汗。

诚哥儿年纪小，屋子里没有放冰，不似元阳阁那么凉快。有两个小丫鬟在替抱着诚哥儿的乳娘打扇。

诚哥儿已经醒了，看着东瑷和盛修颐进来，他圆溜溜的眼睛转着，口里咿呀咿呀的，笑得很欢乐。

盛修颐的唇边就有了个浅浅的弧度。

乳娘看到盛修颐，有些吃惊。可能是盛修颐太瘦了，瘦得有些脱形。他从前就不胖，如今这样瘦了下来，好似逃荒而归的。

盛修颐伸手抱过诚哥儿，孩子的小手挥舞着，往他脸上摸。那柔软的小手触到他的脸，诚哥儿就咯咯笑得更大声。

盛修颐的眼眶就微湿。

两人在桢园逗留片刻，才回了静摄院，盛修颐径直去了净房盥沐。

罗妈妈等人知道盛修颐回来，原本很是开心。可看到这样的盛修颐，着实高兴不起来，几个人都默不作声。

东次间用了冰镇，很是凉快，东瑗回来走了一身汗，也叫丫鬟打水，她在内室擦洗身子，换了干净的衣裳。

盛修颐从净房出来后，换了天青色茧绸直裰，散了头发，坐在东次间的炕上。东瑗叫丫鬟上了茶，然后就让屋子里服侍的人都退了出去。

他好似不太想说话，东瑗就主动开口和他说家里的事："……爹爹辞官，陛下恩准了，是昨日的事。"

盛修颐端着茶杯的手委顿，而后轻轻"嗯"了一声。

"爹爹会辞官，我着实没有想到。"东瑗又道，"不过看陛下恩准得如此之快，倒觉得爹爹辞官之举是正确的。只是他并不是很高兴，整日在书房闷闷不乐……"

元昌帝虽然拒绝了两次盛昌侯的请辞，可拒绝得如此之快，就是急切要想让盛昌侯辞官的意思。

倘若真的不想让盛昌侯辞官，奏折驳回至少应该拖上几日，而不是次日就急忙驳回。

第一次请辞的奏折第二天就被驳回，盛昌侯心里就有谱了；第二次的请辞又是隔天驳回，他就明白了元昌帝的意思，所以第三次的请辞写得更加恳切，这才准了。

这些政治上的把戏，稍微用点心思就能想明白。

盛修颐又是轻轻"嗯"了一声，只是静静喝茶。

东瑗心里有些难过。

"天和？"她喊盛修颐。

盛修颐这才转头看她，目带询问。

东瑗起身，走到他面前，轻轻伸手抚过他的面颊，心疼道："你瘦了很多。天和，你能回来，真好。"

盛修颐没有动。

东瑗见他没反应，就俯身搂住了他的脖子。

带着温馨的柔软身子贴在他身上，盛修颐微顿，而后才猛然伸手，把东瑗抱在怀里，让她坐在他的大腿上，低声喃喃喊她阿瑗。

东瑗的眼泪顿时溢了出来。她抱紧了盛修颐，把头埋在他的肩头。

半晌，盛修颐才抱起她，两人进了内室。

夜幕渐渐笼罩下来，酷暑减了些许，窗檐下又徐风缓缓送入。东瑷全身是汗，累得不行，青丝都汗湿了，却躺在盛修颐怀里不动，脸颊贴在他的胸膛。

两人都很累，可此刻让人心里有短暂的宁静，谁也不愿去打破。

"……我知道你心里难受，天和。"东瑷趴在他胸膛上，低声道，"在爹娘面前，你要若无其事应对……在我面前你才能轻松片刻，所以不想为难自己说话，我都明白……可是你什么都不说，我心里也难受……"

盛修颐搂住她的身子就紧了几分。

他轻轻吻了吻她的额头，半响才道："阿瑷……"

东瑷"嗯"了一声回应他。

盛修颐还是什么都没说，又吻了吻她的额头。

东瑷就不再开口。

盛修颐的手指穿过她的青丝，抚摸着她的后背，长长叹了一口气。他调整了情绪，才问东瑷："家里都还好吗？"顿了顿又道，"她没闹吧？"

她，自然是指陶姨娘。用好或者不好来形容一个失去孩子的母亲的心情，实在太匮乏。那种痛，一句不好岂能包容？

"闹了一回。我告诉她家里很忙，让她安安静静的，她才好些。"东瑷道。

盛修颐微微颔首。

东瑷顿了顿，又道："你要去看看她吗？"

盛修颐犹豫片刻，有些舍不得东瑷，还是道："也好。"

东瑷这才起身，跟着盛修颐去了净房。她自己洗了澡，穿了中衣就出来，喊了红莲和绿篱服侍盛修颐沐浴。

东瑷又喊了橘红和蔷薇进来，替她挽青丝，堆高髻。

橘红就问东瑷："大奶奶，都起更了，您要绾头发做什么？"

"世子爷要去看陶姨娘，我陪着去。"东瑷道。

正好罗妈妈端了冰镇的酸梅汤进来，听到东瑷这话，就将两盏小碟放在一旁的炕几上，走过来接了橘红手里的梳子，替东瑷绾发，又低声道："大奶奶，世子爷才回来，他想过去看看陶姨娘，自然是要歇在那里的意思。您何必跟着去？"

盛乐钰没了，任何人对陶姨娘都有一份同情。

东瑷挑了首饰匣里一对珍珠耳环出来，自己给自己戴上，没有回答罗妈妈的话。

鸾镜里的她依旧是那个模样，陶姨娘划破的伤口早已不见了痕迹，可眼神却多了一份坚决。

盛昌侯信任她，肯把家交给她当，那么盛府就是她一生奋斗的地方，东瑷的心终于稳定下来。盛修颐是她的丈夫，在这个宣扬"家无再嫁之女，族无犯罪之男"的年代，她不可能离开盛家，不可能离开盛修颐的。

盛修颐在仕途上如何东瑗不清楚，可他对孩子很好，是个爱子如命的人。他爱孩子，哪怕是小妾的孩子。所以将来，他也会爱她的诚哥儿。

从新婚第一天开始，他处处的维护，东瑗早就肯定他是个靠谱的人，值得托付的人。

既如此，消极等待他的爱，消极等待她所期待的婚姻生活，实在太被动。

她薛东瑗要这个男人。

她不想再等下去。

她下定决心要爱盛修颐，把他当成爱人，那么他就只能有她，不管是心里还是身体上。

想要什么就自己去奋斗，去争取，这一直是东瑗的人生理念。

不管是在家里的地位，还是爱人。

从前的她可以不计较，从今以后，她就要这个男人。

罗妈妈替她绾了高髻，东瑗自己斜插了一把玳瑁梳篦，盛修颐已经从净房出来。

看到重新更衣上妆的东瑗，盛修颐微愣。

东瑗笑着走了过来，道："不是说去看看陶姨娘？走吧。"

盛修颐又是一愣，而后，他的眼底终于有了几分暖色。

"走吧。"他道，率先走了出去。

蔷薇忙叫了两个小丫鬟，跟着她一起去服侍。

罗妈妈和橘红送他们夫妻出了院门，看着东瑗跟在盛修颐身后的婀娜背影，罗妈妈惊讶得半晌没有说话。瑗姐儿居然会这样做，令罗妈妈意想不到！

"大奶奶真的跟着去了啊。"橘红看着他们越走越远，感叹道。

不仅仅静摄院的人没有想到东瑗会跟着去，就是小院里的姨娘们，也没有想到薛东瑗会来。

刚刚起更，陶姨娘并未睡。

邵紫檀在她屋子里绣鞋面，陶姨娘帮着邵紫檀分线。

丫鬟进来禀道说世子爷来了的时候，邵紫檀并没有太多的惊讶。任何人都不会怀疑今晚盛修颐不来。出了这样的事，盛修颐自然是要来安抚陶姨娘一番的。

邵紫檀把绣架放在一旁的小杌子上，和陶姨娘一起起身迎盛修颐。

当看着盛修颐身后跟着薛东瑗，邵紫檀脸上就露出错愕。她惊觉自己失态，忙低了头，伏下身子给东瑗和盛修颐行礼。

陶姨娘的目光也在东瑗身上转了一转，才屈膝给他们行礼。

盛修颐坐到临窗大炕上，东瑗坐在另一边，陶姨娘的丫鬟们忙给他们上了茶点来。

陶姨娘和邵紫檀立在一旁。

东瑗道："两位姨娘坐……"

一旁服侍的小丫鬟忙搬了锦杌给她们。好似这并不是陶姨娘的院子，而是东瑗的静摄院。

她吩咐起丫鬟们来，得心应手。

邵紫檀忙道谢，半坐在锦杌上。

陶姨娘却抬眸看了东瑷一眼，眼眸空洞无神，别样的阴凉。

东瑷没有看她，端起茶盏喝茶。

她轻轻抿了一口茶，等待盛修颐开口去问话。

邵紫檀搅动着手里的帕子，见屋子里静谧下来，她倏然明白什么。倘若是世子爷单独来，她定是要请个安就回自己屋子去的。

可大奶奶跟着来了，让她一下子没了主张。大奶奶见她没走，就让丫鬟搬了锦杌给她坐。

但是她不应该还在这里啊。世子爷是来安慰陶姨娘的。虽然大奶奶跟着来了，让邵紫檀有些费解。

没有等盛修颐开口，邵紫檀站了起来："世子爷，大奶奶，奴婢先告退了。"

话都没有说圆转。

盛修颐没什么表示，东瑷则微微颔首。

邵紫檀忙不迭走了出去。出了院子里的角门，她憋在心里的一口气才喘了出来。

邵紫檀退了出去，屋子里只剩下盛修颐、东瑷和陶姨娘。

以往盛修颐来陶姨娘的院子，陶姨娘总是坐在炕上服侍他。而现在，她好似在静摄院一样，坐在锦杌上。

从前只有盛修颐来她这里，她才能感受到这个男人给她的点滴温暖。可现在，这点温暖和欢喜，都被薛东瑷打破。

陶姨娘眼眶就红了。

盛修颐开口道："我瞧着你瘦了很多。钰哥儿已经不在了，你也要保重自己，来日方长。"

陶姨娘再也忍不住，哭出声来。

她抬眸看着同样消瘦的盛修颐，眼泪簌簌。最终，她忍不住，起身跪在盛修颐脚边，抱住了他的腿，大哭起来："世子爷，钰哥儿……钰哥儿走的时候……贱妾都不曾瞧上一眼……"

盛修颐眼睛有些湿润起来，他深吸一口气，才把情绪压下去。

东瑷看过来，就看到陶姨娘的头埋在盛修颐的双膝间，她消瘦的肩头战栗着，似凄风苦雨里的一株梨花，柔美脆弱，最是能惹起人心底的怜惜。

只看了一眼，东瑷就把头又撇了过去。

盛修颐的手轻轻搭在陶姨娘的肩头，声音柔和道："钰哥儿定能投身到好人家，你莫要再伤心……"

陶姨娘的哭停不住："他生下来才六斤，贱妾抱在怀里，那么小。后来一天天长大了……世子爷，贱妾每日都梦到钰哥儿……"

盛修颐搁在炕几上的手指微微屈起来，最终攥成了拳头。

那孩子倘若真的是死于天灾，盛修颐可能没有这样难过。自从知道孩子被故意误诊，他心中就清楚，孩子是死于政治倾轧，成为盛府政治争斗下的牺牲品。

作为父亲，他没有防患于未然，他很自责。

上苍给予一个孩子，就是给予家族一种希望和生机。等这个希望和生机被收回，这个家族也要承受一些噩运。

他另外一只手扶在陶姨娘肩头，轻轻安抚着她，什么话都说不出来了。对这个女人，此刻盛修颐心里多了种宽容与忍耐。

陶姨娘一直哭着，盛修颐和东瑷再也没有说话。

夜渐渐深了下去，自鸣钟响起，已经亥初了，蔷薇和陶姨娘的丫鬟荷香撩帘而入。

两人虽没有说话，东瑷却明白其意：到了就寝的时候，该回去歇了。

"陶姨娘，你要保重自己。"东瑷开口，声音柔婉温和，"快别哭了。伤心落泪这样最伤身，你原又是单薄的。"

陶姨娘根本不理她，依旧跪在盛修颐面前，抱着他的腿不放手。

"荷香，扶你们姨娘起来。"东瑷转眸对站在门口的丫鬟荷香说道。

荷香不敢犹豫，上前要搀陶姨娘，劝道："姨娘，您起来吧。您这样，世子爷和大奶奶心里怎么过得去？"

陶姨娘听着这话，微微一顿，可她还是不放手，铁了心要把盛修颐留在身边。

她的钰哥儿没了，她再也没有依靠了。如果盛修颐对她依旧那么冷漠疏离，她不知道以后的日子指望什么了。

贤良淑德有什么用？

薛东瑷一点也不贤良，到了姨娘们的日子照样把盛修颐留在屋子里。她坐月子，只放了盛修颐出来两夜。

可盛修颐照样疼爱她，处处为她打算。

贤良恭谦根本就笼不住盛修颐的心。说起懂规矩晓分寸，她陶氏算得上高人一筹的，可最后她被赶到庄子上去，她唯一的儿子死于天花。

既这样，薛东瑷能做的，她陶氏也要做。她再也不要那些什么虚名虚利。她只是姨娘，狐狸精媚主又如何？她原本就是供丈夫取乐的。

她紧紧抱着盛修颐的腿不撒手，荷香也不敢硬拽，只得为难地看了眼东瑷。

东瑷目光温柔安静，看不出情绪。

盛修颐则有些犹豫。陶姨娘如此凄惨，同样的丧子之痛让盛修颐明白她心里的苦楚。他真的不想再推开她，在她伤口上撒盐。

他有些为难看了眼东瑷。

东瑷就站起身，亲自过来扶陶姨娘，低声道："陶姨娘，快些起身。你这样哭，世子爷心里何尝好受？"

主母亲自扶她，她还敢不起？她不敢！

她可以媚主，却不敢惹东瑗。上次就是因为她背后弄了一点小动作，根本没有伤害到东瑗，却被赶了出去。陶姨娘当即放了手，就着东瑗的手起身。

怎奈跪得太久，她膝盖酸痛，刚刚起身就歪了下去。

盛修颐接住了她。

他将陶姨娘打横抱起，放在炕上。

陶姨娘趁机攥住了他衣角，含泪望着他，目光里带着祈求与孤独，让盛修颐的不忍心更加浓烈。他的心紧了一下。

东瑗站在一旁，看着陶姨娘攥紧了盛修颐的衣角。而盛修颐目光里的闪烁让东瑗感觉不妙。

盛修颐转头看东瑗，想要说什么，东瑗抢先对陶姨娘道："陶姨娘，你歇了吧。我和世子爷改日来看你。"

陶姨娘眼里大颗大颗的泪就簌簌落下来。

"阿瑗……"盛修颐开口，习惯性喊着东瑗的昵称。

"你们先出去！"东瑗没等盛修颐说完，打断他的话，转头对蔷薇和荷香道。

两人垂了头，忙不迭退了出去。

丫鬟们退出去后，东瑗上前，猛地一拽，把盛修颐的衣角从陶姨娘手里拽了下来。

陶姨娘没有想到东瑗会这样，被她拉得身子微倾，差点又栽了下来。

东瑗就趁机扶住了她。

"我也是做母亲的人。"东瑗扶住陶姨娘，把她扶稳了才道，"我知道你很难过。钰哥儿去了，我也难过。别说是咱们家的亲人，就算是认识的小孩子，那么可爱有趣，突然走了，我也会舍不得。"

陶姨娘猛然盯着东瑗，那目光里满是嘲讽。她觉得东瑗说的这些话是多么虚伪。

东瑗仿佛不觉，继续道："……你可以思念钰哥儿，不管你用何种方式。但是我不准你利用他！"

陶姨娘一怔，嘲讽的眼眸倏然就静了。

"陶姨娘，我和夫人都很喜欢钰哥儿，世子爷更加喜欢钰哥儿。不管他在不在，你永远是他的生母，盛家永远不会亏待你。"东瑗看着陶姨娘，继续道，"可利用钰哥儿的死来谋求生计，博取怜惜，会让我瞧不起你！钰哥儿在天之灵，也不会高看你！"

陶姨娘身子一颤，脸色变得更加苍白。

她死死盯着东瑗。

东瑗不看她，转身对盛修颐道："回去吧，陶姨娘要歇了。"

盛修颐看着东瑗，目光变幻，说不清是什么情愫，脚步却没有动。片刻，目光又落在那颤抖苍白的陶姨娘身上。

东瑗伸手，拉住了他的手掌，举步就走。既然我决定爱你，不准你摇摆不定！她心里想着，牵着盛修颐的手更加用力。

盛修颐错愕看着东瑗，却不由自主随她走了出去。

走出陶姨娘院子大门的瞬间，东瑗松开了手。

陶姨娘那楚楚可怜的模样，在她眼前直晃，令她的心有些刺痛。那个刚刚失去了孩子的母亲，她哪怕装可怜也应该给予同情。

更何况，她是盛家娶进来的妾，甚至比东瑗进门还要早。

可是她薛东瑗才是妻，盛修颐只是她一个人的丈夫。妾室并不是盛修颐的妻，她们只是财产或者仆妇一般。要不然，怎么说纳妾纳色呢？

东瑗现在婚姻的面前，只有两条路：要么牺牲自己前世所接受的忠诚婚姻观，坦诚容纳妻妾共存的制度；要么牺牲妾室，做个悍妇。

自从东瑗得到了盛昌侯的信任开始管家、自从薛家赢得了后位而盛昌侯辞官，东瑗和盛修颐的婚姻就算彻底稳定下来了。于是，这段婚姻就再也没有第三条路可以选。

回到静摄院时，两人各自洗漱一番，才上床躺下。

盛修颐抱紧东瑗，一直不说话。

东瑗不免想，他心里是不是怪她对陶姨娘太狠心？

她没有解释什么，只是静静抱住他的腰，把自己依偎在他怀里。

"阿瑗……"盛修颐轻轻拂过她的脸颊，低声唤她。

东瑗忙应了一声，问怎么了。

"陶氏还是送到庄子上去吧。"盛修颐半晌才慢悠悠开口道，"她不像邵氏那样敦厚，也不像范氏那样……"他说到范姨娘，微微一顿，才继续道，"还是送她走吧。钰哥儿不在了，我不想陶氏有事……"

不像范氏那样……哪样？盛修颐对范姨娘，总是有所保留。可说起她，盛修颐的口吻就很恶劣，对她很是不喜，从来不遮掩。

而他不想陶氏有事……是因为他觉得因为钰哥儿没了，陶姨娘定会不甘心，她可能会借机生事。等闹起事来，别人可怜她没了儿子，肯定会宽恕她。久而久之，她的心可能会对某些东西产生非分之想。

盛夫人很疼盛乐钰，对陶姨娘印象也好，盛修颐最怕的，还是盛夫人会求情。到时真的家宅不宁，又左右为难。

先送她走，才是对她最好的，才能保住她平安活下去。也算对得起盛乐钰为盛家枉死一场。

东瑗愣住。她完全没有想到盛修颐会说这句话。

送陶姨娘走，无非是怕她之前的非分之想没有消失，反而因为盛乐钰的离去而更加强烈。

失去一样东西，要得到另外一样东西，心灵才能得到补偿。

东瑗明白盛修颐的意思。

"娘会怎么想？"东瑗问盛修颐，"当初陶姨娘因何出去，旁人或许不知，娘却是一清二楚的。现在钰哥儿又……娘必是不忍心。把陶姨娘再送走，总不能瞒着娘吧？"

盛修颐沉默须臾。

他道："娘最近身子不好，先不和娘说……"

"不行！"东瑗从他怀里起身，半坐了起来，"我这才当家，你就让我瞒着婆婆？"

盛夫人一向仁慈厚道。

可要是有人存心挑拨，也会让盛夫人心里留下疙瘩吧？有些事盛夫人可能不想知道。她愿意装聋作哑是她体谅小辈，是她和蔼宽厚；可是小辈有意欺瞒，就是对她的不敬。

刚刚拿到管家的对牌就开始隐瞒不报，婆婆心里会怎么想东瑗？

会不会觉得东瑗从前的孝顺温和，都是假装？得到了管家的机会，就开始露出真面目？

盛修颐听着东瑗的话，一时间亦有些犹豫。

"这件事我来办，你当作不知。"盛修颐思量良久道，"娘那里，我去说吧。把她留在府里，终是不妥……"

东瑗无奈笑了笑："当初你送陶姨娘出去，娘就当我不知情。看来只得如此。"

次日卯正，东瑗和盛修颐去元阳阁给盛夫人请安。

盛夫人尚未起身，盛昌侯去了外书房。

东瑗夫妻二人进了盛夫人的内室。

盛夫人也醒了，半坐在床上，斜倚着墨绿色大引枕，头上围着绣折枝海棠遮眉勒，穿着藕荷色夏衫。

康妈妈坐在对面给盛夫人喂燕窝粥。

"娘，您昨夜睡得好吗？"东瑗上前，接过康妈妈手里的粥碗，亲手用白漆描金的勺子喂盛夫人吃粥。

盛夫人眉宇间有淡笑："比前几日好了些。半夜醒了一次，到鸡鸣时分才又睡着。"

"您气色看上去比昨日好。"东瑗笑道，"娘，您午饭想吃什么？我让厨房早早备了。"

盛夫人失笑："这才吃早饭呢。"

众人也跟着笑起来。

吃了粥，说着话儿，外头蝉鸣越来越盛，日头透过雕花窗棂，投在室内临窗大炕上，把银红色大引枕上的金线照得熠熠生辉。

康妈妈怕等会儿屋里热，放了遮幕帘子，挡住了窗户，屋里的光线就黯淡不少。却也感觉凉爽不少。

"娘，我有件事和您说……"盛修颐坐在一旁的锦杌上，半晌才开口。

盛夫人问他何事，他看了眼东瑗，沉默不语。

东瑗起身，把康妈妈和满屋子服侍的人都带了出去，轻轻放了帘子。

"娘，我昨日去了陶氏的院子……"盛修颐声音有些低，"她并不是太好，憔悴得厉害……"

盛夫人的心就揪了起来，她想起了盛乐钰，不禁眼里有泪，道："十月怀胎一朝分娩，看着孩子一日日长大，她的心只怕都揉碎了，岂有不难过之理？"

"她念念叨叨说，钰哥儿从前到她屋子里，最喜欢坐在临窗大炕上，甜甜喊她姨娘，让她给钰哥儿做漂亮的鞋袜……"盛修颐又道，声音里掩饰不住的黯然，"钰哥儿从前常去她住的院子，每每睹物思人，她好像活在梦里般。"

盛夫人眼泪就落下来。

她既是同情陶姨娘，又觉得自己也是同样的心情。感同身受，自然更加明白这种痛。

"娘，钰哥儿向来在您跟前尽孝。如今他没了，咱们府里不能亏待了陶氏……"盛修颐看了眼盛夫人，"她在府里也是煎熬。长久下去，只怕她神思恍惚，难以积福……"

盛夫人用帕子抹泪，抬眸看了眼盛修颐。

儿子的脸消瘦得厉害，可眼神还是那般深邃明亮。

"看在她生养钰哥儿一场的分上，送她出去吧。"盛修颐叹气道，"咱们府里有在河南的田庄，选个依山傍水的清静所在，让她静养些日子。总在府里睹物思人，对她没好处。出去换个地方，总比闷在家里胡思乱想要强些。"

盛夫人听着，微微颔首。

"可她只是姨娘啊……"盛夫人眼里的湿濡抹尽，回味过来，又有些为难道，"阿瑷是个厚道的孩子，从来不给姨娘们立规矩，姨娘们也不用每日在她跟前服侍。可陶氏到底只是姨娘，她出去静养，阿瑷心里会不会觉得你过于偏爱她？钰哥儿是没了，但家里的妻妾尊卑还是不能废的……"

是说姨娘没有资格出去静养。阿瑷做主母的还在府里，却把个姨娘送出去享清福，这样对姨娘太偏爱，甚至压过嫡妻了。

还是担心东瑷会多想。

盛修颐心里就有了谱，道："娘也说阿瑷是厚道人。钰哥儿没了，她也难受。昨日她还说，她也是做娘的人，岂有不懂陶氏的伤痛？娘放心，阿瑷这点道理还是明白的，不会无故跟陶氏置气。"

盛夫人这才松了口气，道："既这样，你要先和阿瑷商量，再送了陶氏出去。别瞒着你媳妇。夫妻之间，最忌讳相互不坦诚。"

盛修颐颔首，母亲对东瑷真是维护之极。

"你喊阿瑷进来。"盛夫人又道，"你当着我的面说。你倘若事后再讲，让阿瑷面子上怎么过得去？"

盛修颐就喊了东瑷进来。

当着盛夫人的面，把方才的话说了一遍。

东瑷不禁佩服盛修颐会说话。

他不在盛夫人面前说陶氏可能会闹事，搞得家宅不宁，让东瑗难做；而是说给陶氏恩典，送她去静养。

这中间有着极大的差别。前者是替东瑗和盛家考虑，虽然陶姨娘去庄子上不一定是坏事，可听起来就是为了盛家而赶她走；后者则是为陶姨娘考虑，甚至越过正妻，让她去享福。

明明是为了达到同一个目的，不同的表达方式，会让事情变得事半功倍。

东瑗有些惊讶看了眼盛修颐。

而盛夫人对东瑗的惊讶有所误解，她以为东瑗不满意。她有些虚弱，轻声对东瑗道："阿瑗，等她好了些，依旧回来你身边伺候。如今她这样，赏她个恩典，旁人不会说咱们家没有尊卑，只会说咱们家宽和。你细想娘这话。"

东瑗心里啼笑皆非，却也感动不已。

盛夫人时刻为她考虑得多。

她忙道："娘，家里在河南境内可有好的田庄？我陪嫁的庄子里，倒是有几处河南的田产。家里若是不便，我的田庄送一处给陶姨娘也无妨的。"

"不用，家里有很好的庄子。"盛修颐接口道，而后跟盛夫人辞行，说他去办这件事，又叮嘱东瑗，"你好好服侍娘。"

东瑗道是。

盛修颐去了外院，把这件事安排妥当。

下午末正，原本应该灼人的炎热，却有乌云挡住了碧穹，云低得骇人。天际有日头的金色光线通过云层，预备笼罩大地，又被滚雷卷没。

外头要下暴雨了。

盛修颐立在大门口，看着赶车的车夫给马车套了雨布，听着陶姨娘不甘心地啼哭求饶，他的心有些烦闷。

陶姨娘不想出府。为何不想？他对她已经没有了男女情爱，钰哥儿又不在府里了，她留在这里，不是徒添伤心？

可她不想走。

她说："世子爷，您不要赶贱妾走。贱妾定会听大奶奶的话，不哭得让大奶奶心烦。贱妾再也不敢了，世子爷……"

再也不敢了……不敢什么？不敢有非分之想吗？

他长长叹了口气。

马车套好了雨布，车把式跟盛修颐辞行，荷香也屈膝给盛修颐行礼，才上了另外一辆车马。

一辆滑盖折羽流苏马车，两辆青帱大马车，缓缓从盛家大门口驶了出去，越走越远，尘土飞扬。

盛修颐立在大门口，直到大颗的雨滴落下来，打在他的脸上，他才回神，进了盛家大门旁边的门房里躲雨。

一阵急骤暴雨，在地上掀起缭绕雾幕。

直到雨停了，空气里混合着泥土的芬芳。一连几日的酷热也减轻不少，盛修颐的心仿佛被雨水洗刷过的树叶，轻松又泛出了活力。

他去了父亲的外书房。

暴雨带来了凉爽，也带来了拜客。

东瑗在盛夫人的元阳阁吃了午饭，服侍盛夫人歇午觉，自己歪在内室临窗大炕上也眯了一会儿。到申初，被外间的自鸣钟吵醒了。

丫鬟们服侍她梳洗，刚刚梳了头，就有小丫鬟进来禀道："延熹侯夫人来看夫人和大奶奶了。"

延熹侯夫人……

东瑗愣了愣，才想起她的大伯、皇后娘娘的亲生父亲，封了侯爷，好似就是延熹侯。

大伯母来看她了？

她忙迎了出去，坐着青帏小车去了盛府的垂花门。

果然是薛家大夫人世子夫人来了。她如今不再是三品淑人，而是一品诰命夫人了。

东瑗忙给她请安："大伯母，这么热的天，您怎么亲自来了？有什么话让下人传一声……"

薛大夫人世子夫人呵呵笑道："这不刚下了雨？我瞧着难得的凉爽，就来看看你。"然后眼眸一黯，拉着东瑗的手，心疼道，"瘦了很多。"

东瑗的确是瘦了些，瘦到了她坐月子前的模样。

可比起盛修颐和盛夫人，她的消瘦算不得什么。

虽说下了场暴雨，酷热消褪，午后的阳光依旧灼人。东瑗请薛大夫人上了马车，去了盛夫人的元阳阁。

盛夫人已经醒了，听说延熹侯夫人来看望她，她也迷惘了半晌。

看到是东瑗的大伯母，才明白过来。她要起身下床，薛大夫人上前一步，扶住了她："您快躺着。我来看望您，反而叫您劳累不成？"

盛夫人也不推辞了，斜倚在大引枕上，东瑗就吩咐丫鬟们给薛大夫人搬了太师椅过来，放在盛夫人的床边。

薛大夫人坐着和盛夫人说话，东瑗亲手捧茶给她。

"老祖宗近来可好？"盛夫人笑着问道，"我是晚辈，反而身子骨不济，也许久不曾去给老祖宗请安。"

薛大夫人忙笑道："老祖宗健朗着。您府上这家大业大，都是您操持着，定是累的……"

"如今是阿瑗帮着管，我也不管事了。"盛夫人笑道，"享享清福，养好了身子去给老祖宗请安。"

薛大夫人就看了东瓔一眼，有些吃惊。她情绪变化很快，惊讶只是从眼底一闪而过，就接了盛夫人的话："您只管养好了身子。"

说了半日的客气话，薛大夫人瞧着盛夫人渐渐精力不济，也不好多打扰，让她跟来的丫鬟花忍拿了两个锦盒过来，给盛夫人瞧："我们家三老爷从南宛国弄回来的燕窝。听说是南洋来的，比外头买的好些。老祖宗让送来给您补补身子。"

盛夫人欲推辞，薛大夫人又道："三老爷如今做了南宛国国主的老师，送了十几盒回来孝敬老祖宗。这是老祖宗特意让我送给您的。您可别嫌弃东西不好，只当尝个鲜。"

盛夫人就不好再推了，谢了又谢。

薛大夫人笑着让她不必客气，随手给了东瓔。

东瓔接下，也道了谢，交给一旁的康妈妈拿了下去。

薛大夫人又说了些吉祥话，祝盛夫人早日康复，就跟着东瓔出了元阳阁。

东瓔请她去静摄院坐坐再回去，薛大夫人说好。

"如今府里是你主持中馈？"到了静摄院坐下，薛大夫人就拉着东瓔的手悄悄问道。

东瓔微微一笑，点头道是。

薛大夫人就舒了口气，道："你祖母总担心你在盛家过得不踏实。如今才算好了。我回去说给你祖母听，定会高兴。"

东瓔又是垂首一笑，正好丫鬟端了茶盅进来。

她亲手接了，递给薛大夫人，问她："家里可有什么事没有？"

"事多着呢。"薛大夫人接了茶盏，慢悠悠饮着，眉宇间有春风得意的喜悦，"你大伯封了侯，圣上赏赐了我们一处开府。想来想去，把咱们府里西面的街的门房都买了下来，连着镇显侯府盖房子。等那边盖好了，从元丰阁那边打了角门出去。关了角门就是两府，开了角门还是一家，既便宜又亲热……"

东瓔听着，也忍不住高兴："那是最好的。什么时候动工？"

"都准备妥当了，也看了风水和日子，七月二十动工。"薛大夫人志得意满，笑容溢满了眼角，"动工那日，府里请客唱堂会，我再给你们婆媳下帖子。"

"我定去。"东瓔保证道。

她也很久没有回去看老祖母了。

薛大夫人就笑着说好。

东瓔想起她月子里五夫人杨氏闹了一回，而后就没了音讯，她倒是很想知道后文，就问薛大夫人："琳姐儿的事，定了吗？"

薛大夫人顿了顿，叹了口气："没呢，这回彻底推了。我在袁夫人面前……"说罢，就打住了话头，端起茶盏啜了一口。

她不说东瓔也明白。

建昭侯袁夫人和大伯母是极好的交情，两人情同姊妹。袁夫人的娘家陈侍郎府里的确想和薛家结亲。可薛家的二房薛东蓉和五房薛东琳皆推了。虽然老夫人有心给大夫人做脸，可妯娌、侄女都不给面子，老夫人也无可奈何。

大夫人在袁夫人面前也失尽了面子。陈家公子是年轻有为的，并非纨绔之辈，大夫人替侄女们说媒，并不是害孩子们。结果一个个把她的情面踩在脚下，叫她里外不是人。

薛大夫人倘若心思狠毒一点，用点手段，只怕事情也不会那么轻易就推辞。

她也是念着自己有两个女儿，做娘的心她很明白。谁不想女儿嫁得好？旁人说好，自己却看不中，怎么放心把女儿嫁出去？

以己度人，五夫人又是只顾自己、不想他人的性格，大夫人吃了亏，也不好嚷得天下皆知。自己气了一场，也就懒得去计较了。

她是做大嫂的，总不好在东瑗这个侄女儿面前抱怨妯娌们不好。她心里也不痛快，所以话头不由自主冒了出来。

刚说出口又觉得不妥，忙打住了，东瑗也不往下接了。

"……陛下封了你大伯延熹侯，又赏了你祖父的爵位可以恩赐给嫡次子呢。"薛大夫人笑道，"这些日子，你爹爹和母亲天天在祖母面前打饥荒。"

东瑗微讶。嫡次子的话，二伯去世了；三伯跑到什么南宛国做了国主的老师，时常看他送些珍稀用度回来，应该混得不错，他大约是不想回京受约束的；四伯是庶出的。

那么，祖父的爵位就要落到东瑗的父亲薛子明头上？

东瑗想起五夫人杨氏那盛气凌人的模样，心里有些保留。

她抬眸看了眼大夫人，笑着问道："祖父请旨，封爹爹为世子爷了吗？"

大夫人轻轻将茶盏搁在炕几上，目光变幻，笑道："暂时没说。请旨不请旨，左右不过是这几日的事了。"

东瑗不再说什么。

大夫人又道："瞧我，只顾说这些边边角角，正事倒忘了。你二姐前几日回来，和我说了件事。你二姐夫有个胞妹，今年八月才及笄……"

东瑗一下子就想到了三爷盛修沐，大伯母也是来说这件事的啊？

大夫人见她神色微微有些不自然，顿时明白她的顾忌，笑道："我又不是来逼着你的。你若是不信你大伯母，叫人去打听打听，单国公府的七小姐，是个什么模样品性……"

东瑗忙笑："我岂会不信大伯母？二姐夫府上，也是想着和我们家三爷结亲？"

大夫人也不在东瑗面前说假话，道："如今这满京城的未婚贵胄男子，哪个比得上你们家三爷？谁不眼馋？"

"可……我公公……"东瑗隐晦道。

大夫人明白，笑道："就是你公公辞了官，你二姐夫和二姐才有了这么心思。看看萧家的下场，以前谁不替你们家捏把汗？"

盛昌侯虽然辞了官，却也是两朝元老，门生遍布朝野。他不在庙堂，盛京望族人家也不敢低看他一眼。

反而他从风口浪尖上退了下来，有见识的人家更加愿意把女儿嫁给沐恩伯盛修沐了。

话已经说开了，大夫人又是真心实意的，东瑗也不藏着掖着，笑道："家里的事，从前都是我公公说了算。如今他是怎么个打算，我也不知道。明日我请安的时候，跟我婆婆提提。大伯母，您还是先不要回二姐，这件事没准不成……"

大夫人问什么缘故，东瑗就把和煦大公主的驸马爷秦卫侯府娶秦奕，目标就是把和煦大公主的女儿嫁给沐恩伯的话，说给大夫人听。

"娶她的女儿？"大夫人微讶，继而失笑，"瑗姐儿，大伯母和你说句掏心窝子的话，娶回来也是祸害！和煦大公主能养出多么温顺贤良的女儿？她那个女儿我见过几次，比琳姐儿还要难缠。咱们家琳姐儿至少不敢在你祖母面前撒泼，和煦大公主的女儿，可是一点畏惧都没有。"

"我也清楚。"东瑗道，"可爹娘怎么想的，我也是不能做主，只能帮着提提。您等我的信儿。"

大夫人就说好。

次日东瑗去给盛夫人请安，把这件事说给了盛夫人听。

"单国公府我知道……"盛夫人笑道，"单夫人从前跟我还好，时常来我们府里走动。她身子骨不好，早早就去了，如今都快十年了吧？后来单国公新娶的那个夫人，我见过几回，不怎么投缘，也就渐渐不和他们府里来往了。你大伯母说的七小姐，是先夫人生的，还是现在的太夫人生的？"

老单国公去年就辞世了，东瑗的二姐夫继承了单国公的爵位。

现在的太夫人，就是指老单国公的继室夫人。

"是先夫人生的，是现在单国公的胞妹。"东瑗解释道。

盛夫人就有些心动了："我晚上和侯爷说说。都说女儿品性像生母，若是这样，那个七小姐应该投我的脾气。"盛夫人道。

东瑗就说好。

晚夕盛昌侯回了内院，盛夫人把这件事告诉他。

他想了想，道："是颐哥儿媳妇说的这话？"

盛夫人怕盛昌侯怪东瑗多事，就又把她和单国公先夫人的交情拉出来唠叨了一遍。

盛昌侯道："你不用替她遮掩。她才当家，既然开口说了这件事，总不能驳了她的体面。明日正式叫人打听单七小姐的事。旁的不拘，性格上宽和些就好。成或不成，就看缘分。"

盛夫人见盛昌侯痛快同意了去访访单七小姐的事，心就落了下来。

次日东瑗去请安，她就把这件事告诉了东瑗，催着东瑗尽快去办这件事。

东瑗笑道："我明日寻个事由，回去见见大伯母。最好让单国公府安排我们见见单七小姐。媒人嘴里的话，总是不能全信。谁不是拣了好话说？"

盛夫人点头："咱们自己见见，自然是最好。可也不能太明显。万一不行，人家姑娘脸上怎么过得去？她嫂子又是你堂姐，以后你们姊妹来往也有了罅隙。"

东瑷道是。

晚上盛修颐回了静摄院，东瑷把这件事说给他听。

他想了想，道："单国公府是诗书传家，门风严谨；单国公年纪虽轻，却是清傲廉明，不跟朝中任何势力结交，这点最是难得。"

"三爷那里……"东瑷犹豫着问。

她也怕三爷自己有看中的人家。倘若他不满意，也闹一场，把婚事搅黄了，大伯母世子夫人的心只怕要伤透了。大伯母世子夫人替薛东蓉和薛东琳做媒，可都没有好下场。

这回要不是二姐是她自己的亲生女儿，大伯母只怕也不愿意替单国公府揽这件事。

盛修颐淡笑："只要爹爹同意了就好……"

就是说，三爷盛修沐是不敢违拗盛昌侯的。只要盛昌侯同意，这桩婚事就能成。

"那我明日回镇显侯府一趟，见见大伯母。"东瑷道，而后又有些犯难，"带点什么过去？大伯母每次来，总是给我们送些新巧的东西……"

盛修颐道："西瓜行么？"

东瑷不由眼睛一亮，道："这个时节，能弄到西瓜吗？"这个年代没有温室栽培，西瓜大多是中秋节前后才上市。

盛京能吃到西瓜，至少要挨到八月中旬，现在才七月中旬呢。

盛修颐笑道："能弄到的。不过明日来不及，后日去成么？"

东瑷想了想，家里的确没什么新巧的东西。盛家有的，薛府也不缺。她巴巴回去一趟，总不好空手而去，叫人猜测她去的目的。

事情没有定下，越少人知晓越好，家里还有五夫人惦记着把女儿嫁给三爷盛修沐呢。

"那我后日去。"东瑷道。

第二天下午的时候，外院的小厮们顶着大日头，果然抬了几筐西瓜进来，个个油亮滚圆，两三个就是满满一筐。

"大奶奶，世子爷说，您要的西瓜在外院装了车。这些是送进来给大家尝尝鲜的。"来安对东瑷道。

东瑷笑了笑，让蔷薇打发了抬筐的小厮们几吊钱。

来安和小厮们出去后，静摄院的丫鬟们帮着东瑷数，一共十个大西瓜。

"夫人的元阳阁送三个，捡最大的；二奶奶的喜桂院送两个；表小姐、大小姐、二小姐那里各送一个，咱们自己留两个。"东瑷跟身边服侍的人说道。

蔷薇就出去安排粗使的婆子们进来抬西瓜，往各处送。

罗妈妈又安排跟着去的大丫鬟：盛夫人的元阳阁，让蔷薇去；二奶奶那里就叫寻芳去；

表小姐、大小姐和二小姐那里，分别是碧秋、夭桃和二等丫鬟秋纹去。

今日依旧炎热，半下午的日头还是挺毒辣的。蔷薇也不好硬让这些丫鬟婆子们遭罪，就先赏了抬筐的每人二十文钱。

众人这才心甘情愿，各自抬着西瓜跟着大丫鬟去了。

东瑗自己让小丫鬟撑伞，自己去了元阳阁，把事情的缘由说给盛夫人听。

盛夫人也觉得他们夫妻这事办得妥帖，就笑道："颐哥儿这是哪里弄的巧宗？这个时节弄了这么大的西瓜进来。"

东瑗也不知道，笑道："娘，切了来您尝尝。"

"放在冰水里湃湃。"盛夫人今日气色不错，笑道，"娘这才好些，哪里吃得生凉的东西？你们切来吃……"

东瑗道："我那里还有，就不在这里吃了。况且我才在日头里走来，身上热，吃了凉的怕心里不好受。"

盛夫人就不再让她了。

康妈妈在一旁道："夫人，不如先湃在冰水里，等候爷晚夕回来吃……"

盛夫人点头说好。

康妈妈吩咐香橼去把西瓜用冰水镇了，又吩咐香蕊打发东瑗院里抬筐婆子们两吊钱。

第二日早起，天气晴朗，万里无云，明晃晃的日头照得林影生烟。

东瑗去给盛夫人请安。

"你早些去，趁着日头还没有毒起来。等会儿再去，就热得不行了。"盛夫人催东瑗快动身。

东瑗笑着说好。

二奶奶道："娘，我送大嫂出门。"

她第一次这样懂礼。

盛夫人虽诧异，却也是高兴的，笑道："也好。也不用送，你们妯娌一起出门吧。"

二奶奶就笑："昨夜睡得不踏实，您瞧我这脸色，回去不好。娘，我改日再去。再说大嫂回去了，您身边也没人服侍，我在家里服侍您。"

话说得很好听！

不管真实的理由是什么，盛夫人都不会去拆穿，装作很受用。她笑道："知道你孝顺。既这样，你送了你大嫂，就回去歇了吧。"

二奶奶道是。

妯娌二人从元阳阁出来，二奶奶期期艾艾道："大嫂，那日是我不知轻重。倘若说错了什么，您大人不记小人过，别放在心上。"

东瑗笑道："哪里话！二弟妹当我是那小气之人？天怪热的，不能劳动二弟妹送我。你回去歇了吧，我还要回院子里更衣，才回娘家呢。"

二奶奶并没有诚心送东瑷，听着这话，巴不得呢。虽然道歉很勉强，妯娌俩表面上的和睦总算维持了。二奶奶没有坚持，跟东瑷行礼后，带着丫鬟婆子们回了喜桂院。

而东瑷自己，回房换了件褙子，就回了镇显侯府。

半上午的天气又炎热难耐，东瑷到了薛府门口，掏出帕子拭汗。门房上的忙进去通禀。

是她的大嫂杭氏出来接她的。

姑嫂二人说着客气话，就坐着青帏小车，去了老夫人的荣德阁。

詹妈妈迎了出来，脸上的笑容有些淡，笑着跟东瑷行礼："九姑奶奶快屋里请。今日这天真够热的。"

东瑷笑着同她寒暄。

老夫人不在平常宴息起居的东次间，而是在内室。

大夫人、二夫人、三夫人、四夫人和五夫人，以及家里的嫂子们全部围坐在一旁。老夫人则是斜倚在螺钿床上，头上戴着遮眉勒，神情很疲惫。

东瑷紧张上前，都没有顾得上给老夫人和众位夫人行礼，问道："祖母，您哪里不舒服？"

老夫人看了她一眼，笑呵呵道："瑷姐儿回来了？瞧你，一脸的汗。祖母没事。宝巾，领了九姑奶奶去洗把脸。"

东瑷这才回神，给家里的几位伯母、五夫人和嫂子们行礼。

她不好忤逆老夫人，跟着丫鬟去了净房。

等她洗漱出来，内室只剩下大夫人和大奶奶杭氏。

"你先回去吧。"大夫人对大奶奶道。

大奶奶道是，就退了出去。

老夫人慈祥地冲东瑷招手。东瑷就坐在她的床边，拉着她的手问："祖母，您怎么了？"说着，心里就急了起来。

老夫人笑着说没事，又问她怎么回来了，东瑷就把送了西瓜进来的事，说给老夫人听。

"这么大热天，想着送些来，叫家里的小子们送不成么？"老夫人就佯装沉了脸，"要是热着了，可怎么好？"

"我想祖母了……"东瑷道。瞧着老夫人明显比从前憔悴，显得苍老，东瑷的眼睛就微湿。

老夫人搂了她，哎哟笑道："这么大人，还撒娇！祖母年纪大了，不过是天气热，身子不利爽。你大伯母他们就当成要紧的事，都在我跟前，好似我病得快不成了般。"

大夫人赔着笑。

说了话，又在荣德阁吃了午饭。老夫人没有下床，中午只是喝了些米粥，就睡了会。

东瑷和大夫人世子夫人在荣德阁的东次间说话。

"……我公公婆婆的意思，旁的不拘，姑娘品性宽和忠厚最好。"东瑷对大夫人道，"最好能见见。二姐和二姐夫若是也想见见我们家三爷，我回去和世子爷说了，安排见见无妨。"

"你二姐夫认得你们家三爷，自然是一百个满意，才主动提这件事。"大夫人一听这事有了准头,忍不住眼角的笑意加深,"你婆婆想见见七小姐,也不是难事。过几日我这里唱堂会,让你二姐带了七小姐来……"答应得很痛快,好似对这位七小姐很有信心。

东瑗就说好。

"祖母是怎么了?"她又压低声音问大夫人。

大夫人看了眼内室,凑近东瑗,耳语道:"生气呢。年纪大了,一气就病着。夜里发烧。太医看过,也吃了药。昨日就退了烧,如今不碍事的。"

"是不是我爹爹……"东瑗问。

大夫人犹豫片刻,才微微颔首,却不想再多谈了。

不用猜想,肯定是为了承爵的事。照着五夫人的性子,定是极力撺掇五爷去争世子之位。而五爷对五夫人,一向耳根子软。

大夫人不好在东瑗这个做女儿的面前说她父母的不是,东瑗也就没有深问。

下午未初,老夫人醒了,喊了东瑗进内室说话,又对大夫人道:"你院里还有事,先回吧。瑗姐儿在我跟前坐坐。"

过几日大夫人那边要盖府,她院子里的确一大堆事。单独开府,从前的规矩体制都要变,自然要早做打算,她笑着道是,就行礼告辞了。

东瑗陪着老夫人说话。正说着,老侯爷回来了。

东瑗从内室出来给他请安,他看见是东瑗,朗声笑道:"瑗姐儿有顺风耳?知道你祖母念叨你,你就回来了?"

东瑗心中一动,祖母生病了,一直在念叨她吗?那怎么没人去盛家接她?

转念想起盛家最近发生的事,估计是不好去接的。

东瑗笑着给老侯爷行礼。

老侯爷去了净房更衣,然后也进了内室和东瑗说话。他刚刚从外头回来,热得冒汗,手里拿了一把蒲扇摇着,问东瑗:"你公公可还好?"

"……说不上好。从前脾气不好,见着天和他们兄弟总要骂上几句。如今不怎么说话,整日在外书房练字呢……"东瑗如实道。

老侯爷手里摇着的扇子就委顿,而后又叹气:"他还是放不下。"

"慢慢就习惯了!"老夫人接口道,"他又不算老,退下来不甘心。熬过去了,想通了就没事。"

老侯爷笑了笑,又问盛修颐:"天和整日忙什么?"

"他在外院的时候多……"东瑗并不清楚盛修颐每日做些什么。他白天时常出去会友。

老侯爷想了想,道:"过几日你大伯动工盖府,咱们府里要唱堂会。你回去跟天和说,我有话问他,让他跟着一块儿来。"

东瑗看了眼老侯爷,道是,而后又慧黠眨眨眼睛,问:"祖父,什么事?"

薛老侯爷就哈哈大笑,拿着蒲扇轻轻敲她的头:"好事!"像小孩子一样逗她,却并不告诉她到底是何事。

日头偏西，酷热减退了几分，东瑗就起身告辞，老夫人让詹妈妈送她出门。

绕过二重仪门时，正好遇见了从外头回来的十二姑娘薛东琳。

看到东瑗，薛东琳微微一愣，继而问她："你回来做什么？"并不是质问，而是好奇。

可这样问也太失礼，詹妈妈咳了咳，替东瑗回答道："十二小姐，九姑奶奶给老夫人送新鲜的吃食。"

薛东琳虽有丫鬟撑伞，鬓角却有汗。她掏出帕子擦了擦汗，嗤之以鼻道："九姐还是跟从前一样那么孝顺祖母！"

语气里的嘲讽，东瑗听得出来。她笑了笑，道："养育之恩不敢忘。孝顺难道还分时候吗？十二妹，时辰不早，我先回了。"

薛东琳撇撇嘴，也不跟东瑗行礼，傲慢地从她前头走了。她也没听懂东瑗话里的意思。

东瑗不曾放在心上，坐车回了盛昌侯府。

第二十一章　三爷定亲

回到府里，已是黄昏。

东瑗去了盛夫人的元阳阁，把这件事告诉了她。

盛夫人就道："那七月二十那日，咱们娘俩去看看单小姐。"

"您要是身子不好，我帮着看也成。然后寻个机会和二姐商议，把单小姐带到咱们府里坐坐。"东瑗还是担心盛夫人的身子，怕她太过于劳累。

"不好，不好！"盛夫人压低了声音，"别走漏了风声。和煦大公主要娶奕姐儿，也不知是怎么个光景。八月初一就是奕姐儿的好日子，等她回了门，这件事落定，娘心里才踏实。你放心，娘已经没事了……"说罢，神色微黯，不知是因为钰哥儿还是秦奕。

古时三朝回门之时，倘若婆家对女方不满意，可以退亲的。三朝回门没有退，这门亲事才算彻底定了。

秦奕不守闺誉，和盛修沐私下来往，盛夫人就不太高兴；而后秦奕听说要嫁到秦卫侯府时表现出的欢愉，让盛夫人对她有些寒心。

不管将来如何，这条路是秦奕自己选的。

她知道盛昌侯不可能同意她做盛家的媳妇，虽然盛修沐的身份人人艳羡，秦奕却没有太过于纠缠。她是个聪明又实际的女孩子。

当初和盛修沐好，倘若不是真情，大约为自己寻条后路。盛家要把她配给平民人家，那么她宁愿在盛昌侯府做妾；而后有了秦卫侯府的事，她自然愿意攀高枝，做正经的奶奶去。

抓住眼前最实际的东西，远远比风花雪月来得实惠。

东瑷虽看不起她的手段，却也能体会她的心情。谁不想往上走？盛夫人说莫走漏风声，无非是怕秦奕美梦破碎，对她是个打击；而盛修沐对她余情未了，将来发生什么，谁也无法预料。

盛家只怕又是难安。

和煦大公主想娶秦奕做儿媳妇，无非是看中了盛修沐，想把女儿嫁到盛家来。若是她知道盛家现在在挑选别人，自然不会再娶秦奕。

这中间的曲折，盛夫人一说东瑷就明白。

她道："娘，我会小心不说出去的。"

盛夫人微微颔首。

回到静摄院，乳娘把诚哥儿抱过来，东瑷就留了诚哥儿在静摄院住。晚夕盛修颐回到内院，东瑷把祖父的话告诉他。

他微讶："说了什么事没有？"

东瑷摇头："祖父只说是好事。七月二十那日，你得闲吧？"

盛修颐点头。

诚哥儿白天睡得多，晚上到了子时都不睡，非要人抱着。把他放在床上，他立马就高声哭起来，吵得人根本无法入睡。诚哥儿一哭，盛修颐立马就起身抱起他。

东瑷没劲，再疼爱的孩子，吵得她无法入睡，也实在爱不起来了。

盛修颐坐起来哄孩子，诚哥儿在父亲怀里，又咯咯地笑。

盛修颐亲他，甚至低声问他："诚哥儿今天怎么这样开心啊？"

一会儿哭，一会儿笑，盛修颐还跟他说话，把睡得懵懂的东瑷折磨得不行，她猛然坐起来。

盛修颐吓了一跳。

心里的火气努力压了下去，东瑷要接盛修颐手里的孩子，对他道："你睡吧，明日还要早起，我来哄他。"

盛修颐不给她，道："是不是吵了你？要不，你去暖阁里睡？"

东瑷就抬眸看盛修颐。

盛修颐觉得很好笑，她被人吵醒时，神态很可爱，像个孩子般。虽然极力控制自己不发火，可是眉宇间的不情愿，还是很明显。他伸手摸了摸她的脸，柔声道："你明日不是早起要去给娘请安？上午还要见家里管事的婆子们吧？你去暖阁里睡吧……"

"那……"东瑷有些心动，又有些犹豫。盛修颐瘦得厉害，熬夜对他不好。

"你明日和娘说，我夜里带诚哥儿，早上没起来，就不去给娘请安了。我早上多睡会。"盛修颐一眼就能看出她心中所想。

东瑷脑袋还是有些晕，并没有彻底清醒般，睡觉对她的诱惑真的很大。她道："那我真的去暖阁里睡了？"

盛修颐颔首："去吧。"

她微微欠身,往他脸上亲了一下,感激道:"天和,你真是个好人!"

说罢,下床穿鞋就走了。

盛修颐愣了半晌,直到她下了床他才反应过来。她……她亲吻了他,还说"你真是个好人"。

这是哪里学来的?盛修颐哑然失笑。

东瑷并没有去暖阁,而是在东次间和值夜的蔷薇挤在炕上睡了一夜。

她睡得香甜,蔷薇却一夜没敢阖眼。突然从内室跑到东次间睡,蔷薇不知发生了何事,一晚上心里兜兜转转的,生怕等会儿世子爷也要出来寻大奶奶。

可世子爷并没有出来,她只是听到内室有诚哥儿的笑声。

次日清早,东瑷轻手轻脚进内室,见盛修颐和诚哥儿父子俩睡得香甜,就把妆奁盒子搬到了东次间。

蔷薇顶着熊猫眼替东瑷梳妆,还暗暗打听昨夜到底发生了何事。东瑷发觉她的异常,就笑着把诚哥儿吵得她难以入睡的话,告诉了蔷薇,又笑道:"你可是没有睡着?"

蔷薇很不好意思:"我也不知道发生了何事……"

东瑷接过她手里的梳子,笑道:"今日免了你的差事,你去睡吧。"

蔷薇忙道:"我不碍事的。"

东瑷就故意拉下脸来:"胡说,人怎能不睡觉?你在我跟前服侍,打瞌睡被小丫鬟看到了,你可怎么办?"

被小丫鬟看到她打瞌睡,威严不存啊。以后怎么好管教那些偷懒的小丫鬟?

蔷薇不敢再推,下去歇了,橘红等人服侍东瑷梳洗装扮。

到了七月二十那日,东瑷和盛修颐早早起了,两人去桢园看了诚哥儿。东瑷嘱咐乳娘照顾好孩子,才和盛修颐去了元阳阁。

盛夫人精神很好,也早醒了,吃过了饭等东瑷夫妻和二奶奶。

昨夜一场大雨,今日是难得好天气,盛夫人道:"真是天公作美。要是还像前几天那么热,出趟门也不便。"

东瑷就笑着道是。

二奶奶过了一会儿才来,打扮得很隆重,倒也没什么失礼的地方。

东瑷和二奶奶簇拥着盛夫人,去了镇显侯府。

镇显侯府出了皇后娘娘,如今更加繁盛,门口的马车拥挤不堪。盛家的人等了半晌,才挤到了门口。

看到是盛修颐先下车,门房上的人就知道是九姑奶奶来了,忙上前先迎了他们。

盛家的人进了大门,东瑷的三哥薛华轩迎上来,亲热喊道:"天和!"

盛修颐忙跟他作揖,两人很亲热。

而后大哥正好从角门那边出来,看到薛华轩在盛修颐跟前,他微微顿了顿,才上前和盛修颐打招呼。虽然和三哥说话，两人却不太亲热。

因为是堂兄弟，虽然住在一个屋檐下，可到底隔了一层，不亲热也是人之常情。

盛修颐等人都没有多想。

大哥安排车马送东瑷婆媳三人去了垂花门，又吩咐三哥招待盛修颐，就又出去待客。

进了垂花门，迎客的是东瑷的几个嫂子。

她觉得变化真快。

两年前，迎客的还是她的大伯母、三伯母等人，如今就换成了嫂子们。

马车径直送他们去了大伯母的元丰阁，东瑷在车上低声问大奶奶："大嫂，祖母身子好些了吗？"

大奶奶表情就微敛，勉强道："好些了……"

盛夫人和二奶奶看了过来，东瑷也不好深问。

元丰阁的船厅后面连着花厅，今日通开了，设了围屏。尚未走进，就能听到嫣然笑语。今日的来客很多。

大奶奶杭氏把东瑷婆媳安排在花厅的西边先坐。

"盛夫人……"有人笑着打招呼，是定远侯姚夫人，东瑷四姐薛东婷的婆婆。

大奶奶把盛家和陶家先安排在一处，倒也是挺贴心的。

定远侯府的姚夫人带着她的三个儿媳妇，忙热情迎了东瑷婆媳。姚家的妯娌们在家里是怎样的情景，东瑷不知道如何；可在外面，她们极其亲热，跟亲姊妹一样，人人都羡慕他们家妯娌好缘分。

果然，姚家几位奶奶和盛夫人婆媳见礼后，就插科打诨说笑，惹得盛夫人笑了好几回。

东瑷的四姐薛东婷也拉着东瑷说话，问她好不好，诚哥儿好不好等。

东瑷也问她二夫人好不好。

薛东婷道："病了几回。三嫂不是回京了吗？她比我们做女儿的还要孝顺体贴，娘的身子也一日日好了起来。"

东瑷就念阿弥陀佛："是二伯母的福气呢。"

薛东婷抿唇笑了笑。

说着话儿，大奶奶杭氏又领了几个客人过来。

穿着银红色妆花褙子的女子，二十四五的花样年华，雍容美丽，又带着几分干练，是东瑷的二姐薛东喻，单国公夫人。

她身后跟着几名年轻女子，个个模样端正清秀。

东瑷和薛东婷都起身，给她行礼，喊了二姐。她是大伯母的亲生女儿，皇后娘娘的亲妹妹，身份如今是水涨船高。

薛东喻上前，也给东瑷姊妹还了礼，然后就上前给姚夫人和盛夫人行礼。

盛夫人的目光就在薛东喻身后几名女子身上转了转。

其中有个穿月白色褶子、草绿色襕裙的高挑女子触及盛夫人的目光，不自觉脸微红，垂了首。盛夫人心里就有数了，她大约就是七小姐，从模样上看，不委屈盛修沭，是个标准的美人儿。

单国公夫人薛东喻带过来的几个女子，是她的妯娌和小姑。

她笑着把妯娌和小姑介绍给姚夫人和盛夫人。

那个穿着月白色褶子、肌肤白皙的高挑女子，果然是单七小姐。她的闺名叫嘉玉。

一行人坐定后，大奶奶杭氏又出去迎客，留单家众人和姚、盛两家寒暄。

东瑷的二姐薛东喻很热络，一直和姚夫人、盛夫人说话，既能言会道，又恭谦知礼，是个交际的高手。

盛夫人很羡慕，笑着对姚夫人道："薛家的姑娘个个百伶百俐，只有我们家阿瑷嘴笨些……"

众人的目光就落在东瑷脸上，东瑷讪笑。

"可谁也比不上您的媳妇俊啊！"姚夫人笑起来，"您既想要会说话的媳妇，又想要长得齐整的媳妇？您把普天下的好处都占尽了，那我们怎么办呀？"

说得大家都笑。

盛夫人也笑："瞧瞧，得了便宜还卖乖！您家里的媳妇，哪个不齐整？"

"就是，就是！"单夫人薛东喻道，"姚夫人您太过谦了。"

"娘，您太过谦了！"姚家三奶奶薛东婷也帮着道。

她话音一落，众人又是笑得不行。

姚夫人啐她："有你这样往自己脸上贴金的吗？下次可不能带你出门，我都被你臊着了！"薛东婷就笑倒在姚夫人怀里。

气氛变得活络起来，东瑷和盛夫人则不时打量单七小姐几眼。她一直安静坐着，不言不语的，众人说笑时，她也抿唇笑，脸颊有两个深深的梨涡，让她的笑容变得特别好看。

东瑷很喜欢有梨涡的女孩子。

盛夫人也稀罕得不行。模样漂亮，性子温柔和顺，又是门当户对的人家，简直是天定的缘分。盛夫人给东瑷使眼色，表示她很满意。

东瑷笑着记在心上。

趁着姚夫人和盛夫人说话的工夫，单夫人看了眼东瑷。

东瑷微微一笑。

彼此说笑着，便到了开席的功夫。大夫人亲自过来，安排来的众位老夫人、夫人们坐席。

大奶奶杭氏带着二奶奶、三奶奶等人，安排小辈们坐席。

单夫人年纪虽轻，辈分却高，大奶奶请她去前头坐。她不依，挽了东瑷和四姑娘薛东婷的胳膊，笑道："大嫂，我们姊妹也难得回来团聚，今日我和两位妹妹说说话儿，前头我就不去了。您不用客气……"

单国公府和盛府的事，大奶奶是知道的，她心里有数，也就没有勉强。

单夫人薛东喻便和东瑗她们坐了一席。

"看到我家小七了吗？"单夫人挨着东瑗坐，低声问她，"她不爱在人前说话。要是没有看清，回头再叫了来给你瞧瞧。"

虽说女儿高嫁，要端着，叫男方求娶。二姐办事却干练直接，没有扭捏，直接问她。东瑗觉得这样很痛快，也没有藏着，笑道："挺好的。模样好，又是个内敛的性子，我婆婆很喜欢。"

盛夫人虽总是夸人家媳妇会说话，可真的让她娶个聒噪的儿媳妇，她大约是不愿的。

该说的时候说，不该说的时候就沉默听着，更加符合盛夫人的喜好。

单夫人脸上便有了浓浓的笑意。

吃了饭，府里又安排了听戏。东瑗趁着空闲，带了蔷薇回薛老夫人的荣德阁。

今日是阴天，凉爽宜人，在七月算是难得的好天气。

和大夫人的元丰阁相比，荣德阁清冷安静，几个小丫鬟坐在檐下翻绳玩。看到东瑗进来，那两个小丫鬟愣住，忙进去通禀了詹妈妈。

詹妈妈迎了出来，诧异问道："九姑奶奶怎么来了？"

看这样子，东瑗便知道是老夫人又不好了。她心里顿时就七上八下的，冲詹妈妈笑了笑："我来看看祖母。"

不等詹妈妈撩帘，自己掀开帘子就进了正屋。

老夫人在内室躺着，屋子里光线很淡，幽暗中能闻到浓浓的药香。拔步床挂着幔帐，老夫人阖眼躺在枕上，面容很苍老。

东瑗轻缓了脚步，走到老夫人的床边。

感觉有人进来，老夫人就醒了。看到是东瑗，她倒是没有吃惊，笑着要起身："瑗姐儿，前头用饭了吗？"

东瑗忙扶住她，给了她一个大引枕靠着。

"用过了。"东瑗笑道，目光里满是晦涩，"您不是都好了吗？怎么瞧着气色还不如前几日？"说着，情不自禁声音就哽咽住了。

老夫人笑着拉住她的手："这孩子，哭什么呢！祖母老了，祖母的曾孙女都该到了议亲的年纪，祖母还能不老？若不老，就成了老妖精了。"

语气里一如往常的豁达，声音却难掩虚弱。

东瑗看着心酸不已，眼睛没有忍住就滚了下来。

老夫人笑着，掏了帕子替她抹泪，还笑骂她傻孩子。

东瑗接过帕子自己抹了眼角，外头又有说话的声音。片刻，东瑗的四堂姐薛东婷快步走了进来。

看到东瑗，她微微愣了愣，继而上前关切问老夫人道："祖母，我才听说您病了……"

说着话儿，眼睛就湿了，神色很焦急。她好久没有回府，方才才知道祖母病倒了半个月，病情反反复复的，如今都没有好。

老夫人的确看上去很憔悴，薛东婷眼泪噙着泪。

老夫人失笑："哎哟，不兴这么着！老太婆还没死呢，瞧你们姊妹俩！快别哭，谁还没有两病三灾的？就是年富力强的人也会生病，何况祖母这把年纪。别哭别哭，不至于啊！"

很乐观地安慰着东瑗和薛东婷。

家里的孙女，只有东瑗和薛东婷曾经在老夫人跟前教养过。比起旁的孙女，她们姊妹俩对老夫人感情更深些。

东瑗扑哧一声笑，老夫人才高兴起来，薛东婷也抹泪不提。

"你跟你婆婆来的？没带枫哥儿？"老夫人问薛东婷。薛东婷的儿子小名叫枫哥儿。

"没有。大伯母这边大喜的日子，来客众多，哪有工夫照看孩子？枫哥儿如今皮得不得了，眼睛离了他片刻就会闹事，不敢带他出门。"薛东婷笑着道。

老夫人微微颔首，很欣慰的样子："我也有些日子不见枫哥儿，哪日带回来我瞧瞧。"

薛东婷忙说好。

老夫人又问她："去看过你娘了吗？"

薛东婷摇头："准备去看看的，路上听说您不太好，就先过来了。"

老夫人拍拍她的手，说了句好孩子，又道："去看看你娘吧。听说前日热着了……"

自从五姐薛东蓉的婆家出事后，二夫人的身子就一直不好。

薛东婷为难。

老夫人指了指东瑗："你九妹不是在这里？去吧去吧，一会儿又要回去服侍你婆婆。"

薛东婷这才起身，给老夫人行了礼，去了二夫人的和宁阁。

内室只剩下祖孙二人时，东瑗对老夫人道："您好好养着身子，过些日子我也抱了诚哥儿来给您瞧。他现在长得可好了……"

老夫人的眼睛笑得眯了起来。

她微微打量东瑗，比六年前的时候高了些，脸模子也长开了。不管瞧多少遍，仍觉得漂亮。

是有了些变化，都做了人家的媳妇，也做了母亲。

可又觉得没变，似乎从前就是这样，举手投足间有份成熟。

"成啊。"老夫人慈祥笑道，"等天气秋凉了，再抱了回来我瞧瞧。如今家里当家，可有什么为难之事？"

东瑗忙摇头："没有，没有！我公公治下忒严，家里的仆妇老实着，账本交到我手里的时候，账面上做得漂亮极了。我仔细查了几日，居然没有半点纰漏。又只有二房，我都不用操什么心。"

老夫人就微微颔首。

说了半晌的话，东瑗见时辰不早，才起身去了前头听戏的院子。

盛夫人正等着她，问她去了哪里。

东瑷说去看了祖母，却没有说祖母生病之事。

盛夫人也不曾多想，又问她："单夫人……"

"我已经和二姐说过了。"东瑷道。

盛夫人放心。

戏散了场，众人纷纷告辞，东瑷也和盛夫人、二奶奶出了垂花门。盛修颐在门口等她们，身上的酒气很浓。

盛夫人微微蹙眉："喝了不少酒吧？"

"还好……"盛修颐说得很慢，舌头都被酒精麻醉了。

盛夫人微带担忧看了他一眼："你不要骑马。我看你是醉了，你和阿瑷坐后面的马车。"

东瑷道是，先搀扶盛夫人上了马车。而后转身去了后面的马车，准备去搀扶盛修颐的时候，他已经轻巧跳了上去，还伸手拉东瑷。

"没醉嘛！"东瑷见他身手灵活，就嘀咕道。她想着，伸手给盛修颐，攀着他的手上了马车。

两人坐定后，东瑷正要问他难受不难受，他则猛然扑过来，把她搂在怀里，吻了她的唇。浓烈的酒香顿时四溢，东瑷被他的酒气熏得头都要晕了。

他的吻有些野蛮，东瑷准备推他，马车开动了。颠簸中，她身子不稳，全部跌在他的怀里。他的手很自然从她单薄的夏衫衣底滑了进去。

温热的手掌触及东瑷的肌肤时，东瑷心里咯噔一跳。她用力推着盛修颐，只差拳打脚踢。

她嘴里大叫："天和，你怎么了？你别闹！"

可出口都是嗡嗡声，不成句不成调。盛修颐根本不理会，只顾吻着她。他猛然翻身，就将东瑷纤柔身子压在马车的羊绒毯上，令她动弹不得。

这是在马车上，闹得过头了。东瑷大急："天和，你不要再闹！你……"她的声音刻意压低，生怕被外面赶车的人听到，可又难掩喘息。

"盛天和，你疯了！"东瑷急得眼泪都要掉下来。

怎么能这样？这是马车上，回头叫人看出端倪，她还有脸活吗？

她的头发早已乱了。

马车上备有梳妆用的梳子、粉盒，也是怕平日里出门头发散了、妆花了，应急用的。可东瑷此刻梳的是高髻，她一个人根本没法子在马车上把头发再堆起来。况且公用的梳子，东瑷不敢用，这个年代的女人十天半月不洗头，不知头皮会有什么问题。

东瑷想着，心里早已乱成了一团麻，挥拳打着盛修颐的后背："盛天和，你要害死我，你快起来，我和你没完！"

盛修颐倏然笑起来，低声在她耳边喃喃道："放心，没完呢……"

她一张雪颜急得通红，似天际艳丽的晚霞，嗔怒的眼波潋滟妩媚，别样勾魂。盛修颐的心湖激起层层涟漪，再也静不下来。原本只是打算闹一闹的他，此刻再也遏制不住熊熊燃烧的心念。

今天喝的酒有问题，还是他有问题？

可此刻脑海里除了她泫然欲泣的妩媚姿态，再也想不起别的，积压在心里的克制、礼教统统不知去了哪里，只想尝尝她的滋味。

一刻也等不得，就是此时。

盛家和薛家离得远，马车绕了半个城区，才回了盛府。

车子停在门口的时候，东瑷和盛修颐的马车里始终不见人下来。盛夫人和二奶奶下了马车，见盛修颐那马车没动静，二奶奶抿唇笑。

她是年轻媳妇，自然会往那方面想。

盛夫人就回眸，不冷不热看了她一眼，二奶奶忙敛了笑。

盛夫人见跟着东瑷去的丫鬟蔷薇立在一旁，就冲她招手，对她道："去告诉一声，世子爷的马车直接从东边角门赶到静摄院去。世子爷喝醉了，你们仔细服侍。"

蔷薇忙道是，上前去告诉了车夫。

车轮子咕噜噜滚动中，从盛府大门口绕到了东边，从那边的角门进去，直接赶到静摄院去。

盛夫人倒没有想到两人会闹得那么出格。她对盛修颐和东瑷都很相信。

夏季原本就是日长夜短，中午不歇息，坐在颠簸的马车上容易睡着。盛修颐喝醉了，自然是睡了。东瑷倘若不是睡熟了，就是被弄毛了头发，不敢出来而装睡。

盛夫人觉得东瑷很爱面子，盛修颐跟她感情又好，两人在车上厮闹大约是有的。若是不慎把鬓角弄散了，出来不是叫人笑话？

想着，盛夫人就领了二奶奶，转身进了垂花门。

车子到了静摄院门口，蔷薇正要喊，东瑷撩起帘幕，美颜覆严霜，表情冰冷得吓人。她头发绾了低髻，乌黑光滑，却不见半支钗环；衣裳虽整齐，衣襟却皱了。

她跳下了马车，不自觉脚软，差点跌了，蔷薇忙扶她。

东瑷低声道："走快点！"

蔷薇微讶，也不敢回头去看盛修颐下车没有，搀扶着东瑷快步进了静摄院。檐下的小丫鬟正要招呼，却见东瑷和蔷薇两人脚步极快，纷纷垂了头不语。罗妈妈和橘红、寻芳、碧秋、夭桃迎出来，东瑷也不等她们行礼，径直冲进了内室，似一阵风般。

众人望着内室帘子微晃，脸上都有惊愕之色：这是怎么了？好好出门，怎么回来发这么大的脾气？

特别是罗妈妈和橘红，更是惊讶。她们在东瑷身边时间长，也没见东瑷明面上发这么大的火。

而后，盛修颐才进来。他身上的酒气很重，脸色酡红，脚步却稳，看不出是否醉了。

众人给他请安，他倒是和平常一样，等她们行礼后，才进了内室。

罗妈妈也不敢再进去，只得吩咐小丫鬟们准备好热水，等着给世子爷和大奶奶沐浴。

几个人正要从东次间退出来，就听到东瑗在内室高声道："妈妈，橘红，进来服侍我散发。"

罗妈妈和橘红被点名，忙进去服侍。

蔷薇就去吩咐下人准备好醒酒汤、热茶、热水等。

罗妈妈和橘红进来的时候，东瑗坐在西南角金丝楠木梳妆台前的绣墩上，自己用梳子梳着头发。她的头发已经散了。

罗妈妈和橘红面面相觑。

雕花菱镜中，东瑗的脸色很清冷，眉梢噙着霜色。而盛修颐坐在一旁的太师椅上，托腮含笑望着她，眼眸里满是溺爱与欢喜。

东瑗恍若不觉。

罗妈妈和橘红便明白是东瑗在跟盛修颐闹脾气。看着盛修颐的表情，罗妈妈的心也归位了。

一个人生气，另一个又愿意哄，这就没事。夫妻俩最怕两人都赌气不说话。

东瑗手里的梳子一下一下梳着绸缎般顺滑的发丝。片刻后，她才道："净房有热水吗？"

罗妈妈忙道有。

东瑗就起身，去了净房。

东瑗让小丫鬟添了热水，等罗妈妈和橘红把她的中衣搭在一旁的衣架上，她才吩咐拉上屏帷，不让人服侍。

还是在生气。

罗妈妈也不惹她，示意橘红先下去，她则在屏帷外守着。

东瑗洗好之后，自己先胡乱裹了头发，才用大帕子擦干身上的水珠，然后自己穿了中衣。

穿好衣裳后，她才起身回了内室。

盛修颐半躺在床上，鞋子都未脱，阖眼打盹，不知道是否睡了。东瑗径直坐在临窗大炕上，让丫鬟们服侍着拧头发。

罗妈妈也在一旁帮忙。

头发快要半干了，罗妈妈把丫鬟们遣了下去，低声跟东瑗耳语："世子爷喝醉了，你劝他更衣再睡。"

东瑗咬唇不说话，只当听不见。

罗妈妈笑："跟孩子似的，这么大气性……"说着，她自己上前，喊了盛修颐，劝他去沐浴更衣。

盛修颐睁开眼，神态有些迷惘，愣了愣才起身，去了净房。

洗过澡后，倒清醒不少。

东瑗坐在内室临窗大炕上,散了头发,拿出针线簸箩做诚哥儿的小衣。乌黑青丝衬托着雪白脸颊,模样越发艳丽。唇色似蜜染,樱红水润,十分诱人。想起马车上她那令人销魂的滋味,盛修颐口舌又有些干燥。

他坐到东瑗身后的炕上,伸手搂住了她的腰,把头搁在她的肩膀上,嗅着她发际的清香,低声喊着阿瑗。

她的名字便在他口齿间缠绵。

倏然手背一疼,盛修颐唬了一跳,手不由松开了。东瑗就趁机从他怀里挣脱,起身下炕。

盛修颐吃痛,看着自己的手背,有细微的血珠冒出来。

她居然拿针扎他!

东瑗一直不说话,冷着脸把针线簸箩放回了柜子里,拿着一本书在灯下看。

盛修颐坐在炕上,半晌也没有动。

罗妈妈在帘外喊道:"大奶奶,醒酒汤熬好了,现在端进来给世子爷用吗?"

东瑗的眼睛这才从书上挪开,道:"端进来吧。"声音不见起伏,既不像生气,亦不像平日里的柔婉。

罗妈妈就撩起帘子,手里端着个红漆描金的托盘,托着细白瓷小碗。见盛修颐和东瑗两人分居两边坐着,罗妈妈看了眼东瑗,示意她把醒酒汤端给盛修颐。

东瑗顿了顿,终究想着夫妻俩吵架,不要让外人看出端倪,就起身,接了罗妈妈的托盘。

罗妈妈把托盘给她,轻轻捏了捏她的手,声音轻不可闻:"瑗姐儿,给世子爷个笑脸。差不多就行了啊。"让她不要太任性!要是失了丈夫的欢心,就是大事了。

东瑗见罗妈妈神色担忧,就微微颔首。罗妈妈这才放心出去。

东瑗端了醒酒汤,搁在盛修颐面前的炕几上,转身要走。

盛修颐一把攥住了她的手,把她拉到自己怀里,低笑道:"你喂我喝。"

东瑗不说话,挣扎着要起身,盛修颐不放手,笑着箍住她。

"放手,不然怎么喂?"东瑗道,声音没有一丝起伏。

盛修颐这才放了手。

东瑗倒也没有耍赖,端了醒酒汤,坐在他身边,用汤勺一勺一勺喂着他。她表情依旧清冷,低垂着眼帘不看盛修颐。

盛修颐就着她的手,把一碗醒酒汤喝了。而后倒也没有继续为难东瑗,自己端了茶水漱口。

东瑗喊了外间服侍的丫鬟把碗碟撤下去,重新上了热茶。而她自己,依旧回到梳妆台旁边的铺着墨绿色弹墨椅袱的太师椅上坐了,手里拿着盛修颐时常搁在枕边的书看。

盛修颐顿了顿,起身坐到她身边的太师椅上,托腮望着她。

东瑗眼睛不离书,依旧不理他。

"还生气呢?"他将她手里的书夺了,笑道,"睡觉吧。灯下看书,眼睛容易熬坏了。"

东瑗就放了书，起身上床。

盛修颐吹了烛火，拿了盏明角宫灯放在床的内侧，才放了幔帐。

他见东瑗侧身背对他，就从她的身后搂住了她的腰肢，把自己的身子贴着她柔软的身躯。

东瑗一动不动。若是平常，她是要喊热的。

"今日是我不对，闹得太过分……"盛修颐语气里并无愧意，似调情般低喃，轻咬她的耳垂，手摩挲着她腰肢的肌肤。隔着薄薄的中衣，他掌心的温度能渗透到东瑗身上。

东瑗依旧不说话。盛修颐就咬她的后颈，弄得东瑗身子微颤，酥酥麻麻的感觉在四肢百骸流窜。她终于忍不住要躲，盛修颐却紧紧圈住她，让她无处可逃。

"盛天和！"东瑗忍无可忍，低声怒道，"你再不放手，我这辈子不和你说话。"话说出口，又觉得自己像个小孩子一样赌气，没什么水平。思及此，东瑗更是气闷。

她着实想不出其他的狠话，盛修颐果然停了下来。

东瑗一口气尚未舒出来，他却翻身，将她压在身下。虽然瘦了很多，依旧很重，东瑗肺里的空气都要被挤出来，她顿感呼吸急促。

"阿瑗，你知道祖父今天和我说什么了？"他望着身下蹙眉的东瑗，眼眸深邃明亮，似天边的繁星般灼目。

"说了什么？"东瑗下意识反问。她也很想知道祖父要和盛修颐说什么话。

"祖父说，让我给太子做老师。"盛修颐俯身，在东瑗耳边喃喃道。

东瑗微愣。

她对历史不是很了解，却也略懂皮毛。从那些皮毛的知识里，东瑗知道古时的读书人，他们的最高理想并不是做皇帝，而是做帝师，代天传道，把自己的理念和知识传授给天子。

这是对读书人的最高嘉奖，甚至比中了状元还要高兴。

祖父让盛修颐做太子的老师，将来就是皇帝的老师。他可能会成为天子的近臣、宠臣，成为朝廷最有实权者之一。

可盛修颐也是三皇子的舅舅。

大约只有祖父，才有这样的胆量和魄力，让盛修颐出任太子的老师吧。

"你答应了吗？"东瑗也顾不得生气，问他。

他道："答应了。祖父对我说，我不仅仅是最好的人选，也是唯一的人选……"说罢，他的声音里充满了感慨。

原来薛老侯爷是这样劝说盛修颐的。

东瑗想着他这些年的隐忍，终于可以一展宏图，既心酸也欢喜，忍不住伸手反搂住了他的腰，低喃道："这样很好啊……"

盛修颐就笑，吻了吻她的面颊，而后问："你还生气吗？"

东瑗又是一愣，才推他，从他身子底下滑了出去，滚到了床的内侧躺下，背对着他："还气着呢。"

盛修颐忍不住笑，凑近她道："你想要怎样出气？随你就行。只要别不和我说话……"

东瑷自己也想笑，可想起他在马车上做的那混账事，就忍住了。他说得对，夫妻间生气，不说话冷战并不利于解决问题。

她翻身坐起来，对盛修颐道："你起来，坐好。"

盛修颐笑个不停，却听话坐了起来，盘腿坐在她对面，用手支着腿，托腮听着她说话。

东瑷正了脸色："你严肃点！坐好了。"

盛修颐咳了咳，敛了笑意，端正坐着。可又忍不住，唇边有弧度轻扬。

"盛天和，你今日真混账。"东瑷严肃道，"你保证，下次不再犯浑，不再做出那等事！"

盛修颐故意问："哪等事？"

东瑷气结，脸沉了下去，盛修颐才忙道："好好好，我保证。下次不在马车上……阿瑷，在马车上，你不快乐吗？"他的声音越说越暧昧。

东瑷气得急起来，一时间不知如何是好，抓起手边的枕头就砸他："你还说！认错会不会，认错会不会！"

"会，会！"盛修颐又是笑，抢下她手里的枕头，捉住了她纤柔的手腕，笑道："好好说话。我认错，今日我混账。"

"永不再犯。"东瑷气哄哄补充道。

盛修颐坏笑："永不再犯。"

东瑷瞧着他神态里有戏谑，又是气又是羞，脸涨得通红，道："娘让人直接把马车赶到内院，心里是怎么想咱们的？我明日去给娘请安，怎么见人？这还是好的，我死咬牙不承认也能遮掩过去。倘若方才在门口时，娘非要喊我下车，我怎么办？娘和二弟妹看到我的样子，我还活不活了！"说着，胸膛一阵气闷。

他倒是好了，图一时受用，惹得她不知该如何善后。事后，东瑷头发凌散，快到盛府门口时，自己穿了衣裳，急急绾了低髻，心里想了千万个借口，却也感觉都没有说服力。

别人一眼就会往那方面想啊。要是二奶奶或者婆婆一个狐疑的眼神，东瑷不敢保证自己不会当场脸红。她要是一脸红，什么都瞒不住。

到了盛府门口，她真想直接装死，也不敢下车。

结果，她真的装死了。

幸好婆婆体恤，马车直接到了静摄院门口，东瑷才松了一口气。那一刻，眼泪真的快要掉下来。

盛修颐平日里也挺有分寸的一个人，怎么今日就……她越想越气，眼泪就在眼眶里打转。

看着她欲哭的模样，娇软可人，盛修颐的心仿佛被击中。他懊恼起来，心里也真的有了悔意，将东瑷搂在怀里，低声哄她："我错了阿瑷，以后不再犯浑。别哭……"

东瑷原本也没打算哭。可他好不好的一句别哭，居然像催泪弹似的，她眼睛一涩，眼泪就止不住簌簌落下，狠狠捶了他几下，才倚在他怀里。

盛修颐伸手从床榻的锦盒里拿了帕子给她拭泪。

为何会在马车上那般失态？盛修颐回忆起来，当时他见东瑷吃了酒，脸色红润，唇色鲜艳，心里忍不住想吻吻她的唇，尝尝她的滋味。他就想吻她而已。

马车一开动，她一下子跌进了他的怀里，软若无骨的娇躯有阵阵幽香，刺激着盛修颐。他心里的欲望那个瞬间才升起来。

她却不停挣扎，越是那样，越是勾火。他又是半醉之下，脑袋里是麻木的，除了想着她，旁的什么都顾不上了。

手碰触到她的肌肤，他的欲念就变得无比强悍，再也不能被理智撼动。

后面的事，就水到渠成了。

"以后若是再犯呢？"东瑷抹了泪，抬眸问他。眼睛被泪水洗过，乌黑的眸子亮晶晶的，似宝石般闪耀。

盛修颐身子里有股燥热在乱窜。

他喉结滚动，顿了顿才道："任你处置。"

东瑷问："可以跪洗衣板吗？"

盛修颐不解，回眸看她，她就连带比划把洗衣板的段子说给他听。

盛修颐脸微黑，猛然将她压下："男儿膝下有黄金，你想什么呢？"

东瑷也觉得，这个年代的男人跪搓衣板不现实。她微微蹙眉，想了半晌，还是不知该如何处理他，盛修颐的唇就落了下来。

"你……你才保证过，你又这样！快放手。你还膝下有黄金呢，你说话不算数。"东瑷急得嗷嗷叫。

盛修颐口齿不清道："这又不是马车上！"

于是两刻钟后，东瑷喊了丫鬟进来服侍，去了净房沐浴。她全身都汗湿，累得骨头都软了。回到床上，哪里还有力气生气？挨着枕头便睡着了。

没过几日，宫里便下了圣旨，盛修颐任太子少师，从二品官职。盛修颐原本只是个正五品的刑部郎中，倏然就升到了从二品，令人瞠目。

这不仅让盛昌侯和盛府震惊，亦让整个京都震惊。自从盛贵妃娘娘无缘后位，盛昌侯又辞官，京都皆以为盛家就此垮了。盛修颐被任命为太子少师的消息一出，无疑在平静湖面投下巨石，激起千层浪。不管是高门望族还是街头巷尾，都在谈论此事。

盛家，是不是死灰复燃了？

八月的盛京，朝廷并无大事。

元昌帝身体一日不如一日，属于朝中机密。皇后娘娘怕太子年幼，朝臣人心不稳，元昌帝几次夜里吐血的话，只告诉了镇显侯薛老侯爷，旁人一概不知。

而街头巷尾谈论的，第一件事是太子开府，盛昌侯府的世子爷盛修颐成了太子少师，过了中秋节就开始为太子讲课。第二件是盛昌侯府的三爷盛修沐，和单国公府的七小姐单嘉玉开始说亲。

单夫人请了定远侯姚夫人做媒人。门当户对的婚姻，盛、单两府跟定远侯府又都有姻亲关系，姚夫人乐得出力，往盛家走得也勤快。

盛修沐已经过了婚龄，他的堂弟们个个都成家立业了，他的婚事再也拖不起。有了合适的人家，盛夫人又亲眼见过单嘉玉，对单嘉玉的人品、容貌和家世都满意，自然是希望快些把这桩婚事落定。

而单府那边，单夫人薛氏虽是皇后娘娘的胞妹，可单家在朝中并无人做官，在薛皇后母仪天下之前，单国公府算是落寞贵族。看惯了逢高踩低、趋炎附势的单国公府，对妹妹的婚事并不傲慢挑剔。他们仍是谨慎本分过日子，没有因得势而露出挑三拣四的嘴脸，对盛家的提亲答应得很快。

中秋一过，盛家就放了小定，盛修沐的婚期定在明年的三月初一。

对这桩婚事，盛修沐并不上心，他反应淡淡的。虽没有说不同意，却也看不出他的喜欢之情。

盛修沐的婚期定下后，盛昌侯同盛修颐商议，把盛昌侯府东北角的院落重新整理一番，盖了房子做盛修沐的新房。正好趁此机会，把盛乐钰那烧毁的院子也重整出来，挖一片池塘。

东瑷听说盛乐钰曾经的院子那里要做池塘，吃了一惊。

盛家那么多池塘呢……她倏然就想到不好的事，后背有些凉。

可能是她多心，盛修颐对这件事并未多言。只是猛然再提起盛乐钰，让他伤怀了好几日。

盛修沐和单嘉玉的婚事正式落定那天，盛家的五姑奶奶、文靖长公主的大儿媳妇回了盛家，进门便是冷着一张脸。

那日正好东瑷在盛夫人的元阳阁说话，二奶奶葛氏并盛乐芸、盛乐蕙在一旁凑趣，五姑奶奶回来也没有等门房上的人通禀，直接闯到了内院。

看到五姑奶奶进来，二奶奶葛氏有些心虚。

盛夫人微讶，对她这般无礼很是不快，却也不曾表露，笑着请她坐，吩咐丫鬟们上茶。

东瑷起身，把炕上的位置让给了五姑奶奶。

"大嫂，沐哥儿说亲的事，怎么招呼都不打，就直接定了？"五姑奶奶开口也不拐弯抹角，冷声问盛夫人。架势很大，对盛夫人并不恭敬。

二奶奶葛氏垂了头。

东瑷看了眼五姑奶奶，见丫鬟端了描金托盘进来，就亲自上前，把汝窑描海棠花的茶盏搁在五姑奶奶手边，请她喝茶。

盛夫人眼角挑了挑，压抑了心里的不快，笑容温和道："阿柔，你这话叫嫂子怎么回你？侄儿说亲，还单单派人去和姑姑禀一声，没有这样的规矩吧？"

东瑷给一旁的盛乐芸和盛乐蕙使眼色，让两个孩子先出去。看盛夫人这口气，虽软软的，却并不打算让五姑奶奶。两人吵起来，被孩子看到总归不好。

盛乐蕙比较聪颖，东瑷的眼色她一下子就领悟，起身拉了姐姐的手；盛乐芸反应慢些，但见盛乐蕙拉她，也明白过来，两个小人儿轻手轻脚从旁边退了出去。

　　五姑奶奶冷笑："大嫂是揣着明白装糊涂？您那外甥女是个什么身份，秦卫侯府为何要娶她，您心里不是跟明镜似的？您既答应了秦奕的婚事，自然明白和煦大公主的用意。您倒好，外甥女嫁了，就不声不响把沐哥儿的婚事定了，这不是过河拆桥？您让我以后怎么在和煦大公主面前做人？"

　　盛夫人的脸色阴沉了下去。

　　东瑷正想接话，外头丫鬟说侯爷回来了。

　　几个人忙起身，给盛昌侯行礼。

　　盛昌侯穿着天青色直裰，表情冷峻扫视众人一眼，这才让大家免礼。

　　大家重新坐了，盛夫人把位置让给了盛昌侯，自己坐在炕沿一排的楠木太师椅上。东瑷和二奶奶葛氏就往后挪了一个位置，坐在盛夫人下首。

　　盛昌侯问："怎么回来了？"

　　对五姑奶奶的语气很冷淡。

　　五姑奶奶对盛昌侯也提不上敬重，冷哼一声，把方才对盛夫人说的话，又当着盛昌侯的面说了一遍。

　　东瑷和二奶奶心弦紧绷，怕盛昌侯发火。

　　盛昌侯却半晌没有做声。

　　五姑奶奶又道："和煦大公主质问我，倘若不给个说法，他们家的二儿媳妇也不要的。"

　　丫鬟端了茶盏进来，轻轻搁在盛昌侯手边。

　　盛昌侯端起来，掀了杯盖，袅袅茶香四溢。他轻抿了一口，猛然将茶盏砸在地上，怒斥道："茶都凉了！今日谁管茶水的？"

　　康妈妈忙上前，说了丫鬟的名字。

　　盛昌侯道："拖下去打十板子，撵出去！"

　　康妈妈腿吓得发抖，忙道是，转身快步出去了。

　　东瑷和二奶奶坐着，大气都不敢出；盛夫人亦不言语，任由盛昌侯发落丫鬟。

　　砸了茶盏，盛昌侯才舒了口气，转头看着五姑奶奶。目光鹰隼锋利，似厉风劈面灌来，五姑奶奶下意识往后挪了挪，而后又故作毫不畏惧和盛昌侯对视。可最终还是被盛昌侯的目光逼视得撇开了眼。

　　"你回去告诉卫国平，他的儿媳妇，休逐或者打杀，随他的意。嫁出去的女儿泼出去的水，况且他的儿媳妇并不姓盛，和我们府里说不着。"盛昌侯冷冷收回了视线，对五姑奶奶道。

　　卫国平便是和煦大公主驸马、秦卫侯的名讳。

　　五姑奶奶明显没有想到盛昌侯会这样说话，脸色霎时紫涨，嘴唇翕合，半晌不知该说什么。她愣了半天，才道："二哥，你此话当真？"

盛夫人猛然抬头看了眼五姑奶奶,想说什么,却被盛昌侯严厉的眼眸扫过来,话就堵在喉咙里。

五姑奶奶一直叫盛昌侯为大哥,此处却喊二哥。东瑷心里微动,她想起去年来的那个大堂哥盛修辰。那时盛夫人就说,盛昌侯有个庶兄在徽州,早年死了。

盛夫人攥紧了手帕,灵机一动,对东瑷和二奶奶葛氏道:"你们妯娌去给你爹爹泡杯茶来。"这是要把东瑷和二奶奶遣走。

东瑷和二奶奶正紧张,怕盛昌侯发火殃及池鱼,听到这话,妯娌俩连忙起身,去了外间。

"自然是当真!"两个儿媳妇走后,盛昌侯的表情更加严峻冷冽,猛然回头盯着五姑奶奶,"当初是我们家求你去和煦大公主府提亲了吗?当初你说过娶奕姐儿的目的吗?我们府里哪里食言?"

五姑奶奶气得眼眸嘴唇哆嗦:"二哥,你这样黑白颠倒,不怕遭报应?"

盛昌侯猛击炕几,站起身来,厉声呵斥道:"我黑白颠倒?我哪句话不对,你先指出来,再说我黑白颠倒!"

五姑奶奶被他的气焰吓住,不由在炕上缩了缩,而后又想强撑着打起精神,却见盛昌侯慢悠悠转到了西北墙壁,把悬挂的一把玄铁宝剑取在手里。五姑奶奶大惊失色,猛然起身,躲到盛夫人身后,吼道:"盛文晖,你敢行凶!"

盛夫人也急了,忙上前欲拉盛昌侯。

盛昌侯并未拔剑,只是看着躲在椅背后的五姑奶奶冷笑:"没用的东西,色厉内荏,还敢到我家里来撒野!你欠管教!"

五姑奶奶的确是色厉内荏,见盛昌侯拿了剑,她脸上的怒色全消,只剩惧怕,惊恐望着盛昌侯:"你……你敢动手……文靖长公主不会放过你……你现在什么都不是……"

"杀你?脏了我的地方!"盛昌侯将剑扔在一旁,冷冷笑道,"滚回去!你是个什么畜生,敢到我府里和我夫人说话如此不客气?抬举你,把你嫁到文靖长公主府;不抬举你,你就跟那个死去的贱人一样,给人做小老婆都不配!回去告诉和煦大公主,我盛文晖什么都不算,可是我儿子的亲事轮不到外人过问。滚不滚?"

"你……你……"五姑奶奶听着盛昌侯骂得那么恶毒,脸都扭曲了,又怒又畏,"当初你答应过什么!"

"答应过什么?"盛昌侯冷笑,"答应过让你做我的妹妹,给你侯府小姐的尊贵,我何曾食言?我若是没有答应过,你这种下流种子能当着我的面和我说话?给我舔鞋底都不配!这是最后一次,下次若还敢到盛昌侯府拿姑奶奶的款儿……"

说罢,他走到丢在地上的剑旁边,用脚踢了踢那剑:"还记得生你的那个贱人是怎么死的?"

五姑奶奶脚发软,身子不由颤抖起来。

盛夫人也脸色苍白,这时才上前,对五姑奶奶道:"你快走吧………"

五姑奶奶踉踉跄跄奔了出去。

　　盛夫人看着她仓惶的背影，担忧看了眼盛昌侯："侯爷，您怎么又提这茬？她要是说了出去……"

　　"说出去？"盛昌侯笑了笑，表情也缓和了些，"她敢说出去，那不是自寻死路？要是让文靖长公主知道她只是个庶出的，固然我们家要受些埋怨，对她有什么好处？"

　　想到此处，盛昌侯眼眸里涌动凶戾："从前念着贵妃娘娘，念着我在朝中的名声，次次忍让她，她倒是变本加厉！当年就该把他们杀绝，以绝后患！那个贱妇养出来的，都是些什么东西，他们都该死！"

　　盛昌侯并不算个君子，他骂人什么脏话都会说。

　　所以贱人、贱妇，他张口就骂，语气里对那个女人恨之入骨。

　　思及往事，盛夫人仿佛被烫了下，心尖一颤，忙把那凌乱恼人的记忆压下去。猩红毡帘外，两个儿媳妇低声喊了爹娘，要进来奉茶。

　　盛夫人坐回了炕上，喊了东瑗和二奶奶葛氏进来。

　　上好的龙井，有别样清洌，盛昌侯享受呷了一口。入喉甘醇，茶香绵长，他眉宇间有些许满意，微微颔首，脸色也缓和不少。不知是不是心态不同，他觉得今日的茶特别好喝，就随口问了句："这茶你们谁沏的？"

　　二奶奶忙道："是大嫂沏的。"她没敢看盛昌侯的脸色，不知他是怒是喜，却从方才的暴风骤雨里判断，公公此刻心情定是不佳。

　　她怕被连累，忙把东瑗推出去，反正不曾撒谎，茶的确是大嫂沏的。

　　盛昌侯看了眼二儿媳妇，眉梢噙了几分冷笑。

　　东瑗同样不敢抬头。听到公公问，二奶奶葛氏又连忙回答，她的心也是一咯噔。盛昌侯的骂她领教过，可她不想当着二奶奶挨骂，就不由自主咬了唇。

　　"茶不错。"好半晌，盛昌侯才道，又问东瑗，"你也爱喝茶？"

　　东瑗心就放了下来，恭敬道："是。"

　　盛昌侯转头问盛夫人："上次雍宁伯送我的那些大红袍，收在哪里了？"

　　盛夫人见他还有心情问茶叶，便知道五姑奶奶带来的不快已经过去了一半，忙笑道："在阁楼上。侯爷现在要喝？"

　　盛昌侯道："你叫人寻出来，给颐哥儿媳妇吧。反正我不爱那味儿，白放着可惜。那是宫里赏下来的，南边进贡的东西，比外头买的好些。"

　　雍宁伯是太后娘娘的堂兄弟，从前爱在太后娘娘跟前讨巧。太后娘娘虽不信任他，没有给他官职，却也喜欢这个堂兄弟凑趣讨好，逗她开心。时常有好东西，贵妃娘娘们都尝不着的，雍宁伯倒是能弄到。

　　盛夫人、东瑗和二奶奶葛氏都吃了一惊。

　　盛夫人心里欢喜，忙叫人去寻出茶叶，给东瑗拿着。

盛昌侯不说给二奶奶葛氏，盛夫人亦不敢在这个当口提醒他。二奶奶葛氏顿时脸上讪讪的，尴尬立在一旁。

"你们都有事，回去吧。"等丫鬟们把装茶叶的锦盒寻出来交给东瑷，盛昌侯就不耐烦起来。

东瑷和二奶奶忙不迭退了出去。

走出元阳阁门前的抄手游廊，二奶奶葛氏往喜桂院去，勉强跟东瑷福了福身子，一脸不快地走了。

东瑷心思都在这茶叶上，没有顾及二奶奶的感受。她捧着锦盒，既诧异又惊喜。她公公赏赐她东西呢，倘若是一年前，东瑷想都不敢想。

她泡茶并没有什么手艺，不过是普通的步骤。公公心情好，喝茶就觉得舒坦，所以认为是她泡茶好。

她看了一回，把锦盒给了蔷薇，去了桢园看诚哥儿。

已经六个月大的诚哥儿，抱着很沉手。他生下来，除了那次呛水后，一直无病无灾，能吃能睡，长得肉墩墩的，瞧着就喜欢。他又爱笑，很少哭，东瑷看着儿子，什么烦心事都没了。

她把诚哥儿抱到静摄院，才那么点路，她发现自己后背有些出汗，诚哥儿真的好重啊。

母子俩在东次间临窗大炕上玩，东瑷拿着个手摇小鼓，逗诚哥儿爬。让他自己多爬爬，只当锻炼身体。

诚哥儿就咯咯笑，追着东瑷的手摇鼓，母子俩在东次间炕上爬得欢快。

盛修颐从太子府回来，走到檐下回廊时，就听到他们母子的笑声。他不由也微扬唇角，跟着笑起来。

诚哥儿看到父亲进来，不追东瑷的手鼓玩了，爬向盛修颐。

盛修颐就要抱他。

东瑷丢了手鼓，把诚哥儿拽住，抱在怀里，对盛修颐道："你先去更衣吧。"她怕盛修颐从外头回来，身上带了脏灰尘，被诚哥儿蹭到身上。

小孩子的抵抗力不如大人，容易感染细菌。

盛修颐笑了笑，转身去了净房洗漱。

罗妈妈和橘红、蔷薇等人便在一旁抿唇笑。

东瑷看在眼里，问罗妈妈："你们笑什么？"

罗妈妈看了眼净房的方向，悄声对东瑷道："昨日还听这院子里的老人说，咱世子爷变了不少呢。从前回来就是冷着一张脸。如今回来看见您和诚哥儿，总是一张笑脸。您瞧，可不是么？"

东瑷也觉得，盛修颐如今越来越……开朗。

用开朗来形容成年的男人，有些怪。东瑷沉思须臾，才想到一个更加贴切的形容：盛修颐越来越放纵自己的感情了。

他从前事事克制，压抑自己的好恶、性格甚至能力。如今，他仿佛放开了拳脚，亦不故作冷漠。

他甚至敢在马车上……东瑗脸上一阵热浪涌上来。

看到东瑗垂首不语，罗妈妈等人又是笑。

盛修颐更衣出来，把诚哥儿抱在怀里，笑着对东瑗道："他又重了。"而后低声跟东瑗耳语，"她们又拿你取笑？"

他进来的时候，看到罗妈妈等人在笑，而东瑗微微垂首。盛修颐知道罗妈妈等人是东瑗从小身边服侍的。东瑗待她们没有主子的款儿，他撞见过好几次橘红和罗妈妈等人拿东瑗说笑。

盛修颐是从徽州乡绅人家出来的，对规矩向来没有那么苛刻。他觉得规矩是为了让主子活得更轻松。假如贴身服侍的人愿意亲近主子，又有分寸，时常开点玩笑不值什么。

东瑗暗啐他，转而去逗诚哥儿。

"呀呀……"东瑗拉着诚哥儿的小手时，诚哥儿突然道。

东瑗愣住，紧张问盛修颐："他是不是叫娘娘？"

盛修颐也是头一次听到诚哥儿吐言，他没有听清。

东瑗见他反应懵懂，还不如自己，又问旁边的罗妈妈等人，诚哥儿是不是叫娘了。

大家都没有听清。

"诚哥儿，你是不是喊娘娘？你再叫啊。"东瑗拉着儿子的小手，哄着他叫，"叫娘，叫娘……"

娘这个字好拗口，她真想教诚哥儿叫妈妈。妈妈容易发音。

可想着盛修颐会说她匪夷所思，她的念头就打住了。

盛修颐、罗妈妈、橘红和蔷薇也盯着诚哥儿。

诚哥儿好奇看着东瑗，又转头去看父亲和罗妈妈等人，咯咯笑起来，再也不说话了。

东瑗很失望。

罗妈妈安慰她："想必是听差了。孩子开口说话，最少八九个月，咱们诚哥儿才六个多月呢。您也太心急了。"

东瑗撇撇嘴。

逗弄了一会儿诚哥儿，诚哥儿饿了，盛修颐才把孩子给了乳娘。

到了晚饭的时辰，罗妈妈和蔷薇在一旁摆筷服侍，东瑗就把今日五姑奶奶大闹、盛昌侯赏赐她茶叶的话，都告诉了盛修颐。

"爹爹头次赏我东西，还说我泡茶好喝呢。"东瑗甜甜笑道，眼波潋滟妩媚。她虽然说了五姑奶奶的事，却把话题岔开，不再多提五姑奶奶。

盛修颐心头一动，也笑起来，用筷子头点她的鼻端："不就是赏你点茶叶？看你喜欢的，饭也不好好吃了。"口吻像说孩子似的。

东瑷不依，辩道："难得嘛！我进府里都一年多了，若是不论月子里送的乌鸡，这茶叶还是第一次赏我东西啊。东西虽不说值什么，这份情难得呀。"

然后对蔷薇道："你等会儿把那茶叶分开，给二奶奶送一半去。"

盛修颐问："当时她也在跟前，爹爹没有赏她？"

东瑷摇头，道："当时五姑奶奶才走，爹爹正生气呢。他问茶是谁沏的，二弟妹连忙说是我。在这之前，爹爹把泡茶的丫鬟打十杖，撵出去了呢。二弟妹急着摘清，爹爹大约是因为这个，才没有一并赏她。爹爹的心情谁也摸不透，我和娘都没敢多嘴。"

盛修颐听到二奶奶葛氏出了事就把东瑷推出去的话，眼眸微沉，继而才笑："不过是点茶叶。你再叫人送去，她还以为你诚心恶心她。算了，你留着自己喝吧。"

东瑷笑道："她怎么想是她的事。不过是点茶叶，她要是真恶心，以后咱们妯娌间也别处了。"

盛修颐看了眼自信又大度的妻子，心里充盈着暖意，他笑了笑，放了碗，不由自主伸手摸了摸她的头。

东瑷蹙眉："哎呀，你端碗的手又没洗，油沾到我头发上了……"

盛修颐看了看自己的手，并无油渍，但是很不服气地往自己衣裳上使劲揩了揩，摊给东瑷看："已经没油了。"然后端起碗，若无事情吃了起来。

东瑷看着他的动作，瞠目结舌，怎么觉得这样的盛修颐有些痞气？

而一旁服侍的罗妈妈和蔷薇想笑又不敢笑，两人憋得要死。

吃了饭，诚哥儿也睡了，乳娘和丫鬟们把诚哥儿抱回了桢园，东瑷和盛修颐亦躺下歇了。

东瑷睡意不足，盛修颐拿着本书斜靠在引枕上看着，帐内有光线，东瑷更加睡不着。

她翻了身，问盛修颐："这几天教太子念书，吃力么？"

盛修颐轻笑："太子很聪明，也好学，从前请的先生都是博学鸿儒，他一肚子学问。很容易教。"

他说得很轻松，东瑷却觉得不会那么容易。

学生一肚子学问，对先生往往更加苛刻。先生若是不如学生，学生别说敬重先生，只怕先生饭碗不保。

盛修颐的语气里不像是强撑，那么他果然是能震住太子了。

淡淡灯火中，东瑷望着他的侧颜没有挪眼。经过这段日子的调养，他长胖了些，脸色也恢复了从前的模样，下巴曲线坚毅完美，眼睛明亮，是个很英俊的男子。

从新婚最初的相互试探，到如今的自在相处，时间仿佛在细水长流中不知不觉消磨。

她微微笑了笑。

盛修颐放了书，回眸问她笑什么，东瑷就侧身不理他。盛修颐一边看书，手不老实在她后背轻轻摩挲着。

东瑷被他弄得有些身子酥麻，就转身对着他，把他的手抱在怀里，不准他的手臂乱动。

"天和，五姑奶奶跟爹娘到底结了什么仇怨？"东瑷轻声问盛修颐。东瑷一直对五姑奶奶很好奇的，是什么样的妹子，可以在兄嫂面前如此嚣张？

盛家不是盛昌侯撑起来的吗？嫁出去的姑奶奶，不都依靠娘家势力才能在婆家昂首挺胸吗？离了娘家的支撑，婆家也不会高看她吧？

盛修颐听到东瑷这样问，看着她清湛的眸子里带着疑惑，他微微顿了顿，才道："她是我祖父的姨娘生的……"

东瑷更是错愕。一个庶出的女儿，能嫁到文靖长公主府，绝对是靠了盛昌侯府的势力。她是倚仗盛昌侯，才谋取今日的地位，应该敬重盛昌侯才对。就算是嫡妹，有盛昌侯这样权势的哥哥，也会畏惧，何况五姑奶奶还是个庶妹。

"她和大伯都是祖父的夏姨娘生的。"盛修颐提起他们，口吻平淡，而后想起盛家谁也没在东瑷面前提过大伯父，就特意解释，"在徽州老家，咱们还有个大伯。他早年死了，留下大伯母和大堂兄……"

"我知道。"东瑷道，"大堂兄去年来过。"

她把去年盛修颐去了西北期间，盛修辰来京报丧、三爷去送葬等话，都告诉了盛修颐。

"大堂兄来过？"盛修颐问。

东瑷颔首，道："……爹爹好像不高兴。大堂兄也没有多留，见了爹爹就又匆匆回去了。过了两个月，大伯母没了，是三弟回去送的。"

盛修颐眼眸里闪过几缕莫辨神色，看不出喜悲。他道："大伯母人很好，她比娘大不了两岁，竟然走得这么早。"

东瑷不知该如何接腔。

盛修颐倒也没有太多的感叹，继续说五姑奶奶："我们北上的时候，夏姨娘正好去世，大伯身子骨不好，他们一家人便留下来守祖坟，五姑姑跟着我们来到了京城。"

虽不忍心丢下祖父的血脉，却也没必要把庶妹认成嫡妹吧？

"五姑奶奶手里捏着爹爹的把柄？"东瑷小心翼翼问道。

她想起当初嫁到盛家时，打听到盛家的仆人都留在徽州，只有盛夫人身边得力的康妈妈带着同来。那么，盛家在徽州自然是发生了不光彩的事。

而五姑奶奶这般蛮横，难道不是手里捏了把柄？

盛修颐沉思须臾，看着妻子白玉似的面颊，想着她的种种，心里对她也放心，盛家的事，虽说不够体面，却也应该让她知晓，毕竟她是盛家的人。

对盛家，薛东瑷从未有过二心。

"不算把柄。"盛修颐缓缓道，"五姑奶奶的生母夏姨娘是爹爹杀的……"

东瑷愣住，难以置信地望着盛修颐。见他眼眸平静，没有半分开玩笑的意思，她倏然就明白过来。

这还不算把柄啊？在君主人治的社会，杀人罪可大可小。盛昌侯那时应该是刚刚显达，朝中根基不稳，他不能授人以柄，使自己地位不稳。

杀了夏姨娘，把夏姨娘的女儿认成自己的胞妹，替她谋个前程，这大约就是盛昌侯当年和五姑奶奶的约定吧？

怪不得五姑奶奶对盛昌侯和盛夫人那般不恭敬，时常挑刺。谁能对自己的杀母仇人有好感？

盛昌侯也狠，把她嫁入高门，让她嘴巴闭紧，不敢提夏姨娘的事。

五姑奶奶倘若想在文靖长公主府混下去，想在京都上流社会的贵妇里有头有脸，她自己是庶出的身份，就不敢泄露出去。只要夏姨娘的事暴露出来，盛昌侯固然要受到政敌的弹劾，甚至被问罪。

可五姑奶奶的人生就全部毁了，她会被婆家嫌弃，亦会成为京城的笑话。

随着盛昌侯地位越来越牢固，在朝中势力越来越大，五姑奶奶就更加不敢说。她说了，是把自己推入火坑；而获得权势的盛昌侯却可能不受影响。

盛昌侯把五姑奶奶放在高处，让她过上她从前奢望却不可得的生活。名声、地位成了让她缄口的法器。五姑奶奶也是作茧自缚。

如今盛昌侯辞官在家，盛贵妃娘娘亦无望后位，盛家再也不怕那些陈年旧事，所以今日盛昌侯才敢骂五姑奶奶，不怕惹急她吧？也是因为这件事，盛家上京不敢带曾经的下人？

盛老太爷的夏姨娘是怎么死的，绝对不会闹得徽州老家阖府皆知。家里的下人们并不清楚情况，却难免有刁钻的仆人捕风捉影的。要是被盛昌侯的政敌利用，泄露出去，对盛昌侯和盛贵妃娘娘都不利。所以干脆全部留在徽州，以绝后患。

一句"乡下使唤的下人，不好带入侯府"，就可以光明正大解释为何不带下人上京这件事了。

只是，盛昌侯为何要杀他父亲的姨娘？

是因为夏姨娘和祖母置气，盛昌侯替母亲不平？

东瑷心里百转千回，问盛修颐："为何杀人？"

"一些流言蜚语。"盛修颐叹气，"祖父在世的时候，对生了庶长子的夏姨娘不错。他临终前，怕将来儿子们分家不公，又怕大伯会被爹爹欺负，留了些田产给夏姨娘。祖父去世三年后，祖母才知道这件事，找了夏姨娘来问，要回收这些田产，放在公中，将来爹爹他们兄弟平分。夏姨娘撒泼，同祖母争执，两人起了冲突。祖母要把夏姨娘关在柴房，夏姨娘不饶，就推了祖母一把。祖母当时就跌在桌角，把头磕破了……"

这是过度宠妾的下场。

东瑷没有出声，静静听着盛修颐说往事。

"……祖母原本身子就不好，时常生病，大夫早就说过她挨不过那年冬天。被夏姨娘推得磕破了头，也就病倒了。而后反反复复的，两个月后病逝了。"盛修颐说起他的祖母，感情也很平淡，"那时不像现在这么太平，西北常有战事，爹爹恰逢打仗，无法分身回来替祖母守孝。祖母病逝一年后，爹爹才从西北回来。因他战功显赫，陛下免了他的丁忧，还封侯赐府。爹爹回来后，原本也没事，可后来他不知从哪里听说了祖母临终前被夏姨娘推了一把。他对夏姨娘和大哥一向不喜，听说这话，也不问旁人，提了剑就去杀夏姨娘。"

东瑗不由心口一紧。

"夏姨娘也年纪大了，哪里见过这阵势？见爹爹凶神恶煞提着剑进来，吓得昏死过去。爹爹不解气，上去刺了两剑……"盛修颐道，"虽说夏姨娘有谋杀主母之嫌，可爹爹不报官不立案，私下杀人，犯了大忌。娘闻讯赶过去，爹爹正要去杀大伯……"

东瑗不由抓紧了盛修颐的手。

早年去世的大伯，原来也是被盛昌侯杀了？杀个姨娘可能不算大罪。这个年代，姨娘的地位比家里的仆妇高不了多少。况且夏姨娘还有谋杀主母的嫌疑呢。可杀庶兄，这定是要被弹劾处置的。

"……娘和大伯母拦着，娘又哭得厉害，爹爹倒也清醒不少，就没有动手，只是砍了大伯一条腿。"盛修颐叹了口气。

从战场上归来不久的盛昌侯，对杀人这等事，大约是麻木的吧？

他处理事情的法子，居然这样简单粗暴。

"爹爹杀了夏姨娘，又砍了大伯一条腿，大伯能甘心么？"东瑗问盛修颐。

最后这件事瞒了下来，盛昌侯大约也是给了大伯好处的。

是什么好处？

东瑗想起当初她怀诚哥儿的时候，盛夫人说起自己怀孕的往事，只说了贵妃娘娘、盛修颐和盛修沐，却没有提最小的嫡女、进宫去做了婕妤的盛修琪。

东瑗当时有些惊讶，现在猛然明白过来：既然把庶妹变成侯府的小姐，大伯会不会也想自己孩子有个好前程，所以把女儿送到盛昌侯府做嫡出小姐？

可又说不通啊，三爷盛修沐是到了京城才出生的，盛修琪却比盛修沐小两岁，当年出事的时候，盛修琪尚未出世呢。

盛昌侯绝对不是那种能接受大伯三番两次敲诈的人啊。倘若大伯想再次敲诈，下场大约只有个死吧？

"自然不甘心。"盛修颐微叹，却想起什么来，语气一顿。

怎么好好地跟她说起这些陈年往事？

是怎么开头的呢？

东瑗见他顿住，听了一半的话搁在那里，心里痒痒得难受，期盼地望着他，希望他可以继续说下去。

"怎么不甘心的？"东瑗见他犹豫，她心里想到了盛婕妤盛修琪，她直接问，"大伯的不甘心，是进宫的婕妤娘娘吗？"

盛修颐抬眸看了妻子一眼，她的话让盛修颐很吃惊，她怎么知道盛修琪不是盛夫人亲生的？

东瑗笑了笑："我显怀的时候，吐得难受，娘就跟我说，当初她怀贵妃娘娘、你和三爷时，也不好受。娘没有提婕妤娘娘。我知道二爷是通房生的，家里若是有人意外，就只剩下婕妤娘娘了。"

盛修琪跟薛家的十二姑娘薛东姝是同一日进宫的，薛东姝已诞下公主，盛修琪却没有半点消息。听说皇帝只在她宫里歇了一夜，而后再也没去过。

盛昌侯对盛婕妤也不关心，盛夫人也淡淡的。她是死是活，在宫里过得怎样，盛家的人很少提起。

盛婕妤是幼女，若是亲生的，盛家应该不会如此冷漠的。

盛修颐微笑，心里暗赞她心思缜密。东瑗说这话，说明她对盛家的事也很好奇，可是她从来不乱问。今日盛修颐主动坦白，她才趁机问个明白。

家里的事，她总要知道，将来盛昌侯府的内宅，都要交到她手里呢。

盛修颐心里的不适也放下了，索性说个明白："出事的时候，三弟都没有出世，何况婕妤娘娘，她比三弟还小两岁。是二弟……"

东瑗眼睛瞪得老圆。

二爷……难道不是通房生的，而是大伯的儿子？

"……爹爹和大伯、大伯母商议好了，把三岁的海哥儿给爹爹做儿子，说是爹爹的嫡子。将来爹爹替海哥儿谋个好前程，三弟没有出世，侯府的家业海哥儿要跟我平分。

"五姑奶奶也认作爹爹的嫡妹，嫁到高门大户人家，享受荣华富贵。大伯是庶子，他不爱读书，年纪又大，再去立军功也来不及。他一辈子不可能再有出息了，能给他儿子和妹妹谋个前程，他也同意。

"大伯只有两个儿子，大堂兄年纪太大，也懂事了；海哥儿虽然三岁，却不太记得事，从小又是一个院子里长大，他只对自己的乳娘熟悉，大伯母和我娘哪个是他亲娘，他自己也糊里糊涂的。

"大伯的条件，爹爹都答应了。爹爹的条件是，除了这些事不能说出去，另外便是夏姨娘的牌位不能立在盛家祖祠里。"盛修颐缓慢道来。

东瑗努力消化着这个事实：二爷不是通房的儿子，而是盛修颐的堂弟。她错愕问道："既说是嫡子，怎么又说是通房生的，养在娘名下？"

"爹爹是那种受制于人的吗？"盛修颐道，"回了盛京，他怎么想都不痛快。最后不顾娘和五姑奶奶的反对，只说二弟是通房生的，养在娘名下，将来的家产，照样和嫡子平分。娘到了盛京，生了沐哥儿，爹爹就更加不愿意海哥儿养在咱们家了。"

盛修颐的意思就是，盛昌侯对二爷并不好。

盛夫人倒也对二奶奶不错。

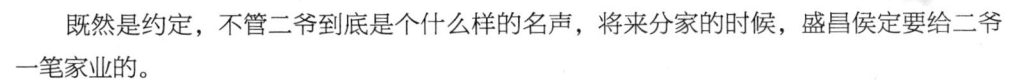

既然是约定,不管二爷到底是个什么样的名声,将来分家的时候,盛昌侯定要给二爷一笔家业的。

盛昌侯是不是特别不愿意?

"那婕妤娘娘呢?她不是大伯的女儿?"东瑗问,"她是谁的女儿?"

"她是大伯的女儿。"盛修颐道,"爹爹不是说,不准夏姨娘的牌位进盛家的祖祠吗?大伯原本是答应的,可听说爹爹居然把二弟认作通房生的庶子,他心里也恼火。他把夏姨娘的牌位放在祖祠不说,还放在祖父的众姨娘之首。他到底怕爹爹,虽然做了,却瞒着不敢告诉爹爹。祖父还有个贵妾呢,夏姨娘虽生了庶长子,却也没资格陪在祖母之下,众妾之上。

"我们到了盛京的第三年,黄河决堤,爹爹去芜湖征粮赈灾。灾情稳定后,爹爹听说老家的祖坟也被连绵的大雨浸泡,好几处的墓碑倒了。虽说有守陵人和大伯在老家,他还是不放心,就借机回了趟老家。

"大伯也没有想到他突然回来,都来不及收了夏姨娘的牌位。爹爹看到夏姨娘的牌位搁在祖祠,还摆了那么高的位置,一气之下,徒手就打了大伯。大伯身子文弱,又被爹爹砍断了一条腿,三年来身子越发不好,哪里经得住爹爹的拳脚?就被爹爹当场打得断了气。"

东瑗微微阖眼。

她只当盛昌侯脾气暴躁,和他徒手杀人相比,他现在的性格真的是好了不少啊。

"大伯母刚刚生了琪姐儿。大伯死了,她也没有怨,只是哀求父亲,把琪姐儿也带走,给她也谋个前程,她保证缄口不提大伯的死因,亦不告状。大伯没了,孩子留在老家,将来也没出息。大伯母只留下大哥守着老宅,免得断了大伯的香火。爹爹把琪姐儿就带了回来,说是娘新生的女儿。家里佣人谁敢乱说话,都被打死或撵了卖了。后来,也没人敢提闲话。"

东瑗静静听着,帐内的那盏明角灯却渐渐黯了下去。

他们说了很久的话,仿佛跨越了一个时空。

她心里想的,不是盛家那个宠妾的祖父,嚣张的夏姨娘,贪婪的五姑奶奶,无知无畏的大伯,狠心把孩子给旁人的大伯母,以及幼小不知事无辜的二爷盛修海和盛婕妤修琪,而是她和盛家。

她终于知道了盛家最大的秘密。

东瑗不喜欢旁人的秘密,因为保守秘密是件很辛苦的事。这种辛苦,来自倾诉秘密的那个人对自己的不放心。

有些人一时倾诉秘密,可能只是心态作祟,并不是他认为你是最合适倾听的人。等他过了那种冲动,他首先对你不放心。只要有人巧合地提起那件事,他第一个就会怀疑你把秘密泄露出去。

也许,信任就这样被消磨。

可她对盛修颐说的这个秘密,并没有这种负担感。她只是觉得欣慰,盛家的全部,她终于可以试着抓在手里,只有她有这个本事。

因为她的男人,愿意把盛家的一切都交给她,包括尘封的不堪记忆。

东瑗道:"爹爹对二爷和婕妤娘娘都不太喜欢,五姑奶奶也不喜欢爹爹和娘,原来是这么一段往事。上次大伯母去世,爹爹让三爷去送葬,却没有让二爷去,只怕也是爹爹不同意。"

盛修颐把灯熄了,帐内一片晦暗,他把妻子抱在怀里,两人躺下,吻了吻她的面颊,低声道:"这个世上,用一样东西换取另外一样东西,总有得失。当初选择了把二弟给爹爹,现在却要二弟回去送葬,就是食言。爹爹的做法虽然绝情些,可二弟回了老家,又逢大伯母去世,倘若旁人挑拨再三,咱们家里也不得安宁。有时候原则就是原则,心软并不是仁慈,而是动乱的开始。爹爹是浴血战场的人,他的一生看似不讲情面,冷漠无情,殊不知他替我们省了多少事。"

旁的事东瑗没有具体的感受,可家里的仆妇们在盛昌侯的高压统治下不敢越雷池半步,让东瑗接管家务的时候很省力。

她从前还觉得盛昌侯的高压统治太过于残酷,现在却觉得,他把恶名声承担了下去,让妻子和儿媳妇管家时轻松不少。

东瑗到底还是见识浅薄了些。对那个冷酷又暴躁的公公,在盛修颐几句话的点拨之下,东瑗遽然有了敬佩与欣赏,不再是单纯的畏惧。

"爹爹是个很好的人。"东瑗笑起来,"天和,你老实说,你从前怨过爹爹么?"

她想起盛修颐从前那些日子的隐忍蛰伏,明明学富五车,才高八斗,却要装成庸才,籍籍无名。热血年少的时候,应该怨恨过吧?

"我不花时间去怨恨。"盛修颐徐徐道,"我只花时间去准备。准备好,让自己更有把握,总有转瞬即逝的机会。爹爹没什么不好,他从前很爱惜权势和地位罢了。谁都有缺点,有时候无意间为了自己的理想损害他人的利益,谁都有过。阿瑗,你和我,我们都是有缺点不完整的人。我们也有自己最想要的东西,甚至为了这些去牺牲旁人……我们牺牲旁人时理所当然,被牺牲时却怨恨不平?至少我不曾如此……"

东瑗就想起了陶姨娘。她为了爱情,难道不是牺牲了妾室们的机会?

她从前觉得自己很豁达,可盛修颐的豁达,却是站在更高的高度。东瑗仰望着他,被他带入了更广阔的天地。

心豁达,世间的路才会更加平坦。

东瑗紧紧搂住盛修颐的腰,把头埋在他的怀里,喃喃道:"天和,我居然遇着你……我头一次遇着像你这样的人。我的祖父、祖母也很好,可你是个更加不同的人。"

站在同样的高度,却是不同的方向,让东瑗领略了世间不同的风景。

她觉得自己很幸运。

"……我却没什么不同的地方。"东瑗想着,懊恼地低喃。

盛修颐听在耳里,忍不住哈哈大笑。

第二十一章 三爷定亲

盛家三爷盛修沐定亲，原本是件喜事。

可在和煦大公主和东瑷继母杨氏的吵闹下，喜事变得令人有些郁闷。

盛家五姑奶奶被盛昌侯吓了一顿，回到府里又觉得憋气。她是不敢再去盛家闹事了，闹起来盛昌侯固然不好看，往事也可能被翻出来，可五姑奶奶自己，却要承受最大的非议与冷眼，她并非嫡女呢。

她心里存了恶气，不敢去招惹盛昌侯府，却在和煦大公主面前添油加醋，把盛家的傲慢和骗婚夸大其词。

和煦大公主对五姑奶奶的话深信不疑，气急败坏，不顾皇家体面，亲自上门讨说法。

盛昌侯倒不敢骂和煦大公主。他任由和煦大公主信口雌黄、颠倒是非，半句不曾还嘴。等和煦大公主走后，他却跑去皇宫，到皇帝面前控诉和煦大公主对他的不敬，要求皇帝把他调去皇陵服侍太后娘娘。

盛昌侯爽快辞官，元昌帝对他颇为感激。听到和煦大公主去老臣家里闹事，盛昌侯又来控诉，意思是人走茶凉，他现在没了官职，被公主欺负。

这还了得！盛昌侯虽然辞官，可朝中还有些势力。倘若元昌帝撒手人寰，盛昌侯复起，元昌帝的儿子不又是受制于人？

元昌帝对没脑子的和煦大公主恨得牙痒痒，当即遣了内侍，传圣旨责骂和煦大公主，骂她丢了皇家威仪，没有公主的度量。最后处罚她赔偿三千亩良田给盛昌侯，算作赔罪，而和煦大公主自己，则被圣旨禁足半年。

和煦大公主一听陛下圣旨骂她没了公主威仪，吓得昏死过去。这不会是要夺了她的公主封号吧？

得知没有夺封号，只是让她向盛昌侯赔罪，她也松了口气，三千亩良田痛快地给了。

可这件事很快传遍了京城，和煦大公主也成了京城的笑话。

盛昌侯气也出了，三千亩良田也到手了，心里很爽。

那几日，东瑷晨昏定省时总能遇着他。他对东瑷也和气不少，还叫了乳娘把诚哥儿抱给他瞧瞧，两道剑眉舒展开，脸上竟然有淡淡笑意。

东瑷进门第一日见过盛昌侯的笑。他的笑，只有在需要敷衍的场合才会用。在后院，盛昌侯永远都是一张冷脸，叫人瞧着就畏惧。

如今，他真的面容含笑。

不仅仅是家里的儿子、媳妇诧异，就是跟他生活了三十几年的盛夫人也错愕不已。

不过是让和煦大公主吃了点亏，至于这么高兴吗？

盛修颐跟东瑷说："爹爹退了下来，心里憋得慌。这次总算让他出了口气，心情愉悦是难免的。他这口气，不仅仅是把和煦大公主弄得狼狈，也是把被迫辞官的怨气驱散了些。"

东瑷笑得不行，问："老小孩，越老越像小孩，是不是这个意思？"

盛修颐也笑。

和煦大公主想把女儿嫁给沐恩伯，闹了这么大的笑话，可并不影响东瑗继母薛五夫人犯浑。

东瑗的大伯母世子夫人想着替十二妹薛东琳保媒，却被五夫人杨氏和杨家搅和得颜面尽失。

薛老夫人身子也一日日不好。

所以五房的事，家里再也不管，任由五夫人杨氏自己去折腾。五夫人虽看好盛家，无奈盛家不买账，不肯求亲，她只好另觅佳婿。

稍微有点家底的，都不愿意娶薛十二小姐，怕丢人现眼；家底薄弱的，五夫人又看不上。挑来挑去，直到盛家三爷婚事落定，薛家十二小姐还是无人问津。

五夫人心里气不过，听说是大夫人替盛家三爷做媒的，为盛家三爷和单家七小姐牵了红线，五夫人以为大夫人故意为难她。

她丝毫不忌惮大夫人是皇后娘娘的生母，上门去就哭起来："……自己的侄女大嫂不操心，反而为了外人劳心劳力。我知道大嫂不喜我，却也不该报在孩子身上。大嫂明知琳姐儿和沐恩伯是天造地设的一对儿，却故意把单家七小姐说给沐恩伯。难道单七小姐比自己的亲侄女要亲厚吗？"

大夫人气得心肝脾胃都疼，哪有这样不讲理的人？

大夫人觉得和五夫人这样的人去争辩，降低自己的格调。她只是冷哼着站起身，看着五夫人道："五弟妹说话，先从心里过过。我这里也忙，五弟妹以后没事，就不要过来逛了。"

五夫人脸顿时紫涨。

大夫人身边的容妈妈更加不客气，等大夫人走后，让丫鬟收了五夫人跟前的茶盏，非常直白地赶人走。

五夫人当即哭闹起来。

她不仅哭闹，还在府里四处宣扬大夫人如何仗势欺人，把大夫人说得恶毒凶狠，现在借了皇后娘娘的势，为非作歹。

好在大夫人向来公私分明，为人宽厚，虽在府里管家，却从不谋私利。办事干脆，行事又赏罚得当，家里的下人没有不服的；妯娌里面，谁有个难事，大夫人也处处帮衬；妯娌之间偶尔不和，大夫人念着自己是大嫂，能让就让些，几个妯娌也服她。

反而五夫人不着调的性子阖府皆知。

她出来哭诉，没有得到同情，反而替大夫人聚了人气。家里有头有脸的婆子们都纷纷去给大夫人请安，妯娌们也上门安慰。

大夫人见到家里人如此，感激得双眸噙泪，对五夫人那些混账话也不再介怀。

蔷薇的娘生辰，蔷薇做了双鞋送回去，回来时，就把五夫人到处说大夫人坏话的事，告诉了东瑗。

五夫人不仅在薛家说，还跑去杨家说，把大夫人说得很不堪。因为这件事关乎盛家，定远侯姚夫人听说后，专门来告诉了盛夫人。

　　盛夫人以为东瑷不知道，又把东瑷叫去问了问。

　　东瑷听蔷薇说过，盛夫人问她是否事实，她非常尴尬。

　　"你莫要多想。"盛夫人见东瑷不自在，便知道她心重，安慰她，"娘问你这话，不过是想着你大伯母宽厚，又顾着面子不好去争辩，只怕定是委屈的。却到底是因为沐哥儿的事，咱们娘俩明日去瞧瞧老夫人，顺便看看你大伯母吧。"

　　东瑷脸上发红。她娘家有这等事，她岂会光彩？

　　听到盛夫人这话，她才略微好了些，忙道是，应了下来。

　　原本定了九月初十去瞧薛家老夫人和大夫人，初九那晚，盛修颐却给东瑷带来了另外一个消息。

　　镇显侯府的世子爷终于定了。

　　祖父选了二房的三少爷薛华轩做爵位继承者。

　　东瑷微讶，而后想起明朝朱元璋的太子辞世，也是选了去世太子的儿子朱允炆做皇位继承人。

　　大伯封爵后，从镇显侯府分出来单过。镇显侯府的二房是嫡出，应该承爵。可二爷去世多年，三房的三爷又是叛逆性子，四爷庶出，东瑷都以为肯定是五房承爵的。

　　不成想，老侯爷心思一转，直接为二房的长子请了封，三少爷薛华轩便成了镇显侯世子。

　　"你爹爹也是薛淑妃娘娘的生父，将来陛下定有封赏。老侯爷大约是这样想，才把承爵让给了你三哥吧。"盛修颐怕东瑷觉得没体面，笑着安慰她。

　　东瑷摇头笑了笑："天和，我们家的事，我比你更加清楚，你不用安慰我。祖父不管做什么，作为小辈都不敢非议。况且，我并不觉得祖父做错了什么。大伯封了侯，自然是二伯继承家业。祖宗的规矩便是如此，我不曾多想。"

　　可能五夫人和五房觉得薛老侯爷不给他们体面，可东瑷没有这种感觉。

　　五爷耳根软，又没太大的见识；而五夫人无知又愚昧霸道，要是薛家的祖业传到五夫人手里，只怕百年名声都要败光。

　　到那时，东瑷才是真正的没了体面。

　　东瑷的生父薛子明是薛淑妃娘娘的生父，而薛淑妃娘娘受宠已久，倘若要给五爷爵位，大约早就给了。

　　薛淑妃东姝对五爷和五夫人是什么样的感情，东瑷太清楚了。薛淑妃是镇显侯府的小姐进宫的，将来她所依仗的，是镇显侯爷。不管镇显侯是谁，都会愿意成为她的靠山，从而享受她带来的荣华，和她相互依靠。她没有必要给五爷另外的爵位，谋求另外的靠山。

　　东瑷此刻甚至揣度，陛下没有单独封赏五爷，是不是薛淑妃从中作梗？比起东瑷，身为庶女、和被五夫人害死的十妹同在一个屋檐下生活了十几年的淑妃娘娘，没有祖母可以依仗的淑妃娘娘，成长过程中忍受嫡母迫害、生父冷漠的淑妃娘娘，她对五爷和五夫人的恨意，比东瑷来得更加强烈。

每个妃子都想娘家显达，成为自己的依仗。可东瑷觉得，淑妃娘娘大约从未把五爷当成她的娘家，她只是把镇显侯府作为依靠罢了。

从来不曾对我好，却要让我给你带来荣华富贵？

淑妃娘娘岂会甘愿？

东瑷设身处境地想，她活了两世的人，都没办法甘愿。

"明日我和娘要去看望老祖宗，你让外院的管事再备一份贺仪，我给三哥三嫂送去。"东瑷对盛修颐道，而后又问他，"你去不去？"

"明日我去不成，太子少保近来伤了腰，可太子的武艺不能荒废。我除了要给太子讲学，还监督他习武，只怕不得空闲。"盛修颐笑笑，"过几日抽空，我单独去恭贺不迟，反正华轩不是外人。"

他自从做了薛家的女婿，就跟东瑷的堂兄弟关系都很不错。

东瑷没有多想，笑着说行，又随口问他："太子也练武啊？他资质如何？"

盛修颐蹙眉看着她，很不解。

东瑷恍然想起筋骨奇才等说法，貌似来自后世的武侠小说。她忍不住吐吐舌头，笑道："我是问，太子习武可上心？"

"习武是强身健体，延年益寿，太子自然上心。他学习都很努力刻苦。"盛修颐说起太子，语气里很欣慰。

每个师傅都喜欢努力上进又聪慧的弟子，盛修颐也不例外。太子学习刻苦，又聪明，让盛修颐这个做师傅的很有成就感。提起他，盛修颐的神色总是很愉悦。

东瑷就抿唇笑。

九月初十那日，天下起毛毛细雨，有些寒意。东瑷换了薄夹棉褙子，襕裙里套了件衬裙。在东次间走了走，仍觉得寒意瘆人，又进内室添了件中衣。

盛修颐瞧着她要过冬似的，忍不住在一旁笑："这要是冬天，你如何是好啊？"去年冬天，他不在家，不知道东瑷是如何过冬的。瞧着她刚遇寒流就全副武装，盛修颐不免想调侃她几句。

东瑷撇嘴，不满地嘀咕道："冬天穿棉衣啊。我是女人，女人不能冻着。"

盛修颐就哈哈笑起来，觉得她嘟嘴说话的模样，孩子似的。明明是调侃的话，她非要一本正经地解释，让盛修颐忍俊不禁。

两人吃了早饭，看了诚哥儿，就去了盛夫人的元阳阁。

盛夫人穿得更多，东瑷和盛修颐行礼后，她拉了东瑷坐在她身边，往她身上摸了一把，嗔怪道："如今变天了，怎么还穿得这样单薄？"

东瑷见屋里只是服侍的丫鬟和盛修颐，就笑着跟盛夫人耳语："里头穿了两件中衣，一点也不冷，您摸摸我的手，暖和着呢。"

盛夫人握着她的手，果然暖暖的，就笑着不再多说什么。

秋雨淅淅沥沥地下着，细如发丝的斜密雨丝打湿了雕花栏杆，青石地面亦泛着淡淡水光。丫鬟婆子们簇拥着东瑷婆媳二人出了垂花门，一行人的红绿衣衫映得地面溢彩绚丽。

盛修颐送东瑷和盛夫人上了马车，才动身去了太子府。

载着东瑷婆媳的华盖折羽流苏马车，往镇显侯府而去。

光阴暗转，转瞬间到了十月中旬。

到了十月十八那天，早晨的细雨突然变成了下雪。

这是京都的初雪，比往年晚了些。不到半个上午，地上、树梢、屋脊已经白皑皑一片。静摄院中的几株腊梅便傲雪盛绽，满庭院幽香四溢。

天气冷，诚哥儿每日从桢园到静摄院来颇有不便，东瑷便把静摄院的暖阁收拾出来，给诚哥儿住。

诚哥儿身边的管事妈妈依旧住在桢园，只有丫鬟竹桃和乳娘乔妈妈跟过来服侍。其余的，都是东瑷这边安排丫鬟婆子。

盛修颐除了给太子讲学，还监督太子骑射，偶尔也三两好友相聚，白天几乎不回内院。晚夕回来，抱着诚哥儿逗趣，有时也喊了长子盛乐郝到跟前说话，跟东瑷的交流反而越来越少。

而下雪这日，却意外回来得很早。

他先去给盛夫人请安。

来安却吩咐小厮们抬了坛酒回来。

东瑷有些吃惊，问这是谁家送的。

来安道："世子爷从天醪酒坊买的，叫小的抬进来。"

东瑷不知何意。既然送了进来，东瑷打发了小厮赏钱，就让粗使的丫鬟婆子们把酒坛抬进了小厨房。

盛修颐回来，两鬓落满了皑皑白雪，东瑷服侍他更衣，就问了他那酒。

盛修颐接过东瑷递过来的温热帕子擦脸，笑道："今日不是初雪？那是青梅酒，酸甜可口，很是有名，我特意买回来给你喝的。"

下雪天赏梅饮酒，颇有诗意。

东瑷心里顿时暖融融的。她笑着道谢，让人去把酒温了。

诚哥儿吃了奶早早睡下，东瑷就让小丫鬟去折了几株腊梅回来，插在汝窑梅瓶里，摆在内室临窗大炕上旁。她自己又折了几枝，摆在窗台上，内室里顿时暗香浮动。

丫鬟们摆了下酒的小菜，又把温热的酒坛搁在一旁，全部退了下去。

东瑷撩起一角的防寒帘幕，推了半扇窗子，寒意缓慢席卷而来。

盛修颐进来，坐在东瑷对面，东瑷亲自替他斟酒。

"今日怎么如此雅兴？"她自己亦饮了半盏，笑着问盛修颐。

下了整日的雪，窗外地上积了厚厚一层，映得天地间明晃晃的。屋内烛火虽然很幽淡，盛修颐依旧可以看到东瑗那艳丽的脸。

他笑容便从眼底荡开:"什么雅兴?路过酒坊,闻到了酒香,就想起青梅酒好喝。怎样,名不虚传吧?"

东瑗又抿了一口,虽然酸甜,可不掩酒的辛辣。缓缓入喉后,才有醇厚的香甜泛起。

"好喝……"她赞赏。

盛修颐瞧着她的神态,忍不住哈哈笑起来。

两人聊着琐事,一盏盏酒入腹,东瑗渐渐不济。她脸上燥热起来,火烧般倒也感觉不到寒意。心跳得有些快,捧住酒盏的手开始微抖,她知道自己快醉了,就不想再喝。

盛修颐却又给她斟了半盏。

东瑗推给盛修颐,舌头有些大:"……不行了。你喝吧。"

两颊生霞的妩媚,撩拨得盛修颐心头微动。他见东瑗支肘在炕几上,半缕青丝微落的娇态,喉结滚动。

"真不顶用。"他笑着站起身,走到东瑗这边,将她搂在怀里。混合着酒香的女子体香更加诱人,盛修颐心头又是一激。

东瑗斜倚在他怀里,把自己的酒盏替给他,笑道:"你喝了吧,倒了可惜。这酒味道不错……"

盛修颐啼笑皆非,她不过饮了两盏就醉得不成样子,还敢做出品酒高手的姿态。

他接过东瑗手里的酒盏,想往口中送,却见她红唇轻启,别样勾魂夺魄。酒盏就不由自主滚落在一旁,盛修颐俯身攫住了东瑗的唇。

突如其来的深吻让东瑗蒙住……

她再次清醒过来,已经是次日早晨。

昨夜醉酒,她头疼得厉害,又口渴得紧,喊丫鬟进来服侍她。盛修颐却先醒了,披衣下床从暖壶里倒水给她,还问她:"可有不舒服?"

想起昨晚的事,东瑗心里又羞又气,撇了脸不理他。

吃了早饭,两人去给盛夫人问安。外头依旧是鹅毛大雪纷飞,盛修颐和东瑗共撑一柄伞,两人并肩而行。

东瑗就低声道:"你昨晚是不是早有预谋?"

盛修颐一脸无辜地反问:"昨晚怎么了?"

东瑗语结,恨恨瞪了他一眼。盛修颐这才暗爽地笑起来。

两人缓步去了元阳阁,说了会儿话,盛修颐去太子府讲课,东瑗陪盛夫人闲话家常。

林久福却跑了进来,禀东瑗和盛夫人:"宫里降了懿旨,请大奶奶接旨。"

东瑗心口猛跳,暗猜到底何事。

第二十二章　选太子妃

东瑷跟着林久福，去了盛府外院接旨。传旨的是皇后娘娘坤宁宫的太监总管，阴柔傲慢地读着。

皇后娘娘懿旨召东瑷进宫，并未言明何事。懿旨很简单，就是宣东瑷今日午初一刻进宫。

东瑷接旨后，回内院告诉了盛夫人。

盛夫人不曾深想，还替东瑷高兴："娘娘怕是想念家里的姊妹了。"然后还抱怨东瑷，"你也是，从来不去看皇后娘娘，哪有你这般的？"

东瑷无奈笑笑。她是御赐的柔嘉郡主，是可以进宫的。

她的堂姐是皇后，亲妹妹是宠妃，她若是圆滑些，也应该时时和贵人们走动。虽然盛家不需要她去添这些富贵噱头。可东瑷从未主动请旨进宫。

"娘，我回去换身衣裳，这就去了。"东瑷说着，声音却莫名的虚弱。

盛夫人并未留意到她的不同寻常，催着她快去，莫要让娘娘久等。

东瑷道是。

从元阳阁出来，漫天鹅毛大雪纷飞，夹道上积了厚厚一层。几个粗使的丫鬟、婆子们正在小径上扫雪。刚刚拂去，片刻又被盖上。

蔷薇替东瑷撑伞，忽见东瑷脚下一滑，差点跌了。蔷薇眼疾手快扶住了她，关切道："大奶奶，您没事吧？"

她这才注意到东瑷面无人色。

东瑷憷然回神，敷衍说了句没事，任由蔷薇和一个小丫鬟左右搀扶着她，缓慢回了静摄院。她手攥得紧紧的，掌心一片湿濡，脑门上也沁出了虚汗。

罗妈妈和橘红、寻芳和碧秋等人正指挥着粗使的丫鬟婆子们扫雪，见东瑷回来，几个人忙迎上来。

东瑷脸色不好，除了罗妈妈和橘红，其他几人纷纷落后几步。

"怎么了？"进了屋子，罗妈妈上前服侍东瑷，担心不已，"瑷姐儿，可是出了事？"问着东瑷，眼睛却瞟向了蔷薇。

蔷薇轻轻摇头，表示她不好替东瑷回答。

东瑷瞧见了她们的小动作，淡笑道："没出事。皇后娘娘宣我进宫，快把郡主朝服寻出来……"

罗妈妈脸色微变，不放心又追问道："突然宣你进宫做什么？你脸色这样难看，岂是没事的？"

东瑷也懒得再解释。

她心里突然怕得厉害。去年的时候，她见过一次皇后娘娘。那时皇后娘娘还是皇贵妃，模样端庄秀丽，不苟言笑。看到东瑗的容貌，皇后娘娘对东瑗的忽视里有种戒备。那次的事让东瑗明白，皇后娘娘并不喜欢自己这个堂妹。

她们家姊妹众多，情分其实很淡。皇后娘娘又比东瑗大太多。东瑗犹在襁褓，她已经出阁，就更加没什么情谊，跟陌生人差不多。

又有元昌帝的事搅和在里头，东瑗心里不由打鼓。

进了宫，能不能平安出来，就由不得她做主了。

到底为何突然宣她进宫？

虽说盛修颐为太子少师，却没有太多实权。盛家已经从权力的顶端退了下来，东瑗着实不明白皇后娘娘突然宣她进宫的目的是什么。

难道真是为了叙叙姊妹情分？

还是元昌帝……

东瑗整日关在内宅，却也时常遣蔷薇打听消息。她知道元昌帝自从中箭受伤后，一直用良药保命，身体一日不如一日。

想到这些，心就如乱麻般再也安静不下来。一遍遍暗示自己什么事都没有，却发现无济于事，东瑗的唇色苍白如纸。

一想起皇宫，她背后就寒意顿涌。

橘红寻了郡主朝服出来，几个丫鬟服侍东瑗更衣。而后橘红和蔷薇服侍东瑗梳头上妆。

东瑗眉头依旧微蹙，心事重重。

蔷薇和橘红想安慰一句，却不知该说什么，两人沉默着在一旁服侍。东瑗想着心事，眼神空洞。

装扮好了之后，揽镜自顾，胭脂水粉已经遮掩了东瑗的苍白。浓妆下，镜中女子曼妙妩媚，容颜艳丽。

东瑗都没有想到去怨恨自己长了这么一张脸，而是先去看了诚哥儿。

诚哥儿睡熟了，东瑗在他床前站了一瞬。看着儿子越来越嫩白的小脸，微嘟的嘴巴，十分讨喜，她的心仿佛被什么撞了下，有些闷闷地疼。

罗妈妈跟在身后，拉东瑗的衣袖，装作若无其事笑道："皇后娘娘召见，你还在诚哥儿这里磨蹭？快去，回来看个够不好么？天天看都看不够，没见过你这样疼孩子的。"

这话是想告诉东瑗，什么事都不会有。

东瑗明白罗妈妈的苦心，终于扬脸露出一个真诚的微笑："时辰还早，不急的。哪有不疼自己儿子的娘亲？我看诚哥儿，就是看不够。"屋里服侍的众人都笑。

东瑗回身，扫视了眼满屋子的人，道："橘红陪着我，蔷薇留下吧。"

蔷薇和橘红都微微吃惊。

"倘若皇后娘娘留我说话，回来晚了些，让世子爷不用担心。"东瑗看了眼迷惑的蔷薇，补充道。

蔷薇顿时明白过来：大奶奶是怕世子爷担心，不知出了何事，所以让自己留下来解释给世子爷听。满屋子的丫鬟婆子们，蔷薇言辞爽利，又是常跟着东瑷的。她的话，盛修颐更加相信。

大奶奶不想家里人担心。

蔷薇反而更加担心：难道真的有事？又是看诚哥儿，又是留自己给世子爷传话，怎么都有些不吉利的意思。她看着东瑷，目露担忧，正好和东瑷的目光撞个正着。

东瑷眼波收敛，已经恢复了些许平静。触及蔷薇担心的眼眸，她目光顿时决定下来，微微一笑。蔷薇的心口才松了些许。

罗妈妈亲手帮东瑷披了灰鼠绯丝披风，又帮她穿了木屐，让她快去快回。

从静摄院出来，有粗使婆子抬了软轿，等着东瑷。

盛府门口，早有备好的华盖折羽流苏马车。停放片刻，马车顶端便有薄薄一层积雪。鲜红的流苏穗子被雪打湿，更添艳丽。

橘红扶东瑷上了马车，自己也跟着坐了进来，把一个盘螭铜手炉递给了东瑷。又问东瑷是否冷。

车厢夹壁有厚厚的毡绒，寒风无法吹入，又铺了羊毛地毯，并不寒冷。

东瑷手里捧着铜手炉，更加感觉不到寒意，她如实道："我不冷。"

而后，车厢里又静谧下来，唯有马车轮子滚动的声音。

"大奶奶！"橘红一直沉思，猛然想起什么，失声喊道。

东瑷也在想心事，突然被她一喊，吓了一跳。她原本就精神紧绷，这样毫无防备一喊，一个激灵，心都要从口里跳出来。

"怎么了？"东瑷平复心绪，抚着胸口问她。

"今日是不是皇后娘娘贵降的日子？"橘红目露惊喜，问东瑷。她虽然不知道东瑷在害怕什么，却知道东瑷对皇后娘娘请她进宫的目的一直猜不透，正在担惊受怕。

橘红在薛家也服侍了些日子。她最开始进薛家，就是在大夫人世子夫人的院子里当差，荣妈妈亲自调教她们新进来的婢女。那时也是十月中下旬，具体的日子不太记得，却也是个下雪天，大夫人让荣妈妈去给良娣送生辰礼。

那次橘红和另外一个小丫头当差，负责照看茶水。那小丫鬟毛手毛脚摔坏了一只茶盅盖子，荣妈妈就罚橘红和那个小丫头跪在雪地里。

橘红清楚记得，漫天大雪纷飞，寒气从膝盖处冒上来，那个小丫头吓得偷偷啜泣。

而后大夫人出来，对荣妈妈说，今日是良娣的生辰，就算替良娣积德，饶恕了这些小丫头。还催着荣妈妈快些把良娣的生辰礼送去太子府。

那时的薛良娣，就是今日的皇后娘娘。

倘若是皇后娘娘的生辰，请了家里姊妹前去，倒也说得通。东瑷听着这话，也是微愣。

她根本不知道皇后娘娘生辰是什么时候。

她到薛家的时候，皇后娘娘早就成了太子良娣。她几乎没怎么见过那位堂姐。

"是吗？"东瑷反问。

橘红也拿不定主意，就把当年的事说了出来："……年月太久了，我不记得具体是哪一日。可那时也像今日一样，下着大雪，想来差不了……"

东瑷细想，也觉得靠谱。元昌帝还病着，皇后娘娘自然不会大张旗鼓办生辰宴。可是到生辰这日，请了家里姊妹前去团聚，倒也可能。她的心仿佛松了几分。

没有见到皇后娘娘，一切都还不能下结论，东瑷又是暗暗叹气。对于皇宫，她是不是有些杯弓蛇影？

她从来没有在那里生活过，只是凭借自己的想法，就判定那是个吃人的地方，是不是有些武断？

对于这个年代的女子而言，不管在哪里都不得自由。

随着马车缓慢前进，东瑷终于到了禁宫东华门。

盛府的佣人和马车被拦在东华门外，东瑷递了名帖，乘坐禁宫的马车，往皇后娘娘的坤宁宫去。

马车绕了片刻，东瑷一直静静坐着不敢动。

等马车停下来时，便有女官上前，搀扶了东瑷下马车。

雪依旧在下，坤宁宫前的丹墀上一片雪白，把青灰色的地砖覆盖。地上湿滑得厉害，哪怕是笨重的木屐也有些站不稳脚。

东瑷小心翼翼搀扶着女官的手，缓步进了坤宁宫。

这一刻，她慌乱的心莫名静了下来。不管是皇后娘娘的生辰还是其他原因，她已经进宫了。

皇后娘娘的坤宁宫，东瑷是第一次踏入。

之前进宫一次，是在太后娘娘的慈宁宫。那次进宫的心情比此刻更加忐忑不安，东瑷不敢东张西望，唯一就是把禁宫的地砖颜色样式看得一清二楚。

而这次，她微微扬脸，把坤宁宫的宫门看个遍。

这里，曾经多少女人梦寐以求，使尽百般手段。若成功，便是母仪天下、千古留名；若失败，一缕孤魂黯然逝，香消玉殒。在偌大的皇宫里，应该不会有谁记得离去的人。

这里，东瑷从未向往。

女官见她打量着宫门，低声喊了声："郡主，小心足下。"

东瑷回神，淡笑着多谢。她跟在女官，小心翼翼行走，进了前殿。绕过几处两进两出的暖阁，才到了皇后娘娘的正殿。

东瑷踏入正殿，便闻到一股幽淡的清香。

坤宁宫的正殿跟普通人家宴息起居处一样，垂了厚厚的防寒帘幕，四口青铜大鼎里燃烧着银炭，将热流源源不断送入殿内。殿内温暖如春，却悄无声息。

东瑷没有抬头，在女官的牵引下，跪下给皇后娘娘行了大礼。

"起身吧。"须臾，东瑷才听到皇后娘娘温和的声音道。

这声音很陌生。

上次进宫见到皇后娘娘时，她还是皇贵妃，虽众妃之上，却在皇后之下，声音里不似这般亲切，有些卑躬屈膝。如今，她是这后宫之主，她理应拿出正宫娘娘的宽容气度来。

东瑷道谢，缓缓起身。她微微抬眸，看到坐在凤榻上的女子，衣冠庄严，面容慈祥。东瑷打量她，她也正在看东瑷。

两人目光一撞，都带着探究。

东瑷慌张垂首。

皇后娘娘已经笑起来："给郡主赐座。"

东瑷道谢，半坐在内侍搬来的椅子上，垂首不敢再去看皇后娘娘。方才的一瞥，东瑷发觉如今的薛皇后，越来越像大夫人世子夫人。比起上次见面，现在自信温和的皇后，容貌更加相似。

皇后已经是上位者，不再需要刻薄，所以从她的面容上看不出她的性格。可东瑷对她仍是存了一份好感。

在东瑷潜意识里，对大夫人的好感转移了些到皇后娘娘身上。

如此一想，东瑷居然放松不少，不似刚刚那么不安。

"盛昌侯近来可好？"皇后娘娘含笑和东瑷寒暄，"盛夫人身体是否健朗？"

东瑷恭敬道："都好，多谢娘娘挂念。"

"盛昌侯是国之功臣。他突然请求致仕，陛下再三挽留，无奈盛昌侯去意已决，陛下才忍痛同意。每每提起，陛下总说自己少了左膀右臂，处处掣肘，要是盛昌侯在旁，岂会如此？陛下总是念着盛昌侯……"皇后娘娘提起东瑷的公公，语气里满是不舍。

可当初到底怎么回事，作为盛家长媳的东瑷最是清楚。

陛下和皇后对盛昌侯绝对没有挽留的意思。

现在这样说，不过是给盛家体面。字字句句，居然有些巴结盛家的意思，东瑷突然就对皇后娘娘请她进宫的目的不明白起来。到底是为了什么突然宣她进宫？

"多谢陛下和娘娘挂念。"东瑷低声道，"侯爷年纪大了，身子不好。大夫说他早年征战，体有旧疾。倘若还是劳心劳力，只怕寿命难续。侯爷也有心为社稷出力，只是力不从心，辜负了陛下和娘娘的厚爱。"

皇后娘娘就看了东瑷一眼。她好几次听母亲说，祖母很喜欢排行第九的小堂妹。上次相见，皇后娘娘觉得东瑷不过是容貌出众些，并无什么才德，说话也是中规中矩的，心里一直疑惑东瑷是如何得了祖母的青睐。

对于祖母，皇后娘娘一向敬佩有加。

薛家的儿女，无人不服老祖母的。

如今听东瑗这番话，果然是个心思巧妙的。皇后娘娘不过是客套说了几句盛昌侯，她就以为皇家对盛昌侯不放心，怕盛昌侯东山再起，所以说盛昌侯身体不行了，可能不久于人世，让皇后放心。这个小九妹，只怕比十一妹还要机灵几分。

皇后娘娘微微颔首。手边的茶盏端起来轻抿了一口，皇后继续问："盛夫人怎么不到本宫这里坐坐？盛贵妃也时常念叨盛夫人。你回去和盛夫人说声，倘若没事，时常来走动走动……"

听这语气，好似和盛贵妃关系很好。

东瑗自从嫁人，就明白一个道理：分享同一个丈夫的两个女人，永远没有真心。就算不是恨之入骨，也是看不顺眼的。特别是那个女人还曾经很受宠爱。

盛夫人若是常到皇后这样走动，只怕皇后会觉得她是来恶心自己的。

"是。"东瑗没有反驳，低声应了是。答应归答应，来不来就是盛夫人的眼色了。

东瑗觉得盛夫人是个很有眼色的人，不会来给皇后添堵。

说着话儿，女官进来通禀，说单国公夫人到了。

单国公夫人，就是大夫人的第二女，皇后娘娘的亲妹妹薛东喻。

二姐也来了，大约真的是皇后娘娘找家里姊妹相聚。她先找东瑗来，也许有别的用意，却可能并不是因为元昌帝。

一直堵在心口的那口气缓慢呼出来，东瑗紧紧攥着的掌心微动。

皇后一听单国公夫人来了，眼角的笑意更浓，忙说请进来。比起东瑗，她和薛东喻可是同胞姊妹，感情深厚。

片刻，便有穿着一品夫人朝服的女子婀娜进了正殿。

单国公夫人上前，缓缓下拜："臣妾参见皇后娘娘，娘娘千岁。"

"快起来，赐座。"皇后娘娘声音里带着掩饰不住的笑意，态度也更加温和。

单国公夫人起身，就看到了东瑗。

东瑗也连忙起身，和她行礼，而后再分了主次坐下。东瑗坐在单国公夫人的下首。

"九妹比我来得早。"单国公夫人看到东瑗，一点也不惊讶，而是笑着和她寒暄。

她可能早就知道东瑗也会来。东瑗心里顿时明白：今日真的是皇后娘娘贵降的日子，她是请了姊妹们来祝寿，所以二姐看到东瑗才不会吃惊。

"是我来早了。"东瑗含笑道。

没过片刻，内侍进来通传，说薛淑妃娘娘来了。

东瑗和单国公夫人都连忙起身。

外间传来环佩悦耳之声，一行人衣袂索索，脚步急促。有人踏入正殿，东瑗来不及抬头，就听到薛东姝的声音向皇后娘娘请安。

皇后免了她的礼，东瑗才和单国公夫人给淑妃请安。

"快起来，快起来了……"薛东姝亲自上前搀扶她们。她搀扶到东瑗的时候，说快起来的声音不由轻微哽咽。

东瑷道谢，这才敢抬眸打量她。

她穿着水粉色淑妃朝服，头戴百蝶穿花宝钿，浑身珠翠，富丽堂皇，把她的面容衬托得很富态。比起在娘家的时候，她丰腴了不少，也更加成熟妩媚。

"九姐……"她拉着东瑷的手，眼里有了泪光。

自从去年四月底，她们已经整整一年多不曾相见。

也许在娘家时并不亲热。可出阁了，庶女出身的薛东姝过继到东瑷生母名下，她就是东瑷唯一的姊妹。如今再一相见，仿佛她们从前就很亲密，薛东姝不由动容。

"娘娘……"东瑷低声劝慰，"娘娘莫要伤心，保重身体。"

薛东姝忙敛了泪意，重重捏了捏东瑷的手，"嗯"了一声。

皇后娘娘的内侍也给薛东姝添了座位。

"娘娘，这是妹妹的寿礼。"薛东姝坐下后，从身边女官手里接过锦匣，上前几步，跪下恭敬道，"祝愿娘娘福寿永享。"

皇后娘娘呵呵笑着，让女官接了薛淑妃的寿礼。

果然是祝寿，东瑷可是什么都没有准备。

她正在为难之极，身边的女官突然将一个小小锦匣不着痕迹递给她。

东瑷虽不知这女官是谁授意的，却不敢回头，亦不敢多问，忙不迭接在手里，藏在袖底。

等单国公夫人上前献了寿礼，东瑷也上前，说了些客气话，把自己的寿礼献上去。

"让你们破费了。"收了她们的寿礼后，皇后娘娘笑道，"我原是不打算做寿的。淑妃妹妹说，不如借机把家里有封号的姊妹请进来团聚，圆了我们思念亲人之心，这才请了你们来。"

东瑷听着，总觉得这件事不会如此简单。

"是啊。"薛淑妃接口道，"娘娘非说不办。我就想以公谋私，才劝动了娘娘。"

"是我们的福气。"单国公夫人道，"如今家里姊妹也念着皇后娘娘和淑妃娘娘，总督促自家夫君勤勉。也许再过几年，皇后娘娘和淑妃娘娘也能在宫里见到四妹、六妹了。"

出阁的姊妹中，三姑娘、七姑娘、八姑娘是庶出，她们嫁的人只怕难以封妻荫子。四姑娘和六姑娘是嫡女，而且都是公侯之家的媳妇。她们迟早会有诰命封号的。

"那真是太好了。"皇后娘娘面露欣喜，而后想起什么，脸色微黯道，"只是五妹……"

东瑷微愣。

她有些不明白了，这样的日子，皇后娘娘为何突然想起五姑娘薛东蓉？

五姑娘薛东蓉是二房的次女，当初待嫁时使计嫁入萧家为庶子妻。虽然流言褒奖她重情重义，可谁都知道，身为侯府嫡女的她，让薛家丢尽了颜面。最后萧家做了补偿，也弥补不了薛家的损失。

自从她随着萧家五公子萧宣钦流放，薛家鲜少提起她。

东瑷更加不明皇后娘娘为何会在此刻提起，还亲切称呼为"五妹"。

她心里有些戒备。皇后娘娘主动提起五姑娘薛东蓉，可其他几人都没有接口。大家心知肚明，不知道娘娘到底意欲何为，都不敢去触霉头。

"……等陛下身体好些，本宫定要向陛下求情，让五妹回京都。咱们姊妹虽多，可咱们自家姊妹都不相互扶持，谁又会替我们着想？"皇后娘娘感叹道。

薛淑妃心头一动，她想起了什么，微微垂首不语。

单国公夫人向来谨慎惯了。虽说皇后是幼年时疼爱自己的亲姐姐，可君臣之礼不可废。她也不敢上前亲近，说些体己话。

东瑷更是心中疑惑不已，自然不会接腔。

"也不知道五妹近来如何，你们可有她的音讯？"皇后娘娘问单国公夫人和东瑷。

单国公夫人想了想，道："五妹和五妹夫离得不远，就在济南府的乡下。祖母说把济南府的庄子给五妹，五妹夫不要。上次回去听娘亲说，他们租赁了些田地，五妹夫自己下地做活。家里送去的接济，五妹夫都不要，后来也不好再送了。五妹夫身强体壮，倒也没饿着五妹。"

皇后娘娘听着这话，微微愣住。

而后，她叹气道："都说萧家五公子是个纨绔之极的。如今看来，倒有一把硬骨头。"说着，语气里便有些欣慰。

这些话，东瑷早先也听盛修颐说过一些。

对于萧宣钦的行为，薛家有褒有贬。

老侯爷和老夫人对萧宣钦的硬气很欣赏；其他则嘲笑他不识时务。二夫人承受不了，好几次偷偷抹泪，也时常让三少爷给薛东蓉送些金银钱财去。萧宣钦照样不收。

薛东蓉则事事听丈夫的，气得二夫人又是彻夜抹泪。

东瑷和盛修颐都觉得萧宣钦不错，是萧家连累了他。

"如今也不好开口。"皇后娘娘道，"等寻个好时机，本宫就跟陛下说说这番话，让五妹夫和五妹回京。他们只是旁枝，又不曾跟着萧衍飞为非作歹。陛下能饶恕那些附庸的官员，还不能饶恕旁枝的庶子？"

"娘娘，如今陛下身子不好，脾气也不太好……"薛淑妃在一旁低声提醒。

陛下的状况，难道皇后不知？可薛淑妃还是告诉了皇后，可见她一直都是皇后在皇帝身边的情报员。东瑷看着薛淑妃，也明白了她为何得了皇后的青睐。

皇后娘娘就笑起来："本宫知晓，自不会去跟陛下争执。可总会有大喜之事。等到太子新婚大喜，不该大赦天下么？"

太子新婚？东瑷一个激灵。

她觉得，这次宣自己进宫的主要目的，皇后娘娘终于谈到了。

单国公夫人没听说太子选了妃子，突然听皇后这样一说，她微讶，问道："娘娘，太子爷要大婚了么？"

皇后娘娘笑着，目光往东瑗身上一瞟，继而才道："陛下身子不好，想在太子爷十岁的时候替太子爷选妃。明年太子爷就要满十岁了……"

就是说，明年太子爷就要成亲了。

"恭喜娘娘，恭喜太子爷。"单国公夫人由衷高兴，皇后娘娘的儿子要成亲了，自然是大喜事，她又问道，"太子妃是哪家的千金？"

"还没定……"皇后娘娘道。

东瑗抬眸去看，就见皇后娘娘望向自己。

她心里隐约猜到了七八分。

害得她这么紧张，还以为是元昌帝宣她进宫，原来不是！她的心终于归位了。

太子妃的人选还没有定，皇后娘娘就说太子大喜时特赦让五姑娘薛东蓉回京。

这话表面上是许诺给薛家的好处，可东瑗此刻却听出了深意。

她正想着，又听到单国公夫人问："有人选了么？"

皇后娘娘温和笑了："我听陛下身边的近侍说，好像定了几家的小姐。头一分，是文靖长公主的嫡长孙女。文靖长公主是陛下的亲姑姑，亲上加亲自然最好；第二嘛，就是雍宁伯的嫡长孙女。雍宁伯是太后的堂兄弟，也是亲戚，况且雍宁伯府的嫡孙小姐虽然年幼，却有贤名，自幼聪颖过人，不管是读书识字还是针黹女红，样样出挑；还有一个，就是咱们家瑞姐儿……"

瑞姐儿，是东瑗大哥薛华靖的长女薛凤瑞。皇上要替太子选妃，头一个选了自己姑姑的孙女；而后又选了太后娘家的孙女；最后，才是皇后娘家的孙女。

皇帝的意思，大概是不想让薛家的女儿入选，免得将来太后、皇后的娘家都是薛家。

薛家外戚太过于权重，会压制皇帝！

用曾经的后族来制衡新的后族，大约就是皇帝想要的。

而皇后娘娘想要在后宫永远位尊权重，她就需要一个和自己同心的皇后。有谁比自己的亲侄女更加稳妥？

哪怕太后和皇后将来会有分歧，可她们想要维护权力的后盾都是薛家，这一点她们不需要去争斗。

人一旦尝到了权力的美味，就不想放手。

皇后娘娘十几岁进太子府，那时她和盛贵妃娘娘都比太子年长几岁，看着太子和同龄的太子妃情投意合。她们永远旁观。

而后太子妃性格一天天变了，也渐渐失去了太子的欢心。可薛良娣年纪也一天天大了。那时的太子爷对女人的爱情，只会转移到更加年轻女人身上，而不会是她这个比太子年长的良娣。她大概一生都不曾享受过丈夫的爱情。

她从良娣熬到太子登基，成了皇贵妃。又被太后和皇后压制，直到皇后娘家作乱，皇后暴毙，太后发病，她才能出头。

从最青春岁月留下的阴影看来，现在的薛皇后不管是不是一个善良的人，至少她都是个对权力很看重的人。

东瑷明白过来，皇后娘娘唯一可能帮助那个病重的元昌帝私会东瑷的原因，就是太子妃的问题。而现在，皇后娘娘大约还没有和皇帝摊牌。

"本宫虽然是太子的母亲，可太子选妃乃国之大事，岂是本宫能插手的？"皇后娘娘笑容里有了几分无奈，"陛下如今看重祖父。除此之外，大约就是观文殿大学士柴大人、兵部尚书秦大人。太子选妃，陛下定要问他们几人。不过本宫几次听陛下夸赞太子少师盛修颐，太子也在本宫面前时时提起盛少师的好……"

东瑷已经十分能肯定皇后娘娘宣自己进宫的目的了。

她需要盛修颐站队，站在薛家这边。

皇帝和太子对盛修颐的意见都很看重，盛修颐的态度很重要。

有了镇显侯和太子少师的分量，大概能为薛凤瑞增添不少的筹码。

"娘娘谬誉，陛下和太子爷过奖了。"东瑷谦虚道，"外子学问浅薄，不过是仗着祖父引荐，才能为太子爷出力……"

"九妹不必过谦。"皇后娘娘打断东瑷的话，"本宫知道九妹夫的本事。本宫就你们这些亲姊妹、这些妹夫，将来都是本宫和太子依仗的。"

东瑷心里苦笑。原来这就是政治。

东瑷只得表态："外子定会对陛下、娘娘和太子爷忠心耿耿的。太子爷既是外子的主子，也是外子的学生。只有太子爷事事如意，外子才能放心……"

皇后娘娘这才满意颔首。

而后又说了半天的话，临走的时候，她还夸东瑷聪慧，盛修颐有贤妻如此，将来前途不可限量。

东瑷和单国公夫人从坤宁宫出来，刚走了几步，薛淑妃就追了上来。

"九姐姐，你可有去祭拜过十姐？"薛淑妃眸中有泪。

单国公夫人不好待在一旁，只得先告辞。

等单国公夫人走远了些，薛淑妃就倏然脚下一崴，差点滑了，东瑷和一个女官忙搀扶了她。

她推开女官的手，只让东瑷搀扶着。

两人靠得很近，她低声对东瑷道："九姐姐，不要忤逆皇后娘娘。太子殿下是出了名的孝子，陛下身子不好，撑不过明年春天了。"

她的意思是说：陛下身子不好，最迟明年春天就要驾崩；而太子当权后，自然会事事孝顺他的母亲。皇后娘娘不喜欢旁人忤逆她。倘若这次没有让她如愿以偿，大约以后会报复盛修颐和东瑷。

薛淑妃也听出了皇后娘娘的意思。而后，她站直了身子，这才跟东瑷正式告别。

"娘娘放心，臣妾心中有数。"东瑷给薛淑妃行礼，"娘娘福寿安康，小公主千岁。"

薛淑妃视线就变得有些模糊。有皇后娘娘的女官送东瑷，她最终还是什么也没说，转身缓步回了自己的宫殿。

东瑷回头去看。漫天大雪里，她穿着青灰色风衣，背影纤柔婀娜，却带着清寂。

东瑷想起她那时流露出的不舍，心里就有几分心酸。皇后娘娘还能时刻见见母亲和姊妹，而她，只能孤守着寂寞的宫殿。

见她对皇后性格如此了解，又得皇后的喜欢，总算有了份依仗，东瑷的心才好受些。

缓步走出了坤宁宫，女官搀扶东瑷上了马车，这才转身回了正殿。

皇后娘娘一直在等这女官的回话。

所以送走东瑷后，那女官急急回了正殿。

皇后娘娘斜倚在凤榻上，有些无力支着脑袋。虽说是见自己的姊妹，她却并没有太多愉快，而是很疲惫。最近，她越来越不喜欢这等应付。

她越来越喜欢旁人的迁就，也越来越喜欢旁人的谄媚。曾经那么厌恶做的事，她现在却喜欢上了。

可不管是有求于盛修颐的妻子薛东瑷还是在自己的亲妹妹单国公夫人薛东喻面前，皇后娘娘都不想让自己看上去很强势。

东瑷是其次，皇后娘娘最在乎单国公夫人。将来母亲会老，会先她一步离开尘世，也许自己能亲近的、疲惫时能说说话的，只有自己这个亲妹妹了。皇后娘娘不想把后路都堵死。

虽然不愿意，她还是打起精神。

此刻，她再也没有笑意，冷冷问那女官怎么样。

"柔嘉郡主走的时候，淑妃娘娘和她说了句什么，大约是听懂了。"那女官低声道，"娘娘，淑妃向来聪颖，就算柔嘉郡主没有听懂，淑妃肯定是懂了。她已经在提醒柔嘉郡主。"

皇后听着，满意颔首："当时家里说送个姊妹进宫来，本宫心里也不喜欢。就怕是个成事不足败事有余的。可祖母是多好的眼力，把淑妃送了进来。她的确是替本宫省了不少事。又是个通房抬姨娘生的，薛子明对她又不好，她只能忠心耿耿……"

说着，眼角就浮起满意的笑。

对薛东姝，皇后娘娘不仅仅满意她的忠心，也满意她的机灵和手段。更满意她的冷静和聪慧。皇上对她那么宠爱，她都不敢站在皇上那边，而是一直靠着皇后。

不管有什么事，她都会先告诉皇后。

她知道，皇帝的恩宠可能会有被人取代的一天，而皇后的信任却可以让她保命，让她活下去。她没有想入非非，以为凭借皇帝喜欢就可以一步登天。

聪明、忠心，又识时务，这样的人，任何一个上位者都喜欢。

况且这个人还是皇后娘娘自己的族妹。

"淑妃对娘娘一向没有二心。"那女官帮着抬举薛淑妃。

皇后娘娘微微一笑,她是相信这话的。因为薛淑妃没有第二个选择,她只能忠心。她顿了顿,又问那女官:"那柔嘉郡主呢?"

"奴婢觉得,柔嘉郡主也听懂了娘娘的话。"那女官道,"柔嘉郡主不知道今日是娘娘生辰,不曾备礼。奴婢叫人给她锦盒的时候,她头也不回就收下,而后又很自然拿给娘娘。奴婢在一旁瞧着,柔嘉郡主心思缜密,又不显露于外,是个了不得的女子。"

皇后娘娘又是一笑:"也难怪祖母喜欢她。我们家这些姊妹,倒没有一个是会添乱的,本宫很欣慰……她能听懂最好。如今盛家除了盛修颐,可是没有旁的依仗。盛修颐会不会站在本宫这边?"

"自然会。"那女官道,"娘娘和太子爷好,薛家就会更好,柔嘉郡主也会更好。盛修颐难道不希望薛家的帮衬?他如今是太子爷最信任的人,将来定会平步青云。可他到底根基不稳。有了薛家和娘娘的帮衬,他的前途不可限量。倘若盛修颐不傻,自然会站在娘娘这边……"

皇后娘娘听着,心里松了口气。

这女官分析的话,都是她心里所想。可她总怕自己没有考虑周全。当她听到身边最得力的女官说出来的话跟自己想法一致,她就肯定了自己没有做错。

皇后娘娘是太子府的良娣出身。

她知道从太子到皇帝这一路的艰难。

虽说现在的太子不会有强大兄弟的威胁,可皇后娘娘还是草木皆兵,希望太子可以一路走得平顺。

至于太子妃,定要是她娘家的侄女。

皇后娘娘可不希望有个女人夺走了她的儿子,还要分享她的权势。她没有得到丈夫完整的疼爱,所以她需要完整的权势来掌控。她绝对不会把后宫的掌印交到一个陌生女人手里。

对于薛家的嫡长孙女薛凤瑞,皇后娘娘也不能确定她是个怎样的性格。

可她对自己哥哥很了解。

她的长兄薛华靖是个温和大度的人,听说他的妻子同样乖巧听话。那么他们的女儿,自然不会是刁钻泼辣之人。这样的侄女很好掌控,皇后娘娘需要这样的儿媳妇。

而其他两个候选人,一个是文靖长公主的孙女。

文靖长公主那等见风使舵的性格,皇后娘娘看不起,她的孙女又能是怎样的秉性?

另外一个贤名在外。既然从小就有贤名,只怕是被人捧在手里的,是不是个聪明识时务的,皇后娘娘不知道。她不想冒风险。

"本宫若不是怕担上内宫干政的骂名,就自己去找盛修颐说了。"皇后娘娘喃喃低语,"要是柔嘉没有听懂,不是白费了本宫一番心思?"

她说着，就微微阖眼。

东瑷出了禁宫的东华门，就看到自家马车旁边，除了橘红和车夫，还有一个青灰色的颀长身影。

他不像橘红那般东张西望，也不像车夫那样跺手跺脚御寒，而是笔直站着，望着东华门的方向，目不转睛。看到东瑷出来，他的目光瞬间变得柔和。

橘红而后才看到东瑷，忙快步迎了上来，搀扶东瑷往回走。

"你怎么来了？"东瑷问盛修颐。

盛修颐却道："上车再说。你不冷么？"

冷风刮在脸上，似刀割般的疼，岂会不冷？东瑷感觉脸颊都要冻伤了。

她上了马车，盛修颐也上了东瑷的马车。

而橘红则上了盛修颐乘坐来的那辆马车。

"皇后娘娘宣你何事？"盛修颐问道。见东瑷正在找铜手炉，他随手拿起来递给她，却发觉手炉凉了，炭早已烧尽。

橘红只顾担心东瑷，都忘了替手炉添炭。

盛修颐就把东瑷冰凉的手握在掌心。

马车滚动，东瑷整个人就栽在他怀里。

"还没说你怎么来了。"东瑷笑着道，"不是我先问你的么？"

盛修颐笑起来，把她的手往自己胸口送，让她取暖，而后才道："我今日回去早，听说你进宫了，所以来接你。"

是不是怕元昌帝……

东瑷不敢问，笑道："今日是皇后娘娘生辰，所以叫了我们几个姊妹来祝寿，不曾有事。"

盛修颐却看着她。

"是真的。"东瑷见他目露狐疑，很肯定道，"我骗你做什么？"

"只有这件事？"盛修颐声音低了下去。

东瑷顿了顿，就把皇后娘娘的话，告诉了盛修颐。

"太子选妃之事，她是说不上话的。可做母亲的，哪个不是怕自己的儿子选不到可心的人儿？我倒是挺明白她的。将来咱们诚哥儿娶妻，难道我能放心交给你么？"东瑷故意说得很轻松，"我娘家的侄女，叫瑞姐儿，娘娘看中了她。"

盛修颐脸色微微沉了下去。

东瑷却不再多问了。

她知道，倘若薛凤瑞能顺利当选，皇后娘娘就不会找东瑷了。她找了东瑷，又不曾许诺东瑷好处，这是在告诉东瑷：她不是在求薛东瑷和盛修颐，而是在给他们站队的机会。

假如愿意选在皇后这边，就帮着皇后达成所愿。

要是站在皇帝那边,就等着皇帝死后秋后算账。

还加上东瑗曾经和元昌帝那点暧昧不明,皇后娘娘还替东瑗牵过一次线,她最是清楚。

她想要报复盛家和东瑗,手段很多。

东瑗想起当初太后娘娘是如何整治先皇宠妃的娘家的。

皇后娘娘可能会顾忌祖父、祖母。可等到祖父、祖母一去,她定是要对东瑗不利的。

盛家现在,再也没有资格和皇后斗了。

东瑗很怕盛修颐会说出其他的理由来。

朝堂的争斗向来残酷,东瑗不知道盛修颐一直站在哪边的。可让他投靠内宫的女人,他会不会觉得很没有面子?将来他位极人臣,会不会怕别人说他没本事,只是靠着太后起家的?政敌的攻击,一向恶毒。

所以东瑗没有再说什么。她不想逼迫盛修颐选择,而是把事实告诉他。东瑗的事,盛修颐更加清楚。她能想到的,盛修颐也能想到。

他如果愿意维护她,自然会替她考虑;如果不能,也是他的逼不得已。

何必多说,给他添烦恼?

"我知道了。"盛修颐半晌后才道,"下次娘娘若是再宣你进宫,你就明白告诉娘娘,娘娘的意思我心中有数了,让娘娘放心。"

东瑗微讶,不由抬眸去看他。

刚刚不是冷脸了么?现在怎么回答得这样痛快?

"是不是很为难?"东瑗问道。问完,又觉得自己很虚伪。明明是她希望盛修颐这样做的,可还是问了这么一句。

"不会。"盛修颐这才笑起来,把她的手紧紧捂在胸口,转而问她,"还冷不冷?"

东瑗以为,朝廷的争斗对于她而言,虽说可以了解一些,却不会如此之近。

今日皇后娘娘这番行为,让东瑗明白,在太子选妃这件事上,她是无法脱身的。皇后娘娘强硬地把她一个内宅女子和盛修颐的官场派系绑在一起。

只要盛修颐不是站在皇后那边,东瑗定要被牵连。

回去的路上,东瑗半晌一言不发,默默坐在盛修颐身边。

这已经完全超出了她能奋斗的范围。

内宅之事她可以为盛修颐而努力。可官场上的争斗,她只能任由皇后把她当成棋子,成为盛修颐的掣肘。官场争斗的残酷与复杂,千丝万缕的联系,远远不是她一个关在内宅小女子能掌控的。倘若轻举妄动,会让盛修颐更加被动。

"我听皇后娘娘的意思,陛下替太子相中的太子妃,是文靖长公主的孙女。那是不是五姑奶奶的女儿?"东瑗安静下来后,想起文靖长公主,才想起来盛家的五姑奶奶盛文柔是文靖长公主的大儿媳妇。

文靖长公主的嫡亲孙女,不就是五姑奶奶的女儿?

"是啊。"盛修颐道，"今年十三岁，从小是文靖长公主亲自教养。"

居然真的是盛文柔的女儿。

东瑗心里不由感叹：这些世家之间，简直是错综复杂的交情。

"她比太子爷大三四岁。"东瑗想了一会儿，低声喃喃道。

盛修颐失笑，而后解释道："太子年幼，倘若早早践祚九五，母仪天下的女子怎能一团孩子气？年纪大些，也持重些。再者，太子选妃，乃国之大事，关乎国本，岂会考虑二人是否年纪相当……"

这话是说，皇帝可能不行了，太子这两年定要当权。太子妃和太子的婚姻就是政治联姻。容貌、年纪这些普通人家看重的东西，皇家都可以无视，太子妃身后的势力，才是关键。

"陛下为何偏偏看中了文靖长公主？"东瑗疑惑问道，"文靖长公主府，不是没什么势力么？"

盛修颐沉默须臾，才道："不一定是文靖长公主府。"

东瑗恍然。难道陛下早已看出皇后娘娘想要干涉太子选妃之事，所以声东击西？陛下看中的，并非皇后娘娘说的那些，而是另有其人？

盛修颐见东瑗沉思，怕她再问，就把话题转移开来。

两人到了盛昌侯府，天色已经昏暗，天地间灰蒙蒙一片。盛府门口挂着大红灯笼，光线里犹见漫天飞雪。

东瑗感叹道："今年的第一场雪下了整整两日，着实奇怪。往年虽然有大雪，却也不见这样下的。"

盛修颐眉头蹙了蹙："若是大雪成灾，西北只怕又会不得安宁。"

每逢雪灾年，西北牧民的营地被大雪覆盖，牛马羊冻死，他们就没有了赖以生存的食物，只得抢掠边境百姓。

有抢掠就有抵抗，有抵抗必然流血，到了最后，可能会引发浩战。

西北国家的国主害怕大雪灾年，本朝的皇帝和臣子们也怕。

除了好战分子，谁都不喜欢战争。战争会让经济倒退好几年，好不容易国泰民安的繁荣又要化为乌有。

东瑗忙打断他的话："呸呸呸，什么大雪成灾？这叫瑞雪兆丰年。去年也有大雪，今年不是风调雨顺！念过那么多书的，还是这么不会说话。"

她这样紧张的语气，令盛修颐忍俊不禁，禁不住哈哈笑起来。

夫妻两人先去盛夫人的元阳阁，给盛夫人请安。

"怎么这么晚才回？"盛夫人有些担心问东瑗，"皇后娘娘身体都好吧？"

东瑗忙道："娘娘凤体祥和，一切都好。今日是娘娘贵降的日子，不仅宣了我，还宣了单国公夫人和淑妃娘娘。大家一处说话，就忘了时辰，所以出宫晚了，让娘担忧了。"

盛夫人这才放心，笑道："原来今日是皇后娘娘贵降的日子，我们竟然一概不知……"

"陛下身子不好,娘娘也不想操办,所以只宣了自家姊妹。"东瑷解释道。

这个道理盛夫人自然是明白的,她微微颔首。说了会儿话,让东瑷和盛修颐早些回去歇息。

两人告辞,回了静摄院,东瑷先去洗漱一番,盛修颐则去看了诚哥儿。

没过几日,皇后娘娘突然赏赐盛家东西。

东瑷和盛夫人接了皇后娘娘的赏赐,又给了那公公些许回礼。

回到内院,盛夫人和东瑷让人把皇后娘娘赏的东西拿进来瞧。

皇后赏的东西不少,有一顶精致的灰鼠皮绒帽,玄青色的牡丹花开纹,很适合盛夫人戴;两只崭新的黄铜盘螭手炉,轻巧好看,手柄上还用红宝石装饰成蝴蝶模样,大方又贵重;还有几块暖玉和一柄如意。

"都是借了你的光。"盛夫人笑着对东瑷道,"天气一寒,娘娘就想着你,才赏了这些东西。"

的确是因为东瑷,却绝对不是盛夫人想的那般姊妹情深。

东瑷也不想辩解,笑着拿起那顶灰鼠皮绒帽给盛夫人戴:"您试试这个暖和不暖和?"

盛夫人身边的康妈妈和香橼就帮着盛夫人摘了头上的帽子,换了这顶绒帽。

正好合适,不大不小,盛夫人笑道:"暖和极了,还轻巧。宫里的东西就是比咱们用的巧些。"

"那您别摘下来,免得冻了头。"东瑷笑道,"我刚刚还翻出家里祖母给的毡绒,准备替您做顶帽子。如今有了这个,我改替您做个护手吧。"

盛夫人一听这话,眼睛里就堆满了笑。她嗔怪东瑷:"这样冷的天儿,家里事事你操心,还要带着诚哥儿,做那些东西干什么?我这里又不是缺少绒帽?不用不用,帽子、护手,娘这里多得用不过来……"

"您这里是您的,我做的是我的。"东瑷笑道,"您别嫌弃不好就成。"

而后不给盛夫人拒绝的机会,又问她:"这手炉我拿一个,给二弟妹一个,您看成么?"

"你都拿着。"盛夫人道,"家里还少手炉么?这是娘娘赏的,你留着自己用。"

"我也不少这些。"东瑷笑道,吩咐香橼把其中一个铜手炉包好,等会儿给二奶奶送去。

剩下的暖玉东瑷拿了一块,其他的全部留给盛夫人。

盛夫人见她的确是诚心,也懒得和她推来推去的,就让康妈妈都收起来。将来自己去了,这些东西还是留给东瑷的,不过是暂时替她保管,犯不着为这个和东瑷推辞。

况且东瑷陪嫁丰厚,这些东西虽然金贵,却也入不了她的眼。

皇后娘娘赏赐东西,无非是提醒东瑷该找个理由进宫去看望娘娘了。有了这次赏赐,东瑷难道不该进宫去谢恩?皇后大约还是想知道太子选妃的最新进展。

回到静摄院,东瑷让蔷薇把这个手炉里添了新炭,摆在炕几上比较明显的地方。而她自己,继续替盛乐郝做着马褂。

晚夕盛修颐回来,见她埋头做针线,就问她做什么。

"天气冷了,给娘和孩子们做些小东西。"东瑗头也不抬回答道,"去年我怀着诚哥儿,也没有精力做这些,心里一直过意不去的。"

盛修颐见她一直垂首,就伸手把她的针线夺过来,道:"歇会吧,脖子不酸么?"

他一说,东瑗真的觉得脖子酸得厉害。

她抬头晃了晃脖子,轻轻捶了几下后颈,很听话地放了针线。而后,就把皇后娘娘今日赏的手炉拿出来捧在手里,还问盛修颐:"这个手炉好看么?"

盛修颐没有发现这个手炉和家里的有什么不同。他看了看,问道:"谁给的?手炉而已,花这么多心思……"

他是说这个手炉的装饰太过于豪华,刻纹又太过于精致,有些本末倒置。手炉不过是用来暖手的,差不多就行。

"娘娘赏的。"东瑗笑着,把今日皇后娘娘赏赐东西的事说了一遍,又道,"我明日递牌子,进宫去谢恩。"

盛修颐顿时明白皇后的用意,也明白东瑗想问什么。

他犹豫片刻才道:"太子选妃的事,只怕暂时定不下来……"

东瑗问:"不是说陛下很着急此事么?怎么到现在还是定不下来?陛下和朝中大臣的意思呢?"

"还在商榷。"盛修颐道,"这其中关系颇大。我只是太子少师,陛下若是问我,我自然会推荐薛家小姐。只是……"

东瑗微微沉默。

"陛下要学前朝,撤了太傅之职,组内阁辅政……"盛修颐半晌才道,"薛老侯爷不同意。薛老侯爷的意思是,每次的改变必然有动荡。陛下身子不好,太子年幼。倘若陛下百年,主少臣疑,朝政不稳。这个当口若是撤太傅、组内阁,只怕……"

原来还有这件事掺和其中。

东瑗虽然不太懂政治,却也明白一件事:革新制度十分艰难。又是在陛下身子如此不好的情况下,就更加艰难了。倘若陛下突然驾崩,新主在老臣面前没有威信,朝中局势面临瘫痪。

薛老侯爷历经三朝,他所经历的事非元昌帝可比。这件事未定,朝中形势不明,后族的选择也变得更加艰难。可皇后娘娘她是否知道这些?

东瑗有些头疼。

想了半晌,她才道:"我明白了。我会跟娘娘说,你一直站在薛家这边,听从祖父的安排。祖父若是同意瑞姐儿为太子妃,你自然会助力;祖父若是不同意,你也无能为力。"

盛修颐猛然抬眸看着东瑗。

不是怕得罪皇后么?怎么现在又愿意替他在皇后面前说这样的话?

东瑗看着他的眼睛，心里一动，笑道："天和，我想要的，是和你站在一起，而不是依靠着你。不管将来如何，你不是都会保护我么？娘娘想要的，远远比不上祖父想要的。朝政若是不能安稳，瑞姐儿做了太子妃、做了皇后又能如何？"

看着妻子明艳脸上的果决，盛修颐突然心头激荡。

他起身，把东瑗抱在怀里。

"总想让你少些担忧。"他喃喃道，"是我对不起你，没有好好对待你。"

东瑗笑起来："哪里话？皇后娘娘是我的堂姐，这难道也是你的错么？"

这般故作轻松安慰他，令盛修颐更加感激。他紧紧抱着东瑗，把头搁在她的肩膀上，呢喃喊着阿瑗。

第二天，东瑗进宫去，把这番话告诉了皇后。

皇后娘娘当即就有些懵了。她不太明白东瑗此话何意，让东瑗退了出去，而后就叫内侍去打听薛老侯爷最近在忙什么。

得知薛老侯爷极力鼓动陛下让文靖长公主的嫡长孙女成为太子妃，皇后娘娘只差一口鲜血喷出来。祖父难道老晕头了么？

东瑗进宫，把盛修颐愿意跟随薛老侯爷脚步的话，告诉了皇后娘娘，也是想要说明盛修颐是不会忤逆皇后的。盛家只会跟随薛老侯爷，不管朝中风向偏向哪里，盛修颐都会跟着薛老侯爷。皇后娘娘若是对朝政不满，也怪不到盛修颐头上。

盛修颐只是太子少师，只是跟随薛家而已。

此后，皇后娘娘的确不曾再召东瑗进宫。

她大约也明白了这件事。

元昌帝怕自己命不久矣，急着替太子铺平道路，所以力主革新。他以为肯定会得到薛老侯爷的支持。

毕竟他认为，这样的革新对太子绝对有利。

可薛老侯爷是反对声音中最坚定的。

薛老侯爷比元昌帝更加清醒，现在的革新不会让太子爷将来安稳，而是给太子爷留下无穷的后患。

好不容易恢复了些许的元昌帝被气得又是吐血，昏迷过去。而后，他的神志越发不清晰，再也无力上朝。不仅仅太子选妃之事耽搁，朝政也全部交到了薛老侯爷和秦尚书手中。

后来发生的这些事，东瑗是从盛修颐简单描述里得知。她的生活，依旧是盛府内宅方寸之间。

她做些针线，打发打发日子。

"大奶奶，奴婢给世子爷和您做了两双鞋。"有次请安的时候，邵姨娘把一个青布包袱递上前，给东瑗看。

又是做鞋。自从陶姨娘出去后，邵紫檀殷勤得叫东瑗不知该拿她如何是好。

这半年来，东瑗不让盛修颐去姨娘们那里，范姨娘会鄙视东瑗，背后说她坏话；邵紫檀却半句怨言没有，还时常给东瑗和诚哥儿做做鞋袜，殷勤备至。

东瑗让她不要再做了，她就吓得一把鼻涕一把泪，哭得伤心欲绝，好似东瑗也要把她赶走。

现在，看着她替东瑗和盛修颐做了两双双梁鞋，特别是东瑗的，精致得似乎艺术品，东瑗心中很无奈。

"邵姨娘费心了。"东瑗淡淡道，"我这里做鞋的人也有，你不必劳累，下次不用这样。"

邵紫檀听着，轻声道是。

她下次还是会做的。每次说她，都是这样恭敬答应，下次却照做不误。

范姨娘被邵紫檀这样拿腔作势的模样逗乐，忍不住扑哧一笑。可屋子里安静极了，她的笑声清晰又突兀，她忙用咳嗽来遮掩。

"范姨娘，你可是染了风寒？"东瑗回眸问她。

范姨娘忙故意又咳了几声，道："这些天颇冷，贱妾的确受了些风寒……"

"那你好好休养，这半个月就不用过来请安。"东瑗道。

姨娘们不能出门，平日里也是到其他姨娘们一处闲逛，最主要的是到主母这里请安。让范姨娘不用来请安，等于给她禁足。

范姨娘听着东瑗的话，脸上却露出一抹笑容。她好似东瑗给了她极大的荣耀般，上前施施然行礼，声音愉悦道："多谢大奶奶恩典。"

东瑗心里挺无语的。这个范姨娘，敲打她根本没用。

人说无欲则刚。范姨娘对盛家好似真的无欲无求，所以东瑗不管是无视她还是敲打她，她都无所谓，依旧我行我素。

可这样公然嘲笑其他姨娘，却是必须惩戒的。虽然这惩戒没什么作用。

东瑗也不再多说什么，端了茶让她们都回去。

范姨娘起身，最先告辞；邵紫檀一向不会在东瑗身边卖巧，这次居然落后一步，上前给东瑗行礼，而后才小声道："大奶奶，奴婢有件事要请示大奶奶。"

刚才不说，现在才提，那肯定是想跟东瑗一个人说，不想被其他姨娘听到。

东瑗微微颔首，打发范姨娘回去。

东瑗这才问邵紫檀何事。

"奶奶，奴婢身边的芝兰，已经满了二十岁。她在奴婢身边好些年，服侍奴婢尽心尽力。奴婢想求大奶奶一个恩典，将她放出去配人。"邵紫檀轻声道。

这倒是正事。家里的丫鬟们年纪大了，的确该放出去配人。

虽说满二十五岁才放，可到了二十岁左右，只要不是被罚的，主子们都会趁着年轻放了，也不枉她们服侍一场。

这也是告诉其他更加年轻的丫鬟们，只要好好做事，自然不会为难她们，定会给她们恩典，早些回去寻个好归宿。

"我心里有数了。"东瑷笑笑。

邵紫檀不敢多问，低声道是，准备告辞退出去。

"邵姨娘。"东瑷喊她。

邵紫檀忙停住脚步，恭敬立在一旁。

"以后不用专门给我和世子爷做鞋。若是需要，自然会叫你。"东瑷声音里这回不带笑意，"你若是做错了事，就算天天给我做鞋，我也会照样罚你。你可明白？"

就是说，她做鞋并不代表东瑷会把她看成自己人。

邵紫檀身子一颤，半晌才弱弱道是。

"家里的衣裳鞋袜皆有定制，你原也不是替我们做鞋的人，不必操劳。"东瑷见她这般，想着她一向老实，心里又有了几分不忍，补充道。

邵紫檀听着这话，精神微微一怔，忙道是。

等她走后，东瑷喊了蔷薇和寻芳、碧秋三人进来，让她们去统计下，姨娘们、盛乐郝和盛乐芸和静摄院里的丫鬟们，有哪些年纪满了二十岁的，准备腊月初都放出去，明年春再买进一批丫鬟，填补上来。

蔷薇和寻芳、碧秋得令，三人便纷纷去了。

夭桃、橘红和罗妈妈依旧在身边服侍，东瑷仍拿出针线替盛乐芸做护手。

还没有做几针，盛乐郝和盛乐芸兄妹来给东瑷请安。

盛乐郝穿着青石色灰鼠大氅，大氅里穿着宝蓝色夹绒袄，玄青色直裰，粉底皂靴，脸部轮廓越来越像盛修颐。比起东瑷刚刚进门时，他已经长高了很多，可仍是瘦得厉害。

这个年纪的男孩子，正在长个头，所以消瘦单薄。

他恭敬地给东瑷行礼，喊了母亲。

盛乐芸则穿着大红色缂丝斗篷，里面穿着粉红色如意云纹交领长袄，官绿色锦澜裙，头上梳了双髻，戴了四朵穿珠花。她长得像邵紫檀，模样不够绝艳，却是敦厚可亲。

东瑷让盛乐芸坐在自己身边，盛乐郝坐在一旁的太师椅上。

然后喊了罗妈妈进来，让她去把自己替盛乐郝做的那件马褂拿出来给他。

盛乐郝一听有衣裳给自己，顿时站起身来，给东瑷作揖："多谢母亲。"

东瑷笑了笑。

罗妈妈片刻后出来，把衣裳交到盛乐郝手里，笑着道："大少爷，这是大奶奶亲手缝制的。上好的毡绒，最是防寒。虽然皮子有些重，可是您夜里念书穿着，一点也不冷。"

盛乐郝没有想到是东瑷亲手做的，愣愣接在手里。看着细密的针脚，他心里不禁动容。

倘若说这是继母对孩子的巴结，盛乐郝也觉得这样的巴结温暖极了。

他对这样的巴结没有一点反感，反而很享受。

他又给东瑷深深作揖，道："多谢母亲！"

简单四个字，说得却很有力气。比起刚才的客套，他现在的感谢是发自肺腑。

东瑷微笑，道："做得不好，你只当是母亲的心意，别嫌弃才好。"而后不等盛乐郝说话，拉了盛乐芸的手道，"母亲也准备替你做双护手。只是最近赶你哥哥的马褂，你的还没有做好，你等几日。"

盛乐芸惊喜道："我也有么？"

"当然啦。"东瑷眨了眨眼睛，笑道。

盛乐芸展颜而笑，欢喜道："多谢母亲。"

其实她应该有很多护手，可听到东瑷要做护手给她，她仍是这样开心，让东瑷觉得这孩子很懂得感激。如此一来，东瑷对他们居然真有了母慈子孝的感觉。

念头闪过，东瑷看着他们，微微笑了笑。

两个孩子坐了一会儿，东瑷就让他们回去。

到了半下午，蔷薇、寻芳和碧秋纷纷回来，把各人院子里的情况说给东瑷听。

"邵姨娘身边的芝兰、范姨娘身边的芸香、大少爷身边的紫藤，都满了二十。"蔷薇告诉东瑷道。

"大少爷身边的紫藤和紫苑，都是夫人赏的……"东瑷微微沉吟，"我明日先问过夫人再说。"

次日去给盛夫人请安，东瑷把这件事说给盛夫人听。

盛夫人喊了康妈妈来，问康妈妈："紫藤满了二十，紫苑年纪也不小了吧？"

康妈妈笑道："紫苑比紫藤小一岁多呢……"

盛夫人轻抚额头，对东瑷笑道："我还以为她们俩年纪相仿。既然这样，紫苑先留几年，郝哥儿院子里的事她管着，你也省心。紫藤就放出去吧。"

东瑷道是。

盛夫人顿了顿，又道："再替郝哥儿选两个服侍的，从你身边得力的丫鬟里头选。最好年纪不过十五，长得齐整些。倘若有好的，先带来我瞧瞧……"

东瑷微愣，而后反应过来。

这……这是不是要替盛乐郝选通房丫头？

那孩子才十三岁呢。

见东瑷表情微讶，盛夫人就知道她听懂了，呵呵笑起来："我和侯爷说了郝哥儿的婚事。侯爷的意思是，让他先考了功名再说亲。"

然后又是叹气："考功名哪里是那么容易的？所以先想着选两个知冷知热的丫头搁在房里。倘若不是你说这件事，过了年我也该和你提提。既然你说了，就一起办了吧。"

东瑷不免有些为难。

现在就放通房丫鬟，会不会耽误孩子的学习啊？青少年时期，不是对这个正好敏感么？

可是盛夫人说了，东瑷也不好反驳。这是观念的冲突，她若是提出反对意见，还以为她有什么歪念，不替盛乐郝着想。

东瑗道是。

她回了静摄院后，一边吩咐蔷薇去把消息告诉邵姨娘和范姨娘，一边拿出针线替盛乐芸做护手。

没做几下，就听到外头丫鬟说范姨娘来了。

丫鬟的声音微落，范姨娘急匆匆冲了进来。

范姨娘冲进来，把满屋子服侍的人吓了一跳。

瞧着范姨娘满面怒容，像是来寻仇的，寻芳和碧秋不由自主往东瑗身后靠了靠。蔷薇出去尚未回来，屋子里只有寻芳和碧秋在跟前。

"范姨娘这是做什么？大奶奶不是让姨娘不用来请安？这样没有规矩闯进来，范姨娘可有把大奶奶放在眼里？"寻芳声色俱厉，上前一步挡在范姨娘面前，不让范姨娘靠近东瑗。

她到底是从盛夫人屋里拨过来的，底气足，那份气势不输人。

罗妈妈和橘红原本在外头，听到动静也纷纷赶来。外间的二等丫鬟也跟着进来。

顿时东次间就挤满了人。

"范姨娘，不是让你半月不要出门么？"东瑗放了手里的针线，起身问道。

她不等范姨娘开口，扫视了满屋子的人，对罗妈妈和橘红道："都忙去吧，这里有寻芳和碧秋伺候……"

罗妈妈看了眼范姨娘，用眼神暗示东瑗，她不放心，怕范姨娘冲撞了东瑗。

东瑗冲她微微摇头。

罗妈妈和橘红无法，只得带着丫鬟们退了出去。

东次间就只剩下东瑗、寻芳、碧秋和范姨娘。

范姨娘扑通一声给东瑗跪下，重重将头磕在地砖上："大奶奶，求您饶了贱妾一命。您若是把芸香赶出去，还不如杀了贱妾。"

见她跪下来，寻芳就轻轻退到一旁。

东瑗见她这样，以为她误会了，声音柔和下来，跟她解释道："谁说要赶走芸香？她是家里的丫鬟，到了年纪就该放出去配人，这是规矩……"

范姨娘猛然抬起头，往前爬了几步，跪倒在东瑗脚边："大奶奶，贱妾知道规矩。可芸香才满二十。丫鬟里头，不是可以留到二十五岁么？大奶奶，贱妾和芸香情同姊妹，您若是赶走了芸香，贱妾在这府里也是生无可恋……求大奶奶看在贱妾无儿无女、孤苦无依的分上，给贱妾一个恩典，多留芸香几年吧。"

东瑗听着她的话，半晌没有开口，眉头不禁轻蹙。

寻芳和碧秋却觉得范姨娘这话不吉利。

寻芳看了眼碧秋，冲她使眼色。

碧秋见东瑗沉思，就轻轻开口道："范姨娘，您有世子爷和大奶奶要服侍，哪里说孤苦无依的话？虽说大奶奶仁慈，从不让姨娘们在跟前立规矩，可姨娘也别忘了本分啊。"

这话让范姨娘身子一怔。

薛东瑗从来没有立规矩，这是事实。可她们做妾的，却不能忘了自己只是世子爷和大奶奶的奴婢。她们是没有资格说自己无依无靠的。

范姨娘不禁心头一寒，难道真的要拿她作法么？

东瑗回头看了眼碧秋和寻芳，表情里带着几分探究。从前总是蔷薇在跟前，她倒是没有注意这两个丫鬟也颇有能耐。

寻芳和碧秋却被东瑗瞧得心里没底，两人不约而同垂首。

"大奶奶，是贱妾僭越，求大奶奶大人大量，莫要和贱妾一般见识。大奶奶，求您看在贱妾和芸香的姊妹情分上，留下芸香服侍贱妾几年吧。"范姨娘说着，声音都哽咽起来。

一年多以来，东瑗第一次见她这样。

范姨娘在东瑗眼里，有些桀骜不驯。她虽然孤傲，却从来不想争宠，所以她在东瑗的容忍范围之内。那种动不动就在主母跟前哭得死去活来的把戏，东瑗最是讨厌。

她没有想到，这种事居然会发生在范姨娘身上。

"盛家是簪缨望族，丫鬟到了二十岁还不放出去，倘若传出去会被人耻笑。"东瑗想了想，才慢悠悠道，"可你和芸香的情分，我也能体谅。你自己想一日，是不是真的打算把芸香再留几年。我也和夫人商议，如何处理才好。总不能为了你破例。"

范姨娘听着，心里一片冰凉。

她贝齿陷入红唇，好半天抬起湿濡一片的面颊，眼神坚毅望着东瑗："大奶奶，贱妾也得了湿毒，您把贱妾送到庄子上去吧。让芸香跟着服侍，既成全了贱妾，也不坏了家里的规矩。"

东瑗脸色顿时就沉了下去。

寻芳和碧秋也觉得范姨娘这话很混账，两人不由又交换眼色。见东瑗面沉如水，寻芳和碧秋都心中不安。

果然，就听到东瑗声音由低柔转为严厉："糊涂！世子爷的妾室，都那么凑巧染了湿毒？"

一年之内两个妾室送出去，盛修颐就算不落下一个"不祥"的名声，也要落下惧内的笑话。

要么就是他运气真的如此不好，现在不克妻，却对妾室不利，一年之内送走两个妾室；要么就是东瑗太过于阴毒，谋害妾室。正妻能得手，男人自然要落得管理内宅不利的名声。

连妻子都管不好，怎么处理朝政？

盛修颐的仕途才刚刚起步。不管是运气差还是惧内，对他的威望都有损害。

东瑗倒是无所谓。倘若不牵扯到盛修颐，她背上悍妇的名声也不怕，反正不会有人当面攻讦她！可她不能因为自己而毁了丈夫的名声。

这个年代，士大夫的名誉比性命还要重要。

"妈妈，妈妈！"东瑗高声喊了外间服侍的罗妈妈等人。

罗妈妈和橘红忙撩帘而入。

只见东瑗面容含怒，声音威严道："送范姨娘回去。告诉范姨娘身边服侍的，倘若姨娘哪里不好，叫她们都活不成！好生看着姨娘，天气寒冷，别叫姨娘出来吃了风受寒。姨娘的风寒症还不曾痊愈。"

范姨娘怔怔望着东瑗，眼眸里满是愤怒与挫败。

她没有想到薛东瑗会是这样的反应。

这半年来，她从来不安排世子爷去姨娘们那里，每个月哪怕她自己的小日子，都要把世子爷拴在身边。

她应该很不想做个贤妻的。

那么，她应该恨姨娘。既然如此，何不干脆放她出去？就是怕落下悍妇名声？

范姨娘不由露出狰狞的狂笑："薛氏，你这个小贱人，这么小的年纪，满腹坏水。好事全部让你占尽，让我们跟着受委屈。薛氏，你将来会有报应。你若是不放我出去，我会日夜诅咒你……"

罗妈妈正指挥两个小丫鬟上前拉范姨娘，却听到这样的骂声，不由气得打战。

她愤怒望着范姨娘，不知道到底发生了什么事，让她说出如此大逆不道的话来。

两个粗使丫鬟已经反剪了范姨娘的双臂，把她往外拖。

寻芳见东瑗脸色变得更加难看，袖底的拳头紧紧攥着，就知道东瑗也很生气。可大奶奶是主子，她有她的风度，她想教训姨娘，却不会用泼妇的手段。

寻芳想着，撸起袖子上前，抽了范姨娘两个大嘴巴。

清脆的响声让满屋子人都怔住了。不仅仅是范姨娘和其他人，就连东瑗也愣住。想着寻芳那平日里温柔文静的模样，谁能想到她在此刻出头，替东瑗做了打手？

"范姨娘，大奶奶一再对你仁慈，你居然敢对大奶奶出言不逊！"寻芳厉声呵斥，"你可知道错了？"

范姨娘回神，狠狠盯着寻芳。

东瑗觉得被范姨娘骂上几句，并不算委屈。她的确是剥夺了姨娘们的权利，在这件事上，她虽然不后悔，却也没有反驳的立场。

她只得给罗妈妈使眼色，让罗妈妈拦下寻芳，把范姨娘带出去。

罗妈妈会意，上前拉了寻芳，轻声道："姑娘歇歇，别打疼了手。"然后对两个粗使丫鬟道，"愣着做什么？还不快把范姨娘扶回去？"

于是两个粗使丫鬟反剪着范姨娘的双手，把她押回去，碧秋跟着一起过去。

到了小院，芸香看着范姨娘面颊两个通红的掌印，又是狼狈不堪地被押回来，顿时就眼泪婆娑。

跟着一起去的碧秋把事情简单和芸香交待了一下。

碧秋道："姨娘平日里对大奶奶也说不上恭敬，大奶奶向来不和她计较。今日是姨娘说混账话在先，大奶奶才要送她回来，哪里知道她居然口出恶言，寻芳才教训了她。"

芸香听着，错愕不已。怎么都不像她的姨娘做出来的事啊？

"没有大奶奶的话，范姨娘暂时不要出这院子，你安心服侍她。还跟从前一样，吃穿用度不曾减量。"碧秋加了一句。

芸香忙给碧秋行礼，叫了好几声姐姐，又连连道谢。

范姨娘闹了一场，并没有瞒住静摄院满屋子服侍的人，所以到了下午就传到了盛夫人那里。

盛修颐的几位姨娘里，盛夫人最不喜欢范姨娘，一听这话就来气，叫香橼去把范姨娘带过来，她要亲自审讯。

康妈妈觉得这样大奶奶可能更加为难，又把大奶奶霸占世子爷的话，说给盛夫人听。

东瑷进府就添了孙子，所以她霸占世子爷，盛夫人倒也不觉得她过分。

如此一想，妾室们有怨气也是情理之中，倘若越过东瑷去处理盛修颐的妾室，会让东瑷的名声更加糟糕。盛夫人只得把怨气压下。

晚夕盛修颐回来，先去给盛夫人请安，见盛夫人面色不善，问是何故。

盛夫人就把范姨娘冲撞东瑷一事，说给了盛修颐听。

盛修颐听说范姨娘公然跟东瑷起了冲突，顿了顿，倒也没有在盛夫人面前露出异样，只是说了句："阿瑷性子宽和，她们就当阿瑷和软好欺。其实阿瑷心里明白着，娘不用担心。"

盛夫人见儿子言辞间对自己的媳妇满是信任，微微笑起来。

没什么比儿子媳妇感情和睦更加令老人欣慰的了。

盛夫人也不例外。

盛修颐辞了盛夫人，从元阳阁出来时，顿时脸色阴霾，不见方才的温和笑容。他铁青着脸，回了静摄院。

满院子服侍的丫鬟被他吓了一跳，个个敛声屏气。

东瑷也微讶，她很少见盛修颐这副模样，像是被谁气着了。从前哪怕生气，他面上也是淡淡的，看不出情绪来。如今，他越来越不懂控制自己的喜怒。

这是好的征兆还是坏的？

念头一闪而过，东瑷起身接过丫鬟们端进来的茶，亲手给盛修颐捧上，小心翼翼问他："出事了么？"

盛修颐看了眼东瑷，深吸一口气，把情绪压下去。可眼底的怒色还是清晰可见。

东瑷就把东次间服侍的众人都遣了下去。

盛修颐端起东瑷奉上的茶，轻轻啜了一小口，这才把情绪压下去。他笑了笑："没事。"而后又敛了神色，对东瑷道，"今日是不是范氏闹了起来？"

这件事已经传开，东瑷觉得并没有遮掩的必要，就轻描淡写道："不算闹。只是跪在我面前哭，不想芸香放出去。我说家里没有这样的规矩，她不甘心，说了几句糊涂话。"

盛修颐听着，神色里带了浓烈的厌恶。好似听到了一件很恶心的事般。

他放下茶盏，对东瑗道："明日叫人把芸香领出去。她在府里也有些年头，交给她父母兄弟。倘若范氏敢再来闹，你就将芸香卖出去。"

东瑗错愕。

盛修颐虽说并不是个老好人，却也不是苛刻之辈。

这样无缘无故说把丫鬟卖出去，东瑗难掩惊讶。她问道："天和，怎么突然说这话？"

盛修颐眉头微蹙，站起身来，一副不愿意多谈的模样，转身去了净房，敷衍着对东瑗道："你别多问，照我说的办就是。"

明明只是到了年纪配婚而已，怎么到了范姨娘和盛修颐这里，事情就变得这样复杂？

服侍了自己一场的丫鬟，正常情况下，主子应该希望其有个好前程，会替她求主母，配个有前途的可靠男人。而范姨娘居然哭着要把芸香多留几年。

虽然是情理之中，却也太不替芸香打算，自私了些。再多留几年，芸香越发大了，好的人可能寻不着，前途未卜。这个年代的女人，嫁人就等于第二次投胎，决定了今后的命运。

怎么能在最黄金的出嫁年纪把她耽误了？

这是范姨娘的自私。

至于盛修颐，就更加奇怪。范姨娘不过是求多留芸香几年，他就要东瑗把芸香交给其父母赶紧领回去，甚至说出了卖出去的话。

如果姨娘们欺负东瑗，他可能替东瑗做主；可丫鬟的去留，不是他应该关心的。依着他的性格和受到的教育，他也不可能过问。

而他，偏偏问了，语气还是那么奇怪。

奇怪的憎恶让东瑗百思不得其解。

她望着净房的方向，半晌不曾展眉。

难道他和范姨娘之间有什么东瑗不知道的往事么？

晚上吹灯歇了，东瑗想问关于芸香的处理。可想着是姨娘房里的丫鬟，虽说盛修颐放下身段亲自吩咐了，却不应该东瑗总是拿着这件事不放。

盛修颐明显对这件事很反感。

她辗转思量，最后还是没有问。

第二天，东瑗早起和盛修颐去给盛夫人请安，一路上盛修颐只字不提昨日吩咐之事，东瑗也没有多说。

在元阳阁说了些话儿，盛修颐去了太子府，东瑗则回了静摄院。

她让小丫鬟去把芸香叫了过来，又让蔷薇去外院吩咐一声，把芸香的父母或者兄长叫进来。芸香的父母在山东看宅子，她哥哥倒是在外院采办上做事。

芸香以为东瑗是问范姨娘的情况，只身前来，不等东瑗开口，就跪下把范姨娘的事说了一遍："……姨娘性格孤僻了些，一向得大奶奶宽和，姨娘心里也是感激。昨日冲撞了大奶奶，姨娘已经知道错了。"

东瑷见她模样清秀，行事沉稳，又替范姨娘事事打算，想着范姨娘孤独一人在府里，身边有个这样的人陪伴，肯定是舍不得她嫁人的。想着盛修颐的吩咐，东瑷又有些犹豫。

话到嘴边，东瑷顿了顿，才道："芸香，我知道你对范姨娘忠心耿耿，范姨娘也处处依仗你，舍不得你走。既然你哥哥和老子娘都是在府里做事，我也看在你们家几代忠心的分上，替你配个外院的管事。以后你嫁人了，照样在范姨娘身边做管事妈妈。"

芸香没有想到东瑷会这样说，又惊又喜，忙跪下给东瑷磕了三个响头："奴婢多谢大奶奶的恩德。奴婢定会用心服侍姨娘，不让大奶奶操心。"

东瑷笑了笑，道："既然这样，你起身吧。"

说着话儿，芸香的哥哥已经进来了，隔着围屏给东瑷磕头请安。

他不知道到底何事，所以战战兢兢。

东瑷原本是让他来把芸香领走的，可见到芸香，她又改变了主意。于是对着芸香的哥哥，东瑷只是嘱咐他好好做事而已，并没有说让芸香出去的话。

罗妈妈却好奇，等芸香的哥哥走后，问东瑷到底为什么把芸香的哥哥叫了进来。

东瑷就把盛修颐的话告诉了罗妈妈。

罗妈妈大惊失色："瑷姐儿，既然世子爷吩咐了，你照办即可。你为了姨娘的丫鬟忤逆世子爷，也太傻了……"

东瑷无所谓笑了笑："世子爷不该管内宅的事，这些事原本就是我做主的。再说，我也是将心比心。要是只有妈妈一个人在我身边，突然要走了，我定会舍不得。我有诚哥儿，还有世子爷，范姨娘可是什么都没有。芸香又是个规矩明理的，留在范姨娘身边有益无害。"

这是最主要的原因。

东瑷不想事事任由盛修颐摆布。他做得不对，东瑷不想盲目顺从。内宅的事，原本就是该她拿主意，盛修颐只有建议权，没有决策权。

还有，在她内心的角落，也很好奇盛修颐为何会这般讨厌范姨娘。倘若他对自己的处理结果不满意，定然会谈到这个话题，东瑷想再问一次。

若他还是坚持不肯说，东瑷大约不会再问。

罗妈妈听着东瑷的解释，倒也合情合理。她原本就是个心软慈善的人，听着东瑷的分析，她设身处境想了想，也觉得范姨娘挺可怜的。

可还是替东瑷担心，怕盛修颐为此和东瑷生气，夫妻俩有了罅隙。

罗妈妈摇摆不定，担惊受怕一直到盛修颐晚夕回静摄院。

东瑷就把今日对芸香的处置告诉了他。

他眉头微蹙，不解看了眼东瑷，问："不是说让她家里人领回去么？难道范氏又来闹了？"

东瑷摇头，道："没有。我是觉得，芸香是个不错的。范姨娘信任她，她嫁人后在范姨娘身边做管事妈妈，没什么不妥的。"

盛修颐半晌不说话。

好半天，他才叹气道："阿瑷，你的心太善。你听我的，芸香留在范氏身边，对范氏没什么好处，把她送回去吧。"

东瑷回眸，看着他："你总得说个缘由给我听啊。芸香到底哪里不好，这样不能留下来。内宅的事，原本我就比你清楚些，你这样叫我办事，我也左右为难的。"

语气里有了几分不快。

东瑷很少这样和盛修颐说话。

盛修颐沉默下来。

他沉思须臾，还是道："一个丫鬟而已，不值得这样费心，送出去吧。以后别叫她进来。"

然后他喊了蔷薇："去外院，把林久福叫来。"

林久福是外院大总管，这个时候叫他做什么？

蔷薇看了眼东瑷。

东瑷却不解看着盛修颐。

盛修颐不说话，只是静静坐着。

东瑷也不再多言，两人似乎在冷战。

没过多久，林久福就来了。

盛修颐二话不说，直接对林久福道："范姨娘身边的芸香，你叫人带出去。让她家里人领回去，越快越好。"

东瑷惊呆了。

居然这样强势反驳她的处置。

居然这样不给她体面。

她望着盛修颐平静的脸，眸子里露出难以置信。似乎成亲这么久以来，盛修颐第一次这样行事，根本不顾她。

他对芸香就这样容不得么？东瑷气得一句话也说不出来。

林久福道是，给盛修颐和东瑷行礼，就退了出去。

当日夜里，芸香就被带了出去。范姨娘不让，差点和带芸香的管事打起来，闹得满院子皆知，东瑷也听到了动静。

她正在灯下做针线，盛修颐坐在一旁看书，两人都不说话，气氛很诡异。盛修颐明知东瑷在生气，却不像往常一样哄她。

东瑷唯一可以肯定的是：盛修颐不想谈范姨娘和芸香的事。他宁愿让东瑷受委屈生闷气，也不主动和东瑷说话。

到底发生过什么？

芸香的事，让范姨娘闹得出乎大家的意料。

起因只是邵紫檀身边的芝兰年纪大了，邵紫檀念着她服侍多年尽心尽力，而东瑷忙着照顾诚哥儿，服侍盛夫人，没有注意到姨娘身边的事，邵紫檀才主动提出让东瑷把芝兰放出去。

既然要放丫鬟，自然不能只是芝兰一人，其他房里的丫鬟，也要一并放了。

这是主子对丫鬟们的恩典，原本是件积德行善之事。

可被范姨娘这样莫名其妙一搅和，这件事变得扑朔迷离起来。

到底怎么回事？不仅仅是下人，东瑷自己也是一头雾水。芸香和范姨娘到底怎么惹了盛修颐，盛修颐不愿意谈起。

驳了东瑷的面子，盛修颐越过东瑷来管理内宅之事，他也不打算道歉。东瑷自然不会委屈自己去讨好他。

两个人相处，虽说不能总是无理取闹，可也不能一方卑躬屈膝。

东瑷不会无理取闹，却会据理力争。夫妻过日子，你若是无条件忍让，一次次只会让对方习惯。最后，不管发生什么，妥协的那个人总是你。

一旦习惯了妥协，就是一辈子的妥协。

"我瞧着几个姨娘身边的丫鬟，芸香是头一份的老实忠心。"罗妈妈又感叹，"瑷姐儿，世子爷没说到底何事要撵了芸香？"

东瑷正头疼，听到罗妈妈问，无力看了她一眼，苦笑道："妈妈，您真的没瞧见我愁眉不展？我对芸香的处置，世子爷说也不说就驳回，还不说缘由将芸香撵了出去。我也想知道为何，您别再问我。"

罗妈妈忙抱歉笑道："妈妈年纪大了，嘴碎……"

顿了顿，她还是忍不住道："瑷姐儿，你不会和世子爷赌气吧？哎哟，男人是要哄的，瑷姐儿……"

东瑷受不了罗妈妈的碎碎念，起身去盛夫人那里。

盛夫人也听说了芸香的事。

只是外面的版本和静摄院的不同。

盛夫人听到的是东瑷上午还答应留芸香服侍范姨娘，入夜却叫人突然把芸香赶走了。

"你院子里的事，我原是不该问的。"盛夫人道，"只是怎么闹了起来？我听说范姨娘差点和管事打了起来。阿瑷，娘知道你心地善良，可也不能总由着姨娘们胡闹，笑话都闹到外院去了。"

虽然说同一件事，可盛夫人说话的角度让东瑷心里暖暖的。

她虽然责备东瑷没有把这件事处理好，却句句透出对东瑷的关心。

意思也是点到为止。

东瑷却不好辩解。

盛修颐办的这件事，让东瑷有些哑巴吃黄连的痛苦。她真的不知道应该如何去解释。

说盛修颐不顾她的决定，擅自行动？

丈夫不顾她的体面，她光彩么？所以这话她绝对不会提。

说她自己办事反复无常？那只能说明她没有本事，会削弱她在仆妇们心里的威信。

反正是不能解释的，东瑗无奈笑了笑，对盛夫人道："娘，下次不会再这样了。范姨娘的事，我以后会好好管教。"

盛夫人微微颔首，也没有追问到底怎么回事。

就这样，芸香莫名被送走了。

东瑗也开始和盛修颐冷战。盛修颐好似什么都没有发生，每日回来照旧，只是只字不提范姨娘那件事。东瑗对他也很冷淡，两人似陌生人般，只有简单的对话。

而盛修颐，居然还是没有打算解释的意思，让东瑗十分无语。

他心里到底有什么难言之隐，随着日子一天天过去，东瑗越发好奇。

转眼间到了十月底，盛夫人问东瑗："娘上次和你提的那件事，如今怎样了？"

东瑗愣住，片刻后才想起什么事。上次说让芸香等人出去的时候，盛夫人说过让东瑗从她身边的丫鬟们里选两个出来，给大少爷盛乐郝做通房丫鬟。

因为范姨娘和芸香的事，东瑗居然把这件事忘了。

她尴尬笑了笑："娘，我……"

"是不是忘了？"盛夫人温和笑道，好似在意料之中。

东瑗点点头，很不好意思道："我回去就办。"

东瑗没有狡辩，没有撒谎，让盛夫人比较满意。谁都看得出来，她是忘了。盛夫人对她没有找借口挺欣慰的，笑道："也不急，你慢慢挑。孩子品性最重要，模样倒是其次的……"

东瑗心里对这件事有些抵触，还是含混点头。

回到静摄院，东瑗有些为难。

她把其他人都遣了出去，只留下罗妈妈、橘红和蔷薇三人在身边，就把盛夫人的意思说给了她们听。

出乎东瑗意料之外的是，三人很平静地点头，还帮着东瑗出主意，选哪个丫鬟好。

东瑗这才明白，在这个年代的人眼里，像盛家这样的大户人家，少爷们到了这个年纪，选通房丫鬟是件平常至极的事。只是她一个人多怪了。

"玉桂不错。"蔷薇向东瑗推荐道，"她虽然是粗使丫鬟，行事却稳妥，我还想过些日子引荐给大奶奶，提她做二等丫鬟。她今年十五岁，给大少爷挺合适的。"

罗妈妈和橘红也点头附和，她们显然都认识玉桂。

东瑗却不认识。

她对这件事还是不怎么上心，听到蔷薇提起，道："玉桂算一个……"

而后，罗妈妈和橘红两人，也各自说了几个丫鬟的名字，一共凑出来四个三等丫鬟，让东瑗挑选。

一个叫玉桂，一个叫珍珠，一个叫宝扇，一个叫锦瑟。

东瑗对此不够热衷，道："明日我看看吧。"

说着，就去了诚哥儿那里。抱了会诚哥儿，又拿出针线，替盛乐芸赶制护手。这护手东瑗做得精致，已经花了不少工夫，快要做好了。

到了下午的时候，盛乐郝和盛乐芸兄妹来给东瑗请安。

东瑗就把护手给了盛乐芸。

盛乐芸很喜欢，说了好些感激的话，还道："母亲的针线做得真好，比我强多了。以后我能到母亲跟前学做针线么？"

这是主动和她亲近。

太过于亲昵，会破坏彼此的好感。东瑗真的没有把握可以做好母亲。

母亲太难做了，特别对方还不是自己的亲生女儿，就更加难了。她只得拒绝，笑道："芸姐儿，你的针线可要抓紧。到母亲身边学针线，只会耽误你……"

针线要抓紧，就是说她快要嫁人了，要抓紧时间把针线做好，替自己缝嫁妆了。

盛乐芸听懂了，脸颊绯红，倒也没有再说什么，只是低声道是。

东瑗就舒了口气。

盛乐郝一直安静在一旁听着，目光温和。

东瑗想起盛夫人交代的事，看着这么小的孩子，心里百感交集。太子爷才十岁，快要成亲了；盛乐郝已经十三了，给他两个通房，在这个年代绝对是情理之中的事。

东瑗想着，就对盛乐芸道："芸姐儿，母亲和你哥哥有话说，你先回去吧。"

盛乐芸没有多想，起身告辞。

她并不像个小姑娘，无知地追问何事。

不是东瑗不想把他们当成无知幼童，只是他们自己，在这个年代的熏陶下，早已成长得超出了东瑗的认知。

他们是这个年代的人，他们遵循这个年代的教养。

十一岁的盛乐芸，从不把自己当成小女孩撒娇。

盛乐郝没想到东瑗会留下他。他看着东瑗，目光里带了几分询问："母亲有何事吩咐？"

东瑗深吸一口气，才道："郝哥儿，你身边的紫藤，年纪大了要放出去。母亲重新替你选了两个服侍的。只是，母亲不知道你怎么想。"

"母亲请吩咐。"盛乐郝茫然了。

第二十三章　主仆纯爱

盛乐郝的确好茫然。怎么好好的，突然问他对丫鬟怎么想？

丫鬟不过是服侍他的，他能有什么想法？当初紫藤和紫苑从祖母身边到他身边，一开始对他很生疏，而后他们就关系密切起来，两个姐姐也成了他的心腹，对他很好。

任何忠心都要靠努力换来的。难道别人会没有缘由对你很么？

现在给他的丫鬟，不过是陌生人，不管是谁，对于盛乐郝而言都没有差别。

盛乐郝觉得他的继母应该懂得这个道理。她跟自己一样，对御人颇有心得。要不然，她怎么进府不满两年，就获得府里上上下下一片赞扬？

所以他的继母问这话，让盛乐郝很疑惑。

他不解地看着东瑷。

东瑷却有些尴尬，她咳了咳，尽量让自己的目光变得坦然，道："我身边有两个二等丫鬟，一个叫秋纹，一个叫淡柳，她们都是很得力的，只因为年纪小，所以不在我屋里服侍。秋纹是我乳娘的女儿，我待她如姊妹；淡柳是夫人赏我的，自然我也不会小瞧。这两个，将来你若是用不着，母亲还要重用她们。

"另外，我身边还有几个丫鬟，性情温和，模样清秀，都是我从娘家带过来的陪嫁，自然不会有差的。她们若是到你身边服侍，将来就一直呆在你身边。

"母亲只是想问问你，你想要哪种的丫鬟？"

盛乐郝还是不解地看着东瑷。

却发觉东瑷眸子微闪，似乎很尴尬。

他猛然间想到了什么。

母亲说的第一种丫鬟，只是服侍他的人，将来若是年纪大了要配人，可能还到母亲身边做管事的妈妈；而第二种，则是永远给他，哪怕他不需要的。

那么，第二种丫鬟，就是他的人。

他的人……盛乐郝懂得这里面的含义。

他又看了眼东瑷。

这叫他如何回答？他也跟着尴尬起来。

好半晌，他才结结巴巴道："母亲，孩儿自幼喜欢精致的东西。哪怕是一点小玩物，孩儿都是宁缺毋滥。孩儿想着，母亲身边的二等丫鬟，应该是百里挑一的，自然是比其他的丫鬟好。若是母亲赏了孩儿，孩儿定会铭记母亲的恩德，好好念书，早日高中，为家族增辉，不让母亲失望。"

东瑷缓慢舒了口气。她似乎把心里的郁闷吐了出来。

盛乐郝的意思很明显。

第一，他目前最重要的是念书、考功名，为家族光耀门庭。其他东西对他而言，没有太多的诱惑力。

第二，他喜欢精致的东西。通房丫鬟将来要抬姨娘的，他不想要丫鬟做姨娘。因为丫鬟的身份总是低贱，将来孩子也会被人说成婢生子，这样对孩子不好。他说宁缺毋滥，就是这个意思。

东瑷心头的重石终于落地，她满意而笑："既然这样，母亲身边的秋纹和淡柳就给你了。你要记得今天说的话。"

盛乐郝道是。

就这样，东瑷把盛乐郝通房丫鬟的事，无形中解决了。

她把这个决定告诉罗妈妈、橘红和蔷薇时，罗妈妈先是惊呆了，继而说不出话来。

她愣在当场，好半响才问："瑷姐儿……难道你要秋纹……"她难以置信，在罗妈妈心中，东瑷绝对不会做这种事。她应该极力维护罗妈妈的女儿，而不是随便把她的女儿送给少爷做通房。罗妈妈没有生气，她只是惊讶这个决定。因为她知道，东瑷肯定还有后话。她不会这样对罗妈妈的。

东瑷笑道："夫人想给大少爷安排通房丫鬟。可我还是觉得，大少爷年纪太小，等几年再说。秋纹和淡柳只是去服侍大少爷，并不是你们想的那样……"

她回眸，看着罗妈妈，慎重道："妈妈，我没有骗您。我跟大少爷说了，秋纹就是我的亲姊妹，大少爷懂得这个意思。"

罗妈妈这才放心。能到大少爷身边做大丫鬟，自然是很好的。

况且东瑷在府里，秋纹的前途罗妈妈根本不用操心。东瑷是她带大的孩子，她对东瑷的了解很深，她从来不担心自己的未来和女儿的未来，东瑷会招呼好她们的。

"那夫人那里怎么办？"蔷薇担心道。

东瑷笑道："不碍事。夫人也不会把话点破，只是会暗示大少爷，这两个丫鬟将来是要放在他房里的。我已经和大少爷说过了，他懂得我的意思，不会误会的。夫人那里，只会当我把心腹的丫鬟放在大少爷房里……"

秋纹是罗妈妈的女儿，罗妈妈又是东瑷的乳娘，所以旁人看来，东瑷是为了秋纹着想。这个理由不会被点破。

果然，东瑷把丫鬟名字告诉盛夫人时，盛夫人果然想偏了。她笑着道："秋纹就是罗妈妈的女儿吧？我见过她两次，模样极好。又有罗妈妈在先，性子定是不用猜疑的。"

而后，她又微微犹豫："淡柳模样好，敦厚老实，做事也勤勉。只是年纪太大了些……"

淡柳是当初盛夫人送给东瑷的丫鬟之一，所以盛夫人对淡柳还有些印象。

东瑷笑道："淡柳也才十六岁，虽然比秋纹大些，却更加沉稳。郝哥儿年纪还小，总不能身边人也懵懵懂懂的。大些不是更好？"

她的意思是说，年纪小的不太懂事，可能带坏了盛乐郝。

盛乐郝正是情窦初开的年纪，倘若被带坏了，将来不好。盛夫人也有这样的担忧的。

所以东瑷这样一说，她也释然了。

"既然这样，就照你说的办吧。"盛夫人道。

东瑷道是。

她心里对这样瞒着盛夫人有些不踏实。

可转念一想，她们的话都是说得模棱两可，东瑷这样的行为，也不算欺诈。

她总不能通过自己的手，放两个女孩子到一个十三岁的小孩子身边去。要是这样，她的心肯定会更加别扭。

一旦盛乐郝将来功名之路不够顺畅，这种别扭会被无形夸大，甚至成为东瑷的愧疚。

这件事的顺利解决，让东瑷心情愉快不少。

可和盛修颐的冷战还在继续。

而盛修颐，居然真的没有打算道歉的意思，让东瑷很气愤。

转眼间到了冬月，天气越发严寒，东瑷除了每日去盛夫人处晨昏定省，就是躲在屋子里做针线，陪着诚哥儿。

已经八个月大的诚哥儿，东瑷逗他的时候，他会咯咯笑，笑得很开心。

他甚至还会简单地喊出一个模糊不已的词，虽然不知道他在说什么。这一切，都让东瑷的生活变得精彩不已。

而东瑷和盛修颐的关系，却没有太多改善。东瑷甚至想，他对她是不是已经厌倦了？

都说爱情的期限很短。过了期限，就靠忍耐而支撑，盛修颐对她，是不是已经过了爱情期，进入了忍耐期？甚至在外面，他是不是有了相好？

这些念头一开始在脑海里很短暂，而后占据的时间越来越长。越是这样想，东瑷越是不想理盛修颐。

她受不了这种委屈。

这份感情，她似乎期望得越来越多，有些超乎盛修颐对多为婚姻的认知。至少在盛修颐所受的教育里，三妻四妾很正常，而东瑷却不让他沾妾室。

他是不是觉得东瑷让他喘不过气来？

想到这些，东瑷也很泄气：三观不同，谈个恋爱真费劲。

冬月初三这日，又是一场大雪，飘飘洒洒地铺满了京都，将鳞次栉比的街道全部染成了纯白色。

东瑷照例去给盛夫人请安，而后就在屋里做针线。

盛修颐回来后，像往常一样，先去给盛夫人请安。而来安，又送来一坛酒。

东瑷不由想起上次初雪那夜的事，心头一阵莫名的涌动。她看着那酒，就知道盛修颐终于准备投降，要向她求和了。

东瑷笑了笑。她坚持让他先道歉。只要他道歉，她就不会再继续闹下去。

果然，盛修颐从元阳阁回来，问东瑷："来安把酒送来没有？"

东瑷道："已经送过来了。"

语气还是很平淡。

盛修颐就俯身，凑近她道："温了酒，我想晚上喝。"

东瑷又淡淡说了声是。

盛修颐无奈，只得先去了净房更衣。

等他出来时，内室临窗大炕上，已经摆满了酒菜。盛修颐看着东瑷，忍不住笑了笑。

东瑷先把屋里服侍的丫鬟们遣了下去，亲手替他斟酒，道："你没有话和我说？"

盛修颐微愣，继而一把将她搂住，道："阿瑷，上次的事我做得鲁莽，你莫要再生气。"

东瑷被他搂在怀里，道："你再解释一件事，我就不生气。"

"什么？"

"你为何到今天才向我道歉？"东瑷抬眸看着他，目光似乎要把他看透。

盛修颐松开了她，叹了口气。

东瑷起身，坐到他面前。

盛修颐顿了顿，问道："倘若告诉你缘由，是不是以后不再生气？"

东瑷很肯定地颔首。

"因为羞于启齿！"盛修颐道。

羞于启齿？

明明很简单的词，愣是让东瑷颇感迷惘。

什么是羞于启齿？他不顾妻子的颜面，驳了妻子对内宅处理，是他的错误。倘若说当时一时气愤，冷静下来后，就算没有弥补，也该给东瑷一个真诚的道歉。东瑷觉得这样才合理。

怎么道歉也羞于启齿？

她不解看着盛修颐。

盛修颐饮了半盏温酒，看着东瑷迷惑的目光，手指不由自主轻敲炕几，露出为难神色。他似乎下定决心和东瑷说个明白，可话到嘴边又不知从何说起。如此反复，可见他心里对这件事的抵触。

东瑷心里隐约有几分不好的预感。

她也不催促盛修颐，不动声色又给他添了半盏酒，默默等待他开口。

盛修颐尚未说话，帘外却传来蔷薇急促的声音："世子爷，大奶奶……"

东瑷心头一惊，出事了么？

蔷薇是她丫鬟里最机灵的。静摄院服侍的知道东瑷和盛修颐最近在怄气，又知道今日盛修颐主动求和，夫妻俩在内宅交杯换盏，自然不希望有人打扰。倘若她们能处理的事，不会来喊东瑷。既然来禀告，就是连蔷薇都无法处理的。应该是出了大事。

东瑷把微暖的酒壶放下，喊了蔷薇进来："有什么事？"

盛修颐却好似松了口气。

蔷薇快步走到内室临窗大炕前，不敢抬头去看盛修颐，只是走到东瑷跟前，声音细弱蚊蚋："大奶奶，范姨娘她……她不好了……"

范姨娘不好了？东瑷最害怕听到这种话。

她猛然看向蔷薇。

盛修颐也是神色一敛，目光落在蔷薇脸上。

蔷薇被他们这样的目光逼视，只差后退一小步。她强自镇定，声音平稳回答东瑷的话："范姨娘服毒，被她身边的小丫鬟发现。如今……"

"服毒？"东瑷猛然站起身子，"现在人怎么样了？"

盛修颐的脸色更加阴沉。

蔷薇道："罗妈妈和橘红已经在范姨娘那里。直到范姨娘救下了，我才回来禀您。人虽然救下，却也不太好。大奶奶，如今怎么办？要不要请太医来瞧瞧？"

罗妈妈、橘红和蔷薇都去了，说明事情已经被压下来，只有东瑷身边的人知晓。

谁家里闹出姨娘自尽的笑话，都要被诟病许久，蔷薇是明白的。她把事情处理得差不多，才来禀告东瑷的。

盛家才从众人的视线里消褪几分，东瑷相信，不管是盛修颐还是盛昌侯盛夫人，都不希望家里再闹这等言论。

太医自然是要请的。

范姨娘虽然只是小妾，却也是一条鲜活的生命。哪怕她自己不惜命，盛家却不能不顾她。

从大的仁义上说，盛家不能做见死不救之事；从小的利益上说，盛修颐房里今年已经出了一次事，短时间内再也不能死人了。

"拿了我的对牌，快去请太医。"东瑷对蔷薇道。她语气里有几分急迫，说着话儿，已经下炕穿鞋，准备去姨娘们的小院瞧瞧。

蔷薇正要应声道是，却听到盛修颐的声音："不用，你先出去。"

他的声音很冰冷，带着不容置疑。蔷薇不由抬头望去，就见盛修颐眉宇间噙了薄霜。

对世子爷，蔷薇和东瑷身边的其他丫鬟一样，虽然不是胆战心惊，却也从来不敢忤逆他。他一句话，蔷薇毫不犹豫道是，转身从内室里出去。

他的话，比东瑷的话更好用。

东瑷穿鞋的动作慢了下来。

她也不喊丫鬟伺候，自己穿好了鞋，站起身望着盛修颐："天和，以后这院子里的事，要不要都要问过你？"语气里带着几分强悍的诘问。

她生气了。

倘若说第一次他越过东瑷处理芸香，东瑷只是有些恼怒；这一次却真的有些难以容忍。

他既不肯说范姨娘到底怎么回事，却又对范氏表现出异常的刻薄，甚至宁愿眼睁睁看着范氏死去。

东瑷脑海里有些念头在转动，却又快速被她自己否定，她不敢相信自己想象出来的这些东西。可盛修颐的表现，一次次证实了东瑷的猜测。

对此，她颇感不愉，甚至有些心烦气躁。

盛修颐则直直看着她，半晌才道："你知道我没有此意。"

东瑷唇角就挑了些许冷笑，道："你既然没有此意，那么你不要插手。范姨娘的事，倘若我处置不当，你再来管，我并无异议。可你这样，叫我以后怎么做事？天和，你并不是这样的人……"

东瑷一开始语气强悍，可瞧着他清澈眸子里带了几分无奈的懊恼，东瑷的心又是一软。

他是这个年代的士大夫，他所有的自尊不是东瑷能想象的。

他心里的纠结与挣扎，也许比他表现出来的更加严重。

也许后世的男人对那种事无所谓，而盛修颐却感到莫大的耻辱。这样的耻辱，令他在东瑷面前都无法开口，足见他心里的痛楚。

东瑷不能用自己的价值观去要求盛修颐对范姨娘宽容。

她深吸一口气，又道："天和，不管范姨娘如何，芸香已经送了出去。她现在寻死觅活，若是出了事，传了出去，咱们家清誉受损。天和，你只当不知道，我心中有数……"

盛修颐错愕望着东瑷，显然对东瑷说那句"我心中有数"很是怀疑。他想了想，欲言又止，始终不知该说什么。对那件事，他讳莫如深，连提起半句都觉得难堪。

东瑷就点点头，看着他，道："范姨娘和芸香有些不堪，所以范姨娘舍不得芸香离开。你却不能容忍芸香留在范姨娘身边……天和，世间之大，这种事并非首例，我曾经也有耳闻。"

盛修颐更是错愕。

他险些就要问出谁家还有这种事发生，东瑷是从哪里听说的。

比起薛东瑷一个整日关在内宅的女子，他所见、所闻应该远远比东瑷知道的多。

可最终还是没有问出口。他兀自将眼底的惊讶遮掩，沉默须臾才道："你说得不错。这等事，我已经看着兴平王的面子，对她一再容忍。上次那个春柳，我已经对她仁慈一次。这次，若是还不给她教训，我们府里岂不是要成为满京城的笑话！"

春柳，就是当初范姨娘到盛家时，兴平王送给她的陪嫁丫鬟。

听说范姨娘和春柳曾经一处学弹唱。春柳出身官家，落魄后才被迫卖身为奴，不仅仅长得花容月貌，还学得满腹诗词，是那些歌姬里比较出色的。

兴平王对春柳也是心仪已久。只是兴平王妃管得紧，兴平王得不到春柳。最后不知是何缘故，春柳就给了范姨娘做陪嫁，送到了盛家。

而后，她也不知道犯了什么事，无缘无故被盛修颐撵走。

撵走春柳，才把芸香从静摄院拨过去服侍范姨娘。

范姨娘总说春柳不好，可却又时时提起她。这些话，都是最近东瑷才叫人打听出来的。

现在看来，春柳被盛修颐撵出去的原因，已经一目了然。

范姨娘和春柳的关系，已经超出了主仆。只要被外人知道，就会给盛家带来莫大的笑话，盛修颐不能容忍。

他把春柳撵走，又从自己院子里最老实本分的丫鬟里挑选了芸香去服侍范姨娘，大约也是想防微杜渐。

可范姨娘对盛修颐不上心，对芸香却有了感情。

如今芸香要出嫁，她再也不像春柳被撵走的时候那样沉默不作为。她可能是觉得，自己花了那么多时间，时常思念春柳。既然这样，还不如放手一搏，图个痛快。

这样的痛快，在这个人言可畏的年代，盛家又是这等高门，是不可能给她的。

"天和，交给我来办吧。"东瑗上前一步，捏了捏他的手，声音轻柔却带着鼓舞人心的力量，"不管如何处理她，先请了太医来给她瞧瞧。她若是真的死了，又是一场风波。"

盛修颐眸子变幻着，半晌没有开口。

他还是不同意救活范姨娘。既然她要寻死，那是自作孽。她原本就不值得盛修颐救她。

他甚至希望她死了，一了百了，不用替她遮掩。

可转念一想，他的几个姨娘，陶姨娘送去庄子上，盛修颐没有打算再接她回来；倘若范姨娘再去世，旁人又该攻击他了。

他现在是太子少师，也许用不了多久，他就是帝师。他的地位一日日攀升，背后打击他的人也会越来越多。他也不想授人以柄。

"天和，范姨娘是兴平王送给你的。"东瑗声音更加低柔，"如果将来和兴平王有了冲突，谁知道不是一次反击的利器？"

盛修颐一愣。

他看着东瑗，就见她美目里噙了几分狡黠。

也许范姨娘留下来，对盛修颐有用；也许是块绊脚石。可薛东瑗想要的，就是让盛修颐和盛家尽量避免被人攻讦。

她挖空了心思保证家宅的平静。

盛修颐反握住东瑗的手，终于平静下来："你去办吧。"

而后，他去了小书房看书，等待东瑗回来。

东瑗道是，带着蔷薇，去了范姨娘的院子。

东瑗去了范姨娘的院子，她把丫鬟们留在屋外，两人在屋里小叙片刻，范姨娘的情绪稳定下来。太医连夜给她救治，她不算配合，却也不闹，安安静静吃药。

再然后，她好似一块投入湖心的小石，掀起片刻涟漪后，归入了平静。

除了东瑗屋里的和姨娘们小院的，其他人都不知道发生了何事。盛夫人甚至都没有听说。

不过也瞒不住有心人的眼睛。

二奶奶葛氏对这件事略有耳闻。

没过几日，再跟盛夫人请安后，她和东瑗一起从元阳阁出来，就问东瑗："大嫂，听说前几日你那里请了太医。是哪位姨娘不好了？"

东瑗请太医，是说她自己有些积食，并未说姨娘不好。

二奶奶这样问，可见心中有数。

东瑷只得装糊涂，笑道："二弟妹听错了，只是我略感不适，并没有谁不好。"

她对二奶奶很客气。

二奶奶没有在盛夫人面前问，而是单独出来后再问，东瑷能感觉到她对自己的敌意减轻不少。既然二奶奶愿意迈一小步，东瑷也愿意进一步。妯娌之间，难道非要你死我活么？

做妯娌快两年，东瑷和二奶奶的关系一直比较生疏。

虽然二奶奶有不是，东瑷难道就没有错？她也是有错的。

任何人对于外来者都比较抵触。而东瑷这个外来者，从前为了在盛家站稳脚跟，费尽心思讨好盛夫人和盛修颐，避免元昌帝给她带来危机。她在讨好盛夫人的同时，取代了二奶奶葛氏在盛夫人心中的地位，甚至得到了比二奶奶葛氏更多的信任。

二奶奶不喜她，也是人之常情。

可东瑷从未为了改善她和二奶奶的关系而努力过。

她从前自顾不暇，担惊受怕，没有心思去做什么。如今，难道还要任由妯娌关系继续恶化？二奶奶一改常态，没有在盛夫人屋子里当众挑刺，难道不是对东瑷的敬重？

她有了一分敬重，东瑷愿意回敬三分。

想着，心底的情愫被触动，东瑷笑容更添几分和软："二弟妹，最近蕙姐儿的绣活做得如何？她还跟七弟妹学扎花么？"

盛乐蕙曾经跟二房的七奶奶学扎花，东瑷是知道的。

话题并没有冷却，而是从姨娘们身上转移到孩子身上，颇有几分拉家常的意味。

二奶奶微微一愣。她记忆中的薛氏，永远是一张笑得无懈可击的脸，带着侯门千金的矜持。二奶奶从薛氏进门第一天起，就不喜欢她。

更多的，是嫉妒她。

嫉妒她的身份，虽然她只是填房，却是镇显侯府最受疼爱的小姐。她是政治弄权下的牺牲品，否则依着她的容貌与身份，不可能嫁到盛家，给盛修颐做继室的。

也嫉妒她的容貌。二奶奶见过的女子不算少，却从未见过像薛氏这样的佳丽。她的外貌，令人惊艳。二奶奶时常觉得她的好运气，来源于她外貌给人的好感。倘若她也是个平常人，她能得到这么多么？

对于薛氏，二奶奶除了嫉妒、不平，还有种无法接近的自卑。

而薛氏，在婆婆面前对二奶奶忍让，博得好名声，背后却也强势。二奶奶对她也心生敬畏。

她有着显赫的娘家，又有婆婆的喜爱，公公的认可，丈夫的宠溺，让二奶奶感觉自己跟她不是同类之人。薛氏好似一直高高在上，让二奶奶望尘莫及。

虽然她不肯承认。

像这样转移话题，主动问起蕙姐儿，好似要跟二奶奶拉家常的事，薛氏从未做过。二奶奶不由心底警惕她的目的。

二奶奶看了眼薛东瑷。看久了，也觉得她的容貌不会让人惊艳到窒息，却也是很漂亮。

眉目精致如画，眼底有了一份温和的笑，透出几分亲昵。

二奶奶又微愣，薛东瑷可从来没有这样对她过。

想着，她不免怀疑薛东瑷的动机。

可耳边，莫名响起二爷的话：我只是通房生的，虽然养在母亲名下，将来和大哥、三弟同样分得家产。可爹爹不喜欢我，这是人尽皆知的。偌大的侯府，明面上的东西咱们能分到，暗地里还有多少好处，咱们永远都别想。

你若是聪明，就好好孝顺娘、讨好大嫂，将来蕙姐儿也有个依靠。倘若你总是犯糊涂，娘和大嫂都不喜欢你，等到分家那日，咱们的日子也算到了尽头。我在爹爹手里，永远是不能翻身的，他是不会给我出头的机会。

这么多年，你还看不出来么？爹爹恨我入骨。他恨我身份低微，却养在娘亲名下，占了嫡子的名分。我这样的身份，盛家你永远是不能掌权的。娘就算有心疼你，她还能为你和爹爹起争执？

你无故和薛氏争什么？争赢了，你能赢得整个盛家？不能，争赢了，只能在娘心里落下得理不饶人的印象；若是争输了，就得罪了大哥和薛氏。以后咱们分出去过，蕙姐儿出嫁后，既无兄弟依靠，又无权势娘家撑腰，还不是任人欺凌？

就算为了蕙姐儿，你在薛氏面前服软又能如何？

想着这些，二奶奶心里生出几分苦涩：二爷从前也想过和大哥争的，可看透了爹爹对他的厌恶后，二爷算是彻底放弃了。他不想再去贪恋什么，只想和大哥、三弟处理好关系。

二爷都认命，二奶奶就更加只得认命。

她今日问薛氏关于太医的话，不过是她隐约听到范姨娘勾引盛修颐不成，被薛氏禁足的闲话，想拿出去给薛氏添堵，看薛氏的笑话。

她也想警告薛氏，不要以为盛府可以一手遮天，她薛氏做的事，二奶奶葛氏一清二楚，瞒不过二奶奶的眼睛！若是想要继续在婆婆面前装好人，就要在二奶奶面前规矩点。

可想着，自己又觉得太无聊。虽然她不喜欢薛氏，但是这样的添堵和警告，能给她和薛氏的处境带来什么样的改变？完全不能，只会让薛氏不快，不会让薛氏低头。

因为薛氏完全没有求和的立场。她已经高高超出了二奶奶的视线，她站在盛家的高处。她是世子夫人，将来的盛昌侯夫人，这点二奶奶永远无法改变。就算盛修颐现在暴毙，薛氏还有儿子，爵位永远留在大房，没有二爷和二奶奶的份。

二则，她娘家显赫。她堂姐是皇后，胞妹是宠妃。就算她在盛家不如意，也可以分出去单过。也许将来封爵，只是皇后娘娘一句话而已。她的身份地位，二奶奶撼不动。

真的也要认命么？任由薛氏这个比自己小十几岁的女娃娃压在自己头上作威作福么？

看着薛氏脸上的笑，二奶奶心思百转千回，最终，她放弃了自己挑刺的初衷，笑着回应东瑷："是啊，蕙姐儿还跟七弟妹学扎花。要不，让她给大哥大嫂做双袜吧。她扎花虽然不及芸姐儿手巧，也是她的心意。"

从开始的挑衅到现在的送礼，这样的转变让东瑗也吃了一惊。原来人都不希望身边总是藏着一个对自己充满敌视的人。只要你愿意主动一点示好，会得到意想不到的收获。至少她是这样看待二奶奶的。

"蕙姐儿年纪小，给我们做袜就不必了，别累着孩子。"东瑗婉言拒绝，又笑道，"要是蕙姐儿能抽出空闲，能替诚哥儿做条帕子，我倒是感激。我定会留着，等诚哥儿长大了给他媳妇看，这是小时候二姐姐送给诚哥儿的。"

家里的大人总会喜欢把孩子小时候意义重大的东西留着，留到孩子长大了追忆童年的美好。

二奶奶听着东瑗这样说，不免动容。

一句"二姐姐"让二奶奶心底的防线有所松动。

蕙姐儿没有亲的兄弟姐妹，二奶奶和二爷百年后，蕙姐儿不是还要依靠堂兄弟们撑腰？

薛氏愿意让蕙姐儿和诚哥儿亲近，二奶奶虽然还是有些疑惑与戒备，心底却松动些许。她爽快道："行啊。我和蕙姐儿说说。"

就这样，算是默许了。

东瑗也会心一笑。

两人说着话儿，就走到了分岔路口。二奶奶葛氏想到什么，问道："大嫂，你如今积食好些了么？"

"好多了，吃了几服药，早就没事。"东瑗笑着道。

二奶奶颔首，说了几句要注意身体之类的话，带着她的丫鬟转身回了喜桂院。

东瑗看着她的背影，不由挑了挑唇角微笑。

蔷薇跟在东瑗身后，把她和二奶奶的对话听得一清二楚。等二奶奶走后，她才上前几步，问东瑗："大奶奶，您说二奶奶是什么意思？"

东瑗笑道："她知道我请了太医，自然要问候一番，这不是妯娌间应该的关心？"

妯娌间应该的关心？蔷薇微愣。大奶奶和二奶奶不是一向不太和睦么？

她想着，就见东瑗回眸，笑道："蔷薇，我觉得今天的天气特别好……"

说罢，她也迈步回了静摄院。

蔷薇缩了缩微寒的手，望着虬枝梢头金灿灿的阳光，的确今日天气不错。可这样的天气，每日都有，大奶奶怎么突然感叹天气特别好？大概是心情特别好吧？

二奶奶回了喜桂院，她的丫鬟丁香、冬青服侍她换了家常的褙子。

葛妈妈亲自沏了碧螺春端到二奶奶手边，却见二奶奶神色怏怏的，好像心里有事，就笑着低声问她："奶奶想什么？这样入神……"

二奶奶回神，接了葛妈妈的茶，淡淡说了句没事。

葛妈妈笑容悄敛，不放心看着二奶奶。二奶奶向来直爽，心里藏不住事。特别是身边只有得意的丫鬟和葛妈妈时，更加不会掩饰自己的不快。怎么今日明明瞧着不喜，却强撑说没事？

葛妈妈偷偷打量数眼二奶奶，只见她时而展眉淡笑，时而蹙眉沉思，这样喜怒不定，倒是第一次见。

二奶奶片刻才发现葛妈妈和两个大丫鬟神色有异，都在小心翼翼看着她。

她莞尔："没事，我就是在想大嫂的话。"

大奶奶……

二奶奶和大奶奶一向有罅，葛妈妈几人都是知道的。听到二奶奶说起大奶奶，几个人顿时变得更加严肃，垂了眼睑等着二奶奶的下文。

却没有人留意到，二奶奶今日说的是大嫂，而不是一向口中的"薛氏"。

可话到嘴边，二奶奶又咽了下去，精神疲软般说了句："我进内室一趟，你们都去吧。"

说着，起身进了内室。

葛妈妈几人一头雾水。

二奶奶略微小睡了会，刚起身，二小姐盛乐蕙就来了。

她穿着粉藕色碎花对襟褙子，官绿色百褶襕裙，绾了双髻，头上戴着两朵珠花，耳朵上塞了两粒米珠。面容像二奶奶，白净秀丽，不说国色天香，却也是明艳可人。

刚满十岁的蕙姐儿，似一朵含苞待放的睡莲，静静矗立也有诱人的芬芳。

二奶奶犹记蕙姐儿在褓褓中的样子，那么小，转眼间就长成了大姑娘，到了待嫁年纪。

今年五月前后，二奶奶跟盛夫人提过，想替蕙姐儿说门亲事，盛夫人也答应了，还叫薛东瑷帮忙看看。

结果事情尚未开始，盛家就遭了大难。

先是盛修颐房里的庶子盛乐钰病逝，而后又是公公丢官，盛家笼罩在一片沉寂的气氛里。

儿女亲事，二奶奶再也不敢提起。

看来只得等明年三爷盛修沐成亲后，再跟盛夫人说蕙姐儿的事。

想着，二奶奶冲女儿招手，让她坐到自己身边的炕上，拉着女儿的手。见蕙姐儿小手冰凉，二奶奶不由嗔怪："怎么这样凉？不是让你出门多穿些衣裳？你的乳娘都不管事的么？"

说着，就要喊盛乐蕙的乳娘来问话。

盛乐蕙从小见惯了母亲一惊一乍的，并不上心，笑道："娘，您不知道外头有多冷。我一路走来，手才会这样凉。您瞧，我穿得厚实着呢……"

说毕，就要掀起绫袄给二奶奶瞧。

二奶奶瞪眼，忙把她的手摁下去，不准她掀衣。正要说她掀衣没有大家小姐的矜持，外头服侍的丫鬟高声喊二爷回来了。

二爷今日去了文靖长公主府，看望五姑父。

一般去看望五姑父，都要逗留到很晚才归，今日这么早回来，有些反常。

二奶奶心里想着，起身迎了丈夫。

蕙姐儿也跟在二奶奶身后，给二爷行礼。

二爷心情不错，看着蕙姐儿就更是高兴，面颊含笑道："蕙姐儿今日的功课做完了？"

二奶奶不喜欢二爷这样问话。

家里请了先生教芸姐儿和蕙姐儿，可她们只是应景，认识几个字罢了，哪里要她们学富五车？女人再多学问又能如何？把针黹女红做好，才是本分。

二爷没有儿子，总是督促蕙姐儿念书，想把她教养成男儿般，令二奶奶心里不快。儿子的问题，成了二奶奶的心病。哪怕是二爷对蕙姐儿学问上丁点关心，都能让二奶奶神经质联想到儿子。

她脸色顿时不好看。

二爷可能不明白，蕙姐儿却是聪颖懂事。见父亲问话，她心里暗道不好。果然见母亲冷脸，蕙姐儿忙赔笑："爹，如今天气冷，我和大姐姐回禀了大伯母，已经辞了先生，只等明年三月份春暖花开再学，大伯母也同意了的。现如今我跟着七婶学扎花呢。"

二爷听着，兴趣减了一半。

蕙姐儿从小在父母这等微妙关系下长大，虽然心思单纯，对父母的揣摩却是深入。她见父亲神色有变，心里明白是怎么回事，忙接着又道："爹，我过年再给您做两双梁鞋。您上次不是说，我做的鞋最合脚么？"

一提这话，二爷又是眉眼舒展，微笑起来。

蕙姐儿做鞋精致，二爷穿出去，有次跟夏大爷喝酒，同席有个人就夸他的鞋子做得巧妙，还问他是哪个针线上的。

二爷虽用话搪塞，没有说是十岁女儿做的，心里却是吃了蜜似的甜。谁夸他女儿一句，比夸二爷百句都要受用。听着蕙姐儿又要给他做鞋，二爷岂有不高兴之理？

他笑道："也不着急穿，你慢慢做，别赶工夫，累着自己。"

蕙姐儿展颜一笑，甜甜道是，二爷心头些许不快就烟消云散了。

二奶奶见他们父女和睦，原本心中的不舒服也一扫而去。

"今日你大伯母还问，你如今针线如何了。我说你大有进益，你大伯母就说，让你替诚哥儿绣条帕子……"二奶奶笑着对盛乐蕙道。

不仅仅是盛乐蕙，就连二爷也错愕望着二奶奶。

平日里提起薛东瓒，总是咬牙切齿的，怎么今日还让蕙姐儿给诚哥儿做帕子？

二奶奶扫了眼他们父女的表情，忍不住好笑，眼底就有了几缕明媚笑意。

二爷见她没有生气找事，反而是俏丽微笑，心中更是惊讶。可妻子难得好心情，二爷就不会自讨没趣，问道："今日唱的哪出啊？将相和？"

二奶奶啐他："我和大嫂又不是生死对头！她如今管家，家里事事依仗她，给诚哥儿做条帕子怎么了？再说，蕙姐儿难道不是诚哥儿的亲堂姐？"

二爷愣了愣，而后才笑道："我平日里总跟你说这个理，你定要反驳几句，怎么今日想通了？"

二奶奶原本就觉得自己一直把问题看得太严重，又被二爷这样点破，脸上有些下不来，讪讪说了句："我就是这样……"颇有强词夺理之味。

二爷也不跟她争辩，笑着跟她说起外头的事，蕙姐儿坐在一旁静静听着。

到了吃午饭的时辰，蕙姐儿就留在喜桂院一起用膳。

二爷想起什么，眉开眼笑跟二奶奶道："我听五姑父的口气，他快要做国丈了！"

五姑父的女儿，就是文靖长公主的孙女夏若妍。

二奶奶和蕙姐儿都有些吃惊。

"国丈？难道太子爷选妃，选中了妍姐儿？"二奶奶问道。她也听说前些日子陛下要为太子爷选妃。只是后来陛下身子不好，这件事就不了了之。

二爷颔首："十有八九吧。"

二奶奶正想高兴，可想着五姑奶奶那眼高于顶的模样，高兴劲又下去了。她撇撇嘴，道："五姑奶奶从前就瞧不起咱们盛家。以后女儿做了太子妃，做了皇后，就更加瞧不上娘家了……"

二爷摇头笑了笑，没有出声。有些事，现在并不适合告诉妻子，所以二爷没说。五姑奶奶对盛昌侯不好，可不一定对他盛修海不好。

五姑奶奶的女儿得了势，也许是二爷的另一条出路。

可以不依靠盛昌侯的出路。

这些机密话，二爷自然不会现在告诉二奶奶。二奶奶的性子，定会嚷得天下皆知。

五姑奶奶和二爷的父亲是一母同胞。盛昌侯不仅仅杀了五姑奶奶的生母，还杀了二爷的生父。虽然给了他们侯府的身份地位，可血债仇怨，二爷和五姑奶奶是不可能忘却的。

二爷若是有了权势，将来定会跟盛文晖翻脸，这才是五姑奶奶想要的。

只要五姑奶奶的女儿能成为太子妃，二爷就能看到明朗的前途。

这是他今日这般高兴的原因之一。

饭后，二爷去了外院，蕙姐儿回房做针线，二奶奶则依着东次间临窗大炕小憩片刻。

到了下午申正三刻，去了盛夫人的元阳阁请安。

东瑷也早早来了。

有了早上那次谈话，东瑷对二奶奶更是客气，冲她微笑。

二奶奶虽然还是不太适应，却也强忍着和东瑷打招呼，笑容真诚。

盛夫人见天气冷，就留了她们在放了暖鼎的东次间说话。

说着说着，盛夫人说起宫里盛贵妃娘娘的五皇子快要满周岁了，话题就围绕皇家展开。

二奶奶不及东瑷和盛夫人对宫里事情清楚，一直默默听着。她见东瑷和盛夫人没有说到太子爷选妃之事，就把二爷中午告诉她的话，说给了盛夫人和东瑷听。

"选了妍姐儿？"盛夫人有些吃惊，看了眼东瑷，再看了眼二奶奶。

二奶奶怕自己唯一的消息还是假的，忙不迭点头："二爷说，是五姑父亲口告诉她的，有八九成的把握就是妍姐儿……"

东瑷心里也是一愣。

五姑奶奶的女儿、文靖公主的嫡亲孙女夏若妍虽说是盛家的血亲，可她从小养在文靖长公主身边，跟五姑奶奶那个亲生母亲都不亲热。

五姑奶奶跟盛家关系又那么微妙。

盛夫人没见过夏若妍几次，对她没什么印象。况且孩子小，看不出品性。

突然说到她即将可能母仪天下，盛夫人心里微有惊讶。她从来对政事就不太关心，如今盛昌侯致仕，她就更加不愿意去打听那些她不喜欢的复杂事情了。所以她不知道文靖长公主府的嫡亲孙女成为太子妃，会有怎么样的影响。

她只是下意识看向东瑷。

东瑷的堂姐是当今皇后，将来的太后，东瑷应该会时刻关注太子选妃之事。

只见东瑷脸上也带着迷惘表情，好似懵懂无知，盛夫人无奈笑了笑，道："妍姐儿若是能成了太子妃，也是造化。"

二奶奶忙道："可不是？娘，等事情尘埃落定，咱们要不要请五姑奶奶来家里坐坐？"

盛夫人淡笑："你和海哥儿跟五姑奶奶走得近，你们去看望她，把我们的心意带到就好了。"

就是说，拒绝宴请五姑奶奶，只让二爷和二奶奶去恭贺一番。盛夫人对五姑奶奶的不喜欢，越来越严重。

好似从盛昌侯辞官后，盛夫人也不再怕五姑奶奶传出流言蜚语，对她也少了份应付的心思。

二奶奶不明白盛夫人为何这般冷漠，不解望着盛夫人。

东瑷心里却是一清二楚。

她的心思没有在五姑奶奶身上停留太久，而是想到了太子妃之事。当初为了这件事，皇后娘娘可是不顾家里姊妹情分，逼着东瑷和盛修颐站队的。

她不是应该竭尽全力让薛家的薛凤瑞当选太子妃么？

怎么最后这桩好事还是落在了文靖长公主府？

晚夕盛修颐从太子府回来，东瑷就把二奶奶的话告诉了他，问他是不是真的。

盛修颐笑道："你别说出去：太子妃落不到文靖长公主府头上。若不是镇显侯府，就是雍宁伯府，文靖长公主府不过是呼声最高罢了……最后凤凰栖落何处，还要看薛家的意思。"

就是说，这件事的主动权，大部分被薛老侯爷掌在手里。

可东瑷从皇后娘娘的态度看得出，薛老侯爷并不想孙女成为太子妃。

是怕薛家太过于权贵，将来成为新帝的心头大患么？

"薛家的意思，就是想凤凰栖落旁处？"东瑷低声问。

盛修颐犹豫片刻，微微颔首。

没过几天，未来的太子妃可能是文靖长公主的嫡亲孙女夏若妍的谣言，传得满城风雨。这件事不知道到底是谁在操作，目的是什么，却也让东瑷明白，夏若妍的确不可能成为太子妃。

这是祸水东引罢了。

作为旁观者，东瑷是很清楚的。可当局者却担忧起来。

五姑奶奶自然是高兴极了。

而最不安的，是文靖长公主和皇后娘娘。

文靖长公主不说对政治有多敏锐，却也觉得这件事颇有蹊跷；而皇后娘娘则是担心此事成真，她的美好计划被打乱，让她乱了阵脚。

这些谣言，盛夫人也听说了。

没过几日，东瑷等人去请安，盛夫人留了他们说话，正好盛昌侯也在。盛昌侯对二爷夫妻和三爷道："你们各自忙去吧。"

却把东瑷和盛修颐留了下来。

等二爷夫妻和三爷走后，盛昌侯开门见山问盛修颐："最近在闹什么？我怎么听说文靖长公主府的孙女要成太子妃？"

他用了一个"闹"字，简明扼要指出这件事不靠谱。

虽然退了下来，可这点政客的敏锐还是一如往常的犀利。

东瑷心里很是惊讶。她不是惊讶公公对政事针砭一针见血，而是惊讶公公和盛修颐说这件事，没有让她避开，这令东瑷受宠若惊。

盛夫人不是很关心，悠闲坐着喝茶。东瑷虽眉眼低垂，却竖起耳朵听盛修颐和公公的谈话。

盛修颐也没有想到父亲会问这话，他顿了顿，才道："陛下身子越来越不好……太医都说，能熬过今年冬天，才会好转些……"就是说，陛下大限将至。

盛昌侯没有吃惊。他知道陛下身子不好，能拖了这半年已经是奇迹。陛下心里放不下年幼的皇子们，才延命至今。他不过一直苟延一口气罢了。

"……若是陛下百年，太子年幼，皇后和托孤大臣就会把持朝政。陛下样样不放心，头一宗就是不放心将来的后族。要是陛下现在撒手，皇后娘娘定会选了薛氏女人主中宫。"盛修颐徐徐道来。

听到"薛氏女"三个字，盛夫人好像被触动，轻轻咳了咳。

盛修颐和盛昌侯的目光则落在东瑷脸上。

东瑷感觉到异样，依旧不动声色垂了眼睑，只当不明白盛夫人的暗示。盛夫人大约是嫌盛修颐言辞过于袒露，没考虑到东瑷的心情。

而东瑷心中所想与盛夫人正好相反：盛修颐这样直白，只是因为他把东瑷当成妻子，当成盛氏媳妇，而非薛氏女。她很欣慰。

见东瑗没什么反应，盛修颐父子就故意忽略盛夫人那声轻咳，继续说刚刚的话题。

"会选谁家成为外戚？"盛昌侯喃喃道。既像是问盛修颐，又像是在自言自语。

"陛下不放心的，除了太子，应该还有一人。"盛修颐慢慢道。

盛昌侯眸子一道精光蹦出，猛然看着盛修颐，露出难以言喻的赞赏。他继而淡笑："不错，不错！"

还有一人？不会是说薛老侯爷吧？

东瑗的心猛然一提。

难道陛下还要收拾薛家？

她手指微紧，等着盛修颐回答到底是谁，却听到盛昌侯起身时衣袂摩挲的声音。他声音不温不火道："忙去吧。"

然后就起身走了。

这个话题一下子停住，令东瑗如鲠在喉！

盛夫人对此不感兴趣，她不会去问。

夫妻俩从静摄院出来，东瑗几次欲开口去问，却见盛修颐没有主动要说的意思，她又觉得自己的问题会让盛修颐为难。

兜兜转转，最终还是没有问出口。

盛修颐去了太子府讲学，东瑗则回了静摄院。

她一路上沉思，倘若陛下不放心的另外一个人是薛老侯爷，盛修颐怎么可能用那种轻松的语气说出来？他不是敬重祖父么？

如此一想，东瑗倒也释怀。

到了冬月初九，是盛贵妃娘娘诞下的五皇子的生辰。

盛夫人递了牌子进宫，想去探望盛贵妃娘娘母子。宫里很快有了答复，宣盛夫人和东瑗冬月初九进宫为五皇子贺寿。

盛夫人只是递了她的名帖，没有附带东瑗。

可懿旨也宣了东瑗，可见是皇后娘娘要见东瑗。

东瑗有些无奈。太子妃的问题，她和盛修颐也束手无策啊。如今是皇帝和薛老侯爷还有公卿贵族在打太极，东瑗和盛修颐根本插不上手。

倘若胡乱搅和，局势不明，跟错了风向，将来新帝登基，不是要秋后算账？

虽然无奈，到了初九这日，还是和盛夫人一起进宫，去给五皇子贺寿。

盛贵妃娘娘按照宫外的规矩，给粉妆玉琢的五皇子设了抓周宴。

可能是皇后娘娘亲自操持，请了好些内外命妇前来，盛贵妃娘娘的宫殿热闹非凡。东瑗和盛夫人看到不少熟悉的面孔，甚至看到了和煦大公主。

五皇子长着一双明亮的眸子，酷似元昌帝，令东瑗想起从前元昌帝看她的目光。她不由后背发寒。

她正在走神，就听到轰然笑声，五皇子抓了个纸折成的不老松鹤。

有位侯爷夫人笑道："五皇子抓了个吉祥物，将来定会长命百岁……"

"皇子怎么百岁？"有个年轻俏丽的声音不屑道，甚至带着挑衅，"这不是诅咒五皇子么？"

皇子是千岁的。

那位侯爷夫人只是太过于急切，又有些紧张，才失口错言。她听着这话，顿时脸色惨白如纸。

东瑗看过去，看到说话的女子，是一个和薛淑妃打扮差不多的宫装妃子，脸上笑容虽然甜美，却带了几分阴险。这样做，是想讨好皇后娘娘么？

屋子里气氛一窒。

盛贵妃脸上笑意敛去，皇后娘娘神色也严肃起来。

盛夫人瞧着这样，眼底闪过惊慌。东瑗站在她身边，伸手握住了盛夫人的手。

盛夫人被东瑗握住手，总算镇定些许。

瞧着皇后娘娘和盛贵妃娘娘各自沉默，满屋子内、外命妇纷纷自保不肯出头，东瑗犹豫一瞬间，松开盛夫人的手，上前抓起五皇子早已扔下来的不老松鹤，笑道："是只仙鹤。五皇子好福运啊，满盘子的金银珠宝都不要，却要了这个……"

皇后娘娘看了眼东瑗。

盛贵妃娘娘也看过来，眼底愠色更甚。

作为太子的兄弟，五皇子福运太足，有什么好处？皇后娘娘不是正怕盛贵妃娘娘的儿子们太有福气么？所以此刻谁也不敢接话啊。

怎么东瑗跑出来说了这样一句没有头脑的话？盛贵妃娘娘心里不由更气：虽然是自己的弟媳妇，到底是皇后的堂妹，此刻不会站在皇后那边，一起为难她和五皇子吧？

盛贵妃娘娘可不想今日被皇后抓了把柄数落。

她正要发作反击，就听到东瑗声音温软问皇后娘娘："娘娘，这种麻纸可不多见，只有宫里才有吧？拜相所用的，是不是这种？"

在这个时空，有"仙鹤智龄"的说法。医疗条件落后的年代，长辈希望孩子长命百岁，自然会寄托古老的信仰。仙鹤就是长寿的一种美好愿望，每每祝寿的时候会用到。

今日是五皇子的寿宴，他抓周上用到仙鹤这种东西，一点也不稀奇。况且仙鹤非凡品，必须和不老松一处。

用纸做成仙鹤，不仅仅是寓意更深的祝福，还谐音"智龄"。

可东瑗的问题还是让皇后娘娘微微一愣。

她不说仙鹤的寓意，不说那位侯爷夫人的失言，却问折成仙鹤的麻纸。不仅仅是皇后，所有人都微愣。

她还问拜相是不是用这种麻纸。

皇后娘娘怔愣不过瞬间，就反应过来。

以前封相，会把诏书写在黄、白麻纸上，于是有了"宣麻拜相"这个词。

五皇子抓了仙鹤，明明是万寿无疆之意，那个妃子也利用了侯爷夫人的口误挑事，挑拨皇后对盛贵妃娘娘和五皇子不满意。

可东瑗避开"仙鹤智龄"的寓意，却说折成仙鹤的纸，是麻纸。

宰相哪怕再位极人臣，也是在君主之下，是臣子。

五皇子并非什么万寿无疆，而是臣子之命而已。

皇后娘娘看着东瑗，见她目光清湛，还真带着几分询问的忐忑，忍不住扑哧一笑，道："你啊，自小娇生惯养，都五谷不分了！这哪里是什么好纸？分明就是平常用的……"

说罢，她还转交给盛贵妃娘娘，嗔道："瞧瞧，盛家世子爷娶了个多么傻的小媳妇？"

盛贵妃娘娘把那仙鹤捏在手里，目光里暗暗隐含了几分探究，脸色却缓和不少，笑着向皇后娘娘道："皇后娘娘见识不凡。我瞧着这纸，也以为是好的麻纸。用来宣诏拜相大约也是使的……"

话音刚落，她又目露惶恐，跪下给皇后磕头："皇后娘娘，臣妾妄议朝事了……"

盛贵妃娘娘一句"拜相是使得的"已经伏低了，此刻又跪下，这中间对皇后的恭敬和自贬之意，皇后娘娘岂会不懂？

皇后娘娘要的，也不过如此。她眼底的笑意更甚，让身边的女官搀扶盛贵妃："咱们一处闲话而已，怎么就说出妄议朝政的话？"

皇后娘娘的和颜悦色，贵妃娘娘的低声服软，让刚刚窒息的气氛松懈下来，大家都笑着附和。有说皇后娘娘慈善的，有说贵妃娘娘好福气的，有夸五皇子模样好的，说着各种吉利话。

只是皇后娘娘和贵妃娘娘，都在说话的空当余光扫过东瑗。

盛夫人则眸子里噙了几分不忍。

她大约是第一次见到女儿在皇后娘娘面前这样忍气吞声。

皇后娘娘肯定是故意想着今日找茬的。没有皇后娘娘的授意，那位皇妃怎么敢在五皇子的寿宴上出言不逊挑事？

要不是东瑗出面，可能事情不会如此顺利解决。东瑗是皇后娘娘的堂妹，皇后娘娘就算要整治盛贵妃娘娘，也要看几分薛家的颜面，替她的堂妹争脸。既然东瑗出面了，皇后娘娘只得压下整治之心。

皇后娘娘若是不敬重自己娘家人，会被旁人笑话的。

至于东瑗那一席话，不过是巧妙给了皇后娘娘和贵妃娘娘各自一个台阶下罢了。最终起到效果的，还是贵妃娘娘当众那一跪。

盛夫人不由心疼女儿。

要是嫁到普通人家，依着盛家的显赫，怎么会让女儿承受这样的委屈？

盛夫人目光落在盛贵妃娘娘身上。

正好盛贵妃娘娘回眸，就看到了盛夫人的神色。她见母亲如此，心头一痛，瞬间动容。

东瑷见盛夫人神色里带了几分凄苦，又见盛贵妃娘娘看过来，就凑在盛夫人身边，重重捏了捏她的手，低声笑道："娘，您瞧五皇子，长得多么喜人。您一高兴就要落泪似的，快别这样，叫娘娘瞧着心里不安。"

盛夫人果真见盛贵妃娘娘眼波噙了几分明亮泪意，就知道自己给女儿添了不忍，顿时强行收起心酸，露出微笑，跟东瑷道："年纪大了，看着五皇子如此，免不得这样……"

五皇子抓周结束后，皇后娘娘起身告辞。

她临走前，把东瑷叫上。

东瑷只得离了盛夫人，跟着皇后娘娘去了坤宁宫。

"九妹妹生了一张巧嘴。"到了坤宁宫后，皇后娘娘高居凤位，让人给东瑷赐座上茶后，漫不经心说了这么一句。

东瑷听得出，她怪自己多事了。

她忙起身跪下，磕头道："娘娘，臣妾今日多嘴多舌，给娘娘失了颜面，臣妾该死。"

皇后娘娘笑了笑："起身吧。你是多嘴了，不过说得挺漂亮，没有给本宫丢脸。出口成章，倒也彰显咱们薛家女儿的才学机智。功过相抵，本宫这次就不罚你了。"

语气里居然有几分开玩笑的意思。

她今日心情很好么？

东瑷惴惴不安，说了句多谢娘娘慈爱，就起身半坐在锦杌上，神情恭敬又端庄，并没有因为皇后娘娘偶然的玩笑话儿放松下来，对皇后不敬。

皇后娘娘瞧着她这样，眼底就真的有了几分笑意。

她突然好似对这个小九妹有了些许好感。

"最近宫外有什么有趣传闻么？"皇后娘娘话音一转，问东瑷道。语气也变得疏远起来。

宫外的传闻有很多，东瑷拣了一两件说了，就是没说文靖长公主的嫡亲孙女可能做太子妃这件事。

皇后娘娘听着她扯些不着边际的，也不打断她，静静听着。最终，她看着天色不早，对东瑷道："时常到本宫面前走走。今日本宫才知道，你说话有趣得很。本宫也想有个人时时说些趣事给本宫听。对了，下次打听打听文靖长公主家里的事，说给本宫听听。本宫隐约听说，文靖长公主府近来很热闹……"

东瑷倏然觉得背后有些凉。明明还是那么温和的声音，却让东瑷仿佛跌入了寒冰炼狱。冷气从脊椎骨冒上来，瞬间渗透了心肺。

作为当权者的好处就是，不管旁人怎么心思缜密，巧舌如簧，只要有绝对掌控权，就可以把别人当玩偶般耍。

东瑷觉得皇后娘娘就是这样对她。

皇后娘娘冷静看着她顾左右而言他，冷静看着她努力挣扎来换取皇后的好感，最后一句话，将她打入地狱般，警告她：她的小把戏，皇后娘娘看得一清二楚。

宫外有什么传言，这次可以不说。但是东瑷不说，旁人会说。

皇后娘娘的意思，无非就是告诉东瑷，不要以为是姊妹，就可以在皇后娘娘面前得意忘形，忘了尊卑。

"是！"东瑷恭敬道是，转身退了出去。

从宫里出来，东瑷和盛夫人都没什么情绪。两人坐在马车上，默默无语回了盛昌侯府。

到了府里，已经是华灯初上。盛修颐也刚刚从太子府回来，正好在门房处遇上了。

盛修颐便陪着盛夫人去了元阳阁。

盛夫人见天色晚了，留东瑷夫妻吃晚饭。

而后三爷盛修沐也从宫里回来，正好赶上盛夫人正要用膳，就留下来一起。

盛昌侯和三爷都问五皇子如何。

盛夫人敛了情绪，笑道："长得很讨人喜欢。眼睛、鼻子都像皇上，嘴巴越来越像娘娘……"旁的话，也说不出来。

吃了饭回到静摄院，盛修颐问东瑷："今日发生了何事？我瞧着娘脸色不太好。是不是五皇子？"

东瑷没有隐瞒，把有个侯爷夫人说错话，被皇妃揪住小题大做、差点让皇后娘娘和贵妃娘娘起了冲突，最后贵妃娘娘下跪求饶等等，全部告诉了盛修颐。

盛修颐听着，半晌没有说话。

宫里这些争斗是家常便饭，他还真不知道该说什么。

日子就这样平静度过。

没过几日，盛乐蕙果然给诚哥儿绣了一方丝帕。

极佳的潮州湖丝，很是珍贵，应该不是蕙姐儿能有的东西。东瑷瞧着绣了两朵雪菊和一个小巧精致的"诚"字的丝帕，就知道这是二奶奶的意思。

她很高兴，回头就叫丫鬟给蕙姐儿送了一对手镯。

那对手镯原是平常，只是上面镶嵌了两颗血色鸡心石，是千金难求的东西。那是东瑷出嫁时，老夫人给的陪嫁之一，不算在礼单上的。

二奶奶接到东瑷的回礼，满心愉悦，破天荒赏了送礼的寻芳两个八分的银锞子。

她们妯娌来往的第一个回合，算是成功的吧？

到了冬月十六，是个吉利日子，东瑷娘家大伯的府邸终于建好完工，十六日是乔迁之喜，摆了三日流水席，请了盛京各公卿之家来喧闹一番。

东瑷和盛夫人、二奶奶葛氏也收到了邀请。

盛夫人不慎染了风寒，东瑷原本要侍疾。可盛夫人想着是薛家长房办喜事，东瑷婆媳都不去，怕一向维护东瑷的大夫人多想，就让东瑷和二奶奶一定要前往。

东瓒无法，只得和二奶奶前去恭贺。

虽说延熹侯府还是和镇显侯府有院墙相连，大门却是南北不同的方向。

盛修颐陪着东瓒和二奶奶去延熹侯府。

东瓒下了马车，进了延熹侯府的垂花门，看着迎客的大嫂，笑着和她寒暄，就把二奶奶交给了大嫂，自己抽身带着蔷薇，绕过延熹侯府的角门，去了镇显侯的荣德阁。

很久没有看望老夫人了。

东瓒和蔷薇绕过延熹侯府角门时，遇到了大夫人身边的一等丫鬟花忍。

她看到东瓒主仆，先是微愣，继而恍然大悟般轻笑："九姑奶奶是去荣德阁吧？二姑奶奶方才去了。奴婢给九姑奶奶引路，这边重新开了角门，您还没有走过。"

花忍的意思，应该是延熹侯府和镇显侯府重新通了路，到老夫人那里有捷径。

东瓒笑着道谢，跟着花忍去了荣德阁。

二姑娘薛东喻果然在老夫人跟前说话。

看到东瓒来，她没有吃惊，笑着和东瓒见礼。

东瓒还了她的礼，又忙给老夫人行礼。

老夫人气色红润，面容慈祥，看到东瓒来就忍不住眼角堆笑。

"不用服侍你婆婆？"行礼后，老夫人拉了东瓒到身边坐定，问起盛家的事来。

东瓒道："娘今日没来。她染了风寒，不便出门，让我和二弟妹来给大伯母贺喜呢。"

老夫人微微颔首。冬月的盛京酷冷，一个不慎就会感染风寒。对于这等小病，老夫人没有多问。她转而又问诚哥儿如何。

东瓒一一答了，二姐薛东喻也含笑坐在一旁静听。

老夫人抽了空隙，对薛东喻道："你娘那边待客也忙，你去你娘跟前服侍吧。祖母这里，你九妹陪着呢。"

薛东喻道是，起身行礼告退。

她一走，老夫人就问东瓒："最近皇后娘娘可有宣你进宫？"

东瓒微讶，她没有想到老夫人会这般问。她没有隐瞒，把前些日子皇后娘娘宣她进宫的话，都告诉了老夫人。

"我听公公跟天和说起过，太子妃的人选，大约不会是文靖长公主的孙女。"东瓒道，"皇后娘娘的意思，还是想大哥的女儿瑞姐儿可以进宫。自己的亲侄女，总要贴心些。"

老夫人听着，丝毫不惊讶，淡然笑道："娘娘的心思，无非是怕后宫大权旁落。她也是用心良苦。"

可见皇后娘娘的动向，老侯爷和老夫人都知晓。

顿了顿，老夫人又道："你二姐说，皇后娘娘也宣了她几回，想替你二姐夫谋个刑部郎中的差事。你二姐说你二姐夫是个闲散性子，难当大任，推了皇后娘娘的好意。可皇后娘娘再三宣她进去说话……"

第二十三章　主仆纯爱

二姐和皇后娘娘是亲姊妹，皇后娘娘想着替二姐夫加官晋爵，倒也无可厚非。

只是此前这个当口，如此轻举妄动，会不会惹来非议？

"皇后娘娘的意思……"东瑗轻声问老夫人，"她还是想瑞姐儿选为太子妃，想着让二姐也来帮衬说服祖父么？"

薛老侯爷不同意薛凤瑞参选太子妃一事，东瑗早从盛修颐那里略有耳闻。

老夫人轻轻叹了口气："皇后娘娘是怕了。从前太后可不是个好相与的，她在太后和先皇后底下多年，胆战心惊养育着太子殿下。如今好容易做了皇后，却总是不能安心。"

这话是说，皇后娘娘虽然母仪天下，却总没有安全感，想要把一切都抓在手里。

她这样的心思，和薛老侯爷的盘算相冲突。

"你二姐来见祖母，说她听祖父祖母的话，不掺和太子妃一事。瑗姐儿，祖母也要告诉你，你跟天和要置身事外。"老夫人语重心长说道，"皇后娘娘整日在后宫，她所瞧见的，只是内宫那方寸天地。咱们家不适合掺和选妃一事。"

东瑗早就知道薛家不想掺和太子选妃之事，她和盛修颐就更加不想掺和。他们不是新贵，不会想着投机取巧，在太子选妃一事上站对风向，指望将来对仕途大有进益。

只有新贵才会这般铤而走险。

薛家不会，盛家更加不会。

东瑗的认知里，盛家是避嫌，薛家是怕太满则溢。

而老夫人却继续道："皇后娘娘的心思，我和你祖父岂有不知？咱们家子孙里，真正才学过人者不多。将来皇后娘娘会老，薛家的恩宠会慢慢消弭。能成为两代后族固然是最好的，能保证家族的富贵荣华、经久不衰。"

东瑗一愣。

原来老夫人觉得薛家并不需要避风头？

那么薛家不愿意掺和这件事，难道是另有原因？

她静静听着。

"……可薛家没有这样的立场。有些事，薛家若是插手，将来要受人攻讦的。"老夫人叹了口气，"瑗姐儿，皇后娘娘若是再宣你进宫，你就告诉她，说是祖母的话：老侯爷和娘娘的心一样。薛家只是会为了娘娘更好……"

东瑗不太明白其中缘由，也不明白老夫人口中的立场到底是什么。

她一直以为薛家是要避免鲜花着锦被人忌惮。

可老夫人的意思，这不是主要原因。

薛家有不得已。这大约就是盛修颐说的"陛下除了太子爷，还有一个放心不下的人"。陛下另外一个放不下的人，应该就是薛家的掣肘。

虽然不明白，东瑗还是微微颔首，跟老夫人保证道："天和一向稳重，我们又不贪求高官厚禄，自然不会在此刻去钻营。祖母放心。"

老夫人眼底的笑意更深，微微颔首。

祖孙二人在内室说了半晌的话，话题从太子选妃上绕开，绕到了薛家各房的事情上。

东瑷避开五房，不问五夫人和十二妹薛东琳如何，只问了其他几房。

"你三嫂又有了身子。"老夫人提起世子夫人蔡氏，语气很是亲昵，"今日你大伯母那边喜宴，早先说好她去帮衬。如今才诊断有了两个月的身子，我让她歇着，她非要闹着去，跟孩子一样。"

语气里满是喜爱。

东瑷觉得老夫人的喜好很奇怪。家里的孙女里面，她喜欢东瑷和四姐薛东婷那种温柔里带着上进和努力的；而媳妇里面，她则喜欢三夫人和三奶奶那种泼辣开朗的。

她莞尔一笑，道："我都不知道。过几日再带了礼来瞧三嫂吧。"

老夫人只是笑了笑。

"二伯母身子还好么？"东瑷又问。

老夫人眼里的笑意微敛，摇摇头道："越发差了。最近听你三嫂说，你二伯母夜里时常梦到你二伯。蓉姐儿的事让她吃了很多苦，原本身子就弱，因为蓉姐儿的事虚空了，一直就回不过来……"

东瑷心头又是一沉。

她犹记得出嫁前夕五姐的话。活了两世的五姐，现在得到的生活，到底是不是她想要的？倘若二伯母因她而去，会不会成为她心里永远的负担？

老夫人这般宽容的人都觉得，二夫人身子现在这样差，都是当初替五姐担忧而落下的。

"……上次皇后娘娘贵降，请了我们几个，还问起了五姐。"东瑷跟老夫人道，"她说，寻个合适的时机，让五姐和五姐夫回京来……"

老夫人微愣，继而仔细问东瑷，皇后娘娘当时为何要这样说。

东瑷就把皇后娘娘故意引出太子选妃的缘由告诉了老夫人。皇后娘娘只是用五姐的事开头，引出她想干涉太子选妃之事。

老夫人心底浮起的希冀顿时消散，无奈叹了口气。

然后又跟东瑷说起五姐夫萧宣钦："……那孩子倔犟得很，家里送去的东西一概不要。两人搭了两间茅草房住。从前萧家也是锦衣玉食，难为他能这样吃苦。你祖父时常说，当初看走了眼，那孩子是个可塑之才。"

都说由俭入奢易，由奢入俭难。萧宣钦从前是个纨绔公子，享受人间富贵，突然跌入贫困中，普通人都会难以忍受。所有人都会以为，他是承受不住的。

当他承受住了这等落差，还能自强自立，就赢得了众人的好感和佩服。

东瑷笑着宽慰老夫人："五姐的眼光岂有差的？祖母，五姐还年轻，将来的事谁能预料？总会回来的……五姐夫有骨气，不会让五姐吃苦。"

能不能回来，什么时候能回来，谁也无法预料。

可亲人之间总是这样相互安慰，给彼此希望。

　　老夫人笑着说是，总会回来。

　　说了半晌的话，直到大夫人和大奶奶亲自过来请老夫人去坐席，东瑗才跟着老夫人一起，去了延熹侯府。

　　宴席上，东瑗见到了很多远亲近友，世家相与的女眷。大家打着招呼，热闹非凡。

　　用膳后，大夫人又请了众人往前头听戏。

　　老夫人推说身子骨不好，先回了荣德阁。

　　东瑗则留在席上。

　　宴席后听戏，大家都聚在迎春楼。东瑗被安排在西梢间，遇到了二姐薛东喻、四姐薛东婷。二姐是带着单国公府的众女眷，四姐则守在她婆婆定远侯府姚夫人身边。

　　东瑗和二奶奶葛氏进来，众人纷纷行礼。

　　二奶奶的目光落在单国公府众女眷身上。

　　她在找单家七小姐单嘉玉，盛家三爷的未婚妻。

　　看了半晌，她仍看不出到底是谁。

　　坐定之后，二奶奶跟东瑗交头接耳："大嫂，哪个是单家七小姐？"

　　东瑗笑了笑，也望了过去。人群里，穿着藕荷色丁香交领绫袄的单嘉玉脂粉不施，白净一张脸带着几分腼腆，跟在单国公夫人薛东喻身边，模样温顺乖巧。

　　东瑗悄悄指给二奶奶看。

　　盛家三爷虽然已经和单国公府七小姐单嘉玉定亲，可两家私底下并没有太多往来。

　　单国公夫人薛东喻碍于自己是皇后娘娘的胞妹，怕太过于高调引来忌惮，鲜少应酬，也没有寻到合适的机会请盛家女眷做客。所以二奶奶葛氏没有亲眼瞧过单嘉玉。

　　她问东瑗，东瑗就指给她看。

　　她就顺着东瑗的目光看过去，看到一个笑容温柔的秀丽女子。单嘉玉眉眼端庄，不似东瑗的妩媚。她眼神纯净，与人说话时有些羞赧，很容易获得旁人的好感。

　　二奶奶葛氏微微颔首，露出满意的笑容。

　　她和东瑗已经在努力改善彼此的关系。虽然还是不太喜欢薛东瑗，可表面上已经在尽量维持和平。二奶奶很担心将来进门的弟妹又是个不好相与的角色，所以下意识看看单嘉玉。

　　人的性格，能从面相上看出三分。

　　如果表里如一，单嘉玉应该是个温顺单纯的女子。

　　这样的女子，大概不会掺和家宅内斗。

　　二奶奶笑容变得更加温婉。

　　可能是感觉到有人瞧她，单嘉玉顺着感觉抬头，就看到了东瑗和二奶奶葛氏。

　　彼此目光一撞，三个人都是一愣。

　　二奶奶好似小心思被撞破，忙撇了头。东瑗无法，只得冲单嘉玉微微一笑。

单嘉玉见盛家俩妯娌隔着人群打量她，自然明白其中含义。她也撇开脸，没有回应东瑗的微笑，红潮却不由自主从耳根涌上来，红透了整张脸。

幸而刚刚酒宴散席，大家还以为她是不胜酒力，没人多留意她。

回去的时候，二奶奶和东瑗乘坐一辆马车，两人没什么可以交谈的，就说起了单嘉玉。

"模样齐整，性子瞧着也和软，咱们三爷好福气。"二奶奶笑道。她一副对单嘉玉很满意的样子。

"是啊，她瞧着面善，模样的确配得上咱们三爷……"东瑗赞同她的话。

妯娌俩有一句没一句议论着单嘉玉和三爷的事，回盛府的这段路似乎也变得短了不少，不一会儿就到了盛府。

到了盛府门口下了马车，骑马归来的盛修颐等着东瑗和二奶奶，一同去了盛夫人的元阳阁。

盛夫人在内室临窗大炕上，铺了锦被斜倚着，笑盈盈看着芸姐儿和蕙姐儿在她跟前做针线。见他们回来，只是笑了笑。

东瑗几人行礼后，盛修颐问盛夫人："您好些了么？"

"吃了一剂药，已经好了。"盛夫人笑道，"年纪大了，总有个头疼脑热的，不碍事。"

她说得轻松，又有孩子们在跟前，盛修颐就没有再多问。

盛夫人又让她们回去歇息，只留芸姐儿和蕙姐儿在她跟前说话。

东瑗和盛修颐回到静摄院，两人各自梳洗一番，东瑗又把老夫人叮嘱的话，跟盛修颐说了一遍："……祖父和祖母让我们别跟着掺和。"

盛修颐笑笑，说了句知道了。

转眼到了腊月初，一直闹得沸沸扬扬的太子妃之事终于尘埃落定。

没有选文靖长公主府的大小姐，而是雍宁伯府的大小姐。

这件事让京都的舆论又是一阵沸腾。

原先听说陛下要替太子选妃，雍宁伯府并不被看好。雍宁伯虽然是太后娘娘的堂兄弟，元昌帝也颇为喜欢他，可他从未涉足朝政，作为后族的族长，他显得不够格。

太子妃选定的消息，盛家也是第一时间得知。

东瑗把这件事告诉盛夫人。

盛夫人有些吃惊，反问道："消息确实么？怎么定了他家的孙女？"

正好盛昌侯从小书房出来。

盛昌侯一向不喜欢家里的女人多嘴多舌，说外面的八卦，所以婆媳俩忙打住了话题。

"……选了雍宁伯的孙女，你们知道吧？"盛昌侯却一反常态，跟盛夫人和东瑗说起这桩事。

不仅仅是东瑗，盛夫人也微讶。

两人忙道："听说了。"

"侯爷,咱们要不要备礼,去雍宁伯府恭贺?"盛夫人问盛昌侯。

要说京都和盛昌侯交情匪浅的公卿之家,首推雍宁伯府。

只是雍宁伯夫人出身名门,自幼眼高于顶,从前又得太后娘娘喜欢,更是瞧不起乡绅人家出身的盛夫人。

雍宁伯夫人没有因为盛昌侯在朝中的地位而高看盛夫人一眼。

盛夫人又不是那钻营的性子。雍宁伯夫人不喜欢她,她也看不惯雍宁伯夫人,虽然盛昌侯和雍宁伯是至交,两府女眷却没什么往来。

东瑷嫁过来这么久,盛家大事小事,雍宁伯夫人从未登门,盛夫人更是第一次提出去雍宁伯府恭贺。

"近来去恭贺的人不少,他们府里也忙。忙过这阵子,又是年底,更是忙。不如等正月拜年的时候,一同恭贺吧。"盛昌侯漫不经心道。

雍宁伯夫人的傲慢与自负几乎人人皆知。盛昌侯早就听闻过雍宁伯夫人对盛夫人不够敬重,所以盛夫人提出拜访,他本想一口回绝。余光瞟到坐在一旁的薛东瑷,口吻不得不缓和几分。

盛昌侯不想盛夫人去雍宁伯府看人脸色。

他很护短。他的妻子、儿子,他自己可以随意训斥、打骂,旁人却不能委屈了他的家人。

雍宁伯府算什么?虽然他和雍宁伯兴趣相投,却着实看不惯雍宁伯夫人的做派。

盛夫人听了盛昌侯的话,微笑道:"雍宁伯夫人原本就是闲散性子,如今人来客往,她虽然高兴,只怕也疲于应酬。叫外院送了贺仪,咱们娘们过年再去吧。"

盛昌侯微微颔首。

东瑷静静听着,见盛昌侯颔首,才开口道:"爹爹,我吩咐婆子跟外院的管事说一声,叫备了礼给雍宁伯府送去?"

盛昌侯又是微微颔首。

东瑷就记下。

"听说雍宁伯的长孙女颇有贤名,自幼熟读诗书,是个才貌双全的佳人。"盛夫人见盛昌侯愿意说雍宁伯府的事,也挑了话题说道。

盛昌侯接口道:"公卿之家的嫡小姐,会些诗书罢了,算什么贤名?"

他的意思是,雍宁伯府的小姐能中选,并不是因为会念几句诗词,而是另有原因。否则,才学出众的王公贵族小姐多了去了,怎么偏偏是她?

贤名这种东西,不过是吹捧出来的而已。当初不是还有人说韩氏女容颜倾城么?

"不算什么?那怎么陛下和众大臣选了她做太子妃?"盛夫人笑起来。

盛昌侯端起茶盏轻抿一口,淡淡道:"雍宁伯是太后的堂兄弟……"

因为雍宁伯是太后的堂兄弟,所以选了雍宁伯的孙女?东瑷觉得这中间没什么逻辑。

陛下并不喜欢太后。

倘若他真心敬重太后，太后就不会在陛下清除萧太傅的时候突然生病，还被送出宫去。

东瑷不由看了眼盛昌侯。

盛夫人却没有想那么多。她听到盛昌侯肯定的语气，下意识以为陛下是想保全太后的家族，所以让太后娘家东山再起。她微微颔首。

盛昌侯看着盛夫人颔首，不禁展眉一笑。他是觉得盛夫人心思单纯却又对丈夫坚信不疑。

而东瑷微带狐疑的眸子被盛昌侯看在眼里，有了几分不喜。他自己心思深远，最不喜欢同样心机深沉的女子。

越是心思缜密的男人，越喜欢单纯的女人，至少盛昌侯是这样，所以他对东瑷很不满意。可想着她的聪慧，又想起薛家老夫人相夫教子的厉害，心里的不喜压抑了几分。

聪明些，将来儿孙的教导上会更加出色，盛家的前途也更有希望，没什么不好的。

盛昌侯淡淡一句"雍宁伯是太后娘娘的堂兄弟"后，就不再多说什么。

东瑷也不好深问。

晚夕等盛修颐回来，东瑷也跟他谈起太子妃的事。

他道："具体我也不太清楚……"

事情尚未定论，他不好明说。

就这样，皇后娘娘的美梦破碎，薛家的嫡孙小姐没有成为太子妃。

这些事虽说跟薛家有关，却并不真正影响东瑷的生活。

转眼间到了腊月，一直下雪，整个盛京淹没在白皑皑的雪里。

九个月大的诚哥儿越来越胖，肉嘟嘟的十分讨喜。天气酷冷，盛夫人隔三差五把诚哥儿抱去玩，可怕孩子回来折腾染了风寒，索性就把诚哥儿留在元阳阁。

于是诚哥儿今日住在盛夫人的暖阁，过几日又歇在东瑷的暖阁，他自己的桢园倒是空闲下来了。

又是一年的腊月初八，宫里赏了腊八粥，同时也传来另一个消息，鉴于明年正月十八是皇太子大婚之礼，太后娘娘回宫了。

静养了半年之久的太后娘娘，终于要回来了。这个消息让大家都是一愣。

东瑷以为太后娘娘肯定要死在避暑山庄的。

"太后若是崩在外头，史官的笔墨不知要记载多少轶事。难道让陛下百年后背上弑母的骂名？"盛修颐知道东瑷的心思，解释给她听。

这个年代，百行孝为先。太后娘娘原本就病得不明不白，坊间有些舆论被强行压制下去；倘若再死在外面，陛下真是百口莫辩。她一定是要回来的。

太后娘娘回京，京都公卿之家反应不一。

薛家听闻太后归京，大夫人有些焦虑。她跟老夫人道："……太后从前就不喜皇后娘娘。我心里只怕娘娘做得不好，在太后面前失了体面。"

话里透出的意思是，皇后娘娘虽然厉害，可姜是老的辣，和太后相比，皇后还是稚嫩得很，

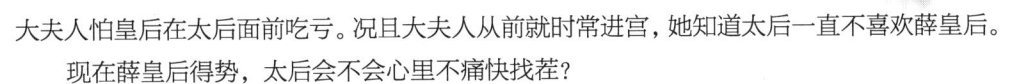

大夫人怕皇后在太后面前吃亏。况且大夫人从前就时常进宫，她知道太后一直不喜欢薛皇后。

现在薛皇后得势，太后会不会心里不痛快找茬？

皇后的确比天下女人都尊贵，却尊贵不过太后。

老夫人神色平和，笑道："你啊，瞎操心。如今不比从前。太后娘娘出去这么久，皇后娘娘若是还不能管好内宫之事，还要太后娘娘操心，那就太不孝了。旁的不敢说，皇后娘娘这点体统还是明了的。"

这话是说，太后都离开那么久，皇后若是还没有把内宫操控在自己手里，也就该收起那份夸荣争耀之心。

老夫人相信，依着皇后娘娘的性格，如今的内宫只怕早在她一手把握之下，太后掀不起风浪，根本不用替皇后担心。

大夫人听着老夫人的话，才想起自己女儿的那份仔细：皇后娘娘从小到大做事都小心谨慎。不管做什么，她总是滴水不漏。

当初两位贵妃中，相比较薛贵妃，陛下偏爱盛贵妃多些。可最后荣登凤位母仪天下的，却是薛贵妃娘娘。除了二皇子的原因，也有薛贵妃自身的原因。

陛下也看重薛贵妃行事的稳妥。

她凡事谋定而后动，陛下可能心里不喜，却也不能否认，这样的妃子更加适合执掌凤印。

旁人或许不知皇后娘娘的性格，大夫人却是一清二楚的。

她作为母亲，总是不放心孩子。老夫人这般一说，大夫人也感觉自己有些杞人忧天，笑道："虽然她现在贵为皇后，我却是没有一刻不替她担心……"

"哪个做娘亲的不是这样？"老夫人拍了拍大夫人的手，笑道，"娘眼里，儿女不管多大总是孩子。"

大夫人不免一笑。

众人对太后娘娘回来颇有兴趣，太后娘娘却没有兴趣见客。

各家自认为在太后娘娘面前有体面的诰命夫人递了牌子要进宫去谒见太后，被一一驳回，只是薛家大夫人和老夫人、雍宁伯夫人先后在腊月十五、腊月二十被宣去慈宁宫。

盛家忙着过年，东瑗当家后的第一个新年，她也很紧张，怕人来客往一多，自己做不好，让盛昌侯失望。她非常忐忑维持家里的日常秩序，连诚哥儿也很少逗弄。

东瑗太忙，对诚哥儿也不像孩子刚刚落地那会儿片刻离不得，所以诚哥儿大部分时间都是在盛夫人的元阳阁度过。

盛夫人有了诚哥儿在身边，身子倒越来越健朗。有时她抱着诚哥儿就是半下午，也不见说胳膊酸痛。

诚哥儿爱笑。比起东瑗和盛修颐，他好像更加喜欢盛昌侯，看到盛昌侯就咯咯笑个不停。

盛昌侯因为跟薛家有心结，原本对这个孙子淡淡的。可盛夫人总是把诚哥儿留在元阳阁，他只要回内院就能看到。

白胖可爱的小孩子，看到他就乐呵，露出鲜红的牙床，裹在锦服里的小手很努力挥动着要爷爷抱，怎么能不爱？盛昌侯一开始还刻意抵触，后来就彻底沦陷在诚哥儿的糖衣炮弹之下，只要回内院就回元阳阁抱诚哥儿。

东瑗和盛修颐逗弄诚哥儿的权利就这样被盛昌侯架空了。

看到盛昌侯时常紧缩的眉头如今总算舒展，一家人都跟着开心，东瑗和盛修颐就更加不敢跟盛昌侯争诚哥儿。

东瑗几次想把诚哥儿抱回来，盛昌侯一句"你最近安排过年的事，也忙，诚哥儿我们带着吧"，东瑗就很没有骨气地不敢再开口了。

被盛昌侯霸占了诚哥儿后，东瑗和盛修颐都觉得有些不自在。从前哪怕诚哥儿歇在桢园，晚夕总要抱过来他们夫妻瞧瞧。

可是歇在元阳阁后，在盛昌侯面前，盛修颐不敢伸手去抱孩子。

从前，盛昌侯越是强势，盛修颐越是阳奉阴违。可自从盛昌侯辞官赋闲，一家人都让着他，盛修颐更是不忍惹父亲不快。

他想念儿子，也顾着父亲，于是只得折腾东瑗，还在她耳边低喃："明年咱们能再添几个孩子么？"

东瑗笑得不行，道："想添就能添么？"

他便压住东瑗，语气暧昧道："多试几次……"

因为这个话题，两人间倒是增了不少欢愉。只是东瑗白日要管着家里日常琐事，夜里还要服侍他，很快就觉得自己累得双脚抬不动。

她近来就觉得累得紧。

罗妈妈见她白日时时瞌睡，又想起这些日子两人恩爱不已，好几次夜里要了两次水，就趁着丫鬟们都出去的空隙，偷偷跟东瑗说："……若是累得紧，就跟世子爷明说。男人像孩子似的，世子爷再细心，你身子上的事，他也不知道。你要跟他说，年轻不知节制保养，将来如何得了？"

罗妈妈知道东瑗已经好几个月不给姨娘们安排日子，而盛夫人也没有就此说过什么，罗妈妈自然就不会再提让盛修颐去姨娘们那里或者安排通房的话。见东瑗着实应付不来，才劝她要节制。年轻夫妻，正是如胶似漆的年纪，随心所欲，哪里顾忌那么多？

东瑗最怕听到这种话，不由面上泛起红潮。她含混应着罗妈妈的话，又连忙打岔说起蔷薇的婚事："……她陪嫁的单子拟好了不曾？怎么还不拿来我过目？"

蔷薇嫁给来福是早先就说好的。

腊月一直没有好日子。

直到腊月二十才是个极佳的日子，蔷薇的婚期也拖到了腊月二十。

最近蔷薇一直躲在房里，不在东瑗跟前服侍，东瑗这边的差事都是寻芳和碧秋、天桃管着。

第二十三章　主仆纯爱

上次范姨娘为了芸香的事冲撞了东瑗，寻芳扇了她两巴掌，让东瑗对寻芳刮目相看。平日里瞧着文静不语的寻芳，居然也是个厉害的。想着她是盛夫人赏的，跟自己陪嫁丫鬟一样，东瑗就有了重用她的心思。

将来蔷薇要是生孩子，自己这边也有人能顶替蔷薇。

想着，东瑗不等罗妈妈回答，又问："置办蔷薇嫁妆的事，是妈妈和橘红、寻芳在办吗？"

这是东瑗曾经特意吩咐过的，她想给寻芳一个一展才华的机会，看看她到底有没有本事。

罗妈妈见东瑗很快把话题由她和盛修颐房里事上转移到蔷薇的婚事上，就知道她在这种事上听不进旁人的劝。罗妈妈也不想多言惹得东瑗不快，就笑着顺了她的话："单子昨日才拟好，嫁妆也是昨日才办齐。橘红和寻芳还在对，看看是不是短缺了什么。等对齐了，再呈给你看……"

东瑗微微颔首，又问罗妈妈："寻芳办事还得力吗？"

罗妈妈也看得出东瑗有提拔寻芳之意，笑道："从前在夫人身边服侍过，又是府里的家生子，办事妥帖得很。只是人闷了些，不太会说话……"

罗妈妈猜想寻芳可能会短期内取代蔷薇的地位，帮衬东瑗管理静摄院的事，于是她评价寻芳，就比照了蔷薇的。

和蔷薇比起来，寻芳言辞的确不够利爽。可和其他丫鬟们比起来，也不算嘴笨的。

东瑗莞尔，不再多说什么，让罗妈妈赶紧把蔷薇的嫁妆置办齐全。

最近一直在下雪，从十月下旬开始，盛京就没有过好天气。

转眼间到了年底，蔷薇出嫁那日，居然是难得的好日子。

虽然出了日头，地上的冰却化了，于是道路泥泞不堪，也为喜事添了些许不如意。

可静摄院的众人仍是极开心的。

盛夫人让康妈妈送来一包五十两银子给蔷薇添箱，又送了个首饰匣子。虽然没有打开，可接着很沉手，应该有不少的首饰。

二奶奶葛氏也让丫鬟送了三十两银子，一个稍微轻些的首饰匣子。

蔷薇都接了，又由寻芳和碧秋陪着，分别去给盛夫人和二奶奶磕了头。

东瑗给蔷薇置办的嫁妆更是丰厚。

蔷薇泪辞了东瑗，上了迎亲的马车，往来福住在西大街米铺里去。

来福一直替盛修颐在西大街经营一家米铺，规模较大。用盛修颐自己的话说，米铺只是遮掩的，跟家里人一个交代。来福实际是替盛修颐管些"不好"的买卖。

蔷薇出嫁后，三朝回门没有回东瑗这里，而且去了镇显侯府东街她爹娘住的宅子。

东瑗让她过了元宵节再进来。

蔷薇原先管着东瑗的银钱。她临嫁前，把钥匙交给了罗妈妈。

她其他的事，则交给了寻芳暂时管着。

越到了年底，东瑗这边准备过年，也越来越忙。

年底虽然忙，东瑷却很想诚哥儿。她给盛夫人送年夜饭的菜单子时，眼睛直往暖阁瞧。

诚哥儿现在住在盛夫人的暖阁。

昨夜她先是梦到自己抱着诚哥儿在桂花树下玩闹，金黄色桂花嫩蕊撒了他们满身，诚哥儿在东瑷怀里蹦跶着，欢笑着。

他很沉手，东瑷一个不慎，诚哥儿就从她手里滑了下去。

东瑷猛然惊醒。

而后迷迷糊糊睡着了，又梦到诚哥儿刚刚出生时，被水呛得直咳嗽，哭得撕心裂肺。

这样一来，东瑷一整晚都没有睡好，醒来后耳边还有诚哥儿的哭声，心有余悸。

想着，东瑷脚步微顿，笑着对盛夫人道："娘，诚哥儿这些日子吵着您了吧？"

盛夫人听东瑷的口风，就知道她想说什么。肯定是想把诚哥儿抱回去，先用"吵着"开头，后面就是要人了。

诚哥儿在元阳阁，不仅仅有孩子的笑声，连一向不苟言笑的盛昌侯也被诚哥儿带得笑了好几次。盛夫人很久没见盛昌侯这样春风得意过。

她道："没有，诚哥儿很乖。"而后神色里透出几分落寞，"阿瑷，娘这里很久没有这样热闹过。幸亏有诚哥儿。侯爷最近吃饭都香了，看着诚哥儿就喜欢……"

东瑷看着盛夫人，话在嘴边又咽了下去。

婆婆这般，她就真的没法开口了。

她心里苦笑，面上也不好显露，道："诚哥儿醒了不曾？我瞧瞧他去。娘，诚哥儿就辛苦娘带着了……"

盛夫人这才高兴起来："辛苦什么？家里事样样不用我经手，没有诚哥儿在身边，娘还不自在呢。他估摸着还在睡，你去看看。如今在我这里，长得越来越好了。"

东瑷再也忍不住苦笑，又给盛夫人行礼，去暖阁看了一回诚哥儿。

晚夕等盛修颐回来，东瑷就跟他诉苦："我看娘那意思，竟是舍不得诚哥儿回来。"

盛修颐也有些头疼。

他知道娘亲向来喜欢孩子。当初他的庶子钰哥儿就是时常养在娘亲身边。爹爹多次跟娘亲说，庶子应该有庶子的体统，不能那样娇惯钰哥儿，娘亲却不管不顾。

而后钰哥儿殁了，娘亲跟着也病倒了。

现在诚哥儿，不管是为了弥补失去钰哥儿的伤痛，还是对孩子天性的喜欢，娘亲对诚哥儿的喜欢只怕有过之而无不及。

诚哥儿是嫡子，这回爹爹也没话说。

盛修颐也想念诚哥儿了。诚哥儿歇在娘亲那里，倘若爹爹在跟前，盛修颐不敢去抱。自古抱孙不抱子，爹爹最看重规矩，盛修颐不想惹得爹爹不快。

可孩子这样疏远了自己，心里的失落是有的。

又不能公然去跟娘亲抢诚哥儿。

他微微叹气，转而看着东瑗似春花般俏丽脸庞，一把搂住了她的纤柔腰肢："……娘亲喜欢孩子，诚哥儿只怕还要在元阳阁歇些日子。阿瑗，再替我生个儿子吧。"

　　东瑗笑着推他："跟你说正经事呢……"

　　"这是正经事。"他的唇就凑在她颈项间，贪婪吮吸着她雪色肌肤，喃喃低语，"长子立业，幼子守成。再生个儿子，不用他有出息，就养在我们身边。哪怕纨绔些也好，陪着咱们……"

　　东瑗被他吻着，身子微酥，心底却有了几分触动。

　　她也想再有个孩子。

　　不为别的，只想着诚哥儿将来有个伴。哪怕诚哥儿要出去建功立业，也不用为家里操心。父母身边，有弟弟相伴。

　　"生个闺女吧。"东瑗声音软了下来，笑道，"姑娘是娘贴身的小棉袄，还是姑娘好。"

　　盛修颐笑起来："行，生个闺女，长得像你一样美丽……"

　　东瑗就突然脸色一变，她的身子也有些僵直。

　　长得像她，有什么好？这个世上的美丽有很多种，而东瑗的这种美丽，却是这个年代主流审美中最不堪的。

　　她的美里透出别样的妖娆，能俘虏男人的心，却得不到女人的好感，往往会令家族当权的女人忌惮。

　　而这个年代的女子，自小养在深闺，几乎不出二门。她们的生活圈子，就是和各种女人打交道。

　　天生一张不得同性喜欢的脸，人生会有多少不便，东瑗深有体会。当初，原先的薛东瑗不过是活泼开朗些，就被家里人认为太过于轻浮，从而放弃了她。

　　试想，七八岁的小姑娘，谁不是天真好动的年纪？

　　又有杨氏的刻意引导，薛东瑗自然就显得更加活泼。

　　倘若是家里其他姊妹那样活泼，估计只会被管事妈妈们说几句。只要不闯祸，家里大人也不会见怪。

　　而在薛东瑗身上，却被判了死刑。可见，她的容貌，就是她一生的负担。

　　东瑗一点也不想她的女儿像她！

　　生在盛府这样的门第，她的女儿不需要以色事人。只要她的女儿有着贵族小姐的贤良贞静，再有几分聪慧；运气不算太坏，将来就能有个好前程。

　　"不要像我。"东瑗神色凛然。

　　感觉到盛修颐也停了下来，东瑗又觉得自己神经过敏，就补救般笑了笑道："算了，咱们还是生个男孩。女儿总是要嫁出去。"

　　生个男孩，就没有这样的纠结了。

　　她的情绪变化太过于明显，盛修颐早已感觉到了。

可她带着圆场，他就没有点破，只是心里仿佛被什么扎了下，闷闷的疼。那句"不要像我"，让盛修颐对她心疼不已。

他扳过东瑷的身子，吻了她的唇，将她紧紧箍住，似乎要把她吞噬入腹。

东瑷觉得自己快要窒息了般。

两人的欢愉结束后，东瑷累得不行，沉沉睡去。

次日原本打算卯正一刻起床，早些去给盛夫人请安，而后要见家里管事的婆子们。

可当她睁开眼，已经辰正了。

盛修颐已经走了。

她看着自鸣钟，急得不行："怎么不喊我？"

前来服侍的寻芳、碧秋和夭桃都垂了头，道："世子爷说别扰了大奶奶歇息，晚些起床不要紧。今日不用去给夫人请安……"

东瑷手忙脚乱起身，仍是觉得身子重。

她最近不知为何，睡得比平常多，却总是感觉很累。像这样晚起，她应该精力充沛才是，怎么会这样乏力？不会是身体出了问题吧？

想着，她不由着急。这个年代，一些严重的疾病，都要等到彻底发作出来才会知道。

可等到彻底发作出来，几乎就没救了。

她心里一阵犯凉。

是不是生病了？这个念头让东瑷心底生出几分慌乱。

这个年代的人普遍寿命不长。医疗条件落后，就是原因之一吧？东瑷很怕这等事发生在她身上。

她毕竟是逆天而来的，老天爷什么时候再把她收回去，她心里没底。

可诚哥儿是她的牵绊，她不想莫名其妙走了，就像莫名其妙来一样。

起晚了，东瑷也不好再去盛夫人那里，只是盼咐罗妈妈拿了对牌请太医。

罗妈妈顿时就急了："瑷姐儿，你是哪里不舒服？"

不舒服是有的。

至于哪里不舒服，就真的说不上来。

东瑷对太医能否诊断出身子里的隐疾很是怀疑。

可还是要请，一则是在盛夫人那里好交代。她无缘无故不去请安，虽然盛夫人可能明白是他们年轻夫妻夜里闹过了头，可东瑷还是需要掩耳盗铃，稍微遮掩一下。

二则，她也是抱着死马当活马医的心态，让太医瞧瞧，总好过她胡思乱想。太医都不能瞧出她的问题，也是她命中注定。

"就是总觉得瞌睡乏力，人没什么精神。"东瑷笑着安慰罗妈妈，"兴许是过年这些日子太累，才会如此。"

罗妈妈仍是不放心，拿了对牌交给小丫鬟，让小丫鬟去外院告诉一声，请太医下午来给东瑗诊脉。

而后，罗妈妈等东瑗见过管事婆子们之后，瞅准了有空隙，就上前一步和东瑗说话："除了嗜睡、乏力，还有什么？瑗姐儿，你可别瞒着妈妈……"

东瑗见她这样紧张，就故作轻松又安慰她："其实真不是什么大事。我自小没管过这么多事，突然这样一忙，累着了不舒服是有可能的。再说了，今早没去给夫人请安，夫人是个仁厚的，可难保旁人知道了不笑话我。不如请了太医来，做做样子。这样我不去请安，也是情有可原的……"

罗妈妈显然相信了她后面的理由，终于放了心，不免笑了起来。又想起前几日还跟东瑗说，让她劝世子爷节制，东瑗没有听她的，她又板了脸："……你总不把妈妈的话放在心上。"

东瑗忙保证："这回定会记得，妈妈放心。"

她保证得这样轻易，罗妈妈哪里放心？瞥了东瑗一眼，罗妈妈无可奈何摇头。

下午太医来请脉，东瑗在静摄院的花厅见了太医。

隔着帘幕，太医请了半天脉，才慢悠悠道："夫人不妨事，不过是天寒，湿气积在内里，人才会乏力。吃了几服药，驱散湿气，自然无妨。"

又是湿气。

东瑗想起当初陶姨娘被送出去，盛修颐就说她染了湿气。估计体虚女子很容易染上湿毒。

东瑗在帘子后跟太医道了谢，吩咐寻芳拿些赏钱给他。

盛家的太医和薛家是一样的，每年都有份例送到太医院。平日里看病，只是需要给些赏钱即可。

寻芳道是，拿了个装着三两碎银子的荷包赏了太医，亲自送太医出了静摄院的大门。

碧秋吩咐小丫鬟们把帘子撤了，又把药方拿给东瑗看。

东瑗对药方没什么研究，却感觉自己不是那个太医轻描淡写般的湿气过重，就不放在心上，让碧秋吩咐外院的管事抓药。

几个人忙去抓药、熬药。

等到药熬好了，东瑗端起来喝了小半口，觉得苦涩难耐，实在咽不下去。又心里觉得这药不对症，就偷偷倒在墙角的痰盂里。

盛夫人却不太清楚这中间的种种，只当东瑗是真的病了，亲自由二奶奶和康妈妈扶着，过来看东瑗。

"药吃过了？"她拉着东瑗的手问。

东瑗忙说吃过了。

"今日来的是哪位太医？"盛夫人又问。

东瑗记得那位太医姓秦，就告诉了盛夫人。盛夫人好似认识不少太医，就笑着道："他们府上几代行医，好脉象，好医德，我也信他……"

东瑗总觉得,这个年代贵族女人隔着帘子看病,根本看不出什么。中医的望闻问切,隔着帘子只能做到问和切,能有几分真切?不过是对太医的信任,加上并不是很严重,心里暗示,才痊愈的。

就像盛夫人这样,信哪个太医,就觉得哪个太医医术了得。

其他太医的医术未必差。

只是有了个信任在里头,自己心里暗示,好得更快,也就更加信了。

东瑗笑了笑:"吃了药,我也感觉好多了。娘不用担心。"

盛夫人欣慰地拍了拍她的手。

二奶奶也叮嘱东瑗好好养病。

看着东瑗病了,盛夫人有些头疼。她既担心东瑗,又记挂着府里过年的事。找了管事的婆子们一问,才知道东瑗把过年的种种都安排妥当,不需要盛夫人再去操心什么了。

第二十四章　含饴弄孙

盛夫人对东瑗办事更是满意。

等盛昌侯回了元阳阁,盛夫人就在他面前称赞东瑗办事得力:"……听说她病下了,我也着急。本就打算以后不让老二媳妇插手家里事,可阿瑗要是病了,我要自己管着,难免不让老二媳妇帮衬几分。哪里想到,我叫了管事的婆子们一问,才知道阿瑗早就办好了。不知道她这病,是不是累的,那孩子,性子也忒急……"

盛昌侯已经换了家常衣衫,乳娘把诚哥儿抱过来,他就把小胖孙子接在手里,举着他一上一下的,把诚哥儿喜得手舞足蹈,咯咯笑个不停。

盛昌侯心情就更加好了,听着盛夫人念叨东瑗,随口道:"倒不是性子急,她瞧着是个要强的。她今年才管家,头一次过年的礼节,若是办不好,总要被人说三道四……不过卖力把自己累得病了,也是个傻的。"

口里说东瑗是个傻的,语气里却没有厌恶。

盛夫人附和着说是。

诚哥儿欢喜的笑声,打断了盛昌侯和盛夫人的话。

今日诚哥儿特别高兴。

盛夫人就握住他的小手,问他:"诚哥儿怎么这样喜欢?"

诚哥儿咯咯笑。

盛昌侯就对盛夫人说:"这孩子,从来不见过他哭,将来定是个硬汉子。是咱们盛家的种!"

盛昌侯是武将出身。

盛夫人忙接腔："像侯爷的秉性……"

盛昌侯没有反驳，只是逗着诚哥儿，惹得诚哥儿咯咯笑了很久。

乳娘乔妈妈渐渐发觉，盛昌侯举着诚哥儿的姿势，倘若是乳娘这样抱他，他定会不舒服地忸怩几声。可盛昌侯这样抱他，他就欢喜不已。

到底是不喜欢这样抱，还是不喜欢被乳娘这样抱？

乳娘越发觉得自己在诚哥儿面前无足轻重。

从前诚哥儿在乳娘跟前偶尔也玩闹。

可现在，他几乎只有见到盛昌侯才会高兴。

这么小的孩子，倘若说出去都不会有人信。

乳娘又觉得是自己多心了。可能是血脉缘故，诚哥儿看到侯爷，就是觉得亲昵呢？

诚哥儿越来越得盛昌侯喜欢，几乎就没有再回过静摄院。转眼就到了除夕夜。

一家人聚在盛夫人的元阳阁吃团圆饭。

盛昌侯就把诚哥儿抱在怀里，不时喂他几口汤汁，让盛家众人大跌眼镜。

盛修颐和二爷盛修海、三爷盛修沐兄弟三人是没有想到盛昌侯会抱孩子。他们心里的父亲，是个严厉霸道的人。他这样的人，哪怕是垂死都要手握兵书的。

看着他含饴弄孙，众人惊愕不已，却也觉得很和谐。

诚哥儿没有长牙，也没有断奶。盛昌侯喂他汤汁，他却喝得吧唧吧唧的，撒湿了围脖，却吃得很开心。惹得众人的目光都落在他们祖孙二人身上。

盛修颐的长子盛乐郝眼底闪过几缕难以察觉的黯然。

除了他之外，其他人意外里也带了几分惊喜。盛昌侯心情好，意味着大家都不用挨骂，这个新年大约会比往年更好。谁不盼望着和和气气的？

"侯爷，让妈妈抱着诚哥儿吧。"盛夫人小声在一旁提醒。

盛昌侯不好说什么，见乳娘乔妈妈靠近，就要把诚哥儿给乳娘。

诚哥儿却忸怩着穿得臃肿的小身子，眉头皱在一起，像是要哭了一样，挥手要抱住盛昌侯的脖子。

"哎，他居然要爹爹抱？"三爷像发现什么惊奇的事，不顾盛昌侯在场，惊讶叫了起来，"大哥，诚哥儿也太早慧了吧？这么小的孩子，居然知道认人！"

盛昌侯也是惊喜，忙把诚哥儿又抱住，给乳娘使眼色，让她退下去。

可三爷盛修沐的话，让盛昌侯颇有不快。他瞥了眼三爷，冷冷道："你懂什么？这么大的孩子，早就分得清亲疏……"

他好似在极力肯定诚哥儿刚刚不是无意识的行为，而是喜欢他这个祖父。

看着盛昌侯居然跟三爷说起这个，盛夫人下巴都快要掉下来了。

这还是她认识了几十年的盛昌侯么？

三爷被盛昌侯堵了回来，忙笑着赔礼，不敢打搅了盛昌侯的好兴致。

诚哥儿的早慧，又对盛昌侯黏腻得紧，让盛昌侯倍有成就感。吃了团圆饭，他都没有放下诚哥儿。

东瑷和盛修颐心里暗叫不好：估计以后诚哥儿的教育，他们夫妻是插不上手了。

盛昌侯现在正无聊着呢，难得对诚哥儿这么有兴致，只怕要亲自管教了。

东瑷看向盛修颐，发现盛修颐也看向她，夫妻俩脸上都有苦笑。

除夕夜守岁，盛家众人团聚在元阳阁。

今年盛昌侯心情特别好，又有诚哥儿的笑声格外响亮，三爷盛修沐也收起了最近的踌躇不得志，满面春风说起外头的趣事。

他言辞颇为风趣，一开始众人都偷偷看盛昌侯的脸色，不敢大笑，却发现盛昌侯眉梢噙了几分笑意，甚至笑骂三爷："……你听差了！"然后亲自把三爷听到的趣闻补充了一遍。

他说出来，众人不敢不笑，而后三爷又接腔，众人就附和着笑。

不仅仅是三爷，连盛修颐和二爷盛修海也被迫说了好几个段子供大家取笑。二爷盛修海在盛昌侯面前还是放不开手脚，有些畏畏缩缩的，三爷就起哄："二哥说的这个，咱们早就听过了，要罚二哥三杯！"

盛夫人知道盛昌侯最不喜欢二爷，被三爷这样一提醒，说不定盛昌侯要骂二爷几句。

到时，好气氛又没了。

她忙给三爷使眼色，又瞧向盛昌侯。

只见盛昌侯眉角微挑，淡淡道："既然你懂得分辨好坏，不如你做个令官。谁说的不好，就要罚谁。"

这话是对三爷盛修沐说的。

众人又是一惊。谁也没有想到盛昌侯会这样说话。

他们记忆中，盛昌侯从来不会渲染气氛，他只会弄得一家人不欢而散。从前他有些喜怒无常，有时一句话不对脾气，顿时就发作骂人。

如今真的有些不同啊。是因为怀里的诚哥儿？

诚哥儿可能有些累了，歪在盛昌侯怀里不时打着哈欠。乳娘乔妈妈要抱他，他马上就哭起来。

盛昌侯只让把他抱在怀里。

三爷听着盛昌侯的话，同样惊愕。可看着盛昌侯的脸色，不像是说反话，当即笑道："行啊，我做个令官。不如把前年春上淮南庄子里送来的桃花酿搬出来，谁说的不好就罚酒如何？"

盛家在安徽境内有很多庄子。

淮南有处的桃花酿很是有名，庄子上的管事最会与人打交道。他承诺绝对不用酒方赚钱，还送了好些名贵东西，就得到了当地最好一家酒坊的秘方，每年做了桃花酿送上来。

前年的雨水很凑巧，用料几十年难得一遇，就酿了三十坛。

盛昌侯也爱酒，品过之后，觉得那酒已经是上品，可遇不可求，就让人存在窖里，有重大喜事才搬出来喝。

去年过年时搬出了两坛，三爷一直回味说好喝。可盛昌侯的东西，他不敢打主意，也就是偶然路过盛夫人的储物室时眼馋看两眼罢了。

今日见盛昌侯是反常的好心情。三爷不知下次父亲什么时候才会有这样的心情，当机立断讨要那酒。

盛夫人就偷偷给他使眼色，让他莫要惹恼了盛昌侯。

盛修颐和二爷盛修海就在一旁看热闹。

他们也回味那酒的美味，却不敢公然去要。既然三爷开口了，他们兄弟也想沾沾光。

盛昌侯看了眼三爷，犹豫一瞬才道："不行，明年你娶媳妇，我准备用它待客。现在喝了，到时没有好酒，拿什么款待上宾？"

"留到三爷娶媳妇喝……"二奶奶忍不住笑起来，"三爷，您再忍忍，明年三月就能喝到了。"

其他人也跟着笑。

盛夫人也打趣三爷："别胡闹，你爹爹才是深谋远虑。你娶媳妇是正经事。"

三爷顿时不自在起来，咳嗽着转移话题。

众人又是笑。

倘若时间倒回半年前，盛家没人敢想象，盛昌侯居然会拿三爷取笑，也没人会想到，今夜能和盛昌侯守岁说笑。

东瑷也跟着笑。她的目光，不时落在诚哥儿身上。他依偎在盛昌侯怀里，一会儿睁眼，一会儿闭眼，那模样好似瞌睡的人，努力控制不让自己睡着。

他还微小摆头，好似让自己清醒些。

看到这一幕，东瑷恍若是自己的错觉。那么小的孩子，他干嘛要控制瞌睡？小孩子不都是想睡就睡么？

诚哥儿透过众人，也看到了母亲。

他咧开嘴冲东瑷笑。

东瑷的心一下子就软了。

这孩子着实令人惊讶。

然后他又转动眸子，笑了起来。东瑷顺着他的目光望去，看到了盛修颐的长子盛乐郝正在看诚哥儿。诚哥儿发现盛乐郝看他，就冲他笑起来。

盛乐郝呆住，片刻才收回目光。

而后，三爷又逼着大家说有趣的话，东瑷的注意力也从孩子们身上挪开了。

可坐在一起的两个女孩子，盛乐芸和盛乐蕙好似发现了诚哥儿的不同。两人看着诚哥儿，指指点点的交头接耳。

盛夫人留意到了，就问盛乐芸和盛乐蕙："芸姐儿、蕙姐儿，你们看什么呢？"

众人的注意力又转移到盛乐芸和盛乐蕙姊妹身上。

盛乐芸不太习惯大家的目光，她脸微红，指着诚哥儿脱口道："诚哥儿……诚哥儿他困了，他……他又没睡……"

她们姊妹俩也看到了诚哥儿的异常。

诚哥儿就睁圆了眼睛，好似在否定盛乐芸的话，在向众人证明他一点也不困。

一直注意诚哥儿的东瑷心里一个咯噔。

她对诚哥儿的预感越来越强烈。

可是他瞪眼的模样，十分惹人怜爱。

盛夫人稀罕得不行："瞧瞧，诚哥儿精神着呢。谁说咱们诚哥儿要瞌睡？"

盛夫人话音刚落，诚哥儿忍不住打了一个哈欠，很不给盛夫人面子。盛夫人却觉得有趣，笑了起来。

东瑷也啼笑皆非。她上前一步，要抱过诚哥儿："爹，诚哥儿一向多睡，只怕是真的困了。媳妇抱他去歇下了。"

盛昌侯眉头轻轻蹙了蹙，有些舍不得诚哥儿，又烦东瑷这个时候来要孩子，是多么不识趣。

东瑷却故意忽视他的不悦，站着不动。

盛昌侯只得把诚哥儿给东瑷。

东瑷抱着孩子，去了暖阁。乳娘乔妈妈给他喂奶，他居然喝着奶就睡熟了。

果然刚才看到的，不是东瑷的错觉。

东瑷想问乳娘几句关于诚哥儿的事，可想着盛家众人还在外头守岁，就不再说什么，嘱咐乳娘好好照顾诚哥儿就出去了。

一家人坐在一起，彼此说笑着，子时很快就到了。

二爷和三爷吩咐管事们准备好烟花。

盛昌侯道："去临波楼看吧。那里地势高，瞧着更加好。"

见盛昌侯这么好的兴致，家里人高兴还来不及，哪里会去反驳？众人忙道是。

东瑷就吩咐丫鬟们先去临波楼挂上暖帷，铺上绒毯。临波楼这些东西入了冬就准备好了，用起来也方便。

等薛家众人移步临波楼的时候，丫鬟婆子们已经把临波楼弄得舒适温暖。

盛昌侯先进去，盛夫人才领了东瑷、二奶奶和孩子们进去。而盛修颐兄弟则纷纷出去放烟花。

看着乖乖跟在东瑷身后的盛乐郝，盛修颐脚步一顿，喊他："郝哥儿，你不跟爹爹去放烟火？"

盛乐郝不由目光里露出些高兴。

他正要点头，想起什么似的，回眸看了眼盛昌侯。

盛昌侯也听到盛修颐的话，扭头看了眼盛乐郝，顿时就露出厌恶的表情。这种表情，连盛乐芸和盛乐蕙都瞧得分明，原本叽叽喳喳的两个小姑娘，刹那鸦雀无声。

东瑷也没有说话。她虽然感激当初嫁到盛家从而不用进宫，可她并没有想过要在盛修颐前面婚姻中扮演多么厉害的角色。

盛修颐的儿女，她会尽本分照顾他们。至于深层的母慈子孝，她不太向往。

她总是怕过犹不及。倘若她着手去管盛昌侯和盛乐郝的恩怨，最后可能还会在盛乐郝心里落下个用心不良的印象。既然这样，她后退一步，不参与其中。

盛夫人见盛昌侯一下子就变脸，心里不由警铃大作，忙笑着上前拉了盛乐郝："郝哥儿跟你爹爹和二叔、三叔放烟火去。"

祖母发话，盛乐郝恭声道是。

可是他的眼底，浮现几分心灰意冷。盛昌侯的态度，的确很伤人心。

盛昌侯似乎从前就不喜欢盛乐郝。当初听说盛乐郝小小年纪搬去外院，因为他盗窃。东瑷当时就觉得，那是盛昌侯授意的。

仅仅是因为盛乐郝的母亲是陈家人？这其中难道没有别的原因？

东瑷虽然想知道，可她不会去问盛修颐，因为她不需要知道。盛修颐对她和诚哥儿很好，这就足够。不管他怎么对待盛乐郝，东瑷都不会吃醋，更加不会和盛乐郝争什么。她的陪嫁，足够诚哥儿将来衣食无忧。

盛乐郝是嫡子，诚哥儿也是嫡子。

虽然诚哥儿是继室所生，可能比原配所生的盛乐郝弱些。可他的母族，是声名显赫的镇显侯府；他的生母，虽然是继室，却是有爵位在身的郡主，不需要向原配的牌位下跪磕头。这些，就远远比母族被抄家的盛乐郝强多了。

东瑷和诚哥儿都不需要去跟盛乐郝争，不管是家业还是名望，东瑷给诚哥儿的已经足够了。

盛乐郝并不是东瑷母子的仇人。

所以，盛乐郝和盛昌侯的恩怨，东瑷不需要知道。

男人们去帮着放烟火。

片刻，漫天绚丽绽放，将幽碧苍穹染得瑰丽夺目。

而刚刚的好气氛，在盛昌侯对盛乐郝的态度之后，消失无踪。众人又开始敛声屏气。

除夕夜的守岁，终于到了尾声。

东瑷感觉这是她离开薛家的第一个除夕夜。

虽然她去年的除夕就是在盛昌侯府度过的。

去年，盛修颐还在西北，生死不明；盛昌侯跟平常一样，紧绷着脸，饭桌上鸦雀无声；二爷和三爷小心翼翼吃着饭，不敢开口，怕引火烧身。东瑷那时没有管家的权力，她还怀着诚哥儿。

盛夫人怕她辛苦，没有留她守岁，让她早早回了静摄院歇息。

去年的今夜，没有留下任何美好的印象。

而今年的除夕，原本一切够大家回味一年的，却被最后盛昌侯的态度打乱。他虽然对盛修颐和盛修沐兄弟态度和蔼，对二爷盛修海却是一如既往的不喜；对盛乐郝，更加没有半分和颜悦色。

东瑗大约摸透了盛昌侯的脾气：他讨厌谁，不会轻易改观。

虽然他现在对诚哥儿不错，对东瑗也很信任，可他对东瑗依旧很是冷漠。虽然理智让他明白，东瑗不会背叛盛家，所以他把管家的权力交给东瑗，可他并不喜欢东瑗。

一直到了凌晨，东瑗才和盛修颐回了静摄院歇息。

虽然东瑗有很多话想和盛修颐说，可想着明日就是大年初一，他们不仅仅要迎客待客，还要进宫去拜年；而后又要去薛家拜年，忙起来定会很累，她就把想说的话压下，服侍盛修颐歇下了。

盛修颐也有话跟东瑗说，可见她神态疲惫，话就咽了下去，只是轻轻将她搂在怀里。

两人都只是略微小睡了一会儿。

刚到寅初，东瑗就醒了。她轻手轻脚起身，喊了罗妈妈、橘红和寻芳、碧秋上前服侍她，换了郡主的朝服，装扮起来。

等东瑗差不多穿戴整齐，盛修颐才醒。

他看着东瑗的穿戴，有些心疼道："离进宫的时辰还早，怎么现在就换了朝服？"

朝服压身，穿着并不舒服。

东瑗莞尔："还有家里的事要做，我怕到时来不及。先换好衣裳，而后不管家里事弄到什么时候，总不会担心进宫失了礼仪。"

盛修颐无奈笑了笑，他觉得东瑗有些紧张。

其实东瑗是有备无患，生怕手忙脚乱。

盛修颐也起身，换了朝服，和东瑗用了早膳。东瑗去了花厅见家里的管事婆子们，把今日具体事宜都吩咐下去。

盛修颐就去了盛夫人那里。

众婆子见东瑗这样庄重打扮，在她面前突然就有了几分忌惮，个个敛声屏气。

"今日我要出去拜年。家里有什么事要我拿主意的，就问寻芳姑娘。"东瑗最后说道，"寻芳的话就是我的话。倘若你们不服，等我回来再申辩不迟……"

众位婆子的目光都睃了下寻芳，露出艳羡神色。

寻芳大大方方回应着她们的眼神，颇有气势。

可回到内室的时候，她满掌心的汗，低声对东瑗道："大奶奶，奴婢年轻，怕不懂事，做错了什么，丢了大奶奶的脸。不如让罗妈妈管着，奴婢就替罗妈妈跑腿……"

有事罗妈妈拿主意，寻芳帮着跑腿，不知情的人，照样以为是寻芳拿主意。这样，既万无一失，又没有当着管事婆子的面露怯，损害东瑗的威信。

东瑗心里称赞，冲寻芳笑道："妈妈年纪大了，我舍不得她如此操劳。你年纪轻，正是替我分忧的时候。别怕，不管你做什么，都是代我行令，家里的管事婆子们就算不怕我，却怕侯爷的鞭子。你放心办事即可，别叫她们小瞧了我屋里的人……"

寻芳这才想起来，从前侯爷替夫人处置内宅事务的严厉残酷。

现在家里的管事婆子们，都是从侯爷手里精挑细选的。她们办事能力也许不是最佳，却是绝对的听话服从，不敢刁钻为难主子。

寻芳是替大奶奶行令，家里那些婆子们应该不会轻待她。

想着这些，寻芳的胆子就大了几分，跟东瑗行礼道是："大奶奶，奴婢不会给大奶奶丢脸。"

东瑗欣慰一笑，又让碧秋去帮衬寻芳。

等她们走后，东瑗就喊了罗妈妈和橘红到跟前："……你们的差事我都让寻芳交给旁人。大年初一、初二这两日，你们都歇歇，不用进来服侍。"

过年家里人来客往，东瑗又是新近管家的，自然很多事。她身边得力的，橘香还在月子里，蔷薇出嫁，倘若罗妈妈和橘红再走，就没什么能干事的。

罗妈妈也想趁着大年歇一两天，可她不是普通的仆妇，对主子只是尽忠。

罗妈妈和东瑗不仅仅是主仆，她们情同母女；橘红跟东瑗，也是从小服侍的，两人似姊妹般。

"大节底下，多少事要忙啊？"罗妈妈婉言拒绝东瑗，"你一双手一双眼，能看多少事？我们歇了，岂不是要累你一个人？要不然，让橘红先歇几日，妈妈等过了十五再说……"

橘红见罗妈妈把她撇下了，顿时不高兴叫起来："妈妈，瞧您说的。您都不歇，我是个什么东西，单单让我过年歇两日？"

东瑗看着，忍不住笑："你们的心我还不知道？如今侯爷和夫人还健朗着，家里能有什么大事？我让你们过年歇两日，还有旁的用意……"

罗妈妈和橘红一听还有旁的目的，顿时就不再多言，只是看着东瑗。

"……妈妈和橘红从小在我身边，虽然现在很多事不用你们管着，可你们在我跟前，是最体面的。大年初一初二的休息，也只有夫人身边的康妈妈和二奶奶身边的葛妈妈有这样的机会。我房里的给了你们，就是让人知道，不管将来谁管着我房里的事，我身边的老人永远都是最尊贵的。这样，那些后来的丫鬟就知道规矩。"东瑗慢慢说道。

她把"规矩"二字咬得很重。

罗妈妈和橘红一开始有些不解，而后才渐渐明白东瑗的用意：只怕明年，她不会再重用罗妈妈和橘红，要把她们的位置给其他得力的丫鬟。

橘红对此不会有异议。她早就答应了东瑗，过了年就出去，免得和二庄夫妻失和。

罗妈妈就更加不会。她原本对权势就没什么欲望。她跟在东瑗身边，不过是跟东瑗有缘，两人情意深厚。她本就是淡漠性子，从前在薛家的时候，东瑷屋里的事很简单，又有橘红和橘香帮衬，罗妈妈还算应对得体。

可到了盛家，东瑷成了长房媳妇，将来就是盛昌侯夫人。她房里的事，渐渐多而复杂，罗妈妈时常感觉力不从心。总怕自己不能做好，让盛家的丫鬟们瞧不起东瑷身边的老人，给东瑷丢脸。

现在，东瑷要把身边的人换一换，罗妈妈很赞同。她的女儿秋纹又在大少爷盛乐郝屋里做事，她就没有什么挂念的。落得清闲，时常在东瑷跟前走动，并不管事，才是罗妈妈想要的。

可东瑷却怕委屈了她们。虽然她们彼此明白，可落在旁人眼里，橘红和罗妈妈似乎是过时了。那些逢高踩低的，只怕对罗妈妈和橘红冷眼。

东瑷极力抬举罗妈妈和橘红，无非是替她们造势。这就是她说的"规矩"：她身边的老人，永远是尊贵的。

哪怕是自己身边再有为难事，东瑷也会先想着安排好罗妈妈等人的后路，令罗妈妈和橘红感动不已。

"那行啊。"罗妈妈笑起来，"我家那口子往年总是带着秋纹在庄子上过年。今年难得在京都，我歇两日是最好不过了……"

"橘香还在月子里，大年初一家里人情世故，我婆婆只怕手忙脚乱。我回去帮她一把，来年她也少念叨我几句。"橘红也笑着说道。

两人也用话宽慰东瑷，东瑷心情不由大好。

等这边的一切都忙完，已经到了卯正，东瑷去了盛夫人的元阳阁。

盛修颐并不在元阳阁，他先去了太子府拜年。

盛夫人也早起了，看着东瑷已经换好了衣裳，笑道："这么早就换了衣裳啊？"盛夫人穿着家常的褙子，坐在炕上陪盛昌侯用膳。

东瑷笑着道是。

盛昌侯语气平淡对她道："这里不用你服侍。今日你们都要出门，家里的事先跟管事婆子们吩咐一声，免得到时来客慌了手脚。"

"已经吩咐好了。"东瑷恭敬回道。

盛昌侯手里的筷子微顿，没有再说话。

到了辰初，二爷和二奶奶领着蕙姐儿、乳娘领着芸姐儿，盛乐郝和三爷盛修沐纷纷来给盛昌侯和盛夫人拜年。

盛夫人就打发了众人红包。

而后，乔妈妈抱着诚哥儿，出来给盛昌侯和盛夫人拜年。

诚哥儿已经醒了，滴溜溜转动乌黑的眸子，咿呀不知说什么，表情很欢喜。盛夫人瞧着很高兴，赏了诚哥儿一个最大的荷包。

乔妈妈替诚哥儿收着，只觉得那荷包很是沉手，大约有不少银子。

"我们都要进宫拜年，家里的事都安排好了，你帮衬照看就行了。"快到辰初三刻的时候，盛夫人吩咐二奶奶葛氏道。

二奶奶不需要进宫拜年，所以盛夫人留她在家照应着。

盛昌侯和盛夫人都换了各自的朝服，东瑗搀扶着盛夫人，准备出门的时候，突然外院的管事林久福跑了过来："侯爷，夫人，大奶奶，宫里来了信，今年不用进宫拜年。"

众人都是一愣，不用进宫拜年？

会不会是元昌帝……

东瑗心里第一个浮动这样的念头。

不用进宫拜年的消息，让盛家众人各自心口一跳。

盛昌侯忙让外院总管林久福再去打探到底何事。

而东瑗则搀扶盛夫人回了元阳阁。

既然不用进宫，就不用再穿戴朝服。东瑗和康妈妈上前服侍盛夫人换了家常的褙子，香橼和香薷在一旁帮衬。

盛昌侯则去了外院。

"你先回去换身衣裳吧。"盛夫人轻笑着对东瑗道，"这衣裳穿着不自在，换了衣裳再到娘这里说话。"

东瑗道是，带着丫鬟就回了静摄院。

看到东瑗现在突然归来，罗妈妈和几个服侍的丫鬟们都吓住，忙上前服侍，又问怎么回事。

东瑗就把不用进宫请安的话，告诉了她们。

这些大事，丫鬟婆子们不敢接腔，几个人默默替东瑗卸了头上沉重的头饰，换了家常的折枝海棠对襟袄，外面披了件青灰色缂丝披风，头上戴了两支双蝶花细钿。

忙好之后，东瑗去了盛夫人那里，问宫里是否有消息传来。既然不用去拜年，自然是出了大事。

盛府两位娘娘在宫里，没人敢心存侥幸出事的不是盛家娘娘。

盛夫人强撑着不露焦虑，眉头却不由自主紧紧锁在一起。

"阿瑗，你说宫里到底出了何事？"盛夫人轻声问东瑗。

东瑗不敢猜测。

她摇头："娘，您别担心。世子爷一早就出去了，他应该知晓到底何事。等他回来，不就一清二楚了么？"

盛夫人并没有因为东瑗的话而舒展眉头。她喊过身边的香橼，吩咐她道："你去外院瞧瞧，看看侯爷在忙什么。"

香橼应声而去。

没过多久，香橼折了回来，对盛夫人道："夫人，侯爷出门了……侯爷在外书房换了衣裳，说是去雍宁伯府了。"

盛昌侯和雍宁伯是至交，若是平日，盛夫人根本不会多想。

可如今这形势，好好的不让进宫拜年，分明就是风雨欲来。而盛昌侯居然有心思会友，可见他是去打探消息。

盛夫人不由急起来。不管发生了何事，她都不希望盛昌侯再掺和其中。他好不容易从漩涡中央退下来，如今在家里写写字、作作画，逗弄诚哥儿玩，身子和精神一日日好起来，盛夫人很满足如今的生活。

她不想要从前身居高位却暴躁易怒的盛昌侯。

"去跟林久福说：让人去雍宁伯府，叫侯爷回来，就说我不太好……"盛夫人对香橼道。

这个年代，说不太好，大约就是病得很重的意思。医疗条件极其落后，重病大部分等于判了死刑。盛夫人大年初一这样说话，还是传到雍宁伯府去，这样对盛夫人自己是种诅咒，也让盛昌侯跟着担心。

东瑗就拉了盛夫人的手："娘，您福寿无疆，怎么能在大年初一说这样的话？爹爹听了，心里不是替娘担忧么？爹爹去了雍宁伯府，不过是喝酒、看戏，您何必着急寻他回来？"

盛夫人看了眼东瑗，神色里带了几分坚持："阿瑗，你不懂这中间的事。你爹爹……"

"娘是怕爹爹重新卷入朝堂么？"东瑗笑着打断盛夫人的话。她头一次这样不礼貌打断盛夫人，含笑道，"倘若爹爹真的有这念头，大抵不会去雍宁伯府。虽然雍宁伯府出了太子妃，可雍宁伯在朝中毫无势力……爹爹从前那么多门生，如今还有不少人身居高位，爹爹若是有心再返朝堂，就会去那些门生那里。"

盛夫人仔细思量东瑗的话，也觉得她言之有理。

她不免苦笑，眼底的坚持也松懈几分："你说的在理，是娘考虑不周……"

公卿之家上午要进宫拜年，所以家里上午没有客人来。虽然今年不用进宫，大家却都不知道缘故，也不敢贸然出门，怕突然又有消息传来，让进宫去。到时就慌了手脚。

闲坐着很无聊，诚哥儿也醒了，东瑗问了盛夫人，然后让丫鬟们去把二爷二奶奶、盛乐郝、盛乐芸和盛乐蕙都请来元阳阁，几个人陪着盛夫人说笑。

"祖母，今年我和蕙姐儿能去拜年么？"说着话儿，盛乐芸眨巴着大眼睛问盛夫人，"七婶婶说，她满了十一岁，就可以跟着爹娘出去拜年。"

这话说得很含糊，众人却都听懂了。

女孩子年纪大了，不仅仅会跟着母亲出席宴请，逢年过节也会跟着母亲去亲戚家走动，见见世面，认识通家之好人家的同龄女子，结交闺中密友。

京都最近这些年门风开化，只要是亲近人家，女孩子相互来往并不算失礼。

听到盛乐芸的话，盛乐蕙也眼睛亮亮的，带着渴望望向盛夫人。

这个年纪的女孩子，正是好奇的时候。虽然她们恪守礼节压抑着天性，却也在某个言行间显露一二。

盛夫人听着孩子的话，面上露出几分为难来。她不知道应该如何回答芸姐儿。

蕙姐儿当然可以跟着二奶奶葛氏四处拜年。只要二奶奶愿意带着她。

可东瑗是否愿意带着芸姐儿？在盛家内部而言，盛乐芸是庶女，东瑗又是继室。她原本出席各种场合，顶着郡主的名头做继室的，就很尴尬。再让她带着庶女四处走动，她心里会怎么想？

就算东瑗豁达，旁人又会怎么想东瑗？而东瑗又该如何面对旁人的目光？

除非将来盛修颐承爵，盛乐芸成了盛昌侯的庶女，她的身份才有飞跃式的进步。

而现在呢？她只是盛昌侯世子爷的庶女。也许将来说亲的时候，旁人看着盛修颐前途，想着她至少是未来盛昌侯的亲生女，芸姐儿能得到一门比蕙姐儿更好的亲事。可是不代表此时外人能高看一眼芸姐儿。

公侯之家的小姐多了去了。

芸姐儿的前程，全靠盛修颐的拼搏。他若是将来成了帝师，位高权重，芸姐儿就会水涨船高。

看着孩子眼底的盼望，盛夫人生出几分自责来。

当初家里孩子少，又因为盛修颐"克妻"的名声，子嗣不旺，家中只有四个孙儿孙女，盛夫人疼爱他们，向来不计较嫡庶，甚至为此事不止一次和盛昌侯闹脾气。

可如今盛家不再是盛夫人管家，而是东瑗。盛修颐房里的子嗣问题也渐渐归于正常。

盛修颐房里，去年又添了诚哥儿。盛夫人可以不在乎嫡庶，东瑗却会怎么想？她会不会觉得盛夫人是故意抬高庶女要打压她这个继室？

虽然东瑗和盛夫人现在相处很和睦，但是一旦有人挑拨，又有了这些罅隙在里头，盛夫人不敢保证东瑗不会心生疑惑。

任何人都会有这样的疑惑吧？

况且东瑗生于盛昌侯府，她从小在真正的诗礼簪缨之族长大，她所接受的观念，应该是嫡出、庶出泾渭分明吧？

盛夫人越发觉得当初不应该太过于宠爱芸姐儿。

就像当初钰哥儿的死，难道不是盛夫人太过于宠爱，像嫡子一样养育他，孩子承不住福气而去的么？

情不自禁间猛然想起钰哥儿，盛夫人心口一阵绞痛。

她眉头紧拧，让呼吸尽量平静下来。

盛乐芸见自己问完这么一句话后，祖母突然间这样变脸，顿时就慌了，手足无措看着东瑗。

东瑗笑了笑，替盛夫人回答道："当然可以。芸姐儿和蕙姐儿年纪大了，自然要出去拜年。"

而后,又看了眼盛夫人:"娘,今年我和二弟妹带着芸姐儿和蕙姐儿吧?"

她大约能猜到盛夫人表情变化的缘由来,无非是怕自己为难。

东瑗倒不觉得有什么为难的。

盛乐芸是女孩子,她将来是要嫁出去的,和东瑗没有利益冲突。既然盛家愿意抬高她的身价,将来替她谋个好姻缘,东瑗乐得做个中间引人。

二奶奶疑惑不解地看着东瑗和盛夫人。

她对盛夫人突然变脸很是不解,又对东瑗这般云淡风轻很是迷惘。这两人在打什么哑谜?

不过,要让芸姐儿和蕙姐儿一同去拜年么?

芸姐儿可是姨娘生的,蕙姐儿是嫡妻生的。要是她们俩一起,旁人不会低看蕙姐儿么?

二奶奶心底就生出了对盛乐芸的厌恶:明明是个贱婢生的,偏偏爱在夫人和大奶奶跟前显摆,把自己抬到蕙姐儿一样的地位。

虽然将来分了家,芸姐儿是嫡系,蕙姐儿是旁枝,可能有些不同。现在,却是差远了。

二奶奶知道盛夫人的意思,想着给芸姐儿一个更好的前程。而东瑗没有女儿。就算她有女儿,地位也比芸姐儿高多了,她才不在乎盛夫人怎么抬举芸姐儿!

二奶奶却是不能忍受。她不能叫一个庶女,骑在嫡出的盛乐蕙头上去。

想着,二奶奶看盛乐芸的眼色,就暗藏了几分狠戾。

她想说点什么,又想起自己下定决心和东瑗处理好关系,就把心口的火气压了下去。

而盛夫人回过神来,就听到东瑗说愿意带盛乐芸出去拜年。她瞧了瞧东瑗的脸色,倒不像是装出来的,很真诚,就微微颔首,笑道:"行啊。咱们家芸姐儿和蕙姐儿也该出去见见世面了。"

盛乐芸舒了口气,露出会心的微笑。

蕙姐儿眼底的明亮却转暗,笑容里有了几分涩然。

她虽然不说话,却把大人们的脸色瞧个分明。

盛乐蕙跟盛乐芸还是有些不同。

盛乐芸虽然是世子爷的庶女,可她从小跟盛乐蕙一般教养。世子爷房里多年没有主母,盛乐芸从未受过任何委屈。她活得更加自在。

而二房的盛乐蕙,却是在父母膝下,学会了敏锐的察言观色。二爷和二奶奶就是普通夫妻。他们有恩爱的时候,也有因为柴米油盐而争吵的时候。夫妻俩吵起来,根本不避讳女儿。

特别是二爷一直无子,两人争吵多半因此而起。

爹娘起争执,年纪还小的时候,蕙姐儿一发现苗头不对,就躲在葛妈妈身后;年纪大了,也会想些法子劝诫父母。所以和芸姐儿相比,蕙姐儿更早通人事。

当芸姐儿提出过年要出去拜年的时候,祖母的神色、大伯母的神色和自己母亲的脸色,蕙姐儿全部看在眼里。

她看得出，祖母很是为难；大伯母明显是怕盛乐芸下不来台，故意说得很轻松；自己母亲二奶奶则对芸姐儿的话很反感。

蕙姐儿觉得，这中间有些她不太明白的东西。

瞧着这架势，她是不会再跟芸姐儿出去拜年了。至少她明白，她的母亲是不希望这样的。蕙姐儿不明白原因，却知道应该如何做。

宫里一直没有消息传来，盛昌侯和盛修颐、盛修沐父子也一直未归。二爷早早出门，可能是朋友应酬，也不在府里。虽然盛乐芸的话让盛夫人分神片刻，可想起宫中变故，盛夫人又是神色一凛。

快到晌午，盛夫人留了东瑗和二奶奶等人吃饭。

吃了午饭，二奶奶就带着蕙姐儿回了娘家去拜年。

东瑗则让盛乐芸先回院子。她就算回薛家，也要等盛修颐一起。

盛乐芸乖乖听话回去了。

到了半下午，盛修颐先回来了。

盛夫人忙迎上前去，急忙问他："宫里到底出了什么事，怎么好好不让进宫去拜年？"

盛修颐的眸子里带了几分轻松："娘，太后娘娘薨了！"

东瑗和盛夫人都微愣，才接回来，怎么就……

虽然惊讶，东瑗却是松了口气。她和太后娘娘相处不多，可她知道太后的手段。加上太后娘娘不喜欢东瑗，也不喜欢东瑗的母族韩家。她的逝世，东瑗不觉得有什么遗憾的。

这样反而更好。

"这大年里……"盛夫人心地慈善，感叹道。

"初三准备守孝。"盛修颐对盛夫人道。

盛夫人不再多说什么

没过多久，盛昌侯也回来了。他带来了和盛修颐一样的消息。知道盛夫人已经听说，他不再多言。

东瑗留在元阳阁吃了晚饭，就和盛修颐回了静摄院。

刚刚进了内室，盛修颐从身后拥住了东瑗，凑在她耳边低喃："阿瑗，太后薨了！"语气里有些酒香。

刚刚在元阳阁陪着盛昌侯喝了几杯，却依着他的酒量，绝对没有喝醉。可是他这般行事，分明就在打算装醉行凶。

东瑗忍不住低笑，推他道："即将国丧，你却这样对太后不敬，小心将来成为把柄！"

"难道你会去告发我？"他笑着，搂住东瑗的手就从她的衣底钻了进去。

院子里的事还没有办完，东瑗脑袋一个激灵，忙去推他。

她扭过身子，去捧着盛修颐的脸，笑道："还没有起更，别闹了。"

盛修颐就露出很郁闷的表情。

东瑷看着直笑。

这个新年，再也不能大张旗鼓去拜年。

东瑷准备去问问盛夫人，今日如何安排时，碧秋进来禀告道："大奶奶，陈祥媳妇来给大奶奶拜年……"

陈祥是东瑷的陪房，他和陈禧一起管着东瑷在东大街的铺子，算是大掌柜。每年陈祥管着的五间铺子，要孝敬东瑷两千多两银子，是东瑷可增长的陪嫁里最丰厚的。

他媳妇来拜年，自然不同于其他仆妇，东瑷吩咐碧秋请了她进来。

陈祥媳妇长得微丰又白净，一张圆圆的脸很是讨喜。她笑着给东瑷请安，目光里透出几分精明干练。

"我那当家的说，今年不同往年，不好来烦扰大奶奶。几个陪房的媳妇子都问我，要不要来给大奶奶请安。我想着，还是我觍着老脸，来给大奶奶磕头。大奶奶万福。"陈祥媳妇笑着跪了下去，说着话儿，已经给东瑷磕了三个响头。

东瑷忙叫丫鬟们扶起她，又喊了寻芳拿出一个装了银锞子的荷包赏她。

看这陈祥媳妇，倒是个会说话的。

今年不同往年，大约是听说了宫里出事，知道东瑷这里不方便。

"等会儿再去给夫人磕头，吃了饭再回去吧。"东瑷笑着道，"我这里也忙，就不虚留你。家里有什么为难事，只管告诉我。"

陈祥媳妇笑着道是。

东瑷就喊了碧秋进来，让她陪着陈祥媳妇去元阳阁，给盛夫人拜年。

约莫一炷香的工夫，碧秋又陪同着回来，盛夫人也赏了陈祥媳妇一个荷包。东瑷留她吃饭，她只说时辰还早，家里也忙，就不多留了。

"大奶奶……"准备告辞的时候，陈祥媳妇突然站住了脚步，看了眼满屋子服侍的丫鬟婆子们，欲言又止。

东瑷会意，就让众人都出去。

东次间只剩下东瑷和陈祥媳妇的时候，陈祥媳妇凑近东瑷几步，压低声音道："大奶奶，我那当家的让我给大奶奶捎句话：外头有人说，世子爷在南门胡同，有一处精致的宅子……"

这样谨慎的语气，又是这样小心翼翼，东瑷岂会听不出话外之音？

在南门胡同有处精致的宅子，不就是说盛修颐有处外宅？

东瑷只觉得脑袋嗡了一下。

她见过陈祥。陈祥是祖父和祖母精心挑选给她的陪嫁，是个十分能干的人。倘若不是这事有十分把握，是不会让他媳妇进来给东瑷报信的。

而且，这件事应该很隐秘，只是少数人知道。如果人尽皆知，东瑷也可能知道。陈祥媳妇再来说，东瑷脸上下不去，不会感激陈祥通风报信，反而怪他多事。谁喜欢家里丑事被旁人知道？

陈祥媳妇口中"外头有人说"，只是让东瑷脸上好看点。

东瑷心头微颤。她快速敛了心绪，不露声色，平静望着陈祥媳妇："世子爷有处宅子？这件事，陈祥告诉祖父没有？"

陈祥媳妇对东瑷的态度很惊讶。

怎么可以这样平静？是没有听懂么？

她疑惑看着东瑷，却见她眼波微闪，仍是不见情绪，只得顺着她的话回答道："回大奶奶的话，老侯爷不知道。这件事我那当家的说，只是有人知晓，让大奶奶劝劝世子爷。倘若闹开了，老侯爷和大奶奶都不好看。"

这件事目前还是很隐蔽的。

但是盛修颐如今是太子少师。听说太子很是器重他，树大招风，多少眼睛盯着他。

陈祥在外头做买卖，可能有小道消息，旁人难道没有？时间久了，世上没有不透风的墙，事情闹开了，不仅仅盛修颐要被弹劾，东瑷和她的娘家更会因此而丧失颜面。

在这个年代，大户人家不管多少小妾都不会被人说什么。哪怕是歌姬、舞姬，只要是养在府里，旁人就会认定那是富贵象征。

可养在外头，却是荒淫的标致，会毁了一个人的名声。

士大夫阶级，名声比性命还要重要。

东瑷虽然脸上淡淡的，可手指已经紧紧攥在一起。她半晌没有接话，脸上已经没了一丝笑意。

过了半天，她才开口道："你和陈祥说一声，去年铺子里的账本，都拿进来我瞧瞧。我下午还要去服侍夫人，让他中午之前来。"

这话的意思是：她要亲自见陈祥，而且是越快越好。

陈祥肯让他媳妇来办这件事，足见他对他媳妇的信任，那么陈祥家的，应该是个聪明能干的人。

果然，听了东瑷的话，陈祥媳妇连忙道："是，大奶奶，我这就让陈祥给大奶奶送来。"

东瑷颔首。

过了大约一个时辰，陈祥一脑门汗，气喘吁吁跑了进来。

东瑷就问他消息从何而来。

"早些年认识一个朋友，后来他犯了点事，就去了陕西。因为当初我和他认识，旁人也不知道。如今他突然回京，有次在街上遇着，他看见是我，就半夜来见了我。他说他在南门胡同，和他媳妇给人做管事。"陈祥声音有些低。

那人，就是盛修颐么？从陕西请人回来做管事？

"你那个朋友，是不是在道上混过？"东瑷记得当初盛修颐说起蔷薇的丈夫来福时，就说过这样的话。他似乎认识很多道上的人。

道上的人有很多好处：他们往往隐姓埋名，毫无踪迹可查。"

陈祥听着东瑷的话，微微颔首："是。当初我和他认识，不过是一些见不得光的来往，旁人一概不知。倘若世子爷知道他在京都有交情，大约是不会请他的。所以他让我保证不能跟任何人说。因为他知道我在盛府做陪房，才告诉了我……"

而后，他叹气："九小姐，老侯爷对我有再造之恩。我就算没有义气，也不能瞒着您！这事太凑巧，我也不敢告诉老侯爷。您心里有个数，毕竟您和世子爷是结发夫妻，两人有什么疙瘩也好解开，赶紧把人接到府里来吧。要是闹开了，世子爷要被人弹劾不说，您和老侯爷也会名誉受损……"

他喊东瑷叫九小姐，而不是大奶奶，就是用薛家人的立场来劝东瑷。

倘若丈夫有了外室，传出去固然丈夫名声有损，作为妻子的东瑷，难道不会被冠上悍妇之名？要不是她不贤惠，丈夫怎么在外头养着人？

既然这样，就干脆大方把人接进来！东瑷是正妻，虽然是继室，却有郡主的爵位，接个女人进来，还不是任由她收拾？

把那个女人神不知鬼不觉接进来，才是对东瑷最有利。

这件事就是真的了！

东瑷感觉一瓢冰凉的水从头顶灌下，一直凉到了脚心。她的手微微颤抖了几下。

从陕西来的女人……

当初盛修颐去西北，是不是也有陕西？难道是那个时候的女人？

可怎么找到京都来了？

他在西北快一年，发生了什么事，盛修颐闭口不谈。东瑷从未想过他身边会有女人。

毕竟她觉得盛修颐是去做件很危险的事。

可他去西北，是以西北巡察使的身份。他不可能一去就表明自己要夺人家的兵权。

他只可能是装作仅仅是钦差巡察。

从京都去的钦差，当地官员自然会巴结他。用美女甚至官员千金收买他，也是可能的。

她心里快速转着这些念头，就像是烧了一把火，灼得心口一直在疼。

"暂时不要告诉老侯爷。"东瑷对陈祥道。她的声音很轻，好似没什么力气。

陈祥还想再说什么，见她唇色白了，连忙答应："九小姐，我都明白！您放心，我不会再对任何人提起。只是这件事宜早不宜迟，您要快点和世子爷说。要是……"

"我知道！"东瑷猛然打断他的话，"你去忙吧。"

她这一刻表露出来的，是极其烦躁的情绪。

陈祥突然有些后悔。他觉得告诉大奶奶，大奶奶哭一场、闹一场，跟世子爷摊开了说，把那个女人接进府来，既不让老侯爷生气，也不会让大奶奶和世子爷难堪。

可他瞧着大奶奶这样强忍着不表露出来，顿时就有了几分后悔：大奶奶不会强忍着不说，生出别的事吧？

他还想劝，东瑷已经恢复了平淡神情，眉梢还有一缕淡笑，与平常无异。

陈祥猛然觉得后背一寒。

他退了出去后，东瑷没有喊丫鬟婆子们进来。

她一个人坐在东次间，直到午膳的时候，寻芳和碧秋进来，就看到她似一尊雕塑，面无表情，一动不动。

两个丫鬟吓住了，上前轻声喊她："大奶奶……"

东瑷回神，笑了笑，问怎么了。

"是午膳的时辰……"寻芳道。

东瑷颔首。

而后，她想起什么，突然对寻芳道："最近跟着世子爷出门的是谁？"

寻芳不知东瑷为何突然问这个，却也不敢怠慢，忙回答道："大奶奶，一直都是来安跟着世子爷出门。"

东瑷点头，想了想又对寻芳道："你遣个小丫头去外院看看，今日来安跟着世子爷出门不曾。倘若没去，叫他到我跟前来。"

寻芳道是，忙出去喊了丫鬟，让去外院看看。

而后，她又回了东次间，问东瑷："大奶奶，午膳摆在哪里？"

东瑷随口道："就摆这里吧。"

丫鬟们得令，须臾就将东瑷的午膳用炕几抬了进来。几个人又把西边炕上的炕几换下去，把午膳摆好。

碧秋用巾帕裹着筷子，立在地上，等着服侍东瑷。

东瑷起身，移步过去。看着满桌的佳肴，她毫无食欲，勉强吃了几口，派去外院的小丫鬟回来了，说来安今日没有跟着世子爷出门，就在府里。他听说大奶奶要见他，急忙来了，如今在静摄院外。

东瑷让寻芳去请了进来，自己也放了碗筷，对碧秋道："我早上吃了些糕点，腻在心里，现在没什么口味。你们把这些饭菜抬下去，赏给今日当值的婆子丫鬟们分了吃。"

碧秋想着劝东瑷多吃点，可见东瑷神色异常的凛然，话到嘴边又咽了下去，恭声道是，喊了两个婆子又把炕几抬下去。

来安见到东瑷，笑嘻嘻给她拜年。东瑷照例给了他压岁钱。

"最近都是你跟着世子爷出门？"东瑷看着来安，径直问道。

来安自从听说东瑷要见他，心里就打着鼓儿，一万个警惕提防。从前世子爷不管干什么，都带着来福，那时来安又羡慕又嫉妒。可来福出去后，世子爷不管干什么都带着来安，来安才觉得当初来福忒不容易！

不说别的，光是要替世子爷保密，来安就觉得很累。

当初他还羡慕来福，真真不知好歹。

"是，小的一直跟着世子爷。"来安忐忑回答道。

"既然你总是跟着世子爷，也该劝劝他。每次回家都要绕道南门胡同，多不方便？"东瑷声音里有着温柔的笑意。

来安却是心头大跳。

怎么……怎么随口一句就是南门胡同？不会是大奶奶知道了吧？世子爷可是千叮咛万嘱咐，千万别让任何人知道，甚至连大奶奶都不要告诉。越多人知道，越不安全。

来安眼珠子直转。

东瑷原本还有半缕侥幸，此刻化为乌有。她的心仿佛被刃器割着，缓慢又剧烈的疼。

来安却在狡辩："小的不明白。咱们府里和南门胡同离着又不是同道，世子爷从来不曾过去。大奶奶，您怎么突然问小的这个？"

东瑷笑了笑，声音里带着几分空虚道："你不明白，就问问世子爷，他大约是明白的。出去吧。"

来安额头就有了些许虚汗。

他还准备说点什么，东瑷已经起身进了内室。

来安只得高一脚低一脚出了静摄院。

寒风刮在脸上，他猛然清醒不少。他要最快速度见到世子爷，否则就是他吃不了兜着走。

他也顾不得添件衣裳，从马房里挑了匹马，就从侧门快马加鞭往太子府赶去。

到了太子府，他的脸都被寒风吹得僵化了，一双手一点知觉也无。

太子府门房里的伙计们知道来安是盛修颐的小厮，看到他冒着寒风骑马而来，忙迎了他进去："快烤烤火。什么急事，怎么这样骑马过来？皮都冻破了吧？"

来安嘴巴哆嗦着，往火盘里凑，快要烧到皮肤了，才感觉一点温热："我们……我们家世子爷……还在讲课？"

那人笑道："不在啊。你来得真不巧，盛师傅和太子爷进宫去了。陛下一个时辰之前宣了太子爷和盛师傅呢！"

进宫去了？来安也顾不得客气，急忙冲了出去，翻身上马又往皇宫赶。

那人在身后喊："嘿，你是要冻死么？喝口热茶再走不迟啊，太子爷快回府了……"

尘土飞扬中，来安早没了影子。

那人打了个寒战，骂了声"真他妈的冷"，就回了门房躲着烤火。门房里的几个小厮都在讨论："……看那样子，盛家着火了不成？"

事不关己，他们也是无聊中随口谈论而已。

来安急匆匆去了皇宫，等在东门。他骑马飞奔，身上穿得又单薄，就在东门口不停地蹦跶取暖。

盛修颐陪着太子从宫里出来的时候，远远就看到来安上蹦下蹿的，很是滑稽。

太子爷也瞧见了，看着直笑，问盛修颐："师傅，那是你的小厮吧？怎么在这里等着，不会是有急事吧？"

盛修颐摇摇头。

来安也看到了盛修颐和太子爷，忙快步跑过来，先给太子爷请安。

太子爷笑起来："真不巧，我身上没带红包。大过年的，你给我请安，我要给你压岁钱的。"

太子爷和盛修颐很好，两人之间常有说笑。来安总是跟着盛修颐，太子爷也认识他。

听说太子爷的话，来安忙说不敢。

"下回补个大的给你。"太子爷笑着，就跟盛修颐告辞，转身上了太子府的马车。

盛修颐这才问来安："有什么事，怎么跑到宫门口来等？"

因为冻的，来安一直在发抖，断断续续道："世子爷，小的……小的什么……什么也没说。小的发誓，做梦……做梦都没说过……大奶奶却知道了……世子爷，您要相信……相信小的……"

没头没脑的话，倘若是平日，盛修颐定要笑着骂他胡言乱语。

可他今日却从来安只词片语里听出不同寻常。

什么事让来安做梦都不敢说？就是南门胡同那件事。

东瑗知道了那件事？

盛修颐脸色一紧，呵斥来安："好好说话，什么大奶奶知道了？大奶奶说了什么？"

来安就极力控制自己不哆嗦，把东瑗的话告诉了盛修颐。

盛修颐半晌没有做声。他脸色紧绷着，静静背手而立，似乎在想着什么。寒风透过衣襟，穿得他肌肤生疼，他却毫无知觉般。

来安也不敢再蹦跶，任由手脚冰凉，安静立在盛修颐身后。

好半晌，盛修颐才道："走，去趟南门胡同。"

来安大惊："还……还去啊？爷，大奶奶都知道了。您还是赶紧把人送走吧。大奶奶都知道了，要是旁人再知道，咱们府里就是灭九族的大祸！"

说到最后，他的声音轻不可闻，生怕被人听到。

盛修颐没有理他，上了马车，也拉了来安上来。

马车上，来安坐立不安。忍了又忍，他还是没有忍住，对盛修颐道："世子爷，您要不回去问问大奶奶，到底是从哪里听说？倘若知道了，赶紧想法子！大奶奶在内宅都知道了……世子爷，您……"

他还要往下说，就见盛修颐在阖眼养神，一副云淡风轻的模样。来安焦急不已，一直在搓手。他几次欲开口，却见世子爷表情平和，他就不敢再多说了。

原来只有他一个人在担惊受怕。

马车到了南门胡同，盛修颐在一户院门口下了马车。他带着来安进去之后，又从后门出去。绕过两处小巷，才到一处精致小宅的后门。

盛修颐亲自敲门。

他似乎敲得很有规律。听到他的敲门声，片刻才有人给他们主仆开门。迎盛修颐的，是个四十出头的男人，身强体壮，面目黧黑，从左边眉梢到嘴唇，有一条狰狞的伤疤。

他的整个左脸，就被这伤疤划成两半。

他看到盛修颐后，给盛修颐作揖行礼，又道："您来了？"

盛修颐微微颔首，带着来安进了正堂。

有个十四五岁的女孩子正在正堂的炕上坐着看书，看到盛修颐进来，她连忙起身，扑向盛修颐："盛郎，你好几天没有来看我了！"

来安无奈看了眼这女子。

西北的女人好不知廉耻！要是在中原，这样大的姑娘，大庭广众之下就扑在男人怀里，简直要羞死了。只有妓院、酒肆的女子才会如此吧？

来安很不好意思，就把脸别了过去。

盛修颐眉头轻蹙，把她的手从脖子上掰下来，轻声咳了咳："公主自重！"

被称作公主的女子不悦，嘟哝着嘴巴："怎么了？我和你亲热，怎么不够自重？"

来安就忍不住咳嗽。真够不要脸的，这屋子里又不止她和世子爷，居然公然说出亲热的话！再看这女子，虽然长得很好看，却不及大奶奶的一丁点。

来安终于明白为何每次世子爷来，看到这位公主就蹙眉了！

正说着，内室里传来一声轻咳，一个穿着月白色绫袄的女子从内室走了出来。她对那个缠着盛修颐的女子道："忽兰，不得放肆！盛公子是我们的救命恩人！"

忽兰撇嘴："我们也是他的救命恩人。"而后，她又腻着盛修颐，软声问他，"是不是盛郎？当初你和我姐姐谈情说爱，后来差点害死我姐姐。要不是我姐姐冒险，你也不能功成名就。我们难道不是你的救命恩人？"

来安猛然看向盛修颐和月白色衣裙的女子……

自从这些人从西边逃到河北，托信给世子爷，世子爷亲自去河北接人来，安排在此处，来安就天天跟着世子爷。

他到正屋的时候不多，每次都是在门口望风，快要离开的时候来喊世子爷一声。

还有好几个人，他没有见过。

可这对姐妹花，却是次次都能看到。这位叫忽兰的公主，时常缠着世子爷，暧昧亲昵。可能西北民风豪放，她并不觉得有什么，反而是女子的天真，可来安瞧着她就觉得别扭。

至于忽兰的姐姐，就是眼前这位穿月白色衣裙的女子，她和忽兰容貌有七八分相似。和中原女子不同，她们皮肤不够白，模样也怪异，却很耐看。她们的眼睛都很深，像天上繁星一样亮晶晶的，笑起来很夸张，让人想跟着一起笑。

她们比中原女子多了份天性，也更加耐人寻味。

忽兰的姐姐，来安听到好几次世子爷叫她"也莲"。这位也莲公主沉稳很多，所以来安觉得她更加漂亮些。

听忽兰公主的口气，也莲公主曾经和世子爷"谈情说爱"过？

来安有些头大。

来安只是听世子爷提过，当初他在西北受伤，是中了埋伏，差点死在西北回不来。是也莲公主带着侍卫偷偷越过边境来看贸市，回去的时候发现了他，把他带去了南止国救治，他才活了下来。

所以公主家里遭了变故，父兄被杀，她们姊妹逃到京都来，寻求天国陛下的帮助，出兵助她们复国时，盛修颐听到消息就主动联系她们，想提供一些帮助。

可一路上，她们不时遭到暗杀。

盛修颐只得帮她们进了京都。刚刚到了京都，就听说新的可汗派了使者来，请求做天朝的附属国，每年上贡大量的牛马羊和矿藏。

这件事让朝廷的大员们争吵起来。

有人不同意：毕竟新的可汗是杀了他的哥哥一家人，才坐上了汗位。这样的人未达目的不择手段，是匹豺狼，不足为信。他现在不过是怕天朝借口出兵攻打他们，才出此下策，向天朝示弱。

等他的汗位安稳下来，他承诺的东西可能全部作废。

西北民风未化，他们只有利益，根本不懂守信。

有人则同意：先前的南止国可汗很嚣张霸道。每到灾荒之年，他们就会放纵士兵抢掠边境百姓，杀戮无数。现在南止国愿意求和，天朝应该接受。至于谁是他们的可汗，跟天朝无关。他们内部斗得你死我活，国力衰败，天朝边境也安稳。

因为陛下身体不好，这件事一直悬而未决。

盛修颐也就不敢把也莲和忽兰姊妹交给朝廷。

倘若朝廷接受了新可汗的使者，那么必定会把也莲和忽兰交给新可汗带回去。

这对姊妹就是死路一条。

到时盛修颐没有功劳，甚至这件事将来可能成为他通敌叛国的把柄，被政客攻击！

所以他才谨慎把也莲和忽兰姊妹一直留到现在。

原本很隐秘的，怎么突然就传出了消息？

来安也觉得很奇怪。世子爷说过的，这个院子里的人都是死士，他们绝对忠心耿耿，不会出卖两位公主。

他正想着，就听到世子爷道："的确，也莲公主是我的救命恩人。但是这次过后，我们就两清了，以后请忽兰公主不要再提前话。"

语气里透出十分的冷漠和难以遏制的烦躁。

也莲淡淡一笑，唇角却有几分涩然。

忽兰嘟嘴："盛郎，你真没良心！我和我姐姐总想着你，你却这样不准我提起前事！

要不是我们草原上没有你这样武艺好又英俊的男儿,我和姐姐才不会想你。娶了两位公主,你就是草原上最尊贵的人,你居然……"

"忽兰……"也莲公主瞧着盛修颐脸色越来越差,忙拉了忽兰公主。

忽兰没什么心机,想说什么就是什么。她们姊妹喜欢盛修颐,两人想过都嫁给盛修颐,这原本就不是什么秘密。

当然,盛修颐家里有妻子,不愿意跟她们去西北,这是他明确暗示过的。

他的妻子不仅仅是他的责任,也是他心爱的女子,他不会离开他的妻子,更是他公然说过数次的。

也莲也爱盛修颐。他瞧着没有草原男儿壮实,却是一身好武艺,虽然摔跤不及草原勇士,可他骑马射箭,连也莲的大哥也夸赞,说他英勇过人,是个难得的草原猛士。

可也莲不会像忽兰这样,口无遮拦说出来。

她只比忽兰大一岁,却比忽兰多些许心机。

特别是父汗和大哥被叔叔杀害,她和其他几位哥哥失散,带着几名仆人和忽兰一路逃亡,更加令她成熟。

"盛郎,忽兰年幼,你们中原人说童言无忌。你莫要怪她。"也莲转头对盛修颐道,"今日前来,可是有了新的消息?"

"内室说话吧。"盛修颐也并没有太过于纠结忽兰的言辞,转脸就跟也莲说起正事来。

两人进了内室,忽兰就被拦在门外。她看着姐姐和盛修颐的背影,露出恼怒的神色。她不喜欢姐姐这样,借着说正事的机会和盛郎亲近。

忽兰不似也莲那般心机。她仍是小孩子心性。汗国没有被叔叔窃取的时候,她和也莲都是父汗最心爱的妃子诞下的女儿。她们自幼长得美丽,比哥哥们更加受宠。

忽兰的心比雪山的雪还要纯洁。她看上了也莲姐姐带回来的男子,也跟父汗说过。父汗哈哈大笑,说她们可以选择自己的佳婿。

只是身边服侍的仆人曾经提过,汗国的公主都是用来拉拢大将或者下嫁给部落首领,让他们对汗国忠心耿耿,不可能随便嫁人。

忽兰从来不信。

父汗亲口说过,她可以和也莲姐姐一起,嫁给盛郎。当然,前提是必须把盛郎留在汗国。

所以盛郎不同意留在草原,非要回去的时候,忽兰哭着要跟着一起去,被父汗和大哥关了起来。她想了很久,大约明白:她舍不得盛郎,父汗那么爱她,也舍不得她离开。

她总以为盛郎会回来娶她和也莲姐姐。

草原上每个男人都想娶她们姐妹啊。

况且盛郎可以一下子娶了两个。

可是盛郎再无归期。

想着,忽兰看到立在一旁的小厮来安,就冲他招手:"你是盛郎的那可尔?"

在草原话里，那可尔就是贴身侍从的意思。

来安听不懂，垂首道："小的不明白……"

忽兰也不知道中原人对"那可尔"的特定称呼是什么，她歪着脑袋想了半晌，仍是不明白，索性跳了过去，问来安："盛郎的妻子，她很美丽吗？"

来安很头疼。他真是头一次见到像忽兰公主这样的女子，明知世子爷家有贤妻，且不爱她，她却非要缠着世子爷。

口口声声叫盛郎，令来安极其反感。

他更加喜欢笑容温柔的大奶奶薛氏。

如此一想，来安顿时起了恶作剧心思。他清了清嗓子，回答忽兰公主："我们家大奶奶，她很美丽。她是第一美人，世上没有任何人比她好看。"

忽兰顿时就不满意。

在汗国，旁人只会说她和也莲姐姐是美人！

"有我好看吗？"她骄傲道。

"比公主好看。"来安也骄傲道。

忽兰就气得瞪圆了眼睛。

她还要多问，也莲和盛修颐已经从内室出来。忽兰的注意力也转移到盛修颐身上，虽然盛修颐还是对她冷淡，不多看她一眼。

"这半个月不用担心。太后娘娘薨了，半个月不用上朝，新可汗的使者也见不到陛下。"临走的时候，盛修颐又安慰也莲公主。

也莲微微颔首。

"盛郎，你明日还来吗？"忽兰公主追上去问。

盛修颐头也不回走了。

气得忽兰眼泪汪汪。

也莲安慰她："如今盛郎帮我们办大事，你莫要缠着他……"

忽兰很想反驳，可看着也莲眼底的温柔，话又咽了下去。转而想起什么，她问也莲："阿姐，你知道吗，盛郎的妻子是中原第一的美人……"

也莲苦笑。

她怎么不知道。

忽兰看她的表情，就知道她早已知道，不由叹气："阿姐，我想见见她。阿姐，我们俩长得又不是丑，和她共一个丈夫，她应该高兴才是。再说我们是公主，和她共一个丈夫，是她的荣幸才对。我要见见她，让她劝劝盛郎……"

也莲摸了摸她的头："忽兰，别闹，咱们现在都不是公主了。只有让那个该死的人从汗位上滚下去，把汗位让给二哥，咱们才能恢复黄金家族公主的荣耀！"

忽兰愣了愣，最终轻轻颔首。

等忽兰进去房间，也莲喊了那个满脸刀疤的人进来说话："让你办的事，如何了？"

"已经办妥了公主！那个人是薛氏的陪房，他对薛氏忠心耿耿，自然会把我的话说给薛氏听。"那人回答道，"公主放心，中原女子最重名声，她们不会容忍丈夫在外养室。她定会将公主接进盛府……"

也莲淡淡舒了口气。虽然行事不够磊落，却也是无奈之举。她不能让盛郎这样置身事外。倘若成功了，她回到汗国时，需要盛郎跟她一起。

这一年来，她努力让自己忘了盛郎，却只会给她带来无尽的痛苦。

来安出去后，东瑷又喊了寻芳，让她派个婆子偷偷去马房看着。

果然，来安从静摄院出去，就去给盛修颐报信。

东瑷从最开始的惊愕失措，到后来的心酸，乃至现在的怀疑。这期间，她想了很多事：嫁到盛府不足两年，盛修颐处处维护体贴。自从东瑷进门，盛修颐无可挑剔。

他用心爱护着东瑷。

况且盛修颐的性子向来谨慎，他倘若真的有个喜欢的女子，又知道东瑷容不得小妾，必然不会接到京都。

在盛家内宅久了，没有了太多的尔虞我诈和担惊受怕，东瑷的敏锐也被时间和安逸消磨。

坐着，只会令她更加头疼。东瑷想了想，起身去了盛夫人那里。

"上午应该去给祖母拜年的。只是世子爷说要去太子府，我也一直等到现在。娘，我还是想着今日去看看祖母……"东瑷跟盛夫人说着，语气里有几分苍白无力。

亦如她飘忽的心情。

盛夫人瞧着她脸色不太好，想问可是有事，可又见东瑷垂首，极力强撑着，只怕是不想让盛夫人知道。

这些日子的相处，盛夫人觉得东瑷办事很稳妥。她哪怕有了难处，也能处理好。见她不想说，就装作没有看见，笑道："去吧去吧。多带几个丫鬟婆子跟着，别回来太晚。"

冬日的夜来得特别早，宵禁也提前了半个时辰。

东瑷道是。

她回到静摄院，换了身银红色缂丝绣牡丹纹交领长袄，又换了藕荷色足踏流云纹福裙，耳朵里坠了细长的红宝石耳坠子，绾了飞燕髻，斜插两把莲花玳瑁梳篦，整个人明艳美丽。

唇色有些白，东瑷用玉簪挑了少许胭脂抹了。

她装扮好之后，嘱咐家里的婆子丫鬟们看好庭院，又吩咐寻芳好好照看家中之事，只带着碧秋和两个婆子、两个小丫鬟，去了镇显侯府。

东瑷到的时候，老夫人身边正好有定远侯姚夫人和四姐薛东婷在说话。

四姐还带着她四岁的儿子给老夫人拜年。

看到东瑷来，定远侯府家的妯娌们纷纷起身给她行礼。四姐薛东婷就笑道："往日总是九妹最早，今日反而落后了。我们都要回去，你才来……"

东瑷笑笑："我不比四姐。姚夫人疼四姐，家里万事不用四姐沾手。我也是家里琐事忙得不能脱身……"

东瑷话音未落，姚夫人呵呵笑起来，对老夫人道："哎哟，诉苦来了不是？"转脸对东瑷笑道："回头我把这话学给你婆婆听，做媳妇的背后抱怨起婆婆来。好似你婆婆刻薄你，样样要你操持……"

东瑷也笑："姚夫人冤枉我了。我一则是说您疼爱我四姐，好叫祖母放心。您不知道，我祖母生怕人亏待了她的孙女呢。二则，我这不是炫耀炫耀自己管家么。您瞧，非要揭穿我……"

满屋子哄堂大笑，老夫人笑眯眯就冲她招手。

东瑷上前几步，就像孩子一样被老夫人揽在怀里："我们家小九小心思多着呢，你们装作听不懂就是，非要揭穿她，都是坏了良心的。"

惹得大家又是笑。

闹了一阵，姚夫人等人也要起身告辞。

镇显侯世子夫人蔡氏就亲自送了她们出门。

等荣德阁只剩下东瑷和老夫人的时候，老夫人轻声问她："怎么还是自己来了，天和呢？"

东瑷眉头不由又是一紧。

老夫人便知道自己猜对了。果然是小两口有了别扭。

只是不知到底何事，让东瑷回娘家都带着忧愁。

"他去了太子府，可能是太子爷那边有事，尚未回来……"东瑷漫不经心解释着。她沉默一瞬，问老夫人，"祖母，我问您一件事：您和祖父感情几十年如一日，您了解祖父么？"

这话问得很突兀。

老夫人却暗笑，果然是夫妻间有了些罅隙。

"我和你祖父是青梅竹马的交情。他还是个娃娃的时候，我就认识他。三岁看到老，他长大了有些性格旁人看不出来，我却是一清二楚。把他都摸透了，岂有了解一说的？"老夫人笑起来，很有闲情逸致和东瑷说起往事。

东瑷不由目露艳羡。

片刻，她又问："您……您相信祖父么？倘若旁人说祖父做了坏事，您是相信旁人的证据确凿，还是相信祖父？"

老夫人就完全明白了。

大约是盛修颐在外头做了什么，让东瑷知道了，有了误会。

老夫人叹了口气。她没有回答东瑷的问题，而是看着她："瑷姐儿，祖母也跟你说件事：你知道当初天和从西北回来，陛下跟他说了什么吗？"

东瑷一愣。当初盛修颐回来的时候，她正好在生诚哥儿，整个人累得虚脱。当时觉得奇怪，盛修颐没有直接回静摄院，而是去了盛夫人的元阳阁。

不过，后来他回来，跟从前一样，没有什么不同，东瑷就没有深想那日是不是发生了什么。

猛然听祖母一提，她才回神，问道："说了什么？"

老夫人就把元昌帝口中的明珠遗海等语、盛昌侯要把东瑷和诚哥儿送走、而后又闹出民间四皇子进宫等，全部告诉了东瑷。

东瑷并不是一个愚笨之人。

这中间发生了什么，老夫人虽然没有明说，她却是一清二楚。比起陈祥告诉她盛修颐外室的事，这件事才是令她如五雷轰顶般，傻傻愣住。

原来，她生诚哥儿的时候，发生了那么可怕的事！

倘若盛修颐相信了，或者相信了几分，任由盛昌侯处理了东瑷母子，如今她和诚哥儿会是怎样的命运？

至少，诚哥儿不能养在她身边。

她不由打了两个寒战。

老夫人的话又响起在耳边："……瑷姐儿，天和非平常人。他敬你，相信你，肯为了你冒那么大的风险，你就应该明白：你是不是能够相信他。瑷姐儿，这个世间，能有个人为你做到如斯，你是个幸运的人。祖母也很安心，当初让你给天和做了继室，这才是你这辈子最大的福气……"

两行清泪不由从东瑷脸颊滑过，带着温热。

这一席话，让她明白该如何去做了。

回去的路上，东瑷的胸腔似沸水滚滚，翻江倒海地闹腾着。

她从来不知道生活里曾经发生过这样的事。

到了盛府的时候，她的脸色更加不好。盛夫人瞧着，再也忍不住问她："阿瑷，你可是有什么事？"

"没事，没事！"东瑷忙笑着，语气也轻松起来，"可能是路上颠簸的，心口闷得慌。我歇会儿就没事。"

盛夫人见她还是不肯说，就真的担心起来。

难道是什么大事？

可又不能强迫东瑷说点什么，她只得叹口气："你这孩子，身子骨越来越不好，一点颠簸都经不起。快回去歇了吧。"

东瑷笑笑道是。

这一天，她觉得特别漫长。

到了晚夕，盛修颐回来得特别晚。内院都落锁了，他只是吩咐来安告诉门上的婆子一声，就歇在外书房。

东瑗早就吩咐婆子们给盛修颐留门，听到来安的话，她愣了愣。

罗妈妈和橘红没有回来，蔷薇又不在身边，东瑗真正亲近的人一个都没有。寻芳和碧秋、夭桃几人虽然新近得势，却没有罗妈妈等人跟东瑗的感情深厚，她们不敢妄自上前劝慰东瑗，于是都不说话。

静摄院一时静悄悄的。

碧秋见东瑗独坐，就问她要不要散发洗漱。

东瑗看着镜中的自己，眼神飘忽，唇色苍白，有种怨妇的暮气，顿时就烦躁起来。她吩咐寻芳和碧秋："叫婆子们提了角灯，咱们去外院接世子爷！"

明知角门上有人等，世子爷还要歇在外院，这表明他今日不想回来。

虽然不知道原因，寻芳几个却觉得东瑗这样不饶人般闯过去找世子爷极为不妥。

几个人想劝。可她们到底是丫鬟，不是大奶奶身边的老妈妈，轮不到她们来说世子爷和大奶奶的话，所以一个个忍着了，顺着东瑗去了外院。

知道盛修颐歇在外书房，盛乐郝正好有点学问上的事跟爹爹说，就抱了几本书跑过来求教。

父子俩在内室说得正起劲，就听到外面来安惊愕的声音："大奶奶……您……"

盛乐郝看向父亲，目光里带了几分询问。当他看到父亲唇角微翘，有着几分愉悦时，盛乐郝又收回了目光。

他起身，笑道："爹爹，母亲大约是有事，孩儿先回去了……"

盛修颐没有挽留，嘱咐道："早些歇息，你还有两年多的功夫念书，不用太累着。"

盛乐郝笑着道是。

他仍是觉得苦涩。跟他同样身份的朋友，他也结识了几个。同样公侯之家的嫡长子，绝对不会像他这样努力念书的。这等身份下，只有庶子才会想着通过科考来寻找出路。

偏偏他却不同。

虽然父亲一再保证，将来家业会传给自己，可盛乐郝仍是不放心。

父亲能做主么？祖父对他那么讨厌，又特别喜欢诚哥儿……

虽然大家知道他母族被诛，同样也知道盛修颐特别看重他这个儿子，所以当着他的面，无人敢轻瞧他。至于背后如何议论他，盛乐郝并不想知道。他从小就没觉得自己比庶子多点什么。

在祖父面前，他还不如贵妾所生的盛乐钰。

郝哥儿并不恨盛乐钰，哪怕盛乐钰活着的时候得到那么多宠爱。他也不嫉妒盛乐钰的宠爱。这些是大人们给孩子的，盛乐钰也跟自己一样无辜。倘若他迁怒盛乐钰，那么他和自己憎恨的祖父又有什么区别？

这是主要原因，盛乐郝总觉得他是被盛昌侯迁怒的，所以他绝对不会变成自己憎恨的人一样。

其实还有一个原因令他不嫉妒不憎恨钰哥儿：盛昌侯最是看重规矩，就算盛乐钰将来再出色，他永远没有机会继承祖业。因为他只是个庶子。

这一点，盛乐郝很放心。

跟一个没有利益冲突的弟弟去争，盛乐郝会看不起自己。他的父亲满腹才华，韬光养晦到三十岁。他最佩服的就是父亲的那份谋略与忍耐，对世间万物心怀感激，懂得取舍。他很想像父亲一样，而不是像祖父一样。

将来他通过科考换取的不是高官厚禄，而是一份可以像父亲一样忍耐的资本。

只是天有不测风云。

倘若薛氏进门生下的是一个女儿，盛乐郝会觉得更好。

也许他所面临的压力要小很多。

不管祖父愿意不愿意，他都是父亲唯一的儿子，嫡子。可诚哥儿出世了，父亲的儿子有两个，这让盛乐郝对前途颇感危机。

心思盘旋着，盛乐郝已经起身告辞，他要出门，就和薛氏擦肩而过。

薛氏笑着和他打招呼："郝哥儿在爹爹这里？"

盛乐郝道是："孩儿睡得晚了些，听说爹爹才回来，过来给爹爹请安。"

东瑷没有多问，笑着让他过去。

盛乐郝却停住了脚步，问道："母亲，好久没见到诚哥儿了，他最近还好么？"

自从诚哥儿被盛昌侯霸占，盛乐郝几乎没怎么见过诚哥儿。听到他问起，东瑷笑道："他又长胖了些，如今会说几个字了。明日郝哥儿去看看他吧。"

盛乐郝道："明日母亲和爹爹、祖父祖母都要去替太后娘娘哭孝，诚哥儿是乔妈妈带着吧？孩儿没事，去陪诚哥儿玩成吗？"

虽然东瑷他们明日一整日不在家，可罗妈妈和橘红明日一早就要回来了，东瑷倒是不担心诚哥儿。

可盛乐郝的好意，她又不忍心拂了。

她若是拒绝了郝哥儿，只怕郝哥儿以为自己戒备他，害怕他害诚哥儿。这样，不仅仅伤害了孩子的自尊心，也毁了他和继母之间难得维持的信任。

东瑷说好："明日我叫人把诚哥儿接回桢园，郝哥儿念书累了，就去陪诚哥儿玩。"

盛乐郝这才心满意足走了。

盛修颐一直站在旁边，含笑看着东瑷和盛乐郝说话。

他喜欢东瑷和孩子们的相处方式：他们都很顺其自然，没有任何一方刻意去巴结。

他既想孩子们和东瑷相处愉悦，又不想他们任何一方去委曲求全。

盛乐郝出去之后，东瑷的脸就落了下来。

"天和，我不喜欢你如此行事……"片刻，东瑷道。

盛修颐苦笑。看来她是要说也莲和忽兰两位公主的事。

不是盛修颐不想告诉东瑷，他只是想把问题用最保密的方式解决。毕竟和他国公主有过接触，将来会成为他政治路途上的一条荆棘。

倘若陛下信任他，什么事也没有。等到陛下不信任的时候，这可能就是政敌栽赃他通敌叛国的最可怕证据。盛修颐凡事都会做最坏的打算。

陛下的不信任，就会有各种莫须有的罪名出来。

他想了想，对东瑷道："既然你出来了，还是回院子再说吧。"

说罢，他就要起身。

东瑷伸手，拉住了他的袖子。

盛修颐微愣。他还记得当初秦奕有事，叫他去帮忙，东瑷也是这样拉住他，令他心头酥软。

他看着她，只见她眼波里没有怀疑的气愤，而是闪烁着璀璨泪珠。盛修颐转身，她就顺势扑在他怀里，像个孩子般哽咽道："陛下的事……四皇子的事，我都知道……天和，你承受了太多……我不喜欢你这样。我应该和你一起承担，却傻傻地蒙在鼓里，什么都不能替你做……如今，你又这样……"

盛修颐只觉得胸膛被什么击中，汩汩流淌着暖热的感动。

他伸手搂了她，轻轻抚摸着她的后背，安慰着她："没事。"

东瑷却哭起来。

她心里对往事不是没有过假设。

试想，如果一个女人抱着一个孩子过来，对她说那是盛修颐的孩子，而且那个女人曾经还和盛修颐有过解释不清的纠缠，东瑷会怎么想？特别是在那个没法验证父子关系的年代。

她肯定会怀疑，甚至会向盛修颐求证。

男人对这种事，更加难以忍耐。

可是盛修颐全部一个人承受下来，他还真的弄了个皇子来堵住元昌帝的嘴。东瑷知道，事情处理起来，定是各方的压力和算计。

那时她在月子里，盛修颐连个怀疑的冷脸都没有给过她……

而她不过是听了旁人几句闲话，居然就怀疑盛修颐真的有个外室。

东瑷为自己感到羞愧。

在这场婚姻里，她付出的远远不及盛修颐付出的多。

想着，眼泪就似断了线的珠子，簌簌滚落，再也难以停下来。

东瑷趴在盛修颐怀里，哭得像个孩子般。

盛修颐却笑起来，轻轻搂着她，直说没事，心却是甜的。

东瑷虽然有时候什么都不问，大是大非面前却分得很清，这让盛修颐觉得自己的付出没有白费。

"还哭？"他在东瑷耳边柔声道，"不回内院了吗？再不回去，明日定有闲话的……"

东瑷这才微微止了哭，从他怀里离开。

"果然，只怕闲话！"盛修颐大笑着，猛地将她抱了起来，将书案上的东西全部拂在地上，顺势将东瑷压在书案上。

东瑷都来不及惊呼，唇就被他封住了。

从后世而来，东瑷并非土生土长在这个时代，很多规矩在她面前都很陌生，她就像是个乡下土包子进城一样。

东瑷丝毫不敢小瞧古人，反而，她更加用心去融入这个社会。

她比这个时代的女人还要看重规矩。因为她不是从小熏陶的，她的思想里还有另外一套社会体系在和她作斗争，她只得时时小心。

所以盛修颐时常说她"怕闲话"。

她的确是怕闲话！好像一个外来者，哪怕学会了再多，总担心还有什么隐性规则自己没有学到的，到时候叫旁人轻瞧。

倒不是真的没有学到，而是一种心理暗示。

她不喜欢别人看她的笑话。

东瑷想着，就被盛修颐压在案几上。冰凉的书案虽然已经空无一物，却又硬又冷，膈着东瑷的后背。

盛修颐却根本不顾，俯身压着她，吻着她的唇。

书房里点了炉火，丝丝暖意涌动，斗室温暖如春。

第二十五章　喜胎再结

而后，盛修颐是把东瑷抱回内院的。她整个人累得根本走不动，依偎在盛修颐怀里居然睡着了。

到了内院她才醒，丫鬟们忙去准备好水。

东瑷洗澡的时候，发现下体有些许暗红涌出来。

她吓了一跳，便记起刚才欢愉时的疼来，心口不由一紧。可想着房事有少许落红也算正常，东瑷便没有多想。

次日早起的时候，发现内衣里还是有些落红，她就有了几分担心。

不过今日要去宫里哭孝，她也不敢说什么。和盛修颐吃了早饭，两人就去盛夫人的元阳阁。

路上，东瑷问盛修颐："……今日抽空去趟南门胡同，总觉得那个给陈祥报信的人有鬼。"

盛修颐点头："我心中有数。"

昨夜他把也莲和忽兰两位公主的事告诉东瑷，东瑷没有怀疑，让盛修颐有种被信任被尊重的感动。他就趁机也说了更多：也莲公主曾经救过他的命，还让她哥哥派了三千骑兵给盛修颐，盛修颐的西北之行才会如此顺利。

也莲公主和忽兰公主爱慕他，他也知道，并不隐瞒告诉东瑗。

他之所以救不避嫌，主要是他欠了也莲公主的救命之恩，让他不能不报。

东瑗想说那个也莲公主可能有问题，可又想：盛修颐在元昌帝诬陷诚哥儿是皇子时都能那么镇定，报信人那点小把戏自己都能看出来，盛修颐怎么可能不知道？

他不告诉自己，大约又是怕自己跟着担心。

所以话到嘴边，东瑗又咽了下去。

盛修颐跟盛昌侯一样的大男子主义，喜欢替女人挡住一切的风雨，一时间估计改不过来。既然他不想东瑗跟着担心，东瑗就当自己不知道。

其实盛夫人也不是个愚笨的人，她能做到无欲无求，装傻充愣，不是在回应盛昌侯的维护吗？

盛夫人能如此，东瑗也想如此。

到了元阳阁，盛昌侯和盛夫人已经穿戴整齐，三爷盛修沐也在。几个人见了礼，盛昌侯说时辰不早了，便去了宫门口。

比起前年给先皇后娘娘哭丧，今日的天气算是很好的。

虽然冷，日头照在身上，仍有片刻的暖意。东瑗却觉得身子很重。

她感觉下体有些疼。

想着可能是昨晚太过于激烈的缘故，她就强忍着。

哭丧的时候，看到了薛家的众人。大夫人和世子夫人蔡氏扶着老夫人，其他人则跟在她们身后。

东瑗抽空上前给老夫人和大夫人等人请安。

哭丧结束后，老夫人等人被旁人围住了，东瑗想道别却挤不上前。而后皇后娘娘又宣了懿旨让薛家众人进宫，东瑗就没有跟老夫人告辞。

坐在回盛府的马车上，她总觉得自己不太对劲。

盛夫人却在跟她低语："……自从太后娘娘回来，气色很好。听说太后娘娘出去静养这些日子，病早就好了。雍宁伯夫人每日去给太后娘娘请安，都做了太后娘娘最喜欢的腊梅酥饼……太后娘娘身子一日日不好，雍宁伯府的厨房就叫大理寺的人封了……"

东瑗回神，大惊。难道怀疑雍宁伯夫人给太后娘娘下毒？

"这……娘，您听谁说的？"东瑗一直跟着盛夫人，只是中间盛夫人跟着观文殿大学士府上的柴夫人说了会话。

果然，盛夫人声音更低："柴夫人告诉我的……"

这个柴夫人，嘴巴倒是挺长的啊，这种话也敢说。

"只有咱们不知道，很多人家都听说了。太子妃哭得跟泪人似的……"盛夫人看出了东瑷的心思，知道她在心里骂柴夫人嘴巴长，就提醒她：不是旁人嘴巴长，只是外面的是是非非，叫家里的男人们挡住了，她们娘俩不知道而已。

东瑷就更加惊愕。

石火电光间，她猛然想起当初皇后娘娘非要薛氏女做太子妃的时候，老夫人说过的一句话：有些事，薛家不能去办。

那会是什么事？

就是谋杀太后之事么？

这件事，应该就是元昌帝等人首肯的吧？

可怎么又泄露了？

东瑷终于明白：她的祖父，是黄雀在后啊！当初祖母就说过，她和祖父也想瑞姐儿做太子妃，只是还有事没有解决，时机未到。

雍宁伯府被太子妃的位置砸昏了，才肯接受元昌帝的意思，去谋害太后。

只怕，他们府上和太子妃都不保了。

最后，大家争来争去的太子妃之位，只怕还要落在薛家。

历经三朝的祖父啊，他果然是个厉害角色。

盛夫人却没有东瑷想得那么多。她只是意外，雍宁伯府为什么会谋害太后。她根本就没有怀疑过：为何谋害了太后，事情还会泄露出来？

敢谋害太后，就是受了陛下的首肯的。

既然陛下同意，怎么可能还会被查出来？这中间的弯弯曲曲，只怕陛下也做不到主了。

东瑷没有觉得祖父卑鄙，也不觉得雍宁伯府可怜。

政治从来就是肮脏至极的。

太后娘娘当初被送出宫静养，是陛下的孝心。

可接回来和死在外面，却是两种截然不同的影响。

太后娘娘死在外面，旁人会猜疑，当初为何送出去？就会有陛下不孝的闲言闲语；太后娘娘病愈归来，当初陛下的确是为了太后娘娘的身子考虑，会为陛下的孝道增彩。只是太后娘娘回宫就病故，那么定是太后和宫里风水不合。

陛下摘得干干净净。

所以，东瑷觉得元昌帝是绝对不希望闹出"有人毒害太后"这样的传言。尽管这事很有可能是真的。

雍宁伯府之所以落马，只有两个原因：其一，有一个可以拿捏得住陛下和太子爷的人，希望雍宁伯府出事，从而坐收渔利。那个人，当朝只有镇显侯爷一人；其二，就是偶然凑巧被发现。

东瑷觉得前者的可能性更大。

陛下排兵布阵，既不想太后死在他后头，给他的儿子和妻子添堵，又怕背上弑母的千古骂名，就对雍宁伯府许以重利，让雍宁伯府替他下手。

可他把薛老侯爷想得太过于清廉。

薛家会维护陛下的皇位，同样会维护薛家的权势。

将来新主登基，未来皇后的娘家可能成为新的宠臣。薛老侯爷大约也不想再有一人来成为薛家的对手。

既然如此，索性两朝皇后都出于薛家。

这是薛家一族的私心，也是老侯爷的私心。

"娘，外头是不是都传开了？"东瑗问。柴夫人敢在太后娘娘的丧礼上说太子妃娘家的闲话，这件事大约是不怎么忌讳了。

盛京上下大约是传得沸沸扬扬的。

盛夫人颔首："可不是？前日才事发的，昨日雍宁伯就被大理寺的人带走了……今日哭丧，你瞧见雍宁伯府的人没有？大家都在说这件事呢。"

中途休息的时候，东瑗去薛家老夫人跟前请安了，没有参与大家的八卦。

盛夫人没有去，她就混在各位诰命夫人之间，把这些事听个够。

"还说了些什么？"东瑗问。她是想听听，有没有关于薛家的。

盛夫人摇头："没有了。大家都说雍宁伯府是冤枉的，他们是太后娘娘的娘家，太后薨了，最倒霉的就是他们家。他们怎么会去谋害太后？你说是不是？我也觉得雍宁伯府冤枉得很……"

这样的猜测也不是没有道理。

撇开血腥的政治，这样的猜测很合常理，东瑗就忙点头："娘说得对，雍宁伯府昏了头才去谋害太后。事情只怕有蹊跷。您想想，他们府里出了太子妃，多少人眼红？要是他们府里遭了难，太子妃在太子府里还有什么地位？多少人巴不得他们府上出事呢，栽赃陷害也是可能的……"

盛夫人恍然大悟："可不是这话？必定是那些眼红的人家陷害的。"而后回看了东瑗一眼，感叹道，"阿瑗，还是你想得深远，一下子就点了出来。要不是你说，娘都被绕糊涂了。"

东瑗苦笑，哪里是她想得深远？是娘您想得太简单了。

到了府里，盛昌侯把盛修颐兄弟俩叫去了外书房，只有东瑗陪着盛夫人回了元阳阁。

盛夫人小声跟东瑗说："肯定是在说雍宁伯府的事……"

她是指盛昌侯把盛修颐和盛修沐叫去外书房说话，是在和他们兄弟讨论雍宁伯府的事。

"爹爹和雍宁伯是至交嘛。"东瑗道。

盛夫人叹气。她想劝盛昌侯别再管朝廷的事，可雍宁伯和盛昌侯交情匪浅，让他不要去管，显得人情冷漠，盛昌侯大约做不出来，盛夫人也就不好再管了。

东瑗在盛夫人处歇了歇，丫鬟香橼来告诉她们，乳娘把诚哥儿又抱回了元阳阁。

今日早晨，东瑗是吩咐乳娘把诚哥儿抱去桢园的。

乳娘乔妈妈跟东瑗解释："诚哥儿一直哭，非要往夫人这里来……奴婢没了法子，抱着哥儿回来，哥儿立马就不哭了。"

东瑗失笑。

盛夫人却是又惊讶又欣喜："哎哟，我们诚哥儿还离不得这里。以后就不要回桢园了……"

东瑗听着，不由冒汗：不回桢园，难道要留在元阳阁教养吗？

东瑗心里有了几分无奈：她想亲自教养孩子，她的公公显然也想教养诚哥儿。在这个年代，男儿不能养在妇人之榻，她是没有资格同公公争的。诚哥儿又愿意留在这里，东瑗就更加没有立场开口要求把诚哥儿接回去。

她正想着，诚哥儿已经醒了，睁着乌溜溜的眼睛望着东瑗笑。东瑗就把他抱在怀里，不由喘气：这孩子又沉手了几分。

诚哥儿很高兴，在东瑗怀里手舞足蹈的，不慎轻踢了东瑗的小腹一下。

东瑗今日一整日小腹隐隐坠痛，被诚哥儿一踢，一股子强烈的痛感扩散开，她不由吸气，眉头微蹙。

诚哥儿好似留意到母亲蹙眉了，开心的笑收敛了几分。

这样，反而让东瑗心底猛然一惊。

盛夫人却以为是东瑗累了，上前抱了诚哥儿，对东瑗道："你回去歇了吧。我瞧着你今日气色就不太好……"

她还记得东瑗昨日的脸色。东瑗虽然一个字不说，盛夫人总感觉她房里出了事，只是不想让老人们知道跟着担心而已。

盛夫人一直在盛昌侯的庇护下装糊涂，她不会去破坏旁人努力维护她的好心，依旧装作不知道。

只是看着东瑗出去的脚步有几分踉跄，盛夫人有些担心。

她抱着诚哥儿，对诚哥儿说："诚哥儿，你娘心里是不是藏着什么苦楚啊？"

诚哥儿咿呀一声，似乎在回应着盛夫人，却把盛夫人的心思从东瑗身上拉了回来。她瞧着这聪明可爱的孙儿，满脸是笑地逗弄诚哥儿："诚哥儿今日想祖母没有？"

诚哥儿就挥舞着小胖手，往盛夫人怀里钻。

在盛夫人看来，诚哥儿这是听懂了她的话，她更加高兴，抱着诚哥儿就不撒手了。

东瑗回了静摄院，罗妈妈和橘红已经回来了。

看着东瑗脸色不好，两人忙迎上来，客气话都来不及说，就纷纷关心她的身体。

"是不是今日跪了整天，身子沉重？"罗妈妈轻声问东瑗，把东瑗往炕上让，"妈妈给你捏捏腿……"

东瑗避开罗妈妈的手，笑道："没事。我先洗漱躺下吧。"

罗妈妈和橘红等人就忙搀扶她去了净房。

东瑗如厕的时候，发现她的小衣上一片暗红色的血迹，心中大惊。今日才初三，东瑗的小日子向来都是初六或者初七这两日。东瑗深知经期对身子健康的重要性，所以从来不敢马虎，刻意注意保养，她的小日子一直对得上。

从来没有初三就见红的。

怪不得今日这一整日不舒服。

她前些日子就有点不舒服，当时怀疑是不是重病，请了太医瞧，没瞧出什么。难道是现在发作了吗？

她穿了衣裳出来，让橘红喊了寻芳过来："拿了我的对牌，去请了秦太医来……"

她上次的病就是秦太医看的。虽然他没有看出究竟，盛夫人却是对他推崇备至，说他好医德、好医术。东瑗对太医都不太相信，既然盛夫人推荐了，她宁愿找这位太医来。

天色渐晚，东瑗一回院子就找太医，惊动了盛夫人。

其实东瑗这里不管发生什么事，盛夫人都知道。只是她不太想管罢了。如今见东瑗这样，忙把诚哥儿交给乳娘乔妈妈，亲自带着康妈妈过来看东瑗。

前几日就见东瑗脸色不好，如今这样火急火燎请太医，盛夫人的心都揪了起来。

东瑗斜倚在东次间临窗大炕上，听着罗妈妈和橘红讲她们家里过年的事。国丧在即，今年的正月没什么气氛，可罗妈妈和橘红家里一家人团圆，还是难得的开心。

正说得高兴，听到小丫鬟急匆匆进来说盛夫人来了，东瑗第一个念头就是诚哥儿出事了，吓得一下子就从炕上起身，起得急了，一阵头晕目眩。

盛夫人进来看到她这样，更添了几层担心。

"你这孩子，到底哪里不好，还瞒着娘？"盛夫人亲手扶住东瑗，嗔怪道，"快躺着……"

东瑗听她的话音，就明白盛夫人是知道了自己请太医之事。

东瑗只得把她落红的事说给盛夫人听。

盛夫人也唬住了："不是小日子？"

东瑗很肯定摇头："我从来没有这样过……"

盛夫人就心急如焚起来。她倒是知道几起这样的事，无故落红，最后的下场都是年轻丧命。

她又不好在媳妇生病的时候说丧气话，一时间急得眼眶微湿，反而是东瑗要安慰她。

大约过了一个时辰，秦太医才赶来。不仅仅他来了，在外院的盛修颐也跟着一起进来。

他也被东瑗入了夜请太医的事吓了一跳。

盛修颐了解东瑗的脾气，如果只是小病，她怎么也要拖到明日。

秦太医依旧在花厅，隔着屏帷给东瑗请脉。

一边请脉，他的脸色越发凝重起来。

秦太医变了脸，一旁的盛修颐脸色瞬间也变了。

盛夫人在一旁瞧着，心里直打鼓。

几个人脸色变了，自然是情况不好。

东瑗坐在屏帷后面，一概不知。她心里也着急，另一只手暗暗攥紧。

"世子爷，借一步说话。"秦太医请脉结束后，起身对盛修颐说道。

话不能当着病人说，应该是情况危急。东瑗的心仿佛堕入冰窖般，阴寒阵阵泛起。她给一旁的寻芳使眼色。

盛修颐请秦太医去外间说话时，盛夫人也给她身边的大丫鬟香橼使眼色，让她跟着去服侍，顺便听听太医说什么，寻芳也跟着同去。

秦太医不知道香橼和寻芳都是贴身的大丫鬟，心里没什么感觉，盛修颐却哭笑不得。这些女人分明就是不信任他，纷纷派了内应来。

当着太医的面，盛修颐也不好撵人，只得让她们服侍。寻芳和香橼在一旁端茶倒水，秦太医就和盛修颐说起东瑗的病来："只怕是小产之兆。"

寻芳正要倒茶，听到这话，突然手一抖，茶水差点就溢出来。她心里震惊不已。

没有人注意到她的异常。

因为香橼和盛修颐同样震惊。

盛修颐的眉头就紧紧蹙在一起，难以置信反问："小产？"

秦太医忙解释："并非小产。只是有此征兆，下官用药，兴许能保住孩子。前些日子，大奶奶也请下官看病。当时大奶奶只说身子不舒服，下官看着她的脉象滑而圆，左关流而利。只是不太明显，下官也不敢断言就是喜脉，当时就什么也没说，只给大奶奶开了几服温和养体的药。况且当时大奶奶也没问下官是否有喜脉之兆，下官就更加不好说了……"

秦太医的话盛修颐明白。

他并不是在推卸责任。东瑗前段日子估计是孩子刚刚上身，有了不舒服的感觉，自己没有留意。刚刚有了身子，脉象不显，九成是断定不真确的。

在那个时候，一般的太医都不敢断言就是怀孕了。

如果东瑗自己问，太医大概会暗示她几句，有怀孕的可能性。可东瑗根本就不是问那方面的，秦太医自然不会去提。

脉象不明显就胡乱说话，要是非喜脉，那不是砸了自己的招牌吗？

现在孩子快一个月了，脉象显露得要清晰很多。看盛修颐夫妻俩都没有往那上面想，秦太医的阅历告诉他：这是他们夫妻同房时没有注意，太过于激烈动了胎气的缘故。

而且东瑗最近心情一直很不稳定，孩子本就虚弱。

小产之兆就是这样来的。

盛修颐听了秦太医的话之后，脸色难看还带了几分内疚，秦太医心里就清楚：盛家世子爷明白是怎么回事。

他就没有把自己所想的解释给盛修颐听。

"如今如何用药？"盛修颐回神，眼光带着急切问秦太医。

秦太医就为难起来："世子爷，下官只说可能保住……动了胎气，您也明白的，能不能真的保住，除了用药，还要靠老天爷和祖宗。"

就是说，用药也不一定能保住。

如果能保住，就是他秦太医医术高超；如果不能保住，说明盛家没有福气要这个孩子，不能怪太医医术不行。

秦太医话里话外的意思，盛修颐明白，也懒得跟他生气，连连点头："请您开些药，我现在就吩咐人去抓药。"

秦太医的医术在太医院算是首屈一指的。而且他是最年轻的太医。像他这个年纪，能有这样的医术，多少是有些天赋在里头。盛修颐觉得，如果他都不能保住东瑗的孩子，其他太医也不能，估计真是天意如此了。

如果他知道，昨晚就不会……

为了一时的欢愉，居然发生这样的事，盛修颐心底满是懊恼和后悔，甚至带了几分后怕。

太医开药的空隙，寻芳和香橼分别进了东次间，两人各自把太医对盛修颐说的话，告诉了各自的主子。

东瑗愣住，半晌没有回过神。她是真的没有往那方面想。生诚哥儿的时候让她吃尽了苦头，她下意识里害怕生孩子。

况且她所接受的教育里头，都是独生子女。有一个儿子，东瑗觉得很好了。她虽然知道古代人希望人口繁盛，她却没有想过再多生子女。

当然，能再有个孩子，将来诚哥儿有个同胞弟弟或者妹妹，东瑗也是喜欢的。

只是……她真的太大意了。

盛夫人又是喜又是疑惑又是担忧："什么时候上身的，你怎么不吱声？"又问，"到底怎么动了胎气？"

提旁的话还好，一提如何动了胎气这话，东瑗瞬时控制不住，一张脸霎时通红。

盛夫人也年轻过。

她一问如何动了胎气，东瑗就满面通红，她如何不明白？只怕是行房时没注意……

盛夫人一阵好气。东瑗年纪小不懂事，盛修颐可是经历过那么多事的，他怎么不注意些，还像个毛头小子似的？如今东瑗可能子嗣不保。

盛夫人只差气得要骂盛修颐几句。

在盛夫人眼里，没什么比她添孙儿更大的事了。

"你们啊……"她声音里带了几分责备，替东瑗披了披铺在炕上的被子，"你躺着，我去看看太医开好药了不曾？等吃了药，再进去躺了……"

盛夫人怕东瑗来来回回折腾，反而让身子吃亏，所以见东瑗躺在东次间炕上，就没有劝她现在进内室床上躺着，免得等会儿吃药还要起身。

东瑷嗫嗫嚅嚅嗯了一声，底气很不足。

盛夫人见她这样，有心说她几句，也不好再开口了。东瑷脸皮薄，做事也不是那颠三倒四的。当初她怀着诚哥儿，一点意外都没有出过，安安稳稳替盛夫人生了个大胖孙子。

可见她并不是不懂，而是没有在这方面用心。

她就起身，去了外间。

秦太医已经开了药，见盛夫人出来，忙给盛夫人行礼。他虽然在盛夫人面前行走不多，可盛夫人每次都说他的药好用，后来看病索性就不用屏帷。

秦太医很喜欢这位和蔼的夫人。

盛夫人也不多言，径直问东瑷的病。

秦太医就把对盛修颐说过的话，一一告诉了盛夫人："……用些药，接下来半个月最好不要下床。孩子能不能保住，就要看老天爷的恩德了。"

盛夫人脸上浮起愁色。她好半晌才慢慢颔首，让香橼打发秦太医一个三两银子的荷包，送他出去。

盛修颐拿了药方，吩咐丫鬟们送去外院给他的小厮来安，让赶紧去抓药来。

"娘，您先回去吧，阿瑷这里有我照应呢。"盛修颐见母亲跟着担心操劳，心中不忍，对盛夫人道。

盛夫人一听就怒了。想着东瑷还在东次间，只有一帘之隔，声音压低了几分："你照顾阿瑷？就是你照顾，娘的孙儿现在还不知能不能保住！要是保不住，你以后也别来见娘了……"

说罢，也不等这边煎药，率先走了出来。

康妈妈和香橼就忙跟了出去。

盛夫人也没有回元阳阁，而是去了祖祠，让康妈妈和香橼准备好香纸，给祖宗们上香。

盛夫人就在祖祠里跪了半个时辰，替东瑷祈福。

那边，东瑷也吃了药躺下。盛修颐坐在一旁，看着她脸色煞白的，心也是揪起来，攥住她的手不松开，想说什么又说不出来。

东瑷手轻轻放在腹部，心里也不好受。

这次的事，都是她的错。

盛修颐如果知道她有了身孕，是绝对不会那样对她的。只是她自己忙着过年，想着第一次管家，一定要表现好，有点累也以为是太操心的缘故，没有往怀孕这方面想。

如今，盛夫人和盛修颐也陪着她难过。

"我觉得是个女儿……"东瑷笑着对盛修颐道，"女孩子金贵，你若是忽视了她，她就要闹些事让大人跟着不省心。"

盛修颐听得出她话里的乐观与安慰，不禁挑唇一笑。

虽然东瑷说得轻松，盛修颐心里并没有好受些。

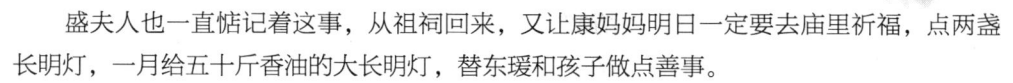

盛夫人也一直惦记着这事，从祖祠回来，又让康妈妈明日一定要去庙里祈福，点两盏长明灯，一月给五十斤香油的大长明灯，替东瓒和孩子做点善事。

康妈妈忙应下。

"我的心啊……"盛夫人跟康妈妈说，"我不仅仅是心疼阿瓒，也心疼颐哥儿。要是这孩子没了，颐哥儿心里只怕一直有愧……"

"您多想了。"康妈妈柔声安慰着盛夫人，"世子爷也是不知大奶奶有了身子，才会如此的。"

"话虽如此，颐哥儿还是会有愧阿瓒。"盛夫人心疼儿子，"颐哥儿就是这样的脾气。他若是觉得对不住你，他就会百般补偿讨好你；他若是觉得你对不起他，他就是冷心冷面。当初陈氏不就是有负于他？陈氏去的时候，他看都没看一眼。自己儿子这怪脾气，只有我这个做娘的最知道。要是阿瓒这个孩子不保，颐哥儿一辈子也不会安心……我真怕……"

"您多心了，定会保住的。"康妈妈又道。

"什么会保住？"盛昌侯从外院回来，听到康妈妈和盛夫人说话，问道。他也知道今晚薛氏请了大夫，虽然他不怎么关心，见盛夫人一脸忧色，却也知道跟薛氏有关，所以问道。

康妈妈看了眼盛夫人，不知如何回答。

盛夫人摆手让她下去歇了，自己把话告诉盛昌侯。

盛昌侯听了盛夫人的话，脸色变得阴沉。

盛夫人怕盛昌侯要骂人，忙赔着笑脸安慰他："……秦太医话中之意，只是动了胎气，用药能保住孩子。阿瓒是个有福气的，侯爷莫要担心。"

"颐哥儿房里的事，还用我们操心？"盛昌侯冷哼一声。

这话，不知是对盛修颐不满，还是对薛东瓒不满。

盛夫人心里何尝不着急？

可是在盛昌侯面前，她一点焦急也不敢露出来，依旧含笑："侯爷说的是。孩子们都懂得分寸的。这次也是事出意外。他们年轻，总要经历些磨难才好。我已经给祖宗上香，也叫人去庙里点了长明灯，替阿瓒和这个孩子祈福……"

盛昌侯没有再说什么，有些不耐烦起身："他们的事，让他们自己操心。天色不早了，歇下吧，明日还要早起……"

盛夫人一直被东瓒的事吓住，都忘记了明日还要进宫去哭丧，不免问盛昌侯："阿瓒明日不去，要不要跟内务府那边打声招呼？"

"我明日一早派人去说。"盛昌侯不以为意道，"郡主动了胎气，这是大事。"

可再大的事，也大不过替太后娘娘哭丧啊。

盛夫人有些犹豫，悄声问盛昌侯："要不要派个人去镇显侯府说一声。让他们家老夫人跟皇后娘娘提一提，总比侯爷去内务府求人情要好些……"

她是担心盛昌侯现在面子不足，到了内务府那边要费口舌，惹得盛昌侯生气。

让如日中天的薛家去说，盛家就躲在后头，不用留下把柄。

盛昌侯不快瞟了眼盛夫人："我们盛家媳妇，让薛家去跟皇后娘娘提，那才是真的丢尽了盛家的脸！咱们府里，这点事也办不成么？"

盛夫人顿时就吓得不敢再多言。

她是替盛昌侯着想。可盛昌侯太要面子，不肯接受镇显侯的好意，盛夫人也是能猜到的。她不过是试探着一提，既然盛昌侯不同意，她就不能再多说什么。

不仅仅是盛昌侯和盛夫人担心哭丧之事，东瑗和盛修颐也担心。

"太医说静养半个月，下床自然不好。"东瑗跟盛修颐道，"哭丧那边如何安排，要不要和爹爹商议？"

盛修颐就替东瑗掖了掖被角："我会和爹爹说，你莫要下床就是。"

"……我总怕牵连你。将来你若是位高权重，这些事都是把柄。留下不忠不孝的骂名，总归不好。"东瑗幽幽叹气。

盛修颐就哈哈笑起来："你啊，未免想得太远。我不过是太子少师，哪里就来的位高权重？"

东瑗撇嘴："将来自然会。未雨绸缪，少留些把柄，总是好的。"

盛修颐就笑，吹了灯躺下，东瑗毫无睡意，睁着眼睛回想起当初在老夫人荣德阁的那些往事。

盛修颐察觉到她并未入睡，以为她还在担心孩子的事，安慰她："你不用劳心多想，好好歇着才是。劳神太多，反而不好。"

东瑗笑了笑："我的预感一向很准。虽然不知这孩子什么时候来的，可我感觉和她有缘分，肯定能保住，而且是个女孩。我是在想，当初做女儿时候的事……"

盛修颐听她说起女儿，又说自己做女儿时候的事，就接口问她什么事。

"我总能想起五姐。"东瑗感叹道，"一家子姊妹，我总是佩服五姐。她为了嫁给五姐夫，连名节都不顾。而我，总是没有勇气多跨出一步。"

这话，盛修颐就不好评价了。

他并不欣赏薛东蓉的行为。他还是喜欢东瑗这样的，事事谨慎些，盛修颐不用为她担心。薛东蓉那种孤注一掷的性格，并不适合内宅的女子。

至少盛修颐不会想要那样的妻子。

东瑗着实累了，依偎在盛修颐怀里就睡着了。

次日，盛家众人去哭丧，盛昌侯让人去内务府说了东瑗的事，倒也没有遇到有人刁难。可看的不是盛家的面子，而是东瑗是薛皇后的堂妹。

老夫人等人知道东瑗出事，也纷纷来看望。

过了三日，东瑗落红终于止住。又过了七日，秦太医终于肯松口，说孩子保住了，母子平安。

盛家上下和薛家老夫人都松了口气。

东瑗生病这些日子，盛家和薛家都要去哭丧，东瑗的大舅母韩大太太就时常来府里陪着东瑗。

"等明年三月，老太太就上路，兴许到了端阳节，瑗姐儿就能见着外祖母了。"韩大太太跟东瑗说起韩家老太太要上京之事。

韩家宅子已经修葺得差不多，韩大太太给安庆府去了信，那边已经在动身赶路了。

东瑗听着也舒心："我总念着外祖母……"

韩大太太笑："老太太更是总念着你呢。"

韩家过年时从安庆府送了些药材和补品，韩大太太给东瑗拿了不少来。

这期间，薛家五夫人也来瞧过一次东瑗。

她大约被家里人说过才来的，语气淡淡的，带着几分不耐烦。

韩大太太被她气得半死，等五夫人走后，直在背后骂她："……你们家老夫人事事精明，偏偏着了杨家的道儿，娶了这么个媳妇！当年你那么小，真不该把你丢给杨氏……"

说着，想起曾经有人告诉她，东瑗在杨氏手下吃过很多苦，韩大太太气得哽咽："我们家三娘自幼得老爷子和老太太喜欢，我们做兄嫂的，也是当她亲生女儿般疼爱。她落得那样下场，家里没人不伤心。留了你一根独苗，当年若不是形势所逼，老爷子和老太太绝对不会丢下你，去了安庆府的。你吃了苦了，瑗姐儿，都是韩家的不是……"

提起伤心事，居然在东瑗面前抹眼泪。这倒不是装的，东瑗的母亲在娘家很会做人，韩大太太嫁入韩家，跟东瑗的母亲最是亲近。提起亲人被人欺负，难免伤心。

五夫人来看望东瑗，惹得韩大太太哭一场，东瑗还要安慰韩大太太："你莫要伤心，她不曾对我不好。"

而后，就低声把当初五夫人杨氏派丫鬟给东瑗，被东瑗借老夫人的手收拾掉之事，告诉了韩大太太。

韩大太太听着这话，才破涕为笑。

后来东瑗身子好了，胎位安稳下来，哭丧也结束了。

原本以为可以歇歇的，接着宫里又传来消息，元昌帝驾崩了。

东瑗曾经一次次幻想过元昌帝驾崩之后的幸福生活。

对于元昌帝，她有的只是对他身份的畏惧。

可突然听说他驾崩了，原本以为会很轻松的心情，猛然间有点莫名其妙的闷滞。

他从人世间消失，也带走了他曾经给东瑗的那些噩梦。记忆中那个令人惧怕的君王，也变得面目模糊。

让东瑗能记起的，只是他那双似泼墨般浓郁的眸子。

他的眼眸深邃而多情，若是东瑗没有上一世的经历，大约会在青春年少时为他沉沦。

可尘归尘、土归土，他终于要化作一抔黄土了。

东瑗舒了口气，静摄院中的腊梅尚有余香，她觉得今年的梅花别样妩媚香甜，唇角忍不住翘了翘。

太后尚且停在宫里没有出丧，元昌帝的灵堂也设下了。

嗣皇帝一边筹办元昌帝的葬礼，一边准备践祚九五。

因为新皇登基，国丧不似从前禁止三年民家嫁娶喜乐，而是大赦天下。

新皇的生母薛皇后封了太后。太子妃却因为娘家德行有亏，她的祖父雍宁伯还关在大理寺，所以太子妃只是封了皇贵妃，并没有封后。

皇家手忙脚乱，盛家没有权臣，倒是落得清闲。

盛修颐赐称帝师，依旧教导新皇念书。

到了二月十八，新皇正式登基，改年号为天庆。

普天同庆。

原本只有太后去世，盛府以为定要禁止民间婚娶，所以三月初一盛修沐的婚期，盛昌侯已经准备叫人另选良辰。

可元昌帝驾崩，天庆帝登基，大赦天下，三月初一的婚期不用推后。

盛家又开始红红火火忙着替三爷操办婚事。

东瑗因为前些日子动了胎气，如今还在静养中，盛夫人和二奶奶葛氏亲自操持三爷的婚事，不让东瑗沾手。

东瑗又怀了身子，让二奶奶看到了自己的痛处：薛东瑗进门才两年，已经怀第二胎了。她进门快十四年，才怀过蕙姐儿一人。虽然婆婆没说过，二奶奶心里却是酸痛难当。

好不容易对东瑗的些许好感，又化作乌有。

趁着东瑗病中，三爷的婚事落在二奶奶头上，家里些许对牌又交到她手里，二奶奶就很不客气开始准备抓权。

从前她就是太傻，害怕盛昌侯，协助盛夫人管家时不敢动手脚。所以薛东瑗进门，盛夫人才能那么轻易把二奶奶手里的权力交给薛东瑗。

后来盛夫人甚至不让二奶奶沾家里的事，二奶奶就有些心灰意冷。可薛东瑗再次怀孕，刺激了她，让她看不到别的希望。

这次替三爷办婚事，二奶奶打定了主意，要把自己陪嫁中得力的管事安插在盛家内院的重要位置。

她倒要看看，薛东瑗病好了重新管家，敢不敢把她的人再换下来。

倘若薛氏睁只眼闭只眼，二奶奶才算彻底下定决心和她交好。二奶奶不似薛氏有那么丰厚的陪嫁，她需要在盛家的产业上下点功夫。况且从前她帮着盛夫人管家，可是清正廉洁，什么事都没有做过。

如果薛氏敢把二奶奶的人都换了，二奶奶就算是看透了：薛氏不过是虚情假意。

二奶奶想着，前些日子因为东瑗怀孕带给她的郁结一扫而空，脸上有了些许明艳的笑，回了喜桂院。

　　二爷盛修海今日也早回来了，垂头丧气坐在东次间临窗大炕上，闷声不响。

　　二爷很少这样。他就算不开心，也会在外头花天酒地玩闹，直到心情好转才会回府。

　　二奶奶不由心里咯噔，轻手轻脚走到二爷身边，低低喊了声二爷，又柔声问："今日怎么回来这样早？"

　　二爷回神，哦了一声，没有回答二奶奶的话，而是问她："今日的事都办好了？听说大嫂病着，你帮娘管家？"

　　二奶奶颔首，带了几分得意。

　　二爷显然没有留意到二奶奶的小情绪，点点头，懒懒拉过身后的梭子锦大引枕，斜倚在炕上不说话。

　　"怎么了？"二奶奶再也没有忍住，担忧问道，"二爷怎么今日心情不大好？"

　　二爷沉默须臾，才道："我想回徽州老家去！"

　　二奶奶大惊，连忙站起身来，问道："好好的，您怎么说起这话来？是不是府里出了事？"她还以为是盛家遭了难，二爷要抽身先走。

　　"没事。"二爷重重叹气，"在京都也过得不痛快。回到徽州，还有大哥在，至少一家人团聚热闹……"

　　二奶奶更是不解："二爷，您今日是怎么了？大哥什么时候回了徽州？咱们在徽州老家，不就是只有一个大伯家的堂兄吗？大伯是庶出的，难不成您要自甘堕落，去和大堂兄结交？"

　　旁的话还好，这话一出口，二爷脸色霎时就变得紫涨，额头青筋暴突。

　　他猛击炕几，站起身来："自甘堕落？我是个什么，还瞧不上庶出大伯的儿子！妇人短见，你根本就是个没脑子的东西！"

　　二奶奶被二爷的气势吓了一跳，不由后退数步，错愕看着暴怒的二爷。

　　她哪里说错了，惹得二爷这样大怒？

　　二奶奶捂住胸口，眼泪汪汪看着丈夫，喃喃道："二爷，您今日这是怎么了？"

　　"我去和五姑奶奶商量，回头再跟你算账！"二爷看到二奶奶要哭的样子，烦躁站起身，转身就要出去。

　　和五姑奶奶商量？商量什么？

　　二奶奶望着二爷走出去方向那晃动的门帘愣住：莫名其妙说要回徽州老家，又莫名其妙骂了二奶奶，令二奶奶一时心急如焚。她想了想，喊了身边服侍的大丫鬟丁香："你去徐姨娘那里打听打听，是不是二爷有了什么事瞒着咱们？"

　　二爷有两位姨娘，徐姨娘进府不过四年，如今重新得了二爷的喜欢。当年她进府，模样端方，性情温柔大方，是二爷喜好的那口。

　　而二奶奶也不甘落败，所以徐姨娘身边的丫鬟，都是二奶奶的人。

　　二爷有什么事，虽然不是直接告诉二奶奶的，二奶奶也知道得一清二楚。

丁香也听到了刚刚二爷对二奶奶的吼骂，忙道是，转身出去了。

片刻后，丁香回来了，她身后还跟着打扮得妩媚秀丽的徐姨娘。

二奶奶微愕，徐姨娘已经款款给二奶奶行礼，秀眸噙泪："我知道奶奶心里怪我，这些日子总是让二爷宿在我那里。若不是奶奶今日派了丁香姑娘去，我也不敢说：二爷不过是借着我的幌子，宿在外头。二爷在院子里和一个唱曲的好了很久……"

"院子里"，就是指妓院。

二奶奶大惊：二爷虽然荒唐，却从来不敢眠花宿柳彻夜不归。如今倒好，知道家里忙，没人管他，公然宿在妓院！

"你说的可是实话？"二奶奶狠狠瞪向徐姨娘。为了讨好二爷，居然帮着二爷隐瞒。

这哪里是对二爷好？分明就是要害死二爷。要是被盛昌侯知道，只怕二爷又是一顿打少不了的！

二爷是夫人通房生的，盛昌侯就不当他是亲生儿子。打二爷的时候，盛昌侯下的可都是死手！

二奶奶虽然心里恨公公狠心，却也不敢去触霉头，尽量劝二爷守规矩，别惹了公公生气。

二爷因为这个，也常在心里怪二奶奶啰嗦，二奶奶是知道的。可是她不得不如此。家里的小妾们都怕二爷，为了讨好二爷，她们全部都顺着二爷。

可总得有个人忠言逆耳啊！二奶奶就是那忠言逆耳的角色！

听到二奶奶的反问，徐姨娘也慌了，眼泪就簌簌落下来，哽咽道："是真的！二爷这样已经快半个月……奶奶，您劝劝二爷吧……这样总归不好。"

见她这样哭，二奶奶就烦躁起来。

这个徐氏，长得花容月貌，一副娇滴滴的讨喜模样，把二爷哄得团团转。她倒是聪明，自己不劝二爷，把这吃力不讨好的事推给二奶奶。

偏偏二奶奶明知是坑，还是要跳！

她和妾室不同。妾室们不管二爷的死活，只要二爷疼爱她们一时。可二奶奶却是二爷的结发夫妻，只有二爷好，她才会好。

哪怕明知二爷不快，该劝诫的，二奶奶还必须劝诫。

想着，再看徐姨娘梨花带雨的模样，二奶奶语气就带了几分厌恶："你回去吧，我心中有数。"

徐姨娘哭着道是。

她一走，二奶奶身边的冬青咋舌："徐姨娘的眼泪跟不值钱似的，说来就来……"

二奶奶正烦着，听到这话，心里不快陡然而生，就回眸瞪了冬青一眼。

冬青顿时不敢多言。

晚夕去给盛夫人请安，二奶奶准备好了账本，把三爷婚事的一些花销报给盛夫人听。

却见二爷坐在屋里，正和盛夫人说话。

第二十五章 喜胎再结

"……孩儿想回去，替爹爹守住祖坟，总好过在京都混日子来得踏实。"二爷跟盛夫人说道。

二奶奶心里大惊，又急又气：她还没答应呢，二爷居然直接来跟盛夫人说了。她好不容易起了争荣夸耀之心，二爷这样一闹，二奶奶的心思全部白费了。

都要回到徽州乡下去了，还争个什么劲儿！

二奶奶不停给二爷挤眉弄眼，二爷视若不见。

盛夫人瞧在眼里，就明白他们两口子尚未商议好，朝二爷笑了笑："是不是在家赋闲太久，日子过得不顺心？要不要你爹爹再帮你谋个差事？"

自从上次二爷因为挨打在家休息而丢了在都尉府的事，就一直游手好闲。后来，又发生了盛乐钰夭折之事，盛昌侯辞官隐退，家里也就没人再关心二爷的差事。

盛夫人听着二爷的话，再瞧二奶奶，明白他们两口子还没有说过回徽州的话，就了解二爷不是真心的，只是拿这话开头，想让盛夫人在盛昌侯面前替他说说好话，动用从前的关系替二爷谋个官职。

二爷向来如此。他不管要什么，都是先拿另一件事开头，然后再提出要求。

时间久了，盛夫人都能摸透这个儿子的心思。

盛夫人很不喜欢二爷这样的做派。她从前总是念着二爷从徽州来，离开了亲生爹娘，可能心里委屈。虽然二爷不知情，盛夫人却是慈悲心肠，就一直很疼爱他，补偿他。

可就算是亲生儿女，做父母的也有偏心的时候，更何况二爷还不是盛夫人生的。

加上他性格乖张怪异，盛夫人对他的心也越来越难以维护。

见二爷又要寻事，盛夫人心里有了几分不愉：三爷盛修沐即将成亲，家里家外一堆事都是盛修颐管着，二爷客气话都不说一句，依旧整日和文靖长公主的大儿子混在一处玩乐。

大家忙得不可开交，二爷不帮忙就算了，反而在这个时候又要提出要求。

哪怕再慈悲，心里也是厌烦的，盛夫人暗暗叹气。

虽然心里如此想着，面上却不露出一分，仍然是和蔼模样。

"我并无此意……"二爷跟盛夫人解释。

转念一想，二爷也觉得自己的解释没什么说服力，顿了顿又道："娘，这事搁在您心里，你替我拿个主意。我是想回徽州老家去的，又怕在您和爹爹跟前不能尽孝……"

盛夫人根本就不相信二爷是想徽州老家，对他的话根本不放在心上，微微颔首："你也说爹娘跟前不能尽孝，回去的话就莫要再说了。好孩子，你要是哪里不痛快，就告诉娘……"

二爷顿时就失去了和盛夫人说话的兴趣，变得索然无味。他听得出盛夫人对他的敷衍。

他说了几句闲话，退了出去。站在元阳阁门口，二爷想了想，去了他的小妾徐姨娘那里。

二奶奶心里一直记挂着二爷。等二爷出去后，她和盛夫人身边的康妈妈对账也心不在焉的，盛夫人瞧在眼里，笑着安慰她："家里这些兄弟，海哥儿自幼主意就多。他不过是一时起意，想着离了你爹爹不用受约束。等几天他想明白了，娘再帮着劝劝，你不用担心。"

二奶奶很是感激盛夫人的安慰。

不过盛夫人的话也让她灵光一闪：二爷突然说要回徽州，是不是在外头又惹了事？

怕爹爹会责骂他，索性离了爹爹。

二奶奶心头发凉：二爷这回，是不是又在外头惹了谁家的姑娘？徐姨娘不是说，他好些日子没有宿在府里了么？

不想还好，一想到这些，二奶奶再也坐不住了。

她可以忍受二爷总是指责她没有生儿子，也能忍受二爷宠爱小妾。可她无法忍受二爷弄回来一个会生孩子的贵妾。

"娘，该采办的东西，已经都写了帖子交到外院，您看看还有什么遗落的不曾？"二奶奶也不顾账没有对完，就拿起账本交给盛夫人瞧。

她眼底的焦急藏匿不住。

盛夫人又不是傻的。现在二爷那么一闹，又是二奶奶这样，她岂能不懂？笑着接了二奶奶的账本："这个留下来，我仔细看看，缺了什么再叫你添上。外面还有事，你先去忙，不用在我跟前的。"

二奶奶道是，忙退了出去。

她出来叫丫鬟们去打听，看看二爷去了哪里。得知去了徐姨娘的院子，二奶奶也顾不得体面，径直带着丫鬟婆子们奔去了徐姨娘那里。

徐姨娘被二奶奶来势汹汹的样子吓了一跳，忙跪下磕头："奶奶，我错了，我不应该瞒着您……"

二奶奶也被徐姨娘的话说得愣住。

她还不知道发生了什么呢，再仔细瞧这屋子，二爷根本不在！

二奶奶这才明白，原来徐姨娘之所以得了二爷的喜欢，因为她的院子靠近西南边的角门。从她院子拐出去，可以神不知鬼不觉溜出府。

徐姨娘为了自己的目的，居然从来不报，一直帮着二爷打掩护。

二奶奶就越发肯定了自己的猜测：二爷定是在外头又惹了谁家的姑娘！

她气得打战，指着徐姨娘，喝令身边的婆子们："把这个小贱人关起来！"

想着二爷又在外头做那些事，二奶奶气得眼泪汪汪。让丁香和冬青两人守住徐姨娘的院子，看看二爷什么时候回府，二奶奶就去了盛夫人那里。

她也不顾忌盛夫人满屋子的丫鬟婆子，一进门就呜呜哭起来。

盛夫人猜到是因为二爷，却也不知何事，搂了她在怀里，柔声询问何事。

二奶奶就丝毫不客气，把二爷借着徐姨娘的院子经常溜出去，不宿在府里的事告诉了盛夫人。

"娘，您要替媳妇做主！"二奶奶扑在盛夫人怀里哭。

盛夫人心头也微跳。

怪不得说要离开京都回徽州老家去，原来又在外头惹事。

盛夫人对二爷的事，原本想着不再多管。可他出了事，丢的也是盛家的颜面。

盛夫人安抚着二奶奶："你先别哭……等海哥儿回来，先把他叫到我跟前来。我有话跟他说。这件事若是真的，娘会替你做主，不叫你委屈着……"

二奶奶心头有些许宽慰。

她心里还是挺喜欢婆婆的做派：嫁过来这么多年，不管发生了何事，当她和二爷起了争执的时候，婆婆都是维护她，把二爷拉过来骂一顿。

二奶奶就哭得更加用力。

她哭得伤心，盛夫人也心疼不已，轻轻摸了摸她的头。在这一点上，盛夫人从女人的立场想，挺同情二奶奶的。过门这些年，她只有一个蕙姐儿，没少吃二爷的埋怨。

不过，二爷房里的姨娘也总是不育，让盛夫人对二奶奶的心疼又少了几分。明眼人都能看得出来，二爷房里之所以只有蕙姐儿一人，二奶奶在背后自然是做过什么的。

"没事，没事。"盛夫人柔声道，"不是还有娘？海哥儿他还敢翻天？"

盛修颐从外面回来的时候，就看到二奶奶在盛夫人跟前哭。

二奶奶看到盛修颐，忙起身擦了眼泪给他行礼。

盛修颐就问："二弟妹这是怎么了？"

盛夫人咳了咳，不让二奶奶开口，对她道："你先回去吧。要是海哥儿回来，让他到娘跟前来。"

二奶奶道是，退了出去。

盛修颐问盛夫人："海哥儿又闯祸了？"

盛夫人也不瞒盛修颐，把二爷盛修海今日说要回徽州的话、二奶奶哭诉的话，都告诉了盛修颐。

盛修颐浓眉微拧，想了想："可要我先派人去查查？"

盛夫人巴不得，却又问："你上哪里查？你又不认识谁……"在盛夫人眼里，她的长子虽然做了帝师，在人情世故面前却很笨拙。

三爷还有些狐朋狗友，盛修颐就没什么朋友。他没有人脉，去哪里查？

盛修颐笑："您放心吧。"

诚哥儿还在元阳阁，盛修颐让乳娘把孩子抱过来瞧了一回。

诚哥儿已经快一岁了，看到盛修颐就咯咯笑，挣扎着下地走。

乳娘居然把他放在地上，他就艰难迈着小腿，歪歪斜斜咯咯笑着奔向盛修颐，抱住了盛修颐的腿。盛修颐一怔，整个人愣住。

半晌，他才知道把诚哥儿抱起来，使劲往孩子脸上亲，错愕道："诚哥儿居然会走路了！"

盛夫人失笑："半个月前就会走了。上次还摔了一跤，你瞧他的额头……"

说着，上前指诚哥儿上次摔青的地方给盛修颐瞧。

盛修颐眼底却有了些许水光，他对孩子这么大的变化很惊奇又感动。

盛夫人又是笑："这有什么？乳娘和丫鬟们整日教他说话，他都会喊祖父了……"

诚哥儿开口，第一句话就是喊祖父，让盛昌侯唏嘘不已，对诚哥儿更是疼爱。

"爹爹……"盛夫人和盛修颐说话的功夫，诚哥儿的小手往盛修颐脸上摸，突然含糊不清喊道。

盛修颐身子又是一怔，不敢相信："诚哥儿……诚哥儿喊爹爹了？"

盛夫人也是惊讶："哎哟，头一回听他喊爹爹……"

诚哥儿笑得更加欢乐，手舞足蹈地喊着爹爹。

盛修颐就哈哈大笑，使劲亲诚哥儿，口中道好儿子。

盛夫人在一旁看着也欢喜不已，却对盛修颐道："又不是头一回当爹，瞧你喜欢的……"

盛修颐当然不是头一次当爹。

他另外的两个儿子，他同样很疼爱。

可孩子们还在襁褓中时，他没有太多的感觉。他跟普通父亲一样，等待着儿子们长大成人，才开始教育。

孩子小时候，一直都是乳娘和丫鬟们带着，孩子的母亲偶尔教育他们。父亲在孩子们的幼儿时光里，向来是缺席的。

盛修颐就对盛乐郝和盛乐钰幼年时期没什么印象。

不是他不想亲近孩子，而是孩子们的母亲不让他靠近。倘若他要抱孩子，她们就会跪下劝诫他：抱孙不抱子，别坏了规矩！

古人说，孝莫大于严父。盛修颐的教育里，他必须做个严父。

就算他不想，他身边的女人也会逼她做个严父。

只有东瑗愿意让他亲近诚哥儿。

她虽然很重规矩，却对诚哥儿身上不怎么忌讳。

所以盛修颐真的是第一次感受到孩子初次开口喊爹爹的兴奋，初次体会孩子蹒跚学步的愉悦。看着诚哥儿歪歪扭扭奔向他，盛修颐的心一瞬间软得不可思议。

他甚至感叹命运的神奇。

那么小的诚哥儿，他和东瑗抱着他，逗弄着他，转眼间，孩子都会跑了。

"娘，诚哥儿如今会走路，总在您这里，只怕……"盛修颐抱着高兴得直笑的诚哥儿，对盛夫人说道。

他话尚未说完，盛夫人打断了他："想把诚哥儿抱回去是不是？这话你和我说不着。诚哥儿头一次开口，就喊了祖父。你还是亲自和你爹爹说，看看是否能把诚哥儿抱回去吧。"

盛夫人说着，就笑起来。

盛修颐无奈。看着儿子红扑扑胖嘟嘟的小脸，一双似墨色宝石的眸子熠熠生辉，十分灵巧。咯咯笑的样子,叫人瞧着就喜欢,他爱不释手。

只是被他父亲盛昌侯看上了,他估计诚哥儿是不可能抱回静摄院了。

他的父亲一生霸道,盛修颐争不过他。

而且父亲为了家族的安全而从权臣之位退下来,盛修颐多少觉得亏欠了父亲。如今老人喜欢孙儿,他若是非要把诚哥儿夺回来,就真的不孝了。

想着,他又是叹气。

看着盛修颐依依不舍的样子,盛夫人忍不住笑:"人说水往下流。不管是谁,总是爱自己的儿子比父亲多。"

这话是暗骂盛修颐只要儿子,不顾老子。

说到这个份上,盛修颐就真的不敢再想着把诚哥儿抱回去。

他也笑道:"娘,诚哥儿就劳累您了……"

盛夫人见盛修颐上道,这才彻底地眉开眼笑:"劳累什么?一屋子丫鬟婆子们跟着他,是要我抱了不成?你宽心,难不成我和你爹爹还能把诚哥儿教成个纨绔子?"

盛修颐苦笑。

这一点上,他的确不太放心。虽说爹爹严厉,可那是对儿子。在孙子身上,说不定就只剩下溺爱。当初祖父对父亲和叔伯们哪个不是严厉的?

可对待盛修颐兄弟,祖父就是慈祥和蔼。

这是盛家的遗传。

诚哥儿甜甜喊声祖父,父亲估计什么都不记得了,对诚哥儿只怕是有求必应。

抱了会诚哥儿,盛修颐才从元阳阁出来。出门的时候,他吩咐来安:"你叫人去查查,二爷最近和谁有来往。不管是什么,查到了就告诉我一声。"

来安道是。

盛修颐这才回了静摄院。

东瑷半坐在床上,替诚哥儿做鞋。鞋子上扎了两只栩栩如生的小老虎,那是芸姐儿帮着扎的。虽然不及二房的七奶奶扎得精致,却也是很好看。鞋子快做好了,东瑷正在锁边。

盛修颐看到,上前接过她手里的针线,道:"身子还没好,又做这些,让邵氏帮着你做。"

东瑷笑:"我都躺了一个月,秦太医都说没事了。只是你们,一个个不准我下地。再说了,诚哥儿的鞋,怎么能让旁人做?邵姨娘也不是专门替我们做鞋的。"

诚哥儿的衣裳、鞋袜,都是东瑷亲自动手。

她前年还帮盛修颐做过几件中衣。如今有了诚哥儿,盛修颐的中衣和小衣她就不管了,竟然让屋子里的丫鬟们帮着做。

其他的衣裳,全部送到针线房去。

她如今满心眼里,只有诚哥儿最重要。

盛修颐对此颇有微词。他一抱怨,东瑷就笑得不行,只当他在拈酸吃醋。几次之后,盛修颐也认命了。

"多养些日子，总归不错。"盛修颐道。

东瑷只得道是，放了手里的针线。

丫鬟们见盛修颐回来，忙端了茶水进来。

"陛下泰山祭祖的事已经定了三月初八，我要随驾。"盛修颐跟东瑷说道，"可能要几个月才能回来……"

历代帝王登基，都要举行祭祀。所谓帝王之义，莫大于承天；承天之序，莫重于祭祀。在宫廷典礼中，祭祀和丰神最为重要。

天庆帝登基后，第一件大事，自然就是泰山祭祀。而祭祀这一路，各地百官要跪拜迎送，当地百姓要顶礼焚香，程序繁琐，没有两个月都不能回京。

而盛修颐身为帝师，肯定要同行。

东瑷早就预料到了，淡淡颔首："你去吧。家里事不用担心。"

家里事岂有不用担心的？

盛修颐就把盛修海要求回徽州的事告诉了东瑷。

东瑷也是微愣，反问盛修颐："二爷是不是知道自己的身份？"

二爷盛修海其实是庶出大伯的儿子，这件事盛家只有几个人知道，三爷都不一定清楚。二爷的公开身份，是盛昌侯通房生的，养在盛夫人名下。

至于二爷是否清楚自己的身份，盛修颐一直持肯定态度。

因为二爷总是和五姑父混在一起。

而五姑奶奶对他们的身份一清二楚。

盛修颐不相信五姑奶奶没有告诉过二爷。

"知道或者不知道，有什么差别？"盛修颐笑道，"他若是懂得感恩，自然会记得爹娘对他的养育之情；若是不懂得感恩，爹爹这些年对他严厉，也够他憎恨的。知道不知道，都一样。"

东瑷就不接话了。

盛修颐见气氛有些沉闷，转移话题，说起诚哥儿来。

"……诚哥儿走路不太稳，就那样跑向我……"盛修颐还沉浸在诚哥儿会走路、会喊爹爹的兴奋里，语气里带着自豪跟东瑷说起。

东瑷直笑，反问道："我没有和你说过诚哥儿会走路？"

因为东瑷要静养，不能总去元阳阁看诚哥儿。诚哥儿第一次喊祖父、第一次会自己走路，盛夫人都极其高兴，专门派了康妈妈来告诉东瑷。

康妈妈嘴巧，绘声绘色学给东瑷听，把东瑷也稀罕得不行。

她以为她告诉过盛修颐。

最近盛修颐也忙，看着盛修颐此刻的惊讶模样，东瑷才想起是自己忘了说。

果然，盛修颐故意板脸："你知道，却没有告诉我？"

东瑷就笑着往床里面躲，拉过被子抵在胸前："我以为说过的，竟然忘了！该打该打！"

盛修颐就扑向她："这的确该打。"

两人就在内室里笑成一团。

跟普通的父母一样，东瑷和盛修颐也为孩子哭了笑了而心情起伏。

盛修颐陪了东瑷一会儿，快到吃晚饭的时辰，来安来了，在盛修颐耳边低语了几句。

盛修颐起身，对东瑷道："二弟的事，我出去看看。你不要再拿针线了，好好养着。"

东瑷不以为然颔首："你去吧。"

等盛修颐一走，她就喊了蔷薇把她的针线簸箩拿出来，替诚哥儿做鞋。

结果，盛修颐彻夜未归。

东瑷耐着性子等到了第二天。

一早上很快过去，盛修颐还没有回来，东瑷越来越着急，不停派丫鬟去外院打听盛修颐的事。

丫鬟们没有问出什么，三爷盛修沐却听到了风声。

他火急火燎赶回元阳阁，对盛昌侯道："爹，大哥被刑部的人扣下，下了大牢了！"

盛昌侯正拿着个小美人手鼓逗诚哥儿笑，听到这话，摇着的手鼓停下来，厉声反问三爷："哪里听来的？因为什么？"

"说是私放利债，出了好几起人命官司！"三爷道。

"私放利债？"盛昌侯反复咀嚼这几个字，露出难以置信的表情，"怎么给他安了这么个不靠谱的罪名？宫里那边怎么说？"

他并不是非常担心，刚刚的确是吓了一跳，现在已经完全平静下来。

他是觉得盛修颐不会如此行事，莫须有的罪名加在他身上不会对他有太多伤害。他是帝师，他身后有新帝替他撑腰。他只是想知道到底怎么回事。

三爷盛修沐却不像父亲那么淡然，他急道："是陛下身边的沈公公告诉我的，我才知道大哥被刑部的人下了大牢。明日一早几个大学士商议后，就要将大哥移交大理寺，陛下也着急。"

主少臣疑，几位年长的辅臣大学士并不是很信任新帝。

作为新帝心腹的，只有他的老师盛修颐。

知道盛修颐被刑部拿下，新帝比任何人都担心。他怕这是个阴谋，那些老臣想要让新帝"听话"，首先就要让他失去有力的臂膀，只能依仗那些老臣。

并非说老臣们有异心。他们只是以为新帝年幼，不足以担天下重任。就像父母一样，不放心把万贯家财交给年幼的孩子。他们需要孩子听话，一切听从父母的安排，直到他们成年之后，父母才会放手让他们自己去拼搏。

新帝刚刚登基，那些老臣总是怕他不懂事，胡乱改了朝政，弄得民不聊生。

新帝又只信任盛修颐，所以他们需要先拿下盛修颐。

"几位大学士？"盛昌侯原本没想到是陛下通知盛修沐的。

此刻盛修沐一说是沈公公告诉他的，以盛昌侯几十年政客生涯的敏锐，他立马嗅出了里面的不同寻常。

他把怀里的诚哥儿交给一旁的乳娘，和三爷去了元阳阁的小书房。

他问三爷："你大哥可有在外头放利债？"

既然是几位大学士要拿盛修颐，自然不会弄莫须有的罪名。只怕放利债是真有其事。盛昌侯想到这里，一阵气闷。

他的儿子居然用这等手段敛财。

他还以为盛修颐一直碌碌无为。

敢情让他韬光养晦的那些年，他都是去干这些不正经事去了？

三爷忙摇头："我不知道。"而后想了想，又补充道，"大哥从前不怎么结交朋友。后来做了太子少师后，才有了些往来。旁人说起大哥，个个都竖大拇指，说他行事练达，出手豪阔。我一直没告诉您，我以为他是用大嫂的陪嫁……"

听到外面的人夸他大哥，三爷心里也是得意的。

他不知道哥哥的钱从何而来。后来偶然听说大嫂不仅仅陪嫁丰厚，还有很多当初没有上账的私房钱。

三爷就暗地揣度是大嫂给了大哥钱财，让大哥出门在外手头不拘谨。

这些事倘若说破了，大哥也尴尬，所以三爷从来不问。

他更加不会告诉盛昌侯。三爷知道盛昌侯好面子。要是知道儿子用儿媳妇的陪嫁，盛昌侯只怕又要骂人。

倘若不是这件事，三爷永远都不会想到，他那个处事冷静，斯文寡言的大哥，居然去做放利债这等事。而且能被刑部下了大牢，足见他身上不止一件人命官司。

"你说他在外头行事，很是豪阔？"盛昌侯追问。

三爷道是。

盛昌侯半晌没有接话。

三爷见父亲沉默，心里也打鼓，过了片刻小心翼翼提醒："爹爹，如今该如何是好？"

盛昌侯仍是不说话。

过了须臾，他起身道："这件事暂时不要告诉家里。若是你大嫂派人打听，就说我让你大哥去了济南府买些良田，过几日才会回来……"

三爷还想问，可触及父亲锐利的目光，他到了嘴边的话又收了回来，只得应是。

到了内院快要落锁的时候，东瑷就听说了盛修颐去济南府的事。

她不相信。她知道盛修颐是为了二爷的事出去的。要么就是盛昌侯和三爷也被蒙在鼓里，要么就是他们瞒着她。

不管是哪种，盛修颐肯定是出事了。

她想了半晌，起身喊了蔷薇和寻芳、碧秋："我要去元阳阁。"

蔷薇等人都微惊。

"大奶奶，都要落锁了，要不，咱们明日再去吧？"蔷薇劝道，"您是想诚哥儿了吧？"

她知道东瑗是担心盛修颐，所以用诚哥儿来转移东瑗的注意力。

东瑗心里一直记得盛修颐说去看看二爷的事。二爷惹了祸，盛修颐去处理，然后一直不曾归来，这绝对有问题。她知道，从元阳阁传回来的消息，是她公公想她知道的。

东瑗对此很不满意。

她不喜欢盛昌侯如此行事，把女人当成笼子里的金丝雀，只需给女人优越的环境，不需要女人了解外面世界的风雨。

可夫妻不应该如此。

至少东瑗和盛修颐的婚姻，不需要重复盛昌侯和盛夫人的婚姻模式。

哪怕她什么都做不了，她也需要知道盛修颐到底发生了何事。

她起身，冲蔷薇笑了笑："去点几盏明角灯，咱们去元阳阁。"

声音虽轻柔，语气却不容置疑。

蔷薇还想说点什么，触及东瑗的眸子，她微微叹气，只得把话咽了下去，轻声道是，就盼咐婆子们点了明角灯来。

蔷薇和寻芳搀扶着东瑗，碧秋、夭桃几个跟在身后，还有两个粗使婆子提着灯笼，前后替她们照路，随着东瑗去了元阳阁。

内院已经落锁，各处角门上的婆子听到是大奶奶，急忙给开了门，而后又在背后偷偷打听到底怎么了，深更半夜往元阳阁去。

到了元阳阁，盛夫人已经歇下了，盛昌侯去了外面没有回来。

康妈妈要去禀告盛夫人，东瑗拉住了她："夫人好不容易睡了，别叫醒她。侯爷不在府里，说去哪里了吗？"

东瑗也知道到了盛夫人这个年纪，能有个好觉不容易，一旦吵醒，可能后半夜都睡不着。

"说是雍宁伯府的大少爷寻他，大概是雍宁伯府的事吧……"康妈妈回忆着盛昌侯临走前对盛夫人说的话，告诉东瑗。

因为太后娘娘的事，雍宁伯被关进了大牢。

雍宁伯府有下毒之嫌，却没有真凭实据。那些大理寺丞，是绝对不敢说去验太后尸身的。所以，雍宁伯府的案子一直拖着没有结案。

因为雍宁伯的长孙女是新帝的贵妃，雍宁伯在牢里并未受到太多的罪。

盛昌侯去为雍宁伯奔波，彻夜不归的事从前也有，盛夫人并不担心。

东瑗却明白，盛昌侯这次出去，绝对不是为了雍宁伯，而是为了盛修颐。她的心就提到了嗓子眼。若不是大事，盛昌侯需要连夜去为盛修颐斡旋吗？

"世子爷没有回来，我听说他去了济南，想问问到底几时回来？"东瑷笑了笑跟康妈妈解释。

康妈妈笑道："侯爷说这两日就要回来，您也别担心。家里时常有事都是世子爷去奔波的，他熟得很。"

东瑷微微点头："妈妈您也歇下吧，我这就回了。"

康妈妈忙扶了她："夜路不好走，妈妈送您回去。"

东瑷忙摆手："不用，不用！您瞧，我这里带了这么些人，哪里敢劳动妈妈？这么晚打搅，已是心中不忍。再要妈妈送，岂不是让我更加不安？"

康妈妈笑起来，叮嘱蔷薇："好好服侍大奶奶，走路仔细些。"

蔷薇忙道是。

东瑷一行人刚走，康妈妈让小丫鬟关了院门，就听到内室里有动静。盛夫人被众人的脚步声吵醒了，喊了康妈妈问话："这么晚，出了什么事？"

她声音有几分焦急。

康妈妈忙笑着安慰她："大奶奶来问世子爷的事，您别起来……"

康妈妈心里也有些不安。虽然三爷进来说，世子爷是去了济南府，可从侯爷和三爷的神态里，康妈妈能感觉有事。而现在大奶奶又怀着身子深夜跑来，康妈妈就更加确定了。

她的心也怦怦跳，却又不敢在盛夫人面前表露一分。

"你没派人去告诉她，颐哥儿去了济南府的事？"盛夫人反问，语气里带了几分探究。

"我说了。"康妈妈呵呵笑道，"您还不知道大奶奶和世子爷？两人还跟大奶奶新进门的时候一般，时刻离不得。"

盛夫人有些狐疑。

而东瑷从元阳阁出来，看着元阳阁门口大红灯笼投下氤氲的光，她站着半晌没有挪脚。

蔷薇几个面面相觑。

"大奶奶，夜风寒得紧，咱们还是快回去吧？"蔷薇低声对东瑷道。

东瑷想了想，望着二爷的喜桂院方向，半晌才缓缓点头。

次日清晨，东瑷早早起了床，没有去盛夫人的元阳阁，而是对寻芳道："你悄悄去打听打听，二爷在喜桂院还是在徐姨娘那里……"

她听说最近二爷很是宠爱徐姨娘。

寻芳微讶，倒也没有在东瑷面前问何事，应声道是，去打听二爷的事。

"一大清早，问二爷做什么？"罗妈妈虽然知道东瑷担心盛修颐，却不知她的意图，"您想问世子爷的事，不如问三爷。"

她那意思是，二爷跟世子爷兄弟并不亲昵，三爷才是跟世子爷最亲近的。与其问二爷，倒不如向三爷打听。

"我自有主意。"东瑷淡然回答着罗妈妈的话，安静喝着罗妈妈端给她的小米粥，等着寻芳回来。

蔷薇和罗妈妈各自眼底有了忧色。

东瑷一碗粥没有吃完,寻芳已经回来了。

"二爷在喜桂院呢……"寻芳把她打听到的消息告诉东瑷,有些吞吐,"只是,昨夜二爷和二奶奶吵了一架。二爷歇在小书房,二奶奶哭了半晌,到了鸡鸣时分才勉强睡了,现在都未起……"

东瑷微微颔首,起身吩咐蔷薇和寻芳几个:"走,去喜桂院。"

罗妈妈和蔷薇忙拉住了她。

罗妈妈蹙眉道:"大清早往小叔子院子里去,这叫什么事?再说,二爷和二奶奶正置气呢。二奶奶又是个心直口快的,一时顶撞了您,您难道反驳回去?您不是跟着生闷气?"

其实罗妈妈和蔷薇几个都是不知道东瑷到底要做什么。

与其问二爷关于世子爷的去向,不如去问三爷盛修沐。

东瑷摇摇头,推开罗妈妈的手,很坚决道:"妈妈,我自有主意。您放心,我肚子里还怀着世子爷的孩子,不会跟二爷夫妻起争执。要是生气了气坏了自己,吓住了孩子,我自己有何好处?"

她摆出自己知道自己身怀六甲,却语气坚决,让罗妈妈和一屋子丫鬟们都为难至极。

最后还是蔷薇上前一步,扶了东瑷的手:"大奶奶,既然找二爷说话,咱们还是快些过去吧?免得等会儿二爷用过早膳,又要出去了……"

然后她回头,对罗妈妈道:"妈妈放心,我和寻芳随在大奶奶左右。再说又不是去旁处,只是在府里走动,您老安心吧……"

东瑷轻微一笑。

罗妈妈还要说什么,见东瑷丝毫听不进去,只得快快不语。

那边,寻芳拿了件滚银狐裘边的缂丝斗篷给东瑷披上,和蔷薇左右搀扶着东瑷出了静摄院的大门。

罗妈妈在身后心急如焚,恨不能跟着东瑷一块儿去。

到了喜桂院,二爷和二奶奶都没有起来。

葛妈妈和二奶奶的两个大丫鬟丁香、冬青都愣住了。

虽然东瑷脸上笑盈盈的,可她开口就问:"二爷呢?"愣是让葛妈妈和丁香、冬青听出了不同寻常。三个人有的去叫二爷,有的去喊二奶奶,喜桂院登时一阵忙碌。

东瑷坐在喜桂院东次间的暖阁里喝茶,十分悠闲。

可看着满屋子忙碌的丫鬟婆子们,蔷薇和同来的寻芳、碧秋三人脸上有些挂不住,纷纷带着歉意的笑,手都不知放在哪里。

这很诡异。

大清早,大奶奶就说来见二爷,哪个丫鬟婆子瞧着她们的眼神不是怪怪的?

偏偏这位正主恍若不觉，表情温和带着几分淡笑，慢悠悠喝茶。

蔷薇也算撑得住场面的，此刻却也架不住各种带着探究的目光，求助般望向东瑗。

东瑗根本不看她。

寻芳和碧秋年轻些，被丫鬟婆子们的目光扫视，脸上的笑就变成了尴尬的讪笑。

最终二奶奶的笑声打破了室内的沉闷气氛，蔷薇和寻芳、碧秋各自松了口气。

"大嫂，您这是……"二奶奶笑着，疾步从门帘后绕了进来，帘子都是她自己打起来的，足见她是多么着急。

东瑗手里的茶水已经被她喝空，她仍端着茶盏，笑着对二奶奶道："二弟妹，你这海棠冻石茶杯着实好看，比我那套玻璃的还要好……"

这茶杯是二爷前些时候从外头弄进来的，细密的冻石，绘了金色的海棠图，的确好看。

二奶奶也很喜欢，前天才拿出来用。被东瑗这样一夸，若是平日，二奶奶定会跟东瑗说说这套茶盏的由来。

可是此刻，二奶奶却在心里咯噔了一下。

大清早跑来喜桂院，说是见二爷，作为大嫂，薛东瑗此刻的举止多么不适合。她还闲情逸致讨论茶盏，让二奶奶嗅出一丝危险的气息。难不成二爷这套冻石茶盏得来有问题？

她勉强一笑，不接东瑗的话，又问了一遍："大嫂，您还怀着身子，这么早，这是……"

东瑗含笑放了茶盏，道："我有点事问二爷……"

二奶奶见东瑗不肯告诉她，心里更是狐疑不已。她不由想起二爷前几日说要回徽州老家的话，她开始在心里打鼓。到底怎么回事？

二奶奶还要追问，外间传来二爷故意放重的脚步声。

东瑗起身，待丫鬟打起帘子，穿着皂色茧绸直裰的二爷走进来，她和二奶奶一起，给二爷行礼。

和二奶奶的惊讶相比，二爷是有些忐忑。

薛东瑗嫁到盛家快两年了，从未见过她如此不靠谱。乍一听她一大清早来喜桂院，二爷也是微愣。而后，他就想起前几日他的五姑父——就是文靖长公主的大儿子，他五姑母的丈夫让他做的事。

难不成薛氏知道了？

二爷顿时就不安起来。他替五姑父做那些事，主要是有侥幸心理想着盛昌侯永远不会知道此事。五姑父一再跟二爷保证，过了今日早朝，盛修颐就要被关入大理寺的大牢，盛家的人和陛下的人永远别想见到他。

他就算有冤屈，也不会有人知晓。

可薛氏这么一大清早就来，脸上不是惊慌，而是带着笃定的笑意，让二爷的不安变得更甚。

要是被盛昌侯知道他帮着旁人害盛修颐，只怕他等不到盛昌侯府的世子爷之位，还会成为盛昌侯刀下亡魂。

盛昌侯从来不是个讲理的人。

当初二爷的父亲——盛昌侯的庶兄、二爷的祖母夏老姨娘，都是被盛昌侯杀死的。

"大嫂。"二爷给东瑷还礼，问道，"您这是？"

东瑷没有答话，而是看了眼满屋子的丫鬟婆子。

蔷薇和寻芳、碧秋就先退了出去。

二奶奶见这架势，就明白东瑷有话跟他们夫妻说，也冲丫鬟们使眼色。

等一屋子人都退了出去，东瑷还是不开口，直看着二奶奶。

二奶奶就涌起无名怒火。

一大清早来寻小叔子，是她薛东瑷作为嫂子该做的吗？既然来了，二奶奶也忍了这口气，可薛东瑷居然还想让她避开。

二奶奶努力攥紧了拳头，冷笑看着薛东瑷："大嫂，您有话就直接说吧。这屋子里又没有外人了……"

东瑷就收回了目光，她准备开口，二爷却急起来，吼道："你先出去！"他也不想被二奶奶知道他所做之事。他了解自己的妻子，想吃又怕烫。要是让她知道二爷做的事，二奶奶只怕先慌了，最后功亏一篑。

二奶奶错愕。她望着二爷，又看了眼薛东瑷，满是恨意，又是担心。

薛东瑷长了副狐媚子模样。

可薛东瑷是大张旗鼓来的，又是大清早，满屋子丫鬟婆子都看着，二奶奶知道薛东瑷和二爷绝对不会是做什么龌龊事。二奶奶瞧着薛东瑷的眉眼，又想起二爷总说薛东瑷艳名在外，心里虽然明白，还是酸溜溜的。

但是二爷说话了，二奶奶要是硬赖着不走，被二爷当着薛东瑷的面吼几句，二奶奶还有什么体面？她恨得跺脚，还是退回了内室。

越想越不甘心，也不放心，二奶奶躲在内室帘子后面偷听。

她听到二爷问："……大嫂，您有话就说，我等会儿还要出去……"

语气里有三四分不耐烦，让二奶奶听着大为欣慰。二爷在外头混账，在自己家嫂子面前，倒不至于下作。

薛东瑷嫁过来这么久，虽然她美艳，二爷却从来没有拿她开过玩笑。他总说，薛氏是他嫂子，关乎盛家名声。

这点，哪怕二爷一无是处，二奶奶也愿意尊重他。她的丈夫在大是大非上不糊涂，也不在家里胡来。倘若他真的是个荤素不论的，在薛氏面前毛手毛脚的，让家里人知道，二奶奶和蕙姐儿还不被人笑话死？

二爷不这么着，难道不是想着二奶奶和蕙姐儿吗？

他尊重妻子，维护女儿，这个男人哪怕再不济，二奶奶这辈子也认了。

想了想，她还是轻手轻脚从帘子后面走开了。既然不想让她知道，她回头再逼问二爷吧。

要是让薛东璃知道她不听二爷的话，还躲在帘子后，二爷面子上怎么过得去？

既然二爷看重她，她也要维护二爷。

东次间的东璃并没有注意内室帘子后的动静。二奶奶听不听她无所谓，她是怕二爷有所谓，才让二奶奶避开。

二爷问她，她也收敛笑容："二爷，世子爷去了哪里？你是知道的吧？"

二爷脸色也不好看，冷哼一声道："家里事爹爹从来不让我沾手，大嫂想知道大哥去了哪里，何不问爹爹。再不济，问问三弟吧。"

东璃就站起身子，伸手扶住腰，正色道："二爷，你当世子爷行事只有他自己和来安知道？那二爷就打错了主意！二爷也知道爹爹的性格，要是他知道了，二爷有什么好？我是看着二弟妹，看着蕙姐儿，还先来问二爷。二爷不说，那么我这就去问爹爹去。"

东璃并不想在二爷面前跟孩子吵架似的，吵不赢就抬出父母，声称告诉爹爹去。

怎奈她和二爷接触不多，不知他的秉性，不敢贸然对他赌狠。怕惹恼了他，又被他识破东璃在故作声势，到时轻推东璃一把，还赖是东璃自己跌倒了，伤了东璃腹中尚未安稳的孩子，东璃想哭都来不及。

她只得抬出盛昌侯。

三爷和盛昌侯不知道当初盛修颐是因为二爷的事才出门的，所以他们没有来问二爷。

东璃却很清楚。

不过，她一说"问爹爹去"，二爷顿时脸色微变，眼底的忐忑和担忧掩饰不住。

东璃既是暗喜，又是难受。

她暗喜二爷果真知道盛修颐去了哪里。了解一点缘由，总好过像没头苍蝇般去为盛修颐奔走；她所难受的，无非是二爷真的与盛修颐失踪之事有关。

"大嫂……"二爷收起冷笑，有了些勉强地干笑，"我的确不知大哥去了哪里。这些日子我一直在府里，我这院子众人可以作证。"

他当然不知道。他所负责的，就是把事情挑出来，设了圈套让盛修颐自己钻，然后他自己摘得干净。等盛修颐遭遇不幸，他可能还会被立为世子爷。

当然，这可能都是二爷自己想的，也可能是旁人利诱二爷时说出来的。

而东璃则不以为然。

别说盛昌侯的世子爷盛修颐有了嫡长子、嫡次子，就算盛修颐无后，盛昌侯大约也会先把二爷弄死，再想继承的问题。

当初二爷为何接到盛昌侯府？那是盛昌侯逼不得已。杀了人家的家主，又想封住人家的嘴，只得把侄儿接到身边。

家产将来可能分给二爷一些，至于爵位，二爷断乎不该有那念头。

看着二爷眼底的忐忑，东璃觉得他整日不过问朝政，过得花天酒地，可能真的没那见识，被外面的人忽悠了，真的动了爵位的念头。

她一阵心寒。

盛修颐为何会为了二爷的事毫无顾忌奔走，以至于现在失踪？那是他把二爷当成兄弟，怕二爷又被盛昌侯打，才主动去调和。

哪里知道，他的兄弟想的，却是怎么算计他。

二爷大约是因为爵位，那么外面的人呢？

为什么要害盛修颐？

东瑷又想起盛修颐跟她说，新帝泰山祭祀，盛修颐要同行。此次同行的大臣，应该都是朝廷之股肱吧？那么是有人不满盛修颐吗？

"二爷，我也不逼您，您只要告诉我，世子爷说去处理你的事，到底会去哪里？"东瑷停住脚步，回眸逼视二爷，"到底是什么人要害世子爷？"

"大嫂想多了，大哥不是去了济南？"二爷彻底镇定下来，笑呵呵和东瑷打太极，"谁要害大哥？"

东瑷看着他的笑脸，心底的火气喷上来。她不习惯高声喝叫，越是生气，话越是难语。半晌，她才道："既然这样，我亲自去告诉爹爹。二爷到底做了什么事，非要回徽州，查查就出来了……"

二爷便知道东瑷不是诈她，盛修颐的确跟她说过是出去处理他的事，才中了计。

他的脸上有了几分阴霾，看向东瑷的目光更是凶狠。

发怒一点不可怕。

发怒的人容易失去理智，更好控制，比冷静的人容易对付。二爷发怒，她反而静下来："二爷这样看我是做什么？难不成二爷不想我去告诉爹爹，不想让我出这门？"

二爷眼睛微亮，目光更狠。

东瑷笑得灿烂："……我来的时候，院子里的婆子，一路上角门上当值的婆子，甚至二爷这满院子的，哪个不知道我来了这里？要是我再晚些回去，我屋子里的妈妈定要派人来寻。我没有去请安，娘也担心……"

二爷回味过来，也觉得强行把东瑷留在喜桂院甚至谋害她，根本行不通，眼眸里的亮光也一闪而过。

东瑷却心底发凉。

她倒不鄙视二爷。盛昌侯答应养育他，给他侯府公子的地位，可到了京城却反悔，只让人说他是通房生的、养在盛夫人名下，就把二爷的身份降了一大截。虽然和二爷从前的身份相比，已经是云泥之别，可盛昌侯对二爷的冷漠甚至恨意，让二爷在这个家没什么归属感。

看盛修颐和三爷盛修沐的亲昵，再看盛修颐兄弟对二爷的疏远，足见二爷在这个家过得不好。

他在这里都找不到归属，如何能要求他有家族荣誉？他甚至幻想盛修颐死后，三爷本身就有爵位，盛昌侯的继承权能落在他身上，所以他才对盛修颐下手。

一旦究其根源，东瑗就对二爷恨不起来。

要是真的仔细判断事情的对错，难道盛昌侯杀兄之举就是对的吗？盛昌侯错在先，才有二爷今天的不是。

如果能看到一点光明的未来，二爷大概也不会如此行事。看他平日里虽然荒唐，听说在外头花天酒地，可他也没有在家里行事不堪。

他没什么可取之处，却也没什么可恨行为。

虽然不恨，却也心里发凉。

"二爷，您那套海棠冻石茶盏，看似平常，实则万金难求。那茶盏上的海棠花，是前朝绘画大师章已宪所作……章大师平生爱在瓷器上绘画，我家祖父就收藏了两件青花瓷瓶。您这套冻石茶盏，只怕价格不在瓷瓶之下吧？"东瑗见二爷收起眼底的戾色，笑笑对他道，"这套茶盏，是谁人送给二爷的？要不要我告诉爹爹，让爹爹派人去查？"

二爷的脸色变得更加难看。

好半晌，他才慢悠悠开口："你待如何？"

"告诉我，世子爷到底去了何处？"东瑗道，"不需要告诉我旁的事，只要告诉我世子爷去了哪里。我就会告诉爹爹，是世子爷临走之前说给我听的地点，保证不牵扯二爷……"

二爷忍不住讥笑出声。

东瑗威胁了他这么多，再说不牵扯他，让他觉得妇人的谎言着实可笑。

二爷行事虽不及盛修颐缜密，不及盛昌侯狠辣，却并不代表他是个愚笨的。

在府里他束手束脚，不能放手一搏弄死东瑗。因为他不能保证二奶奶和蕙姐儿安全无虞。

他若是逃走，只怕下场更惨。

唯一能做的，就是死不承认。

他忍不住冷笑，看着薛东瑗："薛氏，你去告诉父亲吧……"

说罢，他抓起桌上的海棠冻石茶盏，狠狠砸在地上，然后笑道："已无证据，你要如何？"

东瑗也冷笑："二爷，您觉得爹爹是相信我的一面之词，还是相信你的真凭实据？只要我说一句，您知道世子爷的下落，爹爹立马就会拷问您？您是要现在就把我杀了然后逃走，留下二弟妹和蕙姐儿，还是告诉我世子爷到底去了哪里？"

二爷的脸色惨白。

他觉得薛东瑗并非简单妇人。至少二爷想到的后路，她全部想到了。

她还想把二爷的后路堵死。

二爷现在，仿佛只能相信她。

不能杀她灭口，因为二爷是无法灭了东瑗那些丫鬟婆子一堆人，还有盛家知情的仆妇；他更加没有时间逃走，他走了，他的妻儿在府里就更加叫人看不起，甚至可能被盛昌侯杀害。

盛昌侯可从来没当他们是亲人。

他只恨这件事没有办严密,让薛氏知道了风声。

"我若是告诉你……"

"你若是告诉我,"东瑗出声,打断了二爷的话,"我只说是世子爷临走前告诉我的。二爷的事,我只字不提,否则叫我天打雷劈。"

这个时代的人很信这些誓言。那时没有西学东渐,没有科学,他们相信天理轮回,相信报应。

东瑗的毒誓,终于让二爷有所松动。

"大哥今日早朝后,就要移交大理寺。大理寺的审讯,陛下都不得过问。你就算知道是谁下手,又能如何?"二爷最后叹了口气,只得道,"我告诉你,这件事和薛家脱不了干系,你何不回去问问镇显侯爷,大哥的事到底是怎么个缘由……"

薛家?东瑗的心仿佛被什么捏住,让她的呼吸都窒闷。移交大理寺,连陛下都不能过问审讯……

东瑗感觉当头一瓢冷水泼下来,让她从头顶直直凉到了脚心。

"二爷说的,可是实情?"东瑗好半晌才压抑住自己的心情,没有在二爷面前露出端倪来,只是逼问二爷。

东瑗敬重她的祖父。她不相信祖父会设计害盛修颐。

可是二爷的话一说出口,她的心跳得厉害,可见她潜意识里也是有几分怀疑祖父的。

她既怀疑自己的亲祖父,又担心盛修颐,只差要崩溃了。她不想被二爷看出她的异样,强打起精神。

二爷还是犹豫了半晌,思量了半晌,最终无可奈何说道:"自然是实情,大哥前日出去,是去了城西的观音寺。我放出消息说,我看上了文靖长公主府里的女婢,暗通款曲生下了孩子,养在外城观音寺。大哥肯定是听了这个传言,亲自去确认了……"

说罢,他懊恼垂下了头。

盛修颐就是在城西观音寺被人下了圈套,染上了人命官司吧?

从这件事开始,二爷盛修海就没什么把握。

二爷帮五姑父也不过是仗着从前五姑父总是拿金银相赠,让二爷在外头能活动开手脚,手头不至于拘束。

事发前,五姑父对二爷说:"男子汉大丈夫,与其这样窝窝囊囊在盛家混日子,不如放手一搏,混个潇洒自在。倘若成功了,将来你就是盛昌侯府的世子爷,未来的盛昌侯。尊荣唾手可得,总比现在这样不明不白要强多了。天与不取,反受其咎,你仔细想想……"

"那要是失败了呢?"二爷也反问过这句。

五姑父却一再保证:"……趁着盛文晖那个老不死的不在家,你瞅准了时机在你们家老太婆面前闹一闹。你们家那老太婆不是总喜欢息事宁人吗?她又端的菩萨心肠,知道盛文晖不待见你,自然不敢在盛文晖面前提你的事,只会让盛修颐去打听。只要盛修颐一入观音寺，后面就是十拿九稳的事，绝对不会出岔子。你要还是个爷们，就别畏手畏脚的！"

说得二爷真的心动了。

对这个家里的任何人，除了他的妻子葛氏和女儿盛乐蕙，别的他没有感情。不管是利用盛修颐还是欺骗盛夫人，二爷丝毫没有愧疚。

直到薛东瑷站在他面前，说了这么一席话，二爷才心底生寒。

他不把盛修颐的事告诉薛东瑷，一口咬定与自己无关。可薛东瑷得不到她想要的，就会去和盛昌侯说，让盛昌侯来逼问。

到时，不管二爷是否知情，盛昌侯都会借此机会要了二爷的命。

还是光明正大地整死二爷。

他把盛修颐的事如实告诉薛东瑷，薛东瑷保证不提及二爷，二爷虽然不信，却多了份生机。

和盛昌侯相比，他宁愿相信一个妇人。所以他才如实相告。这个妇人和盛夫人一样，端的是菩萨心肠，总是以和睦家庭为重。二爷觉得可能她真的会替自己瞒下去。

东瑷听了二爷的话，城西观音寺几个字反复确认了几遍，才福了福身子，跟二爷道谢告辞。

她没有回静摄院，而是直接去了外院三爷盛修沐那里。

三爷并不在家，东瑷就把话告诉三爷的丫鬟画琴："……你就说，世子爷当初是去了城西观音寺，为何两日不归？倘若三爷回来，让三爷去我那里……"

画琴不明所以，恭敬称是。

东瑷就带着丫鬟们回到了静摄院。她一直想着二爷说的盛修颐被关进了大理寺，连陛下都不得过问，她的心就揪起来疼。

到底因为什么，让盛修颐遭了这么大的磨难？她脚步不稳。

蔷薇和寻芳搀扶着东瑷回到静摄院时，罗妈妈急忙迎了出来，语带焦急："孟新平来了许久，急得不行，说是世子爷的事……"

东瑷愣了下，才想起来福出去之后，用了他的本来姓名。

孟新平，就是蔷薇的男人来福。

孟新平怎么这时候来了？不仅仅是东瑷，蔷薇也露出迷惘神色。

蔷薇倒是不相信孟新平一大清早是来找自己的。听罗妈妈的口气，孟新平来得很急，那么定是世子爷的事了……蔷薇顿时心头不安，不由预感不祥。

孟新平看到东瑷进门，看都不看蔷薇一眼，径直给东瑷行礼。

"大奶奶，小的有急事跟您说……"孟新平待东瑷坐下后，上前一步道。

东瑷心一下子提起来："你说……"

孟新平却看了眼满屋子服侍的人。

蔷薇明白过来，忙和罗妈妈一起，带着满屋子服侍的丫鬟婆子们出去。

"大奶奶，世子爷今日下了大狱，还认罪画押了，您知道吗？"孟新平急忙问道。

"什么？"东瑷大惊，失措站了起来，厉声问孟新平，"你说世子爷认了罪？我们还不知道是怎么回事，世子爷怎么会认罪？定是屈打成招！"

说完，东瑷又觉得不对。盛修颐平日里虽然沉闷，却绝对是条硬汉子，屈打他他也不会招。只怕是早就下好的圈套，逼得他不得不招。

东瑷急得呼吸都不畅，一时间她真不知道该如何是好。

她的公公和三爷盛修沐都不在府里，肯定是为了这件事出去周旋。二爷又不能依赖，薛家……因为二爷刚才的话，她连老侯爷都有了几分怀疑。东瑷只觉得天旋地转，完全没了主意。

她跌坐在炕上，拳头紧紧攥在一起，身子不由发抖。

"大奶奶，如今这般，只怕侯爷也束手无策……"孟新平声音有些低，"世子爷自己供认不讳，陛下也不能替他遮掩。可世子爷如果能给陛下写个折子，诉说冤情，或许还有转机……大奶奶，您不是写得一手好字吗？"

孟新平从前跟着盛修颐，他听盛修颐说过，薛东瑷写得一手和他笔迹有九分相似的字。这件事让盛修颐特别惊喜，也特别得意，所以在孟新平面前提过。

东瑷也猛然醒悟过来。

的确，她写了手和盛修颐十分相似的字，完全可以以假乱真？

只是……

她猛然回眸看着孟新平："写……写些什么？"

孟新平一咬牙："只说冤枉，等世子爷见到了陛下，自然有话说……"

东瑷好不容易燃起希望的心，又有种被湮灭的失落。她看着孟新平，艰难道："一旦我写了折子想法子递给陛下，你大约就会主动去替世子爷顶罪，把罪过揽到自己身上吧？"

孟新平没有惊讶，他重重点头："大奶奶，当初世子爷和我就说好了的。倘若出了事，定是我出来认罪。况且这些事原本就是我管着，世子爷根本不知情。的确是出了些人命官司，也是我治下不力，不应该是世子爷承受这等冤枉！"

东瑷缓缓阖眼，不再说话。

用一条人命换一条人命吗？

就算盛修颐平安无事，将来他们夫妻如何面对蔷薇？

这种愧疚，会伴随东瑷一生。她的家重要，蔷薇的家不重要？

她的男人重要，蔷薇的男人就应该去死？

东瑷摇头："此计不通……"顿了顿，她声音缓和对孟新平道，"倘若晚夕侯爷还没有回来，的确是回天无力，我再写折子。你先等在这里，不要走……"

若是直接拒绝孟新平，只怕他还有过激举动。

东瑷不想和他说太多。

孟新平焦急道："大奶奶，倘若等到晚上，有了变故怎么办？如今所有人都是心急如焚啊……"

东瑗回眸，定定看着他："等候爷回来！"

孟新平还想说什么，最终忍住不语。

东瑗又派了丫鬟去外院打听盛昌侯和三爷什么时候回府。

自鸣钟响起，已经午初，东瑗越发难以忍受了。

她正要起身去元阳阁，外头打探消息的小丫鬟急匆匆跑了进来："大奶奶，大奶奶，世子爷……三爷送世子爷回来了……"

东瑗愣住，怕自己听错，问那小丫鬟："你说什么？"

那小丫鬟忍不住惊喜，又重复了一遍。

回过神时，东瑗才提着裙裾就奔了出去。

盛修颐是被几个小厮抬进来的。他阖眼，不知是昏睡还是昏迷，浑身的血迹。

东瑗咬唇，眼泪还是迷蒙了视线。

三爷跟在身后，一身狼狈憔悴，喊了声大嫂。

东瑗忙让把盛修颐抬进内室。

蔷薇带着几个大丫鬟，和东瑗一起，把盛修颐的血衣褪了下来。

盛修颐全身上下，没有一块完整的肌肤，血迹粘住了衣裳，根本褪不下来。

东瑗眼泪就似断了线的珠子，簌簌滚落。

几个丫鬟无人不是一脸泣容。

三爷在一旁不知该说什么，只是不停让小厮去催，看看太医来了没有。

"和爹爹说了吗？"东瑗哽咽着问三爷。

"爹爹知道。"三爷道，"大嫂，大哥只是昏迷，并不……并不碍事……"他想劝东瑗几句，可发现安慰的话根本不知如何说出口。

盛修颐这情况，分明就是受了整日整夜的酷刑啊。

三爷眼眶也微湿，他的拳头也是紧紧攥住。

年迈的老太医被小厮拖着气喘吁吁赶来，三爷才感觉自己透了口气。

第二十六章　幸福美满

盛修颐这次所受到的伤，比大家想象的还要重。

他卧床三个月。

他的第三子盛乐诚周岁宴他没有参加，新帝泰山祭祀他没有去，三爷盛修沐成亲他也没有观礼，二爷盛修海回徽州他更加没有送行，只是整日躺在床上，安静养病。

东瑷在旁服侍他。

到了五月底，东瑷的肚子一日日大起来，她也没什么精神，时常呕吐得昏天黑地。

盛修颐这才"伤势好转"。

知道他的"病"好了，乳娘也常带了诚哥儿来静摄院。

诚哥儿已经一岁多，会满地跑，会喊爹娘，还会扯着小丫鬟的裙子。

有次蔷薇喂他喝水，他眼珠子转了转，就吐了蔷薇一脸，气得东瑷把他按在炕上狠狠打了几下屁股。

他也不哭，睁着乌溜溜的大眼睛无辜看着东瑷，仿佛不知东瑷在干嘛，奶声奶气喊："娘……"

然后还呵呵笑。

东瑷又是气又是笑。

蔷薇几个忙劝，乳娘也心疼上前抱走了诚哥儿。

原本也没什么的，只是晚夕去元阳阁请安，东瑷的公公盛昌侯脸色不好看，特意当着家里众人的面说："……男孩子淘气是有的，谁家男孩子养得像姑娘似的？可孩子却打不得。打得怂了，才不好管教……"

三爷一听就知道是说东瑷。家里会挨打的孩子，只能是诚哥儿。看着东瑷和盛修颐都有些不自在的神色，三爷偷笑。

东瑷和盛修颐哭笑不得。

盛修颐怕东瑷多心，试图替东瑷辩解几句。他尚未开口，盛昌侯察觉到他，就不悦瞪了他一眼。

盛修颐轻咳，想说的话咽了下去。

东瑷只得道："爹，您不知道，诚哥儿他……"

盛昌侯一听火气就来了，对东瑷道："我不知道？不就是吐了仆妇一脸水？那些人原本就是服侍的，什么大惊小怪，也值得你动手？"

东瑷语噎。

她要是敢解释什么众生平等，要学会尊重每个人这样的理念，她公公估计要把她当成异类，从此不仅仅诚哥儿见不着，还会对东瑷进行深刻的教育。

东瑷想着，诚哥儿将来是在这个社会长大。他和女人不同，他的生活不仅仅是内宅方寸之间，而是整个天下。盛昌侯的教育理念，才符合整个社会的。

不管是对公公的敬重，还是对这个时代的妥协，东瑷就再也没有说话。

盛昌侯也连着半个月不准乳娘抱诚哥儿回静摄院。

盛修颐夫妻虽然无语，却见诚哥儿能时常逗得盛昌侯哈哈大笑，还引得盛昌侯满地追诚哥儿，身子骨也好了很多，只得忍了。

三爷却心惊肉跳的，跟三奶奶道："咱们得赶紧要个孩子。要是诚哥儿长大了些，不用爹爹带着他。爹爹没什么好玩的，就打咱们孩子的主意，那可如何是好？"

三奶奶单氏被三爷说得脸颊绯红，低头不语。

这话传到盛昌侯耳里，气得大骂三爷不孝顺。

东瑗和盛修颐也听说了，笑得前俯后仰。

到了六月初，盛京一天天热起来，东瑗的孕吐也好了不少。只是她觉得这次的肚子很大，好几次罗妈妈几人告诉东瑗说："兴许是双胞胎呢……"

东瑗摸着滚圆的肚子，也觉得和怀诚哥儿时不同。

她欣慰一笑。

天气热，徽州庄子上送了新鲜的果子来。

盛夫人喊了东瑗和三奶奶单嘉玉去吃果子。

她的丫鬟香橼拿了份冰湃的樱桃给三奶奶，又拿了洗得干干净净的草莓给东瑗。

盛夫人看着两个儿媳妇吃，笑着道："樱桃是山东那边送来的，草莓是徽州送来的……"

说起徽州老家，她眼眸一黯。

东瑗知道她想起二爷一家人了。

盛夫人不知道二爷的所作所为，对二爷和二奶奶平日里感情也不算深厚，猛然走了，想念却是有的。她最放心不下的，只是二爷的女儿盛乐蕙。

蕙姐儿已经快到成亲的年纪了，盛夫人原本打算让孩子留下来说门好亲事。

盛昌侯不同意。他说："既然海哥儿有孝心回去守着祖坟，就没有道理让蕙姐儿留下来。江南有的是高门望族，还怕没合适的人家？"

二奶奶既高兴又担心。

女儿能跟着一块儿回去，自然如了她的意；但是能留下来，嫁到户好人家，她更加高兴。

只是盛昌侯不同意，二奶奶也死了那份心。

盛夫人只能眼泪汪汪看着二爷一家子离开京都回徽州去。

那日二奶奶和蕙姐儿一直哭，她俩也不知为何突然要走。盛夫人和东瑗以及刚刚进门的三奶奶单嘉玉也跟着哭了一场。

"娘，二爷他们到了徽州快两个月了，这次送果子来的下人，没说二爷他们怎样吗？"东瑗放下手里的草莓，柔声问盛夫人。

盛夫人回神，叹了口气，笑道："说了。他们回去，还住咱们以前的宅子。海哥儿说房子空荡荡的，他们一家人住也冷清，就把大堂兄一家人接了进去住。你爹爹也同意了……"

想着二爷在徽州，也有盛修辰照顾，算是亲兄弟团圆，盛夫人心里才好受些。

东瑗和三奶奶听着都笑。

"……海哥儿媳妇喜欢热闹，才回去两个月，和徽州府的一些太太小姐们熟得不得了，听说好几户人家给蕙姐儿提亲呢。这次来送果子的婆子说，等蕙姐儿出阁的时候，请了咱们去徽州逛逛……"盛夫人提起这话，一脸的向往。

她也不是随口说的。

离开徽州这么久，她也很想回去看看。

家乡的草木，盛夫人现在还记忆犹新。

"那蕙姐儿出阁的时候，咱们去趟徽州吧？"东瑗道。

盛夫人就露出认真的表情："我也是这样想的。不过，到时去得成、去不成，还要看机遇呢……"

"我还没出过京城呢，能回去看看最好了。"三奶奶见盛夫人喜欢，也在一旁凑趣。

"我也是呢。"东瑗道。

盛夫人回头看了眼她们妯娌，见她们也想去，就真的动了心思："那咱们就提前合计合计……"

东瑗和三奶奶忙说好。

晚夕东瑗回去，问盛修颐："你想念徽州吗？"

盛修颐一愣，问她怎么说起这话来。

东瑗就把今日盛夫人的话说给盛修颐听。

"老宅前就是石桥，连着湖。到了夏天，满湖的荷花都开了。"盛修颐也是向往，"别说娘，我也想念徽州了。"

东瑗笑笑。

盛夫人动了这个心思后，一时间也停不下来。等盛昌侯回来，就对他说起徽州来。

"回徽州……回徽州……"诚哥儿在一旁手舞足蹈喊着。

盛昌侯和盛夫人都稀罕不已，问诚哥儿："诚哥儿也想回徽州？"

诚哥儿哪里知道什么是徽州？只是听盛夫人说起，就在一旁叫嚷罢了。他充其量只是学了个新词。

见祖父祖母热情看着他，他又重复喊道："回徽州，回徽州！"

盛昌侯哈哈大笑。随后，他对盛夫人道："等家里孩子们都大了，咱们就回趟徽州，让孩子们看看老家也好。只是这几年，孩子们还小，哪里经得起回来奔波。"

盛夫人觉得盛昌侯言之有理，笑道："还是侯爷思虑周全。"

只是她心底还是有些失落。

不过，这点小失落很快就消失了，因为三奶奶身边的妈妈来告诉盛夫人，三奶奶这个月的小日子没来。

盛夫人惊喜不已，打发那妈妈回去，忙叫人去告诉东瑗。

东瑗也挺高兴的，盛家人丁不旺，能多几个孩子自然是好的。

她忙叫蔷薇拿了对牌去给三奶奶请太医。

太医诊断后，果然三奶奶是怀了身子。

这下子，不仅仅是盛家众人高兴，连单国公府也惊动了。

东瑷的二堂姐、单国公夫人得到消息后，拿了礼品和补药来看三奶奶，反复叮嘱她："想吃什么，想要什么，只管告诉你大嫂或者你娘，别自己忍着……有什么不懂的，就问单妈妈，千万别害怕。"

东瑷几个在旁边听着都笑。

三奶奶又红了脸，道："嫂子，我都知道……娘和大嫂总想着我……我这里什么也不缺……"

单嘉玉是觉得她娘家大嫂特别不客气，弄得她怪不好意思的。

单国公夫人也笑，回头对一旁的东瑷道："九妹妹不知道，我那些小姑子，都是我一手拉扯大的。我就是像个做娘的。我们家五娘、六娘出门两年多才有了身子。小玉这么快有了，我心里高兴……"

这东瑷还看不出来？

她笑道："二姐，哪里只有你高兴？我们都高兴呢。"

单嘉玉一脸满足地笑着。看得出，她和单国公夫人的确情同母女。

单国公夫人回去的时候，东瑷挺着大肚子送她到垂花门口。一路上，单国公夫人就跟东瑷说起往事："……当年我要嫁到单国公府，祖母心里不痛快：说我婆婆去得早，公公又荒唐，丢下些小叔子、小姑子，都要我拉扯，辛苦我。哪里知道，到头来，那些孩子们就当我是个做娘的孝敬。我平白得了那么多好处……"

她感叹不已。

东瑷笑起来："那是二姐心地好，对他们尽心。都是二姐的福气呢。"

说着话儿，三爷盛修沐一脸匆忙从外头赶进来，手里还拎着个小小食盒，正好和出门的单国公夫人遇上了。

看到东瑷陪着单国公夫人往外走，他有些尴尬，下意识想把食盒往身后收。见藏不住，上前叫了两声大嫂，然后对单国公夫人道："大嫂吃了饭再回去吧。"

单国公夫人笑道："吃过了，也不看看什么时辰？三爷忙什么，现在才回来？"

三爷忍不住又把手里的食盒捏了捏，摸了摸鼻子，讪然而笑。

肯定是单嘉玉说了想吃什么，三爷去弄了。

单国公夫人不点破，就和三爷行礼告辞。

三爷又是一阵小跑进了内院，像个孩子似的。

单国公夫人看着他的背影，低声对东瑷道："他对小玉还不错……"

东瑷笑起来："二姐放一百个心，盛家的男人都知道疼媳妇。就算咱们二爷，在外头那么荒唐，也是敬重二弟妹的。"

单国公夫人就往东瑷脸上瞧，笑呵呵道："可不是？九妹妹比起在家里可是越来越好看，世子爷必定是疼九妹妹的……"

东瑷就轻咳两声，笑而不语。

"……从前听说三爷和和煦大公主的那个二儿媳妇，就是他的表妹，两人颇有交情，我和你二姐夫总担心他不喜小玉这糯软性格的。如今瞧着，三爷也是个明白人。"单国公夫人低声道。

东瑷才知道，原来单家知道三爷曾经和秦奕有那么点不明不白。

可单家应该只知道一半。

东瑷清了清嗓子，道："我们三爷向来是个聪明人。当年和萧家七小姐定亲时，秦表妹还在府里，三爷也没说一个不字。那时虽然年少不更事，却也懂得婚姻门当户对的道理。秦表妹大约就是不满三爷这样，和煦大公主府提亲的时候，她欣然同意了。我们三爷也不曾多说什么。如今三弟妹样样出色，性格又好，他岂有不爱的？"

单国公夫人听着东瑷的话，仔细品味其中的含义，就明白东瑷的意思。

三爷和秦奕大概是从未想过白头偕老。一旦利益冲突，就是郎无情妾无意。

单国公夫人一直这件事放心不下，听到东瑷如此一说，她明白过来，一颗心也安了，由东瑷陪着，出了盛府的大门。

单嘉玉怀着头胎，三爷鞍前马后地服侍着，总是弄些新巧玩意进来哄她开心。

盛夫人就总是在背后笑，说三爷好似一下子懂事了，从前可没见他对谁这样尽心过。

盛修颐则对东瑷道："我好像从来没替你做过这些……你想吃什么，我明日也去买？"

东瑷就笑着捶他。

她不羡慕，倒是盛修颐挺羡慕的。

夏季酷热起来，诚哥儿也越来越调皮。他有时会捉弄丫鬟，从花草上捉了小毛毛虫就往小丫鬟脖子里丢，害得那些小丫鬟又哭又跳的，吓得半死。

东瑷就搂住诚哥儿，问他虫子哪里弄来的，他大声道："我从叶子里找到的……"

那语气，好似要东瑷表扬他。

东瑷正色道："下次不准往小丫鬟衣裳里丢虫子，也不准到处去捉虫子回来，听懂了吗？"

诚哥儿撇撇小嘴，想了半晌，问东瑷："娘亲，您是不是也怕虫子？"

东瑷差点一口气呛死，敢情诚哥儿是以为东瑷怕虫子，才不准他去捉的。

既然这样，东瑷就顺势哄他："是啊，娘亲很怕虫子。诚哥儿下次能不能不捉回来？"

诚哥儿这才重重点头："我对娘亲好，我不吓娘亲。"

东瑷本想再教训他几句，听着这话心里就软了，将他搂住，摸了摸他的头。

他则指了指东瑷的肚子："娘亲，您给我生一个弟弟，一个妹妹吧？"

见他还懂这个，东瑷不免欣喜，问他："你怎么知道娘亲也生小宝宝？"

诚哥儿眼珠子转了转，道："乔妈妈告诉我的。"

"给你生个妹妹，好不好？"东瑷笑着逗他，"下次再给你生个弟弟。"

诚哥儿仿佛不解，歪头看着东瑷的肚子，然后十分迷惘问："怎么不能一下子生个弟弟和妹妹？"

东瑷扑哧笑出来。

不过那次过后，诚哥儿的确没有再往小丫鬟衣领里丢虫子。

不过，他爱上了盛家的池塘。

有天午后，盛昌侯歇了会午觉，让乳娘服侍诚哥儿，在暖阁里睡觉。乳娘也困，一屋子丫鬟也打盹，诚哥儿趁人不备，就迈着小腿跑了出去。

他直奔沐恩院不远处的水池去了，见四下无人，一头扎了进去。

正好三奶奶身边的小丫鬟从外头回来，看见了，吓得尖叫声声，把歇在沐恩院东次间的三爷吵醒了。

三爷急忙奔了出来，把诚哥儿捞了上来。

这下子，阖府都惊动了，盛昌侯让人把乳娘和几个服侍的丫鬟都拉出去各打三十棍。

盛夫人和东瑷死命求着，盛昌侯才同意各打十棍。

诚哥儿则一脸惊慌看着满屋子担忧的人，小声嘀咕道："祖父，乔妈妈和竹桃去了哪里？"

竹桃是服侍他的人之一。

盛昌侯无比宠溺地搂住诚哥儿，笑道："她们出去了。以后祖父另外寻几个人服侍诚哥儿好不好？"

诚哥儿摇头似拨浪鼓："我不要旁人，乔妈妈和竹桃好，我要乔妈妈和竹桃……"

"好好，回头还让她们服侍诚哥儿……"盛昌侯眉开眼笑。

太医也来瞧过诚哥儿，说他没事，吃几服压惊的药就好了。

晚夕东瑷和盛修颐回到静摄院时，两人都是满身疲惫。

着实太累了，被诚哥儿这么一吓，东瑷感觉魂不归位。回来洗了澡，才感觉好多了。

盛修颐也洗漱一番，夫妻俩躺下后，他对东瑷道："诚哥儿简直无法无天，他根本没个怕处……"

东瑷也点头，谁家不满两岁的孩子直接往池塘里跳？

"天和，咱们还是接过来养着，爹爹着实太宠溺他……"东瑷道。

盛修颐就不说话。他也不知道怎么开口。

这件事过去没几日，又听说诚哥儿把盛昌侯最喜欢的一只画眉弄死了。

他趁着盛昌侯出去的工夫，让丫鬟把鸟笼子取下来，然后把画眉往水缸里呛。那可怜的画眉就死在他手里，旁边的丫鬟们还不敢多言。

盛昌侯回来，也是肉疼，他着实喜欢那只鸟。

可诚哥儿可怜兮兮地说："祖父出去了，我怕它渴着……"

盛昌侯立马眉开眼笑："哎哟，诚哥儿真懂事！"

第二十六章　幸福美满

这回不仅仅东瑗，就连盛夫人、盛修颐和三爷也是一脸黑线。

平日里小丫鬟伺候那画眉时不小心撒了点水在画眉身上，盛昌侯就要骂那小丫鬟几句。如今诚哥儿直接把画眉呛死了，盛昌侯还夸诚哥儿懂事！

他真是夸得下去啊！

回去的路上，三爷语重心长对盛修颐道："大哥，爹爹对诚哥儿可跟咱们兄弟不同啊。诚哥儿跟在爹爹身边，将来谁管束得了他？"

这话是说，诚哥儿要被盛昌侯养成纨绔子弟。

盛修颐何尝不知道，他叹了口气。

回到静摄院，他就跟东瑗道："诚哥儿还是接回来。爹爹着实……太宠溺他了……"

这是当初东瑗告诉盛修颐的话，盛修颐终于还了回来。

第二天，盛修颐就开口说要接诚哥儿回去的话，被盛昌侯一顿臭骂："诚哥儿是你儿子，难道不是我孙儿？我会害他，把他往下流引？孩子年纪小，不过是点趣事，你们当多大事！下次再来说这话，我就当没你这个儿子！"

盛修颐空有满腹文采，在盛昌侯这个霸道老头面前，一点主意也没有，被盛昌侯骂得毫无还口之力。

盛修颐都吃了排揎，东瑗自然不敢再去触霉头，夫妻俩一筹莫展。

两人商议了半晌，还是从盛夫人身上下手。

不成想，盛夫人是站在盛昌侯那边的。

她道："你爹爹一生也没有现在过得开怀，从前不是带兵打仗，就是操心政事，如今好不容易闲下来，你们非要如此惹得他不高兴？"

"娘，爹爹养着诚哥儿，我们自然是高兴的。"东瑗道，"可您也瞧见了，诚哥儿跑去凫水，爹爹不说诚哥儿，只罚身边服侍的人；诚哥儿做错了事，叫声祖父，爹爹就不顾了……长此下去……"

"你啊，太多心了。"盛夫人打断东瑗的话，"当初颐哥儿的祖父比你爹爹还要宠爱颐哥儿。你看颐哥儿现在这样，他小时候可是比诚哥儿还要调皮。孩子才一岁多，你们到底在多心些什么啊？"

东瑗就彻底无语了，苦笑看着盛修颐。

盛修颐只得安慰东瑗："娘说得对，诚哥儿还小……"语气十分无奈。

可到底不甘心，盛修颐连着几天去盛昌侯身边转悠，都被盛昌侯骂了回来。

从此，他才不情愿地承认：他的儿子盛乐诚，未来教育方面，他和东瑗一点也插不上手了。

倒是陛下听说盛修颐"病好了"，宣他重新入朝。

盛修颐也病了快半年，再推辞下去也找不到理由，只得重新进宫给陛下讲学。至于当初他到底被何人陷害，盛修颐只字不提。

东瓒也一个字不敢多问。

万一问出是她最害怕的答案，她自己也承受不起。

盛修颐入朝第一天，给东瓒带回来一个极大的好消息。

"陛下要大赦天下，你五姐要回京了……"盛修颐从宫里回来后，对东瓒说道。

东瓒忍不住惊喜："是真的？"

盛修颐就笑笑点了点她的鼻头，道："我扯谎做什么？可能七月底，你五姐就要回来。你们家里姊妹，除了宫里的淑妃娘娘，只有你五姐和你比较亲近吧？"

倒也不怎么亲近。在娘家的时候觉得很平常，可出嫁后，总想着家里的姊妹们。

十一妹在宫里，相见着实不易；其他姊妹还来不及有什么交情，她们就出嫁了。只剩下五姐……

听说她要回京，东瓒忍不住高兴。

"三皇子……"盛修颐见东瓒高兴，顿了一顿才说道。

三皇子，就是盛贵妃娘娘诞下的皇子。元昌帝走得急，甚至没能给年幼的三皇子封王。

"三皇子……怎么了？"东瓒仔细看盛修颐的脸色，小心翼翼问道。

盛修颐则笑起来："陛下封了他南昌王。下个月，他就要去南昌，听说太妃娘娘也要同去……"

太妃娘娘，就是三皇子的母亲、盛修颐的姐姐。

东瓒听到这里，拉了盛修颐的手，道："这不是好事吗？太妃娘娘一辈子在宫里过着拘束的日子。如今随了王爷去南昌，虽然苦了些，可万事自己做主，不是很好吗？"

盛修颐笑，反握了东瓒的手："我知道，我今日还见到了太妃娘娘，她也是很高兴的。虽说前朝有过这样的特例，可说到底是陛下和太后娘娘的恩典。只是……以后娘想见太妃娘娘一面就不容易了……"

见东瓒担忧，盛修颐又笑："来日方长，总归是好事。"

东瓒连忙点头："的确是好事，你告诉娘了吗？"

"明日再说吧。"盛修颐有些疲惫，起身去了净房，"三弟也见了太妃娘娘，可能他告诉了娘呢。"

次日东瓒去给盛夫人请安，果然见盛夫人情绪有几分异样。

三奶奶也来请安。

盛夫人很喜欢三奶奶那份娴静不争，说话也不像以前避开二奶奶那样避开三奶奶，跟东瓒妯娌道："……听说了吗？三皇子封了南昌王，月底就要去江西了。太后娘娘特意恩准太妃娘娘同去。"

东瓒笑着安慰盛夫人，又把昨晚安慰盛修颐的话说了一遍。

三奶奶也在一旁道："我听我娘家大嫂说，宫里规矩多，她每次进宫给太后娘娘请安，总是小心谨慎，生怕错了一步。我想着，太妃娘娘整日在宫里，更是不易。去了江西，没什么规矩，活得也自在，是不是娘？"

盛夫人连连颔首，拉了三奶奶的手，笑道："说得对，我的儿。"然后又对东瑷道，"玉儿生了副七窍玲珑心……"

东瑷也笑。

单嘉玉虽然腼腆，说话行事却是十分惹人怜爱。

盛夫人很喜欢她，东瑷也觉得她很亲热。

听到盛夫人夸赞，单嘉玉微微垂了首，脸颊染了红潮："我总怕嘴笨，说得不得法，叫娘听着笑话。"

盛夫人就轻搂了她："我的儿，你还是嘴笨的？那我们都是不会说话的了。"

说得东瑷和满屋子服侍的丫鬟们都笑起来。

东瑷和三奶奶请安后，各自回了自己的院子。

盛夫人还在想太妃娘娘和南昌王的事，等东瑷和三奶奶单嘉玉走后，她跟康妈妈两人唠嗑："我也不能离了这宅子，将来见一面也难。不过孩子们说得对，可喜太妃娘娘能自在过些日子。她从进太子府那天，就没有舒心过。今日有太后娘娘和陛下的这番恩典，也是福气，我应该高兴的……"

"是应该高兴。"康妈妈笑着道。

盛夫人莞尔。

她心里还是舍不得。

说着说着，话题就越来越轻松，从南昌王和太妃娘娘身上绕到了诚哥儿身上，又从诚哥儿身上绕到怀着身子的两位儿媳妇身上。

"当初阿瑷进门，海哥儿媳妇就跟她不对付，两人一直不温不火的；玉儿一进门，阿瑷对她亲热不已。可见两个人的情分如何，要看缘分。阿瑷和玉儿那孩子有缘分。"盛夫人想着两个儿媳妇的和睦，不免笑道。

想到这里，她觉得二奶奶跟着二爷回了徽州府也好。

二奶奶的性格有些好强，她和东瑷一直不怎么亲热。要是让她看到单嘉玉进门就和东瑷亲近，只怕心里怀疑这两妯娌合伙孤立她，又要闹事。

如今这样，最是如意了。

康妈妈没有盛夫人想的那么多，她也喜欢两位少奶奶和睦，就笑着对盛夫人道："大奶奶的性格和三奶奶有些像，两人都不是那斤斤计较之人。既是妯娌，就是有缘分的。"

盛夫人点点头。

没过几日，关于南昌王的事，京城都传遍了。

不过又传来另一个消息：五皇子封了成禧王，他并不跟南昌王去江西，而是留在京都。

太妃娘娘听到这个消息，顿时就反悔，不肯跟南昌王走，要留下来陪着成禧王。

毕竟成禧王才满两岁，南昌王已经快十四岁了，总得取舍一个。

南昌王和陛下年纪相仿，他能留在陛下眼皮底下，陛下也放心。可想着先帝临终前反复叮嘱过要好好待南昌王，为了先帝的遗愿，陛下才恩准南昌王带着盛太妃离京。

只要南昌王走就行，盛太妃去不去，陛下和太后娘娘无所谓。

唯一想要太妃娘娘走的，只有南昌王。他年纪小，从来没有离开过太妃娘娘。听说太妃娘娘不去，他就哭着找了盛修颐，让盛修颐劝太妃娘娘。

最后闹成了太妃娘娘不走，南昌王也不走的尴尬境地。

陛下只得又开一恩，让南昌王爷留在京都。他每个月从内务府领取月俸，另外在山东有几千亩良田。

但是南昌府的封地就收回了。

对这件事，盛昌侯气得不行，骂南昌王没用，只比陛下小几个月，居然因为舍不得娘亲，就放弃封地。

要知道，现在封地还能有自己的护卫军，留在京城，就什么都没有，任人宰割。

东瑗和盛修颐倒觉得不错。

"南昌王的性格闲散，从未想过谋权篡位，何必非要去南昌，弄些护卫军，让陛下也不放心他？将来陛下的疑心加重，给南昌王安个莫须有的罪名才安心，岂不是叫南昌王不得善终？在陛下眼皮底下衣食无忧，也是好事⋯⋯"盛修颐对盛昌侯道。

从这一方面想，能和母亲、弟弟在一起，又有盛家，留在京城也不算坏事。

毕竟南昌王的性格，根本不会有什么作为。

盛昌侯也渐渐认命了。

南昌王不走，陛下更加欢喜了，就又是一道恩典：太妃娘娘愿意住在宫里就住在宫里，愿意去南昌王府住就去南昌王府。

太妃娘娘大约还是喜欢宫里，没有出来。

盛夫人和东瑗妯娌可以随时去看她。

盛夫人去太妃娘娘的宫里时，四下无人，太妃娘娘对盛夫人道："⋯⋯听说要去南昌府，我心惊肉跳的。放出去的王爷，能有什么好下场？留在陛下眼皮底下，让陛下放心，王爷才能安稳。后来不让带成禧王走，我就明白了陛下和太后的意思，趁机留了下来。娘，您回去把这话告诉爹爹，免得爹爹生气，怪南昌王不争⋯⋯"

盛夫人笑道："太妃放心，颐哥儿已经跟侯爷说过这话⋯⋯"而后，她笑容微敛，"只是苦了娘娘，又离不得这牢笼。"

盛太妃笑道："娘不用难过。我在这宫里年月久了，出去反而不舒服。这里一草一木我都了然。况且只要南昌王和成禧王安分守己，陛下和太后娘娘就不会亏待我。我在宫里，两位王爷也更加安分。我这样最好了⋯⋯"

说来说去，都是替她两个儿子打算，盛夫人不免露出凄容。

哪个做娘的不是这样？

回到盛昌侯府，盛夫人就把太妃的话告诉了盛昌侯。

盛昌侯也感叹，说太妃娘娘用心良苦。

没过几日，内务府开始替成禧王建府邸。

转眼到了八月中旬，韩大太太派了人来告诉东瑗，韩家老太太去了。

七月韩家三爷韩乃华娶亲，本想接老太太来，只是老太太自三月病了一场，就一直未愈，连韩乃华的大喜都没有来。

熬了几个月，老太太终于熬不住，寿终正寝了。

东瑗唏嘘，让盛家外院的管家去安庆府替盛家祭拜，她怀着孩子，哪里都去不成。

"不晓得薛家是否去祭拜？"东瑗把这件事告诉盛夫人，盛夫人就问道，"要是薛家也去祭拜，可以让管事一同前去，路上也相互照应……"

东瑗听着半晌没有说话。

她好些日子没有去薛家了。

自从盛修颐那次被诬陷入狱，东瑗对薛家的心就冷了几分。她倒也不是怪薛老侯爷狠心，毕竟政治就是这样狠毒肮脏。

可抛开政治，她仍觉得心酸。

大概是投入太多，把亲情想得跟前世一样纯粹，她无法接受老侯爷为了把天庆帝牢牢掌握在手里，陷害盛修颐。

当然，和薛家的养育之情相比，这点伤害东瑗不应该记在心上。她只是需要时间跨过心里那道坎。

要不要借这次韩家之事，回去看看老夫人？

盛夫人问东瑗是否通知薛家，又见东瑗沉默，低声唤她："怎么，薛家不会派人去？"

她果然想偏了。

东瑗忙笑道："这倒不是。我也许久不曾回去看祖母，要是祖母听闻这件事，只怕伤心。她老人家和我外祖母年纪相仿，乍然听到这个噩耗，只怕心下戚戚。所以在想，怎么去祖母跟前说这话。"

东瑗的解释，让盛夫人没有怀疑。

别说老夫人那个年纪了，就是盛夫人这般年纪，如果偶然听到同龄的人先走一步，都是心下一颤，生怕下一个就轮到自己。

盛夫人比老夫人可是小一辈的。

所以东瑗的考虑不无道理。

"老夫人身子健朗，是长命百岁的福相。"盛夫人笑着安慰东瑗，"你大舅母肯定已经派人去说。我让管事去问问。你如今挺着大肚子，还是不要出门了……"

东瑗想了想，最终点头说好。

她还是不怎么想回镇显侯府。

等五姐回来，那时必然要回去瞧瞧的，东瑷想还是等那时再说吧。

不成想，下午的时候，老夫人派了身边的妈妈来瞧东瑷，给东瑷带了很多补品药材，还有些精致的布匹和点心，一看就知道是宫里赏下来的。

老夫人身边最得力的詹妈妈年纪大了，老夫人现在也不怎么指派她出门。如今来瞧东瑷的，是位鲁妈妈，四十岁上下的年纪，模样白净，笑起来脸颊还有浅浅梨涡，十分慈善的样子，让人心生好感。

她目光精明里透出几分澄澈，不会让人心里不舒服，又不会令人小瞧，很有大户仆妇的架势。她给东瑷行礼，看着东瑷挺着大肚子，笑道："九姑奶奶好福气，这胎定是位少爷。"

东瑷莞尔，也跟她拉起家常："我倒希望是个姑娘。妈妈不知道，诚哥儿十分调皮。姑娘乖巧些……"

"那是诚少爷健朗。"鲁妈妈忙接口，"哪位小少爷小时候不调皮的？老夫人总是念叨着，等以后带着诚少爷回去给老夫人瞧瞧……"

东瑷说好，顺势问道："祖父、祖母身子都还好吗？我如今怀着身子，前些日子又是照顾世子爷，都不曾回去给祖父祖母请安。"

鲁妈妈笑道："都好着呢。老夫人这次让奴婢来瞧瞧九姑奶奶，除了给九姑奶奶送些吃食，还问九姑奶奶，府里是否派人去安庆府？"

果然是问这件事。

东瑷道："我正要打算明日亲自去和祖母说。我们府里也派管事去，不知家里如何？倘若也指派管事，倒可以一起，路上有个照应。"

"奴婢来，就是说这话的，九姑奶奶都想得周全了。"鲁妈妈忙称赞东瑷，"临来时老夫人还说，九姑奶奶是双身子的人，又是酷热天气，就不要出门，免得惊了孩子。既然府里也派人去，那奴婢就去回老夫人了……"

这位妈妈，以前从来没什么印象。

瞧着她口齿伶俐的，倒也是个不错的。

东瑷留她吃饭："妈妈吃了饭再回去吧？"

然后喊了寻芳，让她去厨房里添几个菜，留了鲁妈妈吃饭。

鲁妈妈用过膳，才回镇显侯府，把见到东瑷的事告诉老夫人。

老夫人只问："九姑奶奶脸色如何？提起家里事，可有什么不快？"

鲁妈妈忙摇头："九姑奶奶口口声声问老侯爷和您的好，没什么不快的。您让奴婢交代的话，奴婢都告诉了九姑奶奶。九姑奶奶说明日来亲自和您说，就没多说什么。"

老夫人微微颔首，心里也是一直梗着一根刺。

她从前就最喜欢东瑷，自然是希望她好。

只是盛修颐太不像话。元昌帝临终前想着废太傅，让近臣大学士组成内阁，辅佐朝政，可被薛老侯爷反驳回去。

新帝登基后，居然第一件事就是要组阁。

薛老侯爷没什么不同意的，他也觉得组阁不是坏事。

可旁人会如何想？新帝组阁，重用文臣，那些武将出身的老臣自然就不服。头一个是兵部尚书心中不快，用计害盛修颐。

这件事，兵部尚书先跟薛老侯爷通过气的，薛老侯爷也觉得新帝太过于天真，让他得一些教训，新帝才能更加沉稳。

可总不能拿新帝作法，只得用盛修颐开刀。

听说盛修颐差点被人弄死，薛老侯爷听着也是叹气。他虽然没有主动去害盛修颐，到底是默认了他的门生的做法。

倘若薛老侯爷不开口，兵部的秦尚书也是不敢的。

说到底，还是薛老侯爷首肯占了上风。

因为这件事，薛老侯爷时常自责，怕东瑗多想，觉得薛家是针对盛府。老夫人就笑老侯爷："怎么侯爷老了，反而这样掣肘左右？朝政一向如此，瑗姐儿倘若这点也想不明白，也白生在权臣人家了……"

虽然这样安慰老侯爷，老夫人心底何尝不担忧？

这些话说给旁人听容易，轮到自己身上，真是犹豫不决，时时担忧。

倘若盛修颐不掺和新帝的举动，倒也能免了一难。只怪他把朝事想得太过于简单，才遭了这般灾难。对他也是个警示吧？

想着，老夫人又是叹气。

正想着，外头有小丫鬟跑了进来："老夫人，葛管事来了……"

老夫人让请了葛陶祥进来。

葛陶祥进门，脸上带着欢喜的笑："老夫人，大喜的事，宫里来了公公宣旨。我跟那公公打听了，是咱们家五小姐的事……"

五姑娘薛东蓉可以回京，这件事老夫人昨日也听老侯爷说过了。

她还以为要等些日子，不成想这么快？

老夫人一阵惊喜，忙让丫鬟们服侍着更衣，去外院接旨。

圣旨果然是说五姑娘薛东蓉回京之事。

八月初九，薛家可以去接薛东蓉夫妻回京。

这个消息没过多久，就传遍了薛家阖府上下。

二夫人已经病了很久，终日靠药罐续命。自从今年开年以来，她就没怎么下床，已经病得形容枯槁，一直续着一口气不断，就是放不下五姑娘薛东蓉。

如今听说蓉姐儿要回京了，头一个高兴至极就是二夫人。

她身子虚弱，非要下床去给老夫人请安。身边服侍的下人都劝，倒是三奶奶笑道："让夫人走动，对身子反而好……"并不拦二夫人，反而亲自陪着二夫人去老夫人那里。

二夫人就由三奶奶和丫鬟们搀扶着去了荣德阁。

走了几步路，她就气喘吁吁的，精神却是难得的好。

家里儿媳妇、孙儿媳妇都在老夫人跟前凑趣，说着五姑奶奶即将回京的事，见到二夫人来，大家都很吃惊。

二夫人款款给老夫人行礼，还未说话，眼泪就簌簌落下来。

老夫人也动容，安慰她道："你好好养着身子，将来蓉姐儿回来，孩子们孝顺你，你也会一日日好起来。别再哭了，身子本就不济，又哭空虚了……"

大夫人、三夫人和四夫人也上前劝。

五夫人挤不上去，跟在后面说了几句安慰的话。

看着家里妯娌的儿女，最差的五姑娘薛东蓉也回京了，如今比起来，只有五房最不济了。

五房的大姑娘排行第九的薛东瑗根本不把五夫人这个主母放在眼里，对她和十二姑娘薛东琳爱理不理。她嫁到盛家后，头一年就生了儿子，如今又怀着身子，简直是样样如意，五夫人想看笑话都无处下手。

五房的十一姑娘倒也不错，进宫诞下了公主，又攀上了皇后。虽然先帝去了，太后娘娘还是念着十一姑娘的好，让新帝封了她为太妃，和贵妃娘娘们一个等级，在宫里享受荣华，并没有搬去冷宫。

可这两位姑娘对五夫人很冷淡。

倘若想着半点娘家，五爷何至于到现在还是个翰林院修撰？

五夫人自己的亲女儿薛东琳拒绝了几门不如意的亲事，如今老侯爷和老夫人也不管她，她的婚事落了单，至今没有着落，也没人上门提亲。

每每想起这个，五夫人就恨极了薛东瑗，也恨大夫人。

要不是薛东瑗不上道，也许十二姑娘现在就嫁给了沐恩伯呢，哪里轮得到单国公府的那个七小姐？

那姑娘跟木头似的，平日里行走，在外人面前话都不敢说，哪里配得上沐恩伯？要不是她娘家嫂子是皇后娘娘的胞妹，也不至于这桩好事落在她身上。

比起来，十二姑娘薛东琳可是比单嘉玉强百倍。

最后，因为家里人自己不使劲，薛东琳至今待嫁。想起这些，五夫人就恨得牙痒痒。

她回到锦禄阁时，心里一直存着气，她的丫鬟碧桃和碧柳小心翼翼跟在她身后。

独自生着闷气，到了晚膳时辰，五夫人左等右等，仍不见五爷回来。

让丫鬟去外院打听，才知道五爷早就回了内院。

五夫人顿时暴怒：肯定又去五姨娘那里了。

五爷有五位姨娘，其他的都老了，只有第五的章姨娘，是五爷上司赏的，才二十来岁，模样妖娆妩媚。五爷从前也喜欢五姨娘，只是五夫人防他跟防贼似的，一直不得沾手。

后来五夫人因为去盛家闹事，被老夫人禁足，五爷才趁机沾了五姨娘。

这一沾身，简直就离不得了。五姨娘年轻，又是从前被调教过的，身子曼妙，是五爷多年不曾得到的美味，从此就拔不出足，只要趁五夫人不备，就混去五姨娘那里。

五姨娘身边还有两个美丽的小丫鬟，五姨娘又不是大家闺秀出身，什么都看得开，只要五爷看一眼，她就让五爷把那两个小丫鬟也收了。

五爷一夜要被三个年轻女人服侍，那销魂滋味令人乐不思蜀。

最近五姨娘又想了新的花式，让五爷等不及起更，就去了那里。

五夫人气得打战，要去寻五爷回来。杨妈妈和碧桃、碧柳死死抱住，五夫人才气得哭得肝肠寸断。

"这还如何得了？"五夫人一边哭一边恨骂，"咱们这样的人家，怎么能容得下章氏那样的狐媚子！我告诉老太太去。倘若老太太不管，我也不活了！"

杨妈妈和碧桃拉五夫人，被五夫人各自扇了一巴掌，骂道："你们也帮着五爷，只管让我委屈？到底是我的人还是五爷的人？如今我也不依仗你们，我自己找老太太去！"

碧桃年轻，被五夫人当众扇了一巴掌，脸上下不了台，面色紫红，要哭又不敢哭，眼泪就在眼眶里转悠。

杨妈妈毕竟上了年纪，经历的事多，也不顾脸上疼，还要劝五夫人。

可五夫人铁了心要去告状。

杨妈妈也顾不上脸上的掌印，跟着五夫人去了荣德阁。

五夫人一进门，也不看大夫人、二夫人、三夫人和四夫人都在老夫人跟前说话，直接哭着把五爷和章姨娘的荒唐事告诉了老夫人："娘，您若是不能替媳妇做主，媳妇也活不成了。"

四夫人就抿唇偷笑。这个五夫人，她女儿说亲的事都不要老夫人管，如今她自己管不住丈夫，反而要老夫人做主，真真好笑。

跟四夫人想法差不多的，还有大夫人、二夫人、三夫人，甚至老夫人。

老夫人也不显露什么，笑眯眯让一旁的宝巾拿了帕子给五夫人擦脸，笑道："哎哟，哭得这样！多大点事，小五又不是孩子，知道分寸。不过是图个新鲜，过些日子哪里记得？倒是你这样，叫家里下人瞧着笑话。"

五夫人听出这话不对劲，忙哭道："娘，还是把章氏卖出去吧！她就是个狐媚子，五爷迟早让她教坏了。"

老夫人眉头微蹙："小五也不是二十岁、三十岁，他都快四十的人，倘若还能被个小妾教坏了，我也只当没养那个儿子。"

然后放缓了声音，又道："你也岁数不小，还不知道小五的脾气？男人就是孩子，你得哄着他，顺着他，像你这样，他不过和章氏亲昵些，就要把章氏卖出去，反而不得法。"

五夫人算是听明白了。

老太太这是偏向自己儿子呢。

五夫人一阵气苦，哭着嚷起来："娘，儿媳妇嫁到府里也快十五年，替薛家养儿育女，到了头来，您就看着五爷这样欺负我，让一个做妾的骑到我头上来？娘若是不管，我就自己做主了。"

大夫人眉头蹙了蹙：怎么这样跟老太太说话？就算是大夫人是太后娘娘的生母，是一品诰命夫人，在老夫人面前也是恭恭敬敬的不敢顶撞半句。

这个杨氏倒好，自己没本事管住男人，反而在老夫人面前哭吼。

她正要说杨氏几句，直爽的三夫人看不下去了，起身上前一步道："既然这样，五弟妹自己做主好了！你房里的事，何事听过娘的话？如今出了岔子，你反要娘做主，这是什么道理？娘都是六十多岁的人，没享受过你一天孝顺，反而要吃你的排喧？你若是再这般不知好歹，五爷容得下你，我们做妯娌的也容不得了！"

她因为激动气愤而脸色涨红，颇有几分要打人的架势，把五夫人吓了一跳。

大夫人忙拉住三夫人，转而又对五夫人道："五弟妹，咱们家没有这样的规矩，怎么能在娘跟前说这样的话？再说，娘何时插手过咱们房里的事？不都是各自管着各自房里的？五爷和姨娘如何，都是你拿主意……"

五夫人就恨恨地看着大夫人，新仇旧恨一起涌了上来。

"好了！"老夫人威严地咳了咳，打断了五夫人和大夫人的对峙，对五夫人道，"芷菱啊，你房里的事，娘也没那精力去操心，你看着办吧！"

五夫人得不到老夫人的支持，还吃了妯娌一顿骂，气得要吐血，回了锦禄阁。

她晚上也没吃饭，越想越气，一股脑儿冲到了章姨娘房里。

她只带了杨妈妈，而章姨娘那里一堆丫鬟婆子，五爷又帮着撑腰，公然和杨氏叫嚣，居然把五夫人打了。

大夫人这才出面，让五爷把章姨娘送出去。

理由是：薛家容不下这么刁钻没有规矩的姨娘，居然敢对主母动手。

五夫人这才如愿。

五爷却气得半死，从此和五夫人也生分了。

除了章姨娘，五爷房里还有其他几个姨娘。虽然年纪大了些，总归是知冷知热的，五爷就和年纪小些的四姨娘好起来。

老夫人还是不管。

十二姑娘薛东琳而后一直无人问津，大约也跟五房这样荒唐有关吧？

薛家上下却没心思管五房的破事。转眼间到了八月初，五姑娘薛东蓉和萧宣钦终于回京了。

东瑗那日也特意早早回了镇显侯府，挺着大肚子给老夫人请安。

老夫人拉着她的手，慈祥地喊着瑗姐儿，东瑗原本对祖父的那点怀疑，居然就烟消云散了。

她总记得那一粥一饭的恩情。

毕竟她的丈夫并没有被害死，只是受了些伤。

如此一来，她和薛家的心结也算解开了。

到了巳正，外院的管事才说五姑奶奶回来了。

薛东蓉回来，让薛家众人都吃了一惊。

听闻她和萧宣钦在外面自己种田耕地养活自己，大家都认为薛东蓉会很憔悴。风吹日晒的，岂会有好气色？

可薛东蓉吹弹可破的肌肤，盈盈照人的双眸，比在娘家时还要明艳几分。她未语先笑，开朗很多，不似在娘家时那么孤傲清高。

大家都看得呆住。

薛东蓉已经和萧宣钦给长辈跪下磕头。

老夫人搀扶起她时，不禁声音哽咽住，满心欢喜："蓉姐儿，好孩子，快起身……"

二夫人早已泣不成声。

薛东蓉笑着，眼眶也湿了。

其他人也注意到了萧宣钦。跟那次回门时的荒唐不同，现在的他，皮肤黝黑，身量高大结实，笑起来带着几分飞扬，丝毫没有因为生活失落而忧郁，同样开朗了很多。

瞧着他们这样，大家无不动容。

虽然粗布荆钗，薛东蓉却比身穿绫罗绸缎还要美丽；萧宣钦双手粗糙，更加像个顶天立地的男儿。薛家众人这才感觉，萧宣钦同样是个仪表堂堂的男子汉。

透过人群，薛东蓉看到了东瑗。她冲东瑗莞尔，上前几步，握住了东瑗的手，羡慕看着她的肚子："九妹妹又有喜了？"

东瑗笑着道是，她感觉薛东蓉现在的眼眸似山泉般澄澈善良，让人心生好感。从前她也不坏，可那份拒人千里之外，总叫人不舒服。

这两年的生活，让她和萧宣钦都脱胎换骨般。

见过礼后，家里的妇人们就簇拥着薛东蓉去了老夫人的荣德阁，男人们则拉了萧宣钦去外院坐席。

二夫人一直拉着薛东蓉的手，眼泪不断。

看着母亲如此消瘦苍白，薛东蓉的眼泪也似断了线的珠子。方才在正堂还能控制情绪，笑着和大家寒暄，此刻就只能在二夫人怀里，哭得哽咽。

众人都被惹得心酸，一个个跟着抹泪。

最后是大夫人先劝住了二夫人，又劝住了薛东蓉，气氛才算好些。

"这几年，你在外头吃了苦……"坐下来说话的时候，老夫人不由叹气，心疼地摸了摸薛东蓉的手。

她所欣慰的是，薛东蓉仍是一双瓷白细腻似大户小姐的手，根本不像是土里刨食的妇人。

薛东蓉就含泪笑道:"祖母,我没吃过苦,萧郎是个大丈夫,外头的事不用我操劳,我就是在家里做些针线……您看我的手,不还是跟从前一样?"

大家的目光都落在她手上,心里不由都对萧宣钦钦佩起来。

晚上东瑗回到盛府,就把今日的事告诉了盛修颐。

盛修颐只是笑了笑:"……也算你姐姐当年看准了他,萧宣钦是个不错的。"

东瑗笑,很赞同盛修颐的话。

薛东蓉回京后,萧宣钦就不用限足,可以四处走动。

他们租赁了镇显侯府附近的两进宅子住了。

祖父祖母又给了萧宣钦一笔本钱,让他自己经营生活。这次他没有拒绝薛家的好意,没过一个月,萧宣钦就跟丝绸铺的老板搭伙,贩货去西北卖,再从西北贩货回来。

他也不觉得这活低贱,什么能赚钱就做什么。他能吃苦,从前又是个混世的,各色人等都打过交道。薛老侯爷倒不担心他被人骗,放心让他去了。

只是薛东蓉总不安心,时刻替萧宣钦提心吊胆的。

因为萧宣钦这样,薛家上下对他刮目相看。薛东蓉的亲哥哥、镇显侯府的世子爷薛华轩跟盛修颐一块儿喝酒,就对盛修颐说起他的五妹夫,然后道:"倘若旁人不说,谁还记得当初那么荒诞的萧五公子,就是现在的萧宣钦?简直判若两人……"

盛修颐对此倒是和薛华轩持不同的态度。

他没有当着薛华轩说,而是回来告诉东瑗:"……从前他大约是在韬光养晦,等待时机。不成想,这样不凑巧,就家破人亡……萧家挡了他的路。"

东瑗就忍不住扑哧笑出来。

盛修颐身上犹带着酒香,有三分醉意问她:"有什么好笑?我说错了什么不成?"

"这倒不是。"东瑗止住了笑声,"只是觉得这话耳熟。从前我祖父、祖母说起你,总说盛家挡了你的前程,十分惋惜。口气跟你说五姐夫一模一样。你们连襟俩真是同病相怜。"

盛修颐微愣,继而失笑,把东瑗搂在怀里使劲吻着。

转眼到了九月二十,东瑗早上起来就觉得不舒服,到了半上午,肚子疼了起来。

没过半个时辰,羊水就破了。

这次不像生诚哥儿时那么害怕,也不像那么难受,她虽然觉得肚子疼得如刀绞,努力使劲,东瑗自己都觉得时间还不够,稳婆就喊着看到孩子的头了。

盛夫人在东次间供了送子观音相,听说孩子那么快下来,她也不拜菩萨了,忙跑来瞧。

午初破的羊水,没到申初,就诞下了两个孩儿。

"夫人大喜,大奶奶大喜,是龙凤胎。"稳婆和罗妈妈在一旁高兴地向东瑗和盛夫人恭贺。

东瑗只是长长舒了口气,心里满是甜蜜。

她很想要个女儿,居然一口气生了两个,如何叫她不开心?

盛修颐更是兴奋不已,扬言孩子洗三礼要隆重些。

东璎和盛夫人都不同意。

盛夫人道:"当年诚哥儿就是洗三礼太重了,孩子才出生就呛水。孩子太小了,别金贵,要不然承不住福。在徽州乡下,人家都给孩子取个贱名,这样才好养活。"

盛昌侯也觉得不需要大肆操办。

盛修颐满心的欢喜只得压下。

和诚哥儿出生时的冷漠不同,盛昌侯这次很积极寻了道士给两个孩子算命。他根据两个孩子的命格,把男孩子取名盛乐嘉,女孩子取名盛乐莹。

得了名字后,大家就嘉哥儿、莹姐儿这样叫开了。

盛乐嘉和盛乐莹跟诚哥儿不同,这两个孩子特别爱哭。他们出生后,也没有像诚哥儿那样安排了院子,直接歇在静摄院的暖阁里。东璎好几次夜里被孩子哭得吵醒了。

盛修颐同样半睡半醒间听到孩子哭。

孩子一哭,乳娘连忙去服侍,倒不影响东璎和盛修颐休息。

盛修颐还是会说:"怎么这样爱哭?从前诚哥儿就从来不哭的……"

东璎笑道:"是诚哥儿跟其他孩子不同。小孩子哪个不爱哭的?诚哥儿天生带着刚性,所以不爱哭罢了。"

盛修颐想了半晌,很疑惑地问东璎:"……是吗?"然后又想起什么,就不再多言了。

东璎知道,他想起自己还有三个孩子,而他居然不知道孩子们小时候是怎么样的,心里有些怪异。作为这个年代的父亲,他直到和东璎这场婚姻,才真正接触到孩子们的童年。

所以他以为孩子小时候都是像诚哥儿一样不爱哭。

盛乐莹比盛乐嘉早出生一会儿,她便是姐姐。两个孩子一样,特别爱哭。

盛昌侯有次心血来潮,就让人把两个孩子抱去瞧瞧。

盛修颐和东璎顿时就毛骨悚然,不会这两个孩子也要霸占去吧?

结果嘉哥儿去了没过多久,就哭个不停,乳娘喂了奶,才好些。盛昌侯以为清静了,谁知莹姐儿又哭起来。

元阳阁此起彼伏的哭声,让盛昌侯脑袋都大了,赶紧把孩子送了回来,还在背后蹙眉念叨:"两个丫头似的!"

那语气,很不喜欢盛乐嘉爱哭。

东璎则是大大松了口气。

她的次子,可真不希望被盛昌侯也霸占去了。

日子一天天过去,三奶奶单嘉玉也替三爷添了一个男孩儿,粉雕玉琢十分漂亮,不太像三奶奶,更加像三爷的模子。

三爷很是欢喜。

盛昌侯给三爷的儿子取名叫盛乐淳。

三奶奶怀着淳哥儿的时候,她陪嫁的两个丫鬟就做了通房。其中一个等到淳哥儿四个月大的时候,也怀了身子,十个月后诞下一名女婴。

盛修颐的嫡子盛乐郝、盛乐诚、盛乐嘉,嫡女盛乐莹,庶女盛乐芸,三爷的嫡子盛乐淳,庶女盛乐敏,家里一下子便有了七个孩子。

盛乐郝到了十七岁,那年的乡试考中了举人,却没有中进士。

盛家对他的婚事也操心起来。

盛修颐也第一次跟父亲提:"将来家业,我想留给郝哥儿。诚哥儿和嘉哥儿,我自会给他们留下一笔财产,让他们生活无忧。也会好好让诚哥儿和嘉哥儿成才,有个好前程。"

言下之意,他会帮东瑷生下的两个儿子获得前程,但是爵位就要靠两个儿子自己去争取。

这件事把盛昌侯气得半死。

盛昌侯也是头一次跟盛修颐说这个事:"当年陈氏是背叛盛家,她留下的儿子,怎能成为盛家的家主?我也告诉你,你要么自己去挣爵位留给郝哥儿,要么让他死了这份心。我的侯位,只会给诚哥儿!"

盛修颐早知父亲的顽固,可又不敢公然说不要父亲的家业。

这样就是他的不孝。

一时间他也不知该说什么,受了一肚子气回了静摄院。

这件事,盛修颐没有告诉东瑷。

他也不准备再提。

一则父亲身子健朗,现在说这些言之过早;二则盛乐诚年纪太小,盛乐郝又太敏感,盛修颐怕吐露一点,他的长子盛乐郝会多心。

自从诚哥儿出生,那孩子就一直心里不安。

这件事倒也没有让他纠结很久,到了四月中旬,金陵周家派了门客,来给盛修颐的庶女盛乐芸提亲。

周家是金陵望族,他们府里从前出过两任尚书,在金陵是一等富饶人家。周家曾经任户部尚书的那位老爷,和盛昌侯交情匪浅。

后来他致仕归乡,每年都让人给盛昌侯送年节礼。盛家也时常送些盛京的特产去金陵周家。

如今求娶芸姐儿的是族长之次子,姓周名延,字经年。今年已经十八,是个秀才。

从前周家也是想着等他考取进士之后,再替孩子说亲。

可周老爷不知从哪里听说,盛昌侯有个孙女,正是待嫁的年纪。周家估计是想着,过了这村就没这店,还不如先娶亲。

再者,世人常说,科举乃"一命二运三风水,四积阴德五读书"。能考取一个进士,哪里是一蹴而就的事?要是周二公子一直不中,难不成一直耽误下去?年纪再大些,好人家适龄的小姐,都出阁了。

周家门客前来提此事,受到了盛家热情的款待。

一家人议论起这桩婚事来。

盛昌侯看中周家的门第，周家前任尚书又是他的挚友，孙女能嫁到这样的人家，他是很满意的，对盛修颐道："周家是本朝的百年望族，门风清贵，与我们家是难得的门当户对。"

他很看中家世渊源。

盛夫人也看中周家的门风，对东瑗道："颐哥儿尚未承爵，京都那些人家，要么就看上了颐哥儿帝师的地位，要么就是家境落败想攀上盛家的，总归用意太过于世俗。周家就不同，他们看中的不是颐哥儿在朝中的势力，这样很好……"

盛夫人的意思是，盛乐芸到底只是庶女。那些人家若是想借助盛修颐的势力而求娶盛乐芸，不仅仅将来盛家会为难，芸姐儿嫁过去也委屈。

从前盛家孩子少，芸姐儿是盛夫人当宝贝般看着长大的，并没有因为她是姨娘生的而轻待她。盛夫人哪里舍得芸姐儿受半点委屈？

东瑗则看中了芸姐儿未来夫君是"次子"这个身份，她对盛修颐道："芸姐儿自幼就文弱善良，且这些年也没人带着她，教她如何管家。她若是嫁给长子，将来定要主持中馈，我还怕她露怯。现在只是嫁给次子，她又不是个惹事的性格，只要长嫂稍微有容人之量，日子就不会差，落得清闲。况且芸姐儿也不是那贪慕掌权的孩子。再有，周家那个二公子，也要访访，最好是个温和性子……"

听着家里众人的话，盛修颐也挺动心的。

他当即就喊了林久福，让他派人去金陵看看周家二公子。

周家那边得了信，居然借着北上置办端阳节礼物的契机，让周经年亲自给盛家送了端阳节的礼品。

盛修颐在外书房见了他。

回到内院，盛修颐把相看的情况说给盛昌侯和盛夫人听："年纪虽小，老成持重，心事稳妥，很是难得；模样也好，面相斯文。只是……"

盛昌侯和盛夫人听到他说只是，都望着他。

东瑗也有些紧张。

看着大家急迫的目光，盛修颐咳了咳，苦笑道："只是学问不够扎实，问了他几个题目，答得牛头不对马嘴！"

东瑗先是扑哧一声笑出来。等她留意到这里非静摄院，而是元阳阁的时候，忙收了笑声，小心翼翼看盛昌侯的神色。

盛昌侯和盛夫人也都不禁含笑。

盛昌侯甚至打趣盛修颐道："是让你相女婿，还是让你选状元？"

盛修颐道是，语气里还是对周经年不太满意。

盛夫人觉得盛修颐相看得不得法，对盛修颐道："你让周公子明日再来，就说我们家也备了些礼品，让他带回去。我和阿瑗隔着帘子瞧瞧，看看到底如何……"

盛昌侯却不同意，道："哪有那么多麻烦事？老周的孙儿，我还是信得过的！孩子学问差算什么缺点？我也没认识几个字，还不是照样领兵打仗，行走朝堂？"

众人顿时不敢有异议。

这可是触到盛昌侯的痛处了。

盛修颐忙道："爹爹说得对。孩子人品性情很好，这就足够。我看，不如咱们也派了人去，应承这门亲事吧？"

盛昌侯这才满意点头。

芸姐儿和周经年的婚事，等于说定了。

盛修颐犹自不甘心，回到静摄院和东瑗说话时，不经意间说起翰林院的陈大人，他家的儿子才十五岁，比芸姐儿小一岁，满腹经纶，才华横溢。

他很喜欢那孩子。

盛修颐虽然习武，可他并不是盛昌侯那样的武将，他骨子里透出这个年代文人的气息。相看女婿，他首先看中的是孩子的学问。

不过翰林院陈大人家的公子，东瑗也是知道的。她就趁机反驳盛修颐的话："勤能补拙。太过于聪慧，倒也不是好事。陈公子的确是少年才华过人，却太傲气。他现如今不也还是个秀才？周二公子也是秀才了。这足见周二公子更加过人……"

"或许只是运气呢？"盛修颐还不甘心在念叨。

东瑗就哈哈笑起来："运气好才是最好的。没有时运的人，不管多么聪明也是一生蹉跎。你啊，别再多想了，就定下周二公子吧！"

盛修颐这才开怀，搂着东瑗笑道："你这张嘴，我是越来越爱了。"说着就要吻她。

东瑗就躲开他，哪知他已经压过来，两人就笑倒在炕上。

"爹，你欺负我娘吗？"门口传来一个清脆稚嫩的声音。

东瑗和盛修颐吓了一跳，连忙起身，就见四岁半的诚哥儿站在门口看着他们。那目光清澈无邪，表情认真，却愣是让东瑗和盛修颐脸红不已。

东瑗整了整衣襟，冲诚哥儿招手。

诚哥儿就跑到东瑗怀里，差点把东瑗撞倒了。

刚刚满了四岁的诚哥儿，俨然像个六七岁孩子的身量，东瑗现在都抱不动他。不过他也不给人抱。

只是偶然在静摄院，还是会在东瑗怀里撒娇。

"娘，刚刚我爹欺负你吗？"诚哥儿还在东瑗怀里问。

盛修颐轻咳。

东瑗忍不住笑，道："没有。你爹对娘亲最好了……"

盛修颐又有些不自在："怎么在孩子面前说这个？"他在东瑗面前怎么恩爱都不过分，却不愿意让外人知道。

特别是在这么小的儿子面前。

东瑷又是大笑。

诚哥儿迷糊了,看了看盛修颐,又看东瑷,莫名其妙地转动着似墨色宝石般漂亮的眸子。

盛修颐转移话题,轻声问诚哥儿:"不是让你在祖母那里描红吗?描完了吗?"

诚哥儿非常老实地摇头:"没有!祖父说,将来找个师傅教孩儿功夫,就不要舞文弄墨了,认得几个字就好,不要整日描红……"

盛修颐脸色变了变。

诚哥儿继续道:"祖父还说,家里有个像爹一样的就够了,将来让嘉哥儿跟父亲学吧。我跟祖父学!"

语气既真诚坦荡,又学了几分盛昌侯说话时的无奈。

盛修颐脸色就彻底黑了。

东瑷笑得不行。

她抱着诚哥儿,笑得前俯后仰,把盛修颐又是气得半死!

盛修颐在孩子面前向来温柔,这次难得板起脸教训诚哥儿:"不读书识字怎么成?爹又不是只会读书,爹也懂武艺的。"

诚哥儿歪着脑袋看盛修颐,一副不相信的模样,反问他:"爹厉害,还是祖父厉害?"

盛修颐语噎。这怎么回答?在儿子面前承认自己不如人?估计盛修颐做不出来。可承认自己比盛昌侯强,就是不敬父亲。他都不敬自己的父亲,将来诚哥儿会尊敬他吗?

这是个两难的问题。

诚哥儿真的很会问啊。

东瑷又是爆笑。

诚哥儿却不明白东瑷为何笑,见盛修颐回答不出来,他自己理解,小声道:"爹,将来你长大了,也会和祖父一样厉害。诚哥儿扳手劲赢不过祖父,祖父就是这样说的……"

已经从心里肯定了盛修颐不如盛昌侯。

盛修颐顿时就换上一副郁闷至死的表情。

东瑷彻底笑得不行,肚子都疼了。

诚哥儿的这番回答,盛修颐一字不落学给盛昌侯听。

次日,东瑷带着盛乐嘉和盛乐莹去请安的时候,盛昌侯本想问芸姐儿的婚事,却先解释了诚哥儿的事:"……现在不仅仅是调皮,还学会了偷懒撒谎!我可是让他好好练字的!"

在盛昌侯的心里,读书和习武是一样重要的。毕竟这个年代文人的地位总是比武将高。

他也怕东瑷夫妻觉得他耽误了诚哥儿的启蒙。

只是诚哥儿那么小的孩子,居然撒谎都不眨眼!

众人都看向他,他就睁着无辜的大眼睛,茫然回应大家的探视。他那清澈乌黑的眸子,让人很难相信他会撒谎不描红!

盛夫人笑着，把诚哥儿揽在怀里，问盛修颐夫妻："芸姐儿的事，让谁做媒人？"

就这样把诚哥儿的闹剧岔开。

关于芸姐儿的婚事，金陵周家请了京城魏南侯做媒人。

魏南侯是第三代世袭侯爷。

他们原本就是靠战功起家的，到了第二代老侯爷手里，荒唐得厉害。稍微有点体面的人家，都不愿和他们来往，所以盛家和魏南侯府没有交集。

不过到了第三代魏南侯，是个颇善于钻营的人。

让堂堂侯爷做芸姐儿的保媒人，虽然这个侯爷不够风光，也是给盛家尊重的，盛昌侯和盛修颐都很满意。

经过双方交换了生辰八字的字帖，各自算了孩子的命格，确认两个孩子八字不冲，就正式放了小定，确定这门亲事。

芸姐儿年纪不小了，周经年也是十八岁，两边都着急，就没有拖拉，盛乐芸出阁的吉日，正式定在冬月初九。

冬月就开始忙着操办盛乐芸的婚事。

忙忙碌碌中，日子也飞速流转。转眼到了端阳节，东瑷带着孩子们去薛家参加宴席。

诚哥儿又得了薛老侯爷的喜欢，整个宴席就带着他，让他坐在旁边跟朝中元老、大臣说话。

宴席散了之后，回到荣德阁，薛老侯爷心情极好，兴致也高。一手抱着诚哥儿，一边跟满堂儿孙说诚哥儿的趣事："……枫哥儿带着皓哥儿和墨哥儿，诚哥儿一个人，愣是把他们仨给扳倒了。最后交玉佩的时候，皓哥儿准备从后头推诚哥儿一下，却被诚哥儿反手撂倒了。我正好上前，问诚哥儿怎么知道皓哥儿偷袭，你们猜诚哥儿怎么说？"

枫哥儿是四姐薛东婷的儿子，已经十岁了；皓哥儿和墨哥儿都是六姐薛东瑶的日子，一个七岁，一个五岁。

诚哥儿只有四岁半，个头却快赶上了七岁的皓哥儿。他天生一副好臂力，盛修颐也常夸诚哥儿力气越来越大。

诚哥儿也爱四处显摆他的力气。

不用说，看到表兄们，肯定又是和表兄们赌扳手腕。

这次，因为薛老侯爷在场，他们就赌起东西来。

诚哥儿连十岁的枫哥儿都赢了，剩下七岁和五岁的那两个，哪里是他的对手？

七岁的皓哥儿在家里是嫡长孙，最受宠爱，也是个小霸王。皓哥儿输了自己最爱的玉佩，给诚哥儿胜利品的时候，他不甘心，想要偷袭诚哥儿，让诚哥儿也吃吃苦头，在外曾祖父面前挽回些面子。

别看孩子小，这种事也是明白的。

哪知被诚哥儿识破，反而被诚哥儿打了。

七岁的皓哥儿想暗算诚哥儿，反而被诚哥儿暗算了，薛老侯爷不教训孩子们，反而当成趣事说给大家听，六姐和六姐夫感觉挺尴尬的，都微微低垂了头。

东瑷和盛修颐也想说点什么，怎奈大家都围着，已经有人开口接了薛老侯爷的话。

薛老侯爷不说诚哥儿偷袭成功时说了什么，反而哈哈大笑，把诚哥儿放在地上，拍了拍他的头，当场问诚哥儿："诚哥儿，你刚刚怎么绊倒皓表兄的？"

诚哥儿根本没有怯场的概念。

他看着满屋子人，眨巴眨巴大眼睛，眸子黑得闪亮，声音清脆道："我祖父说，受降如受敌，切不可大意！我早有防备呢，皓表兄绊不倒我……"

全场都是一惊。

倘若一个大人说出这样的话，大家也许觉得没什么。

受降如受敌，每个带过兵或者读过兵书的人都知道。受降时，敌军士气虽然低落，却是到了拼死一搏的时候。他们被打入低谷，反而无畏，一个不慎，就会为自己引来杀身之祸。

每个受降的将军，都会谨慎小心。

当然了，能在成功之后还能保持冷静低调，不是每个人都能做到的。

可诚哥儿不过五岁啊。他小小年纪能明白"受降如受敌"这么深奥的词的含义，已经是非常不易！能明白，还能运用在实际争斗中，这孩子不是神童，是什么？

诚哥儿的话刚刚落音，薛老侯爷又是一阵欢喜的笑。

他对诚哥儿是满意之极。

东瑷的大伯父延熹侯从老侯爷手里把诚哥儿接了过去，抱在怀里笑道："好小子，力气大，身手好，还会念书，将来还了得？"

然后延熹侯又喊了六姐薛东瑶的儿子甄皓，一副做和事老的架势，把甄皓拉到身边，笑着说他："皓哥儿，下次要记得，背后使绊子的，非君子！"

虽然只是小孩子闹脾气打架，可薛老侯爷这样偏袒诚哥儿，大伯父怕六姑娘夫妻俩心里不舒服，所以想着让孩子们和好。

这样，也不着痕迹化解了大人的尴尬。

孩子打架，大人肯定心疼孩子。要是生气，显得小气。可做父母的，见孩子被人打了，岂有不生气的？

大伯父在给东瑷和六姐两边台阶下。

甄皓已经被母亲低声呵斥了很久，听到长辈还是这样冷着脸跟他说话，心里很不高兴。他在家里是嫡长孙儿，他的祖父祖母也是将他当宝贝一样宠着。有次他不高兴，把一杯滚滚的茶泼到丫鬟身上，祖父还要罚那丫鬟跪在大日头里半个下午呢。

甄皓的认知里，全世界都要让着他。

可怎么到了这里，大家分明就是喜欢诚哥儿？

小孩子有些时候比大人还要敏感。

所以甄皓恨恨看着诚哥儿，又恨恨看着东瑷的大伯延熹侯，大声吼道："你们都是坏人！我要回家，我再也不来你们家了！"

说罢，他猛然推半蹲下跟他说话的延熹侯一把。

延熹侯不慎，被他推得四脚朝天，很是狼狈。

诚哥儿瞅准了甄皓要跑，忙一个蹿步上前，伸脚就把甄皓绊倒了，而后又把甄皓按在地上，反剪了甄皓的双手，啐他："小杂种，居然敢推大外祖父！"

他那声小杂种，虽然声音稚嫩清脆，却带着十足的兵匪气。这不用说，肯定是盛昌侯教他的！

大家都是这样猜测的，盛修颐却是身子一颤。

看着盛乐诚像个土霸王似的把比他大三岁的甄皓压在身下，让甄皓动都不能动弹一下，众人又是一愣。

盛修颐一个快步上前，把儿子抱了起来，低声呵斥道："诚哥儿，不得放肆！"

大家回神，手忙脚乱上前。有人扶东瑷的大伯父延熹侯，有人抱起被诚哥儿打在地上的甄皓。

东瑷反而被挤了出来。

她从没想到过，孩子们会闹得这样厉害。

东瑷的六姐薛东瑶紧张上前，抱住了儿子，检查儿子的双手，连声问："皓哥儿，弄疼了没有？哪里不舒服吗？"

皓哥儿虽然调皮，却很会察言观色，见母亲柔声细语满是担忧，他就放开嗓子，号啕大哭起来。

"哼，银样镴枪头！"诚哥儿又语出惊人。

这回东瑷也是心田一激。

诚哥儿终日跟着盛昌侯，东瑷不觉得盛昌侯会教他这样的词语。瞧着他那麻利的身手，又会讨乖卖巧，别人怀疑他时，他又是一副非常无辜的模样。

谁敢说这孩子可爱聪明，东瑷真想跟谁拼了！

哪里是聪明懂事？他分明就是个怪胎啊！生下来不爱哭，长得又特别结实。才满了四岁不到两个月，把七岁的孩子按在地上打，还出口成章，让众人觉得他打得有道理。

结果七岁的孩子不干了，委屈哭起来，诚哥儿又来落井下石，说什么银样镴枪头，鄙视七岁的孩子装软弱！

东瑷有些头疼。

甄皓在六姐和六姐夫的安慰下，哭得更加厉害了。

最后，老夫人只得亲自上前，把甄皓拉到怀里，替他擦泪。比起家里其他人，甄皓很怕老夫人。

老夫人一拉他，他立马不敢哭了。

老夫人就语重心长对他道："皓哥儿，男子汉大丈夫，这样输不起可不行啊！快别哭，外曾祖母阁楼里有很多好东西，让宝巾带着你找……"

说着，就让宝巾把甄皓带出去。

甄皓看了眼他的父亲母亲，见双亲低头不看他，才半信半疑跟着宝巾去了老夫人的阁楼找礼物。

六姐和六姐夫满心的委屈、气愤，听了老夫人的话后，化为尴尬。

甄皓比东瑷的诚哥儿大三岁，被诚哥儿打了，已经是件很丢人的事了。起因还是甄皓输不起惹出来的，非要怪别人的孩子，还是想想如何教自己的孩子吧！

倘若记恨东瑷，自己真是没理了！

刚才的事，可由不得六姑娘自己说，薛家上下将近一百双眼睛全部看着呢。六姑娘薛东瑶尴尬无比，东瑷却上前，给她赔礼："六姐，我家诚哥儿不懂事，您别往心里去。"

东瑷已经先低头了，薛东瑶觉得自己没有必要再执拗下去，忙歉意笑道："九妹妹别这样说，都是皓哥儿不对，妹妹别生气。皓哥儿被他祖父祖母宠溺着，不知天高地厚……"

东瑷扑哧一声笑出来："我家诚哥儿，也是整日他祖父带着……家里老人总是宠孩子……"

"原来诚哥儿也是祖父带着？"六姑娘薛东瑶原本就没什么小心眼，听到东瑷这话，也渐渐放开，两人相互诉说孩子被老人宠着不知天高地厚的苦楚来。

这样一来，心结真的解开了。

回去的路上，东瑷把两岁的盛乐嘉和盛乐莹给了乳娘带在后面一辆车里。他们则夫妻抱着盛乐诚，乘坐前面的马车。

盛修颐板起脸，教育诚哥儿要尊老爱幼，不可以欺负兄弟姐妹，不能到处跟人比臂力，要谦和知礼。

诚哥儿茫然看着盛修颐，又茫然看着东瑷。

盛修颐看着诚哥儿好似听不懂的样子，忍不住蹙眉。

东瑷无奈叹了口气，把诚哥儿搂在怀里，笑道："诚哥儿，以后去人家那儿做客，要乖巧跟着你爹。不能再和表兄打架，可知道？"

诚哥儿扬脸，反驳东瑷："那我让表兄欺负吗？"

东瑷语噎。

"祖父说，谁打我一拳，我要用十拳打回去，这样旁人才不敢欺负我！是皓表兄先绊倒我的。"诚哥儿继续道，"娘，难道以后皓表兄绊倒我，我就让他绊倒吗？娘，皓表兄打不赢还哭。"

他说得头头是道。

东瑷也很无力，道："要以德服人！"

诚哥儿好奇看着东瑷。

东瑗从前觉得教育孩子是件很容易的事，特别是孩子还小的时候。可是诚哥儿让她把她的认识全部推翻。

东瑗不止一次怀疑诚哥儿到底是不是有两世记忆的人。

东瑗自己就是，诚哥儿作为她的儿子，是个穿越者或者重生者，一点也不奇怪。况且诚哥儿根本不打算低调，他很高调宣扬他的与众不同。

可孩子眼睛里的纯净，又成了他完美的遮掩物。

当东瑗露出质疑他的意图时，诚哥儿那双水灵无辜的眸子，让东瑗会不自觉推翻自己的判断。那分明就是不谙世事的孩子的眼神啊！

盛修颐也没有想到诚哥儿年纪小小的就会这样牙尖嘴利，恨不能打几下。可想着盛昌侯肯定会护短，到时又惹得老人不高兴，也就忍了下来。

回到家里，盛修颐对东瑗道："……别看爹是领军打仗的，在家里却从来不说粗话。诚哥儿口里的什么小杂种，到底哪里学来的？"

东瑗就讪然而笑。

她心里藏着一个时空错乱的秘密，怎么都说不出口。

在没有经历过的人眼里，可能是觉得荒诞无稽的，甚至以为着了魔。

很多时候，东瑗不喜欢去深究旁人苦苦藏匿的秘密，因为她也有不想被人知道的秘密。

听着盛修颐的话，东瑗决定私下里再和诚哥儿说。

不过这件事过后，诚哥儿乖了不少。他每日都带着小厮四处跑，从元阳阁到他大哥盛乐郝的院子，再到东瑗的院子。

每次来静摄院，盛修颐都要教训他注意仪态，要沉稳。

久而久之，诚哥儿就烦了。每次他都趁着盛修颐出门偷偷跑来看东瑗，还东张西望："娘，我爹不在吧？"

东瑗失笑。

盛修颐从前一直是个慈父，那是因为他的孩子们都特别懂事听话。想想年幼夭折的盛乐钰，乖巧讨喜；长子盛乐郝更是聪慧早熟；幼子盛乐嘉才两岁，跟普通孩童一样在蹒跚学步、咿呀学语，没有诚哥儿那么逆天。

没有哪个儿子像诚哥儿这样调皮的，盛修颐念着"子不教父之过"，看着诚哥儿越来越匪气，没有大家公子的雍容气度，像个猴儿似的，才下定决心板起脸做个严父。

可诚哥儿又是在盛昌侯跟前最受宠的，每次盛修颐教训诚哥儿，诚哥儿就拉出祖父来和盛修颐抬杠，气得盛修颐好几次想动手。

东瑗在一旁拉着，才没有打过诚哥儿。

诚哥儿对盛修颐倒不是畏惧，而是嫌他烦，不想碰到，总躲着父亲。

诚哥儿行为，你非要说他懂得大人的事，也说不通；你非要说他是个孩子，就更加说不通了。

这年冬月，盛乐芸出嫁，盛乐郝送亲，快五岁的诚哥儿非要去。

盛修颐自然不同意。

诚哥儿就在盛昌侯面前耍赖。

盛昌侯想着自己娶了亲就出门打仗讨生活，他的儿孙怎么能禁锢在小小京都？孩子虽小，可也得从小见过世面，也知道人生百态，世态艰难，才能好好继承家业。

盛昌侯想了想，把盛乐郝找了来，问盛乐郝："诚哥儿跟着你去，你可能照顾好弟弟？"

盛乐郝原本很戒备诚哥儿，不喜欢这个弟弟。

可是诚哥儿没皮没脸的，总是往盛乐郝院子跑，奶声奶气喊着大哥，愣是把盛乐郝的心就拉了回来。

盛乐郝本来就是个心地柔软善良的孩子，他只是敏感多心，并不曾有过什么邪念。看着诚哥儿那么可爱懂事，盛乐郝渐渐也把诚哥儿看成亲人。

盛昌侯问他，他忙道："我定会照顾好诚哥儿。再说，去的又那么多管事，诚哥儿不会有事的，祖父放心。"

在盛昌侯面前，盛乐郝还是不自然。

盛昌侯也不喜欢他，吩咐了几句，就让他出去了。

最后，诚哥儿还是去了。盛昌侯派了自己身边两个得力的管事跟着诚哥儿，保护他。

金陵一行，因为盛乐郝事事照应，诚哥儿也听话，没有出任何岔子，安全送亲，安全返回。

到了盛乐芸三朝回门的时候，盛乐郝和诚哥儿跟着周家的人一起回了盛京。

东瑗和盛夫人头一次见到盛乐芸的夫婿周经年。

周经年面相斯文，并非八面玲珑，却也不露怯，腼腆笑着。盛昌侯不管问他什么，他回答都是非常小心翼翼，生怕行差踏错。

看得出，他平日里绝对不是个张狂的纨绔子弟。

盛昌侯对他期望也不高，只要不是狂妄之徒，他就很满意了。

盛夫人和东瑗更是满意。周经年一看就是那种细心的人，这样的男人，会心疼女人，芸姐儿嫁给他，也不亏了芸姐儿。

盛乐芸在一旁，娇羞红了脸。

在盛京住了五天，盛乐芸就和周经年回了金陵。没过三个月，就传来消息说盛乐芸有了身子。

盛夫人和东瑗很高兴，让家里管事给盛乐芸送去了补品。

盛乐芸出嫁这件事很顺利，盛夫人就提起盛乐郝的亲事。

他也快十八了。

盛昌侯对盛乐郝的事比较冷心，道："当初不是说好，等郝哥儿中了进士，再说婚事吗？"

盛夫人一口气被堵了回去。她心里也在默默祈祷，都说功名是"一命二运三风水，四积阴德五读书"，哪里是那么容易考中的？有些读书人读白了头，都没有中个秀才。

盛家又不是只有科考这一条路。

盛昌侯不松口，盛夫人就找盛修颐和东瑗商议。

东瑗也觉得盛夫人考虑得对。这个年代的进士，比后世考北大清华还要难百倍，简直是各种综合因素，祖坟冒绿烟，才能考中。这就要耽误盛乐郝的亲事，总归不妥。

盛修颐听了半晌不说话，只道："这件事我放在心上，倘若有了合适的人家，再来告诉娘。"

盛夫人见他松口，很是高兴，连声道："你可要用心访啊。"

盛修颐道是。

当天晚上，他就去了外院，和盛乐郝谈心。说起婚事，十八岁的盛乐郝不再似孩子般患得患失，他不同意现在成亲，对父亲道："还等下一科的考试。倘若还是不能中，孩儿就听从父亲安排。"

盛修颐微微颔首，把这件事告诉了盛夫人。

盛夫人虽然不甘心，可这是盛乐郝自己的决定，盛修颐和盛昌侯都赞同，盛夫人一个人反对也没用，只得叹气。

天庆七年的春闱，盛乐郝中了丙子科二甲九十六名，终于选了进士，是年二十三岁。

盛修颐很是高兴，上下活动，把盛乐郝选在吏部。

这年的春天，盛家阖府欢喜，盛夫人就提出去涌莲寺上香。

这个提议一出，众人附议，众人都说好。

东瑗见盛昌侯也不反对，就定下了这件事，着手准备。到了四月初八这日，天色微亮，盛昌侯府门口悬挂着高高的灯笼，把四周氤氲的晨曦照成了暗红色，一片喜气。

人群里，小孩子的笑声，仆妇的脚步声，热闹非常。

东瑗不由想起十几年前她随着薛家去涌莲寺替薛老侯爷的寿辰祈福之事。再看着九岁的诚哥儿煞有介事带着七岁的盛乐嘉和盛乐莹，还有三爷的儿子、六岁的盛乐淳，五岁的盛乐敏，东瑗不由唇角微翘。

"敏姐儿先上……"东瑗听到诚哥儿厉声呵斥孩子们。

东瑗安排家里的孩子们乘坐一辆马车。

盛乐莹很不满意亲哥哥对盛乐敏最好，让她先上马车，就在旁边叫道："三哥，怎么是敏姐儿先上？我要先……"

诚哥儿像拎小鸡一样揪住盛乐莹的衣领，把她提到身后，道："敏姐儿最小，你不得让着她？前几日给你读的孔融让梨，还没学会？你若是喊敏姐儿叫姐姐，你就先上……"

盛乐莹被诚哥儿教训得脸色微红，眼泪就在眼眶里打转。

三奶奶看着，上前见盛乐敏已经上车了，六岁的盛乐淳也要上去，就道："淳哥儿让姐姐先上吧。"

盛乐淳的性格有些像三奶奶，文静胆小。他看了眼母亲，又看了三哥和四姐，轻轻颔首，小声道："四姐姐你先……"

诚哥儿不干了，对盛乐淳道："让你上你就上。"然后又对三奶奶道，"三婶，我娘说这里归我管，您别插手。"

三奶奶被他说得一阵尴尬。

正好三爷听到了，上前对三奶奶道："瞧你，娘那里不服侍，掺和孩子的事，挨骂了吧？"

三奶奶这才扑哧一笑，对诚哥儿道："都是三婶的不是。这里归诚哥儿管，三婶不插手了……"说着，就往盛夫人那里去了。

三奶奶走远几步，就听到诚哥儿呵斥盛乐莹："不听话就滚远些。想跟我坐在一起，我说了算，我让你最后上，你就最后，明白吗？"

盛乐莹声音带着哽咽，小声道："明白了三哥！"

东瑷安排盛夫人的马车，孩子们那边已经闹完了。

等到了涌莲寺的时候，孩子们上车时的不愉快已经不见了，特别是东瑷的女儿盛乐莹，是个记吃不记打的，依旧甜甜喊着三哥，腻歪着诚哥儿。

她听话的时候，诚哥儿也对妹妹挺好的，亲自把她从马车上抱下来。

结果孩子们学样，都不踩矮凳，都要诚哥儿抱。

诚哥儿臂力过人，一把就把嘉哥儿和淳哥儿抱了下来，又把敏姐儿抱下来。

孩子们就喜作一团，笑声震天响。

三奶奶笑，对盛夫人道："整日吵吵闹闹，一会儿又好得像一个人，跟我们兄弟姊妹小时候一样……"

盛夫人看着几个年幼的孩子，忍不住眼角堆满了笑。

涌莲寺的山路依旧崎岖，小厮们早就准备好了藤架，抬着众人上山。

盛修颐和三爷骑马而上。

诚哥儿也非要骑马。

盛修颐只得将他抱在马背上。

已经是正中午，骄阳照在身上暖融融的，诚哥儿不停对盛修颐道："爹，您不能骑快点吗？三叔快超过您了……"

盛修颐被诚哥儿气笑了，道："再吵就将你丢下去啊……"

诚哥儿嘟嘴，不再多言。

快到山顶的时候，小厮们抬着妇人们的藤架还在半山腰，盛修颐和盛修沐就翻身下马，步行而上。

诚哥儿不肯下马，盛修颐让他牢牢抓住马鞍，别掉下来，牵着他走。

"大哥，你还记得上次是什么时候来涌莲寺？"三爷盛修沐看着熟悉的景色，特别是看到不远处一条蜿蜒下山的小径时，突然问盛修颐。

当年三爷看着元昌帝带着侍卫下山，大哥面色不改，还捡起大嫂掉的玉佩，三爷心里十分钦佩大哥的隐忍。

焉知大哥今日儿女成群,不是对他当日隐忍的报答?

大嫂无疑是个孝顺的儿媳妇,温柔的妻子,慈祥的母亲,这是大哥的福气。

盛修颐轻笑。

诚哥儿忙问:"爹,您从前也来过?"

盛修颐笑道:"是啊……"

诚哥儿非要盛修颐讲当时好玩不好玩,盛修颐被他磨得没了法子,就敛了笑声,对他道:"再问东问西,下次不带你骑马。"

诚哥儿这才不多言。

入了涌莲寺,盛修颐已经吩咐山上清空了香客,只有盛家一家。

东瑗和三奶奶安排大家入住,而后又过来服侍盛夫人梳洗。

见她们妯娌一整日马车颠簸,又是忙碌不停,照顾孩子们,又是照顾盛夫人,盛夫人笑着对东瑗和三奶奶道:"你们歇了吧,我跟前不是有人服侍?"

盛夫人带了康妈妈和两个大丫鬟随行的。

东瑗也觉得身子酸,乏得紧,盛夫人如此一说,她也没有客气,笑道:"娘,您早些歇了。"

然后就和三奶奶回了各自的厢房。

刚刚到了厢房,她身边的大丫鬟秋纹低声告诉她:"世子爷让您去西边的亭子,有话跟您说……"

东瑗身边的大丫鬟像寻芳、碧秋、夭桃,随着年纪大了,渐渐放出去配人。如今在东瑗身边服侍的,是曾经服侍过盛乐郝的、罗妈妈的女儿秋纹。

东瑗像信任蔷薇一样信任秋纹,总带着她。

这次来涌莲寺,东瑗没有带好玩的橘香,只带了蔷薇和秋纹。

听到秋纹这话,东瑗还以为是诚哥儿又怎么了,衣裳也来不及换,带着秋纹就往西边厢房去了。

盛乐莹跟东瑗一起住,见母亲要出去,她忙拉了东瑗的衣角,巴巴望着东瑗:"娘,我也去……"

东瑗想着孩子们一辈子守在京都,特别是莹姐儿这样的女孩子,以后想出门见世面的日子太少。趁着孩子还小,愿意去哪里,就带着她去哪里。她弯腰替盛乐莹整了整衣襟,拉起她柔软的小手:"走,咱们趁着天色还亮,逛逛也好。"

到了西边的亭子时,发现盛修颐身边也跟着诚哥儿和盛乐嘉,东瑗问他:"可是有什么事?"

见盛修颐突然避开盛夫人要她出来见他,东瑗不由心里打鼓。

特别是看到孩子们,东瑗更加不安了。

盛修颐却咳了咳，道："诚哥儿和嘉哥儿要出来逛逛，我就带着他们。想着你和莹姐儿也不常出门，问你们是否一起……"

东瑗一听这话，眉头微蹙。

若是明日上午，带着孩子们看看山水也是不错的。可黄昏中，即将天黑，有什么好看的？山路也不安全啊。

可想着盛修颐不是那不靠谱的性格，再看自己身边的莹姐儿，东瑗顿时就明白过来。

盛修颐是想和她单独看看夜景的。

只是两边都有孩子跟了来，他不得不临时改变了言辞。

东瑗不禁抿唇轻笑："明日可好？天色快要黑了，夜路不好走。"说罢，她俯身拉过七岁的盛乐嘉，替他整了整衣襟，问他，"三哥欺负你了没有？"

嘉哥儿很老实，摇头："三哥没有欺负我，娘亲。"

东瑗这才回眸，满意地看了眼诚哥儿，表扬他道："没有欺负弟弟，终于有个做哥哥的样子！"

诚哥儿得意地扬起脸。

说着话儿，盛乐莹就屁颠屁颠跑到了诚哥儿身边去了。

诚哥儿拉着她和盛乐嘉，道："要不要去看看菩萨？前头那个房子里，有很多菩萨！"

盛乐嘉和盛乐莹纷纷看东瑗和盛修颐，用眼神征求父母的同意。

盛修颐微微颔首，让跟着来的小厮丫鬟们领路，诚哥儿牵着两个孩子，东瑗和盛修颐走在最后面。

盛修颐突然拉东瑗的手。

东瑗一愣。

回神间，盛修颐已经放开，东瑗的掌心多了块温热玉佩。她就着黄昏微亮一瞧，觉得十分眼熟，问盛修颐："好精致的玉佩，从哪里得来的？"

盛修颐笑容更深，不回答。

东瑗才想起为何觉得眼熟了。

不就是她曾经丢的那块吗？

看着盛修颐拿出来，又想起曾经的往事，她心头浮起阵阵涟漪。看着丈夫修长挺拔的背影，三个孩子活泼健康，东瑗眼角不禁湿了。

（全文完）